W0024804

Die Bücher

Zeit im Wind

Landon Carter und Jamie Sullivan scheinen nichts gemeinsam zu haben. Doch das Schicksal führt sie zusammen: Erst gehen sie zusammen zum Abschlussball, dann arbeiten sie gemeinsam am Weihnachtsstück der Schule. Schließlich entwickelt sich zwischen ihnen eine starke Liebesbeziehung, die auch Widrigkeiten trotzt …

Das Schweigen des Glücks

Mit aufopferungsvoller Hingabe pflegt die alleinerziehende Denise ihren fünfjährigen Sohn Kyle, der an einer unbekannten Form von Autismus leidet. Dann verändert ein Autounfall ihr Leben. Während Denise noch bewusstlos ist, wird der hilflose Kyle von dem beherzten Feuerwehrmann Taylor gerettet. Eine Freundschaft entsteht, aus der Liebe wird …

Der Autor

Nicholas Sparks, 1965 in Omaha/Nebraska geboren, lebt mit seiner Familie in North Carolina. Bereits sein erster Roman *Wie ein einziger Tag* war ein internationaler Bestseller, nach seinem Roman *Weit wie das Meer* entstand der Film *Message in a Bottle* mit Kevin Costner in der Hauptrolle. Mit dem Roman *Zeit im Wind* festigte Sparks seinen Ruf als neuer »Meister der großen Gefühle« (Wetzlarer Zeitung). Das *Schweigen des Glücks* wurde unter dem Titel *Nur mit dir* verfilmt. Zuletzt erschienen *Weg der Träume* und *Das Lächeln der Sterne*.

NICHOLAS SPARKS

ZEIT IM WIND

DAS SCHWEIGEN
DES GLÜCKS

Zwei große Liebesromane

WILHELM HEYNE VERLAG
MÜNCHEN

Umwelthinweis:
Dieses Buch wurde auf
chlor- und säurefreiem Papier gedruckt.

4. Auflage
Taschenbuchausgabe 07/2003
Copyright © dieser Ausgabe 2003
by Ullstein Heyne List GmbH & Co. KG, München
Der Wilhelm Heyne Verlag, München, ist ein Verlag
der Verlagsgruppe Random House GmbH
Printed in Germany 2005
Quellennachweis: s. Anhang
Umschlagillustration: ZEFA Visual Media/Masterfile/J. David Andrews
Umschlaggestaltung: Hauptmann und Kompanie Werbeagentur, München-Zürich
Satz: Leingärtner, Nabburg; Gramma GmbH, München
Druck und Bindung: GGP Media GmbH, Pößneck
http://www.heyne.de

ISBN-10: 3-453-87123-5
ISBN-13: 978-3-453-87123-6

Für meine Eltern, in Liebe und Erinnerung

Patrick Michael Sparks (1942-1996)
Jill Emma Marie Sparks (1942-1989)

Und für meine Geschwister, aus ganzem Herzen

Micah Sparks
Danielle Lewis

Als ich siebzehn war, veränderte sich mein Leben für immer.

Ich weiß, es gibt Menschen, die mich verwundert anschauen, wenn ich das sage. Sie betrachten mich fragend, als wollten sie ergründen, was sich damals zugetragen haben könnte, aber ich mache mir selten die Mühe, es zu erklären. Weil ich den größten Teil meines Lebens hier verbracht habe, finde ich, dass ich das nicht zu tun brauche, es sei denn, ich tue es auf meine Art, und dann würde es länger dauern, als den meisten lieb ist. Meine Geschichte lässt sich nicht in zwei, drei Sätzen zusammenfassen; man kann sie nicht sauber und ordentlich in einen kurzen Bericht packen, so dass jeder sofort im Bilde ist. Obwohl inzwischen vierzig Jahre vergangen sind, akzeptieren die Menschen, die immer noch hier leben und mich damals kannten, dass ich keine Erklärungen abgeben möchte. In gewisser Weise ist meine Geschichte auch ihre Geschichte, weil wir sie alle durchgemacht haben.

Nur war ich derjenige, der am nächsten dran war.

Jetzt bin ich siebenundfünfzig, aber selbst heute kann ich mich an alles in jenem Jahr erinnern – bis in die kleinste Einzelheit. Ich versetze mich oft zurück in dieses Jahr und durchlebe es aufs Neue, und dann steigt immer eine seltsame Mischung aus Traurigkeit und Freude in mir auf. Es gibt Momente, da wünsche ich mir, die Zeit zurückdrehen und die Traurigkeit herausnehmen zu können, aber mein Gefühl sagt mir, dass die Freude auch verschwinden würde, wenn ich das täte. Also nehme ich die Erinnerungen, wie sie kommen, akzeptiere sie alle und lasse mich von ihnen führen, sooft das möglich ist. Das passiert häufiger, als ich zugebe.

Es ist der 12. April im Jahr vor der Jahrtausendwende. Beim Verlassen des Hauses sehe ich mich um. Der Himmel ist bewölkt und grau, aber als ich die Straße entlanggehe, sehe ich, dass der Hartriegel und die Azaleen schon blühen. Ich ziehe den Reißverschluss an meiner Jacke ein wenig höher. Es ist kühl, aber ich weiß, dass es nur ein paar Wochen dauern wird, bevor die Temperaturen wieder angenehm sind und die grauen Wolken den blauen Himmel freigeben, der North Carolina zu einer der schönsten Gegenden der Welt macht.

Ich seufze und spüre, wie alles wieder zurückkommt. Ich schließe die Augen, die Jahre rollen rückwärts, langsam tickend, wie die Zeiger einer Uhr, die sich in die falsche Richtung bewegen. Wie durch die Augen eines anderen beobachte ich, dass ich jünger werde; sehe, wie mein graues Haar wieder braun wird, fühle, wie sich die Fältchen um meine

Augen glätten und meine Arme und Beine sehnig werden. Einsichten, die ich mit dem Alter erworben habe, verblassen, meine Naivität nimmt zu, während sich dieses ereignisreiche Jahr nähert.

Dann beginnt sich auch die Welt zu verändern: Straßen werden enger und sind unbefestigt, die sich über das Land ausdehnenden Vororte weichen wieder Feldern, die Straßen der Stadt sind belebt von Menschen, die auf dem Weg an Sweeneys Bäckerei und Palkas Fleischerei vorbei in die Schaufenster gucken. Die Männer tragen Hüte, die Frauen Kleider. Am Gerichtsgebäude oben an der Straße läutet die Glocke …

Ich schlage die Augen auf und halte inne. Ich stehe vor der Baptistenkirche, und als ich den Blick zum Giebel hebe, weiß ich genau, wer ich bin.

Ich heiße Landon Carter und bin siebzehn Jahre alt.

Dies ist meine Geschichte. Ich verspreche, dass ich nichts auslassen werde.

Erst werden Sie lächeln, dann werden Sie weinen – aber sagen Sie nicht, ich hätte Sie nicht gewarnt!

Los geht's.

Kapitel 1

1958 war Beaufort, North Carolina – es liegt an der Küste in der Nähe von Morehead City –, ein Städtchen wie viele andere im Süden auch. Im Sommer war hier die Luftfeuchtigkeit so hoch, dass man sich jedes Mal, wenn man die Post hereinholte, so fühlte, als käme man gerade aus der Dusche, und die Kinder liefen von April bis in den Oktober hinein barfuß unter Eichen herum, die mit Louisiana-Moos bewachsen waren. Die Leute winkten von ihren Autos aus jedem zu, den sie sahen, auch wenn sie ihn nicht kannten, und die Luft roch nach Kiefern, Salz und Meer in einer Mischung, die einzigartig für die Carolina-Staaten war. Für viele Menschen war der Fischfang im Pamlico Sound oder das Krabbenfischen im Neuse River ihr Lebensinhalt, und wo immer man auf den Intracoastal Waterway stieß, sah man vertäute Boote liegen. Im Fernsehen konnte man nur drei Sender empfangen, aber das Fernsehen hatte für uns, die wir hier aufwuchsen, nie eine besonders große Bedeutung. Unser Leben spielte sich statt dessen um die Kirchen herum ab, von denen es allein innerhalb der Stadtgrenzen achtzehn gab. Sie hatten klangvolle Namen wie Gemeinde gläubiger Christen, Kirche der Vergebung Empfangenden und Kirche der sonntäglichen Sühne, und dann gab es die Baptisten-Kirchen. In meiner Kindheit war das bei weitem die beliebteste Konfession im ganzen Umkreis, und es gab Baptisten-Kirchen an fast jeder Straßenecke, von denen sich jede allen anderen überlegen fühlte. Es gab Baptisten-Kirchen jeglicher Beschreibung – Baptisten des freien Willens, Südstaaten-Baptisten, Baptisten des Südens, Freie Baptisten, Missionarische Baptisten, Unabhängige Baptisten... na, man kann sich leicht ein Bild machen.

Damals wurde das große Ereignis des Jahres von der Baptisten-Kirche in der Stadt – den Baptisten des Südens, genauer gesagt – zusammen mit der High School auf die Beine gestellt. Jedes Jahr inszenierten sie ein Krippenspiel im Beaufort Playhouse. Eigentlich war es ein Theaterstück, das Hegbert Sullivan geschrieben hatte, der Pfarrer der Kirche, der dieses Amt mindestens seit der Zeit, als Moses die Israeliten durch die Wüste geführt hatte, ausübte. Na gut, vielleicht war er nicht ganz so alt, aber er war so alt, dass seine Haut fast durchsichtig war – die Kinder behaupteten steif und fest, sie könnten das Blut in seinen Adern fließen sehen. Irgendwie war sie immer auch etwas feucht, und sein Haar war so weiß wie das Fell der Kaninchen, die zu Ostern in den Tierhandlungen zu haben sind.

Also, er hatte das Stück geschrieben – es hieß DER WEIHNACHTSENGEL –, weil er nicht immer den alten

Dickens-Klassiker »Ein Weihnachtslied« aufführen wollte. Seiner Ansicht nach war Scrooge ein Heide, der nur deswegen auf den richtigen Weg gebracht wurde, weil er Geister sah und keine Engel, doch wer konnte schon genau wissen, ob sie wirklich von Gott gesandt waren? Und wer konnte wissen, ob er nicht sein altes, sündiges Leben wieder aufnehmen würde, wenn sie nicht direkt vom Himmel kamen? In dem Stück erfährt man das am Schluss nicht richtig – es geht dabei um Gottvertrauen –, und Hegbert traute den Geistern nicht, wenn sie nicht von Gott kamen, und weil das nicht klipp und klar gesagt wurde, hatte er seine Probleme mit dem Stück. Ein paar Jahre zuvor hatte er das Ende umgeschrieben, hatte sozusagen seinen eigenen Schluss angehängt, in dem Scrooge Prediger wird und sich auf den Weg nach Jerusalem macht, wo er den Ort finden will, an dem Jesus die Schriftgelehrten unterrichtet hatte. Das kam nicht besonders gut an – auch nicht bei der Gemeinde, die dem Stück mit weit aufgerissenen Augen folgte, und in den Zeitungen stand danach ungefähr: »Obwohl es natürlich interessant war, so war es doch nicht das Stück, das wir alle kennen und lieben gelernt haben ...«

Also versuchte Hegbert es mit einem Stück aus eigener Feder. Er hatte sein Leben lang seine Predigten selbst geschrieben, von denen manche, das mussten wir zugeben, wirklich spannend waren: besonders die, in denen er davon sprach, dass sich »der Zorn Gottes über die Unzuchttreibenden ausgießen werde«, und solche aufregenden Dinge. Ich muss

13

schon sagen, das brachte sein Blut mächtig in Wallung, wenn er von den Unzuchttreibenden sprach. Das war ein heißes Thema für ihn. Als wir noch jünger waren, haben meine Freunde und ich uns im Gebüsch versteckt und gerufen: »Hegbert ist ein Unzuchttreibender«, wenn wir ihn auf der Straße sahen, und dann haben wir wie die Blöden gekichert, als wären wir die witzigsten Wesen unter der Sonne.

Und Hegbert, der Alte, blieb dann wie angewurzelt stehen. Seine Ohren richteten sich auf – sie bewegten sich wirklich, kein Witz –, dann lief er dunkelrot an, als hätte er gerade Benzin getrunken, und seine dicken grünen Adern am Hals und überall schwollen so stark an, dass sie aussahen wie der Amazonas auf den Landkarten in der Zeitschrift *National Geographic*. Er blickte von rechts nach links, seine Augen wurden kleine Schlitze, während sie uns zu erspähen versuchten, und dann wurde er ganz plötzlich wieder blass und kriegte wieder das fischige Aussehen, genau vor unseren Augen. Junge, war das ein Anblick!

Wir versteckten uns also hinter einem Baum, und Hegbert (welche Eltern nennen eigentlich ihr Kind Hegbert?) wartete, dass wir uns ergeben würden, als hielte er uns für so dumm. Wir pressten die Hände auf den Mund, um nicht laut loszulachen, aber irgendwie entdeckte er uns jedes Mal. Eine Weile guckte er von einer Seite zur anderen, plötzlich hielt er den Kopf still, und seine knopfartigen Augen sahen uns direkt an, durch den Baum hindurch. »Ich kenne dich, Landon Carter«, sagte er dann, »und der Herr kennt dich auch.« Das ließ er einen Moment lang wirken, bis er sich endlich wieder in Bewegung setzte. Bei der Predigt am Sonntag darauf richtete er den Blick genau auf uns und sagte: »Gott ist barmherzig zu den Kindern, aber die Kinder müssen sich dessen auch wert erweisen.« Und wir rutschten auf unserer Bank tiefer, nicht aus Scham, sondern damit er nicht merkte, dass wir erneut losprusteten. Hegbert konnte nichts mit uns anfangen, was eigentlich ein bisschen komisch war, wo er doch auch ein Kind hatte. Das war allerdings ein Mädchen. Mehr darüber später.

Jedenfalls schrieb Hegbert in einem Jahr DER WEIHNACHTSENGEL und beschloss, es statt »Ein Weihnachtslied« aufzuführen. Das Stück ist gar nicht so schlecht, was alle in dem Jahr, als es zur Premiere kam, überraschte. Im Grunde genommen ist es die Geschichte von einem Mann, der ein paar Jahre zuvor seine Frau verloren hat. Der Mann, er heißt Tom Thornton, war früher sehr gläubig gewesen, aber sein Gottvertrauen war erschüttert worden, als seine Frau bei der Geburt ihres Kindes starb. Jetzt zieht er das Kind ganz allein auf, aber er ist kein besonders guter Vater. Zu Weihnachten möchte nun das kleine Mädchen eine bestimmte Spieldose mit einem geschnitzten Engel obendrauf haben. Ein Bild davon hat sie aus einem Katalog ausgeschnitten. Der Mann sucht überall nach dem Geschenk, kann es aber nirgendwo finden. So wird es Heiligabend, und er sucht immer noch. Während er durch die Geschäfte geht, begegnet er einer Frau, die er noch nie zuvor gesehen hat. Sie verspricht ihm, das Geschenk für seine Tochter zu finden. Doch zuerst helfen sie einem Obdachlosen (damals nannte man solche Leute faules Gesindel), dann gehen sie zu den Kindern im Waisenhaus, und schließlich besuchen sie eine einsame alte Dame, die am Heiligabend ein bisschen Gesellschaft haben möchte. Die geheimnisvolle Frau fragt Tom Thornton, was er sich zu Weihnachten wünsche, und er sagt, er möchte seine Frau zurückhaben. Sie geht mit ihm zu einem Springbrunnen auf einem Platz und fordert ihn auf, er solle ins Wasser blicken, dort würde er sehen, was er suche. Als er ins Wasser schaut, sieht er das Gesicht seiner kleinen Tochter und fängt an zu weinen. Während er schluchzt, verschwindet die geheimnisvolle Frau; Tom Thornton sucht nach ihr, kann sie aber nirgendwo finden. Endlich schlägt er den Weg nach Hause ein und denkt über das nach, was er an dem Abend gelernt hat. Er geht in das Zimmer seiner Tochter, und beim Anblick des schlafenden Mädchens begreift er, dass sie das Einzige ist, was ihm von seiner Frau geblieben ist. Wieder steigen die Tränen in ihm auf, weil er weiß, dass er ihr kein besonders guter Vater gewesen ist. Am nächsten Morgen steht, wie durch ein Wunder, die Spieldose unter dem Baum, und der geschnitzte Engel auf dem Deckel sieht genauso aus wie die Frau, der er am Abend zuvor begegnet war.

Das Stück ist also gar nicht so übel. Man muss sogar sagen, dass die Zuschauer bei der Aufführung jedes Mal massenhaft Tränen vergießen. Das Stück ist jedes Jahr ausverkauft, und weil es so beliebt ist, musste Hegbert es schließlich im Beaufort Playhouse aufführen statt in der Kirche, weil das viel mehr Plätze hat. Als ich in meinem letzten Schuljahr in der High School war, wurde das Stück jedes Jahr zweimal vor ausverkauftem Haus gespielt, was, wenn man bedenkt, dass es von Laien aufgeführt wurde, ein richtiger Erfolg war.

Hegbert wollte nämlich, dass das Stück von jungen Leuten gespielt wurde, und zwar von der Abschlussklasse, und nicht von den Schauspielern am Theater. Vermutlich dachte er, es würde den Schülern das Rückgrat stärken, bevor sie aufs College gingen und es mit all den Unzuchttreibenden zu tun bekamen. So einer war er nämlich: Er wollte einen immer vor der Versuchung bewahren. Wir sollten lernen, dass Gott über einen wacht, selbst wenn man fern von zu Hause ist, und dass sich alles zum Guten wendet, wenn man auf Gott vertraut. Ich lernte diese Lektion zu guter Letzt auch, allerdings nicht von Hegbert.

Wie schon gesagt, Beaufort ist eine ziemlich typische Südstaatenstadt, jedoch eine mit einer interessanten Geschichte. Blackbeard, der Pirat, hat hier einmal ein Haus gehabt, und angeblich liegt sein Schiff, die *Queen Anne's Revenge*, vor der Küste auf dem Meeresboden begraben. Vor kurzem haben ein paar Archäologen oder Ozeanographen oder wie die Leute heißen, die so etwas erforschen, behauptet, sie hätten es gefunden, aber bisher ist sich keiner sicher, und da es vor 250 Jahren gesunken ist, kann man ja auch nicht einfach die Papiere von so einem Kahn aus dem Handschuhfach herausholen und die Daten ablesen.

Beaufort hat sich seit den Fünfzigerjahren ziemlich verändert, aber es ist auch jetzt nicht das, was man eine Metropole nennen würde. Beaufort war schon immer eher klein und wird es auch bleiben, aber als ich dort Kind war, konnte es kaum Anspruch darauf erheben, auf der Landkarte verzeichnet zu werden. Um die Relationen aufzuzeigen: Der Wahlbezirk für den Kongress, zu dem Beaufort gehörte, umfasste den ganzen östlichen Staat – ein Gebiet von gut zwanzigtausend Quadratmeilen –, und darin befand sich nicht eine einzige Stadt mit mehr als 25000 Einwohnern. Und selbst im Vergleich zu diesen Städten war Beaufort klein. Alles östlich von Raleigh und nördlich von Wilmington, bis hin zu der Grenze mit Virginia, gehörte zu dem Bezirk, für den mein Vater Kongressabgeordneter war.

Er ist ja kein Unbekannter. Gewissermaßen ist er eine Legende, selbst jetzt noch. Sein Name ist Worth Carter, und er war fast dreißig Jahre lang Kongressabgeordneter. Sein Slogan, den er alle zwei Jahre für die Wahlen wiederbenutzte, lautete: »Worth Carter für _____« – und da sollte man den Namen der Stadt einsetzen, in der man lebte. Ich kann mich an Reisen erinnern, bei denen Mom und ich mit auftreten mussten, um den Wählern zu zeigen, dass mein Vater ein echter Familienmensch war. Da sahen wir diese großen Schilder, auf denen Namen wie Otway und Chocawinity und Seven Springs eingetragen waren. Heute könnte man damit keinen Blumentopf mehr gewinnen, aber damals war das eine ziemlich raffinierte Werbestrategie. Ich könnte mir vorstellen, dass politische Gegner alle möglichen Schimpfwörter an die freie Stelle setzen würden, wenn man heute mit dieser Methode käme, aber so etwas haben wir damals nie gesehen. Gut, vielleicht einmal. Ein Farmer aus Duplin County hatte das Wort »Schiet« eingesetzt, und als meine Mutter das sah, legte sie mir die Hände vor die Augen und sprach ein Gebet für den armen Schlucker, der es nicht besser wusste. Das waren nicht die Worte, die sie benutzte, aber ich verstand sehr wohl, worum es ging.

Mein Vater, der Herr Kongressabgeordnete, war also ein wichtiger Mann, und alle, ich meine alle, einschließlich des alten Hegberts, waren sich darüber im Klaren. Die beiden hatten keinen besonders guten Draht zueinander, überhaupt nicht, obwohl mein Vater immer in die Kirche ging, wenn er zu Hause war, was zugegebenermaßen nicht besonders oft war. Hegbert glaubte nicht nur, dass alle Unzuchttreibenden in der Hölle die Pissoirs sauber machen müssten, sondern er hielt auch den Kommunismus für »eine Krankheit, der die Menschheit zur Heidenheit verdammte«. Obwohl es das Wort Heidenheit gar nicht gibt – ich kann es in keinem Wörterbuch finden –, wusste die Gemeinde, was er meinte. Sie wussten auch, dass er seine Worte speziell an meinen Vater richtete, der mit geschlossenen Augen dasaß und so tat, als hörte er nicht zu. Mein Vater war in einem dieser Komitees der Regierung, die die »ROTE UNTERWANDERUNG« in Schach halten sollten, die sich angeblich überall im Lande, im Verteidigungswesen, im Bildungswesen und selbst im Tabakanbau, bemerkbar machte. Man muss bedenken, dass das während des kalten Krieges war; die Lage war sehr angespannt, und wir in North Carolina brauchten eine Person, an der wir die Spannung festmachen konnten. Die Aufgabe meines Vaters war es lediglich, Fakten festzustellen, was aber für jemanden wie Hegbert irrelevant war.

Wenn wir nach dem Gottesdienst wieder zu Hause waren, sagte mein Vater zum Beispiel: »Pfarrer Sullivan war ja prächtig in Form heute. Ich hoffe, du hast den Teil von der Lesung mitbekommen, wo Jesus von den Armen spricht …«

Ja klar, Dad …

Mein Vater versuchte, jeder Situation die Spitze zu nehmen. Ich glaube, deswegen ist er so lange Kongressabgeordneter geblieben. Auch wenn er das hässlichste Baby der Welt tätschelte, fiel ihm noch etwas Nettes ein. »So ein braves Kind«, sagte er, wenn ein Baby einen Kopf wie einen Kürbis hatte, oder: »Bestimmt ist sie ein richtiger Sonnenschein«, wenn es ein Muttermal über das ganze Gesicht hatte. Einmal kam eine Frau mit einem Kind, das im Rollstuhl saß. Mein Vater warf einen Blick auf den Jungen und sagte: »Ich wette eins zu zehn, du bist der Klügste in deiner Klasse.« Und es stimmte! Ja, so was konnte mein Vater sehr gut. Er konnte mit den Besten mithalten, daran besteht kein Zweifel. Und so übel war er auch nicht, um ehrlich zu sein, wenn man bedenkt, dass er mich nicht geprügelt hat oder so.

Aber er war nie da in meiner Kindheit. Ich sage das nicht gern, weil die Leute das heutzutage vorbringen, auch wenn der Vater da war, um damit ihr Verhalten zu entschuldigen. »*Mein Dad … er hat mich nie geliebt … deswegen bin ich Stripperin geworden und in der Jerry-Springer-Show aufgetreten …*« Ich benutze es nicht als Entschuldigung dafür, dass ich so geworden bin, wie ich bin; es war einfach eine Tatsache. Mein Vater war neun Monate im Jahr nicht da und lebte dreihundert Meilen entfernt in Washington D. C. in einem Apartment. Meine Mutter ist nicht mit ihm gegangen, weil sie sich darüber einig waren, dass ich »so aufwachsen sollte wie sie beide«.

Natürlich hat mein Großvater meinem Vater das Jagen und Fischen beigebracht, hat mit ihm Ball gespielt, war bei den Geburtstagsfesten dabei – all die kleinen Sachen, die ganz schön wichtig sind, bevor man erwachsen wird. Mein Vater hingegen war ein Fremder, ich kannte ihn kaum. Die ersten fünf Jahre meines Lebens dachte ich immer, alle Väter wohnten woanders. Erst als Eric Hunter, mein bester Freund im Kindergarten, mich fragte, wer der Mann sei, der am Abend zuvor bei mir zu Hause aufgetaucht war, wurde mir klar, dass irgendwas nicht stimmte. »Das war mein Vater«, erklärte ich stolz. »Ach …«, sagte Eric und durchwühlte meine Brotdose nach einem Milky Way. »Ich wusste gar nicht, dass du einen Vater hast.«

Man nennt so was einen Schlag ins Gesicht.

Ich wuchs also in der Obhut meiner Mutter auf. Sie war eine sehr nette Frau, lieb und freundlich, die Art Mutter, wie man sie sich erträumt. Aber sie war kein männlicher Einfluss in meinem Leben und konnte es auch nicht sein, und das, gekoppelt mit meiner wachsenden Enttäuschung über meinen Vater, machte mich schon in jungen Jahren etwas rebellisch. Nicht, dass ich ein schlimmer Rebell war. Meine Freunde und ich haben uns nur nachts manchmal davongeschlichen und Autoscheiben mit Seife eingeschmiert, oder wir haben Erdnüsse auf dem Friedhof hinter der Kirche gegessen, aber in den Fünfzigerjahren veranlasste das andere Eltern dazu, den Kopf zu schütteln und ihren Kindern zuzuflüstern: »Werd du nur nicht wie dieser Junge von den Carters! Der ist auf dem besten Weg ins Gefängnis.«

Ich. Ein ganz Schlimmer? Weil ich Erdnüsse auf dem Friedhof gegessen habe? Dass ich nicht lache.

Mein Vater und Hegbert kamen also nicht miteinander klar, aber das lag nicht nur an der Politik. Nein, anscheinend kannten sich mein Vater und Hegbert aus ferner Vergangenheit. Hegbert war ungefähr zwanzig Jahre älter als mein Vater, und bevor er Pfarrer wurde, hatte er für meinen Großvater gearbeitet – den Vater meines Vaters. Mein Großvater hatte zwar viel Zeit mit seinem Sohn verbracht, aber er war trotzdem ein echter Mistkerl, daran besteht kein Zweifel. Er war übrigens auch derjenige, der das Familienvermögen angehäuft hatte, aber man darf ihn sich nicht als jemanden vorstellen, der hart gearbeitet und dafür gesorgt hatte, dass sein Geschäft mit der Zeit wuchs und gedieh. Mein Großvater war viel schlauer, und sein Geld machte er auf viel einfachere Art: Er fing als Schwarzbrenner an und wurde während der Prohibition reich, indem er Rum aus Kuba einschmuggelte. Später kaufte er Land und setzte Pächter darauf, er nahm neunzig Prozent des Ertrags, den die Pächter aus ihrer Tabakernte erwirtschafteten, dann lieh er ihnen Geld, wenn sie es brauchten, und verlangte horrende Zinsen. Natürlich wollte er das Geld nie zurückgezahlt haben, statt dessen erwirkte er die Zwangsvollstreckung auf das Land oder ihre Gerätschaften. In einem »Augenblick der Inspiration«, wie er es nannte, gründete er daraufhin eine Bank, die *Carter Banking and Loan*. Die einzige andere Bank im Umkreis von zwei Bezirken war unter mysteriösen Umständen abgebrannt und wurde, da inzwischen die Depression hereingebrochen war, nie wieder eröffnet. Obwohl alle wussten, was wirklich passiert war, wagte niemand, ein Wort darüber zu verlieren, aus Angst vor einem Vergeltungsschlag, und die Angst war durchaus begründet. Die Bank war nicht das einzige Gebäude, das je unter mysteriösen Umständen abbrannte.

Die Zinsen, die mein Großvater erhob, waren ungeheuerlich, und nach und nach häufte er Land und Besitz an, weil seine Kunden die Darlehen nicht zurückzahlen konnten. Als die Depression ihren Höhepunkt erreichte, erwarb er durch Zwangsvollstreckung eine Vielzahl von Unternehmen und ließ die ehemaligen Eigentümer für sich arbeiten, und zwar für einen Hungerlohn, denn sie waren in einer Zwangslage und konnten nicht weg. Er sagte, dass er ihnen ihre Geschäfte wieder zurückverkaufen würde, wenn die Wirtschaft sich erholte, und die Leute glaubten ihm.

Aber nicht ein einziges Mal hielt er sein Versprechen. Am Schluss kontrollierte er einen enormen Teil der Wirtschaft des Bezirks und missbrauchte seine Macht in jeder nur erdenklichen Weise.

Ich würde ja gern erzählen, dass er ein schreckliches Ende gefunden hat, aber das war nicht der Fall. Er starb mit achtundneunzig beim Beischlaf mit seiner Geliebten auf seiner Jacht vor den Cayman Islands. Er sollte also seine beiden Frauen und seinen einzigen Sohn überleben. Was für ein Ende für einen Mann wie ihn, was? Das Leben ist niemals gerecht, das habe ich gelernt. Wenn man Schülern überhaupt etwas beibringen will, dann das.

Um wieder auf die Geschichte zurückzukommen ... Als Hegbert erkannte, was für ein gemeiner Hund mein Großvater war, hörte er auf, für ihn zu arbeiten, und wurde Pfarrer, dann kam er wieder nach Beaufort und übernahm die Pfarrstelle an der Kirche, in die wir immer gingen. In den ersten

Jahren perfektionierte er seinen Feuer-und-Schwefel-Auftritt mit Predigten, in denen er die Gierigen geißelte, so dass er kaum Zeit für igendwas anderes hatte. Er war schon dreiundvierzig, als er heiratete, und fünfundfünfzig, als seine Tochter Jamie Sullivan geboren wurde. Seine Frau, die klein und zierlich und zwanzig Jahre jünger war als er, erlitt sechs Fehlgeburten, bevor Jamie zur Welt kam, und dann starb sie bei der Geburt, wodurch Hegbert Witwer wurde und seine Tochter allein aufziehen musste.

Das erklärt die Geschichte von dem Theaterstück.

Die Leute kannten sie schon, bevor das Stück aufgeführt wurde. Es war eine von den Geschichten, die jedesmal die Runde machte, wenn Hegbert zu einer Kindstaufe oder einer Beerdigung gerufen wurde. Jeder kannte sie, und deswegen, glaube ich, waren die Leute auch so aufgewühlt, wenn sie das Weihnachtsstück sahen. Sie wussten, dass ihm eine Geschichte aus dem wahren Leben zugrunde lag, wodurch es eine spezielle Bedeutung bekam.

Jamie Sullivan, Hegberts Tochter, die wie ich die Abschlussklasse der High School besuchte, war ausgesucht worden, den Engel zu spielen. Nicht, dass jemand anders wirklich in Frage gekommen wäre. Natürlich bekam das Stück dadurch in dem Jahr eine ganz besondere Note. Es würde ein ganz großes Ereignis werden – vielleicht das größte aller Zeiten –, so dachte zumindest Miss Garber. Sie war die Schauspiel-Lehrerin, und der Gedanke daran ließ sie schon in der ersten Stunde erstrahlen, die ich in ihrer Klasse war.

Eigentlich hatte ich gar nicht vorgehabt, in dem Jahr den Schauspielkurs zu machen, wirklich nicht, aber entweder nahm ich Schauspiel oder Chemie II. Und ich dachte natürlich, dass es eine bequeme Lösung sein würde, besonders im Vergleich mit der Alternative. Keine schriftlichen Arbeiten, keine Prüfungen, keine Tabellen mit Protonen und Neutronen, die man auswendig zu lernen hatte, und kein Periodensystem mit Elementen, die man richtig zusammensetzen musste – was konnte man sich als Schüler der Abschlussklasse Besseres wünschen? Als ich mich eintrug, schien die Sache schon geritzt. Ich war überzeugt, dass ich die meisten Stunden ruhig schlummernd verbringen könnte, und in Anbetracht meiner späten Abende beim Erdnussessen draußen war das ein ziemlich wichtiger Gesichtspunkt.

Am ersten Tag des Kurses kam ich als einer der Letzten kurz vor dem Klingeln in das Klassenzimmer und setzte mich ganz nach hinten. Miss Garber hatte der Klasse den Rücken zugewandt und schrieb ihren Namen in großer Schrägschrift an die Tafel. Als ob wir nicht wüssten, wer sie war. Jeder kannte sie – man kam nicht drum herum, sie zu kennen. Sie war groß, bestimmt einsfünfundachtzig, hatte flammend rotes Haar und blasse Haut, auf der man ihre Sommersprossen sah, obwohl sie weit über vierzig war. Außerdem war sie übergewichtig – ich schätze, sie wog so um die hundertzwanzig Kilo –

und trug mit Vorliebe lose, groß geblümte Gewänder. Sie hatte eine dicke, dunkle Hornbrille und begrüßte jeden mit einem »Halloooo«, wobei sie die letzte Silbe singend in die Länge zog. Miss Garber war eine außergewöhnliche Frau, kein Zweifel, und sie war unverheiratet, was die Sache noch verschlimmerte. Jedes männliche Wesen, ganz gleich welchen Alters, verspürte unwillkürlich Mitleid mit ihr.

Unter ihren Namen schrieb sie die Ziele, die sie in dem Jahr erreichen wollte. »Selbstvertrauen« war das erste, gefolgt von »Selbsterkenntnis« und, drittens, »Selbsterfüllung«. Miss Garber hielt große Stücke auf diese »Selbst«-Sachen, womit sie den Entwicklungen in der Psychotherapie weit voraus war, aber das war ihr damals wahrscheinlich nicht bewusst. Sie war auf diesem Feld Vorreiterin. Vielleicht hatte es etwas mit ihrem Aussehen zu tun und war ein Versuch, ein besseres »Selbstwertgefühl« zu bekommen.

Aber ich schweife ab.

Die Stunde hatte schon begonnen, da fiel mir etwas Ungewöhnliches auf. Obwohl die Beaufort High School nicht groß war, wusste ich doch mit Sicherheit, dass die Verteilung von Mädchen und Jungen ziemlich genau halbe-halbe war. Deswegen war ich überrascht, als ich sah, dass in dieser Klasse mindestens neunzig Prozent Mädchen saßen. Ich entdeckte nur noch einen anderen Jungen, was mir aus meiner Sicht der Dinge nur recht sein konnte. In dem Moment fühlte ich mich großartig, nach dem Motto:

»Hoppla, jetzt komm ich!« Mädchen, wohin das Auge blickt, dachte ich unwillkürlich, überall Mädchen, Mädchen und keine Prüfungen.

Zugegeben, ich hatte nicht unbedingt die schnellste Auffassungsgabe.

Miss Garber fing also mit dem Weihnachtsstück an und erklärte uns, dass Jamie Sullivan in diesem Jahr den Engel spielen würde. Und dann fing sie an zu klatschen – sie gehörte auch zu unserer Kirche –, und einige von uns dachten, ihr Applaus gelte Hegbert, weil sie in ihn verliebt sei. Als ich das erste Mal davon hörte, dachte ich: Zum Glück sind sie zu alt, um Kinder zu bekommen, wenn sie je ein Paar würden. Man muss sich das mal vorstellen – durchsichtig mit Sommersprossen? Schon der Gedanke ließ alle erschaudern, aber natürlich hat nie einer eine Bemerkung darüber gemacht, wenigstens nicht in Hörweite von Miss Garber oder Hegbert. Gerede ist das eine, aber gemeiner Klatsch ist etwas ganz anderes, und selbst wir auf der High School waren nicht so gehässig.

Miss Garber klatschte weiter, erst mal ganz allein, bis wir schließlich alle einfielen, denn es war offensichtlich, dass sie das wollte. »Steh auf, Jamie«, sagte sie, »zeig den anderen, wer du bist.« Also stand Jamie auf und drehte sich um, worauf Miss Garber noch heftiger klatschte, als stünde sie vor einem leibhaftigen Filmstar.

Jamie Sullivan war bestimmt ein nettes Mädchen, daran ist kein Zweifel. Beaufort war so klein, dass es nur eine Grundschule gab, und folglich waren wir schon unser ganzes Leben lang in einer Klasse, aber es wäre gelogen, wenn ich sagte, dass ich je mit ihr gesprochen hätte. Einmal, in der zweiten Klasse, saß sie das ganze Schuljahr neben mir, und damals haben wir uns bestimmt manchmal unterhalten, aber das hieß nicht, dass ich meine Freizeit mit ihr verbrachte, auch damals nicht. Wen ich in der Schule sah, war die eine Sache, mit wem ich mich nach der Schule traf, war eine ganz andere, und Jamie hatte noch nie zu meinem Freundeskreis gehört.

Nicht, dass Jamie nicht ganz passabel aussah – das war es nicht. Sie war kein hässliches Entlein oder so. Zum Glück schlug sie ganz nach ihrer Mutter, die, nach den Bildern zu urteilen, die ich gesehen hatte, ganz hübsch gewesen war, besonders, wenn man bedenkt, wen sie geheiratet hatte. Aber Jamie war auch nicht unbedingt das, was ich attraktiv nennen würde. Obwohl sie schlank war und honigblondes Haar und sanfte blaue Augen hatte, sah sie meistens irgendwie … *unscheinbar* aus, und auch nur dann, wenn man sie überhaupt bemerkte. Jamie machte sich nichts aus ihrem Äußeren, weil sie immer nach »innerer Schönheit« und solchen Sachen strebte. Das war vermutlich mit ein Grund für ihr Aussehen. Denn so lange ich sie kannte – und das war ziemlich lange –, hatte sie ihr Haar immer in einem straffen Knoten getragen, fast wie eine alte Jungfer, und nie hatte sie auch nur ein Tüpfelchen Make-up aufgelegt. Wenn sie dann noch ihre gewöhnliche braune Strickjacke und den Schottenrock anhatte, dann sah sie aus, als wäre sie auf dem Weg zu einem Vorstellungsgespräch in der Bücherei. Wir dachten, das sei nur eine Phase, aus der sie herauswachsen würde, aber das war nicht so. Auch in den ersten drei Jahren auf der High School hatte sie sich kein bisschen verändert. Das Einzige, was sich verändert hatte, war die Kleidergröße der Sachen, die sie trug.

Aber es lag nicht nur an der Art, wie sie sich kleidete, dass Jamie irgendwie anders war, es war auch ihr Verhalten. Jamie vertrödelte nie ihre Zeit in Cecil's Diner oder ging zu Schlafpartys bei anderen Mädchen, und ich wusste mit Sicherheit, dass sie noch nie einen Freund gehabt hatte. Der alte Hegbert hätte wahrscheinlich einen Herzanfall bekommen, wenn sie mit einem Jungen angekommen wäre. Aber selbst wenn Hegbert aus irgendwelchen Gründen einverstanden gewesen wäre, hätte das nichts geändert, denn Jamie trug ihre Bibel immer bei sich, und wenn ihr Aussehen und Hegbert die Jungen nicht abschreckten – die Bibel tat es auf jeden Fall. Ich meine, ich hatte genauso wenig etwas gegen die Bibel wie die anderen in meinem Alter, aber Jamie schien eine Freude aus der Bibel zu ziehen, die mir völlig fremd war. Sie fuhr nicht nur jedes Jahr im August zur Ferienbibelschule, sondern sie las auch in der Pause in der Bibel. Für mein Gefühl war das einfach nicht normal, auch wenn sie die Tochter des Pfarrers war. Man konnte es drehen und wenden wie man wollte, die Briefe des Paulus an die Epheser machten nicht halb so viel Spaß wie ein Flirt, das leuchtet doch wohl ein.

Aber damit nicht genug. Weil sie so viel in der Bibel las, oder vielleicht auch wegen Hegberts Einfluss, war Jamie der Ansicht, dass es wichtig war, anderen zu helfen, und genau das tat sie auch. Ich wusste, dass sie im Waisenhaus in Morehead City ab und zu mithalf, aber das reichte ihr noch nicht. Sie sammelte immer für irgendwas Geld, für die Pfadfinder oder die indianischen Prinzessinnen, und als sie vierzehn war – daran erinnere ich mich –, verbrachte sie einen Teil ihrer Sommerferien damit, das Haus einer alten Nachbarin frisch zu streichen. Jamie gehörte zu den Menschen, die unaufgefordert bei jemandem Unkraut zupften oder den Verkehr anhielten und einem Kind über die Straße halfen. Sie sparte ihr Taschengeld, um den Waisenkindern einen neuen Basketball zu kaufen, oder sie steckte das Geld sonntags im Gottesdienst in den Kollektenbeutel. Anders ausgedrückt, sie war ein Mädchen, neben dem wir anderen sehr schlecht abschnitten, und wenn sie in meine Richtung sah, hatte ich augenblicklich ein schlechtes Gewissen, obwohl ich gar nichts verkehrt gemacht hatte.

Aber Jamie beschränkte ihre guten Taten nicht nur darauf, *Menschen* zu helfen. Immer wenn sie ein verletztes Tier fand, versuchte sie, es zu retten. Beutelratten, Eichhörnchen, Hunde, Katzen, Frösche … was es war, kümmerte sie nicht. Doctor Rawlings, der Tierarzt, kannte sie schon und schüttelte jedes Mal den Kopf, wenn er sie mit einem Karton kommen sah, in dem eine dieser armen Kreaturen saß. Dann nahm er die Brille ab und putzte sie sich mit einem Taschentuch, während Jamie erklärte, wo sie das arme Tier gefunden hatte und was passiert war. »Es ist von einem Auto überfahren worden, Doctor Rawlings. Ich glaube, es war die Vorsehung Gottes, dass ich es retten sollte. Sie helfen ihm doch, oder?«

Bei Jamie war alles die Vorsehung Gottes. Das war auch so eine Sache. Sie redete dauernd von der Vorsehung Gottes, wenn man mit ihr sprach, ganz gleich, um welches Thema es ging. Das Baseballspiel musste wegen Regens abgesagt werden? Es war die Vorsehung Gottes, um auf diese Weise etwas Schlimmeres zu verhüten. Eine unangekündigte Klassenarbeit in Trigonometrie, die alle verpatzten? Es ist wohl die Vorsehung Gottes, uns ab und an eine Herausforderung zu schicken. So ging das die ganze Zeit.

Dazu kam, dass sie mit Hegbert zusammenlebte, und das machte es auch nicht besser. Die Tochter des Pfarrers zu sein war bestimmt nicht leicht, aber sie tat so, als wäre es das Natürlichste von der Welt und ein Glück und Segen obendrein. Und das formulierte sie auch so: »Es ist ein solcher Segen für mich, einen Vater wie meinen zu haben.« Wenn sie das sagte, konnten wir nur den Kopf schütteln und uns fragen, wo sie eigentlich lebte.

Was mich aber wirklich zum Wahnsinn trieb von all ihren Eigenarten, das war ihre verdammte Fröhlichkeit, die sich durch nichts, was sich um sie herum abspielte, beeinträchtigen ließ. Ich schwöre, dass sie über nichts und niemanden je ein schlechtes Wort sagte, auch nicht zu denen von uns, die nicht besonders nett zu ihr waren. Sie summte vor sich hin, wenn sie die Straße entlangging, sie winkte Fremden zu, die mit dem Auto vorbeifuhren. Manchmal kamen die Frauen aus dem Haus, wenn sie Jamie vorbeigehen sahen, und gaben ihr ein Stück selbst gebackenes Kürbiskernbrot oder, wenn die Sonne hoch stand, ein Glas Limonade. Alle Erwachsenen in der Stadt verehrten sie anscheinend. »So ein nettes Mädchen«, sagten sie, wenn von Jamie die Rede war. »Die Welt wäre um vieles besser, wenn es mehr Menschen wie sie gäbe.«

Aber meine Freunde und ich waren der Meinung, dass eine Jamie Sullivan mehr als genug war.

All diese Dinge gingen mir durch den Kopf, als Jamie an jenem ersten Tag des Schauspielkurses vor uns stand, und ich gebe zu, dass es mich nicht besonders interessierte, sie zu sehen. Doch als sie sich zu uns umdrehte, kriegte ich einen merkwürdigen Schock, als hätte ich ein loses Kabel berührt. Sie trug einen Schottenrock mit einer weißen Bluse und darüber dieselbe braune Strickjacke, die ich schon hunderttausendmal gesehen hatte, aber auf ihrer Brust waren zwei Erhebungen zu sehen, die auch ihre Strickjacke nicht verstecken konnte und die, das schwöre ich, drei Monate zuvor noch nicht dagewesen waren. Sie trug nie Make-up, auch an dem Tag nicht, aber sie war etwas gebräunt, wahrscheinlich von der Bibelschule, und zum ersten Mal sah sie – na ja, fast hübsch aus. Natürlich verscheuchte ich den Gedanken sofort, aber als sie den Blick durch den Raum schweifen ließ, lächelte sie mich direkt an und war offenbar froh, dass ich in diesem Kurs war. Ich erfuhr erst später, warum.

Kapitel 2

Nach der High School hatte ich vor, auf der University of North Carolina in Chapel Hill zu studieren. Mein Vater wollte, dass ich nach Harvard oder Princeton ging, wie die Söhne anderer Kongressabgeordneter, aber bei meinen Noten war das nicht drin. Nicht, dass ich ein schlechter Schüler gewesen wäre, aber ich nahm die Schule nicht besonders ernst, und meine Noten reichten für die Ivy League nicht aus. Als mein letztes Schuljahr anfing, stand es sogar ziemlich auf der Kippe, ob ich überhaupt einen Studienplatz an der UNC bekommen würde, und dabei war das die Alma Mater meines Vaters, wo er also einen gewissen Einfluss geltend machen konnte. Als mein Vater an einem Wochenende zu Hause war, unterbreitete er mir seinen Plan, mich reinzuhieven. Ich hatte gerade die erste Schulwoche nach den Ferien hinter mir. Er war über Labor Day für drei Tage zu Hause, und wir saßen beim Essen.

»Ich finde, du solltest dich für das Amt des Schülersprechers bewerben«, fing er an. »Im Juni bist du mit der Schule fertig, und ich bin der Meinung, dass es sich auf deinem Zeugnis gut machen würde. Deine Mutter ist übrigens derselben Meinung.«

Meine Mutter nickte und kaute ihre Erbsen. Sie sprach nicht viel, wenn mein Vater da war, aber sie zwinkerte mir zu. Ich glaube, manchmal gefiel es meiner Mutter zu sehen, wie ich mich vor Unbehagen wand, obwohl sie sonst so lieb war.

»Ich glaube nicht, dass ich eine Chance habe, die Wahl zu gewinnen«, erwiderte ich hastig. Ich war zwar der reichste Schüler an der Schule, aber keineswegs der beliebteste. Diese Ehre kam Eric Hunter zu, meinem besten Freund. Er konnte einen Baseball mit fast neunzig Stundenkilometern werfen und hatte dem Football-Team als herausragender Quarterback zu wichtigen Siegen verholfen. Er war ein ganzer Kerl. Selbst sein Name klang cool.

»Natürlich kannst du die Wahl gewinnen«, widersprach mir mein Vater. »Wir Carters gewinnen immer.«

Das war ein weiterer Grund, warum es mir nicht passte, dass mein Vater ab und zu nach Hause kam. Denn wenn er mal da war, wollte er mich offenbar zu einer Miniaturversion von sich selbst formen. Da ich praktisch ohne ihn aufgewachsen war, gefiel mir seine sporadische Anwesenheit überhaupt nicht. Seit Wochen war das unser erstes Gespräch. Er unterhielt sich nicht gern mit mir am Telefon.

»Und wenn ich nicht Schülersprecher werden will?«

Mein Vater legte die Gabel hin – auf den Zinken stak noch ein Stück Schweinefleisch. Er sah mich verärgert an, und zwar von oben bis unten. Obwohl es fast dreißig Grad im Haus hatte, trug er einen Anzug, und das schüchterte mich noch mehr ein. Mein Vater trug übrigens immer einen Anzug.

»Ich finde«, sagte er langsam, »dass es eine gute Idee wäre.«

Wenn er in diesem Ton sprach, wusste ich, dass es beschlossene Sache war. So war das in meiner Familie. Das Wort meines Vaters war Gesetz. Aber es blieb dabei: Auch nachdem ich mich bereit erklärt hatte, wollte ich nicht Schülersprecher werden. Ich hatte keine Lust, für den Rest des Schuljahres einmal in der Woche nachmittags nach der Schule – nach der Schule! – auf Schüler-Lehrer-Versammlungen rumzusitzen, um mir ein Motto für den nächsten Schulball auszudenken oder über die Farbe der Luftschlangen zu diskutieren. Mehr taten die Schülervertreter doch nicht, wenigstens nicht zu meiner Zeit. Bei wichtigen Fragen mitentscheiden durften wir Schüler doch sowieso nicht.

Andererseits wusste ich, dass mein Vater Recht hatte. Wenn ich zur UNC gehen wollte, musste ich etwas tun. Ich spielte weder Football noch Baseball, ich spielte kein Instrument, ich war nicht im Schach-Club oder im Bowling-Club oder sonst irgendwo drin. In der Schule war ich auch nicht unbedingt eine Leuchte – ich war in nichts eine Leuchte. Mich verließ der Mut, und ich fing an, mir die Dinge aufzuzählen, die ich gut konnte, aber um ehrlich zu sein, es kam nicht viel dabei heraus. Ich konnte acht verschiedene Seglerknoten, ich konnte barfuß auf kochendheißem Asphalt eine längere Strecke zurücklegen als sonst jemand, ich konnte einen Bleistift dreißig Sekunden lang auf der Fingerspitze balancieren ... aber es war klar, dass nichts davon bei einer Bewerbung um einen Studienplatz besonderen Eindruck machen würde. Da war ich also, lag die ganze Nacht wach im Bett und machte mir langsam bewusst, dass ich ein Versager war. Besten Dank, Dad.

Am nächsten Morgen ging ich ins Sekretariat und setzte meinen Namen auf die Kandidatenliste. Zwei andere Schüler bewarben sich mit mir um das Amt – John Foreman und Maggie Brown. John, das war sonnenklar, hatte keine Chance. Er war einer von denen, die einem die Fusseln von den Kleidern zupften, wenn man mit ihnen sprach. Er war zwar ein guter Schüler, aber er saß immer in der ersten Reihe und hob jedes Mal, wenn der Lehrer eine Frage stellte, die Hand. Wenn er aufgerufen wurde, gab er fast immer die richtige Antwort und sah sich dann mit einem so selbstgefälligen Ausdruck nach rechts und links um, als hätte er, im Vergleich zu den übrigen Trotteln im Raum, den Beweis seiner intellektuellen Überlegenheit erbracht. Eric und ich beschossen ihn mit Spuckebällchen, wenn der Lehrer gerade nicht guckte.

Bei Maggie Brown standen die Dinge anders. Auch sie war eine gute Schülerin. Sie war schon drei Jahre lang in der Schülervertretung gewesen, und im Jahr zuvor war sie Klassensprecherin der Vorabschlussklasse gewesen. Das, was gegen sie sprach, war die

Tatsache, dass sie nicht besonders attraktiv war, und da sie im Sommer noch einmal zehn Kilo zugenommen hatte, war es klar, dass nicht ein einziger Junge für sie stimmen würde.

Nachdem ich wusste, gegen wen ich antrat, rechnete ich mir doch eine Chance aus. Meine ganze Zukunft stand auf dem Spiel, also entwarf ich eine Strategie. Eric war der Erste, der mir beipflichtete.

»Klar, ich sorge dafür, dass die Leute im Team dich wählen, gar keine Frage! Wenn du das wirklich willst.«

»Und ihre Freundinnen?«, fragte ich.

Das war mehr oder weniger meine Kampagne. Natürlich bin ich auch zu den Diskussionen gegangen und habe Flugblätter verteilt, auf denen stand: »Was ich tun werde, wenn ich Schülersprecher bin«, aber am Ende war es wahrscheinlich Eric Hunter, der mir das gewünschte Ergebnis brachte. Beaufort High School hatte nicht viel mehr als vierhundert Schüler; wenn man also die Sportlerriege hinter sich hatte, war das die halbe Miete, und den meisten von denen war es egal, wen sie wählten. Am Ende ging alles so auf, wie ich es geplant hatte.

Ich wurde mit ziemlich großer Mehrheit zum Schülersprecher gewählt. Natürlich ahnte ich nicht, was ich mir damit eingebrockt hatte.

Als ich noch in der Vorabschlussklasse war, hatte ich eine feste Freundin, Angela Clark. Sie war meine erste richtige Freundin, obwohl das Ganze nur ein paar Monate dauerte. Kurz vor den Sommerferien hatte sie mit mir Schluss gemacht und ging jetzt mit einem gewissen Lew, der schon zwanzig war und in der Werkstatt seines Vaters als Automechaniker arbeitete. Sein wichtigstes Wesensmerkmal war, soweit ich sehen konnte, sein wirklich klasse Auto. Er trug immer ein weißes T-Shirt und hatte sich eine Packung Camel in den Ärmel gesteckt. Dann stand er da, an die Motorhaube seines Thunderbird gelehnt, ließ den Blick schweifen und sagte so was wie: »He, Schätzchen«, wenn eine Frau vorbeikam. Er war echt der Siegertyp, könnte man sagen.

Also, wie auch immer, es kam die Zeit des Schülerballs, und wegen der Sache mit Angela hatte ich immer noch keine Partnerin. Diejenigen, die in der Schülervertretung waren, mussten zu dem Ball gehen – es war Pflicht, denn wir mussten helfen, die Turnhalle zu schmücken, und am nächsten Tag beim Aufräumen dabei sein –, außerdem machte es normalerweise auch Spaß. Ich rief ein paar Mädchen an, aber sie hatten alle schon einen Partner, also rief ich noch ein paar an. Die hatten auch schon Partner. Eine Woche vor dem Ball war die Auswahl ziemlich mies. Das Angebot beschränkte sich jetzt auf die Mädchen, die dicke Brillen trugen und lispelten. Beaufort hatte sich noch nie seiner Schönheiten rühmen können, aber das kümmerte mich jetzt nicht, ich brauchte eine Ballpartnerin. Ich wollte nicht ohne Partnerin auf dem Ball erscheinen – wie sähe das aus? Ich wäre der einzige Schülersprecher, der je allein bei einem Schulball aufgekreuzt war. Ich wäre dann der, der den ganzen Abend alkoholfreie Bowle ausschenken oder Erbrochenes in den Toiletten aufwischen müsste. Das machten nämlich normalerweise diejenigen, die keinen Partner hatten.

In einem Anfall von Panik nahm ich mir das Jahrbuch vom Jahr davor heraus und blätterte es ganz durch, um zu sehen, wer vielleicht noch solo war. Zuerst guckte ich mir die Seiten der Abschlussklasse an. Die meisten waren inzwischen zwar auf dem College, aber einige waren in der Stadt geblieben. Obwohl ich mir keine großen Chancen ausrechnete, rief ich ein paar von ihnen an, aber natürlich hatte ich keinen Erfolg. Ich konnte kein Mädchen finden, keins, das mit mir gehen würde. Inzwischen nahm ich jede Absage gelassen hin, obwohl das ja nichts ist, womit man vor seinen Enkelkindern angibt, wahrhaftig nicht. Meine Mom wusste, was ich durchmachte, und schließlich kam sie in mein Zimmer und setzte sich neben mich aufs Bett.

»Wenn du niemanden findest, könnte ich mit dir gehen«, bot sie an.

»Danke, Mom«, sagte ich niedergeschlagen.

Als sie wieder gegangen war, fühlte ich mich noch mieser als vorher. Selbst meine Mom dachte, ich würde niemanden finden. Und wenn ich mit ihr als Partnerin ginge? Selbst wenn ich hundert Jahre alt würde, das würde ich nie verwinden.

Es war übrigens noch einer der Jungen in der gleichen Situation wie ich. Carey Dennison war zum Kassenwart gewählt worden, und er hatte auch keine Partnerin. Carey gehörte zu den Leuten, deren Gegenwart man tunlichst mied. Er war nur deswegen gewählt worden, weil kein Gegenkandidat aufgestellt worden war. Selbst so hatte er, glaube ich, kaum genügend Stimmen bekommen. Er spielte die Tuba in der Bläserkapelle und hatte einen ganz unproportionierten Körper, als wäre er mitten in der Pubertät plötzlich nicht mehr weiter gewachsen. Er hatte einen dicken Bauch und lange, dünne Arme und Beine. Außerdem sprach er mit hoher, piepsiger Stimme – wahrscheinlich war er deswegen so ein guter Tubaspieler – und hörte nie auf, Fragen zu stellen. *Wo warst du am Wochenende? War es gut? Hast du irgendwelche Mädchen kennen gelernt?* Er wartete nicht einmal die Antwort ab, und wenn er einen ausfragte, lief er ständig hin und her, so dass man ihm mit den Augen hinterherwandern musste. Er nervte wie kein Zweiter, das steht fest. Wenn ich keine Partnerin fand, würde er den ganzen Abend neben mir stehen und mich mit Fragen bombardieren wie ein verrückt gewordener Staatsanwalt.

Ich saß also da und blätterte die Seiten der Vorabschlussklasse um, als ich zu Jamie Sullivans Bild kam. Ich hielt nur einen Moment inne, dann blätterte ich weiter und fluchte schon deshalb, weil mir der Gedanke überhaupt gekommen war. Die nächste Stunde versuchte ich, ein Mädchen zu finden, das halbwegs gut aussah, doch langsam kam ich zu der Erkenntnis, dass sie alle vergeben waren. Schließlich schlug ich noch einmal die Seite mit Jamies Bild auf und sah es mir an. So schlecht sieht sie gar nicht aus, sagte ich mir, und sie ist wirklich lieb. Wahrscheinlich würde sie zusagen, dachte ich …

Ich klappte das Buch zu. Jamie Sullivan? Hegberts Tochter? Auf gar keinen Fall. Niemals. Meine Freunde würden mir das Leben zur Hölle machen.

Aber wenn mir sonst nur die Wahl blieb, mit der eigenen Mutter zu gehen oder Erbrochenes aufzuwischen oder, grauenvoller Gedanke, Carey Dennison zu ertragen?

Den Rest des Abends verbrachte ich damit, das Für und Wider meiner ausweglosen Situation abzuwägen. Wirklich wahr, ich habe hin und her überlegt, aber am Ende war klar, was zu tun war, sogar mir. Ich musste Jamie zu dem Ball einladen, und während ich im Zimmer auf und ab ging, überlegte ich mir, wie ich das am besten anstellte.

In dem Moment kam mir ein furchtbarer Gedanke, wirklich schrecklich. Mir wurde nämlich bewusst, dass Carey Dennison in dem Moment wahrscheinlich genau das Gleiche tat wie ich. Er blätterte bestimmt auch das Jahrbuch durch! Er war zwar komisch, aber er wischte auch nicht gern Erbrochenes auf, und wenn man seine Mutter kannte, war einem klar, dass seine Alternative noch schlimmer war als meine. Wenn er jetzt Jamie als Erster fragte? Jamie würde ihm keinen Korb geben, und es war nur realistisch anzunehmen, dass sie seine einzige Wahl war. Keiner außer ihr würde sonst mit ihm gesehen werden wollen, tot oder lebendig. Aber Jamie würde jedem helfen – sie war einer von diesen Gleichheitsaposteln. Wahrscheinlich würde sie sich seine mit piepsiger Stimme vorgetragene Bitte anhören, die Güte seines Herzens erkennen und ohne lange zu zögern zusagen.

Da saß ich nun in meinem Zimmer und wurde wild bei dem Gedanken, dass Jamie *nicht* mit mir zum Ball gehen würde. In der Nacht schlief ich so gut wie überhaupt nicht, was für mich eine besonders seltsame Erfahrung war. Ich glaube nicht, dass sich schon jemals jemand Sorgen darüber gemacht hatte, ob er Jamie zur Partnerin bekam oder nicht. Ich nahm mir vor, sie gleich als Erstes zu fragen, solange mein Mut noch vorhielt, aber Jamie war nicht in der Schule. Ich nahm an, dass sie den Vormittag im Waisenhaus von Morehead City verbrachte, wie jeden Monat. Ein paar von uns versuchten ebenfalls, mit dieser Entschuldigung vom Unterricht befreit zu werden, aber Jamie war die Einzige, der man das zugestand. Auch der Direktor wusste, dass sie den Waisen vorlas oder mit ihnen bastelte oder spielte. Sie würde sich nicht ein paar schöne Stunden am Strand oder in Cecil's Diner machen. Diese Vorstellung war völlig absurd, auch für den Direktor.

»Hast du eine gefunden?«, fragte Eric mich zwischen zwei Schulstunden. Er wusste genau, dass ich noch keine Partnerin hatte, aber obwohl er mein Freund war, machte es ihm Spaß, gelegentlich ein bisschen zu sticheln.

»Noch nicht«, erwiderte ich, »aber ich kümmere mich drum.«

Carey Dennison stand vor seinem Schließfach im Flur. Ich hätte schwören können, dass er mir einen vielsagenden Blick aus seinen Glubschaugen zuwarf, als er sich unbeobachtet fühlte.

So fing der Tag schon an.

In der letzten Schulstunde verstrichen die Minuten schrecklich langsam. Ich hatte es mir so ausgerechnet: Wenn Carey und ich zur selben Zeit aus der Schule kamen, würde ich als Erster bei ihrem Haus ankommen, weil er diese schlaksigen Beine hatte und so. Ich bereitete mich also innerlich darauf vor, und als es läutete, rannte ich aus dem Gebäude, und zwar in vollem Galopp. Ich sprintete ungefähr hundert Meter, dann ging mir die Puste aus. Und darauf bekam ich Seitenstechen, so dass ich praktisch nur noch schleichen konnte. Die Stiche taten dermaßen weh, dass ich mich krümmte und mir die Seite hielt. Auf meinem Weg durch die Straßen von Beaufort muss ich ausgesehen haben wie eine asthmatische Ausgabe vom Glöckner von Notre Dame.

Hinter mir glaubte ich Careys piepsiges Gelächter zu hören. Ich drehte mich um und presste mir die Finger in meine schmerzende Seite, aber ich konnte ihn nicht sehen. Vielleicht nahm er eine Abkürzung durch irgendwelche Gärten! Solche krummen Touren sahen ihm ähnlich, dem Hund. Man konnte ihm nicht eine Minute lang trauen.

Ich stolperte jetzt etwas schneller weiter und kam bald in Jamies Straße. Inzwischen war ich schweißgebadet – mein Hemd klebte mir am Leib –, und ich japste immer noch nach Luft. Immerhin, ich kam an ihrer Tür an, atmete einmal tief durch und klopfte.

Obwohl ich mich sagenhaft beeilt hatte, argwöhnte der Teil von mir, der zum Pessimismus neigte, dass Carey mir die Tür öffnen würde. Ich stellte mir sein Siegerlächeln vor und seinen Blick, der sagte: *Tut mir leid, Partner, du kommst zu spät.*

Aber es war nicht Carey, der aufmachte, es war Jamie, und zum ersten Mal in meinem Leben wurde mir klar, wie sie aussehen könnte, wenn sie ein normaler Mensch wäre. Sie trug Jeans und eine rote Bluse. Zwar hatte sie ihr Haar immer noch zu einem Knoten aufgesteckt, aber sie sah viel lässiger aus als sonst. Mir dämmerte, dass sie richtig süß aussehen könnte, wenn sie es nur einmal probierte.

»Landon«, rief sie und hielt die Tür auf, »was für eine Überraschung!« Jamie freute sich immer, einen zu sehen; auch mich, obwohl ich glaube, dass sie mein Aussehen etwas erschreckte. »Bist du gerannt«, fragte sie.

»Eigentlich nicht«, log ich und wischte mir über die Stirn. Zum Glück ließ das Seitenstechen nach.

»Dein Hemd ist richtig durchgeschwitzt.«

»Ach, das«, murmelte ich und sah an mir herab. »Das macht doch nichts. Manchmal schwitze ich einfach sehr viel.«

»Vielleicht solltest du mal zum Arzt gehen.«

»Es ist nichts, wirklich.«

»Ich werde trotzdem für dich beten«, erklärte sie mit einem Lächeln. Jamie betete immer für irgend jemanden, warum sollte ich da nicht mit von der Partie sein?

»Danke«, sagte ich.

Sie senkte den Blick und schien einen Moment lang unruhig. »Ich würde dich ja hereinbitten, aber mein Vater ist nicht da, und er will nicht, dass Jungen ins Haus kommen, wenn er weg ist.«

»Oh«, sagte ich niedergeschlagen, »das macht nichts. Wir können uns ja hier draußen unterhalten.« Wenn es nach mir gegangen wäre, hätte ich lieber im Haus mit ihr gesprochen.

»Möchtest du ein Glas Limonade, während wir uns unterhalten?«, fragte sie. »Ich habe gerade welche gemacht.«

»Gern«, sagte ich.

»Ich bin gleich zurück.« Sie ging ins Haus, ließ aber die Tür offen stehen, so dass ich mich ein bisschen umsehen konnte. Das Haus war klein, aber ordentlich; an einer Wand stand ein Klavier, an der anderen ein Sofa. In der Ecke drehte sich ein kleiner Ventilator. Auf dem Couchtisch lagen Bücher mit Titeln wie »Hör auf Jesus« und »Der Glaube ist die Antwort«. Auch ihre Bibel lag auf dem Tisch. Sie war beim Lukas-Evangelium aufgeschlagen.

Im nächsten Moment kam Jamie mit der Limonade, und wir setzten uns auf zwei Stühle in der Ecke der Veranda. Ich wusste, dass sie und ihr Vater abends dort saßen, weil ich manchmal an dem Haus vorbeikam. Kaum hatten wir uns gesetzt, sah ich, wie Mrs. Hastings, die Nachbarin von der anderen Straßenseite, uns zuwinkte. Jamie winkte zurück, während ich meinen Stuhl so drehte, dass Mrs. Hastings mein Gesicht nicht erkennen konnte. Obwohl ich im Begriff war, Jamie zu dem Ball einzuladen, wollte ich nicht, dass jemand – auch nicht Mrs. Hastings – mich erkannte, für den Fall, dass Jamie schon Careys Einladung angenommen hatte. Mit Jamie zum Ball zu gehen war eine Sache, von ihr wegen eines Typen wie Carey abgewiesen zu werden, war eine ganz andere.

»Was machst du da?«, fragte Jamie. »Du rückst ja den Stuhl in die Sonne.«

»Ich mag die Sonne«, gab ich zur Antwort. Doch sie hatte Recht. Fast auf der Stelle merkte ich, wie die Strahlen durch mein Hemd hindurchbrannten und mir den Schweiß aus den Poren trieben.

»Wenn du meinst«, sagte sie lächelnd. »Und weshalb wolltest du mit mir sprechen?«

Jamie nestelte an ihrem Haar. Soweit ich sehen konnte, war jedes Härchen an Ort und Stelle. Ich atmete tief ein, um mich zu sammeln, aber ich konnte mich nicht dazu durchringen, gleich mit der Sache herauszurücken.

»Du warst also wieder im Waisenhaus heute?«, sagte ich statt dessen.

Jamie musterte mich merkwürdig. »Nein. Mein Vater und ich waren beim Arzt.«

»Ist alles in Ordnung mit ihm?«

Sie lächelte. »Kerngesund.«

Ich nickte und warf einen Blick über die Straße. Mrs. Hastings war wieder ins Haus gegangen, und ich konnte sonst niemanden entdecken. Die Luft war rein, aber ich war noch nicht so weit.

»Wirklich ein schöner Tag heute«, sagte ich und zögerte den Moment hinaus.

»Ja, finde ich auch.«

»Und warm.«

»Du sitzt ja auch in der Sonne.«

Ich sah mich um, der Druck stieg.

»Also, ich glaube, es ist keine einzige Wolke am Himmel.«

Diesmal antwortete Jamie nicht, und wir saßen ein paar Augenblicke schweigend da.

»Landon«, sagte sie schließlich, »du bist nicht hergekommen, um mit mir über das Wetter zu sprechen, oder?«

»Eigentlich nicht.«

»Warum dann?«

Der Moment der Wahrheit war gekommen. Ich räusperte mich.

»Also… ich wollte wissen, ob du zum Schulball gehst.«

»Ach so«, sagte sie. Es klang, als hätte sie gar nicht gewusst, dass es so etwas gab. Ich rutschte unruhig hin und her und wartete auf ihre Antwort.

»Ich hatte eigentlich nicht vor zu gehen«, gestand sie endlich.

»Aber wenn dich jemand einlädt, würdest du vielleicht gehen?«

Sie ließ einen Moment verstreichen, bevor sie antwortete.

»Ich weiß nicht recht«, sagte sie nachdenklich. »Vielleicht würde ich gehen, wenn sich die Möglichkeit ergäbe. Ich war noch nie bei einem Ball.«

»Es macht Spaß«, sagte ich schnell. »Nicht riesigen Spaß, aber doch Spaß.« *Besonders, wenn man be-*

dachte, was meine Alternativen waren. Das sagte ich aber nicht.

Sie lächelte über meine Redensart. »Ich muss natürlich erst meinen Vater fragen, aber wenn er es mir erlaubt, dann würde ich wohl gehen.«

In dem Baum neben der Veranda fing ein Vogel lauthals zu schimpfen an, als wüsste er, dass ich da nichts zu suchen hatte. Ich konzentrierte mich auf den Lärm und versuchte so, meine Nerven zu beruhigen. Noch vor zwei Tagen wäre mir der Gedanke völlig absurd vorgekommen, aber jetzt war ich da und hörte mich die Zauberworte sprechen: »Ja, würdest du mit mir zu dem Ball gehen?«

Ich sah, dass die Frage sie überraschte. Ich glaube, sie hatte angenommen, dass meine kleine Vorbereitung bedeutete, jemand anders wolle sie einladen. Manchmal schickten Teenager ihre Freunde aus, um »die Lage zu sondieren«, sozusagen, damit man sich keine Absage einhandelte. Obwohl Jamie nicht so wie andere Teenager war, nahm ich doch an, dass sie mit diesem Vorgehen vertraut war, wenigstens in der Theorie.

Statt jedoch sofort zu antworten, wandte Jamie den Blick für lange Zeit ab. Mein Magen krampfte sich zusammen, weil ich dachte, sie würde Nein sagen. Bilder von meiner Mutter, von Erbrochenem und von Carey gingen mir durch den Kopf, und plötzlich bedauerte ich, dass ich mich ihr gegenüber all die Jahre so schäbig verhalten hatte. Ich musste daran denken, wie ich sie immer gehänselt und ihren Vater einen Unzuchttreibenden genannt hatte, und wie ich sie hinter ihrem Rücken verspottet hatte. Als mich diese Gedanken gerade richtig niederdrückten und ich mir vorstellte, wie ich Carey wohl fünf Stunden lang ertragen könnte, drehte sie sich wieder zu mir um. Auf ihrem Gesicht lag ein kleines Lächeln.

»Ich würde gerne mit dir gehen«, sagte sie, »unter einer Bedingung.«

Ich machte mich auf alles gefasst und hoffte, es wäre nicht zu schwierig.

»Und die wäre?«

»Du musst mir versprechen, dass du dich nicht in mich verliebst.«

Das meinte sie nicht ernst, denn sie lachte, und ich atmete unwillkürlich vor Erleichterung auf. Ich muss zugeben, dass Jamie manchmal einen richtig guten Sinn für Humor hatte.

Ich lächelte und versprach es ihr.

Kapitel 3

Zwar war Jamie noch nie bei einem Schulball gewesen, aber sie hatte schon an Tanztees von der Kirche teilgenommen. Sie war keine schlechte Tänzerin – auch ich war bei einigen dieser Kirchen-Tanztees gewesen –, aber offen gesagt war es sehr schwer vorherzusagen, wie sie sich mit jemandem wie mir machen würde. Bei den Tanztees tanzte sie immer mit alten Leuten, weil keiner von den Gleichaltrigen sie aufforderte. Die Tänze, die vor dreißig Jahren beliebt waren, konnte sie also richtig gut. Ich wusste aber ehrlich gestanden nicht, was ich erwarten sollte.

Ich gebe zu, dass ich mir auch Gedanken darüber machte, was sie anziehen würde, aber das sagte ich ihr natürlich nicht. Wenn Jamie zum Tanztee ging, trug sie gewöhnlich einen alten Pullover und eins der Kleider, die sie auch zur Schule anzog, aber der Schulball sollte ja etwas Besonderes sein. Die meisten Mädchen kauften sich neue Kleider, und die Jungen trugen Anzüge, und in diesem Jahr würde ein Photograph kommen und alle photographieren. Ich wusste, dass Jamie sich kein neues Kleid kaufen würde, denn sie war nicht gerade besonders reich. Als Pfarrer verdiente man nicht viel Geld, aber natürlich wurde man nicht Pfarrer, um reich zu werden, sondern weil man ein höheres Ziel vor Augen hatte, gewissermaßen. Aber ich wollte nicht, dass sie die Sachen anzog, die sie auch zur Schule trug. Nicht meinetwegen – so hartherzig war ich nun auch wieder nicht –, sondern wegen der anderen. Ich wollte nicht, dass die anderen sich über sie lustig machten.

Die gute Nachricht war – wenn es überhaupt eine gute Nachricht gab –, dass Eric mich nicht zu sehr wegen der ganzen Sache mit Jamie aufzog, weil er nämlich mit seiner eigenen Partnerin beschäftigt war. Er ging mit Margaret Hays, der Anführerin der Cheerleader an unserer Schule. Margaret war nicht unbedingt die Hellste, aber trotzdem ganz nett. Mit nett meine ich natürlich, dass sie gute Beine hatte. Eric bot mir an, dass wir zu viert gehen könnten, aber ich wollte nicht riskieren, dass er sich über Jamie lustig machte und so. Er war ein guter Kerl, aber manchmal konnte er etwas grob werden, besonders wenn er schon ein paar Schluck Bourbon intus hatte.

Am Tag des Schulballs hatte ich alle Hände voll zu tun. Nachmittags half ich die Sporthalle zu schmücken, und dann musste ich eine halbe Stunde vor der Zeit bei Jamie sein, weil ihr Vater mit mir sprechen wollte. Worüber, wusste ich nicht. Jamie hatte mich damit am Tag vor dem Ball überrascht, und ich kann nicht behaupten, dass ich von der Aussicht begeistert war. Ich nahm an, er wollte mit mir über die Versuchung sprechen und die schlimmen Abwege, auf die sie uns führen konnte. Wenn er aber vom Unzuchttreiben anfing, würde ich auf der Stelle in den Erdboden versinken, das war klar. Ich schickte den ganzen Tag lang kleine Stoßgebete zum Himmel, weil ich hoffte, das Gespräch vermeiden zu können, aber ich war mir nicht sicher, ob Gott meine Gebete vorrangig behandeln würde, wenn man bedenkt, wie ich mich früher verhalten hatte. Schon der Gedanke daran machte mich nervös.

Nachdem ich geduscht hatte, zog ich einen von meinen guten Anzügen an, machte einen Abstecher zum Blumenladen, um Jamies Blumensträußchen zum Anstecken abzuholen, und fuhr dann zu ihr. Meine Mutter hatte mir erlaubt, das Auto zu benutzen, und ich parkte genau vor Jamies Haus. Da die Zeitumstellung noch bevorstand, war es noch hell, als ich bei ihnen ankam und auf dem rissigen Weg zur Haustür ging. Ich klopfte, wartete und klopfte dann noch einmal. Hinter der Tür hörte ich Hegberts Stimme: »Ich komme sofort«, aber er schien es nicht besonders eilig zu haben. Ich stand bestimmt zwei Minuten vor der Tür und betrachtete das Schnitzwerk und die kleinen Sprünge in der Fensterbank. An der Seite standen die Stühle, auf denen Jamie und ich ein paar Tage zuvor gesessen hatten. Der, auf dem ich gesessen hatte, war immer noch in die andere Richtung gedreht. Wahrscheinlich waren die beiden in den letzten Tagen nicht auf der Veranda gewesen.

Endlich öffnete sich knarrend die Tür. Das Licht von innen warf einen Schatten auf Hegberts Gesicht und schien durch sein Haar. Er war alt, wie ich schon sagte, zweiundsiebzig, würde ich schätzen. Es war das erste Mal, dass ich ihn aus der Nähe sah, und ich konnte all die kleinen Fältchen in seinem Gesicht erkennen. Seine Haut war wirklich durchsichtig; aus der Nähe betrachtet fiel das noch mehr auf.

»Hallo, Herr Pfarrer«, sagte ich und überwand meine Furcht. »Ich bin gekommen, um Jamie zum Ball abzuholen.«

»Ja, natürlich«, erwiderte er. »Aber vorher möchte ich gern mit dir reden.«

»Ja, Sir, deswegen bin ich früher gekommen.«

»Komm herein.«

In der Kirche war Hegbert immer ganz korrekt angezogen, aber im Moment trug er Latzhosen und ein T-Shirt und sah eher aus wie ein Farmer. Er deutete auf den hölzernen Stuhl, den er aus der Küche geholt hatte. »Es tut mir Leid, dass ich nicht schneller zur Tür gekommen bin. Ich arbeite gerade an der Predigt für morgen«, sagte er.

Ich setzte mich.

»Das ist in Ordnung, Sir.« Ich weiß nicht, warum, aber ich musste einfach »Sir« zu ihm sagen. Irgendwie provozierte er das.

»Also gut, erzähl mir was von dir.«

Ich fand die Aufforderung ziemlich lächerlich, wo er doch meine Familie schon so lange kannte. Er hatte mich übrigens auch getauft, und seit meiner frühesten Kindheit sah er mich jeden Sonntag in der Kirche.

»Nun, Sir«, fing ich an, wusste aber nicht recht, was ich sagen sollte. »Ich bin jetzt Schülersprecher. Ich weiß nicht, ob Jamie Ihnen das erzählt hat.«

Er nickte. »Doch, das hat sie. Und weiter?«

»Und … also, ich hoffe, ich bekomme im Herbst einen Studienplatz an der University of North Carolina. Die Bewerbungsunterlagen habe ich schon.«

Wieder nickte er. »Sonst noch was?«

Ich musste zugeben, dass mir danach nichts mehr einfiel. Am liebsten hätte ich den Bleistift vom Tisch genommen und ihn auf meinem Finger balanciert, und zwar die vollen dreißig Sekunden lang, aber Hegbert war wohl nicht der Typ, den das beeindrucken würde.

»Ich glaube nicht.«

»Dürfte ich dir eine Frage stellen?«

»Natürlich, Sir.«

Dann sah er mich eine Weile lang durchdringend an, als müsste er sich die Frage überlegen.

»Warum hast du meine Tochter zu dem Ball eingeladen?«, fragte er schließlich.

Ich war überrascht und wusste, dass es mir ins Gesicht geschrieben stand.

»Ich weiß nicht, was Sie meinen, Sir.«

»Du hast nicht vor, sie irgendwie … in eine peinliche Situation zu bringen, oder?«

»Nein, Sir«, sagte ich und war schockiert angesichts der Unterstellung. »Überhaupt nicht. Ich brauchte eine Partnerin, und da habe ich sie gefragt. Das war alles.«

»Ihr habt keine Streiche vor?«

»Nein, Sir. Das würde ich nie tun …«

Das ging noch ein paar Minuten so – dass er meine wahren Absichten zu erforschen versuchte, meine ich –, aber zum Glück kam Jamie aus dem hinteren Zimmer. Wir drehten uns beide im selben Moment zu ihr um. Hegbert hörte endlich auf zu reden, worauf ich erleichtert aufatmete. Sie hatte einen ihrer hübschen blauen Röcke angezogen und eine weiße Bluse, die ich nicht kannte. Zum Glück hatte sie ihren Pullover im Schrank gelassen. Sie sah gar nicht so übel aus, das musste ich zugeben, obwohl ich wusste, dass sie im Vergleich zu den anderen Mädchen nicht fein genug angezogen war. Wie immer hatte sie ihr Haar zu einem Knoten hochgesteckt. Ich persönlich war der Meinung, es hätte besser ausgesehen, wenn sie es offen getragen hätte, aber das hätte ich nie gesagt. Jamie sah aus … also, Jamie sah genauso aus wie immer, aber zum Glück hatte sie nicht vor, ihre Bibel mitzunehmen. Das hätte ich auch nicht ertragen.

»Du machst Landon doch nicht das Leben schwer, oder?«, sagte sie fröhlich zu ihrem Vater.

»Wir plaudern nur ein wenig«, sagte ich schnell, bevor er etwas erwidern konnte. Ich hatte den Eindruck, dass er Jamie nicht gesagt hatte, was er von mir hielt, und fand diesen Moment irgendwie unpassend für eine solche Enthüllung.

»Ja, vielleicht sollten wir gehen«, sagte sie nach

einem Moment. Ich glaube, sie spürte die Anspannung im Zimmer. Sie ging zu ihrem Vater und küsste ihn auf die Wange. »Arbeite nicht zu lange an der Predigt, ja?«

»Ist gut«, sagte er sanft. Ich merkte, dass er sich nicht im Geringsten scheute zu zeigen, wie lieb er sie hatte, obwohl ich daneben stand. Was er von mir hielt, war hier das einzige Problem.

Wir verabschiedeten uns, und auf dem Weg zum Auto gab ich Jamie ihr Blumensträußchen. Ich sagte, ich würde ihr zeigen, wie man es ansteckte, wenn wir im Auto saßen. Ich hielt ihr die Tür auf und ging dann zur anderen Seite und setzte mich hinter das Steuer. In dem kurzen Moment hatte Jamie die Blumen schon angesteckt.

»Ich bin nicht der letzte Dummkopf, weißt du. Ich weiß, wie man Blumen ansteckt.«

Ich startete den Wagen, und wir machten uns auf den Weg zur Schule, während mir die vorangegangene Unterhaltung durch den Kopf ging.

»Mein Vater mag dich nicht besonders«, stellte sie fest, als wüsste sie, was ich dachte.

Ich nickte und sagte nichts.

»Er findet dich unverantwortlich.«

Ich nickte wieder.

»Er mag deinen Vater auch nicht besonders.«
Wieder nickte ich.

»Und deine ganze Familie auch nicht.«
Ich hab's kapiert!

»Aber weißt du, was ich glaube?«, fragte sie plötzlich.

»Nein, keine Ahnung.« Inzwischen war ich ziemlich deprimiert.

»Ich glaube, es ist alles Teil der göttlichen Vorsehung. Was, meinst du, soll es bedeuten?«

Jetzt geht das wieder los, dachte ich.

Schlimmer, als der Abend war, hätte er, wenn ich ganz ehrlich bin, gar nicht werden können. Die meisten meiner Freunde mieden mich, und Jamie hatte sowieso kaum Freunde, so dass wir den größten Teil des Abends allein verbrachten. Außerdem, und das machte es noch schlimmer, war meine Anwesenheit gar nicht mehr vonnöten. Weil Carey keine Partnerin finden konnte, war ihm die Aufsicht übertragen worden, und als ich das herausfand, machte mich das ziemlich missmutig. Aber nach dem, was Jamies Vater zu mir gesagt hatte, konnte ich sie wohl schlecht früher nach Hause bringen, oder? Und dazu kam, dass sie sich richtig gut amüsierte, das sah sogar ich. Ihr gefielen die Dekorationen, die ich geholfen hatte anzubringen, ihr gefiel die Musik, ihr gefiel der ganze Ball. Sie beteuerte immer wieder, wie wunderbar sie alles fand, und fragte mich, ob ich ihr irgendwann einmal helfen würde, die Kirche für einen Tanztee zu schmücken. Ich murmelte, sie könne mich ja mal anrufen, und obwohl ich richtig lahm klang, dankte sie mir für meine Hilfsbereitschaft. Die erste Stunde war ich ziemlich niedergeschlagen, obwohl Jamie das nicht zu bemerken schien.

Jamie musste um elf Uhr zu Hause sein, eine Stunde, bevor der Ball zu Ende war, was die Sache für mich etwas leichter machte. Als die Musik anfing, begaben wir uns aufs Parkett. Es stellte sich heraus, dass sie wirklich recht gut tanzen konnte – sogar besser als manche der anderen –, und so verging die Zeit ziemlich schnell. Bei einem Dutzend Songs ließ sie sich leicht von mir führen, danach setzten wir uns hin und unterhielten uns fast normal. Klar, es fielen auch Wörter wie Glaube und Freude und sogar Erlösung, und sie sprach davon, dass sie bei den Waisenkindern aushalf und halbtote Tiere von der Straße auflas, aber sie war so glücklich, dass es schwer war, sich nicht anstecken zu lassen.

Am Anfang war es also gar nicht so schlimm und keineswegs schlechter, als ich es mir vorgestellt hatte. Erst als Lew, Angelas Freund, auftauchte, wurde es ungemütlich.

Er kam kurz nach uns und hatte wieder eins von diesen blöden T-Shirts mit einer Schachtel Camel im Ärmel an und jede Menge Gel im Haar. Angela klebte regelrecht an ihm. Man musste kein Hellseher sein, um zu erkennen, dass sie vorher schon etliches getrunken hatte. Ihr Kleid war todschick – ihre Mutter arbeitete in einem Friseursalon und war bestens über die neuesten Modetrends informiert –, außerdem bemerkte ich, dass sie eine damenhafte Angewohnheit angenommen hatte: das Kaugummikauen. Wie wild malmte sie auf dem Kaugummi herum, wie eine Kuh, die wiederkäute.

Nun, der gute, alte Lew tat einen Schuss in die alkoholfreie Bowle, so dass auch ein paar der Schüler einen Schwips bekamen. Als die Lehrer das spitzkriegten, war die Bowle schon fast leer. Die davon getrunken hatten, bekamen einen glasigen Blick, aber man konnte sehen, dass die Wirkung bald nachlassen würde. Bei Angela allerdings war es klar, dass ein kleiner Schluck ihr den Rest geben würde. Als ich sah, dass sie bei dem zweiten Glas Bowle war, wusste ich, dass ich sie nicht aus den Augen lassen durfte. Auch wenn sie mich sitzengelassen hatte, wollte ich nicht, dass es ihr dreckig ging. Mit ihr hatte ich zum ersten Mal einen Zungenkuss probiert. Zwar waren wir dabei so heftig mit den Zähnen zusammengestoßen, dass ich Sterne sah und ein Aspirin nehmen musste, als ich wieder zu Hause war, aber ich hatte immer noch Gefühle für sie.

Ich saß also da, neben Jamie, und hörte kaum, was sie mir über die wunderbare Bibelschule erzählte, während ich Angela aus dem Augenwinkel beobachtete, als Lew meinen Blick bemerkte. Mit einer hektischen Bewegung packte er Angela um die Taille, zog sie mit sich zu unserem Tisch und warf mir einen dieser Blicke zu, der besagte: NIMM DICH IN ACHT. Man kann es sich vorstellen, oder?

»Hast du meine Freundin angemacht?«, fragte er, und die Spannung stieg.

»Nein.«

»Doch, und ob«, sagte Angela fast lallend. »Er hat mich die ganze Zeit angestarrt. Das ist mein früherer Freund, der, von dem ich dir erzählt habe.«

Seine Augen wurden zu Schlitzen, genau wie bei Hegbert. Anscheinend habe ich auf viele Menschen eine ähnliche Wirkung.

»Also, du bist das«, schnaufte er verächtlich.

Ich bin nicht gerade der geborene Kämpfer. Ich war nur ein einziges Mal in eine Prügelei verwickelt, und das war in der dritten Klasse. Damals hatte ich schon verloren, bevor der andere Junge überhaupt zugeschlagen hatte, weil ich anfing zu weinen. Normalerweise konnte ich mich ohne weiteres aus solchen Dingen raushalten, weil ich ein eher passives Naturell hatte, und außerdem fing niemand mit mir Streit an, wenn Eric sich in meiner Nähe aufhielt. Aber Eric war mit Margaret irgendwo verschwunden, wahrscheinlich hinter die Bühne, jedenfalls war er nicht zu sehen.

»Ich habe nicht gestarrt«, sagte ich schließlich, »und ich weiß nicht, was sie dir erzählt hat, aber ich bezweifle, dass es stimmt.«

Seine Augen wurden noch schlitzförmiger. »Nennst du Angela eine Lügnerin?«

Oh, Mist. Ich glaube, er hätte mich auf der Stelle geschlagen, wenn Jamie sich nicht plötzlich eingemischt hätte.

»Ich kenne dich doch«, begann sie fröhlich und sah ihn an. Manchmal schien Jamie nicht wahrzunehmen, was direkt vor ihrer Nase passierte. »Doch, warte! Du arbeitest in der Autowerkstatt in der Stadt. Dein Vater heißt Joe, und deine Großmutter wohnt in der Foster Road, beim Bahnübergang.«

Ein verwirrter Blick huschte über Lews Gesicht, als versuchte er, ein Puzzle zusammenzusetzen, für das es zu viele Stücke gab.

»Woher weißt du das alles? Hat der hier das alles über mich erzählt?«

»Nein«, erwiderte Jamie, »natürlich nicht.« Sie lachte vor sich hin. Nur Jamie konnte in einem solchen Moment etwas zu lachen finden. »Ich habe ein Photo von dir im Haus deiner Großmutter gesehen. Ich kam gerade vorbei, als sie sich mit einer Einkaufstasche abschleppte. Das Photo von dir steht auf dem Kaminsims.«

Lew sah Jamie an, als wüchsen ihr Maiskolben aus den Ohren.

Jetzt fächerte Jamie sich mit der Hand Luft zu. »Wir haben uns gerade ein bisschen hingesetzt, weil wir Luft schöpfen wollten nach dem Tanzen. Es wird einem ganz schön heiß dabei. Wollt ihr euch zu uns setzen? Hier sind noch zwei Stühle. Ich würde gern hören, wie es deiner Großmutter geht.«

Sie klang so erfreut, dass Lew nicht wusste, was er tun sollte. Im Gegensatz zu uns, die wir an Jamie gewöhnt waren, hatte er noch nie jemanden wie sie kennen gelernt. Einen Moment lang stand er unschlüssig da, als würde er überlegen, ob er den Jungen schlagen sollte, der mit dem Mädchen zusammen war, das seiner Großmutter geholfen hatte. Wenn sich das so schon kompliziert anhört, dann muss man sich mal klar machen, welche Wirkung es auf Lews benzingeschädigtes Hirn hatte. Schließlich zog er ab und nahm Angela mit. Angela hatte inzwischen wahrscheinlich vergessen, wie alles angefangen hatte, weil sie schon zu viel getrunken hatte. Jamie und ich sahen ihm hinterher, und als er in sicherer Entfernung war, atmete ich aus. Ich hatte gar nicht gemerkt, dass ich die Luft angehalten hatte.

»Danke«, murmelte ich verlegen und musste zugeben, dass Jamie – Jamie! – mich vor körperlichem Schaden bewahrt hatte.

Jamie sah mich verdutzt an. »Wofür?«, fragte sie, und als ich nicht anfing, es ihr haarklein zu erklären, nahm sie ihre Geschichte von der Bibelschule wieder auf, als wäre nichts geschehen. Aber diesmal hörte ich ihr sogar zu, wenigstens mit einem Ohr. Das war das Mindeste, was ich tun konnte.

Es stellte sich heraus, dass wir es an dem Abend noch einmal mit Lew und Angela zu tun bekommen sollten. Die zwei Gläser Bowle waren zu viel für Angela gewesen, und sie übergab sich in der Mädchentoilette. Lew, der auf Stil hielt, verließ das Fest, als er sie würgen hörte; er schlich sich davon, so wie er sich eingeschlichen hatte, und ward nicht mehr gesehen. Das Schicksal hatte Jamie dazu ausersehen, Angela in der Toilette zu finden, und sie erkannte sofort, dass es Angela nicht sehr gut ging. Uns blieb nichts anderes übrig, als sie notdürftig zu säubern und nach Hause zu bringen, bevor die Lehrer davon Wind bekamen. Damals galt es als schlimme Sache, wenn man sich betrank. Angela musste mit einem zeitweiligen Ausschluss vom Unterricht, wenn nicht sogar mit einem Verweis von der Schule rechnen, wenn sie erwischt wurde.

Jamie, die gute Seele, wollte das genauso wenig wie ich, obwohl ich gedacht hatte, sie würde anders urteilen, weil Angela minderjährig war und gegen das Gesetz verstoßen hatte. Außerdem hatte sie eine der Regeln in Hegberts Verhaltenskodex verletzt. Hegbert hatte eine klare Meinung, was Gesetzesbrecher und das Trinken anging. Zwar hob er da nicht so ab wie bei dem Thema Unzucht, dennoch wussten wir alle, dass er es todernst meinte, und nahmen an, dass Jamie genauso dachte. Vielleicht tat sie das auch, aber ihr Helferinstinkt war stärker. Wahrscheinlich warf sie einen Blick auf Angela, dachte: »Verletzte Kreatur«, oder so ähnlich, und trat in Aktion. Zu zweit machten wir Eric hinter der Bühne ausfindig. Der erklärte sich bereit, an der Toilettentür Wache zu stehen, während Jamie und ich drinnen sauber machten. Angela hatte ganze Arbeit geleistet, das kann man sagen. Überall war Erbrochenes, nur nicht in der Toilettenschüssel. An den Wänden, auf dem Boden, in den Waschbecken – sogar an der Decke, obwohl ich nicht weiß, wie sie das geschafft hat. Da hockte ich also in meinem besten blauen Anzug beim Schülerball und wischte Erbrochenes auf – genau das, was ich von Anfang an vermeiden wollte. Und Jamie, meine Partnerin, kroch ebenfalls auf Knien herum und machte sauber.

Ich konnte Careys piepsiges, verrücktes Lachen irgendwo in der Ferne regelrecht hören.

Dann endlich schlichen wir uns durch die Hintertür der Turnhalle davon und hielten Angela aufrecht, indem wir sie zwischen uns stützten. Angela fragte immer wieder, wo Lew sei, aber Jamie sagte, sie solle sich keine Sorgen machen. Sie hatte eine sehr beruhigende Art, mit Angela zu sprechen, doch Angela war so weggetreten, dass ich bezweifle, ob sie wusste, wer da sprach. Wir luden Angela auf den Rücksitz meines Autos, wo sie praktisch sofort ohnmächtig wurde, jedoch nicht, ohne sich vorher noch einmal auf den Boden übergeben zu haben. Der Gestank war so widerlich, dass wir die Fenster runterkurbeln mussten, um nicht selbst zu würgen. Die Fahrt zu Angelas Haus kam mir extrem lang vor. Ihre Mutter kam zur Tür, warf einen Blick auf ihre Tochter und nahm sie mit ins Haus, ohne auch nur Danke zu sagen. Ich glaube, es war ihr sehr peinlich, und wir mussten ihr ja sowieso nicht viel erklären. Was passiert war, lag ja auf der Hand.

Als wir Angela abluden, war es Viertel vor elf, also fuhren wir von dort direkt zu Jamies Haus. Ich war sehr besorgt, weil Jamie nach Angelas Erbrochenem roch und damit besudelt war, und betete insgeheim, dass Hegbert schon zu Bett gegangen sein möge. Ich wollte ihm die Lage nicht auseinander setzen müssen. Oh, er würde Jamie bestimmt glauben, wenn sie es ihm erzählte, aber ich hatte das bedrückende Gefühl, dass er trotzdem mir die Schuld geben würde.

Ich brachte sie also zur Tür, wo wir unter dem Verandalicht stehen blieben. Jamie verschränkte die Arme und lächelte leicht. Sie sah aus, als wäre sie soeben von einem Abendspaziergang zurückgekehrt, bei dem sie die Schönheit der Natur bewundert hatte.

»Erzähl es bitte nicht deinem Vater«, bat ich sie.

»Das tue ich auch nicht«, sagte sie. Sie lächelte immer noch, als sie sich zu mir umdrehte. »Es war ein schöner Abend. Danke, dass du mich mit zum Ball genommen hast.«

Da stand sie, ihre Sachen mit Erbrochenem beschmiert, und dankte mir doch tatsächlich für den Abend. Jamie Sullivan konnte einen wirklich zum Wahnsinn treiben.

Kapitel 4

In den zwei Wochen nach dem Ball normalisierte sich mein Leben mehr oder weniger wieder. Mein Vater war nach Washington D. C. zurückgekehrt, wodurch der Alltag zu Hause etwas lustiger wurde, hauptsächlich deshalb, weil ich ungehindert aus dem Fenster klettern und mich zu meinen nächtlichen Treffen zum Friedhof schleichen konnte. Ich weiß nicht, was uns an dem Friedhof so sehr anzog. Vielleicht hatte es etwas mit den Grabsteinen zu tun, denn man saß auf ihnen erstaunlich bequem, dafür, dass es Grabsteine waren.

Normalerweise saßen wir auf den Gräbern der Familie Preston, die hier vor hundert Jahren beerdigt worden war. Es gab acht Grabsteine, die kreisförmig angeordnet waren, so dass wir die Erdnüsse bequem herumreichen konnten. Eines Tages beschlossen meine Freunde und ich, etwas über die Familie Preston herauszufinden. Deshalb gingen wir in die Bücherei und sahen nach, ob es da etwas über sie gab. Ich meine, wenn man schon auf dem Grabstein von jemandem sitzt, dann sollte man über denjenigen ruhig etwas wissen, oder?

Es stellte sich heraus, dass in den geschichtlichen Aufzeichnungen nichts Besonderes über die Familie zu finden war, aber ein interessantes Detail entdeckten wir dennoch. Henry Preston, der Vater, war Holzfäller gewesen, obwohl er nur einen Arm hatte. Ob man's glaubt oder nicht. Angeblich konnte er einen Baum genauso schnell fällen wie jeder andere, der noch beide Arme hatte. Ein einarmiger Holzfäller – darunter konnte man sich sofort etwas vorstellen, und deswegen unterhielten wir uns häufig über ihn. Wir überlegten uns, was er sonst noch mit nur einem Arm alles machen konnte, und diskutierten ausführlich darüber, wie schnell er einen Baseball werfen und ob er auf dem Intracoastal Waterway schwimmen konnte. Unsere Gespräche waren nicht gerade sehr anspruchsvoll, aber ich hatte trotzdem meinen Spaß.

Nun gut, an einem Samstagabend saßen Eric und ich mit ein paar anderen Freunden wieder da, aßen Erdnüsse und sprachen über Henry Preston, als Eric mich fragte, wie es mir beim Ball mit Jamie Sullivan ergangen sei. Wir beide hatten uns seither nicht viel gesehen, weil die Football-Ausscheidungsrunde schon angefangen hatte und Eric an den vergangenen beiden Wochenenden bei Auswärtsspielen gewesen war.

»Ach, es war ganz in Ordnung«, sagte ich schulterzuckend und gab mir Mühe, cool zu wirken.

Eric knuffte mich scherzhaft in die Rippen, und ich knurrte. Er war mindestens zwölf Kilo schwerer als ich.

»Hast du sie zum Abschied geküsst?«

»Nein.«

Er nahm einen langen Schluck aus seiner Budweiser-Dose, als ich antwortete. Ich weiß nicht, wie er es schaffte, aber er stieß nie auf Hindernisse, wenn er Bier kaufen wollte. Ich fand das merkwürdig, wo doch jeder in der Stadt wusste, wie alt er war.

Er wischte sich mit dem Handrücken über die Lippen und sah mich von der Seite her an.

»Ich finde, nachdem sie dir geholfen hat, das Klo sauber zu machen, hättest du sie wenigstens zum Abschied küssen können.«

»Habe ich aber nicht.«

»Hast du es wenigstens versucht?«

»Nein.«

»Warum nicht?«

»Bei ihr macht man so was nicht«, antwortete ich. Obwohl wir alle wussten, dass das stimmte, klang es so, als würde ich sie verteidigen.

Eric sprang sofort darauf an.

»Ich glaube, du magst sie«, sagte er.

»Du spinnst doch«, gab ich zurück, und er schlug mir auf den Rücken – so fest, dass mir die Luft wegblieb. Wenn ich den Abend mit Eric verbrachte, hatte ich am nächsten Tag immer ein paar blaue Flecken.

»Ja, ich spinne vielleicht«, sagte er und zwinkerte mir zu, »aber du bist derjenige, der in Jamie Sullivan verknallt ist.«

Ich wusste, dass wir uns auf gefährliches Terrain begaben.

»Ich habe sie nur benutzt, um bei Margaret Eindruck zu schinden«, widersprach ich, »und wenn ich mir die Liebesbriefe ansehe, die Margaret mir in letzter Zeit geschickt hat, muss es wohl geklappt haben.«

Eric lachte laut auf und schlug mir wieder auf den Rücken.

»Du und Margaret – das ist echt lustig ...«

Ich war mir darüber im Klaren, dass die Gefahr gebannt war, und atmete erleichtert auf, während die Unterhaltung in eine andere Richtung driftete. Ab und zu warf ich etwas ein, aber ich konzentrierte mich nicht richtig auf das, was die anderen sagten. Statt dessen hörte ich eine leise Stimme in mir drin, die sich fragte, was Eric angedeutet hatte.

Tatsache war, dass Jamie so ungefähr die beste Partnerin war, die ich hätte haben können, wenn man bedenkt, wie der Abend verlaufen war. Nicht viele Mädchen – nein, nicht viele Menschen – hätten sich so verhalten wie sie. Gleichzeitig bedeutete aber der Umstand, dass sie so patent gewesen war, nicht, dass ich sie besonders gut leiden mochte. Ich hatte seit jenem Abend nicht mit ihr gesprochen, außer wenn ich sie im Schauspielkurs sah, und auch dann waren es nur ein paar Worte hier und da. Wenn ich sie besonders gern hätte, sagte ich mir, hätte ich auch mit ihr reden wollen. Wenn ich sie so gern mochte, würde ich sie nach Hause begleiten oder sie zu Cecil's Diner mitnehmen und dort mit ihr Hushpuppies, wie die fritierten Maisbällchen hießen, essen und koffeinfreie Cola trinken wollen. Aber ich hatte zu nichts dergleichen Lust. Wirklich nicht. In meinen Augen hatte ich meine Strafe bereits verbüßt.

Am nächsten Tag – es war ein Sonntag – saß ich in meinem Zimmer und befasste mich mit meiner Bewerbung für die UNC. Zusätzlich zu den Zeugnissen von meiner High School und anderen persönlichen Angaben verlangten sie fünf Aufsätze nach dem Standardmuster. *Wenn Sie einen Menschen aus der Geschichte kennen lernen könnten, wen würden Sie wählen und warum? Nennen Sie das wichtigste Ereignis in Ihrem Leben, und erläutern Sie, welche Wirkung es auf Sie hatte? Was erwarten Sie von einem Vorbild und warum?* Die Aufsätze waren ziemlich vorhersehbar – unser Englischlehrer hatte uns schon gesagt, was auf uns zukommen würde –, und ich hatte für die Schule bereits ein paar Aufsätze als Hausaufgabe vorbereitet.

Englisch war wahrscheinlich mein bestes Fach. Seit ich zur Schule ging, hatte ich nie eine Note, die schlechter war als Sehr gut, so dass ich froh war, dass bei der Bewerbung so viel Wert auf das Schriftliche gelegt wurde. Wäre es Mathematik gewesen, hätte ich mich schwergetan, besonders bei bestimmten Algebra-Aufgaben, in denen es darum geht, dass zwei Züge im Abstand von einer Stunde abfahren und einer mit vierzig Meilen pro Stunde in die entgegengesetzte Richtung fährt, usw. Ich war nicht unbedingt schlecht in Mathematik – meistens reichte es noch für ein Befriedigend –, aber es flog mir nicht gerade zu.

Ich schrieb also einen meiner Aufsätze, als das Telefon klingelte. Das einzige Telefon im Haus war in der Küche, ich musste also nach unten laufen, um abzuheben. Als ich abhob, atmete ich so laut, dass ich die Stimme am anderen Ende nicht gleich erkennen konnte, aber es klang wie Angela. Sofort breitete sich ein Lächeln auf meinem Gesicht aus. Auch wenn sie die Toiletten vollgekotzt hatte und ich die Schweinerei hatte wegmachen müssen, war es doch meistens recht lustig mit ihr zusammen. Und ihr Kleid war wirklich klasse gewesen, wenigstens zu Beginn des Balls. Ich nahm an, dass sie sich bei mir bedanken wollte, oder vielleicht wollte sie sich sogar mit mir treffen, zu einem Grill-Sandwich oder einer Portion Hushpuppies oder so.

»Landon?«

»Oh, hallo«, sagte ich ganz cool, »wie geht's, wie steht's?«

Am anderen Ende entstand eine kleine Pause.

»Wie geht es dir?«

Erst in dem Moment begriff ich, dass ich nicht mit Angela sprach. Es war Jamie. Beinahe hätte ich den Hörer fallen gelassen. Ich kann nicht behaupten, dass ich froh war, ihre Stimme zu hören. Einen Moment lang wunderte ich mich, woher sie wohl meine Telefonnummer hatte, aber dann fiel mir ein, dass sie bestimmt im Kirchenregister stand.

»Landon?«

»Mir geht's gut«, brachte ich endlich, immer noch ziemlich perplex, hervor.

»Hast du viel zu tun?«, fragte sie.

»Geht so.«

»Ach so ...«, sagte sie und verstummte. Wieder eine Pause.

»Rufst du mich wegen etwas Bestimmtem an?«, fragte ich.

Sie brauchte eine Weile, bis sie die Worte formulierte.

»Ja, also ... ich wollte nur mal fragen, ob du Lust hättest, heute nachmittag bei mir vorbeizukommen.«

»Vorbeizukommen?«

»Ja. Bei mir zu Hause.«

»Bei dir zu Hause?« Ich gab mir keinerlei Mühe, die wachsende Überraschung in meiner Stimme zu verbergen. Jamie beachtete das gar nicht und redete weiter.

»Ich möchte etwas mit dir besprechen. Ich würde dich nicht bitten, wenn es nicht wichtig wäre.«

»Kannst du es mir nicht am Telefon sagen?«

»Das möchte ich nicht so gern.«

»Also, ich wollte heute nachmittag meine Aufsätze schreiben«, sagte ich in dem Versuch, mich herauszuwinden.

»Na ja ... also gut ... es ist zwar wichtig, aber wir können auch am Montag in der Schule darüber sprechen ...«

Da wurde mir klar, dass sie nicht von der Sache lassen würde und dass wir so oder so darüber reden würden. Mein Verstand spielte die verschiedenen Möglichkeiten durch, um zu entscheiden, was ich tun sollte: dort mit ihr sprechen, wo meine Freunde uns sehen konnten, oder bei ihr zu Hause? Obwohl mir keine der Möglichkeiten besonders zusagte, nagte etwas in meinem Hinterkopf und erinnerte mich daran, dass sie zur Stelle war, als ich Hilfe bitter nötig hatte, und das Mindeste, was ich tun konnte, war, mir anzuhören, was sie mir sagen wollte. Ich bin vielleicht unverantwortlich, aber wenigstens bin ich *nett* und unverantwortlich, auch wenn ich es selber sage.

Aber das brauchte natürlich kein anderer zu wissen.

»Nein«, sagte ich, »heute passt es gut ...«

Wir verabredeten uns für fünf Uhr, und der Rest des Nachmittags verrann langsam, wie die Tropfen bei einer chinesischen Wasserfolter. Ich ging um zwanzig vor fünf von zu Hause los und hatte reichlich Zeit für den Weg. Unser Haus lag nahe am Wasser im alten Teil der Stadt, nur ein paar Häuser von dem entfernt, in dem der Pirat Blackbeard gewohnt hatte, mit Blick über den Intracoastal Waterway. Jamie wohnte auf der anderen Seite der Stadt, jenseits der Bahngleise. Zwanzig Minuten würde ich brauchen.

Es war November und wurde allmählich kühler. Was mir an Beaufort wirklich gefiel, waren der Frühling und der Herbst, denn die dauerten praktisch endlos. Im Sommer wurde es etwas heiß, und ungefähr alle sechs Jahre schneite es im Winter; manchmal gab es im Januar eine Kälteperiode, die eine Woche oder so andauerte, aber meistens kam man im Winter mit einer leichten Jacke aus. Heute war einer von diesen wunderbaren Tagen – um die fünfundzwanzig Grad und wolkenloser Himmel.

Ich kam pünktlich bei Jamie an und klopfte an die Tür. Als Jamie öffnete, sah ich mit einem Blick, dass Hegbert nicht da war. Da es nicht warm genug war für einen süßen Tee oder eine Limonade, setzten wir uns auf die Stühle auf der Veranda, ohne etwas zu trinken. Die Sonne am Himmel stand schon tief, auf der Straße war niemand zu sehen. Diesmal brauchte ich den Stuhl nicht umzudrehen, denn er war immer noch nicht verrückt worden, seit ich das letzte Mal darauf gesessen hatte.

»Danke, dass du gekommen bist, Landon«, fing sie an. »Ich weiß, dass du zu tun hast, aber ich bin dir dankbar, dass du dir hierfür Zeit genommen hast.«

»Was gibt es denn so Wichtiges?«, fragte ich sofort, um die Sache so schnell wie möglich hinter mich zu bringen.

Zum ersten Mal, seit ich Jamie kannte, wirkte sie nervös, während wir so dasaßen. Immer wieder legte sie die Hände zusammen und nahm sie auseinander.

»Ich möchte dich um einen Gefallen bitten«, sagte sie ganz ernst.

»Um einen Gefallen?«

Sie nickte.

Erst dachte ich, sie wollte mich bitten, mit ihr die Kirche zu schmücken, was sie beim Ball schon erwähnt hatte, doch dann kam mir der Gedanke, dass sie vielleicht das Auto meiner Mutter brauchte, um für die Waisenkinder irgendwas zu transportieren. Jamie hatte keinen Führerschein, und abgesehen davon brauchte Hegbert das Auto selbst, weil er immer zu einer Beerdigung oder so fahren musste. Doch es dauerte noch ein paar Sekunden, bevor sie weitersprach.

Sie seufzte und faltete die Hände wieder.

»Ich wollte dich fragen, ob du in unserem Theaterstück die Rolle des Tom Thornton übernehmen könntest«, sagte sie.

Tom Thornton, das hatte ich ja schon erklärt, war der Mann, der für seine Tochter die Spieluhr sucht und den Engel trifft. Abgesehen von dem Engel war es die wichtigste Rolle.

»Also … ich weiß nicht«, entgegnete ich verwirrt. »Ich dachte, Eddie Jones sollte den Tom spielen. Das hat Miss Garber jedenfalls gesagt.«

Eddie Jones war ein bisschen wie Carey Dennison. Er war ganz dünn und hatte das Gesicht voller Pickel, und wenn er mit einem sprach, kniff er die Augen ganz eng zusammen. Er hatte ein nervöses Zucken und konnte nicht anders, als die Augen zusammenzukneifen, wenn er nervös war, und das war er eigentlich ständig. Wahrscheinlich würde er seinen Text wie ein gemütskranker Blinder aufsagen, wenn er vor dem Publikum stand. Außerdem kam hinzu, dass er stotterte, so dass er ewig brauchte, bis er überhaupt etwas über die Lippen bekam. Miss Garber hatte ihm die Rolle gegeben, weil er der Einzige war, der sich dafür gemeldet hatte, aber es war klar, dass sie ihn nicht wollte. Auch Lehrer waren Menschen, aber sie hatte keine andere Wahl, weil sich sonst niemand bereit erklärt hatte, sie zu übernehmen.

»So hat Miss Garber es nicht ausgedrückt. Sie hat gesagt, dass Eddie die Rolle spielen könnte, wenn niemand anders sie probieren wollte.«

»Kann es nicht ein anderer spielen?«

Aber es gab niemanden, das wusste ich auch. Weil Hegbert wollte, dass nur Schüler aus der Abschlussklasse mitmachten, wurde es in diesem Jahr eng. Im Jahrgang der Abschlussklasse gab es ungefähr fünfzig Jungen, von denen zwanzig im Football-Team mitspielten, und da das Team in der Ausscheidung um den Ländertitel mitmachte, hatten die Jungen keine Zeit für Proben. Von den dreißig übrigen waren über die Hälfte in der Kapelle und mussten nach der Schule auch an Proben teilnehmen. Eine schnelle Überschlagsrechnung ergab, dass es ungefähr ein Dutzend Jungen gab, die in Frage kamen.

Ich hatte überhaupt keine Lust, bei dem Stück mitzumachen, und das lag nicht nur daran, dass ich inzwischen gemerkt hatte, wie entsetzlich langweilig der Schauspielkurs war. Aber ich hatte Jamie schon zum Ball mitgenommen, und der Gedanke, jetzt noch einen Monat lang jeden Nachmittag mit ihr zu verbringen, da sie ja den Engel spielte, war mir unerträglich. Einmal mit ihr gesehen worden zu sein, war schon schlimm genug... aber jeden Tag? Was würden meine Freunde sagen?

Aber ich sah, wie wichtig es für sie war. Schon die Tatsache, dass sie mich gefragt hatte, machte das deutlich. Jamie bat nie jemanden um einen Gefallen. Ich glaube, insgeheim vermutete sie, dass niemand ihr einen Gefallen erweisen würde, weil sie so war, wie sie war. Allein der Gedanke machte mich traurig.

»Was ist mit Jeff Bangert? Vielleicht hat der Lust dazu«, sagte ich.

Jamie schüttelte den Kopf. »Er hat keine Zeit. Sein Vater ist krank. Er muss nach der Schule im Geschäft arbeiten, bis sein Vater wieder gesund ist.«

»Und Darren Woods?«

»Der hat sich letzte Woche auf dem Boot den Arm gebrochen. Er hat den Arm in Gips.«

»Wirklich? Das wusste ich gar nicht …« Ich tat erstaunt, um Zeit zu gewinnen, aber Jamie durchschaute mich.

»Ich habe dafür gebetet, Landon«, sagte sie schlicht und seufzte zum zweiten Mal.

»Ich möchte gern, dass das Stück dieses Jahr etwas ganz Besonderes ist, nicht meinetwegen, aber meinem Vater zuliebe. Es soll die beste Aufführung aller Zeiten sein. Ich weiß, wie viel es ihm bedeuten wird, mich als Engel zu sehen, weil das Stück ihn an meine Mutter erinnert …« Sie brach ab und ordnete ihre Gedanken. »Es wäre schrecklich, wenn das Stück dieses Jahr ein Reinfall wäre, besonders, da ich mitmache.«

Wieder machte sie eine Pause und sprach dann weiter, jetzt noch eindringlicher.

»Ich weiß, dass Eddie sich größte Mühe geben würde. Und es ist mir nicht peinlich, mit ihm zusammen auf der Bühne zu stehen, wirklich nicht. Eigentlich ist er ein sehr netter Junge, aber er hat mir gesagt, dass er Zweifel habe, ob er für die Rolle geeignet sei. Manchmal können die anderen Schüler so ... so hässlich sein, und ich will nicht, dass Eddie darunter leidet. Aber ...« Sie atmete tief ein. »Aber der eigentliche Grund, warum ich dich bitte, hat mit meinem Vater zu tun. Er ist ein so *guter* Mensch, Landon. Wenn die Leute sich lustig machen über seine Erinnerungen an meine Mutter, und ich spiele die Rolle ... also, das würde mir das Herz brechen. Und wenn ich mit Eddie zusammen spiele ... du weißt, was die Leute dann sagen würden.«

Ich nickte mit zusammengepressten Lippen, wusste ich doch, dass ich einer von denen gewesen wäre, die sie meinte. Ich hatte sogar schon so geredet. Jamie und Eddie, das dynamische Duo, nannten wir sie, nachdem Miss Garber verkündet hatte, dass die beiden die Hauptrollen spielten. Die Tatsache, dass ich den Spruch aufgebracht hatte, war mir sehr unangenehm. Fast wurde mir schlecht.

Sie richtete sich etwas auf und sah mich traurig an, als ob sie schon wüsste, dass ich Nein sagen würde. Vermutlich ahnte sie nicht, wie ich mich fühlte. Dann fuhr sie fort: »Ich weiß, dass Herausforderungen immer auch zur göttlichen Vorsehung gehören, aber ich mag nicht glauben, dass der Herr grausam ist, und schon gar nicht zu meinem Vater. Mein Vater stellt sein Leben in den Dienst Gottes, er dient der Gemeinschaft. Und er hat schon seine Frau verloren und musste mich allein großziehen. Ich liebe ihn so sehr dafür ...«

Jamie wandte sich ab, aber ich konnte die Tränen in ihren Augen sehen. Es war das erste Mal, dass ich sie weinen sah. Ich glaube, ich hätte am liebsten auch geweint.

»Ich bitte dich nicht meinetwegen«, sagte sie leise, »wirklich nicht, und wenn du Nein sagst, dann bete ich trotzdem für dich. Das verspreche ich. Aber wenn du einem wunderbaren Mann, der mir so viel bedeutet, eine Freundlichkeit erweisen willst ... Kannst du einfach drüber nachdenken?«

Sie blickte mich an wie ein Cockerspaniel, der gerade auf den Teppich gepinkelt hat. Ich sah auf meine Schuhe.

»Ich brauche nicht darüber nachzudenken«, sagte ich schließlich. »Ich mache es.«

Mir blieb ja schließlich nichts anderes übrig, oder?

Kapitel 5

Am nächsten Tag redete ich mit Miss Garber, sprach vor und bekam die Rolle. Übrigens war Eddie überhaupt nicht unglücklich. Im Gegenteil, ich merkte, dass er über die Wendung sehr erleichtert war. Als Miss Garber ihn fragte, ob er bereit sei, mir die Rolle des Tom Thornton zu überlassen, entspannte sich sein Gesicht, und eins seiner Augen öffnete sich weit. »J... j... ja... na... na... natürlich«, stotterte er. »I... i... ich ver... verstehe das.« Er brauchte gut zehn Sekunden, um die Worte herauszubringen.

Aus Dank für seine Großzügigkeit gab Miss Garber ihm dann die Rolle des Penners. Wir wussten, dass er die ziemlich gut spielen würde. Der Penner war nämlich völlig stumm, aber der Engel wusste immer, was er dachte. Es gab eine Stelle in dem Stück, da musste der Engel dem stummen Penner kundtun, dass Gott immer auf ihn aufpassen würde, weil Gott sich besonders um die Armen und Gebeugten kümmerte. Das war einer der Hinweise für die Zuschauer, dass die Frau vom Himmel gesandt war. Wie gesagt, Hegbert wollte, dass es sonnenklar war, wer das Heil und die Erlösung brachte, und mit Sicherheit waren das nicht ein paar spillerige Gespenster, die aus dem Nichts auftauchten.

Die Proben fingen in der Woche danach an, und zwar im Klassenzimmer, weil wir erst dann ins Playhouse durften, wenn wir all die »kleinen Patzer« ausgemerzt hatten. Mit »kleinen Patzern« meine ich unsere Angewohnheit, aus Versehen die Kulissen umzustoßen. Die waren nämlich fünfzehn Jahre zuvor, als das Stück zum ersten Mal aufgeführt wurde, von Toby Bush gemacht worden, dem »rasenden Handwerker«, der schon manches Projekt für das Playhouse gezimmert hatte. »Rasend« nannte man ihn, weil er den ganzen Tag bei der Arbeit Bier trank und so ab zwei Uhr richtig in Fahrt geriet. Vermutlich war seine Sehkraft beeinträchtigt, denn er haute sich mindestens einmal am Tag mit dem Hammer auf die Finger. Dann warf er den Hammer hin, hüpfte auf und ab, hielt sich die Finger und verfluchte jedermann, angefangen bei seiner Mutter bis hin zum Teufel. Wenn er sich wieder beruhigt hatte, trank er erst mal ein Bier, um den Schmerz zu betäuben, dann ging er wieder an die Arbeit. Seine Fingerknöchel waren so groß wie Walnüsse und ständig geschwollen von der Arbeit, und keiner wollte ihm eine feste Anstellung geben. Hegbert hatte Toby Bush nur deshalb den Auftrag gegeben, weil der das günstigste Angebot weit und breit gemacht hatte.

Aber Hegbert erlaubte weder Trinken noch Fluchen, und Toby fiel es schwer, bei diesem strengen

Regiment richtig in Schwung zu kommen. Das führte dazu, dass er die Arbeiten etwas nachlässig ausführte, obwohl sie nicht regelrecht missraten waren. Als nach ein paar Jahren die Kulissen aus dem Leim gingen, machte Hegbert sich daran, sie auszubessern. Doch auch wenn er sehr wirkungsvoll mit der Faust auf die Kanzel zu schlagen pflegte, zeigte er beim Nägeleinschlagen längst nicht dieses Geschick; die Kulissen hatten sich verzogen, rostige Nägel ragten überall heraus, so dass man sehr aufpassen musste, nicht mit ihnen in Berührung zu kommen. Entweder liefen wir Gefahr, uns zu verletzen, wenn wir an die Kulissen stießen, oder aber sie fielen um und die Nägel zerschrammten den Bühnenboden. Nach ein paar Jahren musste der Fußboden im Playhouse erneuert werden, woraufhin Hegbert – weil er nicht des Hauses verwiesen werden konnte – versprechen musste, in Zukunft achtsamer zu sein. Deswegen also mussten wir im Klassenzimmer proben, bis wir die »kleinen Patzer« ausgemerzt hatten.

Weil Hegbert seinen pastoralen Pflichten nachkommen musste, war er zum Glück nicht an der Produktion an sich beteiligt. Das war Miss Garbers Bereich, und die erste Aufgabe, die sie uns stellte, bestand darin, dass wir unseren Text so schnell wie möglich lernen sollten. Wir hatten nicht so viel Zeit für die Proben wie sonst, weil Thanksgiving auf das letzte Novemberwochenende fiel und Hegbert nicht wollte, dass das Stück zu kurz vor Weihnachten aufgeführt wurde, damit sich SEINE WAHRE BEDEUTUNG klar entfalten konnte. Also hatten wir gerade einmal drei Wochen, eine Woche weniger als sonst.

Die Proben fingen um drei Uhr an. Jamie konnte ihren Text gleich am ersten Tag auswendig, was eigentlich nicht so erstaunlich war. Das Erstaunliche war, dass sie meinen Text und den der anderen auch konnte. Wir probten eine Szene, und sie machte ohne ihr Skript mit, während ich immer wild in den Seiten blätterte, um meinen nächsten Einsatz zu finden, und jedes Mal, wenn ich aufsah, hatte sie einen so leuchtenden Ausdruck in den Augen, als wartete sie auf den brennenden Dornbusch oder so was. Die einzige Rolle, die ich auswendig konnte, war die von dem stummen Penner, wenigstens am ersten Tag, und plötzlich war ich richtig neidisch auf Eddie, jedenfalls in dieser Hinsicht. Mir stand ein Haufen Arbeit bevor – nicht gerade das, was ich mir vorgestellt hatte, als ich mich für den Kurs eingetragen hatte.

Meine edlen Gefühle, die mich bewogen hatten, bei dem Stück mitzumachen, hatten sich am zweiten Probentag verflüchtigt. Obwohl ich wusste, dass ich DAS RICHTIGE tat, verstanden meine Freunde mich überhaupt nicht und zogen mich unbarmherzig auf. »Was machst du?«, fragte Eric, als er davon hörte. »Du spielst in dem Stück mit Jamie Sullivan mit? Bist du wahnsinnig oder einfach nur bescheuert?« Ich murmelte etwas davon, dass es gute Gründe dafür gebe, aber er ließ die Sache nicht auf sich beruhen und erzählte allen anderen, dass ich in Jamie verliebt sei. Natürlich leugnete ich es, aber darauf antworteten sie nur, das sei der beste Beweis, lachten laut und erzählten es dem Nächsten weiter. Die Geschichten wurden immer wilder – in der Mittagspause hörte ich von Sally, dass ich mich mit Gedanken an eine Verlobung trüge. Ich glaube sogar, dass Sally eifersüchtig war. Sie war schon seit ein paar Jahren in mich verliebt, und vielleicht hätte ich ihre Gefühle erwidern können, aber sie hatte ein Glasauge, eine Tatsache, die ich unmöglich übersehen konnte. Ihr kaputtes Auge erinnerte mich an eine ausgestopfte Eule in einem Trödelladen, und ehrlich gesagt kriegte ich jedes Mal, wenn ich sie ansah, eine Gänsehaut.

Vermutlich wurde ich zu diesem Zeitpunkt langsam wieder sauer auf Jamie. Ich weiß, dass sie nichts dafür konnte, aber ich musste bei Hegbert den Kopf hinhalten, der sich seinerseits am Abend des Schulballs nicht gerade angestrengt hatte, freundlich zu mir zu sein. In den nächsten Tagen stolperte ich durch meine Rolle und gab mir keine richtige Mühe, sie zu lernen. Ab und zu machte ich einen Witz, über den alle außer Jamie und Miss Garber lachten. Nach der Probe eilte ich nach Hause und versuchte, das Stück zu vergessen; ich nahm nicht einmal meinen Text mit nach Hause. Statt dessen riss ich Witze mit meinen Freunden über die komischen Sachen, die Jamie angeblich tat, und machte allen weis, dass Miss Garber mich gezwungen hätte, die Rolle zu übernehmen.

Jamie machte es mir allerdings auch nicht leichter. Im Gegenteil, sie traf mich genau da, wo es weh tat – sie erschütterte mein Selbstbewusstsein.

Am folgenden Samstagabend, ungefähr eine Woche nach dem Beginn der Proben und einen Tag nach dem dritten Sieg in Folge für das Football-Team der Beaufort High School, ging ich mit Eric aus. Wir hingen am Strand vor Cecil's Diner herum, aßen Hushpuppies und sahen zu, wie andere in ihren Autos auf und ab fuhren, als Jamie die Straße entlangkam. Sie war noch an die hundert Meter entfernt und blickte sich suchend um. Sie trug wieder die alte braune Strickjacke und hatte die Bibel in der Hand. Es muss wohl so gegen neun Uhr gewesen sein, und es war verwunderlich, dass sie so spät noch draußen war. Noch verblüffender jedoch war es, sie in diesem Teil der Stadt zu sehen. Ich wandte ihr den Rücken zu und schlug den Kragen meiner Jacke hoch, aber sogar Margaret – die da, wo ihr Verstand hätte sein sollen, Bananenmus hatte – war so schlau zu begreifen, wen Jamie suchte.

»Landon, deine Freundin ist hier.«

»Sie ist nicht meine Freundin«, sagte ich. »Ich habe keine Freundin.«

»Deine Verlobte dann eben.«

Wahrscheinlich hatte sie auch mit Sally gesprochen.

»Ich bin nicht verlobt«, schnaubte ich, »hör doch auf mit dem Unsinn!«

Ich warf einen Blick über meine Schulter, um zu sehen, ob Jamie uns entdeckt hatte, was offenbar der Fall war. Sie kam auf uns zu. Ich tat, als merkte ich nichts.

»Hier kommt sie«, kommentierte Margaret und kicherte.

Zwanzig Sekunden später sagte sie wieder: »Sie kommt auf uns zu.«

Ich erwähnte ja schon, dass Margaret ein bisschen unterbelichtet war.

»Ich weiß«, zischte ich zwischen zusammengebissenen Zähnen. Wenn sie nicht so gute Beine gehabt hätte, würde sie einen zum Wahnsinn treiben, genau wie Jamie.

Ich sah mich noch einmal um, und diesmal wusste Jamie, dass ich sie gesehen hatte, denn sie lächelte und winkte mir zu. Ich drehte mich um, doch einen Moment darauf stand sie neben mir.

»Hallo, Landon«, sagte sie und bemerkte meine Verachtung gar nicht. »Hallo, Eric, Margaret …« Sie begrüßte jeden in der Gruppe. Alle murmelten ein Hallo und gaben sich Mühe, nicht auf die Bibel zu starren.

Eric versuchte, die Bierdose, die er in der Hand hatte, irgendwo verschwinden zu lassen. Jamie konnte sogar in Eric Schuldgefühle wecken, wenn sie nah genug an ihn herankam. Früher waren sie einmal Nachbarn gewesen, und Eric hatte sich ihre Reden manchmal anhören müssen. Hinter ihrem Rücken nannte er sie die »Heilsdame«, in Anlehnung an die Heilsarmee. »Sie könnte General-Brigadier werden«, sagte er gerne. Aber wenn sie vor ihm stand, sah die Sache schon anders aus. Er glaubte, dass sie einen direkten Draht zu Gott hatte, da wollte er sich lieber nicht mit ihr anlegen.

»Wie geht es dir, Eric? In letzter Zeit habe ich dich kaum gesehen.« Sie sagte das so, als würde sie jeden Tag mit ihm sprechen.

Er scharrte mit den Füßen und sah auf seine Schuhe, und sein schlechtes Gewissen stand ihm deutlich ins Gesicht geschrieben.

»Tja, in letzter Zeit war ich nicht in der Kirche«, antwortete er.

Jamie sah ihn mit einem Strahlen an. »Na, das macht doch nichts, solange es nicht zur Gewohnheit wird.«

»Ich pass schon auf.«

Also, ich weiß, was eine Beichte ist – wenn Katholiken hinter einer Wand sitzen und einem Priester alles über ihre Sünden erzählen –, und so war Eric, wenn er Jamie traf. Einen Moment lang dachte ich, er würde sie Madam nennen.

»Möchtest du ein Bier?«, fragte Margaret. Ich glaube, es sollte lustig sein, aber keiner lachte.

Jamie hob die Hand an den Kopf und befühlte sanft ihren Knoten.

»Oh … nein … lieber nicht … aber danke.«

Sie sah mich mit einem wirklich lieben Lächeln an, was ein deutliches Zeichen dafür war, dass die Sache nicht gut für mich ausgehen würde. Ich dachte, sie würde mich bitten, mit ihr allein zu reden, was ehrlich gesagt auch besser gewesen wäre, aber vermutlich kam ihr das nicht in den Sinn.

»Diese Woche warst du richtig gut bei den Proben«, sagte sie zu mir. »Ich weiß, dass du viel Text zu lernen hast, aber ich bin mir sicher, dass du die Rolle bald kannst. Und ich wollte dir einfach dafür danken, dass du dich bereit erklärt hast einzuspringen. Du bist ein echter Gentleman.«

»Danke«, sagte ich und spürte, wie sich in meinem Magen ein Loch auftat. Ich versuchte, cool zu bleiben, aber alle meine Freunde hatten die Augen auf mich gerichtet und fragten sich, ob es wohl stimmte, dass Miss Garber mich gezwungen hatte, die Rolle zu übernehmen. Ich hoffte, sie würden es nicht bemerken.

»Deine Freunde können stolz auf dich sein«, meinte Jamie und machte diese Hoffnung zunichte.

»Oh, wir sind stolz auf ihn«, platzte Eric heraus. »Sehr stolz sogar. Er ist ein guter Mensch, unser Landon, weil er sich bereit erklärt hat.«

O nein.

Jamie lächelte ihm zu, dann wandte sie sich wieder an mich, unvermindert fröhlich. »Ich wollte dir auch noch sagen, dass du jederzeit bei mir vorbeikommen kannst, wenn du Hilfe brauchst. Wir setzen uns dann wieder auf die Veranda wie damals und üben deine Rolle, wenn du magst.«

Ich sah, wie Eric in Margarets Richtung tonlos die Worte »wie damals« formte. Dieses Gespräch verlief nicht besonders glücklich. Inzwischen war das Loch in meinem Magen so groß wie Paul Bunyons Bowling-Kugel.

»Danke«, murmelte ich und überlegte, wie ich mich aus der Sache herauswinden konnte. »Ich lerne sie zu Hause.«

»Na ja, manchmal hilft es, wenn einer mit dir übt, Landon«, fiel Eric ein.

Ich sagte ja schon, dass er keine Gelegenheit ungenutzt ließ, um mich aufzuziehen, obwohl er mein Freund war.

»Nein, wirklich«, sagte ich, »ich lerne meine Rolle allein.«

»Vielleicht solltet ihr es vor den Waisenkindern aufführen«, schlug Eric mit einem Lächeln vor, »wenn ihr es ein bisschen besser könnt. So eine Art Generalprobe vielleicht. Bestimmt fänden sie das toll.«

Man konnte direkt sehen, wie Jamies Verstand bei dem Wort »Waisenkinder« zu arbeiten anfing. Jeder wusste, worauf sie ansprang. »Meinst du wirklich?«, fragte sie.

Eric nickte voller Ernst. »Ich bin überzeugt davon. Landon hatte die Idee als Erster, aber ich weiß, dass ich so etwas wunderbar finden würde, wenn ich ein Waisenkind wäre, auch wenn es nicht richtiges Theater wäre.«

»Ich auch«, ließ Margaret sich vernehmen.

Während sie sprachen, fiel mir die Szene aus Julius Cäsar ein, wo Brutus Cäsar in den Rücken sticht. *Et tu Eric?*

»Und es war Landons Idee?«, fragte sie und runzelte die Stirn. So, wie sie mich ansah, war es klar, dass der Gedanke sie beschäftigte.

Aber Eric ließ nicht so leicht locker. Jetzt, wo er mich an der Angel hatte, konnte er mich ebenso gut auch ausweiden. »Das würde dir doch Spaß machen,

Landon, oder?«, sagte er. »Den Waisenkindern zu helfen, meine ich.«

Darauf konnte man wohl kaum ›Nein‹ sagen, oder?

»Schon möglich«, knurrte ich und warf meinem besten Freund wütende Blicke zu. Eric war zwar in der Nachhilfegruppe, aber als Schachspieler hätte er es bestimmt weit gebracht.

»Gut, dann wäre das ja geklärt. Wenn du einverstanden bist, Jamie.« Sein Lächeln war so süß, dass man die Cola im halben County damit hätte süßen können.

»Ja … na ja, ich muss mit Miss Garber sprechen und mit dem Direktor des Waisenhauses, aber wenn die nichts dagegen haben, dann wird es bestimmt gut.«

Ganz offensichtlich war sie richtig glücklich darüber.

Schachmatt.

Am nächsten Tag brachte ich vierzehn Stunden damit zu, meinen Text zu lernen, meine Freunde zu beschimpfen und mich zu fragen, wie mein Leben so außer Kontrolle geraten konnte. Mein Jahr in der Abschlussklasse gestaltete sich ganz und gar nicht so, wie ich mir das zu Beginn des Jahres vorgestellt hatte. Aber wenn ich schon vor einer Meute von Waisenkindern Theater spielen musste, wollte ich wenigstens nicht wie der letzte Trottel dastehen.

Kapitel 6

Als Erstes sprachen wir mit Miss Garber über unseren Plan für die Waisenkinder, und sie hielt es für eine großartige Idee. Großartig, das war ihr Lieblingswort, nachdem sie einen mit dem langgezogenen »Hallooooo« begrüßt hatte. Als sie am Montag merkte, dass ich meinen ganzen Text auswendig konnte, sagte sie »großartig«, und in den nächsten zwei Stunden sagte sie es jedes Mal, wenn wir eine Szene durchgeprobt hatten. Am Ende der Proben am Montag hatte ich es ungefähr viertrillionenmal gehört.

Aber Miss Garber setzte unserer Idee noch die Krone auf. Sie erzählte der Klasse, was wir vorhatten, und fragte die anderen Mitwirkenden, ob sie bereit wären, mitzumachen, damit die Waisenkinder das ganze Stück zu sehen bekämen. So wie sie fragte, konnte man natürlich nur zustimmen. Miss Garber ließ ihren Blick über die Anwesenden schweifen und wartete auf ein Nicken, damit es eine offizielle Entscheidung war. Keiner rührte sich, außer Eddie. Irgendwie hatte er eine Fliege in die Nase bekommen und musste heftig niesen. Die Fliege schoss aus seiner Nase über den Tisch und auf den Boden, genau neben Norma Jeans Bein. Norma Jean sprang von ihrem Stuhl auf und kreischte laut, und alle drum herum riefen: »Igitt... wie eklig!« Die übrigen reckten die Hälse und versuchten mitzubekommen, was passiert war. In den nächsten Sekunden war die Hölle los. Für Miss Garber war das genau die Antwort, die sie haben wollte.

»Großartig«, sagte sie und beendete die Diskussion.

Jamie war mittlerweile richtig angetan von der Idee, eine Aufführung für die Waisenkinder zu machen. Bei den Proben zog sie mich in einer Pause beiseite und bedankte sich bei mir, dass ich an die Waisenkinder gedacht hatte. »Du konntest das ja nicht wissen«, sagte sie fast verschwörerisch, »aber ich hatte mir schon Gedanken darüber gemacht, was ich dieses Jahr für die Waisenkinder tun könnte. Ich bete schon seit Monaten dafür, weil ich möchte, dass dieses Weihnachten ein ganz besonderes Fest für sie wird.«

»Warum ist dieses Weihnachten so wichtig?«, fragte ich, und sie lächelte geduldig, als hätte ich eine Frage gestellt, die nicht wirklich von Bedeutung war.

»Es ist einfach so«, antwortete sie schlicht.

Als Nächstes mussten wir den Plan mit Mr. Jenkins besprechen, dem Direktor des Waisenhauses. Ich kannte Mr. Jenkins nicht, weil das Waisenhaus in Morehead City war, auf der anderen Seite der Brücke von Beaufort, und ich noch nie Grund gehabt hatte, dorthin zu gehen. Als Jamie mich am nächsten Tag mit der Nachricht überraschte, dass wir Mr. Jenkins noch am selben Abend aufsuchen würden, befürchtete ich, dass ich nicht gut genug angezogen war. Ich wusste ja, dass es ein Waisenhaus war, aber ein Junge möchte trotzdem einen guten Eindruck machen. Auch wenn ich wegen dieser Sache nicht so aufgeregt war wie Jamie (niemand war so aufgeregt wie Jamie), wollte ich nicht als derjenige dastehen, der den Waisenkindern das Weihnachtsfest vermasselte.

Bevor wir zu unserer Verabredung gingen, mussten wir bei mir zu Hause vorbei, um das Auto meiner Mutter zu holen. Bei der Gelegenheit wollte ich mich schnell umziehen. In den zehn Minuten, die der Weg dauerte, war Jamie recht schweigsam. Sie fing erst an zu reden, als wir in unsere Gegend kamen. Die Häuser waren alle groß und gepflegt, und sie wollte wissen, wer wo wohnte und wie alt die Häuser waren. Ich beantwortete ihre Fragen, ohne richtig nachzudenken, doch als ich unsere Haustür öffnete, wurde mir plötzlich bewusst, wie anders diese Welt war im Vergleich zu ihrer. Sie wirkte richtig erschüttert, als sie sich im Wohnzimmer umsah und die Einrichtung betrachtete. Mit Sicherheit war dies das schickste Haus, das sie je betreten hatte. Ich sah, wie ihr Blick zu den Bildern an den Wänden wanderte. Meine Vorfahren, wenn man so will. Wie bei vielen Familien in den Südstaaten konnte man meine Herkunft an dem Dutzend Gesichter ablesen, die an der Wand hingen. Jamie starrte sie an – ich glaube, sie suchte eine Ähnlichkeit –, dann sah sie sich die Einrichtung an, die so gut wie neu aussah, auch nach zwanzig Jahren. Die Möbel waren aus Mahagoni oder Kirschbaumholz und für jedes Zimmer maßgefertigt. Sie waren hübsch, das gebe ich zu, aber normalerweise dachte ich nicht darüber nach. Für mich war es einfach ein Haus, in dem ich besonders das Fenster in meinem Zimmer schätzte, das auf den Balkon im ersten Stock führte. Das war mein Fluchtloch. Ich zeigte ihr das Erdgeschoss: das Wohnzimmer, die Bibliothek, das Fernsehzimmer und das Esszimmer, und Jamies Augen wurden von Raum zu Raum größer. Meine Mutter saß auf der Veranda, trank ein Pfefferminzwasser und las. Als sie uns im Haus hörte, kam sie herein, um uns zu begrüßen.

Ich hatte ja schon gesagt, dass jeder Erwachsene in der Stadt Jamie bewunderte, und meine Mutter war da keine Ausnahme. Obwohl Hegbert in seinen Predigten ständig den Namen unserer Familie anprangerte, war meine Mutter deswegen nicht gegen Jamie eingenommen, weil die so lieb war. Also unterhielten die beiden sich, während ich nach oben ging und meinen Schrank nach einem sauberen Hemd und einer Krawatte, irgendwas Passendem, durchstöberte. Damals trugen junge Männer oft Krawatte, besonders, wenn sie einen Termin mit jemandem in einer höheren Position hatten. Als ich umgezogen war und wieder nach unten kam, hatte Jamie meiner Mutter von dem Plan erzählt.

»Es ist eine wunderbare Idee«, sagte Jamie und strahlte mich an. »Landon hat ein sehr gutes Herz.«

Nachdem sie sich vergewissert hatte, dass sie Jamie richtig verstanden hatte, sah mich meine Mutter mit hochgezogenen Augenbrauen an. Eigentlich starrte sie mich geradezu an, als wäre ich von einem fremden Planeten.

»Es war also deine Idee?«, fragte meine Mom. Wie jeder in der Stadt wusste sie, dass Jamie nicht log.

Ich räusperte mich und dachte an Eric und daran, was ich mit ihm anstellen wollte. Dazu hätte ich Sirup und Feuerameisen gebraucht.

»Sozusagen«, antwortete ich.

»Erstaunlich.« Mehr konnte sie nicht sagen. Sie kannte die Einzelheiten nicht, aber es war ihr klar, dass ich mit dem Rücken zur Wand gestanden haben musste, um so etwas zu tun. Mütter wissen solche Sachen immer, und ich merkte, wie sie mich musterte und die Sache zu ergründen versuchte. Um ihrem fragenden Blick zu entkommen, sah ich auf die Uhr, tat überrascht und sagte lässig zu Jamie, wir müssten los. Meine Mutter nahm die Autoschlüssel aus der Tasche und gab sie mir. Ihr forschender Blick folgte uns, als wir zur Tür gingen. Ich atmete erleichtert auf, als wäre ich noch einmal davongekommen, aber als ich mit Jamie schon auf dem Weg zum Auto war, hörte ich die Stimme meiner Mutter.

»Komm uns doch mal wieder besuchen, Jamie!«, rief sie. »Du bist hier immer ein gern gesehener Gast.«

Selbst Mütter können einem das Leben schwermachen.

Kopfschüttelnd setzte ich mich hinter das Steuer.

»Deine Mutter ist eine wunderbare Frau«, sagte Jamie.

Ich ließ den Wagen an. »Ja«, erwiderte ich, »wahrscheinlich hast du Recht.«

»Und euer Haus ist herrlich.«

»Mmhhmm.«

»Du solltest dankbar sein für das, was du hast.«

»Oh«, sagte ich. »Bin ich auch. Ich bin praktisch der glücklichste Mensch auf der Welt.«

Ich glaube nicht, dass sie den sarkastischen Unterton heraushörte.

Als wir beim Waisenhaus ankamen, wurde es schon dunkel. Wir waren ein paar Minuten zu früh da, und der Direktor telefonierte gerade. Während er weitersprach, nahmen wir auf einer Bank auf dem Flur vor seinem Büro Platz und warteten. Jamie wandte sich mir zu. Ihre Bibel hatte sie auf dem Schoß. Ich nahm an, sie gab ihr Sicherheit, aber vielleicht war es auch nur eine Angewohnheit.

»Du warst heute richtig gut«, sagte sie. »Mit deinem Text, meine ich.«

»Danke.« Ich war stolz und fühlte mich gleichzeitig niedergeschlagen. »Aber die richtige Betonung habe ich noch nicht raus«, fügte ich hinzu. Man konnte die Betonung unmöglich auf der Veranda üben, und ich hoffte, sie würde es nicht vorschlagen.

»Das lernst du schnell. Wenn du erst den Text kannst, ist es ganz leicht.«

»Hoffentlich.«

Jamie lächelte. Als sie einen Moment darauf das Thema wechselte, warf sie mich ganz schön aus der Bahn. »Denkst du manchmal an die Zukunft, Landon?«, fragte sie.

Die Frage verblüffte mich, weil sie so ... so *normal* klang.

»Ja klar, manchmal«, antwortete ich vorsichtig.

»Und weißt du schon, was du mit deinem Leben anfangen willst?«

Ich zuckte die Achseln, weil ich nicht genau wusste, worauf sie hinauswollte. »Das weiß ich noch nicht. Ich habe es mir noch nicht überlegt. Im Herbst gehe ich auf die UNC. Wenigstens würde ich gern. Ich habe noch keinen Platz.«

»Den kriegst du bestimmt«, sagte sie.

»Woher weißt du das?«

»Weil ich auch dafür bete.«

Als ich das hörte, dachte ich, es liefe auf eine Diskussion über die Kraft der Gebete und des Glaubens hinaus, aber Jamie erwischte mich wieder auf dem falschen Fuß.

»Und wenn du mit dem College fertig bist, was möchtest du dann tun?«

»Das weiß ich noch nicht«, antwortete ich schulterzuckend. »Vielleicht werde ich ein einarmiger Holzfäller.«

Sie fand das nicht lustig.

»Ich finde, du solltest Pfarrer werden«, sagte sie

ernsthaft. »Ich finde, du kannst gut mit Menschen umgehen, und sie würden respektieren, was du ihnen zu sagen hättest.«

Obwohl die Vorstellung rundum absurd war, wusste ich, dass es bei ihr von Herzen kam und sie es als Kompliment meinte.

»Danke«, sagte ich. »Ich weiß nicht, ob das das Richtige für mich ist, aber bestimmt finde ich etwas.« Es dauerte einen Augenblick, bis ich merkte, dass die Unterhaltung ins Stocken geraten war und dass ich dran war, eine Frage zu stellen.

»Und du? Was möchtest du später einmal machen?«

Jamie wandte sich ab, ihr Blick schweifte in die Ferne, so dass ich mich fragte, woran sie wohl dachte, aber es war im nächsten Moment wieder vorbei.

»Ich möchte heiraten«, sagte sie leise. »Und an dem Tag soll mein Vater mich zum Altar führen, und alle, die ich kenne, sollen dabeisein. Die Kirche soll zum Bersten voll sein.«

»Ist das alles?« Obwohl ich nichts gegen das Heiraten hatte, schien es mir irgendwie dumm, das als Lebensziel anzusehen.

»Ja«, antwortete sie. »Mehr will ich nicht.«

So wie sie das sagte, klang es, als rechnete sie damit, wie Miss Garber zu enden. Ich wollte sie etwas aufheitern, obwohl es mir wirklich blöd vorkam.

»Na, bestimmt wirst du eines Tages heiraten. Du wirst jemanden kennen lernen, ihr werdet euch prächtig verstehen, und dann fragt er dich, ob du ihn heiraten willst. Und ich bin mir sicher, dass es deinen Vater glücklich machen wird, dich zum Altar zu führen.«

Die große Menschenmenge in der Kirche erwähnte ich lieber nicht. Wahrscheinlich, weil ich mir das überhaupt nicht vorstellen konnte.

Jamie dachte lange über meine Antwort nach und war ganz still, obwohl ich nicht wusste, warum.

»Hoffentlich«, sagte sie endlich.

Mir war klar, dass sie nicht weiter darüber sprechen wollte, also stellte ich ihr eine andere Frage.

»Seit wann kommst du eigentlich hierher ins Waisenhaus?«, fragte ich.

»Seit sieben Jahren. Ich war zehn, als ich das erste Mal hierherkam. Ich war jünger als viele der Kinder hier.«

»Macht es dir Spaß, oder macht es dich eher traurig?«

»Beides. Manche der Kinder hier kommen aus wirklich schrecklichen Verhältnissen. Es bricht einem fast das Herz, wenn man das hört. Aber wenn sie dich sehen, wie du mit ein paar Büchern aus der Bibliothek oder einem neuen Spiel kommst, dann verscheuchen sie mit ihrem Strahlen alle Traurigkeit. Es ist das schönste Gefühl der Welt.«

Ihre Augen leuchteten richtig, während sie sprach. Obwohl sie es nicht sagte, um mir Schuldgefühle zu machen, hatte ich sofort welche. Das war einer der Gründe, warum sie so schwer zu ertragen war, aber inzwischen hatte ich mich schon fast daran gewöhnt.

Ich hatte begriffen, dass sie mal diese, mal jene Wirkung auf einen hatte, aber nie eine normale.

In dem Moment machte Mr. Jenkins die Tür auf und bat uns, hereinzukommen. Das Büro sah beinahe aus wie ein Krankenhauszimmer: Der Boden war schwarzweiß gekachelt, die Wände und die Decke waren weiß gestrichen, und an der Wand stand ein Metallschrank. Dort, wo üblicherweise das Bett war, stand ein Metalltisch, der aussah, als sei er am Fließband gestanzt worden. Er war ordentlich aufgeräumt und frei von allen persönlichen Dingen. Ich sah kein Bild, nichts.

Jamie stellte mich vor, und ich gab Mr. Jenkins die Hand. Nachdem wir uns gesetzt hatten, übernahm Jamie das Reden. Die beiden waren alte Freunde, das war offensichtlich. Zur Begrüßung hatte Mr. Jenkins Jamie herzlich umarmt. Und nun erklärte Jamie ihm unseren Plan. Mr. Jenkins hatte das Stück ein paar Jahre zuvor gesehen und war daher fast sofort im Bilde. Doch obwohl er Jamie sehr mochte und auch wusste, dass sie nur Gutes im Sinn hatte, fand er den Vorschlag nicht gut.

»Ich glaube, das ist keine gute Idee«, meinte er.

Ich wusste nicht, was in seinem Kopf vorging.

»Warum nicht?«, fragte Jamie mit gerunzelter Stirn. Sie schien ehrlich überrascht, dass er so wenig Begeisterung zeigte.

Mr. Jenkins griff nach einem Bleistift und fing an, damit auf den Tisch zu trommeln, während er offensichtlich überlegte, wie er es verständlich machen sollte. Schließlich legte er den Bleistift hin und seufzte.

»Obwohl ich finde, dass es ein wunderbares Angebot ist, und ich weiß, dass du etwas Besonderes machen möchtest, geht es in dem Stück doch um einen Vater, der am Schluss erkennt, wie sehr er seine Tochter liebt.« Er ließ das einen Moment lang wirken, dann nahm er wieder den Bleistift. »Weihnachten ist schon so schwer genug bei uns, ohne dass wir die Kinder daran erinnern, was ihnen fehlt. Ich glaube, wenn die Kinder so etwas sehen ...«

Er brauchte gar nicht weiterzusprechen. Jamie hielt sich die Hand vor den Mund. »Oje ...«, sagte sie sofort, »Sie haben Recht. Daran habe ich gar nicht gedacht.«

Ich auch nicht, ehrlich gestanden. Aber es war im ersten Moment klar, dass Mr. Jenkins' Einwand richtig war.

Er dankte uns dennoch und unterhielt sich eine Weile mit uns darüber, was er statt dessen für Weihnachten plante. »Wir werden einen kleinen Weihnachtsbaum aufstellen und ein paar Geschenke austeilen – so dass alle etwas davon haben. Ihr seid herzlich eingeladen, am Weihnachtsabend herzukommen ...«

Als wir uns verabschiedet hatten, gingen Jamie und ich schweigend davon. Ich merkte, dass sie traurig war. Je mehr Zeit ich mit Jamie verbrachte, desto besser begriff ich, dass sie viele verschiedene Gefühle hatte – sie war nicht immer fröhlich oder glücklich. Ob man es glaubt oder nicht, ich verstand zum ersten Mal, dass sie genauso war wie wir anderen auch.

»Es tut mir Leid, dass das nicht geklappt hat«, sagte ich leise.

»Mir auch.«

Sie hatte wieder diesen abwesenden Blick, und es verging ein Moment, bevor sie weitersprach.

»Ich wollte dieses Jahr gern etwas anderes machen. Etwas Besonderes, was sie nie vergessen würden. Ich war mir sicher, dass es das Richtige wäre …« Sie seufzte. »Ich glaube, dass ich die göttliche Vorsehung darin noch nicht erkenne.«

Lange Zeit war sie still, und ich sah sie an. Jamie unglücklich zu sehen, war fast so schlimm, wie ihretwegen unglücklich zu sein. Im Gegensatz zu Jamie hatte ich Grund, meinetwegen unglücklich zu sein – ich wusste, was für ein Mensch ich war. Aber sie …

»Wo wir schon hier sind – hast du Lust, bei den Kindern vorbeizuschauen?«, unterbrach ich das Schweigen. Mir fiel nichts anderes ein, was sie vielleicht ein wenig aufheitern würde. »Ich könnte hier draußen warten, während du mit ihnen sprichst, oder ich warte im Auto.«

»Möchtest du nicht mitkommen?«, fragte sie plötzlich.

Ehrlich gesagt war ich mir nicht sicher, ob ich mich dazu in der Lage fühlte, aber ich wusste, dass sie mich dabeihaben wollte. Und sie war so niedergeschlagen, dass ich ohne nachzudenken antwortete.

»Klar, ich komme mit.«

»Sie sind jetzt sicher im Aufenthaltsraum. Normalerweise sind sie um diese Zeit da«, sagte sie.

Wir gingen den Flur hinunter bis zum Ende, wo eine Flügeltür in einen großen Raum führte. In einer Ecke des Raumes stand ein Fernsehgerät, um das herum ungefähr dreißig metallene Klappstühle aufgestellt waren. Die Kinder saßen dicht gedrängt davor, aber man sah sofort, dass nur die auf den vorderen Plätzen eine gute Sicht hatten.

Ich sah mich um. An der Wand stand ein alter Tischtennistisch. Die Oberfläche war rissig und verstaubt, ein Netz gab es nicht. Ein paar Plastikbecher standen darauf; offensichtlich war seit Monaten, wenn nicht seit Jahren nicht mehr darauf gespielt worden. Neben dem Tischtennistisch befand sich ein Regal mit ein paar Spielsachen – Bauklötze, Puzzles, ein paar Gesellschaftsspiele. Viel war es nicht, und was da war, sah schon ziemlich abgenutzt aus. An den anderen Wänden standen kleine Schreibtische, auf denen mit Buntstiften bekritzelte Zeitungen herumlagen.

Ein paar Augenblicke standen wir an der Tür. Die Kinder hatten uns noch nicht bemerkt. Ich fragte, wozu die Zeitungen seien.

»Es gibt keine Malbücher«, flüsterte Jamie, »deswegen nehmen sie Zeitungen.« Sie sah mich nicht an, während sie sprach – ihre Aufmerksamkeit war auf die Kinder gerichtet. Jetzt lächelte sie wieder.

»Ist das alles an Spielzeug, was sie haben?«, wollte ich wissen.

Sie nickte. »Ja, außer den Kuscheltieren. Die dürfen sie mit in die Schlafzimmer nehmen. Hier werden die anderen Dinge aufbewahrt.«

Sie war vermutlich schon daran gewöhnt. Mir kam der Raum in seiner Kargheit furchtbar deprimierend vor. Ich konnte mir nicht vorstellen, in so einem Haus aufzuwachsen.

Jamie und ich gingen endlich hinein. Beim Klang unserer Schritte drehte sich eins der Kinder um. Es war ein Junge von vielleicht acht Jahren mit roten Haaren und Sommersprossen; seine oberen Schneidezähne fehlten.

»Jamie!«, rief er beglückt aus, als er sie sah, und plötzlich drehten sich auch all die anderen Köpfe um. Die Kinder waren ungefähr zwischen fünf und zwölf. Später erfuhr ich, dass sie mit zwölf in Pflegefamilien gegeben wurden.

»Hallo, Roger«, sagte Jamie, »wie geht es dir?«

Daraufhin drängten sich Roger und ein paar der anderen um uns herum. Einige Kinder beachteten uns nicht und rückten auf die besseren Plätze vor dem Fernseher, die jetzt frei geworden waren. Jamie stellte mich einem der älteren Jungen vor, der mich gefragt hatte, ob ich Jamies Freund sei. Seinem Ton nach zu urteilen schien er dieselbe Meinung von Jamie zu haben wie die meisten an unserer High School.

»Er ist einfach ein Freund«, erklärte sie. »Aber er ist sehr nett.«

Wir blieben gut eine Stunde bei den Kindern. Mir wurden viele Fragen gestellt, zum Beispiel, wo ich wohnte, ob ich in einem großen Haus wohnte, was für ein Auto ich hätte. Als wir schließlich gehen mussten, versprach Jamie, bald wiederzukommen.

Mir fiel auf, dass sie nicht versprach, dass ich mitkommen würde.

Auf dem Weg zurück zum Auto sagte ich: »Die
Kinder sind aber alle nett.« Dann zuckte ich verlegen mit den Schultern. »Ich finde es schön, dass du
ihnen hilfst.«

Jamie sah mich an und lächelte. Sie wusste, dass
es nicht viel dazu zu sagen gab, aber ich merkte, dass
sie immer noch überlegte, wie sie ihnen ein schönes
Weihnachtsfest bereiten könnte.

Kapitel 7

Anfang Dezember, gut zwei Wochen nach Proben-
beginn, war es schon winterlich dunkel, wenn Miss
Garber uns nach Hause gehen ließ. Eines Tages
fragte Jamie mich, ob ich sie nach Hause begleiten
würde. Warum genau, weiß ich nicht. Beaufort war
damals nicht gerade ein Tummelplatz für Krimi-
nelle. Bis dahin hatte ich nur von einem einzigen
Mord gehört, und der lag sechs Jahre zurück. Damals war ein Mann vor Maurice's Tavern – wo nebenbei gesagt Leute wie Lew hingingen – erstochen
worden. Etwa eine Stunde lang war alles in heller
Aufregung, die Telefondrähte liefen heiß, und beunruhigte Frauen malten sich aus, dass ein Verrückter
durch die Straßen zog und über unschuldige Opfer
herfiel. Türen wurden verriegelt, Gewehre entsi-
chert, Männer bezogen Stellung an einem Fenster
mit Blick auf die Straße und hielten Ausschau, ob
sich etwas Verdächtiges bewegte. Aber der ganze
Spuk war noch vor dem nächsten Morgen vorbei, als
ein Mann sich der Polizei stellte und erklärte, es
habe sich um einen Kneipenstreit gehandelt, der
ausgeufert sei. Offenbar hatte das Opfer eine Wett-

schuld nicht begleichen wollen. Der Mann wurde wegen Totschlags verurteilt und wanderte für sechs Jahre ins Gefängnis. Die Polizisten in unserer Stadt hatten den langweiligsten Job der Welt, aber sie stolzierten gern wichtigtuerisch herum oder saßen in Cafés, wo sie großspurig über »das große Verbrechen« sprachen, als hätten sie die Entführung des Lindbergh-Babys aufgeklärt.

Aber da mein Weg an Jamies Haus vorbeiführte, konnte ich kaum Nein sagen, ohne ihr weh zu tun. Es war ja nicht so, dass ich sie mochte, das darf man jetzt nicht denken, aber wenn man jeden Tag ein paar Stunden mit jemandem verbringt und weiß, dass das noch mindestens eine Woche so weitergeht, dann möchte man vermeiden, dass der nächste Tag für den einen oder anderen zur Qual wird.

Die Aufführungen sollten am folgenden Freitag und Samstag stattfinden, und schon jetzt war das Ereignis in aller Munde. Miss Garber war von Jamie und mir so sehr beeindruckt, dass sie allen Leuten erzählte, es würde die beste Vorstellung aller Zeiten werden. Außerdem verstand sie sich darauf, Werbung zu machen, stellten wir fest. In der Stadt gab es einen Rundfunksender, für den sie interviewt wurde, nicht einmal, nein, zweimal. »Es wird eine großartige Aufführung«, verkündete sie, »wirklich großartig.« Sie rief auch bei der Zeitung an, wo man ihr versprach, einen Artikel über das Stück zu schreiben, hauptsächlich wegen der Jamie-Hegbert-Verbindung, obwohl die ganze Stadt darüber Bescheid wusste. Aber Miss Garber war unermüdlich und berichtete uns, dass im Playhouse zusätzliche Stühle aufgestellt werden würden, um die riesigen Zuschauermengen unterzubringen. In der Klasse herrschte große Aufregung, als wäre es eine tolle Sache, und wahrscheinlich war es das auch, für manche. Schließlich hatten wir Typen wie Eddie in der Klasse. Bestimmt dachte er, dass dies das einzige Mal in seinem Leben sein würde, wo er im Mittelpunkt stand. Das Traurige war, dass er damit wahrscheinlich Recht hatte.

Man könnte sich vorstellen, dass ich langsam auch nervös wurde, aber das war nicht der Fall. In der Schule zog ich immer noch den Spott meiner Freunde auf mich. und seit Ewigkeiten, so schien es mir, hatte ich keinen freien Nachmittag mehr gehabt. Das Einzige, was mich bei der Stange hielt, war meine Überzeugung, dass ich DAS RICHTIGE tat. Das war zwar nicht viel, aber es war alles, woran ich mich halten konnte. Manchmal kam ich mir sogar sehr tugendhaft vor, aber das gestand ich natürlich niemandem ein. Dann stellte ich mir vor, wie die Engel im Himmel herumstanden, scheu und mit Tränen in den Augen auf mich herabschauten und mich wegen der Opfer, die ich brachte, bewunderten.

Als ich Jamie am ersten Abend nach Hause begleitete und über diese Dinge nachdachte, stellte sie mir eine Frage.

»Stimmt es, dass ihr, deine Freunde und du, manchmal nachts auf den Friedhof geht?«

Es überraschte mich, dass sie davon wusste. Obwohl es nicht gerade ein Geheimnis war, hatte ich nicht gedacht, dass es sie interessieren würde.

»Ja«, sagte ich achselzuckend. »Manchmal.«

»Was macht ihr da, außer dass ihr Erdnüsse esst?«

Das wusste sie also auch.

»Weiß auch nicht«, sagte ich. »Wir reden ... machen Witze. Wir treffen uns dort einfach gern.«

»Habt ihr manchmal Angst?«

»Nein«, antwortete ich. »Warum? Würde es dir Angst machen?«

»Ich weiß nicht«, sagte sie. »Vielleicht.«

»Warum?«

»Weil ich Angst hätte, etwas Falsches zu tun.«

»Wir machen nichts Schlimmes da. Ich meine, wir stürzen nicht die Grabsteine um oder lassen unseren Müll rumliegen«, stellte ich klar. Von den Gesprächen über Henry Preston wollte ich ihr lieber nicht erzählen, weil ich wusste, dass sie so etwas nicht gern hörte. Erst in der Woche davor hatte Eric nämlich laut darüber nachgedacht, wie schnell wohl ein Einarmiger, wenn er im Bett lag ... na ja ... ist ja auch egal.

»Sitzt ihr manchmal einfach nur da und hört auf die Geräusche?«, fragte sie. »Auf das Zirpen der Grillen oder das Rauschen der Blätter, wenn der Wind geht? Oder liegt ihr manchmal auf dem Rücken und seht zu den Sternen hinauf?«

Obwohl auch Jamie seit Jahren ein Teenager war, hatte sie keine Ahnung von anderen Jugendlichen. Offensichtlich waren ihr *Jungen* in dem Alter so unbegreiflich wie die Relativitätstheorie.

»Eigentlich nicht«, sagte ich.

Sie nickte leicht.

»Ich glaube, das würde ich tun, wenn ich da wäre, ich meine, wenn ich je auf den Friedhof ginge. Ich würde mich genau umsehen, damit ich nichts übersehe, oder ich würde mich still hinsetzen und lauschen.«

Ich fand die ganze Unterhaltung merkwürdig und verfolgte sie nicht weiter, so dass wir eine Weile schweigend nebeneinander gingen. Aber da sie mich etwas gefragt hatte, fühlte ich mich verpflichtet, ihr auch eine Frage zu stellen. Ich meine, sie hatte nichts von der göttlichen Vorsehung erzählt, also war es nur anständig, wenn ich sie was fragte.

»Und was machst du so?«, fragte ich. »Wenn du nicht bei den Waisenkindern bist oder verletzten Tieren hilfst oder in der Bibel liest, meine ich?« Es klang lächerlich, auch in meinen Ohren, das gebe ich zu, aber schließlich *waren das genau die Dinge, die sie tat*.

Sie lächelte mich an. Ich glaube, die Frage überraschte sie, aber noch mehr überraschte sie mein Interesse.

»Ich mache alles Mögliche. Ich lerne für die Schule, ich mache Besuche mit meinem Vater. Manchmal spielen wir Karten. Und so.«

»Triffst du dich manchmal mit Freunden und alberst herum?«

»Nein«, sagte sie, und ihr Ton drückte aus, dass ihr bewusst war, dass die anderen sie nicht unbedingt dabeihaben wollten.

»Ich wette, du freust dich, dass du nächstes Jahr aufs College gehst«, sagte ich, das Thema wechselnd.

»Ich glaube nicht, dass ich aufs College gehe«, erklärte sie sachlich. Ihre Antwort verblüffte mich. Jamie hatte mit die besten Noten in unserer Klasse, und je nachdem, wie das letzte Halbjahr lief, könnte sie den Abschluss als Jahrgangsbeste machen. Es wurden schon Wetten darüber abgeschlossen, wie oft sie die göttliche Vorsehung in ihrer Rede erwähnen würde. Ich hatte auf vierzehn Mal gewettet, da sie ja nur fünf Minuten hatte.

»Und was ist mit Mount Sermon? Ich dachte, dahin wolltest du. Da würde es dir gut gefallen«, sagte ich.

Sie sah mich mit einem Zwinkern in den Augen an. »Du meinst, ich würde genau dahin passen, nicht wahr?«

Diese Bälle, die sie einem manchmal zuwarf, konnten einen genau zwischen den Augen treffen.

»So habe ich es nicht gemeint …«, sagte ich hastig. »Es ist nur so, ich habe gehört, wie sehr du dich freust, dass du nächstes Jahr dorthin gehst.«

Sie zuckte mit den Schultern und antwortete nicht, und ehrlich gesagt, wusste ich nicht, was das bedeuten sollte. Inzwischen waren wir bei ihrem Haus angekommen und blieben auf dem Gehweg davor stehen. Ich konnte Hegberts Schatten im Wohnzimmer erkennen. Das Licht war an, er saß auf dem Sofa beim Fenster. Sein Kopf war geneigt, als läse er. Ich nahm an, es war die Bibel.

»Danke, dass du mich nach Hause gebracht hast, Landon.« Sie sah mich einen Moment lang an, bevor sie zur Haustür ging.

Als ich ihr nachschaute, konnte ich nicht umhin zu denken, dass dies die seltsamste Unterhaltung war, die wir je gehabt hatten. Obwohl einige ihrer Antworten etwas merkwürdig waren, schien Jamie doch fast normal.

Als ich sie am nächsten Abend nach Hause brachte, fragte sie mich nach meinem Vater.

»Er ist so weit in Ordnung«, erwiderte ich. »Nur dass er nicht viel da ist.«

»Vermisst du ihn? Macht es dich traurig, weil du ohne ihn auskommen musst?«

»Manchmal.«

»Ich vermisse meine Mom«, sagte sie, »obwohl ich sie gar nicht gekannt habe.«

Zum ersten Mal überhaupt kam es mir in den Sinn, dass Jamie und ich möglicherweise etwas gemeinsam hatten. Das musste ich erst mal verdauen.

»Es muss schwer für dich sein«, sagte ich und meinte es aufrichtig. »Mein Vater ist mir zwar ziemlich fremd, aber er ist doch immerhin da.«

Sie sah mich von der Seite her an, dann richtete sie den Blick wieder nach vorn. Sie zupfte ein bisschen an ihrem Haar. Mir war inzwischen aufgefallen, dass sie das immer dann tat, wenn sie nervös war oder nicht wusste, was sie sagen sollte.

»Das ist es auch, manchmal. Versteh mich nicht falsch – ich liebe meinen Vater von ganzem Herzen, aber ab und zu versuche ich mir vorzustellen, wie es wohl gewesen wäre, wenn meine Mutter dagewesen wäre. Ich glaube, mit ihr hätte ich über manches sprechen können, über das ich mit meinem Vater nicht sprechen kann.«

Ich nahm an, sie meinte, über Jungen. Erst später erfuhr ich, wie sehr ich mich da geirrt hatte.

»Wie ist es denn, mit deinem Vater zu leben? Ist er zu Hause so wie in der Kirche?«

»Nein. Eigentlich kann er ganz schön witzig sein.«

»Hegbert?«, platzte es aus mir heraus. Das konnte ich mir nun gar nicht vorstellen.

Ich glaube, sie war unangenehm berührt, weil ich ihn beim Vornamen nannte, aber sie machte keine Bemerkung dazu. Statt dessen sagte sie: »Wieso bist du so überrascht? Du wirst ihn mögen, wenn du ihn erst richtig kennen lernst.«

»Ich bezweifle, dass ich ihn je kennen lernen werde.«

»Du weißt nie, was Gott mit uns vorhat, Landon«, sagte sie lächelnd.

Ich mochte es überhaupt nicht, wenn sie so sprach. Man wusste ja, dass sie täglich mit Gott in Verbindung stand, aber man konnte nie wissen, was der Boss da oben ihr erzählt hatte. Vielleicht hatte sie sogar eine direkte Eintrittskarte zum Himmel, sozusagen, wo sie doch so ein guter Mensch war.

»Wie sollte ich ihn kennen lernen?«, fragte ich.

Sie antwortete nicht, lächelte aber vor sich hin, als wüsste sie ein Geheimnis, das sie mir nicht anvertrauen konnte. Wie gesagt, ich mochte es gar nicht, wenn sie so war.

Am nächsten Abend sprachen wir über ihre Bibel.

»Warum hast du sie immer dabei?«, fragte ich.

Ich hatte angenommen, dass sie die Bibel aus dem einfachen Grunde bei sich trug, weil sie die Tochter des Pfarrers war. Die Vermutung lag ja nicht so fern, wenn man bedachte, wie Hegbert zur Heiligen Schrift stand und so. Aber die Bibel, die sie hatte, war alt, mit einem ziemlich zerschlissenen Einband, und eigentlich hatte ich gedacht, dass Jamie zu den Leuten gehörte, die jedes Jahr eine neue Bibel kaufen würden, einfach nur, um die Bibelverlage zu unterstützen oder ihre unverminderte Hingabe an den Herrn zu demonstrieren oder so etwas.

Sie wartete einen Moment, bevor sie antwortete.

»Sie gehörte meiner Mutter«, sagte sie dann schlicht.

»Oh …«, sagte ich, als hätte ich versehentlich das kostbare kleine Haustier eines anderen mit dem Stiefel zertreten.

Sie sah mich an. »Es macht doch nichts, Landon. Wie hättest du das wissen sollen?«

»Es tut mir Leid, dass ich davon angefangen habe …«

»Das braucht es nicht. Du hattest doch nichts Böses im Sinn.« Sie machte eine Pause. »Meine Mutter und mein Vater haben diese Bibel zur Hochzeit geschenkt bekommen, aber meine Mom hat sie für sich benutzt und viel darin gelesen, besonders wenn sie etwas Schlimmes erlebte.«

Ich musste an die Fehlgeburten denken.

Jamie fuhr fort:

»Sie hat besonders gern abends darin gelesen, bevor sie schlafen gegangen ist, und sie hatte sie im Krankenhaus dabei, als ich geboren wurde. Als mein Vater erfuhr, dass sie tot war, nahm er mich und die Bibel mit sich nach Hause.«

»Es tut mir Leid«, beteuerte ich noch mal. Wenn jemand etwas Trauriges erzählt, fällt einem nichts anderes dazu ein, auch wenn man es schon einmal gesagt hat.

»So kann ich ein bisschen... Teil von ihr sein. Verstehst du das?« Sie sagte es nicht traurig, sondern nur, um mir meine Frage zu beantworten. Irgendwie wurde es dadurch noch schlimmer.

Nachdem sie mir das erzählt hatte, musste ich wieder daran denken, dass sie allein mit Hegbert aufgewachsen war. Ich wusste nicht, was ich jetzt sagen sollte, und dachte noch darüber nach, als ich hinter uns ein Auto hupen hörte. Jamie und ich blieben stehen und drehten uns um, als der Wagen anhielt.

Es waren Eric und Margaret. Eric saß am Steuer und Margaret auf dem Beifahrersitz.

»Na, wen haben wir denn da«, sagte Eric und beugte sich über das Lenkrad, damit ich sein Gesicht über Margaret hinweg sehen konnte. Ich hatte ihm nicht erzählt, dass ich Jamie nach den Proben nach Hause begleitete. Und plötzlich war Erics und Margarets Auftauchen wichtiger als alles, was Jamie mir gerade erzählt hatte – so ist das bei Teenagern.

»Hallo, Eric, hallo, Margaret …«, sagte Jamie freundlich.

»Du begleitest sie nach Hause, Landon?« Ich konnte den kleinen Teufel hinter Erics Lächeln sehen.

»He, Eric«, sagte ich matt und wünschte mir, unsichtbar zu sein.

»Ein wunderbarer Abend für einen Spaziergang, meint ihr nicht auch?«, sagte Eric. Ich glaube, weil Margaret zwischen ihm und Jamie war, war er etwas dreister als sonst in Jamies Gegenwart. Auf keinen Fall konnte er diese Gelegenheit ungenutzt verstreichen lassen, sondern musste mich ordentlich hochnehmen.

Jamie sah sich um und lächelte. »Doch, es ist wunderschön.«

Auch Eric blickte versonnen umher und atmete tief ein. Es war offensichtlich, dass er sich lustig machte. »Mann, wirklich ein herrlicher Abend.« Er seufzte und warf uns einen Blick zu. »Ich würde euch ja mitnehmen, aber das ist nicht halb so schön wie ein Spaziergang unter dem Sternenhimmel, und den möchte ich euch nicht verderben.« Er sagte es, als würde er uns damit einen Gefallen tun.

»Oh, wir sind ja schon fast bei mir«, sagte Jamie. »Ich wollte Landon noch ein Glas Apfelmost anbieten. Wollt ihr dazukommen? Wir haben genug da.«

Ein Glas Apfelmost? Bei ihr zu Hause? Davon war noch keine Rede gewesen ...

Ich steckte die Hände in die Taschen. Die Sache konnte wohl kaum noch schlimmer werden.

»O nein ... aber danke. Wir sind auf dem Weg zu Cecil's Diner.«

»Obwohl morgen Schule ist?«, fragte Jamie ahnungslos.

»Ooch, wir bleiben ja nicht lange«, versprach er. »Aber wir sollten jetzt mal los. Viel Spaß beim Apfelmost, ihr zwei.«

»Schön, dass ihr angehalten habt«, sagte Jamie und winkte.

Eric fuhr los, aber ganz verhalten, so dass Jamie wahrscheinlich den Eindruck hatte, dass er recht gut Auto fahren konnte. Was aber ganz und gar nicht der Fall war, obwohl er sich geschickt aus der Affäre ziehen konnte, wenn er einen Unfall gebaut hatte. Ich weiß noch, dass er seiner Mutter einmal erzählte, dass eine Kuh vor ihm auf die Straße gesprungen und der Kühlergrill deswegen verbogen sei. »Es ging so schnell, Mom, die Kuh war auf einmal da. Sie sprang genau vor mir auf die Straße, und ich konnte nicht mehr rechtzeitig bremsen.« Jeder weiß, dass Kühe keinesfalls *springen*, aber seine Mutter glaubte ihm. Sie war früher übrigens auch Anführerin der Cheerleader gewesen.

Als sie um die Ecke gebogen waren, wandte Jamie sich zu mir um und lächelte.

»Du hast nette Freunde, Landon.«

»Na, sicher.« Man beachte, wie geschickt ich meine Antwort formulierte.

Nachdem ich Jamie nach Hause gebracht hatte – nein, ich blieb nicht auf ein Glas Apfelmost –, machte ich mich auf den Weg zu mir und brummelte die ganze Zeit vor mich hin. Jamies Geschichte hatte ich so gut wie vergessen, statt dessen konnte ich regelrecht hören, wie sich meine Freunde in Cecil's Diner über mich lustig machten.

Das hat man nun davon, wenn man nett ist.

Bis zum nächsten Morgen wusste jeder, dass ich Jamie abends nach Hause begleitete, was neue Mutmaßungen über uns auslöste. Diesmal war es schlimmer als vorher. So schlimm, dass ich die Mittagspause in der Bücherei verbrachte, weil ich es nicht ertrug.

An dem Abend fand die Probe im Playhouse statt. Es war die letzte vor der Premiere, und es gab viel zu tun. Nach der Schule mussten die Jungen die Kulissen aus dem Klassenzimmer auf einen gemieteten Lieferwagen laden und zum Playhouse fahren. Das Schwierige daran war nur, dass Eddie und ich die einzigen Jungen waren und dass Eddie nicht gerade für seine Geschicklichkeit berühmt war. Wenn wir zum Beispiel mit einem der schwereren Teile durch eine Tür gingen, kam ihm plötzlich sein Körper in die Quere. Dann stolperte er über eine Staubflocke oder eine Fliege am Boden und verlor das Gleichgewicht, so dass das Gewicht des Kulissenteils auf meine Finger krachte, die dann am Türrahmen zerquetscht wurden, was äußerst schmerzhaft war. »T...t...tut mir L...l...leid«, sagte er dann, »h...h... hast du d...d...dir weh get...t...tan?« Ich schluckte die Schimpfwörter, die mir schon auf der Zunge lagen, herunter und zischte unterdrückt: »Pass doch bitte besser auf!« Er konnte genauso wenig verhindern, dass er ins Stolpern geriet, wie er den Regen verhindern konnte. Als wir fertig waren, sahen meine Finger aus wie die von Toby, dem rasenden Handwerker. Und das Schlimmste war, dass ich keine Zeit hatte, vor der Probe etwas zu essen. Der Kulissentransport hatte drei Stunden gedauert, und kaum hatten wir sie aufgebaut, kamen schon die anderen. Nach allem, was sonst schon an dem Tag passiert war, ist es wohl klar, dass ich ziemlich schlecht gelaunt war.

Ich leierte meinen Text einfach so runter, so dass Miss Garber den ganzen Abend nicht einmal »großartig« sagte. Am Schluss blickte sie ziemlich besorgt, aber Jamie lächelte und beruhigte sie, es würde alles gut ausgehen. Ich wusste, dass Jamie mir helfen wollte, aber als sie mich fragte, ob ich sie nach Hause begleiten würde, schüttelte ich den Kopf. Das Playhouse war mitten in der Stadt; um sie nach Hause zu bringen, hätte ich einen ziemlich großen Umweg in Kauf nehmen müssen. Außerdem wollte ich nicht, dass mich wieder jemand sah. Aber Miss Garber hatte Jamies Frage gehört und erklärte mit großer

Bestimmtheit, dass ich sie sicher gern begleiten würde. »Sprecht noch ein bisschen über das Stück«, schlug sie vor. »Vielleicht könnt ihr Lösungen für die Schwachstellen finden.« Natürlich meinte sie mit den Schwachstellen speziell mich.

Also begleitete ich Jamie auch an diesem Tag nach Hause, aber sie merkte genau, dass ich nicht in der Stimmung war, mich zu unterhalten, denn ich hatte die Hände in die Taschen vergraben und lief fast einen Schritt vor ihr her, ohne zu gucken, ob sie mir folgte. So gingen wir ein paar Minuten; ich hatte kein Wort mit ihr gesprochen.

»Du hast keine besonders gute Laune, stimmt's?«, stellte sie fest. »Heute Abend hast du dir gar keine Mühe gegeben.«

»Dir entgeht aber auch gar nichts, wie?«, sagte ich bissig, sah sie aber nicht an.

»Vielleicht kann ich dir helfen«, sagte sie. Sie klang froh, was mich noch wütender machte.

»Das bezweifle ich«, entgegnete ich barsch.

»Wenn du mir sagen würdest, was passiert ist ...«

Ich ließ sie gar nicht ausreden.

»Hör zu«, sagte ich, blieb stehen und wandte mich zu ihr um. »Ich habe den ganzen Tag die Kulissen durch die Gegend geschleppt, ich habe seit heute Mittag nichts gegessen, und jetzt muss ich auch noch einen Riesenumweg machen, um dich nach Hause zu bringen, obwohl wir beide wissen, dass du den Weg auch allein schaffst.«

Es war das erste Mal, dass ich im Zorn mit ihr sprach. Um ehrlich zu sein, tat es mir gut. Es hatte sich einiges in mir aufgestaut. Jamie war so überrascht, dass sie nichts erwidern konnte, und ich fuhr fort:

»Und ich tue das nur deinem Vater zuliebe, der mich nicht einmal leiden kann. Das Ganze ist idiotisch, und ich wünschte, ich hätte mich nie dazu bereit erklärt.«

»Das sagst du alles nur, weil du wegen der Aufführung Lampenfieber hast …«

Ich unterbrach sie mit einem Kopfschütteln. Ich konnte ihren Optimismus und ihre Fröhlichkeit nur bis zu einem gewissen Grad verkraften, und an dem Tag war meine Toleranzgrenze erreicht.

»Du verstehst wohl gar nichts«, rief ich wütend. »Ich habe kein Lampenfieber, ich habe einfach keine Lust mitzumachen! Ich will dich nicht nach Hause bringen, ich will nicht, dass meine Freunde über mich lästern, und ich will meine Zeit nicht mit dir verbringen. Du tust so, als wären wir Freunde, aber das sind wir nicht. Ich will einfach die ganze Sache hinter mich bringen, damit ich wieder mein normales Leben führen kann.«

Meine Worte hatten sie getroffen, was ja ehrlich gesagt kein Wunder war.

»Ich verstehe«, sagte sie nur. Ich wartete darauf, dass sie ihre Stimme erhob, dass sie sich verteidigte, dass sie alles aus ihrer Sicht erklärte, aber sie tat nichts dergleichen. Sie sah einfach nur auf den Boden. Ich glaube, am liebsten hätte sie geweint, aber das tat sie auch nicht, und schließlich schlich ich mich davon. Ich ließ sie einfach stehen und setzte mich wieder in Bewegung. Kurz darauf hörte ich, wie sie auch weiterging. Für den Rest des Weges ging sie ungefähr fünf Meter hinter mir und sagte erst wieder etwas, als sie an ihrer Haustür war. Ich war schon ein Stück weiter, da hörte ich ihre Stimme.

»Danke, dass du mich nach Hause gebracht hast, Landon«, rief sie.

Ich zuckte zusammen, als ich sie hörte. Sogar wenn ich richtig hässlich zu ihr war und ihr die schlimmsten Dinge an den Kopf warf, fand sie einen Grund, sich bei mir zu bedanken. So war sie eben, und ich glaube, ich verabscheute sie deswegen.

Oder vielmehr verabscheute ich mich selbst.

Kapitel 8

Am Abend der Aufführung war es kühl und frisch, der Himmel war wolkenlos blau. Wir sollten eine Stunde vor Beginn da sein. Den ganzen Tag hatte ich mich ziemlich mies gefühlt, weil ich am Abend zuvor so übel mit Jamie umgesprungen war. Sie war immer freundlich zu mir gewesen, und ich hatte mich richtig gemein verhalten. Ich sah sie im Flur zwischen den Kursen und wollte mich entschuldigen, aber sie verschwand in der Menge, bevor ich Gelegenheit dazu hatte.

Sie war schon im Playhouse, als ich ankam. Ich sah sie mit Miss Garber und Hegbert am Bühnenrand beim Vorhang stehen. Alle liefen herum und versuchten, ihr Lampenfieber im Zaum zu halten, aber sie schien seltsam lethargisch. Sie hatte sich noch nicht umgezogen – auf der Bühne sollte sie ein weißes, fließendes Gewand tragen, in dem sie engelhaft wirkte –, sondern war in demselben Pullover, den sie in der Schule getragen hatte. Obwohl mir einigermaßen beklommen zumute war, ging ich auf die drei zu.

»Hi, Jamie«, sagte ich. »Hallo, Herr Pfarrer … Miss Garber.«

Jamie wandte sich zu mir um.

»Hallo, Landon«, sagte sie still. Es war klar, dass ihr der vergangene Abend auch zugesetzt hatte, denn sie lächelte nicht, wie sie es sonst immer tat, wenn sie mich sah. Ich bat sie, mit ihr allein sprechen zu können, und wir gingen ein paar Schritte zur Seite. Ich sah, dass Hegbert und Miss Garber uns nachblickten, als wir uns außer Hörweite begaben.

Ich ließ meinen Blick nervös über die Bühne wandern.

»Es tut mir Leid wegen der Sachen, die ich gestern gesagt habe«, fing ich an. »Ich weiß, dass ich dir weh getan habe. Ich hätte das alles nicht sagen dürfen.«

Sie sah mich an, als müsste sie abwägen, ob sie mir glauben solle.

»Hast du das alles auch gemeint?«, fragte sie schließlich.

»Ich war schlecht drauf, ganz einfach. Manchmal rege ich mich so auf.« Ich wusste, dass ich ihre Frage nicht richtig beantwortet hatte.

»Ach so«, sagte sie – in dem gleichen Ton wie am Abend zuvor. Dann drehte sie sich zu den leeren Sitzen im Zuschauerraum um. Wieder hatte sie diesen traurigen Ausdruck in ihren Augen.

»Hör zu«, sagte ich und griff nach ihrer Hand, »ich verspreche dir, dass ich es wieder gutmachen werde.« Weiß der Himmel, warum ich das sagte – irgendwie schien es in dem Moment richtig.

Zum ersten Mal an dem Abend lächelte sie.

»Danke«, flüsterte sie und sah mich an.

»Jamie?«

Jamie drehte sich um. »Ja, Miss Garber?«

»Ich glaube, du solltest jetzt kommen.« Miss Garber winkte sie zu sich.

»Ich muss gehen«, sagte sie zu mir.

»Ich weiß.«

»Hals- und Beinbruch?« Jemandem vor einer Aufführung Glück zu wünschen, bringt angeblich Unglück, deswegen wünscht man sich »Hals- und Beinbruch«.

Ich ließ ihre Hand los. »Für uns beide. Versprochen.«

Danach musste sich jeder für die Aufführung vorbereiten. Ich ging in die Herrengarderobe. Die Ausstattung am Playhouse ist ziemlich gut, wenn man bedenkt, dass es ein Theater in einer Kleinstadt ist. Es gibt getrennte Garderoben, so dass wir das Gefühl hatten, richtige Schauspieler zu sein, nicht nur eine Schülertruppe.

Mein Kostüm hing in der Garderobe. Zu Beginn der Proben hatte man unsere Maße genommen und die Kostüme entsprechend geändert. Ich zog mich gerade um, als Eric unangekündigt eintrat. Eddie war auch da und zwängte sich in sein Kostüm als stummer Penner. Als er Eric sah, spiegelte sich das blanke Entsetzen in seinen Augen, denn mindestens einmal in der Woche nahm Eric Eddie in den Schwitzkasten. Jetzt verließ Eddie fluchtartig die Garderobe und zog sich beim Hinausstürzen das eine Hosenbein hoch. Eric beachtete ihn gar nicht und setzte sich auf den Schminktisch vor den Spiegel.

»Also«, sagte er mit einem übermütigen Lächeln, »was hast du vor?«

Ich sah ihn neugierig an.

»Wie meinst du das?«, fragte ich.

»Bei der Aufführung, du Dummkopf! Hast du vor, dich bei deinem Text zu verhaspeln?«

Ich schüttelte den Kopf. »Nein.«

»Oder die Kulissen umzustoßen?« Das mit den Kulissen kannte jeder.

»Geplant habe ich es nicht«, erwiderte ich stoisch.

»Du meinst, du spielst einfach ordentlich deine Rolle?«

Ich nickte. Etwas anderes war mir gar nicht in den Sinn gekommen.

Er schaute mich eindringlich an, als sähe er mich zum ersten Mal.

»Vielleicht wirst du endlich erwachsen, Landon«, meinte er. Da es von Eric kam, war ich mir nicht sicher, ob es als Kompliment gedacht war.

So oder so, ich wusste, dass er Recht hatte.

In dem Stück versetzt der erste Anblick des Engels Tom Thornton in solches Staunen, dass er ihm sofort willig folgt und Weihnachten mit den Armen und Benachteiligten feiert. Die ersten Worte, die Tom in dem Moment spricht, sind: »Du bist schön«, und ich sollte sie sagen, als kämen sie aus tiefstem Herzen. Es war der Kernpunkt des ganzen Stückes, der den Ton dessen bestimmte, was danach kam. Das Problem war nur, dass ich bei dieser Zeile den Ton nicht richtig traf. Sicher, die Worte konnte ich sagen, aber sie klangen nicht überzeugend, da ich sie wahrscheinlich so sagte wie jeder andere, wenn er Jamie sah, Hegbert ausgenommen. Es war die einzige Szene, bei der Miss Garber nie »großartig« gesagt hatte, deshalb war ich verunsichert. Ich versuchte mir jemand anders als Engel vorzustellen, so dass ich die Worte mit Überzeugung sprechen konnte, aber da ich mich auf so viel anderes konzentrieren musste, vergaß ich das im Eifer des Gefechts.

Jamie war immer noch in ihrer Garderobe, als der Vorhang endlich aufging. Ich hatte sie nicht im Kostüm gesehen, aber das machte nichts. In den ersten Szenen kam sie nicht vor – in denen ging es hauptsächlich um Tom Thornton und die Beziehung zu seiner Tochter.

Ich hatte nicht gedacht, dass ich Lampenfieber haben würde – schließlich hatte ich gründlich geprobt –, aber als der Vorhang dann endlich hochging, war es wie ein Schlag ins Gesicht. Das Playhouse war bis auf den letzten Platz besetzt, und hinten im Raum waren, wie Miss Garber angekündigt hatte, sogar noch zwei Extrareihen mit Stühlen aufgestellt worden. Normalerweise fasste der Saal vierhundert Menschen, aber so waren es noch einmal fünfzig mehr. Außerdem standen die Zuschauer an den Seitenwänden, eng gedrängt wie Sardinen. Doch als ich die Bühne betrat, war es mucksmäuschenstill im Saal. Das Publikum bestand in der Mehrzahl aus alten Damen mit blau getönten Haaren – die Sorte, die Bingo spielt und beim Sonntagsbrunch Bloody Marys trinkt –, aber ich entdeckte Eric und alle meine Freunde in der letzten Reihe. Es war regelrecht unheimlich, so dazustehen, während alle darauf warteten, dass ich etwas sagte.

Ich bemühte mich also nach Kräften, nicht an die Zuschauer zu denken, während wir die ersten Szenen spielten. Sally, die mit dem Glasauge, spielte übrigens meine Tochter, weil sie für ihr Alter ziemlich klein war, und wir spielten die Szenen so, wie wir sie geprobt hatten. Keiner von uns verpatzte seinen Text, obwohl wir nicht gerade berauschend waren. Als der Vorhang sich senkte, mussten wir schnell die Kulissen für den zweiten Akt umstellen. Diesmal halfen auch alle anderen, und meine Finger wurden nicht zerquetscht, weil ich einen großen Bogen um Eddie machte.

Ich hatte Jamie immer noch nicht gesehen – vermutlich brauchte sie keine Kulissen zu schieben, weil ihr Kostüm, das aus ganz dünnem Stoff war, zu leicht reißen konnte, wenn es an einem Nagel hängen blieb –, aber ich dachte auch nicht an sie, weil es so viel zu tun gab. Und bevor ich wusste, wie mir geschah, ging der Vorhang wieder auf, ich sah mich in Hegbert Sullivans Welt versetzt und ging durch eine Straße mit Geschäften, auf der Suche nach der Spieluhr, die sich meine Tochter zu Weihnachten wünschte. Ich stand mit dem Rücken zu der Tür, durch die Jamie kommen würde, aber als sie die Bühne betrat, hörte ich, wie die Zuschauer vor Erstaunen tief die Luft einsogen. Ich fand es vorher schon still, aber jetzt hätte man eine Stecknadel fallen hören können. In dem Moment nahm ich aus dem Augenwinkel wahr, wie Hegbert Jamie mit zitterndem Unterkiefer ansah. Nach einem kurzen Moment der inneren Sammlung drehte ich mich um – und begriff, was los war.

Zum ersten Mal, seit ich Jamie kannte, war ihr Haar nicht zu einem straffen Knoten gebunden. Statt dessen fiel es lose um ihr Gesicht. Es war länger, als ich mir vorgestellt hatte, und reichte ihr bis zu den Schulterblättern. Sie hatte etwas Glitzerndes im Haar, so dass sich das Licht der Scheinwerfer darin brach und es zum Funkeln brachte wie einen Heiligenschein. Und in dem weich fließenden weißen Kleid, das für sie maßgeschneidert schien, bot sie einen erstaunlichen Anblick. Sie sah nicht aus wie das Mädchen, mit dem ich aufgewachsen war, auch nicht wie das Mädchen, das ich in letzter Zeit kennen gelernt hatte. Sie trug ein bisschen Make-up – nur ein bisschen, was die Weichheit ihrer Züge hervorhob. Sie lächelte sanft, als trüge sie ein Geheimnis in ihrem Herzen, so wie die Rolle es verlangte.

Sie sah genau aus wie ein Engel.

Ich weiß, dass meine Kinnlade herunterklappte, während ich sie für eine Ewigkeit, so schien mir, anstarrte und nichts über die Lippen brachte. Plötzlich fiel mir mein Text wieder ein. Ich holte tief Luft und sprach ihn ganz langsam.

»Du bist schön«, sagte ich, und ich glaube, dass jeder im Zuschauerraum, von den alten Damen mit dem blau getönten Haar bis hin zu meinen Freunden in der letzten Reihe, wusste, dass ich es ehrlich meinte.

Zum ersten Mal hatte ich diesen Satz mit der richtigen Überzeugung hervorgebracht.

Kapitel 9

Wenn man jetzt annimmt, dass das Stück ein riesiger Erfolg war, so ist das gelinde gesagt untertrieben. Die Zuschauer lachten und weinten, genau wie es vorgesehen war. Aber durch Jamies Mitwirken wurde es wirklich ein besonderes Ereignis – ich glaube, alle in der Truppe waren genauso verblüfft wie ich darüber, wie gelungen die Aufführung war. Alle Akteure hatten den gleichen Gesichtsausdruck, als sie Jamie zum ersten Mal auf der Bühne erblickten, was ihre schauspielerische Leistung um so überzeugender machte. Wir führten das Stück am ersten Abend ohne Pannen auf, und am nächsten Abend waren noch mehr Zuschauer da. Sogar Eric kam nach der Aufführung zu mir und gratulierte mir, was mich einigermaßen überraschte.

»Ihr zwei habt gut gespielt«, erklärte er schlicht. »Ich bin stolz auf dich, mein Freund.«

Während er sprach, rief Miss Garber jedem, der ihr zuhörte oder der nur vorbeiging, »großartig!« zu, und zwar so oft, dass ich es noch hörte, als ich an dem Abend im Bett lag. Nachdem der letzte Vorhang gefallen war, sah ich mich nach Jamie um und entdeckte sie bei ihrem Vater. Er hatte Tränen in den Augen – ich hatte ihn noch nie weinen gesehen –, und Jamie lag in seinen Armen. Lange Zeit hielten sie sich umschlungen. Er streichelte ihr über das Haar und flüsterte: »Mein Engel«, während sie die Augen geschlossen hatte, und da musste selbst ich schlucken.

Das Richtige zu tun war letztlich doch nicht so schlecht, merkte ich.

Nachdem sie sich wieder losgelassen hatten, gab Hegbert ihr stolz zu verstehen, dass sie zu den übrigen Schauspielern gehen sollte, von denen sie mit Glückwünschen überhäuft wurde. Sie wusste, dass sie gut gespielt hatte, obwohl sie immer wieder sagte, sie verstehe nicht, weshalb man so viel Aufhebens machte. Sie war so freundlich wie immer, aber da sie so hübsch aussah, wirkte sie ganz anders, wenigstens auf die meisten. Ich stand im Hintergrund und gönnte ihr diesen glücklichen Moment. Ich gebe zu, dass ich mich ein bisschen wie Hegbert fühlte. Ich freute mich für sie und war auch ein bisschen stolz. Als sie mich an der Seite stehen sah, machte sie sich los und kam zu mir herüber.

Sie sah mich an und sagte: »Danke für deine Hilfe, Landon. Du hast meinen Vater sehr glücklich gemacht.«

»Ich hab's gern getan«, antwortete ich aufrichtig.

Als wir sprachen, wurde mir bewusst, dass sie mit Hegbert nach Hause fahren würde, und wünschte mir zum ersten Mal, ich könnte sie nach Hause bringen.

Am Montag darauf brach unsere letzte Schulwoche vor den Weihnachtsferien an, für die in jedem Fach Prüfungen angesagt waren. Außerdem musste ich endlich meine Bewerbung für die UNC schreiben, die ich vor mir hergeschoben hatte, weil wir so viele Proben hatten. In dieser Woche wollte ich also ziemlich viel lernen und mir abends, bevor ich ins Bett ging, meine Bewerbung vornehmen. Trotzdem konnte ich nicht aufhören, an Jamie zu denken.

Jamies Verwandlung in dem Stück war so überwältigend gewesen, dass ich annahm, es deutete auf eine Veränderung in ihr hin. Ich weiß nicht, warum ich das dachte, jedenfalls tat ich es und war überrascht, als sie am Montag Morgen auftauchte, als sei nichts gewesen: im braunen Pullover, die Haare im Knoten, mit kariertem Rock und so weiter.

Als ich sie sah, spürte ich Mitleid mit ihr. Am Wochenende hatte man sie als normal, ja sogar als etwas Besonderes betrachtet, oder so war es mir wenigstens vorgekommen, aber sie hatte daraus nichts gemacht. Oh, alle waren netter zu ihr, und diejenigen, die noch nicht mit ihr gesprochen hatten, sagten ihr, dass sie wunderbar gespielt habe, aber ich merkte gleich, dass das nicht von Dauer sein würde. Einstellungen, die in jungen Jahren geformt werden, lassen sich nur schwer durchbrechen. Ich konnte mir sogar vorstellen, dass es jetzt noch schlimmer werden würde. Da alle wussten, dass sie ganz normal aussehen konnte, würden sie sich vielleicht noch unbarmherziger verhalten.

Ich wollte mit ihr über meine Beobachtungen sprechen, das hatte ich wirklich vor, aber ich wollte es nach dieser Woche tun. Nicht nur hatte ich viel zu tun, ich musste auch darüber nachdenken, wie ich das Thema am besten zur Sprache brachte. Tief drinnen hatte ich immer noch ein schlechtes Gewissen wegen der Dinge, die ich auf unserem letzten gemeinsamen Weg nach Hause zu ihr gesagt hatte, und das lag nicht nur daran, dass das Theaterstück ein so großer Erfolg war. Mir ging es mehr darum, dass Jamie in all der Zeit, die wir zusammen verbracht hatten, immer freundlich zu mir gewesen war, und ich wusste, dass ich ihr Unrecht getan hatte.

Um ehrlich zu sein, glaubte ich, dass sie nicht mehr mit mir sprechen wollte. Ich wusste, dass sie mich in der Mittagspause mit meinen Freunden sah, während sie in ihrer Bibel las, aber sie kam nicht auf mich zu. Doch als ich an dem Tag aus der Schule ging, hörte ich ihre Stimme hinter mir. Sie fragte, ob ich sie nach Hause bringen würde. Obwohl ich noch nicht so weit war, dass ich ihr meine Gedanken mitteilen konnte, sagte ich Ja. Aus nostalgischen Gründen, gewissermaßen.

Kurz darauf kam Jamie zum Thema.

»Erinnerst du dich an das, was du beim letzten Mal, als wir zusammen nach Hause gingen, gesagt hast?«, fragte sie.

Ich nickte. Ich wünschte mir, sie hätte es nicht angeschnitten.

»Du hast versprochen, es wieder gutzumachen«, sagte sie.

Einen Moment lang war ich verwirrt. Ich dachte, ich hätte das bei der Aufführung schon getan. Jamie sprach weiter.

»Also, ich habe mir überlegt, was du tun könntest«, fuhr sie fort und gab mir keine Zeit, etwas einzuwenden, »und bin auf diese Idee gekommen.«

Sie bat mich, die Gläser, die sie zu Beginn des Jahres in den Geschäften der Stadt aufgestellt hatte, für sie einzusammeln. Wenn die Leute einkauften, konnten sie ein paar Münzen in so ein Glas werfen, das normalerweise neben der Kasse stand. Das Geld würde den Waisenkindern zugute kommen. Jamie mochte die Menschen nie um eine Spende bitten, sie wollte, dass sie freiwillig gaben. Das war ihrer Ansicht nach christlich.

Ich erinnerte mich, dass ich ihre Gläser in Cecil's Diner und im Crown Theater gesehen hatte. Meine Freunde und ich warfen Büroklammern oder Spielmarken hinein, wenn die Kassiererin nicht guckte. Das klang auch wie Geld, und dann lachten wir, weil wir Jamie an der Nase herumgeführt hatten. Wir machten Witze darüber, wie sie ein Glas öffnete und viel Geld erwartete, weil es schwer war, und dann kamen nur Büroklammern und Spielmarken heraus. Manchmal zuckt man bei dem Gedanken an das, was man getan hat, innerlich zusammen, und so erging es mir jetzt.

Jamie sah meinen Gesichtsausdruck.

»Du brauchst es nicht zu tun«, sagte sie, offensichtlich enttäuscht. »Ich dachte nur, dass

Weihnachten so schnell da ist, und da ich kein Auto habe, dauert es so lange, sie alle einzusammeln ... «

»Nein«, unterbrach ich sie. »Ich kann das machen. Ich habe sowieso nicht viel zu tun.«

Also fing ich am Mittwoch damit an, obwohl ich für meine Prüfungen lernen musste und die Bewerbung auch noch nicht fertig war. Jamie hatte mir eine Liste der Geschäfte gegeben, wo sie die Gläser aufgestellt hatte, und am nächsten Tag lieh ich mir das Auto meiner Mutter und fing am äußersten Ende der Stadt an.

Im Vergleich zu der Aufgabe, sie alle aufzustellen, war das Einsammeln eine Kleinigkeit. Jamie hatte fast sechs Wochen gebraucht, denn erst musste sie sechzig leere Gläser zusammensuchen, und dann konnte sie immer nur zwei oder drei auf einmal wegbringen, weil sie kein Auto hatte und nur eine bestimmte Anzahl von Gläsern tragen konnte. Als ich anfing, kam es mir komisch vor, dass ich sie einsammeln sollte, denn schließlich war es Jamies Projekt, aber ich sagte mir einfach, dass Jamie mich um meine Hilfe gebeten hatte.

Ich ging von einem Geschäft zum nächsten und nahm die Gläser wieder mit, doch am Ende des ersten Tag stellte ich fest, dass ich länger brauchen würde, als ich zunächst angenommen hatte. Dass ich erst zwanzig Gläser oder so eingesammelt hatte, lag daran, dass ich eine einfache Tatsache des Lebens in Beaufort außer Acht gelassen hatte. In einer kleinen Stadt wie dieser war es unmöglich, einfach in ein Geschäft zu eilen, das Glas unter den Arm zu packen und wieder zu verschwinden, ohne mit dem Inhaber ein paar Worte zu wechseln oder irgendjemand zu begrüßen, der einen erkannt hatte. Es gehörte sich einfach nicht. Ich musste also geduldig zuhören, während mir einer von dem Seehecht erzählte, den er letzte Woche an der Angel hatte; oder es fragte mich ein anderer, wie es in der Schule so ging, und erwähnte nebenbei, dass im Hof ein paar Kisten stünden, die in den Keller müssten; oder vielleicht wollte einer meine Meinung hören, ob er ein Zeitschriftenregal umstellen sollte. Jamie wäre bestens damit klar gekommen, und ich versuchte, mich in ihrem Sinne zu verhalten, denn schließlich war es ihr Projekt.

Um schneller voranzukommen, überprüfte ich die Einnahmen nicht zwischendurch, sondern leerte den Inhalt in ein Glas und dann, als das voll war, in das nächste. Am Ende des ersten Tages füllte das Kleingeld zwei große Gläser, die ich mit in mein Zimmer nahm. Ich sah ein paar Scheine durch das Glas – nur ein paar –, doch erst, als ich den Inhalt auf den Fußboden leerte und feststellte, dass es hauptsächlich Pennies waren, war ich ernstlich beunruhigt. Obwohl ich längst nicht so viele Spielmarken und Büroklammern fand, wie ich vermutet hatte, war ich doch enttäuscht. Ich zählte zwanzig Dollar und zweiunddreißig Cents. Selbst 1958 war das nicht viel Geld, besonders wenn es unter dreißig Kindern aufgeteilt werden sollte.

Ich ließ mich jedoch nicht entmutigen. Ich nahm an, dass es nur besser werden konnte, und fuhr am nächsten Tag wieder los. Ich packte bei ein paar Dutzend Kisten mit an und plauderte mit rund zwanzig Geschäftsinhabern, bei denen ich die Gläser einsammelte. Das Ergebnis? Dreiundzwanzig Dollar neunundachtzig Cents.

Am dritten Tag war das Ergebnis noch magerer. Nachdem ich das Geld gezählt hatte, wollte ich es kaum glauben. Es waren nur elf Dollar zweiundfünfzig. Die Gläser hatte ich bei den Kiosken am Strand abgeholt, wo Teenager wie ich herumhingen und die Touristen spazieren gingen. Es ist wirklich nicht besonders rühmlich, dachte ich.

Als ich den Gesamterlös zusammenrechnete – insgesamt 55,73 Dollar –, wurde mir ganz schlecht. Schließlich hatten die Gläser ein ganzes Jahr dort gestanden, und auch ich hatte sie unzählige Male gesehen. An dem Abend sollte ich Jamie anrufen und ihr sagen, wie viel Geld zusammengekommen war. Sie hatte mir gesagt, dass sie in dem Jahr etwas ganz Besonderes vorhatte, und mit der Summe war das nicht möglich – selbst ich begriff das. Ich log sie an und erklärte, ich wolle alles erst dann zusammenzählen, wenn wir uns träfen, weil es doch ihr Projekt sei, nicht meins. Es war so deprimierend. Ich versprach ihr, am folgenden Nachmittag nach der Schule mit dem Geld bei ihr vorbeizukommen. Das war der 21. Dezember, der kürzeste Tag des Jahres. Bis Weihnachten waren es nur noch vier Tage.

»Landon«, sagte sie, nachdem wir alles zusammengezählt hatten, »das ist ein Wunder!«

»Wie viel ist es denn?«, fragte ich. Natürlich wusste ich ganz genau, wie viel es war.

»Es sind fast zweihundertsiebenundvierzig Dollar!« Sie strahlte über das ganze Gesicht, als sie mich ansah. Da Hegbert zu Hause war, durfte ich im Wohnzimmer sitzen, wo Jamie das Geld gezählt hatte. Es war in ordentlichen Häufchen über den ganzen Fußboden verteilt, fast alles waren Fünfundzwanzig-Cent-Stücke und Zehn-Cent-Stücke. Hegbert saß in der Küche, wo er seine Predigt schrieb, und wandte den Kopf, als er ihre Stimme hörte.

»Meinst du, dass das reicht?«, fragte ich unschuldig.

Ein paar Tränen stahlen sich aus ihren Augen, als sie sich im Zimmer umsah und immer noch nicht glauben konnte, was da lag. Sogar nach dem Theaterstück war sie nicht so glücklich gewesen. Sie sah mich an.

»Es ist … wunderbar«, sagte sie gerührt und lächelte. »Im letzten Jahr habe ich nur siebzig Dollar gesammelt.«

»Ich bin froh, dass diesmal mehr zusammengekommen ist«, sagte ich durch den Kloß, der sich in meinem Hals bildete. »Wenn du die Gläser nicht so früh im Jahr aufgestellt hättest, wäre das Ergebnis vielleicht nicht so gut gewesen.«

Ich wusste, dass ich log, aber das kümmerte mich nicht. Diesmal war es genau DAS RICHTIGE.

Ich half Jamie nicht, die Spielsachen auszusuchen – ich nahm an, dass sie besser wusste, was die Kinder wollten –, aber sie bestand darauf, dass ich am Weihnachtsabend mitkam, damit ich dabei war, wenn die Kinder ihre Geschenke aufmachten. »Bitte, Landon«, sagte sie, und da sie so aufgeregt war, hatte ich nicht das Herz, Nein zu sagen.

Also zog ich mir drei Tage später, als meine Eltern zu einer Weihnachtsfeier beim Bürgermeister eingeladen waren, ein Jackett mit Hahnentrittmuster und meine beste Krawatte an und ging, das Geschenk für Jamie unter dem Arm, zum Wagen meiner Mutter. Ich hatte meine restlichen Dollars für einen hübschen Pullover ausgegeben, weil mir nichts anderes eingefallen war. Es war nicht gerade leicht, ein Geschenk für Jamie auszusuchen.

Ich sollte um sieben im Waisenhaus sein, aber weil die Zugbrücke beim Morehead City Port oben war, musste ich warten, bis ein Frachter sie auf dem Weg zum Meer passiert hatte. Das bedeutete, dass ich ein paar Minuten zu spät kam. Da die Eingangstür schon abgeschlossen war, musste ich eine Weile warten. Schließlich hörte Mr. Jenkins mein Klopfen.

Er klimperte mit dem Schlüsselbund, bis er den richtigen Schlüssel gefunden hatte, und öffnete einen Moment später die Tür. Ich trat ein und klopfte mir auf die Arme, um warm zu werden.

»Ah, da bist du ja«, sagte er erfreut. »Wir warten schon auf dich. Komm, ich bringe dich zu den anderen.«

Er führte mich den Flur entlang zum Aufenthaltsraum, wo ich auch beim ersten Mal gewesen war. Ich blieb einen Moment stehen und holte tief Luft, bevor ich eintrat.

Es war besser, als ich es mir vorgestellt hatte.

Mitten im Raum stand ein riesiger Weihnachtsbaum, der mit Lametta, bunten Lichtern und gebastelten Figuren geschmückt war. Unter dem Baum lagen überall Geschenke, große und kleine, und alle bunt verpackt und übereinandergestapelt. Die Kinder saßen auf dem Fußboden eng zusammen im Halbkreis. Sie trugen ihre besten Sachen, nahm ich an – die Jungen waren in dunkelblauen Hosen und Hemden mit weißen Kragen, und die Mädchen hatte dunkelblaue Röcke und langärmelige Blusen an. Sie sahen aus, als wären sie eigens für den festlichen Abend geschrubbt worden, und die meisten Jungen hatten die Haare frisch geschnitten.

Auf dem Tisch neben der Tür standen eine Schale mit Weihnachtsbowle und ein großer Teller mit Keksen. Sie hatten die Form von Weihnachtsbäumen und waren mit grünem Zuckerguss bepinselt. Es saßen auch einige Erwachsene um den Baum, die ein paar der kleineren Kinder auf dem Schoß hatten. Alle lauschten mit konzentrierter Miene, während Jamie die Weihnachtsgeschichte vorlas.

Ich hatte Jamie nicht gleich gesehen und erkannte zuerst ihre Stimme, bevor ich sie entdeckte. Sie saß auf dem Fußboden vor dem Baum und hatte die Beine zur Seite geschlagen.

Ich war überrascht, als ich sah, dass sie ihr Haar auch heute, wie an den Abenden der Aufführung, offen trug. Statt der alten braunen Strickjacke, die ich so oft gesehen hatte, trug sie einen roten Pullover mit V-Ausschnitt, der irgendwie das Blau ihrer Augen hervorhob. Auch ohne das Glitzerzeug in ihrem Haar und das weiße fließende Gewand war ihr Anblick bezaubernd. Ich hatte gar nicht bemerkt, dass ich sie mit angehaltenem Atem anstarrte, doch als ich aus dem Augenwinkel bemerkte, dass Mr. Jenkins zu mir herüberlächelte, stieß ich den Atem aus, erwiderte sein Lächeln und versuchte mich zu sammeln.

Jamie hielt einen Moment inne. Als sie von dem Buch aufblickte, sah sie mich an der Tür stehen und las dann weiter. Nach ein paar Minuten hatte sie die Geschichte fertig gelesen und erhob sich. Sie strich sich den Rock glatt, ging um die Kinder herum und kam auf mich zu. Ich wusste nicht, was sie vorhatte, also blieb ich, wo ich war.

Mr. Jenkins war inzwischen verschwunden.

»Es tut mir Leid, dass wir ohne dich angefangen haben«, sagte sie, als sie endlich neben mir stand, »aber die Kinder waren so aufgeregt.«

»Das macht doch nichts«, entgegnete ich mit einem Lächeln und staunte, wie hübsch sie aussah.

»Ich bin so froh, dass du kommen konntest.«

»Ich auch.«

Jamie lächelte, nahm meine Hand und ging voran. »Komm mit«, sagte sie, »hilf mir, die Geschenke zu verteilen.«

In der nächsten Stunde gaben wir den Kindern ihre Geschenke und sahen zu, wie sie sie auspackten. Jamie hatte in der ganzen Stadt nach passenden Dingen gesucht und für jedes Kind ein paar Geschenke besorgt – persönliche Gaben, wie sie sie noch nie zuvor erhalten hatten. Aber nicht nur Jamie hatte die Kinder bedacht – sie wurden auch vom Waisenhaus und von den Mitarbeitern beschenkt. Das bunte Papier wurde begierig aufgerissen, überall erklangen Freudenschreie. Soweit ich sehen konnte, hatten die Kinder viel mehr bekommen, als sie erwartet hatten, und sie bedankten sich überschwänglich bei Jamie.

Als sich die Aufregung endlich gelegt hatte und alle Geschenke ausgepackt worden waren, wurde es etwas ruhiger. Mr. Jenkins und eine andere Frau, die ich nicht kannte, räumten auf, und einige der kleineren Kinder wurden unter dem Baum schläfrig. Als ein paar der Größeren mit ihren Geschenken in ihre Zimmer gegangen waren, hatten sie an der Tür das Deckenlicht gedämpft. Die Lichter am Baum und die Schallplatte mit »Stille Nacht, heilige Nacht«, die jemand aufgelegt hatte, verbreiteten eine feierliche Stimmung. Ich saß immer noch auf dem Fußboden, neben mir saß Jamie mit einem kleinen Mädchen, das in ihren Armen eingeschlafen war. Weil es so turbulent hergegangen war, hatten wir keine Zeit gehabt, miteinander zu sprechen, aber es war gut so, und wir betrachteten den leuchtenden Baum. Ich versuchte mir Jamies Gedanken vorzustellen. Ich hatte natürlich keine Ahnung, woran sie dachte, aber sie hatte einen versonnenen Gesichtsausdruck. Ich glaube – nein, *ich weiß* –, dass sie mit dem Verlauf des Abends zufrieden war, und tief in meinem Inneren war ich es auch. Es war das beste Weihnachtsfest, das ich bis zu diesem Zeitpunkt erlebt hatte.

Ich warf ihr einen Blick zu. Im Schein der Lichter war sie außerordentlich hübsch.

»Ich habe was für dich gekauft«, sagte ich zu ihr, »ein Geschenk, meine ich.« Ich sprach leise, damit das kleine Mädchen nicht aufwachte, und hoffte, so die Nervosität in meiner Stimme verbergen zu können.

Sie wandte den Blick vom Baum ab und sah mich lächelnd an. »Das war doch nicht nötig.« Auch sie sprach leise, ihre Stimme klang fast wie Musik.

»Ich weiß«, antwortete ich. »Aber ich wollte dir etwas schenken.« Ich hatte das Geschenk neben mich gelegt. Jetzt nahm ich es und gab es ihr.

»Kannst du es für mich aufmachen? Ich habe gerade keine Hand frei.« Sie blickte auf das kleine Mädchen hinunter und sah dann wieder mich an.

»Du brauchst es nicht aufzumachen, wenn du nicht möchtest«, sagte ich schulterzuckend. »Es ist nichts Besonderes.«

145

Um meiner Verwirrung Herr zu werden, fing ich an, das Geschenk auszupacken. Erst löste ich den Tesafilm, um das Papier nicht laut zerreißen zu müssen, dann wickelte ich den Karton aus. Ich schob das Papier zur Seite, nahm den Deckel ab und zog den Pullover heraus, um ihn ihr zu zeigen. Er war braun, wie der, den sie sonst trug. Aber ich fand, sie konnte einen neuen gebrauchen.

Im Vergleich zu den Freudenausbrüchen zu Beginn des Abends erwartete ich keine große Reaktion.

»Das ist es schon. Ich habe dir ja gesagt, dass es kein besonderes Geschenk ist«, sagte ich. Irgendwie hoffte ich, dass sie nicht enttäuscht war. Warum, weiß ich nicht.

»Er ist sehr schön, Landon«, erwiderte sie ernst. »Ich werde ihn das nächste Mal, wenn wir uns sehen, anziehen. Danke.«

Wir saßen wieder schweigend nebeneinander und sahen die Lichter an.

»Ich habe auch etwas für dich«, flüsterte Jamie schließlich. Sie deutete zum Baum hinüber. Ihr Geschenk lag immer noch darunter, halb verdeckt von dem Ständer, und ich nahm es. Es hatte eine rechteckige Form, ließ sich ein bisschen biegen und war ziemlich schwer. Ich legte es auf meine Knie und versuchte nicht einmal, es aufzumachen.

»Mach es doch auf«, ermutigte sie mich und sah mich an.

»Du kannst mir das nicht schenken«, sagte ich mit erstickter Stimme. Ich wusste, was in dem Paket war, und konnte es nicht fassen. Meine Hände begannen zu zittern.

»Bitte, mach es auf«, sagte sie mit freundlicher Stimme. »Ich möchte sie dir geben.«

Langsam machte ich das Päckchen auf. Als das Papier abgefallen war, hielt ich das Geschenk sanft in der Hand, weil ich Angst hatte, es zu beschädigen. Ich starrte wie gebannt darauf. Langsam strich ich mit der Hand über den Einband und befühlte das alte Leder, und dabei stiegen mir die Tränen in die Augen. Jamie legte ihre Hand auf meine. Sie war warm und weich.

Ich sah sie an. Ich wusste nicht, was ich sagen sollte.

Jamie hatte mir ihre Bibel geschenkt.

»Danke, dass du das alles getan hast«, flüsterte sie. »Es war das beste Weihnachtsfest meines Lebens.«

Ich sagte nichts und griff nach meinem Bowleglas. Immer noch liefen die Weihnachtslieder auf dem Grammophon und erfüllten den Raum mit Musik. Ich nahm einen Schluck aus dem Glas, um meine trockene Kehle zu befeuchten. Während ich trank, musste ich an all die Male denken, die ich mit Jamie zusammengewesen war. Ich dachte an den Ball und daran, was sie für mich getan hatte. Ich dachte an das Theaterstück, in dem sie so engelsgleich ausgesehen hatte. Ich dachte daran, wie ich sie nach Hause begleitet hatte und wie ich ihr geholfen hatte, die Gläser mit dem Geld für die Waisenkinder einzusammeln.

Als mir all diese Bilder durch den Kopf gingen, stockte mir plötzlich der Atem. Ich sah Jamie an, dann wanderte mein Blick zur Decke und im Zimmer herum, während ich mich bemühte, die Fassung zu bewahren, dann sah ich wieder Jamie an. Sie lächelte mir zu, und ich lächelte ihr zu, und dann wunderte ich mich sehr, wie ich mich in ein Mädchen wie Jamie Sullivan verlieben konnte.

Kapitel 10

Nach der Weihnachtsfeier fuhr ich Jamie vom Waisenhaus nach Hause. Anfangs überlegte ich noch, ob ich ihr mit der alten Masche kommen und meinen Arm um ihre Schulter legen sollte, aber ehrlich gesagt wusste ich nicht, wie sie zu mir stand. Zugegeben, sie hatte mir das schönste Geschenk gemacht, das ich je bekommen hatte, auch wenn ich das Buch niemals, so wie sie, aufschlagen und darin lesen würde, aber ich wusste, dass sie mir ein Stück von sich selbst gegeben hatte. Doch Jamie gehörte zu den Menschen, die einem Fremden, dem sie auf der Straße begegneten, eine Niere spenden würden, wenn er eine brauchte. Also war ich mir nicht ganz sicher, was ich von all dem halten sollte.

Jamie hatte mir schon einmal gesagt, dass sie kein Dummkopf sei, und mittlerweile war ich bereit, das zu glauben. Sie war vielleicht … anders, gut …, aber sie hatte erahnt, was ich für die Waisenkinder getan hatte, und wenn ich es mir recht überlegte, so hatte sie es schon in dem Moment gewusst, als wir bei ihr im Wohnzimmer auf dem Fußboden saßen und das

Geld zählten. Als sie es ein Wunder nannte, sprach sie wahrscheinlich von mir.

Ich erinnere mich noch, dass Hegbert ins Zimmer kam, als wir darüber sprachen, aber er sagte nichts dazu. Der alte Hegbert war nicht ganz er selbst in letzter Zeit, zumindest kam es mir so vor. Oh, seine Predigten waren immer noch brisant und befassten sich nach wie vor mit dem Thema der Unzuchttreibenden, aber in letzter Zeit waren sie kürzer, und manchmal hielt er mitten im Satz inne und schien wie versunken, als dächte er an etwas anderes, etwas Trauriges.

Ich wusste nicht, was das zu bedeuten hatte, zumal ich ihn auch nicht besonders gut kannte. Und wenn Jamie über ihn sprach, schien sie sowieso einen ganz anderen Menschen zu beschreiben. Ich konnte mir Hegbert mit einem Sinn für Humor genauso wenig vorstellen wie einen Himmel mit zwei Monden.

Jedenfalls war er ins Zimmer gekommen, während wir das Geld zählten. Als Jamie aufstand, hatte sie Tränen in den Augen, und er schien gar nicht zu bemerken, dass ich da war. Er sagte, er sei stolz auf sie und habe sie lieb, doch dann ging er wieder in die Küche und arbeitete weiter an seiner Predigt. Er hatte nicht einmal Hallo gesagt! Klar, ich war nicht unbedingt der frömmste Junge in der Gemeinde, aber trotzdem fand ich, dass er sich etwas seltsam verhielt.

Während ich so über Hegbert nachdachte, warf ich Jamie neben mir einen Blick zu. Sie sah aus dem

Fenster, der Ausdruck in ihrem Gesicht war friedlich und gleichzeitig ganz entrückt. Ich lächelte. Vielleicht weilten ihre Gedanken bei mir. Meine Hand bewegte sich über den Sitz auf ihre zu, aber bevor ich zugreifen konnte, durchbrach Jamie das Schweigen.

»Landon«, sagte sie und sah mich an. »Denkst du manchmal über Gott nach?«

Ich zog meine Hand zurück.

Also, wenn ich über Gott nachdachte, dann stellte ich ihn mir wie auf den Gemälden in der Kirche vor – als einen Riesen, der über dem Land schwebte, mit einem weißen Gewand und wallendem Haar, und mit dem Finger deutete –, aber ich wusste, dass sie das nicht meinte. Sie sprach von der göttlichen Vorsehung. Es dauerte einen Moment, bevor ich antwortete.

»Klar«, erwiderte ich. »Manchmal schon.«

»Fragst du dich manchmal, warum die Dinge sind, wie sie sind?«

Ich nickte zögernd.

»Ich denke in letzter Zeit viel darüber nach.«

Mehr als sonst?, wollte ich fragen, ließ es aber. Es war klar, dass sie weitersprechen wollte, also schwieg ich.

»Ich weiß, dass Gott für jeden von uns einen Plan hat, aber manchmal verstehe ich einfach nicht, was er uns damit sagen will. Geht es dir auch so?«

Sie sagte das so, als würde ich die ganze Zeit darüber nachdenken.

»Also«, fing ich an und versuchte zu improvisieren, »ich glaube, wir sollen es gar nicht immer verstehen. Ich glaube, manchmal sollen wir einfach Vertrauen haben.«

Eine ziemlich gelungene Antwort, das muss ich zugeben. Wahrscheinlich bewirkten meine Gefühle für Jamie, dass mein Verstand ein bisschen schneller als sonst arbeitete. Offensichtlich dachte sie über meine Antwort nach.

»Ja«, sagte sie schließlich, »du hast Recht.«

Ich lächelte vor mich hin und wechselte das Thema, denn bei einem Gespräch über Gott können ja keine romantischen Gefühle aufkommen.

»Weißt du«, sagte ich lässig, »das hat mir richtig gut gefallen heute Abend, als wir um den Weihnachtsbaum saßen.«

»Ja, mir auch«, entgegnete sie, aber in Gedanken war sie noch woanders.

»Und du sahst sehr hübsch aus.«

»Danke.«

Die Methode klappte nicht besonders gut.

»Kann ich dich mal was fragen?«, sagte ich in der Hoffnung, dass sie sich mir dann zuwenden würde.

»Sicher.«

Ich atmete tief durch.

»Morgen nach dem Gottesdienst, und, also …, und wenn du mit deinem Vater zusammen warst … ich meine …« Ich schwieg und sah sie an. »Würdest du dann gern zu mir nach Hause zum Weihnachtsessen kommen?«

Obwohl ihr Gesicht noch immer zum Fenster gewandt war, konnte ich ein schwaches Lächeln darauf erkennen.

»Ja, Landon, ich würde sehr gern kommen.«

Ich seufzte vor Erleichterung, obwohl ich kaum glauben konnte, dass ich sie wirklich gefragt hatte, und nicht wusste, wie alles so gekommen war. Ich fuhr an weihnachtlich dekorierten Geschäften vorbei und über den Platz im Stadtzentrum. Kurz darauf wagte ich es, ihre Hand zu nehmen, die sie mir – wie zur Abrundung dieses wunderbaren Abends – nicht entzog.

Als wir bei ihr zu Hause ankamen, war das Licht im Wohnzimmer noch an; hinter dem Vorhang konnte ich Hegbert erkennen. Vermutlich war er wach geblieben, um zu hören, wie der Abend im Waisenhaus verlaufen war. Entweder das, oder er wollte sich vergewissern, dass ich seine Tochter vor der Haustür nicht küsste. Ich wusste, dass er dafür nichts übrig hatte.

Das ging mir durch den Kopf – ich meine, wie wir uns am Ende verabschieden würden –, als wir aus dem Auto stiegen und zur Tür gingen. Jamie war still und zufrieden, und ich glaube, sie war glücklich, weil ich sie für den nächsten Tag eingeladen hatte. Da sie durchschaut hatte, was ich für die Waisenkinder getan hatte, nahm ich an, dass sie den Grund für meine Einladung auch durchschaute. Ich glaube, ihr war es deutlich bewusst, dass ich sie zum ersten Mal aus eigenem Antrieb eingeladen hatte.

Als wir zu den Stufen kamen, sah ich, wie Hegbert hinter dem Vorhang hervorlugte und sofort seinen Kopf zurückzog. Bei anderen Eltern, denen von Angela, zum Beispiel, bedeutete das, dass sie wussten, man war zu Hause, und dann gaben sie einem noch ein paar Minuten, bevor sie die Tür aufmachten. Normalerweise hatte man so Gelegenheit, sich tief in die Augen zu blicken und den Mut zu einem Kuss zusammenzuraffen. Das brauchte schließlich seine Zeit.

Also, ich wusste nicht, ob Jamie mich küssen würde. Eher bezweifelte ich es. Aber da sie so hübsch aussah, mit dem offenen Haar und so, und da der Abend so gut gelaufen war, wollte ich die Gelegenheit nicht verpassen, sollte sie sich bieten. Ich spürte schon die kleinen Schmetterlinge in meiner Magengrube, doch da öffnete Hegbert die Tür.

»Ich habe das Auto gehört«, sagte er leise. Seine Haut war bleich wie immer, aber er sah auch müde aus.

»Hallo, Herr Pfarrer«, sagte ich beschämt.

»Hi, Daddy«, fiel Jamie glücklich ein, »wenn du doch dabei gewesen wärst heute Abend! Es war wunderschön.«

»Das freut mich für dich.« Er sammelte sich und hüstelte. »Ihr könnt euch noch verabschieden. Ich lasse die Tür für dich offen.«

Er drehte sich um und ging ins Wohnzimmer. Ich wusste, dass er uns von seinem Platz aus sehen konnte. Er tat, als läse er, aber ich konnte nicht sehen, was er in der Hand hielt.

»Für mich war es ein wunderbarer Abend, Landon«, sagte Jamie.

»Für mich auch«, erwiderte ich und spürte Hegberts Blick auf mir. Ich fragte mich, ob er wusste, dass ich auf der Fahrt zurück Jamies Hand gehalten hatte.

»Um wie viel Uhr soll ich morgen kommen?«, wollte sie wissen.

Hegbert hob die Augenbrauen ein wenig.

»Ich hole dich ab. Sagen wir fünf Uhr?«

Sie drehte sich halb um. »Daddy, hast du was dagegen, wenn ich morgen zu Landon und seinen Eltern gehe?«

Hegbert rieb sich die Augen und seufzte.

»Wenn es dir wichtig ist, meinetwegen«, antwortete er.

Nicht gerade ein überwältigender Vertrauensbeweis, aber mir reichte es.

»Was soll ich mitbringen?«, fragte sie. Im Süden war es eine Tradition, diese Frage zu stellen.

»Du brauchst nichts mitzubringen«, sagte ich. »Ich hole dich um Viertel vor fünf ab, ja?«

Wir standen einen Moment schweigend da, so dass Hegbert schon ungeduldig wurde. Seit wir vor der Tür standen, hatte er nicht eine einzige Seite umgeblättert.

Schließlich sagte ich: »Bis morgen also.«

»Bis morgen«, sagte sie.

Sie senkte den Blick auf die Füße und sah mich dann wieder an. »Danke, dass du mich nach Hause gebracht hast.«

Damit drehte sie sich um und ging ins Haus. Ich konnte das kleine Lächeln um ihre Lippen kaum sehen, als sie noch einmal über ihre Schulter blickte, bevor sie die Tür schloss.

Am nächsten Tag holte ich sie pünktlich ab. Ich freute mich, dass sie ihr Haar wieder offen trug. Außerdem hatte sie, wie versprochen, den Pullover an, den ich ihr geschenkt hatte.

Meine Eltern waren ziemlich überrascht, als ich fragte, ob sie etwas dagegen hätten, wenn Jamie zum Essen käme. Es war keine zusätzliche Arbeit, denn wenn mein Vater zu Hause war, bekam Helen, unsere Köchin, von meiner Mutter die Anweisung, solche Mengen zu kochen, dass das Essen für eine kleine Kompanie gereicht hätte.

Von der Köchin habe ich noch gar nicht gesprochen, fällt mir ein. In unserem Haus hatten wir ein Hausmädchen und eine Köchin, und zwar nicht nur, weil meine Eltern sich das leisten konnten, sondern auch, weil meine Mutter nicht gerade eine begnadete Hausfrau war. Zum Lunch machte sie manchmal Sandwiches, dazu reichte es, aber hin und wieder hatte der Senf ihren Nagellack verfärbt, und das betrübte sie tagelang. Ohne Helen hätten wir immer angebrannten Kartoffelbrei und halb verkohltes Steak bekommen. Zum Glück hatte mein Vater das gleich am Anfang ihrer Ehe gemerkt und sowohl eine Köchin als auch ein Hausmädchen eingestellt.

Beide sind schon vor meiner Geburt in unserem Haushalt gewesen.

Obwohl unser Haus größer war als andere, konnte man es nicht eben einen Palast nennen. Die Köchin und das Mädchen wohnten also nicht bei uns, denn dafür hatten wir keinen Platz. Mein Vater hatte das Haus nämlich gekauft, weil es historischen Wert hatte. Zwar war es nicht das Haus, in dem einst Blackbeard gelebt hatte – was für jemanden wie mich von größerem Interesse gewesen wäre –, aber es war das Haus von Richard Dobbs Spaight gewesen, einem der Unterzeichner der Verfassung. Spaight war auch Besitzer einer Farm außerhalb von New Bern gewesen, das ungefähr sechzig Kilometer entfernt lag, und dort war er auch begraben. Unser Haus war also nicht so berühmt wie das, wo Dobbs Spaights Grab war, dennoch gab es meinem Vater ein gewisses Anrecht, damit zu prahlen, wenn er im Kongress war. Und wenn er in unserem Garten lustwandelte, sann er ganz offensichtlich darüber nach, welches Erbe er hinterlassen wollte. In gewisser Weise machte es mich traurig, denn was er auch tat, er würde Richard Dobbs Spaight nie den Rang ablaufen können. Historische Ereignisse wie die Unterzeichnung der Verfassung ergaben sich nur alle paar hundert Jahre einmal, und wie man die Sache auch drehte und wendete, mit Diskussionen über landwirtschaftliche Subventionen oder Maßnahmen gegen die ROTE UNTERWANDERUNG würde man das nicht in den Schatten stellen können. Sogar einem wie mir war das klar.

Das Haus war im National Historic Register verzeichnet – vermutlich steht es da auch heute noch drin. Obwohl Jamie schon einmal bei uns gewesen war, sah sie sich ehrfürchtig um, als sie eintrat. Meine Eltern hatten sich beide schön angezogen, ich auch, und meine Mutter gab Jamie zur Begrüßung einen Kuss auf die Wange. Als ich sie beobachtete, schoss mir der Gedanke durch den Kopf, dass meine Mutter vor mir ans Ziel gelangt war.

Es gab ein schönes Essen mit vier Gängen, etwas förmlich, aber keineswegs steif oder so. Meine Eltern und Jamie unterhielten sich großartig – ich sage das im Andenken an Miss Garber –, aber meine Sorte Humor, mit der ich mich einschalten wollte, kam nicht so gut an, wenigstens bei meinen Eltern nicht. Jamie hingegen lachte, was ich als gutes Zeichen wertete.

Nach dem Essen schlug ich Jamie vor, ein bisschen in den Garten zu gehen, obwohl es Winter war und nichts blühte. Sie willigte ein, also zogen wir unsere Mäntel an und traten in die kühle Luft hinaus.

»Deine Eltern sind wunderbare Menschen«, sagte sie zu mir. Wahrscheinlich hatte sie sich Hegberts Predigten nicht zu Herzen genommen.

»Sie sind ganz nett«, sagte ich, »auf ihre Weise. Besonders meine Mutter, sie ist sehr lieb.« Ich sagte das nicht nur, weil es der Wahrheit entsprach, sondern auch, weil meine Freunde das Gleiche über Jamie sagten. Ich hoffte, sie würde den Wink verstehen.

Sie blieb stehen und betrachtete die Rosensträucher. Sie sahen aus wie knotige Stöcke, die sie wohl kaum interessieren konnten.

»Stimmt das mit deinem Großvater?«, fragte sie mich. »Die Geschichten, die die Leute sich über ihn erzählen?«

Offenbar hatte sie den Wink nicht verstanden.

»Ja«, erwiderte ich, bemüht, meine Enttäuschung zu verbergen.

»Das ist traurig«, sagte sie schlicht. »Im Leben gibt es anderes außer Geld.«

»Ich weiß.«

Sie sah mich an. »Wirklich?«

Ich sah ihr nicht in die Augen, als ich ihr antwortete. Ich hatte keine Ahnung, warum nicht.

»Ich weiß, dass das, was mein Großvater getan hat, falsch war.«

»Aber du willst es nicht zurückgeben, oder?«

»Darüber habe ich nie nachgedacht, ehrlich gesagt.«

»Würdest du es zurückgeben?«

Ich antwortete nicht sofort, und Jamie wandte sich ab. Sie stand mit versunkenem Blick vor den Rosensträuchern beziehungsweise Knotenstöcken, als mir bewusst wurde, dass sie wollte, dass ich Ja sagte. Sie hätte sofort Ja gesagt, ohne lange darüber nachzudenken.

»Warum machst du das?«, platzte ich heraus, bevor ich mich bremsen konnte, und errötete. »Warum machst du mir ein schlechtes Gewissen? Ich habe das doch nicht getan. Ich gehöre einfach nur zur gleichen Familie.«

Sie streckte die Hand aus und berührte einen Ast.

»Du kannst es aber trotzdem wieder gutmachen«, sagte sie sanft, »wenn sich die Gelegenheit dazu bietet.«

Ihre Argumentation war einleuchtend, sogar mir, und insgeheim wusste ich, dass sie Recht hatte. Aber diese Entscheidung, wenn ich sie je zu treffen hatte, lag in weiter Ferne. Ich war der Auffassung, dass ich viel wichtigere Dinge im Kopf hatte. Ich wechselte zu einem Thema, mit dem ich mehr anfangen konnte.

»Kann dein Vater mich leiden?«, fragte ich. Ich wollte wissen, ob Hegbert es erlauben würde, dass ich sie wiedersah.

Es dauerte einen Moment, bevor sie antwortete.

»Mein Vater«, sagte sie langsam, »macht sich um mich Sorgen.«

»Tun das nicht alle Eltern?«

Sie senkte den Blick auf die Füße, sah zur Seite und hob dann die Augen wieder zu mir.

»Ich glaube, bei ihm ist es etwas anderes. Aber er mag dich, und er weiß, dass es mich glücklich macht, wenn wir uns sehen. Deswegen hat er mir erlaubt, heute zum Essen zu euch zu kommen.«

»Darüber bin ich froh«, sagte ich aufrichtig.

»Ich auch.«

Wir sahen uns unter der zunehmenden Mondsichel in die Augen. Beinahe hätte ich sie in dem Moment geküsst, aber sie wandte sich ein bisschen zu früh ab und sagte etwas, das mich fast aus der Bahn warf.

»Mein Vater macht sich auch um dich Sorgen, Landon.«

Die Art, wie sie es sagte – sanft und traurig zugleich –, machte mir deutlich, dass es nicht nur darum ging, dass ich verantwortungslos war oder dass ich mich früher hinter Bäumen versteckt und ihm Wörter hinterhergerufen hatte, auch nicht darum, dass ich zur Familie Carter gehörte.

»Warum?«, fragte ich.

»Aus dem gleichen Grund wie ich auch«, entgegnete sie. Weiter sagte sie nichts dazu, und ich wusste, dass sie mir etwas verschwieg, etwas, das sie mir nicht sagen durfte und das sie traurig machte. Aber ich erfuhr ihr Geheimnis erst später.

In ein Mädchen wie Jamie Sullivan verliebt zu sein war zweifelsfrei die seltsamste Erfahrung, die ich je gemacht hatte. Nicht nur hatte ich bis zu dem Schuljahr – obwohl wir zusammen aufgewachsen waren – nie an sie gedacht, sondern auch die Art, wie meine Gefühle entstanden waren, war so ganz anders. Während ich Angela gleich beim ersten Mal, als wir allein waren, geküsst hatte, hatten Jamie und ich uns überhaupt noch nicht geküsst. Ich hatte sie auch noch nicht in den Arm genommen oder war mit ihr zu Cecil's Diner oder ins Kino gegangen. Ich hatte nichts von alldem gemacht, was ich sonst mit Mädchen machte, und doch hatte ich mich irgendwie verliebt.

Das Problem war nur, dass ich nicht wusste, wie sie zu mir stand.

Ja, sicher, es gab Anzeichen, und ich hatte sie durchaus bemerkt. Die Bibel war natürlich der Wink mit dem Zaunpfahl, aber da war auch der Blick, den sie mir am Weihnachtsabend zugeworfen hatte, als sie die Tür schloss, und auf dem Weg vom Waisenhaus hatte sie mir erlaubt, ihre Hand zu halten. Ich war mir ziemlich sicher, dass da etwas war – ich war mir nur nicht im Klaren darüber, was der nächste Schritt sein würde.

Als ich sie nach dem Essen am Weihnachtstag nach Hause brachte, fragte ich sie, ob ich sie ab und zu besuchen könnte, und sie sagte, das wäre schön. Genauso sagte sie es: »Das wäre schön.« Ich nahm den Mangel an Begeisterung nicht persönlich. Jamie neigte manchmal dazu, wie eine Erwachsene zu sprechen. Wahrscheinlich war das der Grund, warum sie sich so gut mit älteren Leuten verstand.

Am nächsten Tag ging ich sie besuchen. Als ich ankam, sah ich gleich, dass Hegberts Auto nicht in der Einfahrt stand. Als sie zur Tür kam, wusste ich schon, dass ich sie nicht fragen durfte, ob ich reinkommen konnte.

»Hallo, Landon«, sagte sie, wie sie es immer sagte: als wäre es eine Überraschung, mich zu sehen. Wieder trug sie das Haar offen, was ich als positives Zeichen wertete.

»Hi, Jamie«, sagte ich locker.

Sie zeigte auf die Stühle. »Mein Vater ist nicht zu Hause, aber wir können auf der Veranda sitzen, wenn du möchtest ...«

Ich weiß selbst nicht, wie es passiert ist, ich kann es nicht erklären. Erst dachte ich, ich würde gleich Richtung Veranda gehen, aber dann tat ich es nicht. Statt dessen machte ich einen Schritt auf sie zu und griff nach ihrer Hand. Ich hielt ihre Hand, sah ihr in die Augen und kam noch etwas näher. Sie wich zwar nicht zurück, aber ihre Augen weiteten sich, so dass ich einen winzigen Augenblick lang dachte, ich hätte etwas falsch gemacht, und zögerte. Ich lächelte und neigte den Kopf leicht zur Seite, da sah ich, dass sie die Augen schloss und ihren Kopf etwas neigte. Dann bewegten sich unsere Lippen aufeinander zu.

Es dauerte nicht sehr lange, und es war auch nicht die Art Kuss, wie man sie heute in Filmen sieht, aber es war trotzdem wunderbar. Ich erinnere mich nur an den Moment, als unsere Lippen sich berührten, und wusste, dass ich das nie vergessen würde.

Kapitel 11

»Du bist der erste Junge, der mich geküsst hat«, sagte sie zu mir.

Es war kurz vor Silvester. Jamie und ich standen an dem eisernen Landungssteg in Pine Knoll Shores. Um dorthin zu gelangen, musste man die Brücke über den Intracoastal Waterway überqueren und ein Stück über die Insel fahren. Heutzutage findet man dort die teuersten Immobilien mit Meeresblick im ganzen Staat, aber damals waren es hauptsächlich Sanddünen, die sich an den Maritime National Forest schmiegten.

»Das habe ich mir schon gedacht«, entgegnete ich.

»Warum?«, fragte sie unschuldig. »Habe ich etwas falsch gemacht?« Sie sah nicht so aus, als würde es sie sehr treffen, wenn ich Ja gesagt hätte, aber das hätte gar nicht der Wahrheit entsprochen.

»Du küsst richtig gut«, sagte ich und drückte ihr die Hand.

Sie nickte und sah auf das Meer. Ihre Augen drifteten wieder in die Ferne. In letzter Zeit hatten sie oft diesen Ausdruck. Ich wartete eine Weile, dann hielt ich das Schweigen nicht länger aus.

»Ist etwas nicht in Ordnung, Jamie?«, fragte ich schließlich.

Statt mir zu antworten, wechselte sie das Thema.

»Warst du schon mal verliebt?«, wollte sie wissen.

Ich fuhr mir mit der Hand durch das Haar und sah sie bedeutungsvoll an. »Meinst du, vor diesem Mal?«

Ich sagte es in bester James-Dean-Manier, auf Erics Rat hin, der meinte, diese Art käme gut an, wenn ein Mädchen einem diese Frage stellte. Eric kannte sich bei Mädchen aus.

»Ich meine es ernst, Landon«, sagte sie mit einem Seitenblick.

Vermutlich hatte Jamie diese Filme auch gesehen. Wenn ich mit Jamie zusammen war, das merkte ich allmählich, wechselte meine Stimmung von zu Tode betrübt zu himmelhochjauchzend, und zwar schneller, als man eine Mücke erschlagen konnte. Ich war mir nicht sicher, ob mir dieser Aspekt unserer Beziehung gefiel, obwohl er andererseits etwas sehr Belebendes hatte. Ich hatte mich noch nicht ganz gefangen, als ich über ihre Frage nachdachte.

»Doch, ich war schon einmal verliebt«, gab ich schließlich zu.

Ihr Blick war immer noch auf das Meer gerichtet. Vermutlich dachte sie, ich spräche von Angela, aber rückblickend stellte ich fest, dass das, was ich für Angela empfunden hatte, ganz anders war als die Gefühle, die ich jetzt hatte.

»Woher wusstest du, dass es Verliebtsein war?«

Als ich so neben ihr stand und sah, wie der Wind mit ihrem Haar spielte, wusste ich, dass dies nicht der Zeitpunkt war, ihr etwas vorzumachen.

»Also«, sagte ich ernsthaft, »man weiß, dass es Verliebtsein ist, wenn man die ganze Zeit mit dem anderen zusammen sein will und wenn man irgendwie merkt, dass es für den anderen genauso ist.«

Jamie dachte über die Antwort nach, dann lächelte sie leicht.

»Ach so«, sagte sie leise. Ich wartete darauf, dass sie weitersprach, aber sie sagte nichts mehr, und da begriff ich noch etwas.

Jamie hatte vielleicht keine Erfahrungen mit Jungen, aber ehrlich gesagt, sie wusste genau, wie sie unseresgleichen in den Griff bekam.

Zum Beispiel trug sie die Haare an den nächsten zwei Tagen wieder in einem Knoten.

Am Silvesterabend lud ich Jamie zum Essen ein. Es war ihre erste richtige Einladung. Wir gingen in ein kleines Restaurant direkt am Strand von Morehead City, das Flauvin's heißt. Flauvin's gehörte zu den Restaurants, in denen die Tische weiß gedeckt sind, Kerzen auf den Tischen stehen und um jedes Gedeck fünf verschiedene silberne Besteckstücke liegen. Die Kellner waren in Schwarz und Weiß gekleidet, wie Butler, und wenn man aus den großen Panoramafenstern guckte, die über die ganze Front gingen, dann sah man, wie sich das Mondlicht auf der leicht gekräuselten Wasseroberfläche brach.

Es gab einen Klavierspieler und sogar einen Sänger, zwar nicht jeden Abend, auch nicht jedes Wochenende, aber an Festtagen, wenn man damit rechnete, dass das Lokal voll werden würde. Ich musste einen Tisch reservieren. Als ich anrief, sagten sie mir, dass sie ausgebucht seien, doch als meine Mom für mich noch einmal anrief, war gerade etwas frei geworden. Vielleicht wollte der Besitzer es sich nicht mit meinem Vater verscherzen, weil er vorhatte, ihn um einen Gefallen zu bitten, oder er wollte ihn nicht verärgern, weil er wusste, dass mein Großvater noch lebte.

Mom hatte übrigens die Idee gehabt, dass ich Jamie in ein besonderes Lokal ausführe. Ein paar Tage zuvor, an einem von denen, als Jamie ihr Haar zum Knoten hochgesteckt hatte, sprach ich mit meiner Mom über das, was ich gerade erlebte.

»Ich denke nur an sie, Mom«, gestand ich. »Also, ich weiß, dass sie mich mag, aber ich weiß nicht, ob sie meine Gefühle erwidert.«

»Ist sie dir so wichtig?«, fragte Mom.

»Ja«, sagte ich einfach nur.

»Und, was hast du bisher probiert?«

»Wie meinst du das?«

Mom lächelte. »Ich meine, dass junge Mädchen, auch Jamie, gern spüren möchten, dass sie etwas Besonderes sind.«

Verwirrt dachte ich einen Moment darüber nach. Versuchte ich nicht die ganze Zeit, ihr dieses Gefühl zu geben?

»Na ja, ich bin jeden Tag bei ihr gewesen«, sagte ich.

Meine Mom legte mir die Hand aufs Knie. Auch wenn sie keine gute Hausfrau war und mich manchmal ein bisschen aufzog, so war sie doch ein sehr einfühlsamer Mensch.

»Wenn du sie besuchst, so ist das zwar ganz nett, aber nicht besonders romantisch. Du könntest etwas tun, womit du ihr deutlich zeigst, was für Gefühle du für sie hast.«

Dann schlug sie vor, dass ich Jamie ein Fläschchen Parfum schenken könnte. Obwohl ich dachte, dass Jamie sich vielleicht über das Geschenk freuen würde, klang es irgendwie nicht passend. Und da Hegbert ihr nicht erlaubte, Make-up aufzulegen – außer bei der Aufführung zu Weihnachten –, war ich mir sicher, dass sie auch kein Parfum tragen durfte. Das erklärte ich meiner Mom, und darauf schlug sie vor, Jamie zum Essen auszuführen.

»Ich habe kein Geld mehr«, bekannte ich niedergeschlagen. Obwohl meine Familie reich war und ich ein großzügiges Taschengeld bekam, kriegte ich nicht einfach einen Nachschlag, wenn ich es zu schnell ausgegeben hatte. »So lernt man Verantwortung«, hatte mir mein Vater einmal erklärt.

»Was ist mit deinem Sparkonto?«

Ich seufzte. Dann hörte meine Mom mir still zu, während ich es ihr erklärte. Am Schluss machte sie ein zufriedenes Gesicht, als wäre auch ihr klar geworden, dass ich endlich erwachsen wurde.

»Dann überlass mir das«, sagte sie leise. »Finde du heraus, ob sie dazu Lust hat und ob Pfarrer Sullivan es erlauben würde. Wenn sie darf, dann wird es schon einen Weg geben, das verspreche ich dir.«

Am Tag darauf ging ich zur Kirche. Ich wusste, dass Hegbert dort in seinem Büro sein würde. Ich hatte Jamie noch nicht gefragt, weil ich annahm, dass sie Hegberts Erlaubnis brauchte, und aus irgendeinem Grunde wollte ich derjenige sein, der ihn fragte. Vermutlich lag das daran, dass Hegbert mich nicht gerade mit offenen Armen empfing, wenn ich vorbeikam. Immer, wenn er mich den Weg entlangkommen sah – er hatte wie Jamie einen siebten Sinn dafür, wann das war –, lugte er durch den Spalt am Vorhang und zog dann schnell den Kopf zurück, weil er dachte, ich hätte ihn nicht gesehen. Wenn ich klopfte, verging eine ganze Weile, bevor er die Tür aufmachte, als wäre er aus der Küche gekommen. Dann sah er mich lange an, seufzte tief und schüttelte den Kopf, bevor er endlich Hallo sagte.

Die Tür zu seinem Büro stand einen Spalt offen, so dass ich ihn, die Brille auf der Nase, an seinem Tisch sitzen sehen konnte. Die Papiere vor ihm auf dem Tisch sahen aus, als hätten sie mit Zahlen zu tun – vielleicht stellte er das Budget für das kommende Jahr auf. Auch Pfarrer mussten Rechnungen bezahlen.

Ich klopfte. Er sah interessiert auf, als hätte er ein anderes Mitglied aus der Gemeinde erwartet, und runzelte die Stirn, als er mich erkannte.

»Hallo, Pfarrer Sullivan«, sagte ich höflich, »haben Sie einen Moment Zeit?«

Er nahm die Brille ab und rieb sich die Augen. Er sah noch erschöpfter aus als sonst, so dass ich annahm, dass es ihm nicht besonders gut ging.

»Hallo, Landon«, begrüßte er mich müde.

Ich hatte mich für den Besuch ganz förmlich gekleidet, mit Krawatte und Jackett. »Darf ich hereinkommen?«

Er nickte leicht, ich trat ein, und er zeigte auf den Stuhl vor seinem Schreibtisch.

»Was kann ich für dich tun?«, fragte er.

Ich setzte mich nervös auf meinem Stuhl zurecht. »Also, Sir, ich wollte etwas mit Ihnen besprechen.«

Er sah mich lange prüfend an, bevor er fragte: »Hat es mit Jamie zu tun?«

Ich holte tief Luft.

»Ja, Sir. Ich wollte fragen, ob ich sie am Silvesterabend zum Essen ausführen dürfte.«

Er seufzte. »Ist das alles?«, wollte er wissen.

»Ja, Sir«, antwortete ich. »Und ich bringe sie nach Hause – Sie brauchen nur die Zeit zu sagen.«

Er nahm die Brille ab und putzte sie mit dem Taschentuch, dann setzte er sie wieder auf. Ich sah, dass er über mein Ansinnen nachdachte.

»Werden deine Eltern auch dabei sein?«, fragte er.

»Nein, Sir.«

»Dann glaube ich nicht, dass es geht. Aber danke, dass du erst zu mir gekommen bist.« Er sah wieder auf seine Papiere, was ein deutliches Zeichen dafür war, dass ich gehen sollte. Ich stand auf und ging zur Tür. Als ich gerade das Büro verlassen wollte, drehte ich mich noch einmal zu ihm um.

»Pfarrer Sullivan?«

Er sah auf, überrascht, dass ich noch da war.

»Es tut mir Leid, dass ich mich so schlecht benommen habe, als ich noch jünger war, und es tut mir auch Leid, dass ich mich Jamie gegenüber nicht immer so verhalten habe, wie sie es verdient hätte. Aber von jetzt ab wird das anders sein. Das verspreche ich Ihnen.«

Er schien durch mich hindurchzusehen. Es reichte nicht.

»Ich liebe sie«, sagte ich schließlich, und in dem Moment richtete sich seine Konzentration wieder auf mich.

»Das weiß ich«, erwiderte er traurig, »aber ich möchte nicht, dass sie leidet.« Wahrscheinlich bildete ich es mir ein, aber es sah so aus, als würden seine Augen feucht.

»Ich würde ihr nicht weh tun«, sagte ich.

Er wandte sich ab und sah aus dem Fenster, wo die Wintersonne durch die Wolken zu dringen versuchte. Es war ein grauer Tag, kalt und bitter.

»Bring sie um zehn nach Hause«, sagte er schließlich in einem Ton, als wüsste er, dass er die falsche Entscheidung getroffen hatte.

Ich lächelte und wollte mich bedanken, ließ es aber. Ich sah, dass er allein sein wollte. Als ich über die Schulter zurückblickte, sah ich überrascht, dass er das Gesicht in die Hände gestützt hatte.

Ungefähr eine Stunde später war ich bei Jamie und fragte sie. Zuerst sagte sie, sie könne wahrscheinlich nicht gehen, aber als ich ihr sagte, dass ich schon mit ihrem Vater gesprochen hätte, schien sie überrascht. Danach hatte sie, glaube ich, ein anderes Bild von mir. Ich erzählte ihr allerdings nicht, dass es, als ich sein Büro verließ, so ausgesehen hatte, als weinte Hegbert. Nicht nur war ich mir nicht ganz sicher, ich wollte auch nicht, dass sie sich Sorgen machte. Als ich abends noch einmal mit meiner Mom sprach, gab sie eine mögliche Erklärung, die ehrlich gesagt ziemlich plausibel klang. Hegbert muss zu der Erkenntnis gekommen sein, dass seine Tochter erwachsen wurde und er sie langsam verlieren würde. Insgeheim hoffte ich, dass das stimmte.

Ich holte Jamie pünktlich ab. Obwohl ich sie nicht darum gebeten hatte, ihr Haar offen zu tragen, tat sie es für mich. Schweigend fuhren wir über die Brücke zum Wasser und zum Restaurant. Als wir das Lokal betraten, kam der Besitzer selbst und führte uns an unseren Tisch. Es war einer der besseren Tische in dem Restaurant.

Als wir kamen, waren die meisten Tische schon besetzt. Es herrschte eine fröhliche Stimmung, und da es Silvester war, trugen die meisten Gäste feine Abendkleidung. Wir waren die einzigen Teenager im Restaurant, aber ich fand nicht, dass wir unpassend wirkten.

Jamie war noch nie bei Flauvin's gewesen, so dass sie ein paar Minuten brauchte, um sich umzusehen. Sie schien ein bisschen nervös, aber glücklich, und ich wusste, dass der Vorschlag meiner Mutter richtig gewesen war.

»Es ist wunderbar hier«, sagte sie. »Danke, dass du mich eingeladen hast.«

»Das Vergnügen ist ganz meinerseits«, antwortete ich aufrichtig.

»Warst du schon mal hier?«

»Schon öfter. Meine Eltern gehen hier gern essen, wenn mein Vater mal eine Weile zu Hause ist.«

Sie sah aus dem Fenster, wo ein Schiff hell erleuchtet vorbeifuhr. Einen Moment lang schien sie wie versunken vor Staunen. »Es ist so schön hier«, sagte sie.

»Du bist auch schön«, gab ich zurück.

Jamie errötete. »Das meinst du nicht ehrlich.«

»O doch«, sagte ich, »das meine ich ehrlich.«

Wir hielten uns an den Händen, während wir auf das Essen warteten, und sprachen über die Dinge, die in den letzten Monaten passiert waren. Sie lachte, als ich ihr von dem Schulball erzählte und den wahren Grund gestand, warum ich sie eingeladen hatte. Sie nahm es gutmütig hin. Wahrscheinlich hatte sie mich ohnehin schon durchschaut gehabt.

»Würdest du mich beim nächsten Mal wieder einladen?«, neckte sie mich.

»Unbedingt.«

Das Essen – wir hatten beide Seebarsch und Salat bestellt – war köstlich. Als der Kellner danach die Teller abräumte, fing gerade die Musik an. Wir hatten noch Zeit, bevor ich sie nach Hause bringen musste, also forderte ich sie auf.

Am Anfang waren wir die Einzigen, und alle sahen uns zu, während wir über das Parkett glitten. Ich glaube, die Älteren wussten, dass wir verliebt waren, und fühlten sich an die Zeit erinnert, als sie selbst jung waren. Hier und da sah ich ein Lächeln. Das Licht im Raum war gedämpft, und als der Sänger eine romantische Melodie anstimmte, zog ich Jamie näher an mich heran und schloss die Augen. Hatte es je einen vollkommeneren Moment in meinem Leben gegeben?

Ich war verliebt, ein Gefühl, das noch wunderbarer war, als ich es mir je vorgestellt hatte.

Nach Neujahr verbrachten wir die nächsten anderthalb Wochen zusammen und taten das, was junge Paare damals so taten, obwohl Jamie von Zeit zu Zeit müde und schlapp schien. Wir gingen zum Neuse River und vergnügten uns damit, Steine ins Wasser zu werfen und die Wellen zu beobachten, während wir uns unterhielten, oder wir gingen zum Strand in der Nähe von Fort Macon. Obwohl es Winter war und der Fluss die Farbe von Eisen hatte, machte es uns beiden Spaß. Nach einer Stunde bat Jamie mich meist, sie nach Hause zu bringen. Auf der Rückfahrt hielten wir im Auto Händchen. Manchmal war es, als würde sie einnicken, bevor wir zurück waren, dann wieder redete sie unentwegt, so dass ich nicht zu Wort kam.

Natürlich taten wir auch die Dinge, die ihr wichtig waren. Zwar begleitete ich sie nicht in ihren Bibelkurs – ich wollte mich vor ihr nicht blamieren –, aber wir fuhren zweimal ins Waisenhaus, und jedes Mal fühlte ich mich dort mehr dazugehörig. Einmal mussten wir allerdings früher als geplant aufbrechen, weil Jamie erhöhte Temperatur hatte. Selbst mein ungeübtes Auge erkannte, dass ihr Kopf glühte.

Wir küssten uns auch, aber nicht jedes Mal, wenn wir zusammen waren, und ich dachte überhaupt nicht daran, den zweiten Schritt zu wagen. Es war nicht nötig. Wenn wir uns küssten, war das schön, es fühlte sich zärtlich und richtig an, und das war genug. Je öfter ich sie küsste, desto klarer wurde mir, dass Jamie ihr Leben lang missverstanden worden war, nicht nur von mir, sondern von allen anderen auch.

Jamie war nicht nur die Pfarrerstochter, die die Bibel las und anderen Menschen nach Kräften half. Jamie war gleichzeitig auch ein siebzehnjähriges Mädchen mit den gleichen Hoffnungen und Zweifeln, die auch mich bewegten. Zumindest nahm ich das an, bis sie mir endlich ihr Geheimnis verriet.

Ich werde den Tag nie vergessen, denn sie war ganz still gewesen. Die ganze Zeit hatte ich das komische Gefühl, dass ihr etwas Wichtiges auf der Seele lag.

Am Samstag, bevor die Schule wieder anfing, brachte ich sie von Cecil's Diner nach Hause. Es ging ein böiger, schneidender Wind, der seit dem Morgen davor aus Nordost wehte. Wir mussten uns eng umschlungen halten, um warm zu bleiben. Jamie hatte sich bei mir untergehakt, während wir langsam, noch langsamer als sonst, gingen. Ich merkte, dass ihr nicht gut war. Sie hatte wegen des Wetters nicht mit mir kommen wollen, aber ich hatte sie eindringlich gebeten, weil ich nämlich beschlossen hatte – daran erinnere ich mich –, dass meine Freunde von uns erfahren sollten. Bedauerlicherweise war jedoch keiner von ihnen bei Cecil's. Wie in vielen Gemeinden an der Küste war das Strandleben im Winter sehr ruhig.

Jamie sprach nicht. Ich wusste, dass sie darüber nachdachte, wie sie mir das, was ihr auf dem Herzen lag, beibringen sollte. Ihre Gesprächseröffnung, als sie dann kam, war überraschend.

»Die anderen denken, ich bin komisch, stimmt's?«, sagte sie schließlich und durchbrach das Schweigen.

»Welche anderen?«, fragte ich, obwohl ich die Antwort wusste.

»Die anderen in der Schule.«

»Das stimmt nicht«, log ich.

Ich küsste sie auf die Wange und drückte ihren Arm etwas fester an mich. Als sie zusammenzuckte, merkte ich, dass ich ihr weh getan hatte.

»Alles in Ordnung?«, fragte ich besorgt.

»Alles in Ordnung«, sagte sie, fasste sich und griff das Thema wieder auf. »Kannst du mir einen Gefallen tun?«

»Was immer du willst«, erwiderte ich.

»Kannst du mir versprechen, von jetzt ab immer die Wahrheit zu sagen? Ich meine, immer?«

»Na klar«, sagte ich.

Sie hielt mich plötzlich fest und sah mich an. »Lügst du jetzt im Moment?«

»Nein«, sagte ich abwehrend. Ich hatte keine Ahnung, wohin das Gespräch führen würde. »Ich verspreche, dass ich von jetzt an immer die Wahrheit sagen werde.«

Ich wusste in dem Moment schon, dass ich es später bereuen würde.

Wir gingen weiter. Als ich ihre Hand in meiner betrachtete, fiel mir ein großer blauer Fleck unterhalb ihres Ringfingers auf. Ich hatte keine Ahnung, woher der kam, denn tags zuvor war er nicht da gewesen. Einen Moment dachte ich, ich hätte ihn ihr zugefügt, aber dann wurde mir bewusst, dass ich sie da gar nicht berührt hatte.

»Die anderen finden mich komisch, stimmt's?«, fing sie wieder an.

Mein Atem ging hastig.

»Ja«, antwortete ich schließlich. Es tat mir weh, das auszusprechen.

»Warum?« Sie sah mich fast verzagt an.

Ich dachte nach. »Aus verschiedenen Gründen«, sagte ich ausweichend und wollte es dabei belassen.

»Aber warum genau? Ist es wegen meines Vaters? Oder weil ich versuche, nett zu den Menschen zu sein?«

Ich wollte dieses Gespräch nicht führen.

»Wahrscheinlich«, war alles, was ich zustande brachte. Mir war ein wenig schwindlig.

Jamie schien enttäuscht, als wir schweigend weitergingen.

»Findest du mich auch komisch?«, fragte sie mich.

So wie sie es sagte, tat es mir noch weher, als ich mir vorgestellt hatte. Wir waren schon fast bei ihrem Haus angekommen, als ich stehen blieb und sie an mich zog. Ich küsste sie. Als wir voneinander abließen, senkte sie den Blick.

Ich legte ihr einen Finger unter das Kinn und hob ihren Kopf, so dass sie mich ansehen musste. »Du bist ein wunderbarer Mensch, Jamie. Du bist schön, du bist freundlich, du bist zärtlich ... du bist alles, was ich gern wäre. Wenn die anderen dich nicht mögen oder dich komisch finden, dann ist das ihr Problem.«

In dem grauen Dämmerlicht des kalten Wintertages konnte ich sehen, wie ihre Unterlippe zu zittern begann. Auch mir war jämmerlich zumute, und mein Herz klopfte laut. Ich sah ihr in die Augen und legte alle meine Gefühle in ein Lächeln. Ich wusste, dass die Worte sich ihren Weg bahnen würden.

»Ich liebe dich, Jamie«, sagte ich zu ihr. »Du bist das Beste, was mir je in meinem Leben passiert ist.«

Es war das erste Mal, dass ich diese Worte zu einem Menschen, der nicht zu meiner Familie gehörte, sagte. Ich hatte gedacht, es würde mir schwerfallen, aber es war ganz leicht. Nie war ich mir einer Sache sicherer gewesen.

Sobald ich die Worte ausgesprochen hatte, ließ Jamie den Kopf sinken und fing an zu weinen. Ich nahm sie in die Arme und wunderte mich, dass sie so traurig war. Sie war dünn; erst jetzt merkte ich, wie zerbrechlich sie eigentlich war. Sie hatte abgenommen, sogar in den letzten anderthalb Wochen. Dann fiel mir ein, dass sie das Essen in Cecil's Diner kaum angerührt hatte. Sie weinte ziemlich lange, so schien mir, an meiner Brust. Ich wusste nicht, was ich denken sollte oder ob sie meine Gefühle teilte. Dennoch tat es mir nicht Leid, die Worte ausgesprochen zu haben. Die Wahrheit bleibt die Wahrheit, und ich hatte ihr gerade versprochen, ihr immer die Wahrheit zu sagen.

»Bitte, sag so was nicht«, hörte ich sie, »bitte …«

»Aber wenn es doch stimmt …«, unterbrach ich sie, weil ich dachte, sie glaube mir nicht.

Sie schluchzte nur noch heftiger. »Es tut mir Leid«, flüsterte sie zwischen den Schluchzern. »Es tut mir so Leid …«

Plötzlich war meine Kehle wie ausgetrocknet.

»Was tut dir Leid?«, fragte ich. Ich musste verstehen, was sie bekümmerte. »Hat es mit meinen Freunden zu tun? Was sie sagen werden? Das ist mir alles egal – wirklich.« Ich versuchte, mich an irgendetwas zu klammern, ich war verwirrt und, ja – ich hatte Angst.

Es dauerte eine ganze Weile, bevor sie aufhörte zu weinen, und dann sah sie zu mir auf. Sie küsste mich zärtlich, es war fast wie der Hauch eines vorbeiziehenden Atems, und fuhr mit dem Finger sanft über meine Wange.

»Du darfst nicht in mich verliebt sein, Landon«, sagte sie und sah mich mit rot geschwollenen Augen an. »Wir können Freunde sein, wir können uns treffen ..., aber du darfst nicht verliebt in mich sein.«

»Warum denn nicht?«, sagte ich heftig. Ich verstand gar nichts mehr.

»Weil ich sehr krank bin, Landon«, erwiderte sie leise.

Die Vorstellung war mir so fremd, dass ich nicht begriff, was sie damit sagen wollte.

»Na und? Das geht doch in ein paar Tagen vorbei ...«

Ein trauriges Lächeln zog über ihr Gesicht, da verstand ich, was sie mir sagen wollte. Sie sah mir fest in die Augen, als sie die Worte sprach, die meine Seele betäubten.

»Ich muss sterben, Landon.«

Kapitel 12

Sie hatte Leukämie. Sie wusste es seit dem Sommer.

In dem Moment, als sie es mir sagte, wich alles Blut aus meinem Gesicht, und eine Folge von verwirrenden Bildern schoss mir durch den Kopf. Es war, als wäre die Zeit in diesem kurzen Augenblick zum Stillstand gekommen und ich hätte alles verstanden, was in den vergangenen Monaten zwischen uns passiert war. Ich verstand, warum sie mich in dem Theaterstück haben wollte. Ich verstand, warum Hegbert nach der ersten Aufführung mit Tränen in den Augen geflüstert hatte: »Mein Engel.« Ich verstand, warum er die ganze Zeit so müde aussah und sich Sorgen machte, wenn ich zu ihnen ins Haus kam. Alles war plötzlich sonnenklar.

Warum das Weihnachtsfest für die Waisenkinder ein ganz besonderes Fest sein sollte ...

Warum sie glaubte, sie würde nicht aufs College gehen ...

Warum sie mir ihre Bibel geschenkt hatte ...

Alles passte vollkommen zusammen, und gleichzeitig ergab nichts einen Sinn.

Jamie Sullivan hatte Leukämie ...

Jamie, die liebe Jamie, musste sterben …

Meine Jamie …

»Nein, nein …«, flüsterte ich, »das muss ein Irrtum sein …«

Aber es war kein Irrtum, und als sie es noch einmal sagte, war alles wie ausgelöscht. Mir wurde schwindlig, so dass ich mich an ihr festhalten musste, um nicht zu fallen. Ich sah einen Mann und eine Frau, die auf uns zukamen; sie hatten die Köpfe gesenkt und hielten ihre Hüte fest, damit die im Wind nicht wegflogen. Ein Hund trottete über die Straße und beschnüffelte die Büsche am Rand. Ein Nachbar von der anderen Straßenseite stand auf einer Leiter und nahm die Weihnachtsbeleuchtung ab. Normale Bilder aus dem alltäglichen Leben, Dinge, die ich zuvor gar nicht bemerkt hätte, und jetzt machten sie mich zornig. Ich schloss die Augen und wollte, dass alles vorüberging.

»Es tut mir so Leid, Landon …«, sagte sie immer wieder. Wo doch ich das sagen sollte. Das weiß ich jetzt, aber ich war zu benommen, um überhaupt etwas über die Lippen zu bringen.

In meinem Innersten wusste ich, dass es nicht vorübergehen würde. Ich hielt sie im Arm, ich wusste nicht, was ich sonst tun sollte. Tränen traten mir in die Augen. Ich war nicht der Fels, der ich sein wollte und den sie, glaube ich, gebraucht hätte.

Zusammen weinten wir lange, mitten auf der Straße, kurz vor ihrem Haus. Und wir weinten wieder, als Hegbert uns die Tür öffnete. Beim Anblick unserer Gesichter wusste er sofort, dass das Geheimnis gelüftet war. Wir weinten wieder, als wir mit meiner Mutter am Nachmittag darüber sprachen, und meine Mutter drückte Jamie an sich und schluchzte so laut, dass sowohl das Mädchen als auch die Köchin den Arzt rufen wollten, weil sie glaubten, meinem Vater sei etwas zugestoßen. Am Sonntag setzte Hegbert, sein Gesicht von Kummer und Angst gezeichnet, die Gemeinde in Kenntnis und musste zu seinem Platz geführt werden, bevor er mit der Ankündigung fertig war.

Die Gemeindemitglieder starrten ungläubig vor sich hin angesichts der Worte, die sie soeben gehört hatten, als könnten sie ihren Ohren nicht trauen und warteten nun auf die Auflösung dieser schrecklichen Geschichte. Dann brach das Wehklagen los.

An dem Tag, als Jamie es mir sagte, saßen wir mit Hegbert zusammen. Jamie beantwortete mir geduldig meine Fragen. Sie wusste nicht, wie lange sie noch leben würde, sagte sie. Nein, die Ärzte konnten nichts tun. Es war eine seltene Form der Krankheit, hatten sie gesagt, die man nicht mit den verfügbaren Methoden behandeln konnte. Ja, als nach dem Sommer die Schule begann, hatte sie sich gesund gefühlt. Erst in den letzten Wochen hatte sie etwas gemerkt.

»Es kommt ganz schleichend«, sagte sie. »Du fühlst dich wohl, und wenn dein Körper keine Abwehrkräfte mehr hat, fühlst du dich nicht mehr wohl.«

Ich kämpfte mit den Tränen und musste an das Theaterstück denken.

»Aber die ganzen Proben … die langen Abende …
vielleicht hättest du das nicht …«

»Vielleicht nicht«, unterbrach sie mich und nahm
meine Hand. »Aber wegen des Theaterstücks bin ich
so lange gesund geblieben.«

Später sagte sie, dass seit der Diagnose sieben Monate vergangen seien. Die Ärzte hatten ihr ein Jahr
gegeben, vielleicht auch weniger.

Heutzutage wäre es anders verlaufen. Heutzutage
hätte es Möglichkeiten der Behandlung gegeben.
Heutzutage hätte Jamie wahrscheinlich überlebt.
Aber wir sprechen von der Zeit vor vierzig Jahren,
und ich wusste, was das hieß.

Nur ein Wunder konnte sie retten.

»Warum hast du mir nichts gesagt?«

Das war die eine Frage, die ich ihr noch nicht gestellt hatte, die Frage, die mir immer im Kopf her-
umgegangen war. Meine Augen waren geschwollen,
weil ich die ganze Nacht nicht geschlafen hatte. Ich
hatte alle Phasen von Schock, Verleugnung, Zorn
und Trauer wieder und wieder durchlaufen, die ganze
Nacht hindurch, hatte gebetet, dass es nicht wahr sein
möge, dass es ein grässlicher Albtraum war.

Wir saßen in ihrem Wohnzimmer. Es war der Tag,
an dem Hegbert es der Gemeinde gesagt hatte, der
10. Januar 1959.

Jamie sah nicht so deprimiert aus, wie ich es mir vorgestellt hatte. Aber natürlich hatte sie schon sieben Monate mit dem Wissen gelebt. Nur sie und Hegbert hatten es gewusst, und sie hatten mir nicht getraut. Das verletzte und ängstigte mich zugleich.

»Ich hatte beschlossen«, erklärte sie mir, »dass es besser wäre, es niemandem zu sagen, und ich habe meinen Vater gebeten, auch nichts zu sagen. Du hast die Menschen heute nach dem Gottesdienst erlebt. Keiner konnte mir in die Augen sehen. Wenn du nur noch ein paar Monate zu leben hättest, würdest du das dann wollen?«

Ich wusste, dass sie Recht hatte, aber es machte es nicht leichter. Zum ersten Mal in meinem Leben fühlte ich mich völlig verloren.

Von den Menschen, die mir nahe waren, war noch nie einer gestorben, zumindest konnte ich mich nicht daran erinnern. Meine Großmutter starb, als ich drei war, aber ich habe keine Erinnerung daran: nicht an sie, nicht an die Trauerfeier und auch nicht an die Zeit unmittelbar nach ihrem Tod. Ich hörte natürlich Geschichten, sowohl von meinem Vater als auch von meinem Großvater, und für mich waren sie nicht mehr als das: Geschichten. Es war so, als würde ich in einem Buch über eine Frau lesen, die ich gar nicht kannte. Zwar nahm mein Vater mich mit, wenn er zum Friedhof ging und Blumen auf ihr Grab legte, aber ich hatte keine Gefühle in dem Zusammenhang. Die hatte ich nur für die Menschen, die sie hinterlassen hatte.

In meiner Familie und in meinem Freundeskreis hatte nie jemand vor einer solchen Situation gestanden. Jamie war siebzehn, ein Kind auf der Schwelle zum Frausein, am Rande des Todes und gleichzeitig sehr lebendig. Ich hatte Angst, so große Angst wie nie zuvor, nicht nur ihretwegen, sondern auch meinetwegen. Ich lebte in der Angst, einen Fehler zu machen, etwas zu tun, das sie kränken würde. Durfte man vor ihr jemals wütend werden? Durfte man über die Zukunft sprechen? Wegen dieser Angst fiel es mir schwer, überhaupt mit ihr zu reden, obwohl sie, wie gesagt, viel Geduld mit mir hatte.

In meiner Angst wurde mir noch etwas anderes klar, was alles noch verschlimmerte: Ich hatte sie gar nicht richtig gekannt, als sie gesund war. Erst seit ein paar Monaten sahen wir uns regelmäßig, und verliebt war ich seit genau achtzehn Tagen. Diese achtzehn Tage kamen mir vor wie mein ganzes Leben, aber wenn ich Jamie ansah, stellte ich mir unwillkürlich die Frage, wie viele Tage es noch geben würde.

Am Montag kam sie nicht zur Schule. Da wusste ich, dass sie dieses Gebäude nie mehr betreten würde. Ich würde sie nie mehr in der Mittagspause allein mit der Bibel am Tisch sitzen sehen, ich würde nie mehr ihre braune Strickjacke in der Menge sehen, wenn sie auf dem Weg zur nächsten Stunde war. Sie hatte mit der Schule abgeschlossen, sie würde nie ihr Abschlusszeugnis erhalten. Zumindest dachte ich so.

Am ersten Schultag nach den Ferien konnte ich mich auf nichts konzentrieren, während ein Lehrer nach dem anderen uns das erzählte, was wir längst wussten. Die Reaktionen waren ähnlich wie die in der Kirche. Die Mädchen weinten, die Jungen ließen die Köpfe hängen, man erzählte sich Geschichten, als wäre Jamie schon längst tot. Was können wir tun?, fragten sich alle und sahen mich an, als wüsste ich die Antwort.

»Ich weiß es auch nicht«, war das Einzige, was mir einfiel.

Ich schwänzte die Nachmittagsschulstunden und ging zu Jamie. Als ich an die Tür klopfte, öffnete sie, wie sie es immer getan hatte, fröhlich und – so wollte es scheinen – sorgenfrei.

»Hallo, Landon«, begrüßte sie mich, »was für eine Überraschung!«

Als sie sich zu mir neigte, um mich zu küssen, erwiderte ich den Kuss, aber beinahe hätte ich losgeweint.

»Mein Vater ist nicht zu Hause, aber wenn du magst, können wir auf der Veranda sitzen.«

»Wie kannst du so sein?«, platzte ich heraus. »Wie kannst du so tun, als wäre alles in Ordnung?«

»Ich tue nicht so, als wäre alles in Ordnung, Landon. Ich hole eben meinen Mantel, dann können wir uns draußen unterhalten – ist dir das recht?«

Sie lächelte und wartete auf meine Antwort. Schließlich nickte ich mit zusammengepressten Lippen. Sie streichelte mir über den Arm.

»Ich bin gleich wieder da«, sagte sie.

Ich setzte mich auf einen der Stühle. Einen Moment später kam Jamie heraus. Sie trug einen Wintermantel, Handschuhe und eine Mütze, damit sie nicht fror. Der Nordostwind war abgeflaut, und es war längst nicht mehr so kalt wie am Wochenende, aber für sie war es zu kalt.

»Du warst heute nicht in der Schule«, sagte ich.

Sie nickte und senkte den Blick. »Ich weiß.«

»Kommst du denn wieder zur Schule?« Obwohl ich die Antwort schon wusste, musste ich sie aus ihrem Mund hören.

»Nein«, entgegnete sie leise, »ich komme nicht mehr.«

»Warum nicht? Geht es dir so schlecht?« Als mir die Tränen in die Augen traten, griff sie nach meiner Hand.

»Nein, heute fühle ich mich eigentlich ganz gut. Ich möchte einfach morgens, bevor mein Vater in sein Büro geht, zu Hause sein. Ich möchte so viel Zeit wie möglich bei ihm sein.«

Bevor ich sterbe, hätte sie noch hinzufügen können, ließ es aber. Mir war übel, ich wusste nichts zu sagen.

»Als die Ärzte uns die Diagnose mitteilten«, fuhr sie fort, »sagten sie, ich solle, so lange es geht, ein möglichst normales Leben führen. Sie meinten, so würde ich besser bei Kräften bleiben.«

»Das ist aber nicht normal«, sagte ich mit Bitterkeit.

»Ich weiß.«

»Hast du keine Angst?«

Irgendwie erwartete ich, dass sie *Nein* sagen würde, dass sie sehr erwachsen und weise antworten und mir erklären würde, dass wir uns nicht anmaßen dürfen, die göttliche Vorsehung verstehen zu wollen.

Sie wandte den Blick ab. »Doch«, sagte sie dann, »ich habe die ganze Zeit Angst.«

»Warum verhältst du dich dann nicht so?«

»Das tue ich. Wenn ich allein bin.«

»Weil du mir nicht vertraust?«

»Nein«, antwortete sie, »weil ich weiß, dass du auch Angst hast.«

Ich fing an, für ein Wunder zu beten.

Angeblich passierten sie laufend. Ich las davon in den Zeitungen. Menschen, die wieder laufen konnten, nachdem man ihnen gesagt hatte, sie würden ihr Leben lang im Rollstuhl sitzen, oder die einen schrecklichen Unfall überlebten, obwohl keine Hoffnung bestand. Immer mal wieder schlug ein Wanderprediger vor unserer Stadt sein Zelt auf, zu dem die Menschen pilgerten, um zu sehen, wie andere geheilt wurden. Ich war auch ein paarmal da gewesen. Obwohl ich vermutete, dass die meisten Heilungen faule Tricks waren, weil ich nicht einen von den Menschen, die geheilt wurden, kannte, gab es doch gelegentlich Dinge, die auch ich mir nicht erklären konnte. Sweeney, der Bäcker in Beaufort, hatte im Ersten Weltkrieg gekämpft, und nach Monaten des Gefechtsfeuers in den Schützengräben war er auf einem Ohr taub. Er tat nicht nur so, er hörte wirklich nichts, so dass wir als Kinder manchmal unbemerkt eine Zimtstange stibitzen konnten. Der Prediger fing heftig an zu beten und legte seine Hand auf Sweeneys Kopf. Sweeney schrie laut auf, so dass die Zuschauer von ihren Sitzen aufsprangen. Er hatte einen erschrockenen Gesichtsausdruck, als hätte der Prediger ihn mit einem glühenden Schürhaken berührt, doch dann schüttelte er den Kopf, sah sich um und sagte: »Ich kann wieder hören!« Er konnte es selbst nicht glauben. Gott, verkündete der Prediger, als Sweeney sich wieder auf seinen Platz setzte, Gott ist allmächtig. Er erhört unsere Gebete.

An dem Abend schlug ich die Bibel auf, die Jamie mir zu Weihnachten geschenkt hatte, und fing an zu lesen. Ich hatte natürlich Bibelgeschichten im Kindergottesdienst und im Religionsunterricht gehört, aber ich erinnerte mich nur an die spektakulären Dinge: Gott schickt die sieben Plagen, damit das Volk Israel aus Ägypten ausziehen kann, Jonas wird von einem Wal verschluckt, Jesus wandelt über das Wasser oder erweckt Lazarus von den Toten. Es gab noch andere aufsehenerregende Geschichten. Ich wusste, dass in fast jedem Kapitel der Bibel von den großen Taten Gottes berichtet wird, ich hatte nur nicht alles gelesen. Für uns Christen galt hauptsächlich das Neue Testament, so dass ich nichts über die Bücher Jesaja oder Ruth oder Joel wußte. In der ersten Nacht las ich Genesis, in der zweiten Nacht Exodus. Dann kam Levitikus, dann Numeri, dann Deuteronomium. An manchen Stellen kam ich nur schleppend voran, besonders da, wo die Gesetze erklärt wurden, aber ich konnte trotzdem nicht aufhören. Ich war gefesselt, ohne dass ich genau wusste, warum.

Eines Abends, es war schon spät, kam ich zu den Psalmen und wusste sofort, dass ich die gesucht hatte. Jeder kennt den 23. Psalm: *Der Herr ist mein Hirte, mir wird nichts mangeln.* Aber ich wollte auch die anderen lesen, da ja keiner wichtiger zu sein vorgab als ein anderer. Nach einer Stunde kam ich zu einer Passage, die unterstrichen war. Ich nahm an, dass Jamie sie sich angestrichen hatte, weil sie eine Bedeutung darin sah. Das war der Text:

Wenn ich rufe zu Dir, Herr, mein Hort, so schweige mir nicht, auf dass nicht, wo Du schweigst, ich gleich werde denen, die in die Grube fahren.

Höre die Stimme meines Flehens, wenn ich zu Dir schreie, wenn ich meine Hände aufhebe zu Deinem heiligen Chor.

Mit Tränen in den Augen klappte ich die Bibel zu. Ich konnte den Psalm nicht zu Ende lesen.

Irgendwie wusste ich, dass sie die Stelle für mich unterstrichen hatte.

»Ich weiß nicht, was ich tun soll«, sagte ich, den Blick stumpf auf das gedämpfte Licht der Schlafzimmerlampe gerichtet. Meine Mom und ich saßen nebeneinander auf dem Bett. Es war Ende Januar, der schwierigste Monat meines Lebens, und der Februar, in dem alles noch schwieriger werden würde, stand bevor.

»Ich weiß, dass es hart für dich ist«, murmelte sie, »aber es gibt nichts, was du tun könntest.«

»Ich meine nicht wegen Jamies Krankheit – ich weiß, dass ich da machtlos bin. Ich meine wegen Jamie und mir.«

Meine Mutter sah mich verständnisvoll an. Sie machte sich Sorgen wegen Jamie, aber sie machte sich auch meinetwegen Sorgen. Ich fuhr fort:

»Es fällt mir schwer, mit ihr zu sprechen. Wenn ich sie ansehe, dann geht mir immer durch den Kopf, dass ich bald nicht mehr mit ihr sprechen kann. In der Schule denke ich die ganze Zeit an sie und wünsche mir, bei ihr zu sein, aber wenn ich dann bei ihr bin, weiß ich nicht, was ich sagen soll.«

»Ich weiß nicht, ob du etwas sagen kannst, was ihr hilft.«

»Was soll ich dann tun?«

Sie sah mich traurig an und legte mir den Arm um die Schulter.

»Du liebst sie wirklich, nicht wahr?«, sagte sie.

»Von ganzem Herzen.«

Sie sah so traurig aus, wie ich sie noch nie gesehen hatte. »Was befiehlt dein Herz dir?«

»Ich weiß es nicht.«

»Vielleicht kannst du nicht hören, was es dir sagt«, meinte sie sanft, »weil du zu angestrengt lauschst.«

Am nächsten Tag ging es etwas besser mit Jamie und mir, aber nicht viel. Bevor ich zu ihr ging, nahm ich mir vor, nichts zu sagen, was sie traurig machen würde. Ich wollte versuchen, so wie immer mit ihr zu sprechen, und das tat ich dann auch. Ich setzte mich bei ihr aufs Sofa und erzählte ihr von meinen Freunden und was sie machten; ich berichtete ihr von den Erfolgen des Basketball-Teams; ich erzählte ihr, dass ich immer noch nichts von der UNC gehört hatte, aber damit rechnete, bald Nachricht zu bekommen; ich sagte, ich freute mich auf die Abschlussfeier. Ich redete so, als würde sie in einer Woche wieder zur Schule kommen, und dabei klang ich die ganze Zeit angespannt. Jamie lächelte und nickte an den richtigen Stellen, ab und zu stellte sie eine Frage. Aber wir wussten beide, als ich aufgehört hatte zu reden, dass dies das letzte Mal war, dass wir uns so unterhalten hatten. Es kam uns beiden nicht richtig vor.

Mein Herz sagte genau das Gleiche.

Ich nahm mir wieder die Bibel vor, in der Hoffnung, dass sie mich leiten würde.

»Wie geht es dir heute?«, fragte ich ein paar Tage später.

Inzwischen war Jamie noch dünner geworden. Ihre Haut bekam einen etwas gräulichen Schimmer, und die Knochen ihrer Hand traten deutlicher hervor. Ich sah auch neue blaue Flecken. Wir saßen in ihrem Wohnzimmer. Draußen war es zu kalt für sie.

Dennoch sah sie schön aus.

»Es geht ganz gut«, sagte sie mit einem tapferen Lächeln. »Die Ärzte haben mir ein Mittel gegen die Schmerzen gegeben, das scheint ganz gut zu helfen.«

Ich kam jetzt jeden Tag. Einerseits schien die Zeit langsamer zu vergehen, andererseits raste sie.

»Kann ich dir etwas besorgen?«

»Nein, danke, ich habe alles.«

Ich ließ meinen Blick im Zimmer umherschweifen, dann sah ich Jamie an. »Ich habe in der Bibel gelesen«, sagte ich schließlich.

»Wirklich?« Ihre Augen leuchteten auf, wie damals, als sie der Engel in dem Theaterstück war. Ich konnte kaum glauben, dass seitdem erst sechs Wochen vergangen waren.

»Ich wollte, dass du es weißt.«

»Darüber freue ich mich sehr.«

»Gestern habe ich das Buch Hiob gelesen«, sagte ich, »wo Gott Hiob richtig in die Mangel nimmt, um seinen Glauben zu prüfen.«

Sie lächelte und streichelte mir über den Arm. Ihre Hand lag zart auf meiner Haut. Es fühlte sich schön an. »Du solltest was anderes lesen. Da zeigt Gott sich ja nicht von seiner besten Seite.«

»Warum hat er Hiob das angetan?«

»Ich weiß es nicht«, antwortete sie.

»Kommst du dir manchmal wie Hiob vor?«

Sie lächelte, ihre Augen funkelten. »Manchmal.«

»Aber du hast dein Gottvertrauen bisher nicht verloren?«

»Nein.« Ich wusste, dass sie an ihrem festhielt, aber ich glaube, ich war dabei, meins zu verlieren.

»Liegt es daran, dass du glaubst, du könntest wieder gesund werden?«

»Nein«, sagte sie, »es liegt daran, dass mir das als Einziges bleibt.«

Von da an lasen wir zusammen in der Bibel. Irgendwie war es richtig und gut, das zu tun, aber mein Herz sagte mir trotzdem, dass da noch etwas war, was ich tun könnte.

Nachts lag ich wach und grübelte darüber nach.

Das gemeinsame Lesen in der Bibel gab uns eine Aufgabe. Plötzlich wurde es besser zwischen uns, vielleicht, weil ich nicht mehr so viel Angst hatte, sie mit einem unbedachten Wort zu kränken. Was könnte schon richtiger sein, als gemeinsam die Bibel zu lesen? Obwohl ich längst nicht so viel wusste wie sie, freute es sie offenbar, dass ich mir Mühe gab. Manchmal, wenn wir lasen, legte sie die Hand auf mein Knie und hörte mir zu, während meine Stimme den Raum erfüllte.

Dann wieder saß ich neben ihr auf dem Sofa, sah auf die Bibel und betrachtete Jamie aus dem Augenwinkel. Wenn wir zu einer schönen Stelle, einem Psalm oder gar einem Sprichwort kamen, fragte ich sie, welche Bedeutung sie darin sähe. Ich hörte mir ihre Antwort an, nickte und dachte darüber nach. Manchmal fragte sie mich nach meiner Meinung.

Dann versuchte ich, so gut ich konnte, etwas dazu zu sagen, aber manchmal redete ich auch Unsinn, was sie bestimmt bemerkte. »Ist das wirklich die Bedeutung, die das für dich hat?«, fragte sie. Worauf ich mich am Kinn kratzte und noch einmal nachdachte, bevor ich einen weiteren Vorstoß wagte.

Aber manchmal war es auch ihre Schuld, dass ich mich nicht konzentrieren konnte, wo doch ihre Hand dauernd auf meinem Knie lag.

An einem Freitagabend nahm ich sie mit zu mir nach Hause zum Abendessen. Meine Mutter aß mit uns und ging danach ins Fernsehzimmer, damit wir eine Weile allein sein konnten.

Ich fand es schön, so mit ihr zusammenzusitzen, und wusste, dass sie ähnlich empfand. Da sie nicht mehr viel aus dem Haus ging, hatte sie so eine kleine Abwechslung.

Seit Jamie mir von ihrer Krankheit erzählt hatte, trug sie ihr Haar nicht mehr im Knoten. Jedesmal, wenn ich sie mit offenem Haar sah, war ich genauso ergriffen wie beim ersten Mal. Sie betrachtete den Inhalt der Glasvitrine – meine Mom hatte eine von denen mit Innenbeleuchtung –, als ich über den Tisch hinweg ihre Hand nahm.

»Danke, dass du heute Abend gekommen bist«, sagte ich.

Sie wandte sich zu mir um. »Danke, dass du mich eingeladen hast.«

Nach einer Weile fragte ich: »Wie geht es deinem Vater?«

Jamie seufzte. »Nicht besonders gut. Ich mache mir große Sorgen um ihn.«

»Er hat dich sehr lieb, das weißt du.«

»Ja.«

»Ich dich auch«, sagte ich, worauf sie den Blick abwandte. Es schien ihr Angst zu machen, das zu hören.

»Kommst du auch weiterhin zu mir nach Hause?«, fragte sie. »Ich meine, auch später, wenn …?«

Ich drückte ihr die Hand, nicht fest, nur so, dass sie wusste, dass ich es aufrichtig meinte.

»So lange du möchtest, dass ich komme, komme ich auch.«

»Wir brauchen nicht die Bibel zu lesen, wenn du das nicht möchtest.«

»Doch«, sagte ich, »ich glaube, wir müssen damit weitermachen.«

Sie lächelte.

»Du bist so ein guter Freund, Landon. Ich weiß nicht, was ich ohne dich täte.«

Jetzt drückte sie mir die Hand. Sie saß mir gegenüber und sah mich strahlend an.

»Ich liebe dich, Jamie«, sagte ich wieder, und diesmal war sie nicht voller Angst. Statt dessen begegneten sich unsere Blicke, und ihre Augen begannen zu strahlen. Sie seufzte und wandte den Blick ab. Dann fuhr sie sich mit der Hand durch das Haar und sah mich wieder an. Ich küsste ihr die Hand und sah ihr in die Augen.

»Ich liebe dich auch«, flüsterte sie schließlich.

Ich hatte gebetet, diese Worte hören zu dürfen.

Ich weiß nicht, ob Jamie mit ihrem Vater über ihre Gefühle für mich gesprochen hatte, aber ich glaubte es nicht, denn sein Verhalten hatte sich nicht verändert. Er hatte es sich angewöhnt, das Haus zu verlassen, wenn ich nach der Schule vorbeikam, und das tat er auch weiterhin. Jeden Tag, wenn ich an die Tür klopfte, hörte ich, wie Hegbert Jamie erklärte, dass er jetzt gehen und in zwei Stunden zurück sein würde. »Ist gut, Daddy«, hörte ich sie jedes Mal sagen, dann wartete ich, dass Hegbert die Tür aufmachte. Wenn er mich eingelassen hatte, holte er Mantel und Hut aus dem Garderobenschrank, zog sich an und knöpfte den Mantel ganz zu, bevor er ging. Er hatte einen altmodischen Mantel, einen langen, schwarzen Trenchcoat ohne Reißverschlüsse, wie sie früher modern waren. Er sprach selten direkt mit mir, sogar nachdem er erfahren hatte, dass Jamie und ich zusammen die Bibel lasen.

Obwohl er eigentlich nicht wollte, dass ich in seiner Abwesenheit im Haus war, ließ er es dennoch widerwillig zu, damit Jamie sich auf der Veranda nicht erkältete. Die einzige Alternative war, dass er zu Hause blieb, während ich da war. Aber ich glaube, Hegbert brauchte auch Zeit für sich, und deswegen kam es zu dieser Veränderung. Er erklärte mir nicht die Hausregeln – sie standen in seinen Augen geschrieben, als er mir das erste Mal erlaubte zu bleiben. Ich durfte mich im Wohnzimmer aufhalten, und das war's.

Jamie konnte sich noch gut bewegen, doch der Winter war kalt und ungemütlich. Im Januar wehte neun Tage lang ein eisiger Wind, danach setzten schwere Regenfälle ein, die drei Tage andauerten. Bei diesem Wetter wollte Jamie das Haus gar nicht verlassen, aber manchmal, wenn Hegbert gegangen war, standen wir für ein paar Minuten an der Tür, um die frische Meeresbrise einzuatmen. Immer, wenn wir da standen, machte ich mir Sorgen um sie.

Mindestens dreimal am Tag klopften Besucher an, während wir die Bibel lasen. Oft kamen Nachbarn vorbei; manche brachten etwas zu essen, andere wollten nur Hallo sagen. Sogar Eric und Margaret machten einen Besuch. Jamie ließ sie herein, obwohl sie es eigentlich nicht durfte, und wir saßen im Wohnzimmer beisammen und unterhielten uns eine Weile. Die beiden konnten Jamie nicht in die Augen sehen.

Sie waren nervös und brauchten eine Weile, um zu dem Grund ihres Besuches vorzustoßen. Eric wollte sich bei Jamie entschuldigen, sagte er und fügte hinzu, dass es ihm nicht in den Kopf wolle, warum all dies ausgerechnet Jamie passierte. Er hatte ihr auch etwas mitgebracht und legte mit zitternder Hand einen Umschlag auf den Tisch. Er sprach mit tränenerstickter Stimme. Noch nie hatte ich ihn so aufgewühlt gesehen.

»Du bist so großherzig und so freundlich«, sagte er mit unsicherer Stimme. »Ich habe das einfach hingenommen und war nicht immer nett zu dir, aber ich wollte dir sagen, was ich denke. Ich bin unendlich traurig, dass du so krank bist.« Er hielt inne und wischte sich die Augenwinkel trocken. »Du bist der beste Mensch, den ich kenne.«

Während er seine Tränen zurückzuhalten versuchte und schniefte, hatte Margaret sich den ihren hingegeben. Sie saß schluchzend auf der Couch und brachte kein Wort heraus. Als Eric zu Ende gesprochen hatte, trocknete sich Jamie ihre Tränen und stand auf. Mit einem Lächeln öffnete sie in einer Geste der Vergebung – anders kann man es nicht nennen – die Arme. Eric ließ sich von ihr in den Arm nehmen und weinte, während Jamie ihm über den Kopf streichelte und leise auf ihn einsprach. Die beiden hielten sich lange so umschlungen, und Eric weinte, bis er ganz erschöpft war.

Dann kam Margaret an die Reihe, und Jamie und sie machten genau das Gleiche.

Als Eric und Margaret sich die Jacken anzogen und gehen wollten, sahen sie Jamie noch einmal an, als wollten sie sie für immer im Gedächtnis festhalten. Ich bezweifelte nicht, dass sie Jamie so in Erinnerung behalten wollten, wie sie in dem Moment aussah. In meinen Augen war sie schön, und ich glaube, in ihren auch.

»Mach's gut«, sagte Eric auf dem Weg zur Tür, »ich werde für dich beten, wie die anderen auch.« Dann sah er mich an und klopfte mir auf die Schulter. »Und du auch«, sagte er mit roten Augen. Als sie gingen, war ich so stolz auf sie wie nie zuvor.

Als wir später den Umschlag aufmachten, sahen wir, was Eric getan hatte. Ohne uns einzuweihen, hatte er vierhundert Dollar für das Waisenhaus gesammelt.

Ich wartete auf das Wunder.

Es war noch nicht eingetreten.

Anfang Februar wurde die Dosis der Schmerzmittel, die Jamie nahm, erhöht, weil die Schmerzen stärker wurden. Das jedoch verursachte ihr
Schwindelgefühle, so dass sie zweimal auf dem Weg
zum Badezimmer stürzte und einmal mit dem Kopf
ans Waschbecken schlug. Danach bestand sie darauf, dass die Ärzte die Dosis wieder reduzierten,
was sie widerstrebend auch taten. Obwohl Jamie
danach gehen konnte, ohne dass ihr schwindlig
wurde, hatte sie jetzt stärkere Schmerzen. Manchmal verzog sie schmerzvoll das Gesicht, wenn sie
nur den Arm hob. Leukämie ist eine Krankheit,
die sich im Blut ausbreitet, und zwar überall im
Körper. Man ist ihr ausgeliefert, solange das Herz
schlägt.

Die Krankheit schwächte den ganzen Körper,
auch die Muskeln, so dass schon die einfachsten
Dinge schwierig wurden. In der ersten Februarwo-
che nahm sie sechs Pfund ab, und schon bald fiel es
ihr schwer, längere Strecken zu gehen. Auch kürzere
Wege konnte sie nur bewältigen, wenn die Schmerzen nicht zu stark waren, aber die wurden immer
schlimmer. Bald erhöhte sie wieder die Dosis der
Schmerzmittel und nahm die Schwindelgefühle in
Kauf.

Immer noch lasen wir zusammen die Bibel.

Jedes Mal, wenn ich Jamie besuchte, saß sie auf
dem Sofa und hatte die Bibel schon aufgeschlagen.
Ich wusste, dass ihr Vater sie bald zum Sofa würde

tragen müssen, wenn wir weiterhin zusammen lesen wollten. Obwohl sie nie etwas darüber sagte, wussten wir beide, was das bedeutete.

Mir lief die Zeit davon, und mein Herz erinnerte mich immer wieder daran, dass es noch etwas gab, was ich tun konnte.

Am vierzehnten Februar, am Valentinstag, suchte Jamie eine Stelle aus dem Brief an die Korinther aus, die ihr sehr wichtig war. Sie sagte, wenn es je dazu kommen sollte, dann wollte sie, dass dieser Abschnitt bei ihrer Hochzeit gelesen würde. Das ist der Wortlaut:

Die Liebe ist langmütig und freundlich, die Liebe eifert nicht, die Liebe treibt nicht Mutwillen, sie blähet sich nicht, sie stellet sich nicht ungebärdig, sie suchet nicht das ihre, sie lässt sich nicht erbittern, sie rechnet das Böse nicht zu, sie freuet sich nicht der Ungerechtigkeit, sie freuet sich aber der Wahrheit; sie verträgt alles, sie glaubet alles, sie hoffet alles, sie duldet alles.

Jamie war die wahrhaftige Verkörperung dieser Beschreibung.

Drei Tage später, als es plötzlich warm wurde, wie das manchmal der Fall ist in Beaufort, zeigte ich ihr etwas ganz besonders Schönes. Ich war mir sicher, dass sie es noch nie gesehen hatte und dass es ihr gefallen würde.

Der Osten von North Carolina ist landschaftlich von besonderem Reiz, wozu das milde Klima und die geographischen Gegebenheiten nicht unerheblich beitragen. Ein gutes Beispiel dafür ist Bogue Banks, eine Insel unmittelbar vor der Küste, nicht weit von dem Ort, in dem wir aufwuchsen. Die Insel ist zwanzig Meilen lang und fast eine Meile breit und erstreckt sich von Ost nach West entlang der Küste. Die Menschen, die dort leben, können jeden Tag atemberaubende Sonnenauf- und -untergänge über der mächtigen Weite des Atlantischen Ozeans sehen.

Jamie stand dick eingepackt neben mir an dem eisernen Landesteg für Dampfer, als sich der Abend in seiner Vollkommenheit senkte. Ich deutete in die Ferne und sagte, sie solle ein bisschen warten. Ich sah die Nebelwölkchen unseres Atems: zwei von ihr und eins von mir in der gleichen Zeit. Ich stützte Jamie, während wir dastanden – sie schien leichter als die Blätter, die im Herbst von den Bäumen fallen –, aber ich wusste, dass es das wert war.

Allmählich begann der leuchtende Mond aus dem Meer zu steigen und Lichtprismen über das dunkler werdende Wasser zu werfen, die in tausend Teilchen zerstoben, eins schöner als das andere. Zur gleichen Zeit berührte die Sonne den Horizont auf der anderen Seite und erleuchtete den Himmel rot und orange und gelb, als hätte sich über ihr die Himmelspforte geöffnet und sich all die dort verborgene Schönheit einen Weg daraus gebahnt. Der

Ozean funkelte silbrig-golden in der Reflexion der sich verändernden Farben, das Wasser glänzte und glitzerte im Licht – es war ein großartiger Anblick, wie der Anfang der Zeit. Die Sonne sank tiefer und tiefer und schickte ihre Strahlen, so weit das Auge reichte, bevor sie schließlich langsam in den Wellen versank. Der Mond stieg langsam weiter und schimmerte in tausend Gelbtönen. Er wurde blasser und blasser, bis er endlich die Farbe der Sterne hatte.

Jamie sah schweigend zu, mein Arm war fest um ihre Mitte geschlungen, ihr Atem ging flach. Als der Himmel nachtschwarz wurde und die ersten funkelnden Sterne am fernen südlichen Firmament erschienen, nahm ich sie in meine Arme. Ich küsste sie sanft auf die Wangen und dann auf den Mund.

»Genauso«, sagte ich, »sind auch meine Gefühle für dich.«

Eine Woche später musste Jamie häufiger ins Krankenhaus, wobei sie darauf bestand, nicht über Nacht dort zu bleiben. »Ich will zu Hause sterben«, erklärte sie nüchtern. Da die Ärzte nichts für sie tun konnten, blieb ihnen nichts anderes übrig, als Jamies Wunsch zu akzeptieren.

Wenigstens zu diesem Zeitpunkt noch.

»Ich habe über die vergangenen Monate nachgedacht«, sagte ich zu ihr.

Wir saßen im Wohnzimmer und hielten uns an den Händen, während wir die Bibel lasen. Ihr Gesicht wurde schmäler, ihr Haar verlor seinen Glanz, aber ihre Augen, diese sanften blauen Augen, waren so schön wie eh und je.

Ich glaube nicht, dass ich je einen schöneren Menschen gesehen hatte.

»Ich habe auch darüber nachgedacht«, erwiderte sie.

»Du wusstest vom ersten Tag an in Miss Garbers Kurs, dass ich in dem Stück mitspielen würde. Als du mich angesehen und gelächelt hast. Stimmt's.«

Sie nickte. »Das stimmt.«

»Und als ich dich zum Schulball einlud, hast du mir das Versprechen abgenommen, dass ich mich nicht in dich verliebe, aber du wusstest, dass ich es tun würde, richtig?«

Sie hatte ein verschmitztes Leuchten in den Augen. »Ja.«

»Wie konntest du das wissen?«

Sie zuckte die Schultern und sagte nichts. Eine Weile lang saßen wir still da und sahen zu, wie der Regen gegen die Fenster peitschte.

»Als ich dir gesagt habe, dass ich für dich bete«, sagte sie schließlich zu mir, »was habe ich wohl damit gemeint?«

Als der März kam, wurde Jamie immer hinfälliger. Je mehr Schmerzmittel sie nahm, desto weniger konnte sie essen, weil ihr ständig übel war. Als sie zunehmend schwächer wurde, sah es so aus, als würde sie doch, auch gegen ihren Willen, ins Krankenhaus gehen müssen.

Meine Eltern sorgten dafür, dass es nicht dazu kam.

Mein Vater war eilig aus Washington angereist, obwohl es mitten in der Legislaturperiode war. Offenbar hatte meine Mutter ihn angerufen und ihm erklärt, wenn er nicht umgehend nach Hause käme, dann könnte er ebenso gut für immer in Washington bleiben.

Als meine Mutter ihm schilderte, wie es um Jamie stand, wandte mein Vater ein, dass Hegbert niemals Hilfe von ihm annehmen würde, dass die Wunden zu tief gingen und es jetzt zu spät sei, sie zu heilen.

»Hier geht es nicht um deine Familie oder um Pfarrer Sullivan oder um das, was früher passiert ist«, wies sie seine Antwort zurück. »Hier geht es um unseren Sohn, der sich in das Mädchen verliebt hat, das unsere Hilfe braucht. Und du wirst einen Weg finden, wie wir ihr helfen können.«

Ich weiß nicht, was mein Vater Hegbert erzählte oder welche Versprechungen er machen musste oder wie viel alles kostete. Ich weiß nur, dass Jamie bald darauf teure Apparate zur Verfügung hatte, dass sie alle Medikamente bekam, die sie brauchte, und dass zwei Krankenschwestern ihre Pflege übernahmen und ein Arzt mehrmals am Tag vorbeischaute.

So konnte Jamie zu Hause bleiben.

An dem Abend weinte ich zum ersten Mal in meinem Leben an der Schulter meines Vaters.

»Gibt es Dinge, die du bedauerst?«, fragte ich Jamie. Sie lag im Bett, über einen Tropf bekam sie die notwendigen Medikamente. Ihr Gesicht war weiß, ihr Körper hatte das Gewicht einer Feder. Sie konnte kaum noch laufen, und wenn, dann musste jemand sie stützen.

»Wir bedauern alle etwas, Landon«, sagte sie, »aber ich hatte ein sehr schönes Leben.«

»Wie kannst du das sagen?«, rief ich aus. Ich konnte meinen Kummer nicht verbergen. »Wo du so viel durchmachen musst!«

Sie drückte schwach meine Hand und lächelte mich zärtlich an.

»Das hier«, gab sie zu, als sie im Zimmer herumblickte, »könnte besser sein.«

Trotz meiner Tränen musste ich lachen, aber sofort hatte ich ein schlechtes Gewissen. Eigentlich sollte ich ihr eine Stütze sein, nicht umgekehrt. Jamie sprach weiter.

»Aber abgesehen davon war ich glücklich, Landon. Wirklich. Ich habe einen Vater, der ein ganz besonderer Mensch ist und mir Gott nahe gebracht hat. Wenn ich zurückschaue, weiß ich, dass ich den Menschen nicht mehr hätte helfen können, als ich es getan habe.« Sie machte eine Pause und sah mir in die Augen. »Ich bin sogar verliebt und werde geliebt.«

Als sie das sagte, küsste ich ihre Hand und hob sie an meine Wange.

»Es ist ungerecht«, sagte ich.

Darauf schwieg sie.

»Hast du immer noch Angst?«, fragte ich sie.

»Ja.«

»Ich auch.«

»Ich weiß. Es tut mir Leid.«

»Was kann ich bloß tun?«, fragte ich voller Verzweiflung. »Ich weiß nicht mehr, was ich tun soll.«

»Liest du mir was vor?«

Ich nickte, obwohl ich nicht wusste, ob ich eine Seite schaffen würde, ohne loszuweinen.

Bitte, lieber Gott, sag mir, was ich tun kann!

»Mom?«, sagte ich am selben Abend.

»Ja?« Wir saßen im Wohnzimmer auf dem Sofa vor dem prasselnden Kaminfeuer. Am Nachmittag war Jamie beim Vorlesen eingeschlafen. Ich wusste, dass sie viel Ruhe brauchte, und stahl mich davon, nicht ohne ihr zuvor einen Kuss auf die Wange gegeben zu haben. Es war harmlos, aber in dem Moment kam Hegbert ins Zimmer. In seinen Augen standen die miteinander kämpfenden Gefühle, denn er wusste, dass ich seine Tochter liebte, dennoch hatte ich gegen eine seiner Hausregeln verstoßen, auch wenn es eine unausgesprochene war. Wenn Jamie gesund gewesen wäre, hätte er mich nie wieder ins Haus gelassen. So ging ich einfach stillschweigend davon.

Ich konnte ihm keinen Vorwurf machen. Die Zeit, die ich mit Jamie verbrachte, nahm so viel meiner Energie in Anspruch, dass ich zu erschöpft war, um von seinem Verhalten betroffen zu sein. Wenn Jamie mich in den letzten Monaten etwas gelehrt hatte, dann dies: dass man andere Menschen nach ihren Taten, nicht nach ihren Gedanken oder Absichten beurteilen sollte, und ich wusste, dass Hegbert mich am Tag danach wieder einlassen würde. All dies ging mir durch den Kopf, als ich neben meiner Mutter auf dem Sofa saß.

»Glaubst du, dass unser Leben ein Ziel hat?«, fragte ich.

Es war das erste Mal, dass ich ihr eine solche Frage stellte, aber dies waren außerordentliche Zeiten.

»Ich bin mir nicht sicher, ob ich deine Frage richtig verstehe«, sagte sie mit gerunzelter Stirn.

»Ich meine – woher weißt du, was du tun musst?«

»Fragst du mich nach deinen Nachmittagen mit Jamie?«

Ich nickte, war aber verwirrt.

»Gewissermaßen, ja. Ich weiß, dass es richtig ist, aber … es fehlt etwas. Ich bin bei ihr, wir sprechen und lesen die Bibel, aber …«

Ich brach ab, und meine Mutter setzte den Gedanken für mich fort.

»Du meinst, du solltest mehr für sie tun?«

Ich nickte.

»Ich glaube nicht, dass du mehr tun *kannst*, mein Herz«, sagte sie sanft.

»Warum habe ich dann dieses Gefühl?«

Sie rückte etwas näher an mich heran. Gemeinsam sahen wir den Flammen zu.

»Ich glaube, es liegt daran, dass du Angst hast und dich ganz hilflos fühlst, und obwohl du dir Mühe gibst, wird es immer schwieriger – für euch beide. Und je mehr Mühe du dir gibst, desto hoffnungsloser erscheint dir alles.«

»Was kann ich tun, damit dieses Gefühl aufhört?«

Sie legte ihren Arm um mich und zog mich zu sich heran. »Nichts«, antwortete sie, »es gibt nichts.«

Am nächsten Tag war Jamie zu schwach, um aufzustehen. Zu schwach, um zu gehen, selbst wenn sie gestützt wurde. Wir lasen die Bibel in ihrem Zimmer.

Es verging eine weitere Woche, in der es Jamie immer schlechter ging und sie zusehends schwächer wurde. Bettlägrig, wie sie jetzt war, sah sie kleiner aus, fast wie ein kleines Mädchen.

»Jamie«, flehte ich sie an, »was kann ich für dich tun?«

Jamie, meine süße Jamie, schlief viele Stunden lang, auch wenn ich bei ihr war. Sie rührte sich nicht bei dem Ton meiner Stimme, ihr Atem ging hastig und flach.

Lange saß ich an ihrem Bett und sah sie an. Ich dachte daran, wie sehr ich sie liebte. Ich nahm ihre Hand – ihre Finger waren ganz knochig – und hielt sie an mein Herz. Am liebsten hätte ich auf der Stelle geweint, doch statt dessen legte ich ihre Hand wieder auf die Decke und sah aus dem Fenster.

Warum ist meine Welt plötzlich so aus den Fugen geraten?, fragte ich mich. Warum ist all dies ihr geschehen? Gibt es eine Lehre in dem, was geschieht? Ist es alles, wie Jamie sagte, Teil der göttlichen Vorsehung? Hatte Gott es gewollt, dass ich mich in Jamie verliebte? Oder war das meine eigene Willensentscheidung? Je länger Jamie schlief, desto klarer spürte ich ihre Anwesenheit, aber die Antworten auf diese Fragen waren nicht klarer als vorher.

Draußen hörte der morgendliche Regen auf. Es war ein düsterer Vormittag gewesen, aber jetzt brach die Nachmittagssonne durch die Wolken. In der frischen Frühlingsluft sah ich die ersten Zeichen dafür, dass die Natur wieder erwachte. Die Bäume zeigten ein zartes Grün, die Blätter warteten nur auf den richtigen Moment, sich zu entfalten und einen neuen Sommer einzuleiten.

Auf dem Nachttisch waren die Dinge, die Jamie am Herzen lagen. Unter anderem standen da zwei Photographien von ihrem Vater. Auf dem einen Bild hält er Jamie als kleines Kind auf dem Arm, auf dem anderen stehen sie an Jamies erstem Schultag vor der Schule. Daneben lagen einige Karten, die von den

Kindern im Waisenhaus geschickt worden waren. Seufzend nahm ich mir die oberste Karte. Mit Bleistift geschrieben stand da einfach:

Bitte werde bald gesund. Ich vermisse dich.

Es war von Lydia unterschrieben, dem Mädchen, das Weihnachten auf Jamies Schoß eingeschlafen war. Die zweite Karte sagte mehr oder weniger das Gleiche, aber was mir besonders ins Auge stach, war das Bild, das der kleine Junge, Roger, gemalt hatte. Es zeigte einen Vogel, der sich über einem Regenbogen in die Lüfte erhebt.

Meine Kehle war wie zugeschnürt, als ich die Karte zuklappte. Ich konnte mir die anderen Karten nicht ansehen, und als ich sie wieder auf den Nachttisch legte, bemerkte ich einen Zeitungsausschnitt neben dem Wasserglas. Ich nahm ihn zur Hand. Es war die Besprechung des Theaterstücks, die in der Sonntagszeitung nach der Aufführung erschienen war. Das Photo über dem Text war das einzige Bild, das je von uns beiden gemacht worden war.

Es schien sehr lange her. Ich sah mir das Bild genauer an und erinnerte mich wieder an mein Gefühl, als ich Jamie auf der Bühne sah. Ich betrachtete ihr Bild intensiv und suchte nach Anzeichen, dass sie den Fortgang der Dinge erahnte. Natürlich wusste sie es, aber ihr Gesichtsausdruck an jenem Abend gab nichts davon preis. Ich sah nur strahlendes Glück. Nach einer Weile seufzte ich und legte das Blatt wieder hin.

Die Bibel lag an der Stelle aufgeschlagen, wo wir aufgehört hatten zu lesen. Obwohl Jamie schlief, wollte ich weiterlesen. Dies waren die Worte, die ich fand:

Ich meine das nicht als strenge Weisung, aber ich gebe euch Gelegenheit, angesichts des Eifers anderer, auch eure Liebe als echt zu erweisen.

Die Worte schnürten mir die Kehle zu, aber als ich mich gerade meinen Tränen hingeben wollte, erschloss sich mir die Bedeutung plötzlich in leuchtender Klarheit.

Gott hatte mir endlich seine Antwort gegeben. Jetzt wusste ich, was ich zu tun hatte.

Auch mit einem Auto wäre ich nicht schneller zur Kirche gelangt. Ich nahm jede Abkürzung, die sich mir bot, sprang durch Gärten und über Zäune und schlüpfte sogar in eine Garage und zur Seitentür wieder hinaus. Alles, was ich seit meiner Kindheit über die Stadt gelernt hatte, kam mir an dem Tag zugute, und obwohl ich nie besonders sportlich war, konnte mich nichts aufhalten, ich wurde angetrieben von dem, was ich zu tun hatte.

Mir war es ganz gleichgültig, wie ich aussah, als ich ankam, weil ich vermutete, dass es auch Hegbert nicht interessieren würde. Als ich die Kirche betrat, ging ich langsamer und versuchte, auf dem Weg zu seinem Büro am Ende des Kirchenschiffs wieder zu Atem zu kommen.

Als ich eintrat, hob Hegbert den Kopf. Ich wusste, warum er da war. Er bat mich nicht herein, sondern wandte den Blick wieder ab und sah aus dem Fenster. Im Haus versuchte er, mit Jamies Krankheit zurechtzukommen, indem er wie besessen sauber machte. Aber hier waren Blätter über den ganzen Schreibtisch verstreut, überall lagen Bücher herum, als hätte seit Wochen niemand aufgeräumt. Ich wusste, dass Hegbert hier über Jamie nachsann, dass er hier weinte.

»Herr Pfarrer?«, sagte ich leise.

Er antwortete nicht, aber ich ging trotzdem näher.

»Ich möchte allein sein«, sagte er mit krächzender Stimme.

Er sah alt und mutlos aus, so niedergeschlagen wie die Israeliten in Davids Psalmen. Seit Weihnachten war sein Gesicht hagerer geworden, sein Haar schütterer. Mehr noch als ich gab er sich Mühe, vor Jamie seinen Kummer zu verbergen, und die Anstrengungen hinterließen ihre Spuren.

Ich trat vor seinen Schreibtisch, doch er sah mich nur kurz an und wandte den Blick wieder zum Fenster.

»Bitte«, sagte er flehentlich, als hätte er nicht die Kraft, sich mit mir zu streiten.

»Ich möchte mit Ihnen sprechen«, sagte ich fest. »Ich würde Sie nicht darum bitten, wenn es nicht sehr wichtig wäre.«

Hegbert seufzte, darauf setzte ich mich auf denselben Stuhl, auf dem ich gesessen hatte, als ich ihn um Erlaubnis bat, Jamie am Silvesterabend ausführen zu dürfen.

Er hörte zu, während ich ihm meine Gedanken darlegte.

Als ich fertig war, sah er mich an. Ich weiß nicht, was er dachte, aber zum Glück sagte er nicht Nein. Statt dessen rieb er sich die Augen mit den Fingern und sah zum Fenster hinaus.

Ich glaube, selbst er war zu erschüttert, um zu sprechen.

Und wieder lief ich und wurde nicht müde, denn mein Vorhaben gab mir die Kraft weiterzumachen. Als ich bei Jamie ankam, rannte ich einfach ins Haus, ohne vorher anzuklopfen. Die Krankenschwester kam aus dem Schlafzimmer, um zu sehen, was diesen Lärm verursachte. Bevor sie etwas sagen konnte, sprach ich.

»Ist sie wach?«, fragte ich, voller Euphorie und Furcht zugleich.

»Ja«, antwortete die Krankenschwester verhalten, »als sie aufwachte, wollte sie wissen, wo Sie sind.«

Ich entschuldigte mich für mein unordentliches Aussehen und dankte ihr, dann bat ich sie, uns einen Moment allein zu lassen. Ich ging in Jamies Zimmer und zog die Tür hinter mir zu. Sie war blass, unglaublich blass, aber ihr Lächeln zeigte mir, dass sie den Kampf noch nicht aufgegeben hatte.

»Hallo, Landon«, sagte sie mit schwacher Stimme, »danke, dass du noch einmal gekommen bist.«

Ich zog einen Stuhl heran, setzte mich an ihr Bett und nahm ihre Hand in meine. Als ich sie so daliegen sah, krampfte sich mir der Magen zusammen. Am liebsten hätte ich geweint.

»Ich war schon einmal hier, aber du hast geschlafen«, entgegnete ich sanft.

»Ich weiß … es tut mir Leid. Ich kann gar nichts dagegen tun.«

»Das macht doch nichts, wirklich nicht.«

Sie hob ihre Hand ein wenig von der Decke, und ich küsste sie, dann lehnte ich mich vor und küsste ihr die Wange.

»Liebst du mich?«, fragte ich sie.

Sie lächelte. »Ja.«

»Möchtest du, dass ich glücklich bin?« Als ich die Frage stellte, fing mein Herz an zu rasen.

»Ja, natürlich möchte ich das.«

»Bist du bereit, etwas für mich zu tun?«

Sie wandte den Blick ab, Trauer verdunkelte ihre Augen. »Ich weiß nicht, ob ich das noch kann«, sagte sie.

»Aber wenn du es könntest, würdest du es dann tun?«

Es ist mir nicht möglich, die Intensität der Gefühle, die mich in dem Moment bewegten, zu beschreiben. Liebe, Wut, Trauer, Hoffnung und Angst wirbelten durcheinander und wurden durch meine Nervosität noch verstärkt. Jamie sah mich fragend an, während mein Atem schneller ging. Plötzlich wusste ich ganz genau, dass ich nie tiefere Gefühle für einen Menschen gehabt hatte als in diesem Moment. Als ich ihren Blick erwiderte, wünschte ich mir zum millionstenmal, dass ich ihre Krankheit wegzaubern könnte. Ich hätte mein Leben für ihres gegeben. Ich wollte sie teilhaben lassen an meinen Gedanken, als ihre Stimme plötzlich den Gefühlsaufruhr in mir zum Verstummen brachte.

»Ja«, sagte sie. Ihre Stimme war schwach, aber immer noch voller Versprechen. »Ich würde es tun.«

Ich gewann die Beherrschung über mich zurück und küsste ihre Wange noch einmal. Dann legte ich meine Hand an ihr Gesicht und streichelte es mit den Fingern. Ich bewunderte die Sanftheit ihrer Haut, die Zärtlichkeit in ihren Augen. Auch jetzt war sie vollkommen.

Es schnürte mir die Kehle zu, aber wie gesagt, ich wusste, was ich zu tun hatte. Da es nicht in meiner Macht stand, sie zu heilen, wollte ich ihr etwas schenken, was sie sich immer gewünscht hatte.

Das war es, was mein Herz mir schon die ganze Zeit befohlen hatte.

Jamie, das begriff ich jetzt, hatte mir schon die Antwort gegeben, die ich gesucht hatte, die Antwort, die mein Herz finden musste. Sie hatte sie mir an dem Abend gegeben, als wir vor Mr. Jenkins' Büro warteten, um ihn wegen des Theaterstücks zu sprechen.

Ich lächelte, und zur Antwort drückte sie mir leicht die Hand, als würde sie mir in dem, was ich vorhatte, vertrauen. Ich fühlte mich ermutigt, beugte mich weiter vor und atmete tief ein. Als mein Atem meiner Brust entströmte, schwangen die folgenden Worte auf ihm mit:

»Willst du mich heiraten?«

Kapitel 13

Als ich siebzehn war, veränderte sich mein Leben für immer.

Während ich vierzig Jahre später durch die Straßen von Beaufort gehe und an dieses Jahr meines Lebens zurückdenke, erinnere ich mich an alles so klar, als würde es sich vor meinen Augen abspielen.

Ich erinnere mich, dass Jamie auf meine gehauchte Frage hin Ja sagte und wir beide anfingen zu weinen. Ich erinnere mich daran, dass ich sowohl mit Hegbert als auch mit meinen Eltern sprach und ihnen erklärte, was ich tun musste. Sie dachten, ich wollte es nur Jamies wegen tun, und versuchten, mir mein Vorhaben auszureden, besonders, als sie merkten, dass Jamie Ja gesagt hatte. Was sie nicht verstanden und was ich ihnen deshalb erklären musste, war die Tatsache, dass ich es auch meinetwegen tun musste.

Ich liebte sie, liebte sie so sehr, dass es mir gleichgültig war, dass sie krank war. Es war mir gleichgültig, dass uns nicht viel Zeit blieb. Nichts dergleichen kümmerte mich. Für mich war es nur wichtig, das zu tun, von dem mein Herz von Anfang an gewusst hatte, dass es das Richtige war. Ich hatte das Gefühl, dass Gott zum ersten Mal in meinem Leben direkt zu mir gesprochen hatte, und es stand für mich fest, dass ich auf keinen Fall ungehorsam sein wollte.

Ich weiß, dass sich manchem die Frage stellt, ob ich es aus Mitleid tun wollte. Die Zyniker könnten sogar darüber spekulieren, dass ich, da Jamie sowieso bald sterben würde, keine allzu große Verpflichtung einging. Die Antwort auf beide Vermutungen ist Nein. Ich hätte Jamie Sullivan auf jeden Fall geheiratet, ganz gleich, was in der Zukunft geschehen wäre. Das war mir in dem Moment, als ich sie fragte, genauso klar wie heute.

Jamie war nicht nur die Frau, die ich liebte. In dem Jahr half Jamie mir, zu dem Mann zu werden, der ich heute bin. Mit ihrer beständigen Art zeigte sie mir, wie wichtig es ist, anderen zu helfen; mit ihrer Geduld und Freundlichkeit zeigte sie mir, worum es im Leben eigentlich geht. Ihre Fröhlichkeit und ihr Optimismus, selbst in der Zeit ihrer Krankheit, waren das Erstaunlichste, was ich je erlebt hatte.

Hegbert traute uns in der Baptistenkirche, mein Vater stand neben mir als Trauzeuge. Das war auch Jamies Werk. Im Süden ist es Tradition, dass der Mann seinen Vater als Trauzeugen an seiner Seite hat, aber diese Tradition hätte für mich ohne Jamie keine besondere Bedeutung gehabt. Jamie hatte mich und meinen Vater wieder zusammengebracht; und es war ihr auch gelungen, einige der Wunden zwischen unseren Familien zu heilen. Nachdem ich erfahren hatte, was mein Vater für mich und Jamie getan hatte, wusste ich, dass er letztendlich jemand war, auf den ich immer zählen konnte, und bis zu seinem Tode wurde unser Verhältnis stetig besser.

Jamie zeigte mir auch die Macht der Vergebung und lehrte mich, welche Verwandlungen sie bewirken kann. Mir wurde das an dem Tag bewusst, als Eric und Margaret zu ihr gekommen waren. Jamie hegte keinen Groll, Jamie führte ein Leben, wie es die Bibel vorschrieb.

Jamie war nicht nur der Engel, der Tom Thornton rettete, sie war auch der Engel, der uns alle rettete.

Die Kirche war zum Bersten voll, so wie Jamie es sich gewünscht hatte. Zweihundert Menschen saßen in den Bänken, und mehr als zweihundert standen draußen, als wir am 12. März 1959 getraut wurden. Wegen der knappen Vorbereitungszeit gab es kein Fest. Die Menschen unterbrachen einfach ihr Tagewerk und feierten mit uns, indem sie der Trauung beiwohnten. Ich sah alle, die ich kannte – Miss Garber, Eric, Margaret, Eddie, Sally, Carey, Angela, sogar Lew und seine Großmutter –, und kein Auge blieb trocken, als die Orgel zu spielen begann. Obwohl Jamie sehr geschwächt war und seit zwei Wochen das Bett nicht verlassen hatte, bestand sie darauf, den Mittelgang entlangzuschreiten, damit ihr Vater sie dem Bräutigam übergeben konnte. »Das ist sehr wichtig für mich, Landon«, sagte sie. »Es kommt auch in meinem Traum vor, weißt du noch?« Ich dachte zwar, sie würde es nicht schaffen, aber ich nickte einfach nur. Ihr Gottvertrauen erstaunte mich.

Ich wusste, dass sie das Kleid tragen wollte, in dem sie die Rolle des Engels gespielt hatte. Es war das einzige weiße Kleid, das ihr einigermaßen passte, obwohl mir klar war, dass es nicht so gut sitzen würde wie in dem Stück. Als ich neben meinem Vater vor dem Altar stand und mir vorzustellen versuchte, wie Jamie in dem Kleid wohl aussehen mochte, legte mein Vater mir die Hand auf die Schulter.

»Ich bin stolz auf dich, mein Sohn.«

Ich nickte. »Und ich auf dich, Dad.«

Es war das erste Mal, dass ich diese Worte zu ihm gesagt hatte.

Meine Mom saß in der ersten Reihe und tupfte sich die Augen trocken, als der Hochzeitsmarsch begann. Die Tür wurde geöffnet, und ich sah Jamie im Rollstuhl, neben sich eine Krankenschwester. Mit aller Kraft, die sie noch in sich hatte, stand sie auf und hielt sich mühsam auf den Beinen, während ihr Vater sie stützte. Dann kamen Jamie und Hegbert langsam den Mittelgang entlang, während es in der Kirche ganz still wurde vor Staunen. Als Jamie auf halbem Wege plötzlich die Kraft auszugehen schien, blieben die beiden stehen, damit Jamie Luft schöpfen konnte. Einen Augenblick lang schloss sie die Augen. Ich glaubte schon, sie würde aufgeben. Ich weiß, dass kaum zehn oder zwölf Sekunden verstrichen waren, aber es schien viel länger, und schließlich nickte sie leicht. Darauf setzten Hegbert und Jamie ihren Weg fort. Mein Herz schwoll an vor Stolz.

Mein Gedanke damals war, dass dies der schwierigste Gang war, den je ein Mensch bewältigt hatte.

Ein unvergesslicher Gang, zweifellos.

Die Krankenschwester schob den Rollstuhl nach vorn, und als Jamie und ihr Vater beim Altar ankamen, waren freudige Juchzer zu hören, dann fing die Gemeinde spontan an zu klatschen. Ich lächelte ihr zu und ließ mich auf die Knie nieder, damit ich mit ihr auf einer Höhe wäre. Auch mein Vater kniete sich hin.

Hegbert küsste Jamie und nahm seine Bibel, um mit der Zeremonie beginnen zu können. Er schien seine Rolle als Jamies Vater aufgegeben zu haben und war jetzt ganz der Pfarrer, was es ihm ermöglichte, seine Gefühle unter Kontrolle zu halten. Dennoch konnte ich seine inneren Kämpfe erahnen. Er setzte seine Brille auf und öffnete die Bibel, dann sah er Jamie und mich an. Weil er stand und wir knieten, überragte er uns turmhoch, womit er augenscheinlich nicht gerechnet hatte. So stand er sichtlich verwirrt vor uns und beschloss dann, zu unserer Überraschung, auch zu knien. Jamie lächelte, griff nach seiner freien Hand und nahm dann meine, so dass wir alle verbunden waren.

Hegbert begann mit der Zeremonie nach herkömmlicher Art und las den Abschnitt, den Jamie mir in der Bibel gezeigt hatte. Da Jamie so schwach war, dachte ich, er würde sofort zum Ehegelübde übergehen, aber Hegbert überraschte mich ein weiteres Mal. Er sah Jamie und mich an, ließ den Blick dann über die Gemeinde schweifen, sah darauf wieder zu uns, als suchte er nach den richtigen Worten.

Er räusperte sich, dann sprach er mit klarer Stimme, so dass jeder ihn hören konnte. Das waren seine Worte:

»Als Vater sollte ich meine Tochter dem Mann zur Frau geben, aber ich bin mir nicht sicher, ob ich das kann.«

Die Gemeinde saß ganz still. Hegbert nickte mir zum Zeichen, dass ich mich gedulden möge. Jamie drückte mir die Hand.

»Ich kann Jamie genauso wenig fortgeben wie mein Herz. Aber ich kann einem anderen Mann gestatten, an der Freude teilzuhaben, die sie mir immer bereitet hat. Möge Gottes Segen mit euch beiden sein.«

Dann legte er die Bibel zur Seite. Er streckte mir seine Hand entgegen, ich nahm sie und schloss somit den Kreis.

So verbunden nahm er uns das Ehegelübde ab. Mein Vater gab mir den Ring für Jamie, den meine Mutter mit mir ausgesucht hatte, und meine Mutter gab mir meinen. Wir steckten sie uns an. Hegbert sah uns zu. Als wir fertig waren, erklärte er uns zu Mann und Frau. Ich küsste Jamie zart und hielt ihre Hand in meiner. Da begann meine Mutter zu weinen. Vor Gott und der ganzen Gemeinde hatte ich gelobt, Jamie zu lieben und ihr beizustehen, in Krankheit und Gesundheit, und nie hatte ich mich so gut gefühlt.

Es war der größte Augenblick in meinem Leben.

Seither sind vierzig Jahre vergangen, aber ich erinnere mich an jede Einzelheit jenes Tages. Ich mag jetzt älter und weiser sein, ich mag ein ganzes Menschenleben gelebt haben, aber ich weiß, wenn mein Ende naht, werden es die Bilder dieses Tages sein, die mir durch den Kopf ziehen werden. Ich liebe sie noch heute, und den Ring trage ich die ganze Zeit. In all den Jahren habe ich nie den Wunsch verspürt, ihn abzulegen.

Ich atme tief ein, ich rieche die frische Frühlingsluft. Beaufort hat sich verändert, und ich habe mich verändert, aber die Luft ist gleich geblieben. Es ist immer noch die Luft meiner Kindheit, die Luft meines achtzehnten Lebensjahres, und wenn ich jetzt ausatme, bin ich wieder siebenundfünfzig. Doch dagegen ist nichts einzuwenden. Ich lächle leicht und sehe zum Himmel hoch, weil ich weiß, dass ich eins noch nicht gesagt habe: Ich glaube jetzt, dass es Wunder gibt.

NICHOLAS SPARKS

DAS SCHWEIGEN
DES GLÜCKS

Roman

*Dieses Buch ist Pat und Billy Mills
in Liebe gewidmet.
Ihr habt mein Leben bereichert.
Ich danke euch für alles.*

Prolog

Später sollte das Unwetter als eines der heftigsten in die Geschichte North Carolinas eingehen. Da es sich 1999 ereignete, betrachteten es einige der zum Aberglauben neigenden Einwohner als Omen – als Anzeichen, dass das Ende der Welt nahte. Andere schüttelten einfach den Kopf und sagten, sie hätten immer gewusst, dass sich so etwas früher oder später ereignen würde. Insgesamt wurden neun Wirbelstürme gezählt, die an dem Abend im Osten des Staates wüteten und an die dreißig Häuser zerstörten. Telefonleitungen lagen in wildem Gewirr auf den Straßen, aus Transformatoren zuckten Flammen, ohne dass jemand etwas dagegen tat. Tausende von Bäumen wurden umgerissen, Springfluten überschwemmten die Ufer der drei größten Flüsse, und ganze Lebensläufe wurden durch ein jähes Aufbäumen der Natur aus der Bahn geworfen.

Es hatte ganz unvermittelt begonnen. In einem Moment war es bewölkt und dunkel, aber im Rahmen des Normalen; im nächsten Moment fuhren aus dem frühsommerlichen Himmel Blitze hernieder, Sturmböen tobten und sintflutartige Regenfälle gingen zu Boden. Die Front war aus dem Nordwesten herangezogen und durchquerte den Staat mit einer Geschwindigkeit von fast vierzig Meilen in der Stunde. Plötzlich brachten die Radiosender Warnungen und berichteten über das Ausmaß des Unwetters. Wer konnte, suchte Schutz im Haus, aber wer mit dem Auto unterwegs war, wie Denise Holton, dem war diese Möglichkeit versagt. Sie war mitten in das Gewitter geraten und hatte keine andere Wahl als weiterzufahren. Zwischendurch regnete es so heftig, dass die Autos die Geschwindigkeit auf fünf Meilen pro

Stunde drosseln mussten. Denise hielt das Steuerrad umklammert, die Fingerknöchel traten weiß hervor, und ihr Gesicht war starr vor Konzentration. Manchmal war es unmöglich, den Straßenverlauf durch die Windschutzscheibe zu erkennen, aber anzuhalten würde die sichere Katastrophe bedeuten, weil hinter ihr andere Autos fuhren, die ihren Wagen nicht rechtzeitig erkennen würden. Sie streifte sich den Schulterriemen ihres Sicherheitsgurtes über den Kopf ab und beugte sich angestrengt über das Steuerrad, um die durchbrochene Linie auf der Fahrbahn auszumachen. Hin und wieder sah sie einen Streifen. Zeitweise hatte sie das Gefühl, sich allein von ihrem Instinkt leiten zu lassen, weil einfach nichts zu sehen war. Wie eine Meereswelle ergoss sich der Regen über ihre Windschutzscheibe und verschleierte den Blick fast vollständig. Ihr kam es vor, als nützten die Scheinwerfer rein gar nichts. Am liebsten hätte sie gehalten, aber wo? Wo wäre sie sicher? Auf dem Randstreifen? Die anderen Fahrer hatten auch alle Mühe, die Spur zu halten, sie sahen genauso wenig wie Denise. Spontan entschied sie sich weiterzufahren – das schien ihr allemal sicherer. Ihre Augen sprangen von der Fahrbahn zu den Rücklichtern der Wagen vor ihr und zum Rückspiegel; sie hoffte und betete, alle anderen würden das auch so machen und fortwährend nach Orientierungspunkten suchen, welcher Art auch immer.

Und dann, ebenso plötzlich, wie alles begonnen hatte, ließ das Unwetter nach und man konnte wieder sehen. Sie vermutete, dass sie den Rand der Wetterfront erreicht hatte. Die anderen Fahrer kamen offenbar zu dem gleichen Schluss. Trotz der vom Regen glitschigen Fahrbahn beschleunigten sie und versuchten, dem Unwetter davonzufahren. Auch Denise beschleunigte und hielt das Tempo. Zehn Minuten später – der Regen hatte nicht aufgehört, ließ aber immer mehr nach – warf sie einen Blick auf die Benzinanzeige und spürte, wie sich ihr Magen zusammenkrampfte. Sie würde bald anhalten müssen. Das Benzin reichte nicht für den Rest des Weges nach Hause.

Minuten vergingen.

Der Verkehr nahm ihre ganze Aufmerksamkeit in Anspruch. Es war Neumond und praktisch stockdunkel. Sie warf wieder einen Blick auf das Armaturenbrett. Die Nadel auf der Benzinanzeige zitterte tief im rot schraffierten Bereich. Obwohl sie den Vorsprung vor dem Unwetter halten wollte, drosselte sie die Geschwindigkeit und hoffte, dadurch Benzin zu sparen. Sie hoffte, es würde reichen. Sie hoffte, dem Unwetter voraus bleiben zu können.

Die anderen Autos fingen an zu rasen und spritzten riesige Fontänen gegen ihre Windschutzscheibe, ihre Scheibenwischer sausten hin und her. Sie fuhr und fuhr.

Weitere zehn Minuten vergingen, bevor sie erleichtert aufatmete. Eine Tankstelle, weniger als eine Meile vor ihr, so zeigte das Schild es an. Sie setzte den Blinker, wechselte die Fahrbahn, ordnete sich rechts ein und fuhr ab. An der ersten Tanksäule, die in Betrieb war, hielt sie an.

Sie hatte es geschafft, aber sie wusste, das Unwetter war ihr auf den Fersen. Es würde innerhalb der nächsten Viertelstunde hier sein, wenn nicht eher. Sie hatte Zeit, aber nicht allzu viel.

So schnell sie konnte, füllte sie den Tank, dann half sie Kyle aus seinem Kindersitz und nahm ihn an die Hand, als sie zum Bezahlen gingen; Denise bestand darauf, weil so viele Autos an der Tankstelle waren. Kyle war kleiner, als der Türgriff hoch war. Als sie eintraten, merkte sie, wie voll es war. Anscheinend hatten alle auf dem Highway die gleiche Idee gehabt – *schnell tanken, bevor es zu spät ist*. Denise nahm eine Dose Cola light aus dem Regal, ihre dritte an dem Tag, und suchte in den Kühlschränken hinten an der Wand nach einer Erdbeermilch für Kyle. Es wurde spät und Kyle trank gern Milch vor dem Einschlafen. Vielleicht schaffte sie es, das Unwetter hinter sich zu lassen, und er würde den Rest des Weges schlafen.

An der Kasse war sie die Fünfte in der Schlange. Die Leute vor ihr sahen ungeduldig und müde aus, als könnten sie nicht verstehen, warum es um diese Tageszeit so voll sein musste. Fast schien es, als hätten sie das Unwetter vergessen, aber der Ausdruck in ihren Augen sagte ihr, dass dies nicht der Fall war. Alle standen unter Anspannung. *Beeilt euch*, sagten ihre Mienen, *wir müssen weiter.*

Denise seufzte. Sie spürte die Verkrampfung in ihrem Nacken und lockerte die Schultern. Viel half es nicht. Sie machte die Augen zu, rieb sich die Lider und machte die Augen wieder auf. Im Gang hinter sich hörte sie, wie eine Mutter mit ihrem kleinen Sohn stritt. Denise warf einen Blick über die Schulter. Der Junge schien ungefähr im gleichen Alter wie Kyle, viereinhalb oder so. Seine Mutter wirkte so gereizt, wie Denise sich fühlte. Sie hielt ihren Sohn fest am Arm. Der Junge stampfte mit dem Fuß auf.

»Ich will aber ein Stück Kuchen!«, jaulte er.

Seine Mutter blieb fest. »Ich habe nein gesagt. Du hast heute schon genug Süßes gegessen.«

»Aber du holst was für dich!«

Denise drehte sich wieder nach vorn. Die Schlange war nicht vorgerückt. Wieso dauerte das nur so lange? Sie reckte den Hals und versuchte, um die vor ihr Stehenden herum zu erkennen, was los war. Anscheinend war die Kassiererin dem Ansturm nicht gewachsen und alle Kunden vor ihr wollten mit Kreditkarte bezahlen. Wieder verging eine Minute, ein Kunde war fertig. Dann stellte sich die Mutter mit ihrem Sohn hinter Denise an, der Streit ging weiter.

Denise legte Kyle eine Hand auf die Schulter. Er trank seine Milch durch einen Strohhalm und stand still neben ihr. Sie konnte nicht umhin, den Streit hinter sich mitzuhören.

»Bitte, Mom!«

»Wenn du nicht aufhörst, fängst du dir eine! Wir haben keine Zeit für so was.«

»Aber ich hab Hunger.«

»Dann hättest du deinen Hot Dog essen sollen.«

»Ich wollte aber keinen Hot Dog.«

Und so ging es weiter. Nach drei weiteren Kunden stand Denise endlich vor der Kasse, öffnete ihr Portemonnaie und bezahlte bar. Sie hatte eine Kreditkarte für Notfälle, benutzte sie aber so gut wie nie. Die Kassiererin tat sich offensichtlich schwerer damit, Wechselgeld abzuzählen, als Kreditkarten durch den Scanner zu ziehen. Immer wieder sah sie auf die Rückgeldanzeige und rechnete mühsam den korrekten Betrag aus. Der Streit zwischen Mutter und Sohn ging unvermindert weiter. Schließlich nahm Denise ihr Wechselgeld entgegen, steckte ihr Portemonnaie ein und wandte sich zur Tür. Sie wusste, wie angespannt alle an einem Abend wie diesem waren, und sah die Mutter hinter sich mit einem Lächeln an, als wollte sie sagen: *Kinder machen einem das Leben manchmal richtig schwer, nicht wahr?*

Die Frau verdrehte zur Antwort die Augen. »Sie Glückliche«, sagte sie.

Denise sah sie verdutzt an. »Wie bitte?«

»Ich meinte, Sie Glückliche.« Mit dem Kopf deutete sie auf ihren Sohn. »Der hier hält nicht fünf Minuten den Mund.«

Denise senkte den Blick, nickte mit zusammengepressten Lippen, drehte sich um und ging. Trotz der Anspannung, die das Wetter verursachte, trotz der langen Fahrt und der vielen Stunden, die sie in dem Zentrum für Verhaltensforschung verbracht hatte, kreisten ihre Gedanken nur um Kyle. Auf dem Weg zur Tür hätte Denise am liebsten geweint.

»Nein«, flüsterte sie, »die Glückliche sind Sie.«

Kapitel 1

Warum war alles so gekommen? Warum hatte es von allen Kindern Kyle getroffen?

Nach dem Tanken fuhr Denise wieder auf den Highway, sie hatte immer noch einen Vorsprung vor dem Unwetter. In den nächsten zwanzig Minuten regnete es weiter, zwar nicht wolkenbruchartig, aber doch kräftig. Sie sah zu, wie die Scheibenwischer das Wasser zur einen, dann zur anderen Seite schoben, und fuhr weiter in Richtung Edenton, North Carolina. Ihre Cola light hatte sie zwischen der Handbremse und dem Fahrersitz eingeklemmt, und obwohl sie wusste, dass es ihr nicht gut tat, trank sie den Rest aus und wünschte sich auf der Stelle, sie hätte noch eine Dose gekauft. Sie hoffte, das zusätzliche Koffein würde sie wach halten und ihre Aufmerksamkeit von Kyle auf das Fahren lenken. Aber Kyle war immer da.

Kyle. Was konnte sie da sagen? Einst war er Teil von ihr gewesen, ab der zwölften Woche hatte sie seinen Herzschlag gespürt, in den letzten fünf Monaten ihrer Schwangerschaft konnte sie seine Bewegungen in sich fühlen. Nach der Geburt, noch im Kreißsaal, hatte sie ihn angesehen und war überzeugt, dass es auf der Welt nichts Schöneres gab. Das Gefühl war unverändert geblieben, obwohl sie keineswegs eine perfekte Mutter war. Inzwischen gab sie sich einfach allergrößte Mühe, nahm das Gute mit dem Schlechten und erfreute sich an den kleinen Dingen. Bei Kyle waren sie manchmal schwer zu finden.

In den letzten vier Jahren hatte sie sich bemüht, Geduld mit ihm zu haben, aber das war nicht immer leicht. Einmal, als er noch kaum laufen konnte, hatte sie ihm mit der Hand den Mund zugehalten, um sein Schreien zu unterdrücken, aber das war, nachdem er die ganze Nacht wach gewesen war und fünf Stunden lang geschrien hatte; und es gibt überall auf der Welt erschöpfte Eltern, die ein solches Fehlverhalten verzeihen würden. Danach hatte sie jedoch versucht, ihre Gefühle unter Kontrolle zu halten. Wenn sie merkte, dass sie an ihre Grenzen gelangte, zählte sie langsam bis zehn, bevor sie handelte, und wenn das nichts nützte, verließ sie das Zimmer, um ihre Fassung wieder zu gewinnen. Normalerweise half das, aber es war ein Segen und zugleich ein Fluch. Es war ein Segen, weil sie wusste, dass Geduld nötig war, wenn sie Kyle helfen wollte; es war ein Fluch, weil sie so ihre Fähigkeit als Mutter dauernd in Frage stellte.

Kyle kam auf den Tag genau drei Jahre nachdem ihre Mutter an einem Blutgerinnsel im Gehirn gestorben war, zur Welt, und obwohl sie normalerweise nicht an Zeichen glaubte, konnte sie es dennoch nicht als Zufall betrachten. Kyle, dessen war sie sicher, war ein Geschenk Gottes. Kyle, das wusste sie, war ihr als Ersatz für ihre Familie geschickt worden. Außer ihm hatte sie niemanden auf der Welt. Ihr Vater war gestorben, als sie vier war, sie hatte keine Geschwister, alle ihre Großeltern waren tot. Kyle war der Einzige, auf den sie all die Liebe, die sie zu geben hatte, richtete. Aber das Schicksal ist undurchschaubar, das Schicksal ist nicht vorhersehbar. Obwohl sie Kyle mit Zuneigung überschüttete, war es doch nicht genug. Jetzt führte sie ein Leben, das sie sich so nicht vorgestellt hatte, ein Leben, in dem sie Kyles tägliche Fortschritte sorgfältig in einem Heft vermerkte. Jetzt führte sie ein Leben, das allein ihrem Sohn gewidmet war. Kyle beklagte sich natürlich nicht darüber, wie sie die Tage verbrachten. Kyle war anders als andere Kinder, er beklagte sich nie über etwas. Sie warf einen Blick in den Rückspiegel.

»Woran denkst du, Schatz?«

Kyle sah dem Regen zu, der an die Scheibe gedrückt wurde, den Kopf zur Seite gedreht, seine Decke auf dem Schoß. Er hatte nichts gesagt, seit sie im Auto saßen, und beim Klang ihrer Stimme wandte er den Kopf.

Sie wartete auf seine Antwort. Es kam keine.

Denise Holton lebte in einem Haus, das einst ihren Großeltern gehört hatte. Nach deren Tod hatte ihre Mutter es geerbt und schließlich war es an Denise übergegangen. Es war nichts Besonderes – ein kleines, windschiefes Haus auf drei Hektar Land, das in den zwanziger Jahren gebaut worden war. Die beiden Schlafzimmer und das Wohnzimmer waren so schlecht nicht, aber die Küche bedurfte dringend einer neuen Ausstattung und das Badezimmer hatte keine Dusche. Die Holzböden der vorderen und hinteren Veranda hingen durch und ohne den tragbaren Ventilator hätte sie manchmal das Gefühl, sie würde bei lebendigem Leibe gebraten. Aber da sie mietfrei wohnen konnte, war es genau das, was sie brauchte. Seit drei Monaten war es ihr Zuhause.

In Atlanta zu bleiben, wo sie aufgewachsen war, wäre unmöglich gewesen. Nach Kyles Geburt hatte sie das Geld, das ihre Mutter ihr hinterlassen hatte, gebraucht, um bei ihm zu Hause zu bleiben. Damals hatte sie geglaubt, es sei eine zeitlich begrenzte Arbeitspause. Wenn er ein bisschen älter war, so ihr Plan, wollte sie wieder als Lehrerin arbeiten. Das Geld würde ihr ausgehen und dann würde sie ihren Lebensunterhalt selbst verdienen müssen. Außerdem hatte ihr das Unterrichten großen Spaß gemacht. Schon nach einer Woche hatte sie ihre Schüler und Kollegen vermisst. Inzwischen waren Jahre vergangen, sie war immer noch zu Hause mit Kyle und die Welt der Schule war nichts weiter als eine vage und ferne Erinnerung, eher ein Traum als etwas Wirkliches.

Sie konnte sich an keine Unterrichtsstunde, an den Namen keiner ihrer Schüler mehr erinnern. Wenn sie es nicht genau wüsste, würde sie steif und fest behaupten, sie hätte nie als Lehrerin gearbeitet.

Die Jugend hält das Versprechen des Glücks bereit, aber das Leben die Wirklichkeit der Trauer. Ihr Vater, ihre Mutter, ihre Großeltern – alle tot, bevor sie selbst einundzwanzig war. In dem Alter war sie bei fünf verschiedenen Bestattungsinstituten gewesen, aber laut Gesetz war sie nicht alt genug, um in eine Bar zu gehen und in ihrem Kummer ein Gläschen zu trinken. Sie hatte mehr als ihren Anteil an Traurigkeit erlebt, aber Gott, so schien es, konnte es dabei nicht bewenden lassen. Wie die Qualen des Hiob hörten auch ihre nicht auf. »Ein ihrem Bildungsniveau entsprechender Lebensstandard?« *Vorbei.* »Freunde von früher?« *Man muss sie hinter sich lassen.* »Eine befriedigende Arbeit?« *Zu viel verlangt.* Und Kyle, der süße, wunderbare Junge, für den sie all dies auf sich nahm – in vielerlei Hinsicht war er immer noch ein Geheimnis für sie.

Statt als Lehrerin zu arbeiten, bediente sie abends in einem Diner mit dem Namen »Eights«, einem gut besuchten Lokal am Ortsausgang von Edenton. Der Besitzer, Ray Toler, war ein Schwarzer um die sechzig, der das Lokal seit dreißig Jahren führte. Er und seine Frau hatten sechs Kinder großgezogen, die alle auf dem College gewesen waren. Kopien ihrer Abschlusszeugnisse hingen an der Wand und alle, die dort essen gingen, wussten darüber Bescheid. Dafür sorgte Ray. Er sprach auch gern über Denise. Sie war die Einzige, so erzählte er oft, die mit ihrer Bewerbung einen Lebenslauf eingereicht hatte.

Ray verstand, was es bedeutete, arm zu sein, er war ein Mann, der Freundlichkeit zeigen konnte und der wusste, wie schwer das Leben für alleinerziehende Mütter war. »Hinter der Gaststube ist ein kleines Zimmer«, sagte er, als er sie einstellte. »Sie können Ihren Sohn mitbringen, solange er Ihnen nicht zwischen den Füßen rumläuft.« Tränen traten ihr in die Augen, als er ihr das Zimmer zeigte. Es standen zwei Betten darin, es gab ein Nachtlicht, es war ein Raum, in dem Kyle sicher schlafen konnte. Als sie am nächsten Abend mit ihrer Schicht anfing, legte sie Kyle in dem kleinen Zimmer schlafen; Stunden später lud sie ihn in ihr Auto und nahm ihn mit nach Hause. Seitdem hatte sich an diesem Ablauf nichts geändert.

Sie arbeitete an vier Abenden in der Woche eine Fünf-Stunden-Schicht und verdiente kaum genug, um davon zu leben. Vor zwei Jahren hatte sie ihren Honda verkauft und einen alten, aber zuverlässigen Datsun angeschafft und mit dem Differenzbetrag ihre Kasse aufgebessert. Dieses Geld, sowie alles, was ihre Mutter ihr hinterlassen hatte, war inzwischen längst ausgegeben. Sie war Meisterin im Haushalten, Meisterin im Sparen geworden. Seit dem vorletzten Weihnachten hatte sie sich keine neuen Kleider gekauft; ihre Möbel waren zwar ordentlich, aber sie stammten aus einem anderen Leben. Sie abonnierte keine Zeitschriften, sie hatte kein Kabelfernsehen, ihre Stereoanlage war ein altes Gerät aus Collegezeiten. Der letzte Film, den sie im Kino gesehen hatte, war »Schindlers Liste«. Sie führte selten Ferngespräche mit ihren Freunden. Sie hatte 238 Dollar auf der Bank. Ihr Auto war neunzehn Jahre alt und hatte so viele Meilen auf dem Buckel, dass es fünfmal dem Erdumfang entsprach.

Nichts von alledem war jedoch wichtig. Allein Kyle war wichtig.

Aber noch nie hatte er ihr gesagt, dass er sie liebte.

Wenn Denise nicht im Diner arbeitete, saß sie abends gewöhnlich in dem Schaukelstuhl auf der hinteren Veranda mit einem Buch auf dem Schoß. Sie las gern draußen, wo das an- und abschwellende Zirpen der Zikaden beruhigend war in seiner Monotonie. Ihr Haus war umgeben von Eichen und Zypressen und Hickorynussbäumen, die alle dicht mit Louisianamoos bewachsen waren. Manchmal, wenn das Mondlicht genau im richtigen Winkel einfiel, sprangen Schatten über den Kiesweg, die wie exotische Tiere aussahen.

In Atlanta hatte sie zum Vergnügen gelesen. Ihr Geschmack reichte von Steinbeck und Hemingway bis zu Grisham und Stephen King. Obwohl die Bücher dieser Autoren auch in der Stadtbibliothek standen, lieh sie sie nicht mehr aus. Stattdessen benutzte sie die Computer in den Leseräumen, auf denen die Bibliotheksbenutzer freien Zugang zum Internet hatten. Sie schlug bei den klinischen Forschungsberichten der großen Universitäten nach und ließ sich die relevanten Artikel ausdrucken. Der Ordner, den sie dafür angelegt hatte, war inzwischen fast zehn Zentimeter dick.

Auf dem Fußboden neben ihrem Stuhl lag ein Stapel Psychologiebücher. Ihre Anschaffung war teuer und riss ein erhebliches Loch in ihr Budget. Sie gab die Hoffnung nicht auf, und nachdem sie sie bestellt hatte, wartete sie gespannt darauf, dass sie eintrafen. Diesmal, dachte sie jedes Mal, würde sie etwas herausfinden, was sie weiterbringen würde.

Wenn die Bücher geliefert wurden, saß sie stundenlang darüber und studierte sie intensiv. Während die Lampe ihren stetigen Schein auf das Buch warf, las sie die Aufsätze, von denen die meisten Informationen enthielten, die sie schon kannte, aber sie ließ sich dennoch Zeit. Hin und wieder machte sie sich eine Notiz, manchmal knickte sie auch einfach die Seite um und markierte eine Stelle. So verging eine Stunde, manchmal waren es zwei, bevor sie endlich das Buch zuklappte und den Abend beschloss. Dann stand sie auf und streckte ihre steif gewordenen Glieder. Wenn sie die Bücher auf ihrem kleinen Schreibtisch im Wohnzimmer abgelegt hatte, sah sie nach Kyle und ging dann wieder nach draußen.

Ein Kiesweg führte zwischen den Bäumen hindurch zu einem zerbrochenen Zaun, der das Grundstück begrenzte. Mit Kyle ging sie diesen Weg am Tag, in der Dunkelheit ging sie ihn allein. Fremde Geräusche drangen von überall her zu ihr: Von oben kam der Schrei einer Eule, da drüben raschelte es in den Sträuchern, neben ihr huschte etwas über einen Ast. Eine Meeresbrise bewegte die Blätter und das Rauschen klang wie das Meer; Mondlicht fiel durch die Äste. Aber der Weg führte geradeaus, sie kannte ihn gut. Hinter dem Zaun drängte sich der Wald dicht um sie. Mehr Geräusche, weniger Licht, aber sie ging trotzdem weiter. Schließlich wurde die Dunkelheit fast erdrückend. Doch dann konnte sie das Wasser hören, der Chowan war nah. Noch eine Baumgruppe, eine scharfe Biegung nach rechts und plötzlich war es, als hätte sich die Welt vor ihr entfaltet. Der Fluss, breit und behäbig, lag vor ihr. Mächtig, ewig, schwarz wie die Zeit. Dann verschränkte sie die Arme, sah zu ihm hinab und ließ die Ruhe, die er verströmte, über sich hinwegspülen. Sie blieb immer nur ein paar Minuten, selten länger, weil Kyle im Haus war.

Und sie seufzte und wandte sich vom Fluss ab; sie wusste, es war Zeit zu gehen.

Kapitel 2

Im Auto, immer noch vor dem Unwetter herfahrend, dachte Denise daran, wie sie in der Praxis dem Arzt gegenübergesessen hatte, während er die Ergebnisse des Tests mit Kyle aus dem Bericht vorlas.

»Das Kind ist männlich und zum Zeitpunkt der Tests vier Jahre und vier Monate alt ... Kyle ist ein hübscher Junge ohne sichtbare körperliche Mängel am Kopf oder im Gesichtsbereich ... kein Kopftrauma, soweit bekannt ... die Schwangerschaft wurde von der Mutter als normal beschrieben ...«

So fuhr der Arzt ein paar Minuten fort, fasste die Ergebnisse der verschiedenen Tests zusammen und kam dann zu seiner Schlussfolgerung.

»Obwohl der IQ im normalen Bereich liegt, ist sowohl die rezeptive als auch die expressive Sprachentwicklung des Kindes stark beeinträchtigt ... möglicherweise liegt eine allgemeine akustische Auflösungsschwäche vor, obwohl eine Ursache dafür nicht festgestellt werden kann ... die sprachlichen Fertigkeiten des Kindes entsprechen schätzungsweise denen eines Zweijährigen ... über zukünftige Sprach- und Lernfähigkeit kann zu diesem Zeitpunkt keine Prognose gemacht werden ...«

Kaum besser als bei einem Kleinkind, konnte sie nicht umhin zu denken.

Als der Arzt fertig war, legte er den Bericht zur Seite und sah Denise mitleidvoll an.

»Anders ausgedrückt«, sagte er langsam, als hätte sie nicht verstanden, was er soeben vorgelesen hatte, »Kyle

243

hat Probleme beim Erlernen von Sprache. Aus irgendwelchen Gründen – wir kennen sie nicht – kann Kyle nicht seinem Alter gemäß sprechen, obwohl sein IQ normal ist. Außerdem versteht er Sprache nicht in dem gleichen Ausmaß wie andere Vierjährige.«

»Ich weiß.«

Die Sicherheit, mit der sie antwortete, verblüffte ihn. Denise hatte den Eindruck, dass er entweder Widerspruch, eine Entschuldigung oder eine Liste vorsehbarer Fragen erwartet hatte. Als er merkte, dass sie weiter nichts sagen wollte, räusperte er sich.

»Hier ist eine Notiz, die besagt, dass sie ihn noch von jemand anders haben beurteilen lassen.«

Denise nickte. »Das ist richtig.«

Er blätterte in den Papieren. »Die Berichte liegen dieser Akte nicht bei.«

»Ich habe sie Ihnen nicht gegeben.«

Er zog die Augenbrauen leicht in die Höhe.

»Warum nicht?«

Sie griff nach ihrer Handtasche, nahm sie auf den Schoß und dachte nach. Schließlich sagte sie: »Kann ich offen sprechen?«

Sie warf einen Blick auf Kyle, bevor sie sich wieder dem Arzt zuwandte. »Bei Kyle sind in den vergangenen zwei Jahren immer wieder falsche Diagnosen gestellt worden – alles von Taubheit über Autismus und allgemeine Entwicklungsstörungen bis hin zu einer akustischen Auflösungsschwäche. Im Laufe der Zeit stellten sich alle diese Diagnosen als nicht zutreffend heraus. Wissen Sie, wie schwer es für eine Mutter ist, sich diese Dinge über ihr Kind anzuhören, ihnen monatelang Glauben zu schenken, alles darüber zu lesen und es schließlich zu akzeptieren, um dann gesagt zu bekommen, dass es ein Irrtum war?«

Der Arzt antwortete nicht. Denise sah ihm in die Augen und hielt seinen Blick fest, bevor sie fortfuhr:

»Ich weiß, dass Kyle Probleme mit der Sprache hat, und Sie können mir glauben, dass ich alles über akustische Auflösungsschwäche gelesen habe. Um ehrlich zu sein, ich habe wahrscheinlich ebenso viel darüber gelesen wie Sie. Dennoch wollte ich seine Sprachfähigkeiten von einem unabhängigen Dritten testen lassen, um genau zu erfahren, wo er Hilfe braucht. In dieser Welt muss er auch mit anderen sprechen können, nicht nur mit mir.«

»Also … dann habe ich Ihnen nichts Neues gesagt.«

Denise schüttelte den Kopf. »So ist es.«

»Macht er bei einem Programm mit?«

»Ich arbeite mit ihm zu Hause.«

Er schwieg einen Moment, dann sagte er: »Geht er zu einem Sprach- oder Verhaltenstherapeuten, zu Experten, die mit Kindern wie ihm gearbeitet haben?«

»Nein. Er ist über ein Jahr dreimal die Woche bei einem Therapeuten gewesen, aber das hat offenbar nicht geholfen. Er kam einfach nicht vorwärts, deswegen habe ich ihn letzten Oktober rausgenommen. Jetzt mache ich es allein.«

»Ich verstehe.« Er sagte das in einem Ton, der ausdrückte, dass er mit ihrer Entscheidung nicht einverstanden war.

Sie sah ihn aus schmalen Augen an.

»Sie müssen eins wissen – obwohl diese Einschätzung zeigt, dass Kyle auf dem Stand eines Zweijährigen ist, ist das eine Verbesserung. Bevor ich anfing, mit ihm zu arbeiten, hat er überhaupt keine Fortschritte gemacht.«

Das lag drei Stunden zurück, Denise war auf dem Highway und fuhr nach Hause; ihre Gedanken schweiften zu Brett Cosgrove, Kyles Vater. Er war ein Mann, der Blicke auf sich zog, der Typ, dem auch Denise nachsah: groß und schlank, mit dunklen Augen und schwarzen Haaren. Sie hatte ihn auf einer Party gesehen, von Menschen umgeben, offensichtlich daran gewöhnt, im Mittelpunkt der Aufmerksamkeit zu stehen. Damals war sie dreiundzwanzig gewesen, ledig, in ihrem zweiten Berufsjahr als Lehrerin. Sie fragte ihre Freundin Susan, wer er sei. Sie erfuhr, dass Brett für ein paar Wochen in der Stadt war und für eine Investment-Bank arbeitete, deren Namen Denise inzwischen vergessen hatte. Es war unerheblich, dass er nicht in der Stadt wohnte. Sie sah in seine Richtung, er sah zu ihr herüber und ihre Blicke trafen sich in den nächsten vierzig Minuten immer wieder, bis er zu ihr kam und sie ansprach.

Wer kann erklären, was dann geschah? Hormone? Einsamkeit? Die Stimmung des Moments? Was immer die Gründe waren, sie verließen die Party kurz nach elf, tranken noch etwas in der Hotelbar und unterhielten sich dabei mit witzigen Anekdoten, kokettierten mit dem, was dann geschehen könnte, und landeten zusammen im Bett. Sie sah ihn nur dieses einzige Mal. Er ging wieder nach New York, wo er sein Leben hatte. Wo er, so vermutete sie, auch eine Freundin hatte, die zu erwähnen er vergessen hatte. Und sie hatte ihr Leben.

Im ersten Moment schien die Episode nicht so wichtig, aber einen Monat darauf, als sie eines Dienstagmorgens auf dem Fußboden im Badezimmer hockte, die Arme um die Toilettenschüssel geschlungen, war es schon um einiges wichtiger. Sie ging zum Arzt, der bestätigte, was sie längst wusste.

Sie war schwanger.

Sie rief Brett an, erreichte seinen Anrufbeantworter und bat ihn zurückzurufen; drei Tage später rief er endlich an. Er hörte zu, dann seufzte er und es klang genervt. Er bot ihr an, für eine Abtreibung zu bezahlen. Als Katholikin, sagte sie, käme das für sie nicht in Frage. Verärgert fragte er sie, wie das habe geschehen können. »Ich glaube, du weißt die Antwort darauf schon«, hatte sie geantwortet. Er fragte, ob sie sicher sei, dass das Kind von ihm sei. Sie schloss die Augen und versuchte ruhig zu bleiben, sich nicht provozieren zu lassen. Ja, es sei seins. Wieder bot er ihr Geld für eine Abtreibung. Wieder sagte sie nein. Was solle er ihrer Meinung nach tun, fragte er sie. Er solle gar nichts tun, sagte sie, sie sei einfach der Meinung, er solle es wissen. Er würde Einspruch erheben, wenn sie Unterhalt forderte, sagte er. Sie sagte, das erwarte sie nicht von ihm, aber sie müsse wissen, ob er in dem Leben des Kindes eine Rolle spielen wolle. Sie hörte sich seinen Atem am anderen Ende der Leitung an. Nein, sagte er schließlich. Er war mit jemandem verlobt.

Seitdem hatte sie nie wieder mit ihm gesprochen.

In Wahrheit war es leichter, Kyle gegenüber einem Arzt zu verteidigen als sich selbst gegenüber. In Wahrheit machte sie sich größere Sorgen, als sie sich anmerken ließ. Obwohl er große Fortschritte gemacht hatte, war das Sprachverhalten eines Zweijährigen nichts, worüber man jubeln konnte. Kyle würde im Oktober fünf.

Trotzdem, sie würde sich nicht geschlagen geben. Nie würde sie sich geschlagen geben, obwohl die Aufgabe, die sie mit ihm übernommen hatte, die schwerste war, die sich ihr je gestellt hatte. Nicht nur gestaltete sie seinen normalen Tagesablauf – sie machte ihm sein Essen, ging mit ihm in den Park, spielte mit ihm zu Hause, zeigte ihm die Umgebung und so weiter –, sondern sie arbeitete auch mit ihm und übte mit ihm Sprechen, vier Stunden jeden Tag, sechs Tage in der Woche. Zwar hatte er eindeutig Fortschritte gemacht, seit sie mit ihm übte, doch waren sie keineswegs gleichmäßig. An manchen Tagen sagte er alles nach, was sie ihm vorsprach, und an anderen Tagen tat er es nicht. An manchen Tagen verstand er neue Begriffe mit Leichtigkeit, an anderen schien er weiter zurück als sonst. Meistens konnte er Fragen mit »was« und »wer« beantworten; Fragen mit

»wie« und »warum« verstand er überhaupt nicht. Und was die Fähigkeit zu einem Gespräch anging, das einen vernünftigen Austausch zwischen zwei Menschen ermöglichte, so war das nichts weiter als eine wissenschaftliche Hypothese und ging weit über seine Fähigkeiten hinaus.

Den Nachmittag zuvor hatten sie am Ufer des Chowan zugebracht. Er hatte Freude daran zu beobachten, wie die Boote auf dem Weg zur Batchelor Bay durch das Wasser pflügten, und es war eine Abwechslung in seinem Tagesablauf. Normalerweise war er, wenn sie zusammen arbeiteten, auf einem Stuhl im Wohnzimmer angeschnallt. Der Stuhl half ihm, sich zu konzentrieren.

Sie hatte sich eine schöne Stelle ausgesucht. Hickorynussbäume säumten das Ufer und die Farnwedel waren gegenüber den Stechmücken in der Überzahl. Sie saßen auf einer Wiese voller Klee, nur sie beide. Kyle blickte aufs Wasser. Denise machte sich in einem Notizbuch sorgfältig Aufzeichnungen über seine Fortschritte und schrieb gerade ihre letzte Beobachtung auf. Ohne aufzusehen sagte sie:

»Siehst du ein Boot, Schatz?«

Kyle antwortete nicht. Stattdessen hob er sein Spielzeugflugzeug in die Luft und tat so, als ließe er es fliegen. Ein Auge hatte er geschlossen, das andere war auf das Spielzeug in seiner Hand gerichtet.

»Kyle, Schatz, siehst du ein Boot?«

Er machte mit dem Mund ein Motorengeräusch nach, als würden die Düsen voll aufgedreht. Er beachtete sie gar nicht.

Sie sah über das Wasser. Es waren keine Boote in Sicht. Sie berührte leicht seine Hand, um seine Aufmerksamkeit auf sich zu lenken.

»Kyle? Sag: ›Ich sehe kein Boot.‹«

»Fuseu.«

»Ich weiß, das ist ein Flugzeug. Sag: ›Ich sehe kein Boot.‹«

Er hob das Flugzeug etwas höher, ein Auge war immer noch darauf gerichtet. Dann sprach er wieder.

»Dünfuseu.«

Sie seufzte. »Ja, es ist ein Düsenflugzeug.«

»Fuseu.«

Sie sah sein Gesicht an, so vollkommen, so bildschön, so *normal*. Mit dem Finger drehte sie sein Gesicht zu sich her.

»Auch wenn wir draußen sind – wir müssen trotzdem üben, okay? … Du musst das tun, was ich sage, sonst gehen wir ins Haus, zu deinem Stuhl. Das willst du doch nicht, oder?«

Kyle mochte seinen Stuhl nicht. Wenn er erst einmal angegurtet war, konnte er nicht mehr raus und kein Kind, Kyle eingeschlossen, mochte das. Doch Kyle, voller Konzentration, ließ sein Spielzeugflugzeug weiter vorwärts und rückwärts fliegen und richtete es an dem vorgestellten Horizont aus.

Denise versuchte es noch einmal.

»Sag: ›Ich sehe kein Boot.‹«

Nichts.

Sie zog eine Süßigkeit aus der Tasche.

Kyle sah sie und griff danach. Sie hielt sie so, dass er nicht rankam.

»Kyle? Sag: ›Ich sehe kein Boot.‹«

Er wisperte: »I se tei Boo.«

Denise beugte sich zu ihm hinüber und küsste ihn und gab ihm die Süßigkeit.

»Sehr gut, Schatz, sehr gut. Das hast du gut gemacht! Du machst das sehr gut!«

Kyle ließ ihr Lob über sich ergehen und aß seine Süßigkeit, dann nahm er sich wieder sein Flugzeug vor.

Denise vermerkte seine Worte in ihrem Notizbuch

und fuhr mit der Übung fort. Sie sah hoch und überlegte, was er an dem Tag noch nicht gesagt hatte.

»Kyle, sag: ›Der Himmel ist blau.‹«

Ohne zu zögern sagte er:

»Fuseu.«

Sie saßen immer noch im Auto, noch zwanzig Minuten bis nach Hause. Sie hörte, wie Kyle sich in seinem Sitz bewegte, und warf einen Blick in den Rückspiegel. Bald war es wieder still im Auto und sie gab sich Mühe, keinerlei Geräusche zu machen, bis sie sicher war, dass er wieder eingeschlafen war.

Kyle.

Der Tag davor war typisch gewesen für ihr Leben mit ihm. Ein Schritt vor, ein Schritt zurück, zwei Schritte zur Seite, ein ständiges Ringen. Er konnte mehr als früher, aber er war immer noch viel zu weit zurück. Würde er je aufholen?

Draußen standen dunkle Wolken am Himmel, der Regen fiel ohne Unterlass. Auf dem Rücksitz träumte Kyle, seine Augenlider zuckten. Wie seine Träume wohl aussahen, fragte sie sich. Waren sie tonlos, wie ein Stummfilm, der in seinem Kopf ablief, nichts weiter als Bilder von Raumschiffen und Düsenjägern, die durch den Himmel kreuzten? Oder träumte er mit den wenigen Wörtern, die er kannte? Sie wusste es nicht. Manchmal, wenn er schlief und sie neben seinem Bett saß, stellte sie sich vor, dass er in seinen Träumen in einer Welt lebte, wo jeder ihn verstand, wo die Sprache wirklich war, vielleicht nicht Englisch, aber eine Sprache, die für ihn einen Sinn ergab. Sie hoffte, dass er davon träumte, mit anderen Kindern zu spielen, mit Kindern, die auf ihn reagierten, die nicht vor ihm zurückschraken, weil er nicht sprechen konnte. In seinen Träumen war er, so hoffte sie, glücklich. Das wenigstens konnte Gott tun, oder?

Sie fuhr auf dem leeren Highway und war allein. Auch mit Kyle hinten im Auto – sie war dennoch allein. Sie hatte dieses Leben nicht gewählt, es war das einzige Leben, das ihr angeboten wurde. Sicher, es hätte alles noch schlimmer sein können, und sie bemühte sich, das nicht aus dem Auge zu verlieren. Aber die meiste Zeit war es nicht leicht.

Hätte Kyle diese Probleme auch, wenn sein Vater da wäre? Wenn sie ganz ehrlich mit sich war, konnte sie nicht sicher sein, aber sie wollte es eigentlich nicht glauben. Sie hatte einmal einen von Kyles Ärzten gefragt und er hatte gesagt, er wisse es nicht. Eine ehrliche Antwort – eine, die sie erwartet hatte –, aber danach hatte sie eine Woche lang Schlafprobleme gehabt. Weil der Arzt die Idee nicht schlicht von sich gewiesen hatte, nistete sie sich in ihrem Kopf ein. War sie in irgendeiner Weise verantwortlich für Kyles Probleme? Diese Gedanken hatten zu weiteren Fragen geführt. Wenn nicht der fehlende Vater, war es vielleicht etwas, das sie in der Schwangerschaft falsch gemacht hatte? Hatte sie sich schlecht ernährt, sich nicht genügend geschont? Hätte sie mehr Vitamintabletten nehmen sollen? Oder weniger? Hatte sie ihm häufig genug vorgelesen, als er ganz klein war? Hatte sie ihn zu wenig beachtet, als er sie besonders nötig brauchte? Die möglichen Antworten auf diese Fragen waren schmerzlich und mit schierer Willenskraft verdrängte sie sie aus ihrem Kopf. Aber manchmal, zu später Stunde, kamen sie wieder. Wie eine Flechte, die sich durch den Wald fortpflanzt, ließen sie sich nicht für immer unterdrücken.

War sie irgendwie für all das verantwortlich?

In solchen Momenten ging sie leise über den Flur in Kyles Schlafzimmer und sah ihn an, wie er schlief, mit einer weißen Decke um den Kopf geschlungen, ein Spielzeug in der Hand. Während sie ihn anblickte, war ihr Herz voller Kummer, aber sie empfand auch Freude.

Einmal, als sie noch in Atlanta war, hatte jemand sie gefragt, ob sie Kyle bekommen hätte, wenn sie gewusst hätte, was ihnen beiden bevorstand. »Natürlich«, war ihre spontane Antwort gewesen. Und tief in ihrem Inneren wusste sie, dass das ehrlich war. Trotz seiner Probleme war Kyle ein Segen für sie. Würde sie eine Liste mit Gründen für und gegen ein Leben mit ihm aufstellen, dann war die Seite mit den Gründen dafür nicht nur länger, sondern auch bedeutungsvoller.

Aber sie liebte ihn nicht nur seiner Probleme wegen, sie hatte auch das Bedürfnis, ihn zu beschützen. Es gab an jedem einzelnen Tag Momente, in denen sie zu seiner Verteidigung eilen und ihn entschuldigen wollte, um anderen zu erklären, dass er zwar normal aussah, aber dass in seinem Gehirn etwas falsch geschaltet war. Meistens tat sie es jedoch nicht. Sie beschloss, dass andere Menschen zu ihrem eigenen Urteil über ihn kommen sollten. Wenn sie nicht verstanden, wenn sie ihm keine Chance gaben, dann war es ihr Verlust. Denn trotz all seiner Schwierigkeiten war Kyle ein wunderbares Kind. Er tat anderen Kindern nicht weh; er biss nicht und zankte nicht mit ihnen, er kniff sie nicht, er nahm ihnen ihre Spielsachen nicht weg, er ließ andere mit seinen spielen, auch wenn er es eigentlich nicht wollte. Er war ein liebes Kind, das liebste, das sie kannte, und wenn er lächelte … Gott, er war einfach hinreißend. Wenn sie zurücklächelte, dann lächelte er immer weiter und für den Bruchteil einer Sekunde dachte sie, alles sei in Ordnung. Sie sagte ihm, dass sie ihn liebe, und sein Lächeln wurde noch breiter, aber weil er nicht gut sprechen konnte, hatte sie manchmal das Gefühl, dass sie die Einzige war, die merkte, wie wunderbar er wirklich war. Und Kyle saß allein im Sandkasten und spielte mit seinen Autos, während die anderen Kinder ihn ignorierten.

Sie machte sich ständig Sorgen um ihn, und obwohl alle Mütter sich Sorgen um ihre Kinder machten, wusste sie, dass es nicht dasselbe war. Manchmal wünschte sie sich, sie würde jemanden kennen, der auch ein Kind wie Kyle hatte. Dann würde wenigstens jemand verstehen. Wenigstens hätte sie dann jemanden, mit dem sie sprechen könnte, mit dem sie vergleichen könnte, an dessen Schulter sie sich lehnen könnte, wenn sie einmal weinen musste. Wachten andere Mütter auch mit der bangen Frage auf, ob ihr Kind sich irgendwann einmal mit einem anderen Kind anfreunden würde? Ob es je einen Freund haben würde? *Jemals?* Fragten sich andere Mütter auch, ob ihre Kinder auf eine reguläre Schule gehen oder Sport treiben oder zum Schulball gehen würden? Mussten andere Mütter zusehen, wie ihre Kinder ausgeschlossen wurden, nicht nur von anderen Eltern, sondern auch von anderen Kindern? Begleiteten ihre Sorgen sie auch jeden Tag von neuem, ohne dass ein Ende abzusehen war?

Während sich ihre Gedanken entlang dieser vertrauten Windungen bewegten, fuhr sie mit dem alten Datsun jetzt über bekannte Straßen. Sie würde noch zehn Minuten brauchen. Um die nächste Kurve, über die Brücke, Richtung Edenton, dann links in die Charity Road. Danach noch eine Meile, und sie wären zu Hause. Es regnete nach wie vor und der Asphalt war schwarz und glänzend. Die Scheinwerfer warfen ihr Licht in die Ferne, das im Regen reflektierte – Diamanten, die aus dem Abendhimmel fielen. Sie fuhr durch das namenlose Sumpfland, ein geheimnisvolles Gebiet, so alt wie die Zeit und gänzlich unempfänglich für jede Entwicklung. Nur wenige Menschen lebten hier und sie wurden nur selten gesehen. Auf der Straße waren keine anderen Autos. Als sie mit ungefähr sechzig Meilen um die Kurve kam, sah sie es weniger als vierzig Meter vor sich auf der Straße stehen – ein voll ausgewachsenes Reh, den näher kommenden Scheinwerfern zugewandt, erstarrt in Unschlüssigkeit.

Sie fuhr zu schnell, um anhalten zu können, trat aber instinktiv auf die Bremse. Sie hörte das Kreischen der Reifen, spürte, wie die Reifen auf der regennassen Straße ihre Haftung verloren und wie der Wagen nach vorn katapultiert wurde. Immer noch rührte das Reh sich nicht. Denise konnte seine Augen sehen, zwei gelbe Murmeln, die in der Dunkelheit leuchteten. Sie würde mit ihm zusammenprallen. Denise hörte ihren eigenen Schrei, als sie das Steuerrad herumriss; die Vorderreifen rutschten erst und griffen dann doch. Das Auto schlitterte diagonal über die Fahrbahn und verpasste das Reh um dreißig Zentimeter. Das Reh löste sich aus seiner Erstarrung – zu spät, es spielte keine Rolle mehr – und sprang unversehrt und ohne einen Blick zurück davon.

Aber das Ausweichmanöver war zu viel für das Auto gewesen. Denise spürte, wie die Reifen von der Fahrbahn abhoben und mit voller Wucht wieder aufprallten. Die alten Stoßdämpfer stöhnten und krachten – ein zerbrochenes Trampolin. Die Zypressen standen keine hundert Meter von der Straße entfernt. Sie drehte heftig am Steuerrad, aber der Wagen fuhr weiter geradeaus, als hätte sie gar nichts gemacht. Ihre Augen wurden groß und sie atmete laut ein. Es kam ihr vor, als würde alles in Zeitlupe ablaufen, dann bei normaler Geschwindigkeit, dann wieder in Zeitlupe. Das Ende, das wurde ihr blitzschnell klar, stand schon fest, doch diese Erkenntnis dauerte nur den Bruchteil einer Sekunde. In dem Moment prallte sie gegen einen Baum; sie hörte das Bersten von Metall und das Splittern von Glas, als der Frontteil des Wagens auf sie zukrachte. Weil ihr Sitzgurt nur um ihre Hüften geschnallt war und nicht über ihre Schulter, prallte ihr Kopf hart auf das Steuerrad. Ein scharfer, bohrender Schmerz auf ihrer Stirn …

Dann nichts.

Kapitel 3

»*H*allo, junge Frau, alles in Ordnung?«

Bei dem Klang der fremden Stimme kam die Welt langsam wieder zurück, vage, als würde man in einem trüben Tümpel an die Oberfläche treiben. Denise spürte keinen Schmerz, aber auf ihrer Zunge war der salzig-bittere Geschmack von Blut. Sie wusste noch nicht, was geschehen war, und hob automatisch die Hand an die Stirn, während sie gleichzeitig mit aller Macht die Augen zu öffnen versuchte.

»Bewegen Sie sich nicht … ich rufe einen Krankenwagen … «

Die Worte drangen kaum zu ihr; sie waren ohne Bedeutung für sie. Alles war verschwommen, mal mehr, mal weniger, auch die Geräusche. Langsam, intuitiv drehte sie den Kopf zu der schattenhaften Gestalt, die sie aus dem Augenwinkel wahrnahm.

Ein Mann … dunkle Haare … gelber Regenmantel … wandte sich ab …

Das Seitenfenster war zersplittert und sie spürte den Regen, der ins Wageninnere peitschte. In der Dunkelheit war ein seltsames Zischen zu hören – Dampf, der aus dem Kühler entwich. Langsam konnte sie wieder sehen, zunächst das, was direkt vor ihr war: Glasscherben auf ihrem Schoß, auf ihrer Hose … Blut am Steuerrad vor ihr …

So viel Blut …

Nichts passte zusammen … ihr Verstand tastete sich durch die fremden Bilder, eins nach dem anderen …

Sie schloss die Augen und spürte zum ersten Mal Schmerz … machte sie wieder auf. Zwang sich nachzu-

255

denken. Das Steuerrad ... das Auto ... sie war im Auto ... draußen war es dunkel ...

»O Gott!«

Plötzlich stürzte alles auf sie ein: die Kurve ... das Reh ... das unkontrollierbare Schlingern. Sie drehte sich in ihrem Sitz um. Sie blinzelte durch das Blut in ihren Augen und richtete den Blick auf den Rücksitz – Kyle war nicht im Auto. Sein Sicherheitsgurt war geöffnet, ebenso die Tür auf seiner Seite.

Kyle?

Durch das Fenster rief sie zu der Gestalt, die sie aufgeweckt hatte ... wenn da überhaupt eine Gestalt war. Sie wusste nicht genau, ob sie sich das eingebildet hatte.

Aber er war da, er drehte sich um. Denise blinzelte ... er kam auf sie zu. Ein Stöhnen kam über ihre Lippen.

Später erinnerte sie sich daran, dass sie sonderbarerweise nicht gleich von Anfang an Angst gehabt hatte. Sie war sich sicher, dass Kyle nichts zugestoßen sein konnte; etwas anderes kam ihr gar nicht in den Sinn. Er war angeschnallt gewesen – das wusste sie ganz genau – und hinten im Wagen war nichts beschädigt. Die hintere Seitentür stand offen ... sogar in ihrem benommenen Zustand war sie überzeugt, dass der Mensch – wer immer er war – Kyle aus dem Wagen geholfen hatte. Jetzt stand die Gestalt am Fenster.

»Hören Sie, versuchen Sie nicht zu sprechen. Sie sehen ganz schön schlimm aus. Ich heiße Taylor McAden und bin von der Feuerwehr. Ich habe ein Funkgerät im Auto, damit rufe ich Hilfe für Sie.«

Sie rollte den Kopf herum und fixierte ihn mit verschwommenem Blick. Mit größter Mühe konzentrierte sie sich und versuchte, ihre Worte so klar wie möglich zu sprechen.

»Sie haben meinen Sohn, ja?«

Sie wusste, wie die Antwort lauten würde, wie sie lauten müsste, aber seltsamerweise kam sie nicht. Stattdessen schien er besonders viel Zeit zu brauchen, um sich ihre Worte zu übersetzen, so wie Kyle auch. Er verzog ein wenig den Mund, fast träge, dann schüttelte er den Kopf.

»Nein … ich bin gerade angekommen … Ihr Sohn?« Erst da – während sie ihn ansah und ihr schreckliche Bilder durch den Kopf schossen – verspürte sie erstmals Angst. Wie eine Welle stürzte sie auf sie ein und Denise fühlte, wie sie im Innern zusammenbrach, wie damals, als sie vom Tod ihrer Mutter erfuhr …

Ein neuer Blitz zuckte auf, Donner folgte unmittelbar. Der Regen strömte vom Himmel und der Mann wischte sich mit dem Handrücken über die Stirn.

»Mein Sohn saß hinten im Auto! Haben Sie ihn gesehen?« Die Worte kamen deutlich heraus, nachdrücklich genug, um den Mann am Fenster bestürzt zu machen und ihre letzten betäubten Sinne zu wecken.

»Ich weiß nicht …« In dem plötzlichen Wolkenbruch hatte er nicht klar verstanden, was sie ihm sagen wollte.

Denise versuchte aus dem Auto zu steigen, aber der Sicherheitsgurt um ihre Mitte hielt sie fest. Sie öffnete die Schnalle, ohne den Schmerz in ihrem Handgelenk und dem Ellbogen überhaupt zu beachten. Der Mann trat unwillkürlich einen Schritt zurück, als Denise die Tür aufdrückte. Sie musste sich mit der Schulter dagegenstemmen – die Tür war von dem Aufprall verklemmt. Ihre Knie waren geschwollen, weil sie mit ihnen gegen das Armaturenbrett geschlagen war, und beim Aufstehen hätte sie beinahe das Gleichgewicht verloren.

»Ich glaube, Sie sollten sich besser nicht bewegen.«

Sie hielt sich am Wagen fest und beachtete den Mann gar nicht, sondern ging um das Auto herum auf die andere Seite, wo Kyle gesessen hatte.

Nein, nein, bitte nein …

»Kyle!«

Fassungslos beugte sie sich vor. Sie suchte den Fahrzeugboden ab, sah erneut zum Sitz, als könnte Kyle wie durch ein Wunder plötzlich wieder da sitzen. Das Blut schoss ihr in den Kopf und brachte einen stechenden Schmerz mit sich, den sie ignorierte.

Wo bist du? Kyle …

»Junge Frau …« Der Mann von der Feuerwehr folgte ihr um den Wagen, anscheinend verunsichert, weil er nicht wusste, was er tun sollte oder was vor sich ging und warum diese blutüberströmte Frau plötzlich so erregt war.

Sie ließ ihn nicht weitersprechen, sondern packte ihn am Arm und ihr Blick bohrte sich in seine Augen.

»Haben Sie ihn nicht gesehen? Einen kleinen Jungen … braunes Haar?« In den Worten schwang Panik. »Er war mit mir im Auto!«

»Nein, ich …«

»Sie müssen mir suchen helfen! Er ist erst vier!«

Sie schwang herum und wäre bei der plötzlichen Bewegung beinahe gestürzt. Sie hielt sich wieder am Auto fest. Am Rande ihres Blickfeldes wurde es schwarz, doch mit großer Willensanstrengung verdrängte sie das Schwindelgefühl. Der Schrei brach aus ihr heraus, obwohl sich in ihrem Kopf alles drehte.

»KYLE!«

Das reine Entsetzen.

Sie konzentrierte sich … machte ein Auge zu, um deutlich zu sehen … es wurde klarer. Das Unwetter tobte um sie herum. Die Bäume in weniger als sechs Metern Entfernung waren schwer auszumachen durch den Regen. Es lag alles in absoluter Dunkelheit … nur der Pfad zur Straße war sichtbar.

O Gott.

Die Straße …

Sie spürte, wie ihre Füße auf dem matschigen Untergrund rutschten, sie hörte, wie sie in kurzen, hastigen

Zügen atmete, als sie auf die Straße zustolperte. Einmal fiel sie hin, stand wieder auf und ging weiter. Endlich begriff der Mann, lief hinter ihr her, holte sie ein, bevor sie die Straße erreichte. Sein Blick überflog die unmittelbare Umgebung.

»Ich sehe ihn nicht … «

»KYLE!« Sie schrie, so laut sie konnte, und betete innerlich dabei. Obwohl die Laute von dem Unwetter fast verschluckt wurden, rüttelten sie Taylor auf.

Sie liefen in entgegengesetzte Richtungen und riefen beide Kyles Namen, zwischendurch blieben sie stehen, um zu lauschen. Aber der Regen war ohrenbetäubend. Nach ein paar Minuten lief Taylor zu seinem Wagen zurück und rief über Funk die Feuerwehr.

Ihre Stimmen – die von Denise und die von Taylor – waren die einzigen menschlichen Laute in dem Sumpfland. Der Regen war so laut, dass sie einander nicht hören konnten, und erst recht würde kein Kind sie hören, aber sie machten trotzdem weiter. Denise rief mit schriller Stimme – der Schrei einer verzweifelten Mutter. Taylor schlug einen Bogen, er rief Kyles Namen immer wieder und lief an der Straße auf und ab; die Angst hatte sich von Denise auf ihn übertragen. Endlich trafen zwei weitere Feuerwehrleute ein und brachten Stablampen mit. Bei dem Anblick von Denise mit ihrem blutverklebten Haar und den Blutspritzern auf dem Hemd schrak der ältere einen Moment lang zurück und versuchte dann – vergeblich – sie zu beruhigen.

»Sie müssen mir helfen und meinen kleinen Jungen suchen!«, schluchzte Denise.

Verstärkung wurde angefordert, mehr Männer trafen innerhalb weniger Minuten ein. Inzwischen suchten sechs Leute.

Das Unwetter wütete unvermindert weiter. Blitze, Donner … heftige böige Winde, gegen die sich die Suchenden mit aller Macht stemmten.

Taylor war es, der Kyles Decke fand, im Sumpfland, ungefähr fünfzig Meter von der Unfallstelle entfernt. Sie hatte sich im Gestrüpp, das dort den Boden bedeckte, verfangen.

»Ist das seine?«, fragte er.

Denise fing an zu weinen, als er ihr die Decke gab.

Aber auch nachdem sie eine halbe Stunde gesucht hatten, war Kyle immer noch nicht gefunden.

Kapitel 4

Sie verstand das nicht. Gerade eben hatte er fest auf dem Rücksitz des Autos geschlafen und dann, plötzlich, war er verschwunden. Einfach so. Keine Warnung, nur die jähe Entscheidung, das Lenkrad herumzureißen, und nichts war mehr wie vorher. Sollte das Wesentliche des Lebens etwa darin liegen?

Sie saß hinten im Krankenwagen, die Türen standen offen. Und während diese Gedanken ihr im Kopf herumrasten, warf das Blaulicht des Polizeiautos seinen Schein in regelmäßigen kreisförmigen Schwenks über die Straße. Ein halbes Dutzend anderer Wagen stand kreuz und quer am Straßenrand und eine Gruppe von Männern in gelben Regenmänteln besprach, was zu tun sei. Obwohl es deutlich war, dass sie schon zusammengearbeitet hatten, konnte Denise nicht erkennen, wer die Leitung hatte. Sie hörte auch nicht, was sie sagten, denn ihre Worte wurden vom Brausen des Sturms übertönt. Der Regen kam mit einer solchen Wucht, dass man an das Rattern eines Güterzugs erinnert wurde.

Ihr war kalt und immer noch schwindlig und sie konnte sich nur ein paar Sekunden lang auf etwas konzentrieren. Ihr Gleichgewichtssinn war gestört – dreimal war sie gefallen, als sie Kyle suchte – und ihre Kleider waren durchweicht und schmutzig und klebten ihr am Körper. Als der Krankenwagen kam, zwang man sie zur Ruhe. Man hatte ihr eine Wolldecke umgelegt und eine Tasse Kaffee neben sie gestellt. Sie konnte davon nicht trinken – sie konnte so gut wie gar nichts tun. Sie zitterte am ganzen Körper, ihre Sicht war verschwommen. Ihre erstarrten Gliedmaßen schienen einer anderen zu gehören. Der Sanitäter – kein Arzt – vermutete eine Gehirnerschütterung und wollte sie umgehend ins Krankenhaus bringen. Sie weigerte sich hartnäckig. Sie würde erst mitkommen, wenn Kyle gefunden war. Er könne noch zehn Minuten warten, dann müsse er fahren. Am Kopf habe sie eine schwere Platzwunde, die trotz des Verbands blutete. Sie würde ohnmächtig werden, warnte er sie, wenn sie noch länger warteten. Sie komme nicht mit, wiederholte Denise.

Noch mehr Leute waren eingetroffen. Ein weiterer Krankenwagen, ein Polizist von den State Troopers, der das Funkgerät abhörte, noch drei Freiwillige von der Feuerwehr, ein Lastwagenfahrer, der den Unfall gesehen und angehalten hatte – alle kamen innerhalb weniger Minuten. Sie standen in einem lockeren Kreis, umgeben von den Autos, deren Scheinwerfer die Stelle erleuchteten. Der Mann, der sie gefunden hatte – Taylor? – stand mit dem Rücken zu ihr. Sie vermutete, dass er den anderen erklärte, was er wusste – was nicht viel war, außer dass er die Stelle zeigen konnte, wo er die Decke gefunden hatte. Kurz darauf drehte er sich um und blickte mit verschlossenem Gesicht zu ihr herüber. Der Polizist von den State Troopers, ein gedrungener Mann mit Glatze, nickte in ihre Richtung. Nachdem er den anderen bedeutet hatte stehen zu bleiben, kamen Taylor und er auf den Krankenwagen zu. Die Uniform – die ihr früher immer Vertrauen eingeflößt hatte – verfehlte jetzt jede Wirkung auf sie. Es waren Männer, einfach nur Männer, nichts weiter. Sie unterdrückte einen Würgereiz.

Sie hielt Kyles verschmutzte Decke auf dem Schoß und knetete sie mit den Händen, drückte sie zu einem Knäuel zusammen und strich sie wieder glatt. Der Krankenwagen schützte sie vor dem Regen, aber bei dem starken Wind fror sie fortwährend. Seit man ihr die Decke umgelegt hatte, zitterte sie unaufhörlich. Es war so kalt hier …

Und Kyle hatte nicht einmal eine Jacke.

Oh, Kyle ...

Sie hob seine Decke an die Wange und schloss die Augen.

Wo bist du, Schatz? Warum bist du aus dem Auto gestiegen? Warum bist du nicht bei deiner Mom geblieben?

Taylor und der Polizist kamen in den Krankenwagen, sie wechselten einen kurzen Blick, bevor Taylor Denise sanft seine Hand auf die Schulter legte.

»Ich weiß, dass es schwer ist, aber wir müssen Ihnen ein paar Fragen stellen, bevor wir mit der Suche anfangen können. Es dauert nicht lange.«

Sie biss sich auf die Lippe, ehe sie leicht nickte, dann atmete sie tief ein. Sie machte die Augen auf.

Der Polizist sah aus der Nähe jünger aus und hatte freundlich blickende Augen. Er ging vor ihr in die Hocke.

»Ich bin Carl Huddle von den State Troopers«, sagte er, das besänftigende Rollen des Südens in der Stimme. »Ich weiß, dass Sie sich Sorgen machen, auch wir sind besorgt. Die meisten von uns sind auch Eltern und haben kleine Kinder. Wir alle wollen Ihren Sohn ebenso dringend finden wie Sie, aber wir müssen ein paar allgemeine Informationen haben – damit wir wissen, wonach wir suchen.«

Die Worte drangen kaum an ihr Ohr.

»Können Sie ihn bei diesem Unwetter überhaupt finden ... ich meine, ehe es ...?«

Denise blickte von einem zum anderen und konnte sie nur mit Mühe klar erkennen. Als Sergeant Huddle nicht gleich antwortete, nickte Taylor McAden mit deutlicher Entschlossenheit.

»Wir werden ihn finden – ich verspreche es.«

Huddle sah Taylor zweifelnd an, bevor auch er schließlich nickte. Er verlagerte sein Gewicht auf ein Knie, offensichtlich war die Haltung für ihn unbequem.

Denise atmete scharf aus, richtete sich etwas auf und versuchte gefasst zu bleiben. Ihr Gesicht, das der Sanitäter gesäubert hatte, war weiß wie ein Leinentuch. Der Verband um ihren Kopf hatte einen roten Fleck über dem rechten Auge. Ihre Wange war geschwollen und blau unterlaufen.

Als sie bereit war, gingen sie die Grundfragen für den Bericht durch: Namen, Adresse, Telefonnummer und Beruf, vorheriger Wohnort, wann sie nach Edenton gezogen war, warum sie mit dem Auto unterwegs war, dass sie zum Tanken gehalten hatte, wie das Reh auf der Straße aufgetaucht war und sie die Kontrolle über den Wagen verloren hatte, der Unfall selbst. Sergeant Huddle notierte alles auf einem an dem Klemmbrett befestigten Blatt. Als er mit dem Schreiben fertig war, sah er sie fast erwartungsvoll an.

»Sind Sie mit J. B. Anderson verwandt?«

John Brian Anderson war ihr Großvater mütterlicherseits und sie nickte.

Sergeant Huddle räusperte sich – wie jeder in Edenton hatte er die Andersons gekannt. Erneut warf er einen Blick auf das Klemmbrett.

»Taylor hat gesagt, Kyle ist vier Jahre alt?«

Denise nickte. »Im Oktober wird er fünf.«

»Können Sie mir eine allgemeine Beschreibung geben – eine, die ich über Funk ausgeben kann?«

»Über Funk?«

Sergeant Huddle antwortete geduldig. »Ja, wir geben die Information über den Polizeifunk aus, damit die anderen Departments sie auch empfangen. Falls jemand ihn findet und mitnimmt und bei der Polizei anruft. Oder falls er zufällig bei einem Haus auftaucht und die Bewohner die Polizei anrufen. Für solche Fälle.«

Er sagte nicht, dass die Krankenhäuser in der Gegend auch diese Nachrichten erhielten – im Moment war das noch nicht nötig.

Denise drehte den Kopf zur Seite und versuchte ihre Gedanken zu ordnen.

»Ehm … « Es dauerte ein paar Sekunden, bevor sie zu sprechen begann. Wer kann schon sein Kind in Zahlen und Maßen beschreiben? »Ich weiß nicht … knapp über einen Meter groß, knapp zwanzig Kilo schwer oder so. Braune Haare, grüne Augen … ein ganz normaler Junge seines Alters. Nicht groß, nicht klein.«

»Irgendwelche besonderen Merkmale? Muttermale, so etwas?«

Sie wiederholte seine Frage, aber alles schien ganz unzusammenhängend, so unwirklich, so ganz und gar unverständlich. Wozu brauchten sie das? Ein kleiner Junge, der sich im Sumpf verlaufen hatte … wie viele gab es wohl an einem Abend wie diesem?

Sie sollten jetzt suchen, statt mit mir zu sprechen.

Die Frage … was war es noch gleich? Ach ja, besondere Merkmale … Sie konzentrierte sich, so gut es ging, und hoffte, die Befragung schnell hinter sich zu bringen.

»Er hat zwei Leberflecken auf der linken Wange, einen größeren und einen kleineren«, sagte sie schließlich. »Sonst nichts.«

Sergeant Huddle schrieb das auf und sah dabei nicht von seinem Schreibblock auf.

»Und er konnte aus dem Sitz klettern und die Tür aufmachen?«

»Ja. Das macht er seit ein paar Monaten.«

Der Polizist nickte. Seine fünf Jahre alte Tochter Campbell konnte das auch.

»Wissen Sie noch, was er anhatte?«

Sie schloss die Augen und dachte nach.

»Ein rotes T-Shirt mit einer großen Mickey Mouse vorne drauf. Mickey zwinkert mit den Augen und hält den Daumen hoch. Und Jeans – mit Gummizug, kein Gürtel.«

Die beiden Männer sahen sich an. Dunkle Farben.

»Hat das Hemd lange Ärmel?«

»Nein.«

»Schuhe?«

»Ich glaube. Ich hatte sie ihm nicht ausgezogen, also hat er sie bestimmt noch an. Weiße Schuhe, die Marke weiß ich nicht.«

»Hatte er eine Jacke?«

»Nein. Ich hatte keine mitgenommen. Es war ein warmer Tag, zumindest als wir losgefahren sind.«

Während die Befragung weiterging, zuckten drei Blitze kurz hintereinander durch den nächtlichen Himmel. Der Regen nahm, wenn das überhaupt möglich war, noch an Heftigkeit zu.

»Leben noch Verwandte von Ihnen in der Gegend? Eltern? Geschwister?«

»Nein. Keine Geschwister. Meine Eltern sind tot.«

»Und Ihr Mann?«

Denise schüttelte den Kopf. »Ich war nie verheiratet.«

»Ist Kyle schon einmal verschwunden?«

Denise rieb sich die Schläfen und versuchte, das Schwindelgefühl zu verdrängen.

»Ein paar Mal. Einmal beim Einkaufen und einmal zu Hause. Aber er hat Angst vor Blitzen. Ich glaube, deswegen ist er aus dem Auto gestiegen. Wenn es blitzt, kriecht er zu mir ins Bett.«

»Und wie ist es mit dem Sumpf? Hätte er Angst, im Dunkeln dorthin zu gehen? Glauben Sie, er würde eher in der Nähe des Autos bleiben?«

Ein Abgrund tat sich in ihrem Magen auf. Die Angst machte ihre Gedanken etwas klarer.

»Kyle hat keine Angst draußen, auch bei Dunkelheit nicht. Er geht gern durch das Waldstück bei unserem Haus. Vielleicht weiß er nicht genug, um Angst zu haben.«

»Er könnte also … «

»Ich weiß nicht … vielleicht«, sagte sie verzweifelt.

Sergeant Huddle schwieg einen Moment, er wollte sie nicht zu sehr bedrängen. Schließlich sagte er: »Wissen Sie, wie spät es war, als Sie das Reh gesehen haben?«

Denise zuckte mit den Schultern, sie fühlte sich hilflos und schwach. »Ich weiß es nicht … vielleicht neun Uhr, Viertel nach neun. Ich habe nicht auf die Uhr gesehen.«

Automatisch guckten beide Männer auf ihre Uhren. Taylor hatte den Wagen um 21.31 Uhr gefunden. Er hatte keine fünf Minuten später Hilfe gerufen. Jetzt war es 22.22 Uhr. Seit dem Unfall war über eine Stunde vergangen. Sowohl Sergeant Huddle als auch Taylor wussten, dass sie ganz schnell mit der Suche beginnen mussten. Obwohl die Luft relativ warm war, würden ein paar Stunden in diesem Regen und ohne die richtige Kleidung zu Unterkühlung führen.

Was sie beide gegenüber Denise nicht erwähnten, war die Gefahr, die der Sumpf selbst darstellte. Bei Wetter wie diesem sollte sich keiner in ihn hineinwagen, ein Kind schon gar nicht. Man konnte darin buchstäblich für immer verschwinden.

Sergeant Huddle klappte sein Klemmbrett mit einem Schnappen zu. Jede Minute war kostbar.

»Wir setzen das später fort, wenn es Ihnen recht ist, Miss Holton. Für den Bericht brauchen wir mehr, aber im Moment haben wir das Wichtigste, um mit der Suche zu beginnen.«

Denise nickte.

»Gibt es noch etwas, das wir wissen sollten? Hat er einen Spitznamen? Etwas, worauf er reagiert?«

»Nein, einfach nur Kyle. Aber … «

Erst dann wurde es ihr bewusst – das Offensichtliche. Das schlimmste Merkmal, etwas, woran der Polizist niemals denken würde.

O Gott …

Ihre Kehle war plötzlich wie zugeschnürt.

O nein … o nein …

Warum hatte sie es nicht früher erwähnt? Warum hatte sie es nicht sofort gesagt, gleich, als sie aus dem Auto gestiegen war? Als Kyle vielleicht noch in der Nähe war … als sie ihn noch hätten finden können, bevor er sich zu weit entfernt hatte … Vielleicht war er ganz nah bei ihnen gewesen …

»Miss Holton?«

Alles schien mit einem Mal über sie hinwegzurollen: Schock, Angst, Wut und die Weigerung, das wahrzuhaben …

Er kann ihnen nicht antworten!

Sie senkte das Gesicht in die Hände.

Er kann nicht antworten!

»Miss Holton?«, hörte sie ihn wieder.

Oh, Gott, warum?

Nach einer, so schien ihr, unglaublich langen Zeit wischte sie sich die Tränen ab, konnte den beiden aber nicht in die Augen blicken. *Ich hätte es ihnen eher sagen müssen.*

»Kyle wird Ihnen nicht antworten, wenn Sie seinen Namen rufen. Sie werden ihn finden müssen, Sie werden ihn *sehen* müssen.«

Die Männer blickten sie fragend an. Was meinte sie damit?

»Aber wenn wir ihm sagen, dass wir ihn suchen, dass seine Mom sich Sorgen um ihn macht?«

Sie schüttelte den Kopf, Übelkeit überkam sie. »Er wird Ihnen nicht antworten.«

Wie oft hatte sie diese Worte schon gesagt? Wie oft war es einfach eine Erklärung gewesen? Wie oft hatte es eigentlich nichts bedeutet im Vergleich hiermit?

Die beiden Männer schwiegen. Denise atmete keuchend ein und fuhr fort: »Kyle spricht nicht so gut, nur wenige Worte, manchmal. Er … er kann Sprache aus irgendeinem Grund nicht verstehen … deswegen waren wir heute in Duke.«

268

Sie sah von einem zum anderen und versicherte sich, dass sie ihr folgten. »Sie müssen ihn finden! Wenn Sie nur nach ihm rufen, wird das nichts nützen. Er wird nicht verstehen, was Sie sagen. Er wird Ihnen nicht antworten … weil er es nicht kann. Sie müssen ihn finden … «

Warum er? Warum, von allen Kindern auf der Welt, Kyle? Unfähig, weiter zu sprechen, fing Denise an zu weinen.

Darauf legte Taylor ihr die Hand auf die Schulter, wie er es schon vorher getan hatte.

»Wir werden ihn finden, Miss Holton«, sagte er mit ruhiger Eindringlichkeit. »Wir werden ihn finden.«

Fünf Minuten später, als Taylor und die anderen eine Suchstrategie ausarbeiteten, kamen noch weitere vier Männer hinzu. Mehr konnte Edenton nicht entbehren. Durch Blitzeinschlag waren drei größere Feuer entstanden, in den letzten zwanzig Minuten hatte es vier Autounfälle gegeben – zwei mit Schwerverletzten – und die herabgestürzten Stromleitungen stellten weiterhin eine Gefahr dar. Eine Flut von Anrufen ging bei der Polizei und der Feuerwehr ein, jeder Notfall wurde nach Dringlichkeit eingestuft, und wenn nicht unmittelbare Lebensgefahr bestand, wurde den Anrufern gesagt, unverzügliche Hilfe sei im Moment nicht möglich.

Ein Kind, das verschwunden war, hatte Priorität vor fast allem anderen.

Der erste Schritt bestand darin, die Wagen so nahe am Sumpfland wie möglich abzustellen. Der Leerlauf wurde eingelegt, die Scheinwerfer waren eingeschaltet, der Abstand zwischen den Fahrzeugen lag bei ungefähr zwölf bis fünfzehn Metern. Sie würden nicht nur zusätzliches Licht bei der Suche im unmittelbaren Umfeld liefern, sondern auch als Leuchtfeuer dienen, falls die Suchenden die Orientierung verlören.

Stablampen, Walkie-Talkies und zusätzliche Batterien wurden an alle ausgehändigt. Elf Männer (einschließlich des Lastwagenfahrers, der mithelfen wollte) waren beteiligt und die Suche würde von dem Punkt aus beginnen, wo Taylor die Decke gefunden hatte. Von dort würden sie in drei Richtungen ausschwärmen – nach Osten und Westen, also parallel zur Straße, und nach Süden, die Richtung, in die Kyle dem Anschein nach zuletzt gegangen war. Es wurde beschlossen, dass ein Mann bei den Wagen bleiben sollte, falls Kyle die Scheinwerfer sah und von sich aus zurückkam. Der Zurückgebliebene würde einmal in der Stunde zur vollen Stunde eine Leuchtrakete zünden, damit die Männer einen Orientierungspunkt hatten.

Nachdem Sergeant Huddle eine kurze Beschreibung von Kyle und seiner Kleidung ausgegeben hatte, sprach Taylor. Er und ein paar der anderen Männer hatten gelegentlich in dem Sumpfland gejagt und wussten, womit man zu rechnen hatte.

Hier, am äußeren Rand des Sumpflandes, wurde dem Suchtrupp erklärt, sei der Boden immer feucht, stehe aber gewöhnlich nicht unter Wasser. Erst wenn man eine halbe Meile weiter in das Sumpfland hineingehe, treffe man auf flache Pfuhle. Der Schlamm dort bilde eine ernsthafte Gefahr, er umschließe Füße und Beine und klammere sich manchmal wie eine Schraubzwinge darum und es sei schon für einen Erwachsenen schwer, sich daraus zu befreien, ganz zu schweigen von einem Kind. Heute Nacht stehe das Wasser schon in der Nähe der Straße anderthalb Zentimeter tief und es würde schlimmer werden, wenn das Unwetter anhielte. Morastige Flächen und steigendes Wasser sei eine tödliche Kombination. Die Männer stimmten grimmig zu. Sie würden mit aller Vorsicht vorgehen.

Das einzig Positive war, dass Kyle sich aller Wahrscheinlichkeit nach nicht weit fortbewegt haben konnte.

Bäume und Gestrüpp erschwerten das Vorankommen und es bestand die Hoffnung, dass er keine große Entfernung zurückgelegt hatte. Eine Meile vielleicht, auf jeden Fall weniger als zwei Meilen. Er war also noch in der Nähe, und je eher sie anfingen, desto größer war ihre Chance, ihn zu finden.

»Aber«, fuhr Taylor fort, »von der Mutter wissen wir, dass der Junge wahrscheinlich nicht antwortet, wenn wir ihn rufen. Macht also eure Augen auf – nicht, dass ihr versehentlich an ihm vorbeigeht. Sie hat sehr deutlich gesagt, wir sollen nicht darauf rechnen, dass er antwortet.«

»Wie, er antwortet nicht?«, fragte einer der Männer, offensichtlich verdutzt.

»Das hat die Mutter gesagt.«

»Warum kann er nicht sprechen?«

» Das hat sie nicht richtig erklärt.«

»Ist er behindert?«, fragte ein anderer.

Taylor spürte, wie sich seine Rückenmuskeln bei der Frage verkrampften.

»Was tut das zur Sache? Er ist ein kleiner Junge, der im Sumpf verschwunden ist und nicht sprechen kann. Mehr brauchen wir im Moment nicht zu wissen.«

Taylor starrte den Mann an, bis der den Blick abwandte. Dann hörte man nur das Rauschen des Regens, bis Sergeant Huddle einen tiefen Seufzer ausstieß.

»Wir sollten anfangen.«

Taylor knipste seine Stablampe an. »Also los.«

Kapitel 5

Denise konnte sich mit den anderen im Sumpf sehen, wie die Äste ihr ins Gesicht schlugen und ihre Füße im matschigen Boden versanken, während die panische Suche nach Kyle weiterging. In Wirklichkeit aber lag sie auf einer Trage in einem Krankenwagen und war auf dem Weg ins Krankenhaus in Elizabeth City – einer Stadt dreißig Meilen nordöstlich –, wo es die nächste Notaufnahme gab.

Denise starrte an die Decke des Krankenwagens, immer noch zitternd und benommen. Sie hatte dableiben wollen, sie hatte gebettelt, dableiben zu dürfen, aber man hatte ihr gesagt, es sei besser für Kyle, wenn sie sich ins Krankenhaus bringen ließe. Sie würde die Suche nur behindern, hatte man ihr gesagt. Sie hatte erwidert, das sei ihr gleichgültig, und war, uneinsichtig wie sie war, aus dem Krankenwagen gestiegen, in das Unwetter hinein, weil sie wusste, dass Kyle sie brauchte. Als hätte sie sich völlig unter Kontrolle, bat sie um einen Regenmantel und eine Stablampe. Nach ein paar Schritten begann sich alles in ihrem Kopf zu drehen. Sie war eingeknickt – die Beine waren ihr weggerutscht – und hingefallen. Zwei Minuten später heulten die Sirenen des Krankenwagens auf und sie war auf dem Weg ins Hospital.

Sie zitterte, rührte sich aber sonst nicht auf der Trage. Ihre Hände und Arme lagen vollkommen still, fast unheimlich. Ihr Atem ging hastig und flach, wie bei einem kleinen Tier. Ihre Haut war ungesund blass und bei dem letzten Sturz war die Kopfwunde wieder aufgeplatzt.

»Haben Sie Vertrauen, Miss Holton«, beschwichtigte sie der Sanitäter. Er hatte ihren Blutdruck gemessen und vermutete, dass sie unter Schock stand. »Ich meine, ich kenne diese Männer. Hier sind schon öfter Kinder verschwunden und die finden sie immer.«

Denise reagierte nicht.

»Und Ihnen geht es auch bald wieder besser«, fuhr der Sanitäter fort. »Ein, zwei Tage, und Sie sind wieder auf den Beinen.«

Einen Moment lang war es still. Denise starrte weiter an die Decke. Der Sanitäter maß ihren Puls.

»Wollen Sie, dass ich jemanden für Sie anrufe, wenn wir im Krankenhaus sind?«

»Nein«, flüsterte sie. »Ich habe niemanden.«

Die Männer kamen zu der Stelle, wo Taylor die Decke gefunden hatte, und schwärmten aus. Taylor bewegte sich mit zwei Männern in südlicher Richtung, tiefer in das Sumpfland hinein, während sich die anderen in Richtung Osten und Westen auf den Weg machten. Das Unwetter tobte immer noch mit unverminderter Heftigkeit und die Sicht betrug – auch mit den Stablampen – höchstens ein paar Meter. Schon nach wenigen Minuten konnte Taylor die anderen nicht mehr sehen und hören, was ihm ein mulmiges Gefühl im Magen verursachte. In dem Adrenalinrausch vor der Suche – als alles möglich schien – war die Realität der Situation irgendwie nebensächlich gewesen.

Taylor hatte schon früher nach verschwundenen Personen gesucht und wusste, dass sie nicht genügend Leute hatten. Das Sumpfland bei Nacht, das Unwetter, ein Kind, das nicht auf Rufe reagieren würde … fünfzig Leute wären wahrscheinlich noch nicht genug. Vielleicht nicht einmal hundert. Wenn man nach jemandem in einem Wald suchte, war es am effektivsten, wenn die Suchenden in einer Linie gingen und sich im gleichen Tempo bewegten, so ähnlich wie bei einer Marschkapelle. Indem man nah beieinander blieb, konnte man ein Gebiet gründlich und schnell in einem Rasterverfahren durchsuchen und musste nicht befürchten, etwas übersehen zu haben. Mit zehn Leuten war das ein Ding der Unmöglichkeit. Wenige Minuten nachdem sie sich aufgeteilt hatten, war jeder ganz auf sich gestellt und völlig abgetrennt von den anderen. Es blieb ihnen nichts übrig, als nach Gutdünken in eine Richtung zu streifen, ihre Stablampe mal hierhin, mal dorthin zu richten – irgendwohin: die sprichwörtliche Suche nach der Stecknadel im Heuhaufen. Kyle zu finden war damit eine reine Glückssache geworden, keine Frage der Fähigkeiten.

Taylor redete sich gut zu, den Mut nicht sinken zu lassen, und kämpfte sich weiter vor, um Bäume herum und durch den immer schlammiger werdenden Boden. Obwohl er selbst keine Kinder hatte, war er Pate der Kinder seines besten Freundes Mitch Johnson und er verhielt sich so, als suchte er nach einem von ihnen. Mitch war auch bei der freiwilligen Feuerwehr, und Taylor wünschte sich inständig, er wäre an seiner Seite. Mitch, mit dem er seit zwanzig Jahren zur Jagd ging, kannte den Sumpf fast genauso gut wie er selbst und seine Erfahrung wäre ihnen nützlich. Aber Mitch war für ein paar Tage verreist. Taylor hoffte, es möge kein Omen sein.

Je weiter er sich von der Straße entfernte, desto dichter und dunkler wurde der Sumpf, fremder und undurchdringlicher mit jedem Schritt. Die lebendigen Bäume standen eng beieinander, umgestürzte Bäume lagen kreuz und quer auf dem Boden und vermoderten. Ranken und Äste zerrten an ihm, während er sich vorwärts bewegte, und er strich sie sich immer wieder mit der freien Hand aus dem Gesicht. Er richtete seine Stablampe auf jede Baumgruppe, auf jeden Baumstumpf, hinter jedes Gebüsch, dabei bewegte er sich unaufhaltsam weiter, suchte nach einem Zeichen, dem kleinsten, von Kyle. Die Minuten verstrichen. Zehn Minuten waren vergangen.

Dann zwanzig.

Dann dreißig.

Er war tiefer in den Sumpf vorgedrungen, das Wasser stand ihm bis zu den Knöcheln und machte das Vorankommen schwerer. Taylor sah auf seine Uhr. 22.56 Uhr. Kyle war seit anderthalb Stunden verschwunden, vielleicht länger. Die Zeit, die anfangs noch auf ihrer Seite gewesen war, wurde langsam zum Feind. *Wie lange würde es dauern, bevor er zu sehr auskühlte? Oder ...*

Er schüttelte den Kopf; weiter wollte er nicht denken.

Es blitzte und donnerte ohne Unterlass, der Regen war hart wie Nadelstiche und schien aus allen Richtungen zu kommen. Taylor wischte sich alle paar Sekunden über das Gesicht, um klarer sehen zu können. Obwohl die Mutter darauf beharrt hatte, dass Kyle nicht antworten würde, rief Taylor ständig seinen Namen. Irgendwie hatte er so das Gefühl, er würde mehr tun, als tatsächlich der Fall war.

Verdammt.

So ein Unwetter hatte es seit – mal sehen, seit sechs Jahren? Vielleicht sieben? – nicht mehr gegeben. Warum heute? Warum jetzt, da ein Junge verschwunden war? An einem Abend wie diesem konnten sie nicht einmal Jimmie Hicks Hunde benutzen, und das waren die besten im Lande. Das Unwetter machte es unmöglich, irgendwelchen Spuren zu folgen. Und einfach blind hier draußen herumzuwandern kam ihm auch nicht sehr erfolgversprechend vor.

Wohin würde ein Kind gehen? Ein Kind, das Angst vor Gewitter, aber nicht vor dem Wald hatte? Ein Kind, das seine Mutter nach dem Unfall gesehen hatte, verletzt und bewusstlos?

Denk nach!

Taylor kannte den Sumpf so gut, wenn nicht besser,

als jeder andere. Hier, in diesem Sumpf, hatte er sein erstes Reh geschossen, mit zwölf Jahren; jeden Herbst zog er aus, um auf Entenjagd zu gehen. Er hatte einen ausgeprägten Spürsinn, selten kam er ohne Beute von der Jagd. Die Menschen in Edenton scherzten oft, dass er eine Nase wie ein Wolf habe. Er hatte tatsächlich ein ungewöhnliches Talent, das gab er selbst zu. Sicher, er richtete sich nach denselben Dingen wie andere Jäger auch – Spuren, Losungen, zerbrochene Zweige, die auf eine Spur hinwiesen, der ein Reh gefolgt sein konnte –, aber derlei Dinge erklärten seinen Erfolg nur unzureichend. Wenn er gefragt wurde, ob er seine geheime Fähigkeit erklären könne, sagte er, er versuche, wie ein Reh zu denken. Darauf lachten die Leute, aber Taylor sagte es immer mit einem ernsten Gesicht, das ihnen zeigte, dass er keinen Scherz machte. *Wie ein Reh denken? Was sollte das heißen?*

Sie schüttelten den Kopf. Vielleicht wusste nur Taylor das.

Und jetzt versuchte er das Gleiche zu tun, nur dass es um viel mehr ging.

Er schloss die Augen. Wohin würde ein Vierjähriger gehen? Welche Richtung würde er einschlagen?

Unwillkürlich machte er die Augen auf, als ein einzelner Schein den Himmel erhellte und die volle Stunde anzeigte. Elf Uhr.

Denk nach!

Die Notaufnahme in Elizabeth City war überfüllt. Nicht nur Menschen mit ernsten Verletzungen warteten dort, sondern auch solche, die sich nicht so wohl fühlten. Sicherlich hätten sie auch bis zum nächsten Tag warten können, aber wie der Vollmond brachte anscheinend auch ein Gewitter die irrationale Seite der Menschen zum Vorschein. An einem Abend wie diesem war Sodbrennen plötzlich die Vorstufe zum Herzinfarkt; ein Fie beranfall, der im Laufe des Tages angefangen hatte, war plötzlich so ernst, dass man ihn nicht länger ignorieren konnte; ein Beinkrampf könnte auf ein Blutgerinnsel hindeuten. Die Ärzte und Krankenschwestern kannten das schon; Abende wie diese waren vorhersehbar wie der Sonnenaufgang. Man musste mindestens zwei Stunden warten.

Weil Denise Holton jedoch eine Kopfwunde hatte, wurde sie vorgezogen. Sie war bei Bewusstsein, wenn auch nur halb. Sie hatte die Augen geschlossen und sprach unverständliches Zeug, wiederholte dasselbe Wort immer wieder. Sie wurde sofort zum Röntgen gebracht. Danach würde der Arzt entscheiden, ob eine Computertomographie nötig war.

Das Wort, das sie immer wieder vor sich hin sagte, war »Kyle«.

Weitere dreißig Minuten waren vergangen und Taylor McAden war noch tiefer in den Sumpf vorgedrungen. Es war so unglaublich dunkel, dass er sich vorkam wie ein Höhlenforscher. Sogar mit der Stablampe spürte er den Anflug von Klaustrophobie. Bäume und Ranken bildeten ein dichtes Geflecht und es war unmöglich, geradeaus weiterzugehen. Wie leicht konnte man im Kreis gehen! Er konnte sich nicht vorstellen, wie es Kyle hier erging.

Weder Wind noch Regen hatten nachgelassen. Die Abstände zwischen den Blitzen waren jedoch größer geworden. Das Wasser stand ihm bis zum Unterschenkel, und er hatte nichts entdeckt. Kurz zuvor hatte er auf seinem Walkie-Talkie die anderen gefragt – auch sie konnten nichts vermelden.

Nichts. Nirgendwo ein Zeichen von ihm.

Kyle war seit zweieinhalb Stunden verschwunden.

Denk nach!

Hätte er so weit kommen können? Konnte ein Kind von seiner Größe durch Wasser waten, das so hoch stand?

Nein, entschied er. Kyle hätte nicht so weit kommen können, nicht in T-Shirt und Jeans.

Und wenn doch, dann würden wir ihn wahrscheinlich nicht lebend finden.

Taylor McAden nahm den Kompass aus der Tasche, richtete den Schein der Stablampe darauf und stellte seine Position fest. Er beschloss, zu der Stelle zurückzugehen, wo er die Decke gefunden hatte, zurück zum Ausgangspunkt. Da war Kyle gewesen … mehr wussten sie nicht.

Aber in welche Richtung war er gegangen?

Der Wind heulte, über ihm schwankten die Bäume. Der Regen brannte auf seinen Wangen und ein Blitz durchzuckte im Osten den Himmel. Der schlimmste Teil des Unwetters wanderte endlich ab …

Kyle war klein und hatte Angst vor Blitzen … Regen wie Nadelstiche …

Taylor hob den Blick in den Himmel und konzentrierte sich; er spürte, dass etwas Form annahm … etwas im äußersten Winkel seines Verstandes, das sich langsam vorarbeitete. Eine Idee? Nein, das wäre zu viel gesagt … aber eine Möglichkeit?

Böige Winde … Regen wie Nadelstiche … Angst vor Blitzen …

All dies wäre von Bedeutung für Kyle – sah er das richtig?

Taylor griff zu seinem Walkie-Talkie und sprach rasch. Er forderte alle auf, so schnell wie möglich wieder zur Straße zu kommen. Dort würden sie sich versammeln.

»Das muss es sein …«, sagte er.

Viele Ehefrauen, deren Männer bei der freiwilligen Feuerwehr waren, riefen an diesem Abend bei der Wache an, weil sie sich Sorgen machten um ihre Männer, die unter gefährlichen Umständen Dienst taten – so auch

Judy McAden. Obwohl Taylor zwei- oder dreimal im Monat zu einem Einsatz gerufen wurde, war sie, seine Mutter, jedes Mal beunruhigt. Sie war dagegen gewesen, dass er zur freiwilligen Feuerwehr ging, aber schließlich hatte sie aufgehört, ihn davon abbringen zu wollen, weil ihr klar geworden war, dass er sich nicht umstimmen lassen würde. Er war – wie sein Vater vor ihm – sehr eigensinnig.

Aber den ganzen Abend über hatte sie das Gefühl, dass etwas Schlimmes geschehen war. Es war nichts Dramatisches und am Anfang versuchte sie es zu ignorieren, aber eine nagende Vermutung blieb und verstärkte sich im Lauf der Stunden. Schließlich, nach einigem Zögern, rief sie an und rechnete schon mit dem Schlimmsten, aber stattdessen erfuhr sie von dem kleinen Jungen – »dem Enkelsohn von J. B. Anderson« –, der im Sumpf verschwunden war. Taylor, so sagte man ihr, sei bei dem Suchtrupp. Die Mutter jedoch sei auf dem Weg ins Krankenhaus in Elizabeth City.

Nachdem Judy aufgelegt hatte, setzte sie sich erleichtert in ihren Sessel – zum Glück war mit Taylor alles in Ordnung. Doch plötzlich machte sie sich Sorgen um das Kind. Wie alle Menschen in Edenton hatte sie die Andersons gekannt. Aber darüber hinaus hatte Judy auch die Mutter von Denise gekannt, als sie beide junge Mädchen gewesen waren und bevor Denises Mutter weggezogen war und Charles Holton geheiratet hatte. Das war vor langer Zeit gewesen – sicherlich war es vierzig Jahre her – und sie hatte jahrelang nicht mehr an sie gedacht, aber jetzt kamen die Erinnerungen an ihre Jugend in ihr hoch wie eine Bildcollage: der gemeinsame Schulweg; träge Tage am Fluss, wo sie über Jungen gesprochen hatten; Nachmittage, an denen sie die neuesten Modebilder aus Zeitschriften ausgeschnitten hatten … Sie dachte auch daran, wie traurig sie gewesen war, als sie von ihrem Tod erfahren hatte. Sie hatte nicht gewusst, dass die

Tochter ihrer Freundin nach Edenton zurückgekommen war.

Und jetzt war deren Sohn verschwunden.

Was für eine Heimkehr!

Judy überlegte nicht lange – Unentschlossenheit lag einfach nicht in ihrem Wesen. Sie war schon immer der Typ gewesen, der die Dinge in die Hand nahm, und mit dreiundsechzig hatte sie sich in dem Punkt kein bisschen verändert. Vor Jahren, nach dem Tod ihres Mannes, hatte Judy eine Stelle in der Bücherei angenommen, Taylor allein großgezogen und gelobt, es zu schaffen. Nicht nur sorgte sie in finanzieller Hinsicht für sich und ihren Sohn, sondern sie bewerkstelligte auch, was sich sonst ein Elternpaar teilte. Sie meldete sich freiwillig bei seiner Schule und fuhr als Betreuerin bei Klassenfahrten mit, und sie war mit Taylor zu Sportveranstaltungen gegangen und hatte beim Zeltlager der Pfadfinder teilgenommen. Sie hatte ihm beigebracht, wie man kocht und sauber macht, sie hatte ihm beigebracht, wie man Körbe wirft und einen Baseball schlägt. Diese Zeiten lagen jetzt hinter ihr, dennoch war sie so beschäftigt wie nie zuvor. In den letzten zwölf Jahren war es nicht mehr Taylors Erziehung, die sie voll in Anspruch nahm, sondern die Stadt Edenton selbst, und sie engagierte sich für jeden Aspekt des Gemeindelebens. Sie schrieb regelmäßig an den Kongressabgeordneten und die Mitglieder des Repräsentantenhauses und ging von Tür zu Tür, um Unterschriften für verschiedene Petitionen zu sammeln, wenn sie fand, dass ihre Stimme nicht gehört wurde. Sie war Mitglied der Edenton Historical Society, die Gelder für die Erhaltung der alten Häuser in der Stadt sammelte; sie nahm an allen Sitzungen des Stadtrats teil und hatte zu jeder Frage eine Meinung. Sie unterrichtete in der Sonntagsschule der Episcopal Church, sie backte für jeden Kuchenverkauf und trotzdem arbeitete sie dreißig Stunden in der Woche in der Bibliothek. Ihr Zeitplan erlaubte ihr nicht, viel Zeit zu verschwenden, und wenn sie eine Entscheidung getroffen hatte, dann führte sie sie aus, ohne zurückzublicken. Besonders wenn sie überzeugt war, Recht zu haben.

Obwohl sie Denise nicht kannte, war sie doch selbst Mutter und verstand, was es hieß, Angst zu haben, wenn es um Kinder ging. Taylor war sein Leben lang immer wieder in heikle Situationen geraten – fast schien es, dass er sie anzog, sogar als er klein war. Judy wusste, dass der kleine Junge furchtbare Angst haben würde – und die Mutter – nun, die war wahrscheinlich im Begriff, den Verstand zu verlieren vor Angst. *So ging es mir, weiß der Himmel*. Entschlossen zog sie sich den Regenmantel an; sie war sich absolut sicher, dass die Mutter alle Unterstützung brauchte, die sie bekommen konnte.

Die Aussicht, durch das Gewitter zu fahren, ängstigte sie nicht; der Gedanke daran kam ihr gar nicht. Eine Mutter und ihr Sohn waren in Nöten.

Vielleicht wollte Denise Holton sie nicht sehen, vielleicht *konnte* sie sie auch nicht sehen, aufgrund ihrer Verletzungen, doch Judy würde nicht schlafen können – soviel war ihr klar –, wenn sie Denise nicht zeigte, dass es Menschen in der Stadt gab, die Mitgefühl mit ihr hatten.

Kapitel 6

Um Mitternacht stieg wieder ein Leuchtfeuer in den Abendhimmel und zeigte, wie das Schlagen einer Uhr, die Zeit an.

Kyle war seit drei Stunden verschwunden.

Taylor näherte sich inzwischen wieder der Straße und war überrascht, wie hell es dort war, verglichen mit dem sumpfigen Dickicht, aus dem er kam. Außerdem hörte er zum ersten Mal, seit er sich von den anderen getrennt hatte, Stimmen ... viele Stimmen, die einander etwas zuriefen.

Taylor beschleunigte seine Schritte, ließ die letzten Bäume hinter sich und sah, dass über ein Dutzend Autos neu eingetroffen waren – ihre Scheinwerfer leuchteten zusammen mit den anderen. Und es waren mehr Leute da. Nicht nur waren die Suchenden wieder versammelt, sondern es waren auch neue gekommen, die über Mundpropaganda von der Suchaktion gehört hatten und jetzt mithelfen wollten. Sogar aus der Entfernung erkannte Taylor die meisten von ihnen. Craig Sanborn, Rhett Little, Skip Hudson, Mike Cook, Bart Arthur, Mark Shelton ... und noch sechs oder sieben andere Männer, die dem Unwetter trotzten. Männer, die am nächsten Tag zur Arbeit gehen mussten. Männer, die Denise wahrscheinlich gar nicht kannte.

Gute Menschen, dachte er spontan.

Die Stimmung jedoch war gedrückt. Die Suchenden waren bis auf die Knochen nass, schlammbespritzt und zerkratzt, sie waren außerdem erschöpft und niedergeschlagen. So wie Taylor hatten sie erlebt, wie dunkel und undurchdringlich es da draußen war. Als Taylor näher

282

kam, wurden sie still. Auch die neu Hinzugekommenen schwiegen.

Sergeant Huddle wandte sich zu ihm, sein Gesicht war von den Stablampen erleuchtet. Auf seiner Wange war ein tiefer, frischer, von Schlammspritzern teilweise verdeckter Kratzer zu sehen. »Was gibt es? Hast du was gefunden?«

Taylor schüttelte den Kopf. »Nein, aber ich habe eine Idee, in welche Richtung er gegangen ist.«

»Wie willst du das wissen?«

»Ich bin mir ja nicht sicher. Es ist nur eine Vermutung, aber ich glaube, er ist in südöstliche Richtung gegangen.«

Wie viele andere wusste Sergeant Huddle von Taylors besonderem Spürsinn – sie kannten sich von Kindesbeinen an.

»Warum?«

»Also, zum einen haben wir da die Decke gefunden, und wenn er in die Richtung weitergegangen ist, dann hatte er den Wind im Rücken. Ich glaube, ein kleiner Junge würde nicht gegen den Wind gehen – ich glaube, er würde einfach mit dem Wind gehen. Sonst würde ihm der Regen zu sehr wehtun. Und ich glaube, er würde auch die Blitze hinter sich haben wollen. Seine Mutter hat gesagt, er fürchtet sich vor Blitzen.«

Sergeant Huddle sah ihn skeptisch an.

»Das ist nicht viel.«

»Nein«, sagte Taylor, »zugegeben, viel ist es nicht. Aber ich glaube, es gibt uns eine Chance.«

»Du meinst also, wir sollten nicht weiter suchen wie bisher und jede Richtung abdecken?«

Taylor schüttelte den Kopf. »Wir wären immer noch zu spärlich verteilt – es würde nichts nützen. Du weißt ja, wie es da aussieht.«

Taylor wischte sich mit dem Handrücken über die Wange und dachte nach. Er wünschte sich, Mitch wäre hier und könnte ihm helfen, seine Gründe darzulegen – Mitch konnte so etwas gut. »Hör zu«, sagte er schließlich, »ich weiß, es ist nur eine Vermutung, aber ich bin bereit zu wetten, dass ich Recht habe. Jetzt sind wir – wie viele? – über zwanzig? Wir könnten uns weit verteilen und einen breiten Streifen in dieser Richtung abdecken.«

Huddle sah ihn aus zusammengekniffenen Augen zweifelnd an.

»Und wenn er nicht in diese Richtung gegangen ist? Wenn du dich irrst? Da draußen ist es stockfinster … er könnte sich im Kreise bewegen, was wissen wir schon? Vielleicht hat er sich irgendwo verkrochen und Schutz gesucht … bloß weil er Angst vor Blitzen hat, heißt das noch nicht, dass er genug weiß, um sich von ihnen abzuwenden. Er ist erst vier. Außerdem haben wir jetzt reichlich Leute, so dass wir in unterschiedliche Richtungen gehen können.«

Taylor sagte nichts, er überlegte. Was Huddle sagte, ergab Sinn, zweifellos. Aber Taylor hatte gelernt, seinen Eingebungen zu trauen. Sein Ausdruck war entschlossen.

Huddle runzelte die Stirn und hatte die Hände tief in die Taschen seiner regendurchweichten Jacke gesteckt.

Dann sagte Taylor: »Vertrau mir, Carl.«

»Das ist nicht so leicht. Es geht um einen kleinen Jungen.«

»Ich weiß.«

Darauf seufzte Sergeant Huddle und wandte sich ab. Letztendlich lag die Verantwortung bei ihm. Er war derjenige, der die Suche offiziell leitete. Es war sein Bericht, es war seine Pflicht … und am Ende war er Rechenschaft schuldig.

»Also gut«, sagte er schließlich. »Wir machen es, wie du sagst. Ich hoffe bei Gott, du hast Recht.«

Halb eins schon.

Als Judy McAden im Krankenhaus ankam, ging sie sofort zur Anmeldung. Sie war mit Krankenhausregeln bestens vertraut, deshalb fragte sie, ob sie ihre Nichte Denise Holton sehen könne. Die Schwester an der Anmeldung stellte keine Fragen – der Warteraum war immer noch voll – und sah in der Kartei nach. Denise Holton, erklärte sie, sei in ein Zimmer im Obergeschoss verlegt worden, aber die Besuchszeit sei vorbei. Wenn sie morgen früh wiederkommen könne …

»Können Sie mir wenigstens sagen, wie es ihr geht?«, unterbrach Judy sie.

Die Schwester zuckte müde die Schultern. »Hier steht, dass sie geröntgt wurde, mehr weiß ich nicht. Ich bin mir sicher, Sie können mehr erfahren, wenn sich hier die Dinge wieder beruhigt haben.«

»Wann fängt die Besuchszeit an?«

»Um acht Uhr.« Die Schwester hatte schon eine andere Karteikarte in der Hand.

»Ach so«, sagte Judy und klang entmutigt. Sie warf einen Blick in den Bereich hinter der Krankenschwester, wo es noch chaotischer zuzugehen schien als im Wartesaal. Krankenschwestern liefen hierhin und dorthin und wirkten gehetzt und angestrengt.

»Muss ich mich hier melden, bevor ich zu ihr nach oben gehe? Morgen, meine ich?«

»Nein. Sie können beim Haupteingang um die Ecke reingehen. Gehen Sie morgen früh rauf zu Zimmer 217. Melden Sie sich am besten bei der Stationsschwester, die zeigt Ihnen dann das Zimmer.«

»Danke.«

Judy trat vom Tisch zurück und der Nächste in der Schlange rückte vor. Es war ein Mann mittleren Alters mit einer starken Alkoholfahne. Sein Arm lag in einer improvisierten Schlinge.

»Warum dauert es so lange? Mein Arm bringt mich noch um … «

Die Schwester seufzte ungeduldig. »Es tut mir Leid, aber Sie sehen ja, wir haben sehr viel zu tun heute Abend. Der Arzt kommt, sobald … «

Judy versicherte sich, dass die Aufmerksamkeit der Schwester ganz dem Mann galt. Dann verließ sie den Warteraum durch die Schwingtüren, die sie direkt in den Haupttrakt des Krankenhauses führten. Von früheren Besuchen wusste sie, dass die Aufzüge am Ende des Korridors waren.

Nur wenige Minuten später huschte sie an einem leeren Stationszimmer vorbei, auf dem Weg zu Zimmer 217.

Zur gleichen Zeit, da Judy auf dem Weg zu dem Zimmer war, in dem Denise lag, nahmen die Männer ihre Suche wieder auf. Sie waren jetzt vierundzwanzig und ließen zwischen sich nur so viel Abstand, dass sie den Schein der Lampe des Nebenmannes noch sehen konnten, und bildeten so einen Streifen, der eine viertel Meile breit war. Langsam fingen sie an, sich in südöstlicher Richtung vorwärts zu bewegen; sie scherten sich nicht um das Unwetter und leuchteten jeden Fleck mit ihren Lampen aus. Nach ein paar Minuten waren die Lichter der Autos an der Straße vom Dunkel verschluckt. Für die neu Hinzugekommenen war die plötzliche Dunkelheit ein Schock und sie fragten sich, wie lange ein Junge wohl hier draußen überleben konnte.

Einige der anderen hingegen stellten sich inzwischen die Frage, ob sie die Leiche finden würden.

Denise war noch wach, denn Schlaf war ein Ding der Unmöglichkeit. An der Wand neben ihrem Bett hing eine Uhr, auf die ihr Blick geheftet war; sie sah die Minuten mit beängstigender Regelmäßigkeit verstreichen.

Kyle war seit fast vier Stunden verschwunden.

Vier Stunden!

Sie wollte etwas tun – statt hier zu liegen, so hilflos und nutzlos für Kyle und die Suchenden. Sie wollte auch nach ihm suchen und die Tatsache, dass sie nicht draußen dabei war, schmerzte sie mehr als ihre Verletzungen. Sie musste wissen, was los war. Sie wollte die Sache in die Hand nehmen. Aber sie konnte gar nichts tun.

Ihr Körper hatte sie im Stich gelassen. In der letzten Stunde hatte das Schwindelgefühl nur wenig nachgelassen. Sie konnte sich nicht lange genug aufrecht halten, um über den Flur zu gehen, vom Mitmachen bei der Suche konnte gar keine Rede sein. Helles Licht tat ihren Augen weh, und als der Arzt ihr ein paar einfache Fragen stellte, hatte sie sein Gesicht dreimal vor sich gesehen. Jetzt, allein im Zimmer, hasste sie sich für ihre Schwäche. Was war sie für eine Mutter?

Sie konnte nicht einmal nach ihrem Kind suchen!

Um Mitternacht, als Kyle seit drei Stunden verschwunden war und ihr klar wurde, dass sie das Krankenhaus nicht würde verlassen können, war sie völlig zusammengebrochen. Immer wieder hatte sie Kyles Namen gerufen, sobald sie geröntgt worden war. Es war eine merkwürdige Erleichterung, einfach loszulassen und seinen Namen so laut sie konnte zu rufen. Sie stellte sich vor, dass er sie hören konnte, und wollte, dass er ihre Worte verstand. *Komm zurück, Kyle. Komm zurück zu der Stelle, wo Mommy war. Du hörst mich doch, oder?* Es kümmerte sie nicht, als die Krankenschwestern ihr sagten, sie solle still sein, sie solle sich beruhigen, während sie sich heftig gegen ihre Griffe wehrte. So entspannen Sie sich doch, hatten sie gesagt, es wird alles gut werden.

Aber sie konnte nicht aufhören. Sie rief immer weiter seinen Namen und wehrte sich, bis man sie schließlich hierher brachte. Da hatte sie alles aus sich herausgeschrien und die Schreie wurden zu Schluchzern. Eine Krankenschwester war ein paar Minuten bei ihr geblieben und hatte sich um sie gekümmert, aber dann war sie in ein anderes Zimmer gerufen worden. Seitdem lag Denise allein.

Sie starrte wie gebannt auf den Sekundenzeiger der Wanduhr.

Tick.

Niemand wusste, wie die Dinge standen. Bevor die Krankenschwester fortgerufen wurde, hatte Denise sie gebeten, bei der Polizei anzurufen und zu fragen, ob es Neuigkeiten gebe. Sie hatte sie inständig gebeten, aber die Krankenschwester hatte ihren Wunsch abgeschlagen. Sobald sie etwas erführen, würden sie es ihr mitteilen, hatte sie gesagt. Bis dahin sei es das Beste, wenn sie zur Ruhe kommen und sich entspannen könnte.

Entspannen.

Waren sie verrückt?

Er war immer noch irgendwo da draußen und Denise wusste, dass er lebte. Er musste leben. Wenn Kyle tot war, wüsste sie es. Sie würde es tief in sich spüren, es wäre ein fassbares Gefühl, wie ein Schlag in die Magengrube. Vielleicht hatten sie eine besondere Verbindung, vielleicht gab es das zwischen allen Müttern und ihren Kindern. Vielleicht lag es daran, dass Kyle nicht sprechen konnte und sie sich auf ihren Instinkt verlassen musste, wenn sie mit ihm umging. Sie wusste es nicht genau. Aber in ihrem Herzen glaubte sie, sie würde es wissen, und bisher war ihr Herz still gewesen.

Kyle lebte noch.

Er musste noch leben …

Oh, bitte, lieber Gott, lass ihn …

Tick.

Judy McAden klopfte nicht an, sondern öffnete leise die Tür. In dem Zimmer war das Deckenlicht ausgeschaltet, eine kleine Lampe in der Ecke verbreitete ein mattes Licht und Judy trat leise ein. Als sie die Tür hinter sich schloss, wandte Denise benommen den Kopf und sah sie an.

Als Judy sich im Halbdunkel umdrehte und Denise im Bett liegen sah, erstarrte sie. Es war einer der seltenen Momente in ihrem Leben, in denen sie nicht wusste, was sie sagen sollte.

Sie kannte Denise Holton.

Auf der Stelle – trotz des Verbands um den Kopf, trotz der Schwellungen im Gesicht, trotz aller Umstände – erkannte Judy in Denise die junge Frau, die in der Bibliothek die Computer benutzte. Die mit dem süßen Jungen, der Spaß an Büchern über Flugzeuge hatte …

O nein … der süße kleine Junge …

Denise jedoch stellte die Verbindung nicht her, als sie blinzelnd die Frau vor sich ansah. Ihre Gedanken waren immer noch verschwommen. Krankenschwester? Nein – nicht die richtige Kleidung. Polizei? Nein, zu alt … aber irgendwie kam ihr das Gesicht bekannt vor …

»Kenne ich Sie?«, fragte sie mit krächzender Stimme.

Judy fasste sich wieder und trat auf das Bett zu.

»In gewisser Weise. Ich habe Sie in der Bibliothek gesehen. Ich arbeite da.«

Denise hatte die Augen halb geöffnet. *Die Bibliothek?* Das Zimmer begann sich wieder zu drehen.

»Was machen Sie hier?« Die Worte kamen undeutlich hervor, die Laute waren zu einem Brei zusammengezogen.

Gute Frage, dachte Judy unwillkürlich.

Nervös zupfte sie an dem Schulterriemen ihrer Handtasche. »Ich habe gehört, dass Ihr Sohn verschwunden ist. Mein Sohn ist einer von denen, die jetzt nach ihm suchen.«

Während Judy sprach, flackerte eine Mischung aus Hoffnung und Angst in Denises Augen auf und ihr

Ausdruck wurde klarer. Sie formulierte eine Frage und diesmal klangen die Wörter deutlicher als davor.

»Wissen Sie etwas Neues?«

Die Frage kam unvermittelt, aber eigentlich hätte Judy damit rechnen müssen. Warum sonst sollte sie gekommen sein?

Judy schüttelte den Kopf. »Nein, nichts. Es tut mir Leid.«

Denise presste die Lippen zusammen und schwieg. Sie schien die Antwort abzuwägen, bevor sie sich wegdrehte.

»Ich möchte allein sein«, sagte Denise.

Judy wusste nicht, was sie tun sollte – *warum bin ich bloß gekommen? Sie kennt mich nicht einmal –,* und sagte das Einzige, was sie selbst hätte hören wollen, und das Einzige, was ihr einfiel.

»Sie werden ihn finden, Denise.«

Erst dachte Judy, Denise hätte sie nicht gehört, aber dann sah sie, wie ihr Kinn zu zittern anfing und ihre Augen sich mit Tränen füllten. Denise lag ganz still. Sie schien ihre Gefühle zurückzuhalten, als wollte sie nicht, dass jemand sie so sah, und das machte es irgendwie schlimmer. Obwohl Judy nicht wusste, wie Denise reagieren würde, gab sie ihrem mütterlichen Impuls nach, trat näher heran und setzte sich nach einem kurzen Zögern. Denise schien es nicht zu bemerken. Judy beobachtete sie still.

Was habe ich nur gedacht? Dass ich helfen könnte? Was kann ich schon tun? Vielleicht hätte ich nicht kommen sollen … Sie braucht mich hier nicht. Wenn sie noch einmal sagt, ich soll gehen, dann gehe ich …

Ihre Gedanken wurden von einer Stimme unterbrochen, die so leise war, dass Judy sie kaum hörte.

»Und wenn nicht?«

Judy nahm ihre Hand und drückte sie. »Sie werden ihn finden.«

Denise atmete tief und stockend ein, als wollte sie Stärke aus einer versteckten Reserve ziehen. Langsam drehte sie den Kopf und sah Judy mit rot geschwollenen Augen an. »Ich weiß nicht einmal, ob sie immer noch suchen … «

Aus der Nähe erkannte Judy die Ähnlichkeit zwischen Denise und ihrer Mutter – oder vielmehr, ihrer Mutter in Jugendjahren. Sie hätten Schwestern sein können; Judy wunderte sich, dass ihr das in der Bibliothek nicht aufgefallen war. Doch der Gedanke wurde rasch verdrängt von dem, was Denise gesagt hatte. Unsicher, ob sie richtig gehört hatte, legte Judy die Stirn in Falten.

»Was meinen Sie damit? Meinen Sie, dass niemand Ihnen Bescheid sagt, was da draußen geschieht?«

Obwohl Denise sie ansah, schien sie weit entfernt, in einer Art Schwebezustand.

»Seit sie mich in den Krankenwagen gesteckt haben, habe ich nichts mehr gehört.«

»Gar nichts?«

Denise schüttelte langsam den Kopf.

Sofort sah Judy sich nach dem Telefon um und stand vom Bett auf. Ihr Selbstvertrauen war in dem Moment wiederhergestellt, als sie merkte, dass sie etwas tun konnte. Das musste der Grund gewesen sein für ihren Drang hierher zu kommen. *Sie haben der Mutter nichts gesagt? Unmöglich! Nicht nur das, sondern auch … gefühllos. Sicherlich eine Gedankenlosigkeit, aber dennoch – gefühllos.*

Judy saß auf dem Stuhl neben dem kleinen Tisch in der Ecke des Zimmers und nahm den Hörer in die Hand. Sie wählte eine Nummer und war mit der Polizeiwache in Edenton verbunden. Denise riss die Augen auf, als sie merkte, was Judy tat.

»Hier ist Judy McAden, ich bin bei Denise Holton im Krankenhaus … Ich rufe an, weil ich wissen möchte, wie es bei der Suche aussieht … nein … nein … Ich weiß, es ist viel los, aber ich muss mit Mike Harris sprechen … Sagen Sie ihm, er soll aufnehmen. Sagen Sie ihm, Judy will ihn sprechen. Es ist wichtig … «

Sie legte die Hand über die Muschel und sagte zu Denise: »Ich kenne Mike seit Jahren – er ist der Captain. Vielleicht weiß er etwas.«

Ein Klicken sagte ihr, dass die Verbindung am anderen Ende hergestellt war.

»Hallo, Mike … nein, bei mir ist alles in Ordnung, aber deswegen rufe ich nicht an. Ich bin hier bei Denise Holton, deren Junge im Sumpfland verschwunden ist. Ich bin im Krankenhaus und anscheinend hat ihr niemand gesagt, wie es mit der Suche steht … Ich weiß, alles geht drunter und drüber, aber sie muss wissen, was los ist … Ich verstehe … aha … ach so, danke … «

Nachdem sie aufgelegt hatte, schüttelte sie den Kopf und sprach mit Denise, während sie eine neue Nummer wählte. »Er hat nichts gehört, aber es sind nicht seine Leute, die die Suche leiten, weil es außerhalb der Bezirksgrenze ist. Ich probier's mal mit der Feuerwehrwache.«

Wieder musste sie sich durchfragen, bevor sie jemanden erreichte, der zuständig war. Dann, nach ein paar Minuten, nahm ihre Stimme den Ton einer Mutter an, die ihr Kind zurechtweist: »… Ich verstehe … also, kannst du jemanden, der bei der Suche ist, über Funk erreichen? Ich bin hier bei der Mutter und die hat ein Recht zu wissen, was los ist. Ich kann es nicht fassen, dass ihr sie nicht auf dem Laufenden haltet. Wie würdest du es denn finden, wenn Linda hier wäre und Tommy wäre verschwunden? … Es ist mir gleichgültig, wie viel bei euch los ist. Das ist einfach keine Entschuldigung. Ich kann nicht glauben, dass ihr daran nicht gedacht habt … Nein, ich möchte lieber nicht zurückrufen. Ich würde lieber am Apparat bleiben, während du über Funk jemanden rufst … Joe, sie muss es wissen. Sie hat seit Stunden nichts gehört … also gut … «

Sie sah Denise an und sagte: »Ich warte. Er ruft jemanden über Funk. In ein, zwei Minuten wissen wir Bescheid. Wie geht es Ihnen?«

Denise lächelte zum ersten Mal seit Stunden.

»Danke«, sagte sie schwach.

Eine Minute verging und noch eine, bevor Judy wieder sprach. »Ja, ich bin noch dran ... « Judy sagte nichts, während sie sich berichten ließ, und Denise merkte, wie gegen ihr besseres Wissen Hoffnung in ihr aufkeimte. *Wenn doch nur ... bitte ...* Sie versuchte, eine Regung in Judys Gesicht zu entdecken. Während Judy weiter schwieg, formte sich ihr Mund zu einer schmalen Linie. Schließlich sagte sie in die Muschel: »... Ja, gut ... Danke, Joe. Ruf hier an, wenn du etwas erfährst, was auch immer ... Ja, im Krankenhaus von Elizabeth City ... Und wir melden uns später noch einmal ... «

Während Denise sie ansah, spürte sie, wie sich ein Kloß in ihrer Kehle bildete und die Übelkeit wiederkehrte.

Kyle war noch immer dort draußen ...

Judy legte auf und ging zum Bett hinüber. »Sie haben ihn noch nicht gefunden, aber die Suche geht weiter. Ein paar Männer aus der Stadt sind zu ihnen gestoßen, es sind also mehr an der Suche beteiligt als zuvor. Das Unwetter hat etwas nachgelassen und sie glauben, dass Kyle in südöstlicher Richtung gegangen ist. Seit einer Stunde ungefähr suchen sie in dieser Richtung ... «

Denise hörte kaum, was Judy sagte.

Es ging auf halb zwei zu.

Die Temperatur – anfangs noch zwischen fünfzehn und zwanzig Grad – war auf unter zehn Grad gesunken und seit einer Stunde suchten sie im Gruppenverband. Bei dem kalten, nördlichen Wind sank die Temperatur ziemlich schnell und den Suchenden wurde bewusst, dass sie den kleinen Jungen in den nächsten zwei Stunden würden finden müssen, wenn sie ihn lebend finden wollten.

Sie hatten einen Teil des Sumpflandes erreicht, in dem die Vegetation nicht ganz so dicht war; die Abstände zwischen den Bäumen waren größer und man wurde nicht dauernd von Ranken und Gestrüpp zerkratzt. Hier ging es mit der Suche schneller voran. Taylor sah drei Männer – beziehungsweise ihre Stablampen – rund um sich herum. Nichts wurde übergangen.

Taylor hatte in diesem Teil des Sumpflandes gejagt. Weil es etwas höher lag, war der Boden trocken und das Wild kam hierher zum Äsen. Gut eine halbe Meile weiter fiel das Land wieder unter den Wasserspiegel, dort lag der Teil des Sumpflandes, der bei den Jägern als Duck Shot bekannt war. In der Jagdsaison konnte man Dutzende von Männern finden, die in Ansitzen, von denen es hier viele gab, auf der Lauer lagen. Das Wasser stand das ganze Jahr einen knappen Meter hoch und es lohnte sich immer, hier zu jagen.

Weiter als bis hierher hätte Kyle nicht kommen können.

Vorausgesetzt natürlich, dass sie sich in die richtige Richtung bewegten.

Kapitel 7

Es war jetzt 2.26 Uhr. Kyle war seit fünfeinhalb Stunden verschwunden.

Judy feuchtete einen Waschlappen an, kam damit ans Bett und wusch Denise sanft das Gesicht. Denise hatte kaum gesprochen und Judy bedrängte sie nicht. Denise sah aus, als stünde sie unter Schock, sie war blass und erschöpft, ihre Augen waren rot und glasig. Judy hatte zur vollen Stunde noch einmal auf der Wache angerufen und erfahren, dass es immer noch nichts Neues zu berichten gab. Diesmal schien Denise damit gerechnet zu haben, sie hatte kaum reagiert.

»Kann ich Ihnen ein Glas Wasser bringen?«, fragte Judy.

Als Denise nicht antwortete, erhob Judy sich vom Bett und holte ungebeten ein Glas Wasser. Als sie wieder zum Bett kam, versuchte Denise aufzusitzen und zu trinken, aber die Auswirkungen des Unfalls machten sich jetzt in ihrem ganzen Körper bemerkbar. Ein scharfer Schmerz schoss ihr wie ein elektrischer Schlag vom Handgelenk in die Schulter. Bauch und Brust taten ihr weh, als hätte lange Zeit etwas Schweres darauf gelastet, das nun endlich weggenommen worden war, so dass ihr Körper allmählich wieder seine eigentliche Form annahm, wie ein Ballon, der vorsichtig neu aufgepumpt wurde. Ihr Nacken wurde steif und sie hatte das Gefühl, als wäre ihr ein Stahlstab in die Brustwirbelsäule gesteckt worden, der verhinderte, dass sie den Kopf vorwärts und rückwärts bewegen konnte.

»Hier, ich helfe Ihnen … «, bot Judy ihr an.

Judy setzte das Glas ab und half Denise, sich aufzurichten. Denise stöhnte unterdrückt, hielt den Atem an und presste die Lippen fest zusammen, als der Schmerz in Wellen über sie hinwegrollte. Sie entspannte sich, als er nachließ. Judy reichte ihr das Glas Wasser.

Denise nahm einen Schluck und warf einen Blick auf die Uhr. Immer noch bewegten sich die Zeiger erbarmungslos vorwärts.

Wann würden sie ihn finden?

Judy betrachtete Denise und fragte: »Soll ich eine Krankenschwester holen?«

Denise antwortete nicht.

Judy legte ihre Hand auf die von Denise. »Möchten Sie, dass ich gehe, damit Sie ruhen können?«

Denise wandte den Blick von der Uhr ab und sah Judy an. Sie erblickte immer noch eine Fremde … aber eine freundliche Fremde. Jemand mit freundlichen Augen, die sie an eine ältere Nachbarin in Atlanta erinnerten.

Ich will einfach nur Kyle …

»Ich glaube nicht, dass ich schlafen kann«, sagte sie schließlich.

Denise trank das Wasser aus, Judy nahm ihr das Glas ab und half ihr, sich wieder hinzulegen. »Wie heißen Sie noch einmal?«, fragte Denise. Die Worte kamen nicht mehr so breiig, aber weil sie erschöpft war, klangen sie ganz schwach. »Ich habe Ihren Namen gehört, als Sie telefoniert haben, aber ich erinnere mich nicht mehr … «

Judy stellte das Glas ab. »Ich bin Judy McAden. Offenbar habe ich vergessen, das zu sagen, als ich hereinkam.«

»Und Sie arbeiten in der Bibliothek?«

Sie nickte. »Ich habe Sie und Ihren Sohn dort häufiger gesehen.«

»Sind Sie deswegen … «, fragte Denise und beendete den Satz nicht.

»Nein, ich bin gekommen, weil ich Ihre Mutter kannte, als sie jung war. Sie und ich waren damals befreundet. Als ich hörte, dass Ihnen etwas zugestoßen war … ach, ich wollte einfach nicht, dass Sie denken, Sie seien ganz allein.«

Denise machte die Augen halb zu und versuchte, Judy anzusehen, als sähe sie sie zum ersten Mal.

»Meine Mutter?«

Judy nickte. »Sie wohnte ganz in meiner Nähe. Wir sind zusammen aufgewachsen.«

Denise versuchte sich zu erinnern, ob ihre Mutter je von Judy gesprochen hatte, aber in die Vergangenheit zu gucken war, als wollte sie ein undeutliches Bild im Fernsehen erkennen. Sie konnte sich weder so noch so an etwas erinnern, und noch während sie sich bemühte, klingelte das Telefon.

Sie schreckten beide auf und sahen zum Apparat – das Klingeln hatte etwas Schrilles und mit einem Mal Bedrohliches.

Ein paar Minuten zuvor hatten Taylor und die anderen Duck Shot erreicht. Hier wurde das morastige Wasser tiefer, sie waren anderthalb Meilen von der Stelle entfernt, an der sich der Unfall ereignet hatte. Weiter hätte Kyle nicht kommen können, aber sie hatten immer noch kein Lebenszeichen von ihm.

Als einer nach dem anderen Duck Shot erreichte, formierte sich die Gruppe wieder, und als die Walkie-Talkies angeschaltet wurden, konnte man eine Reihe enttäuschter Stimmen hören.

Taylor meldete sich jedoch nicht zurück. Er unterbrach die Suche nicht und versuchte erneut, sich in Kyles Situation zu versetzen und die gleichen Fragen zu beantworten, die er sich zuvor schon gestellt hatte. War Kyle in diese Richtung gegangen? Immer wieder kam er zu derselben Schlussfolgerung. Schon der Wind würde ihn in diese grobe Richtung steuern. Er hätte sich dem Wind nicht entgegenstemmen wollen, und wäre er in diese Richtung gegangen, hätte er die Blitze hinter sich gehabt ...

Verdammt. Er musste in diese Richtung gegangen sein. Etwas anderes war nicht möglich.

Aber wo war er?

Sie konnten ihn nicht übersehen haben, oder? Bevor sie aufgebrochen waren, hatte Taylor alle ermahnt, jedes mögliche Versteck zu überprüfen – Bäume, Büsche, Baumstümpfe, abgefallene Äste – wo immer ein Kind sich vor einem Gewitter verstecken würde ... und er war sich sicher, dass sie seinen Anweisungen gefolgt waren. Den anderen Suchenden war die Sache so wichtig wie ihm.

Wo aber war er?

Plötzlich wünschte er sich ein Nachtsichtgerät, etwas, das die Dunkelheit weniger lähmend gemacht hätte und den Jungen aufgrund seiner Körperwärme ausfindig machen könnte. Obwohl es solche Geräte auf dem Markt gab, kannte er keinen in der Stadt, der eines besaß. Es war klar, dass die Feuerwache dergleichen nicht hatte – die konnte sich nicht einmal eine bezahlte Mannschaft leisten, geschweige denn irgendwelche modernen technischen Geräte. Ein begrenztes Budget war in einer Kleinstadt schließlich an der Tagesordnung.

Die National Guard hingegen ...

Taylor war sicher, dass sie diese Geräte hatte, aber das nutzte ihm jetzt nichts. Es würde viel zu lange dauern, eines davon herbeizuschaffen. Und eins von einem Kollegen von der National Guard zu leihen war unrealistisch – der für die Ausrüstung zuständige Beamte würde eine Genehmigung von seinem Vorgesetzten benötigen, der seinerseits eine von jemand anders einholen musste, der darauf bestehen würde, dass jede Menge Formulare ausgefüllt würden – blah, blah, blah. Und selbst wenn wunderbarerweise einem Gesuch stattgegeben würde, war die nächste Stelle fast zwei Stunden

Fahrzeit entfernt. Herrgott, bis dahin würde es wieder hell werden.

Denk nach!

Ein Blitz zuckte herab und erschreckte ihn. Die letzten Blitze lagen schon eine Weile zurück und abgesehen von dem Regen glaubte er, dass das Schlimmste überstanden war.

Doch als der nächtliche Himmel erleuchtet wurde, sah er es in der Ferne ... rechteckig und aus Holz, mit Buschwerk überwachsen. Einer von Dutzenden Ansitzen.

Seine Gedanken überstürzten sich ... Ansitze ... sie sahen fast aus wie ein Spielhaus für Kinder, sie boten genügend Schutz und hielten den Regen ab ... Hatte Kyle einen gesehen?

Nein, zu leicht ... es war nicht möglich ... aber ...

Obwohl es nur eine vage Hoffnung war, spürte Taylor, wie das Adrenalin wieder durch sein Blut rauschte. Er gab sich alle Mühe, Ruhe zu bewahren.

Vielleicht – mehr war es nicht. Einfach ein riesengroßes Vielleicht.

Aber im Moment hatte er außer »vielleicht« nichts und er hastete zum ersten Ansitz, den er gesehen hatte. Seine Stiefel sanken mit lauten Schmatzgeräuschen im Schlamm ein, als er sich durch den morastigen Boden vorankämpfte. Wenige Sekunden später erreichte er den Ansitz – er war seit dem letzten Herbst nicht benutzt worden; Kletterranken und Gestrüpp überwucherten ihn. Taylor schob sich durch die Ranken und steckte den Kopf hinein. Mit seiner Stablampe leuchtete er das Innere der Holzkonstruktion aus und erwartete fast, einen kleinen Jungen zu entdecken, der sich vor dem Gewitter versteckte ...

Doch außer morschen Planken sah er nichts.

Als Taylor zurücktrat, durchriss ein neuer Blitz den Himmel, in dessen Schein er die Umrisse eines weiteren Ansitzes, keine fünfzig Meter entfernt, erkannte. Einer, der nicht so sehr überwachsen war wie der, in dem er gerade nachgesehen hatte. Taylor war wieder auf dem Weg, er rannte, glaubte …

Wenn ich ein Kind wäre, und ich wäre so weit gegangen und dann sähe ich etwas, das wie ein kleines Haus aussieht …

Er kam bei dem zweiten Ansitz an, sah in aller Hast hinein und fand nichts. Er fluchte erneut und spürte eine noch größere Dringlichkeit. Er machte sich wieder auf den Weg und suchte den nächsten Ansitz, ohne genau zu wissen, wo er war. Aus Erfahrung wusste er, dass er keine hundert Meter entfernt sein konnte, in der Nähe des Wassers …

Und er hatte Recht.

Er keuchte, während er gegen den Regen, den Wind und vor allem gegen den Schlamm ankämpfte, und er wusste im Innersten seines Herzens, dass sein Gefühl mit dem Ansitz richtig war. Wenn Kyle nicht hier war, würde er die anderen auf seinem Walkie-Talkie rufen und sie jeden Ansitz in dem Gebiet durchsuchen lassen.

Diesmal trampelte er durch das Dickicht, als er zu dem Ansitz kam. Er ging um die Konstruktion herum und machte sich darauf gefasst, wieder nichts zu finden. Doch als er mit seiner Stablampe hineinleuchtete, stockte ihm fast der Atem.

Ein kleiner Junge saß in der Ecke, schlammverkrustet und verkratzt, schmutzig … aber sonst … anscheinend unversehrt …

Taylor klappte die Augen auf und zu, und als er sie wieder aufmachte, war der kleine Junge immer noch da, einschließlich Mickey-Mouse-T-Shirt.

Taylor war zu überrascht, um zu sprechen. Trotz der stundenlangen Suche war das Ende so plötzlich gekommen.

In dem Schweigen – nicht mehr als ein paar Sekunden – sah Kyle zu ihm auf, zu dem großen Mann in dem langen gelben Mantel, der so überrascht guckte, als wäre er gerade bei etwas Unerlaubtem ertappt worden.

»Haoo«, sagte Kyle, über alle Maßen erfreut. Und Taylor lachte laut auf. Dann breitete sich ein Grinsen auf beiden Gesichtern aus. Taylor ließ sich auf ein Knie nieder, und der kleine Junge rappelte sich auf und warf sich ihm in die Arme. Er war kalt und nass und zittrig, und als Taylor die kleinen Arme um seinen Hals fühlte, stiegen ihm die Tränen in die Augen.

»Ja, hallo, kleiner Mann. Ich nehme an, du bist Kyle.«

Kapitel 8

»Ich hab ihn! Hört ihr mich? … Ich wiederhole, ich habe ihn … Kyle ist bei mir, es geht ihm gut … «

Bei diesen Worten über das Walkie-Talkie wurden die Suchenden von Aufregung gepackt. Sie gaben die Nachricht sofort der Feuerwache durch, von wo aus Joe im Krankenhaus anrief.

Es war 2.31 Uhr.

Judy nahm das Telefon vom Tisch und stellte es aufs Bett, damit Denise abnehmen konnte. Die atmete kaum, als sie den Hörer in die Hand nahm. Dann hob sie plötzlich die Hand zum Mund, um einen Aufschrei zu ersticken. Ihr Lächeln kam aus tiefstem Herzen und war so ausdrucksvoll und ansteckend, dass Judy den Drang, vor Freude auf und ab zu hüpfen, unterdrücken musste.

Denise stellte die zu erwartenden Fragen: »Geht es ihm wirklich gut? … Wo haben Sie ihn gefunden? … Ist er wirklich nicht verletzt? … Wann kann ich ihn sehen? … Warum dauert das so lange? … Ach so, natürlich. Aber stimmt das auch wirklich? … Danke, ich danke Ihnen allen so sehr … ich kann es noch gar nicht glauben … «

Als Denise den Hörer aufgelegt hatte, setzte sie sich – diesmal ohne Hilfe – aufrecht hin, umarmte Judy spontan und erzählte ihr, was sie erfahren hatte.

»Sie bringen ihn zum Krankenhaus … er ist ausgekühlt und nass und sie wollen ihn herbringen, zur Sicherheit, damit sie nachsehen können, ob wirklich alles in Ordnung ist. Er wird so in einer Stunde hier sein … oh, ich kann es einfach nicht glauben.«

Die Aufregung brachte das Schwindelgefühl wieder, aber Denise kümmerte sich nicht darum.

Kyle war in Sicherheit. Das allein war von Bedeutung.

Im Sumpfland hatte Taylor sich seinen Mantel ausgezogen und Kyle darin eingepackt. Er trug ihn und stieß während des Rückwegs auf einige der anderen. Bei Duck Shot warteten sie so lange, bis alle Männer versammelt waren. Dann machten sie sich auf den Weg zur Straße und blieben diesmal eng zusammen als Gruppe.

Nach fünf Stunden der Suche spürte Taylor die Anstrengung und hatte jetzt Mühe, Kyle zu tragen. Bei dem Gewicht des Kindes – es wog bestimmt zwanzig Kilo – taten ihm nicht nur die Arme weh, sondern er sank auch tief in den morastigen Boden. Als er bei der Straße ankam, hatte er sich völlig verausgabt. Wie Frauen ihre Kinder stundenlang umhertragen konnten, während sie einkauften, war ihm unerklärlich.

Ein Krankenwagen wartete auf sie. Zuerst wollte Kyle Taylor nicht loslassen, aber Taylor sprach sanft auf ihn ein und konnte ihn schließlich überreden, sich von dem Sanitäter untersuchen zu lassen. Als Taylor im Krankenwagen saß, wünschte er sich nichts sehnlicher, als ausgiebig heiß zu duschen, aber als er sah, dass Kyle jedes Mal fast in Panik ausbrach, wenn er Anstalten machte, sich zu entfernen, beschloss er, mit ins Krankenhaus zu fahren. Sergeant Huddle fuhr im Polizeiwagen voraus, während die anderen sich auf den Weg nach Hause machten.

Die lange Nacht war endlich vorbei.

Sie kamen kurz nach halb vier im Krankenhaus an. Inzwischen war es auch in der Notaufnahme ruhiger geworden und fast alle Patienten waren behandelt worden. Die Ärzte waren über Kyles bevorstehende Ankunft informiert worden und warteten auf ihn. Auch Denise und Judy waren da.

Judy hatte die Nachtschwester überrascht, indem sie mitten in der Nacht zum Stationszimmer ging und nach einem Rollstuhl für Denise Holton fragte. »Was machen

Sie denn hier? Wissen Sie nicht, wie spät es ist? Jetzt ist keine Besuchszeit … « Aber Judy ignorierte die Fragen und wiederholte ihre Bitte. Sie musste einige Überredungskünste aufbringen, doch dann bekam sie, was sie wollte. »Sie haben ihren Sohn gefunden und bringen ihn her. Sie möchte ihn sehen, wenn er ankommt … «

Die Nachtschwester gab ihrer Bitte statt.

Der Krankenwagen kam ein paar Minuten eher als angekündigt und die Tür hinten ging auf. Als Kyle auf der Trage aus dem Wagen gefahren wurde, versuchte Denise aufzustehen und der Arzt und die Schwestern traten zurück, damit Kyle seine Mutter sehen konnte.

Im Krankenwagen hatte man ihm seine Sachen ausgezogen und ihn in warme Decken gewickelt, damit seine Körpertemperatur wieder auf die normale Höhe stieg. Obwohl er ausgekühlt war, bestand keine echte Gefahr der Unterkühlung und die Decken hatten eine gute Wirkung erzielt. Kyles Gesicht war rosig, er konnte sich mühelos bewegen – und sah in jeder Hinsicht besser aus als seine Mutter.

Denise kam zu der Trage und beugte sich über ihn, damit er sie sehen konnte, worauf Kyle sich sofort aufsetzte. Er kletterte ihr auf den Schoß und sie hielten sich eng umschlungen.

»Haoo Mani«, sagte er schließlich.

Denise lachte auf und Arzt und Schwestern lachten mit ihr.

»Hallo, Süßer«, sagte sie. Sie flüsterte ihm ins Ohr und hatte die Augen fest geschlossen. »Geht's dir gut?«

Kyle antwortete nicht, aber diesmal machte es Denise nichts aus.

Denise begleitete Kyle, der in den Behandlungsraum gefahren wurde. Judy hielt sich derweilen im Hintergrund und sah ihnen nach. Sie wollte sich nicht dazwischendrängen. Als die beiden verschwanden, wurde ihr bewusst, wie müde sie war. Seit Jahren war sie nicht mehr so lange auf gewesen. Aber es hatte sich gelohnt – nichts war besser als ein Auf und Ab der Gefühle, um die alte Pumpe in Schwung zu bringen. Ein paar mehr Nächte wie diese und sie wäre fit für einen Marathonlauf.

Während sie aus der Notaufnahme trat, fuhr der Krankenwagen gerade wieder weg und sie suchte in ihrer Handtasche nach ihrem Autoschlüssel. Als sie aufsah, entdeckte sie Taylor, der mit Sergeant Huddle am Polizeiwagen stand. Sie atmete erleichtert auf. Taylor sah sie im gleichen Augenblick und hatte einen Moment lang das Gefühl, seine Augen würden ihn trügen. Er sah sie fragend an, während er auf sie zukam.

»Mom – was machst du denn hier?«, fragte er verdutzt.

»Ich habe den Abend bei Denise Holton verbracht – du weißt schon, das ist die Mutter des Jungen. Ich dachte, sie könnte vielleicht Beistand gebrauchen.«

»Und da bist du hergekommen? Obwohl du sie gar nicht kanntest?«

Sie umarmten sich. »Natürlich.«

Taylor war stolz auf seine Mutter. Seine Mutter war eine prächtige Frau. Judy löste sich aus der Umarmung und sah ihn von oben bis unten an.

»Du siehst schrecklich aus, mein Sohn.«

Taylor lachte. »Danke für das Kompliment. Aber ehrlich gesagt fühle ich mich recht gut.«

»Das kann ich mir vorstellen. Und so sollte es auch sein. Du hast heute Abend etwas Wunderbares geleistet.«

Er lächelte kurz und wurde dann wieder ernst. »Und wie ging es ihr?«, fragte er. »Bevor wir ihn gefunden haben, meine ich.«

Judy zuckte die Schultern. »Verstört, verwirrt, voller

Panik und Entsetzen ... such dir das Passende aus. Sie hat so ziemlich alles durchlebt heute Abend.«

Er sah sie mit einem Lächeln an. »Ich habe gehört, du hast Joe die Meinung gesagt ...«

»Und ich würde es wieder tun. Was habt ihr euch nur gedacht?«

Taylor hob die Hände wie zur Verteidigung.

»He – gib mir nicht die Schuld. Ich bin nicht der Chef und außerdem war er genauso besorgt wie wir. Glaub mir.«

Sie hob die Hand und schob Taylor eine Haarsträhne aus den Augen. »Ich wette, du bist ziemlich fertig.«

»Einigermaßen. Aber nichts, was ein paar Stunden Schlaf nicht regeln könnten. Darf ich dich zu deinem Auto bringen?«

Judy hängte sich bei Taylor ein, gemeinsam gingen sie zum Parkplatz. Nach ein paar Schritten sah sie ihn an.

»Du bist so ein netter junger Mann. Wieso bist du eigentlich noch nicht verheiratet?«

»Ich hab Angst vor der Verwandtschaft.«

»Wie?«

»Nicht meiner Verwandtschaft, Mom. Vor der meiner Frau.«

Judy entzog ihm mit gespielter Entrüstung den Arm. »Ich nehme zurück, was ich eben gesagt habe.«

Taylor lachte leise und nahm ihren Arm wieder. »Ich mache nur Witze, Mom. Du weißt, dass ich dich lieb habe.«

»Das möchte ich dir auch geraten haben.«

Als sie zu ihrem Auto kamen, nahm Taylor die Schlüssel und schloss ihr auf. Nachdem Judy sich hinter das Steuerrad gesetzt hatte, beugte er sich herunter und sah sie durch das offene Fenster an. »Bist du auch nicht zu müde zum Fahren?«, fragte er.

»Nein, mach dir keine Sorgen. Es ist ja nicht weit. Wo ist denn dein Auto?«

»An der Unfallstelle. Ich bin mit Kyle im Krankenwagen gekommen. Carl bringt mich zu meinem Auto.«

Judy nickte und drehte den Schlüssel, der Motor
sprang sofort an.

»Ich bin stolz auf dich, Taylor.«

»Danke, Mom. Und ich bin stolz auf dich.«

Kapitel 9

*B*ei Tagesanbruch war der Himmel bewölkt und es regnete sporadisch, doch der größte Teil des Unwetters war aufs Meer hinausgezogen. Die Zeitungen berichteten ausführlich über die Ereignisse des vorherigen Abends, wobei die größte Aufmerksamkeit einem Tornado in der Nähe von Maysville galt, der Teile eines Wohnwagenparks zerstört, vier Menschen getötet und weitere sieben verletzt hatte. Die erfolgreiche Suche nach Kyle Holton wurde überhaupt nicht erwähnt – die Tatsache, dass er verschwunden war, erfuhren die Reporter erst am folgenden Tag, Stunden nachdem er gefunden worden war. Der erfolgreiche Abschluss hatte es in ihren Augen zu einem uninteressanten Ereignis gemacht, besonders im Vergleich zu der Masse der Berichte, die aus dem Osten des Staates eingingen.

Denise und Kyle waren noch im Krankenhaus und hatten im selben Zimmer schlafen dürfen. Sie mussten beide über Nacht (oder was von der Nacht noch übrig war) bleiben, und obwohl Kyle am nächsten Nachmittag hätte entlassen werden können, wollten die Ärzte Denise noch einen Tag zur Beobachtung dabehalten.

Die Krankenhausgeräusche machten es unmöglich, lange zu schlafen, und nachdem Denise und Kyle beide noch einmal untersucht worden waren, verbrachten sie den Vormittag damit, sich die Zeichentrickfilme im Fernsehen anzusehen. Sie saßen auf ihrem Bett, hatten sich Kissen in den Rücken gestopft und trugen die unbequemen Krankenhausnachthemden. Kyle sah sich »Scooby-Doo« an, seinen Lieblingstrickfilm. Auch für Denise war es in ihrer Kindheit ihre liebste Sendung gewesen. Jetzt brauchten sie nur noch eine Tüte Popcorn, aber schon bei dem Gedanken drehte sich Denise der Magen um. Obwohl das Schwindelgefühl weitgehend nachgelassen hatte, schmerzte helles Licht immer noch in ihren Augen und sie kämpfte ständig gegen Übelkeit.

»Ea wenn«, sagte Kyle und zeigte auf den Bildschirm, wo sich Scoobys Beine im Kreis drehten.

»Ja, er rennt weg, vor dem Gespenst. Kannst du das sagen?«

»Ea wenn wek«, flüsterte er.

Sie hatte den Arm um ihn gelegt und tippte ihm auf die Schulter. »Bist du gestern weggerannt?«

Kyle nickte, seine Augen auf den Bildschirm geheftet. »Ja, bin wekewann.«

Sie sah ihn zärtlich an. »Hast du Angst gehabt?«

»Ja, hab Anst hab.«

Obwohl sich sein Ton etwas verändert hatte, wusste Denise nicht, ob er über sich sprach oder über Scooby-Doo. Kyle waren die Unterschiede zwischen den Pronomen wie ich, du, er, sie, es und so weiter unklar und die Zeiten benutzte er auch nicht korrekt. Rennen, rannte, gerannt ... es bedeutete alles dasselbe, zumindest soweit Denise sehen konnte. Auch das Konzept von Zeit (gestern, morgen, letzte Nacht) war ihm fremd.

Sie hatte schon frühmorgens versucht, mit ihm über seine Erfahrung zu sprechen. Als sie damit anfing, war sie jedoch nicht sehr weit gekommen. Warum bist du weggelaufen? Was hast du gedacht? Was hast du gesehen? Wie haben sie dich gefunden? Kyle hatte keine ihrer Fragen beantwortet und sie hatte es auch nicht erwartet, aber sie wollte ihn trotzdem fragen. Vielleicht könnte er es ihr eines Tages erzählen. Vielleicht würde er sich eines Tages, wenn er sprechen gelernt hatte, erinnern und es ihr erklären können: »Ja, Mom, ich weiß noch ... « Bis dahin würde es ein Geheimnis bleiben.

Bis dahin.

Der Zeitpunkt schien so weit entfernt wie eh und je.

In dem Moment öffnete sich langsam die Tür.

»Darf ich reinkommen?«

Denise sah zur Tür hinüber, als Judy McAden ihren Kopf um die Ecke steckte. »Ich komme hoffentlich nicht ungelegen. Ich habe im Krankenhaus angerufen und man sagte mir, Sie seien beide wach. Stör ich?«

Denise richtete sich auf und versuchte, sich das zerknautschte Krankenhausnachthemd glatt zu streichen. »Überhaupt nicht. Wir schauen fern. Kommen Sie herein.«

»Ganz sicher?«

»Bitte. Ich ertrage Zeichentrickfilme nur, wenn ich ab und zu eine Pause mache.« Mit der Fernbedienung stellte sie den Ton leiser.

Judy kam ans Bett.

»Ich wollte einfach nur vorbeikommen und Ihren Sohn kennen lernen. Er ist Gesprächsthema Nummer eins in der Stadt. Ich hatte heute Morgen um die zwanzig Anrufe.«

Denise sah ihren Sohn stolz von der Seite her an. »Na, hier ist er, der kleine Rabauke. Kyle, sag hallo zu Miss Judy.«

»Haoo, Miss Jui«, flüsterte er. Seine Augen waren immer noch auf den Bildschirm geheftet.

Judy zog einen Stuhl heran und setzte sich neben das Bett. Sie tätschelte ihm das Bein.

»Hallo, Kyle. Wie geht es dir? Ich habe gehört, dass du gestern Abend ein großes Abenteuer erlebt hast. Deine Mutter hat sich schreckliche Sorgen gemacht.«

Nach einem Moment des Schweigens stieß Denise ihren Sohn an. »Kyle – sag: ›Mir geht's gut‹.«

»Det dut.«

Judy warf einen Blick auf Denise. »Er sieht aus wie Sie.«

»Deswegen habe ich ihn gekauft«, sagte Denise rasch und Judy lachte. Judy wandte sich wieder an Kyle.

»Deine Mom ist aber lustig, nicht?«

Kyle antwortete nicht.

»Kyle kann nicht besonders gut sprechen«, erklärte Denise leise. »Er ist spät dran mit der Sprachentwicklung.«

Judy nickte, dann beugte sie sich weiter vor, als wollte sie Kyle ein Geheimnis sagen.

»Oh, das macht doch nichts, oder, Kyle? Ich bin ja nicht so interessant wie der Zeichentrickfilm. Was siehst du da?«

Wieder antwortete er nicht und Denise tippte ihm auf die Schulter. »Kyle, was siehst du da?«

Ohne sie anzusehen flüsterte er: »Skudi du.«

Judy strahlte. »Oh, Taylor hat das immer gesehen, als er klein war.« Dann, etwas langsamer: »Ist das lustig?«

Kyle nickte begeistert.

»Ja, is lusti.«

Denise machte große Augen, als er sprach, und sah ihn zärtlich an. *Wie ein kleines Wunder* ...

Judy sagte zu Denise: »Läuft das etwa immer noch?«

»Scooby? Das kommt zweimal am Tag«, sagte Denise. »Wir können es uns morgens und nachmittags ansehen.«

»Sie Glückliche.«

»Ja, ich Glückliche.« Denise verdrehte die Augen und Judy lachte in sich hinein.

»Und wie geht es Ihnen beiden?«

Denise richtete sich etwas mehr auf.

»Also, Kyle ist durch und durch gesund. Wenn man ihn ansieht, könnte man denken, dass gestern Abend gar nichts passiert ist. Ich hingegen ... nun, sagen wir mal, es könnte mir ein bisschen besser gehen.«

»Werden Sie bald rauskönnen?«

»Morgen, hoffe ich. Wenn die alten Knochen mitmachen, versteht sich.«

»Wenn Sie noch bleiben müssen, wer kümmert sich dann um Kyle?«

»Oh, er kann auch hier bleiben. Im Krankenhaus sind sie da sehr entgegenkommend.«

»Aber wenn Sie jemanden brauchen, dann sagen Sie mir Bescheid.«

»Danke für das Angebot«, sagte sie und ihr Blick ging wieder zu Kyle. »Aber ich glaube, das geht schon, was, Kyle? Mommy reicht es mit dem Getrenntsein für eine Weile.«

Auf dem Bildschirm öffnete sich plötzlich ein Mumiengrab, Shaggy und Scooby rannten weiter, Velma war knapp hinter ihnen. Kyle lachte und schien seine Mutter nicht gehört zu haben.

»Außerdem haben Sie schon mehr als genug getan«, fuhr Denise fort. »Es tut mir Leid, dass ich mich gestern nicht mehr bei Ihnen bedanken konnte, aber – also … «

Judy hob die Hand und unterbrach sie.

»Machen Sie sich bloß keine Gedanken. Ich bin einfach nur froh, dass alles so gut ausgegangen ist. Ist Carl schon hier gewesen?«

»Carl?«

»Er ist der Polizist von den State Troopers. Der von gestern Abend.«

»Nein, noch nicht. Er will vorbeikommen?«

Judy nickte. »Das habe ich gehört. Taylor hat mir heute Morgen gesagt, dass Carl noch ein paar Dinge mit Ihnen klären muss.«

»Taylor? Das ist Ihr Sohn, stimmt's?«

»Mein einziger, ja.«

Denise versuchte sich an den Abend zu erinnern.

»Er war derjenige, der mich gefunden hat, richtig?«

Judy nickte. »Er war auf der Suche nach runtergerissenen Stromleitungen, als er Ihr Auto fand.«

»Dann sollte ich mich bei ihm auch bedanken.«

»Ich richte es ihm aus. Aber er war nicht der Einzige, der gesucht hat. Am Schluss hatten sie über zwanzig

Leute. Sie sind aus der ganzen Stadt gekommen, um mitzuhelfen.«

Denise schüttelte erstaunt den Kopf. »Aber sie kennen mich doch gar nicht.«

»Die Menschen können Sie zum Staunen bringen, was? Aber es gibt eine Menge guter Menschen hier. Ehrlich gesagt, ich war nicht überrascht. Edenton ist zwar eine kleine Stadt, aber sie hat ein großes Herz.«

»Leben Sie schon immer hier?«

Judy nickte.

Denise flüsterte verschwörerisch: »Dann wissen Sie bestimmt über alles Bescheid, was hier passiert.«

Judy legte – wie Scarlett O'Hara – eine Hand aufs Herz und sagte, indem sie die Worte dehnte: »Meine Teure, ich könnte Ihnen Geschichten erzählen, da würden sich Ihnen die Augenbrauen kräuseln.«

Denise lachte. »Vielleicht können wir uns mal besuchen und dann können Sie mir alles erzählen.«

Judy spielte die Südstaaten-Schönheit perfekt.

»Aber das wäre ja Tratschen und Tratschen ist Sünde.«

»Ich weiß, aber ich bin schwach.«

Judy zwinkerte ihr zu. »Gut. Ich auch. Das machen wir. Und wenn wir uns sehen, dann erzähle ich Ihnen auch, wie Ihre Mutter als junges Mädchen war.«

Eine Stunde nach dem Mittagessen kam Carl Huddle zu Denise und erledigte noch den restlichen Papierkram. Von ihrer Sorge befreit und nicht mehr so benommen wie am Vortag, beantwortete sie alle Fragen aufs Genaueste. Da der Fall offiziell schon abgeschlossen war, dauerte die Prozedur nur zwanzig Minuten. Kyle saß auf dem Boden und spielte mit einem Flugzeug. Denise hatte es aus ihrer Handtasche hervorgeholt, die Sergeant Huddle ihr gebracht hatte.

Als sie fertig waren, verstaute Sergeant Huddle alles in einem Ordner. Er stand aber nicht gleich auf, sondern schloss die Augen und verbarg hinter dem Handrücken ein Gähnen.

»Entschuldigen Sie mich bitte«, sagte er und versuchte, das plötzliche Gefühl der Müdigkeit abzuschütteln.

»Müde?«, fragte sie verständnisvoll.

»Ein wenig. Ich hatte einen ereignisreichen Abend.« Denise setzte sich zurecht.

»Ich bin froh, dass Sie vorbeigekommen sind. Ich möchte mich bei Ihnen bedanken für alles, was Sie gestern Abend getan haben. Sie können sich gar nicht vorstellen, was es mir bedeutet.«

Sergeant Huddle nickte, als kenne er diese Situation bereits.

»Keine Ursache. Es ist ja meine Aufgabe. Außerdem habe ich selbst eine kleine Tochter, und wenn sie es gewesen wäre, hätte ich mir gewünscht, dass alle Männer im Umkreis von fünfzig Meilen alles stehen und liegen lassen und nach ihr suchen würden. Nichts hätte mich gestern von der Suche abbringen können.«

Sein Ton überzeugte Denise von seiner Aufrichtigkeit.

»Sie haben also eine kleine Tochter?«, fragte Denise.

»Ja. Letzten Montag hatte sie Geburtstag. Sie ist fünf geworden. Ein gutes Alter.«

»Es ist immer ein gutes Alter, zumindest ist das meine Erfahrung. Wie heißt sie?«

»Campbell. Wie die Suppe. Es ist Kims Mädchenname – der meiner Frau.«

»Ist sie Ihr einziges Kind?«

»Bisher. Aber in ein paar Monaten nicht mehr.«

»Oh, herzlichen Glückwunsch! Junge oder Mädchen?«

»Wissen wir noch nicht. Wir lassen uns überraschen, wie bei Campbell.«

Sie nickte und schloss einen Moment lang die Augen. Sergeant Huddle schlug sich mit dem Ordner ans Bein und stand auf.

»Ich glaube, ich sollte gehen. Sie brauchen sicherlich Ruhe.«

Obwohl sie annahm, dass er sich selbst meinte, setzte Denise sich aufrecht hin. »Ehm ... bevor Sie gehen – kann ich Sie was fragen über den Abend gestern? Bei der ganzen Unruhe gestern und auch heute Morgen habe ich noch nicht richtig herausgefunden, was eigentlich geschehen ist. Wenigstens nicht von einem Beteiligten.«

»Klar. Fragen Sie nur.«

»Wie konnten Sie ihn ... ich meine, es war so dunkel und bei dem Gewitter ... « Sie brach ab, suchte nach den richtigen Worten.

»Sie meinen, wie wir ihn finden konnten?«, half Sergeant Huddle ihr auf die Sprünge.

Sie nickte.

Er warf einen Blick auf Kyle, der immer noch in einer Ecke mit seinem Flugzeug spielte.

»Nun, am liebsten wäre es mir, ich könnte sagen, es war Können und Training, aber das stimmt nicht. Wir hatten Glück. Großes Glück. Es hätte Tage dauern können – das Sumpfland ist so undurchdringlich. Eine Zeit lang hatten wir keine Ahnung, in welche Richtung er gegangen sein könnte, aber Taylor kam auf die Idee, dass Kyle mit dem Wind gehen würde und die Blitze hinter sich haben wollte. Und er hatte Recht.«

Er nickte zu Kyle hinüber und hatte den Blick eines Vaters, dessen Sohn den Ball für den siegbringenden Home-Run geschlagen hat, und fuhr fort: »Sie haben da einen zähen Burschen, Miss Holton. Dass er das so gut überstanden hat, hat mehr mit ihm zu tun als mit einem von uns. Die meisten Kinder – eigentlich alle Kinder, die ich kenne – wären völlig verschreckt gewesen, aber Ihr Kleiner war es nicht. Es ist erstaunlich.«

Denise runzelte die Stirn und dachte über das nach, was er gerade gesagt hatte.

»Einen Moment – war das Taylor McAden?«

»Ja, der Sie auch gefunden hat.« Er kratzte sich an der Wange. »Um ehrlich zu sein, er war derjenige, der Sie beide gefunden hat, wenn Sie es genau wissen wollen. Er hat Kyle in einem Ansitz gefunden und Kyle hat ihn nicht wieder losgelassen, bis wir im Krankenhaus waren. Hat sich an ihn gekrallt wie eine Klette.«

»Taylor McAden hat Kyle gefunden? Aber ich dachte, Sie seien es gewesen.«

Sergeant Huddle nahm seinen Trooper-Hut vom Bett.

»Nein, ich war es nicht, aber ich versichere Ihnen, das lag nicht an fehlendem Bemühen meinerseits. Irgendwie hatte Taylor den ganzen Abend einen siebten Sinn; fragen Sie mich nicht, wieso.«

Sergeant Huddle versank in Gedanken. Aus ihrer Position konnte sie die Ringe unter seinen Augen sehen. Er wirkte abgespannt, als würde er sich am liebsten sofort ins Bett legen.

»Aber … ich danke Ihnen trotzdem. Ohne Sie wäre Kyle jetzt wahrscheinlich nicht hier.«

»Keine Ursache. Ich liebe ein glückliches Ende und bin froh, dass wir eins hatten.«

Sergeant Huddle verabschiedete sich und ging. Als sich die Tür hinter ihm schloss, sah Denise zur Decke hinauf, ohne sie richtig zu sehen.

Taylor McAden? Judy McAden?

Sie mochte nicht an einen Zufall glauben, aber alles, was in der vergangenen Nacht passiert war, war ein riesiger Zufall. Das Gewitter, das Reh, der Sicherheitsgurt, der nur über ihren Schoß geschnallt war und nicht über ihre Schulter (sie hatte das noch nie gemacht und würde es nie wieder tun, das war schon mal klar), Kyle, der davonlief, während Denise bewusstlos war und ihn nicht daran hindern konnte … Alles.

Einschließlich der McAdens.

Die eine hier zu ihrer Unterstützung, der andere findet ihr Auto. Die eine kannte ihre Mutter von früher, der andere findet Kyle.

Zufall? Schicksal?

Etwas anderes?

Später am Nachmittag schrieb Denise mit Hilfe einer Schwester und des Telefonbuches Dankesbriefe an Carl und Judy und einen allgemeinen Brief (an die Feuerwache adressiert) und bedankte sich bei allen, die an der Suche beteiligt waren.

Als Letztes schrieb sie einen Brief an Taylor McAden, und während sie schrieb, kreisten ihre Gedanken um ihn.

Kapitel 10

Drei Tage waren seit dem Unfall und der erfolgreichen Suche nach Kyle Holton vergangen, als Taylor McAden durch den Kalksteinbogen trat, der den Eingang zum Cypress Park Cemetery, dem ältesten Friedhof in Edenton, bildete, und zum Grab ging. Er kannte den Weg genau, ging quer über die Wiese und um einige Grabsteine herum. Manche waren so alt, dass Wind und Wetter im Laufe von zwei Jahrhunderten die Schrift darauf ganz ausgelöscht hatten, und er erinnerte sich daran, wie er versucht hatte, die Buchstaben zu entziffern. Es war, wie er feststellen musste, unmöglich.

Diesmal jedoch schenkte er ihnen kaum Beachtung und schritt unter dem bewölkten Himmel rasch aus. Erst als er den Schatten einer großen Trauerweide erreichte, blieb er stehen. Hier, auf der Westseite des Friedhofs, ragte der Grabstein, den er aufsuchen wollte, knapp vierzig Zentimeter aus dem Gras. Es war ein unscheinbarer Granitblock mit einer Inschrift auf der Oberseite.

Um den Stein herum war das Gras hoch gewachsen, aber sonst war das Grab gepflegt. Unmittelbar davor steckte eine metallene Friedhofsvase im Boden, in der ein Strauß vertrockneter Nelken stand. Er musste weder nachzählen, um zu wissen, wie viele es waren, noch brauchte er sich zu fragen, wer sie hergebracht hatte.

Seine Mutter brachte elf Blumen, eine für jedes Jahr ihrer Ehe. Sie brachte sie immer im Mai, an ihrem Hochzeitstag, und das seit siebenundzwanzig Jahren. In all den Jahren hatte sie Taylor nie gesagt, dass sie die Blumen auf das Grab stellte, und Taylor hatte ihr nie gesagt, dass er davon wusste. Es war bereit, ihr dieses Geheimnis zu lassen, wenn er so zugleich sein Geheimnis bewahren konnte.

Er ging nicht wie seine Mutter an ihrem Hochzeitstag zum Grab. Das war ihr Tag, der Tag, an dem sie und sein Vater sich vor der Familie und den Freunden gelobt hatten, sich zu lieben. Taylor ging im Juni zum Grab, an dem Tag, an dem sein Vater gestorben war. Das war der Tag, den er nie vergessen würde.

Wie immer trug er Jeans und ein kurzärmliges Arbeitshemd. Er war direkt von einer seiner Baustellen gekommen, hatte sich in der Mittagspause davongestohlen, und sein schweißnasses Hemd klebte ihm an Brust und Rücken. Niemand hatte gefragt, wohin er ging, und er hatte nichts erklärt. Außer ihm ging es keinen etwas an.

Taylor bückte sich und fing an, die langen Grashalme um den Stein abzureißen. Er drehte sie um die Hand, um besser ziehen zu können, und kürzte sie auf die Länge der Wiese drum herum. Er ließ sich Zeit, und während er alle vier Seiten des Grabsteins bearbeitete, ordneten sich langsam seine Gedanken. Als er fertig war, strich er mit dem Finger über den glatten Granit. Die Worte waren schlicht:

Mason Thomas McAden
Liebevoller Vater und Ehemann
1936–1972

Jahr um Jahr, Besuch für Besuch war Taylor älter geworden. Jetzt war er so alt wie sein Vater damals, als er starb. Aus dem verängstigten Jungen war der Mann von heute geworden. Seine Erinnerung an den Vater endete jedoch abrupt an jenem letzten, schrecklichen Tag. Sosehr er sich auch bemühte, er konnte sich nicht vorstellen, wie sein Vater aussehen würde, wenn er noch lebte. In Taylors Vorstellung würde sein Vater immer sechsunddreißig sein. Nie jünger, nie älter – so wollte es das selektive Gedächtnis. Und natürlich auch das Foto.

Taylor schloss die Augen und wartete, bis sich das Bild einstellte. Er brauchte das Foto nicht bei sich zu tragen, um genau zu wissen, wie es aussah. Es stand immer noch auf dem Kaminsims im Wohnzimmer. Er hatte es in den letzten siebenundzwanzig Jahren jeden Tag angesehen.

Das Foto war eine Woche vor dem Unfall gemacht worden, an einem warmen Morgen im Juni, vor ihrem Haus. Auf dem Bild ging sein Vater die Stufen der hinteren Veranda runter, die Angel in der Hand, auf dem Weg zum Fluss, dem Chowan. Obwohl er, Taylor, nicht zu sehen war, war er in der Nähe, im Haus, und suchte seine Köder und anderen Utensilien zusammen. Seine Mutter hatte sich hinter dem Auto versteckt, und als sie den Namen seines Vaters rief, hatte der sich umgedreht und sie hatte auf den Auslöser gedrückt. Weil sie den Film eingeschickt hatte, war er nicht zerstört worden wie die anderen Fotos. Judy hatte ihn erst nach der Beerdigung abgeholt und geweint, als sie sich die Bilder ansah. Dann hatte sie sie in ihre Handtasche gesteckt. Für andere war es kein besonderes Foto – sein Vater mitten in der Bewegung, die Haare ungekämmt, ein Fleck auf dem zugeknöpften Hemd, das er trug –, aber für Taylor fing es das Wesen seines Vaters ein. Er war da, der nicht zu unterdrückende Unternehmungsgeist, der seinen Vater ausgemacht hatte, und deswegen war seine Mutter so stark berührt von dem Bild. Er drückte sich in seinem Gesicht, in dem Leuchten seiner Augen, in seiner unbeschwerten und zugleich sehr wachen Haltung aus.

Einen Monat nach dem Tod seines Vaters hatte Taylor das Foto aus der Handtasche seiner Mutter genommen und war mit dem Bild in der Hand eingeschlafen. Seine Mutter war in sein Zimmer gekommen und hatte es gefunden, seine Finger hatten es fest im Griff. Das Foto selbst war tränenverschmiert. Am folgenden Tag hatte sie einen neuen Abzug von dem Negativ machen lassen und Taylor hatte vier Lutscherstiele auf ein Stück Glas geklebt und einen Rahmen für das Bild gemacht. In all den Jahren war es ihm nicht in den Sinn gekommen, das Bild neu zu rahmen.

Sechsunddreißig.

Sein Vater wirkte so jung auf dem Bild. Sein Gesicht war schlank und jugendlich, um die Augen und auf der Stirn sah man nur ganz schwache Anzeichen von Falten, die nie tiefer werden würden. Warum aber kam Taylor sein Vater noch heute so viel älter vor als er selbst? Sein Vater war ihm immer so … weise vorgekommen, so sicher in allem, so tapfer. In den Augen des Neunjährigen war er ein Mann von mythischen Dimensionen gewesen, ein Mann, der das Leben verstand und fast alles erklären konnte. Lag es daran, dass er intensiver gelebt hatte? War sein Leben von tieferen, besonders außergewöhnlichen Erfahrungen bestimmt gewesen? Oder war der Eindruck, den er hinterließ, aus den Gefühlen eines Jungen für seinen Vater entstanden, bis hin zu dem letzten Moment, in dem sie zusammen waren?

Taylor wusste die Antworten nicht und er würde sie auch nie wissen. Sie waren schon vor langer Zeit mit seinem Vater begraben worden.

Er konnte sich kaum an die Wochen unmittelbar nach dem Tod seines Vaters erinnern. Diese Phase war auf seltsame Weise zu einer Reihe fragmentarischer Erinnerungen reduziert: die Beerdigung, die Tage im Haus der Großeltern am anderen Ende der Stadt, die beklemmenden Albträume. Es war Sommer – Ferienzeit – und Taylor verbrachte die meiste Zeit draußen und versuchte das Geschehene auszulöschen. Seine Mutter trug zwei Monate lang Schwarz und trauerte um ihren Mann. Dann legte sie die schwarzen Kleider fort. Mutter und Sohn fanden ein neues Haus, ein kleineres, und obwohl ein Neunjähriger kaum richtig erfassen kann, was Tod bedeutet und wie man damit umgeht, wusste Taylor genau, was seine Mutter ihm sagen wollte.

Jetzt sind wir zwei allein und müssen weiterleben.

Nach jenem schicksalhaften Sommer hatte Taylor die Schule eher nebenbei durchlaufen, er hatte anständige, aber keine Aufsehen erregenden Noten bekommen und war von einer Klasse in die nächste aufgestiegen. Er war bemerkenswert widerstandsfähig, sagten die anderen, und in gewisser Weise hatten sie Recht. Die Fürsorge und seelische Kraft seiner Mutter bewirkten, dass seine Jugend wie die der meisten anderen jungen Menschen in diesem Landstrich verlief. Er ging zu jeder Gelegenheit zelten und rudern; in den Jahren auf der High-School spielte er Football, Basketball und Baseball. Doch in anderer Hinsicht galt er als Einzelgänger. Mitch war immer schon sein einziger richtiger Freund gewesen und in den Sommermonaten gingen sie jagen und fischen, nur sie zwei. Manchmal waren sie eine ganze Woche unterwegs und kamen sogar bis nach Georgia. Obwohl Mitch inzwischen verheiratet war, machten sie das immer noch, so oft sich die Möglichkeit bot.

Nach dem Schulabschluss wollte Taylor nicht aufs College, stattdessen lernte er, wie man Gipsplatten anbrachte, und arbeitete in einer Schreinerei. Der Inhaber des Betriebs war Alkoholiker, ein verbitterter Mann, der von seiner Frau verlassen worden war und den das Geld, das er verdiente, mehr interessierte als die Qualität seiner Arbeit. Nach einer heftigen Auseinandersetzung, während der es beinahe zu Handgreiflichkeiten gekommen wäre, verließ Taylor den Betrieb und machte eine Ausbildung mit dem Ziel, Bauunternehmer zu werden.

Er verdiente seinen Lebensunterhalt, indem er in dem Gipswerk bei Little Washington arbeitete. Ein Dauerhusten war die Folge dieser Arbeit, aber als er vierundzwanzig war, hatte er genug gespart, um sein eigenes

Unternehmen zu gründen. Kein Projekt war ihm zu klein und oft blieb er unter den Preisen der Konkurrenz, um sein Geschäft aufzubauen und sich einen Ruf zu erwerben. Mit achtundzwanzig war er bereits zweimal beinahe bankrott gewesen, aber er machte beharrlich weiter, bis das Geschäft endlich lief. In den vergangenen acht Jahren hatte er sein Unternehmen so weit gebracht, dass es genug abwarf. Er wurde damit nicht reich – sein Haus war klein und sein Truck viele Jahre alt –, aber es reichte für das bescheidene Leben, das er führen wollte.

Ein Leben, zu dem seine Bereitschaft bei der freiwilligen Feuerwehr gehörte.

Seine Mutter hatte sich alle Mühe gegeben, ihm das auszureden. Es war der einzige Punkt, in dem er sich bewusst gegen ihre Wünsche richtete.

Natürlich wollte sie auch Großmutter werden und hatte gelegentlich eine Bemerkung in diese Richtung gemacht. Taylor hatte gewöhnlich etwas Scherzhaftes erwidert und das Thema gewechselt. Heiraten hatte bisher nie angestanden und er war sich auch nicht sicher, ob es für ihn überhaupt in Frage kam. Er konnte es sich nicht vorstellen, obwohl er mit zwei Frauen eine ernste Beziehung gehabt hatte. Das erste Mal mit Anfang zwanzig, da lernte er Valerie kennen. Sie hatte eine katastrophale Beziehung hinter sich, als sie sich trafen – ihr Freund hatte eine andere Frau geschwängert und Taylor war derjenige, zu dem sie in ihrer Verzweiflung kam. Sie war zwei Jahre älter als er und eine kluge Frau und eine Zeit lang verstanden sie sich gut. Aber Valerie wollte mehr und Taylor sagte ihr aufrichtig, dass er vielleicht nie dazu in der Lage sein würde. Daraus ergaben sich Spannungen, für die sich nicht so leicht eine Lösung finden ließ. Nach und nach ging jeder seiner eigenen Wege und schließlich zog sie fort. Das Letzte, was er von ihr gehört hatte, war, dass sie einen Anwalt geheiratet hatte und in Charlotte lebte.

Und dann war da Lori. Anders als Valerie war sie jünger als Taylor. Sie war nach Edenton gezogen, weil sie in der Kreditabteilung der Bank eine Stelle bekommen hatte. Aufgrund der langen Arbeitszeiten hatte sie noch keine Freunde gefunden. Da lernte sie Taylor kennen, der einen Kredit beantragen wollte. Taylor erbot sich, sie seinen Bekannten vorzustellen, und sie willigte ein. Schon bald waren sie ein Paar. Sie war von einer Naivität, die Taylor rührte und gleichzeitig seinen Beschützerinstinkt weckte. Aber nach einer Zeit wollte auch sie mehr, als Taylor zu geben bereit war. Bald darauf trennten sie sich. Inzwischen war sie mit dem Sohn des Bürgermeisters verheiratet, hatte drei Kinder und fuhr einen Kleinbus. Seit ihrer Verlobung hatte er nicht mehr als ein paar höfliche Worte mit ihr gewechselt.

Als er dreißig wurde, hatte er sich mit den meisten unverheirateten Frauen in Edenton mal verabredet; jetzt war er sechsunddreißig und es gab kaum noch unverheiratete Frauen. Melissa, die Frau von Mitch, hatte versucht, ihn mit verschiedenen Frauen zusammenzubringen, aber keine der Verbindungen hatte sich weiterentwickelt. Doch andererseits hatte er sich auch nicht richtig umgeschaut, oder? Sowohl Valerie als auch Lori behaupteten, es gebe etwas in seinem Inneren, das für sie unerreichbar war, etwas in der Art, wie er sich selbst sah, was sie beide nicht verstanden. Und obwohl er wusste, dass sie es gut mit ihm meinten, konnte ihr Bemühen, mit ihm über seine innere Distanz zu sprechen, nichts verändern.

Nach einer Weile stand er auf. Seine Beine waren steif vom Niederknien. Bevor er ging, sagte er ein kurzes Gebet im Gedenken an seinen Vater, und dann beugte er sich vor und berührte noch einmal den Grabstein.

»Es tut mir Leid, Dad«, flüsterte er. »Es tut mir so unendlich Leid.«

Mitch Johnson lehnte an Taylors Truck und sah Taylor vom Friedhof kommen. In seiner Hand hielt er zwei Dosen Bier, die noch in den Plastikringen steckten – der Rest von dem Sechserpack, das er am Abend zuvor angebrochen hatte –, von denen er jetzt eine herauszog und Taylor zuwarf, als der sich ihm näherte. Taylor fing die Dose im Gehen auf. Er war überrascht, seinen Freund zu sehen, seine Gedanken waren noch tief in der Vergangenheit.

»Ich dachte, du seist weg, bei der Hochzeit«, sagte Taylor.

»Das war ich auch, aber wir sind gestern Abend zurückgekommen.«

»Was machst du hier?«

»Ich habe mir gedacht, dass du um diese Zeit ein Bier gebrauchen könntest«, sagte Mitch nur.

Er war größer und dünner als Taylor, bei einer Länge von ein Meter fünfundachtzig wog er ungefähr dreiundsiebzig Kilo. Die Haare waren ihm größtenteils ausgegangen – schon Anfang zwanzig hatten sie sich langsam gelichtet – und mit seiner Nickelbrille sah er aus wie ein Steuerberater oder ein Ingenieur. Tatsächlich aber arbeitete er in der Eisenwarenhandlung seines Vaters und wurde in der Stadt als eine Art technisches Genie betrachtet. Er konnte alles reparieren, vom Rasenmäher bis zum Bulldozer, und seine Hände waren ständig ölverschmiert. Anders als Taylor war er an der East Carolina University gewesen, hatte seinen Abschluss in Betriebswirtschaftslehre gemacht und eine Psychologiestudentin aus Rocky Mount namens Melissa Kindle kennen gelernt, bevor er wieder zurück nach Edenton gegangen war. Sie waren seit zwölf Jahren verheiratet und hatten vier Kinder, alles Jungen. Taylor war bei der Hochzeit Trauzeuge gewesen und war jetzt Patenonkel des ältesten Sohnes. Manchmal, wenn Mitch von seiner Familie sprach, hatte Taylor die Vermutung, dass Mitch Melissa jetzt mehr liebte als damals, als sie vor dem Altar gestanden hatten.

Mitch war ebenso wie Taylor bei der freiwilligen Feuerwehr. Auf Taylors Drängen hin hatten sie sich beide ausbilden lassen und waren zur gleichen Zeit dazugestoßen. Obwohl es für Mitch eher eine Pflicht als eine Berufung war, wollte Taylor ihn an seiner Seite wissen, wenn sie zum Einsatz gerufen wurden. Wo Taylor die Gefahr herausforderte, übte Mitch Vorsicht, so dass sich die beiden in schwierigen Situationen gut ergänzten.

»Bin ich so durchschaubar?«

»Mann, Taylor, ich kenne dich besser als meine eigene Frau.«

Taylor verdrehte die Augen und lehnte sich an den Truck. »Wie geht's Melissa?«

»Gut. Ihre Schwester hat sie zum Wahnsinn getrieben, aber seit wir zu Hause sind, ist sie wieder normal. Jetzt sind es nur wir, die Kinder und ich, die sie zum Wahnsinn treiben.«

Dann fragte er mit einer Stimme, die kaum merklich leiser war: »Und wie geht es dir?«

Taylor zuckte die Schultern und vermied es, Mitch in die Augen zu sehen. »Ganz gut.«

Mitch bohrte nicht weiter, weil er wusste, dass Taylor nicht mehr sagen würde. Taylors Vater war ein Thema, über das sie nie sprachen. Mitch öffnete die Bierdose, und Taylor, der neben ihm stand, tat es ihm nach. Dann nahm Mitch ein großes Taschentuch aus seiner Gesäßtasche und wischte sich den Schweiß von der Stirn.

»Ich hab gehört, ihr hattet einen aufregenden Abend im Sumpfland, während ich weg war.«

»Stimmt.«

»Da wär ich gern dabei gewesen.«

»Wir hätten dich brauchen können, so viel steht fest. Es war ein ziemlich heftiges Unwetter.«

»Ja, aber wenn ich dabei gewesen wäre, dann hätte es die ganze Aufregung nicht gegeben. Ich wäre sofort zu den Ansitzen gegangen, von Anfang an. Ich konnte gar nicht glauben, dass ihr Stunden gebraucht habt, um auf die Idee zu kommen.«

Taylor lachte leise, dann nahm er einen Schluck von seinem Bier und sah Mitch an.

»Will Melissa immer noch, dass du aufhörst?«

Mitch steckte das Tuch in die Tasche und nickte. »Du weißt ja, wie es ist, mit den Kindern und so. Sie will einfach nicht, dass mir was passiert.«

»Wie denkst du darüber?«

Es dauerte einen Moment, bevor er antwortete.

»Ich hatte immer gedacht, ich bleibe dabei, aber ich bin mir nicht mehr so sicher.«

»Du ziehst es also ernsthaft in Erwägung aufzuhören?«, fragte Taylor.

Mitch nahm einen kräftigen Schluck von dem Bier, bevor er antwortete.

»Ja, ich denke schon.«

»Wir brauchen dich«, sagte Taylor ernst.

Mitch lachte auf. »Du klingst wie ein Werbeoffizier, so wie du das sagst.«

»Aber es stimmt.«

Mitch schüttelte den Kopf. »Es stimmt nicht. Wir haben jede Menge Freiwillige und es gibt eine ganze Liste von Leuten, die mich jederzeit ersetzen könnten.«

»Die haben keine Ahnung.«

»Das hatten wir am Anfang auch nicht.« Er verstummte und presste seine Finger um die Dose, während er nachdachte. »Weißt du, es ist nicht nur wegen Melissa – es ist auch meinetwegen. Ich mache das jetzt schon ziemlich lange und wahrscheinlich hat es nicht mehr die gleiche Bedeutung wie am Anfang. Ich bin nicht wie du – ich habe nicht das Bedürfnis weiterzumachen. Ich würde gern mehr Zeit mit den Kindern verbringen, ohne von einem Moment zum nächsten losstürzen zu müssen. Ich möchte mich gern mit meiner Frau zum Essen hinsetzen können und wissen, dass ich den ganzen Abend frei habe.«

»Du klingst, als hättest du dich schon entschieden.«

Mitch hörte die Enttäuschung in Taylors Stimme und wartete einen Moment, bevor er nickte.

»Ehrlich gesagt, das stimmt. Ich meine, ich bleibe bis zum Ende des Jahres dabei, aber dann ist es vorbei für mich. Ich wollte einfach, dass du es als Erster erfährst.«

Taylor antwortete nicht. Nach einer Weile legte Mitch den Kopf auf die Seite und sah seinen Freund verlegen an. »Aber deswegen bin ich nicht hergekommen. Ich bin gekommen, um dir zur Seite zu stehen, nicht, um darüber zu sprechen.«

Taylor schien seinen Gedanken nachzuhängen. »Ich hab ja schon gesagt, es geht mir gut.«

»Sollen wir irgendwohin fahren und ein paar Bier trinken?«

»Nein. Ich muss wieder zur Arbeit. Wir sind an Skip Hudsons Haus, es ist fast fertig.«

»Bist du sicher?«

»Ja.«

»Und wie wär's mit einem Abendessen nächste Woche? Wenn bei uns wieder Normalität eingekehrt ist?«

»Grillsteaks?«

»Na klar.« Mitch antwortete, als wäre ihm nie etwas anderes in den Sinn gekommen.

»Das ließe sich wohl einrichten.« Taylor sah Mitch misstrauisch an. »Melissa hat nicht vor, wieder eine Freundin einzuladen?«

Mitch lachte. »Nein, aber ich kann sie darum bitten, wenn du das möchtest.«

»Nein, danke. Nach Claire habe ich, glaube ich, das Vertrauen in ihr Urteil verloren.«

»Ach, komm, so schlecht war Claire gar nicht.«

»Du hast auch nicht den ganzen Abend ihr Gequassel anhören müssen. Sie war wie eine von diesen Animierdamen – sie konnte keine Minute still sitzen.«

»Sie war nervös.«

»Sie war unmöglich.«

»Ich erzähle Melissa, dass du das gesagt hast.«

»Nein, bitte …«

»War nur ein Scherz – du weißt, dass ich das nicht tun würde. Aber wie wär's mit Mittwoch? Kannst du dann vorbeikommen?«

»Das wäre fantastisch.«

»Also gut.« Mitch nickte und stieß sich von dem Wagen ab, während er seine Schlüssel aus der Hosentasche zog. Dann zerdrückte er die leere Dose und warf sie scheppernd auf die Ladefläche von Taylors Wagen.

»Danke«, sagte Taylor.

»Keine Ursache.«

»Ich meine, dass du vorbeigekommen bist.«

»Ich weiß, was du meinst.«

Kapitel 11

Denise Holton saß in ihrer Küche und kam zu dem Schluss, dass das Leben wie Kuhmist ist.

Wenn Kuhmist in einem Garten benutzt wird, ist er ein Dünger. Er ist effektiv und billig, er gibt dem Boden Nahrung und trägt dazu bei, dass der Garten seine volle Schönheit entwickelt. Aber außerhalb eines Gartens – sagen wir einmal, auf einer Weide zum Beispiel –, wenn man versehentlich in einen Haufen Kuhmist tritt, ist er nichts weiter als ein Haufen Scheiße.

In der vergangenen Woche, als Kyle und sie im Krankenhaus wieder vereint waren, hatte sie eindeutig das Gefühl, als würde ihr Garten mit Kuhmist gedüngt. In dem Moment war nichts außer Kyle wichtig gewesen, und als sie sah, dass ihm nichts fehlte, war die ganze Welt in Ordnung. Ihr Leben war sozusagen gedüngt worden.

Aber kaum war eine Woche ins Land gegangen, sah alles ganz anders aus. Die Wirklichkeit nach dem Unfall hatte sich letztendlich durchgesetzt und sie war bestimmt kein Dünger. Denise saß an dem resopalbeschichteten Tisch in ihrer Küche über Papiere gebeugt und gab sich alle Mühe, sie zu verstehen. Für den Krankenhausaufenthalt kam die Versicherung auf, aber es blieb ihre Selbstbeteiligung. Ihr Auto war zwar alt, aber zuverlässig gewesen. Jetzt war es ein Schrotthaufen und sie hatte nur eine Haftpflichtversicherung. Ihr Arbeitgeber Ray – er war wirklich eine Seele von Mensch – hatte gesagt, sie solle sich Zeit lassen, bis sie wieder anfange, und so waren acht Tage verstrichen, ohne dass sie einen Penny verdient hatte. Die normalen Rechnungen – Telefon, Strom, Wasser, Gas – waren in weniger als einer Woche fällig. Und zu allem Überfluss lag vor ihr noch die Rechnung von dem Abschleppdienst, der bestellt worden war, um ihr Fahrzeug vom Straßenrand zu entfernen.

In dieser Woche betrachtete Denise ihr Leben als einen Haufen Scheiße.

Es wäre alles halb so schlimm, wenn sie Millionärin wäre. Dann wäre es nichts weiter als eine kleine Unannehmlichkeit. Sie konnte sich gut vorstellen, wie eine reiche Dame bei einem gesellschaftlichen Anlass erklärte, wie lästig es gewesen sei, sich um derlei Dinge kümmern zu müssen. Aber wenn man lediglich zweihundert Dollar auf der Bank hatte, war es mehr als lästig. Dann war es ein echtes Problem, und zwar ein großes.

Das Geld auf dem Girokonto reichte für die Rechnungen und auch noch für den normalen Lebensunterhalt, wenn sie sparsam war. In diesem Monat würde es jede Menge Frühstücksflocken geben, das stand schon mal fest, und zum Glück konnten sie im Diner bei Ray umsonst essen. Für die Selbstbeteiligung an den Krankenhauskosten – fünfhundert Dollar – konnte sie ihre Kreditkarte benutzen. Zum Glück hatte sie Rhonda angerufen – eine andere Kellnerin im Eights –, die bereit war, sie zur Arbeit und wieder nach Hause zu fahren. Damit blieb noch der Abschleppdienst. Die Firma hatte sich bereit erklärt, ihr die Kosten zu erlassen, wenn sie ihnen die Versicherungskarte aushändigte. Fünfundsiebzig Dollar für die Reste ihres Autos und sie wären quitt.

Das Ergebnis? Eine zusätzliche Kreditkartenrechnung jeden Monat, außerdem müsste sie das Fahrrad benutzen, um ihre Einkäufe in der Stadt zu erledigen. Was noch schlimmer war, sie wäre davon abhängig, dass jemand sie zur Arbeit und wieder nach Hause führe. Für ein Mädel mit einem College-Abschluss war das kein besonderes Aushängeschild.

Scheiße.

Hätte sie eine Flasche Wein im Haus gehabt, sie hätte

sie jetzt aufgemacht. Ein bisschen Benebelung würde ihr gut tun. Aber nicht einmal das konnte sie sich leisten.

Fünfundsiebzig Dollar für das Auto.

Auch wenn es fair war, irgendwie kam es ihr nicht richtig vor. Sie würde das Geld nicht einmal sehen.

Nachdem sie die Schecks für die Rechnungen geschrieben hatte, klebte sie die Umschläge zu und frankierte sie mit ihren letzten Briefmarken. Sie würde bei der Post vorbeifahren müssen und notierte sich das auf dem Block neben dem Telefon, als ihr bewusst wurde, dass »vorbeifahren« eine ganz neue Bedeutung bekommen hatte. Wenn es nicht so armselig gewesen wäre, hätte sie gelacht, weil es so lächerlich war.

Ein Fahrrad. Barmherziger!

Sie versuchte, die gute Seite zu sehen: Wenigstens würde sie fit werden. Nach wenigen Monaten wäre sie vielleicht froh, so durchtrainiert zu sein. »Guck dir mal diese Beine an«, hörte sie die Leute schon sagen, »na, das sind ja richtig stramme Muskeln! Wie hast du das denn geschafft?«

»Ich fahre Fahrrad.«

Sie konnte sich ein Kichern nicht verkneifen. Sie war neunundzwanzig und würde den Leuten vom Fahrradfahren erzählen. Barmherziger!

Denise unterdrückte das Kichern – sie wusste, dass es ihre Reaktion auf die Anspannung war – und stand auf, um nach Kyle zu sehen. Er schlief tief und fest. Sie zog die Decke glatt und gab ihm einen kleinen Kuss auf die Wange, dann setzte sie sich auf die hintere Veranda und überdachte erneut, ob die Entscheidung, nach Edenton zu ziehen, die richtige gewesen war. Sie wusste, wie unmöglich es war, dennoch wünschte sie sich, sie hätte in Atlanta bleiben können. Es wäre schön, wenn sie ab und zu mit jemandem sprechen könnte, mit jemandem, der ihr seit Jahren vertraut war. Natürlich konnte sie telefonieren, aber diesen Monat würde sie es sich nicht leisten können und auf gar keinen Fall würde sie ein R-Gespräch anmelden. Auch wenn es ihren Freunden nichts ausmachen würde, sie fühlte sich nicht wohl dabei.

Trotzdem, sie wollte mit jemandem sprechen, aber mit wem?

Mit Ausnahme von Rhonda, ihrer Kollegin im Diner, die zwanzig Jahre alt war und unverheiratet – und Judy McAden – kannte Denise in der Stadt niemanden. Als ihre Mutter vor ein paar Jahren starb, war das hart gewesen, aber es war eine ganz andere Situation als die jetzt, wo sie den Kontakt zu allen, die sie kannte, aufgegeben hatte. Es half auch nichts, zu wissen, dass sie allein verantwortlich war. Es war ihre Entscheidung gewesen wegzuziehen. Es war ihre Entscheidung gewesen, ihre Stelle aufzugeben, ihr Leben ihrem Sohn zu widmen. So zu leben war einfach – wie auch notwendig –, aber manchmal hatte sie das Gefühl, dass ihr andere Teile ihres Lebens durch die Hände glitten, ohne dass sie es auch nur merkte.

Für ihre Einsamkeit war jedoch nicht nur der Umzug verantwortlich. Rückblickend wusste sie, dass schon in Atlanta eine Veränderung eingetreten war. Die meisten ihrer Freunde waren inzwischen verheiratet, manche hatten eigene Kinder. Andere waren ledig. Doch niemand hatte noch etwas mit ihr gemeinsam. Ihre verheirateten Freunde verbrachten am liebsten ihre Zeit mit anderen Ehepaaren und ihre unverheirateten Freunde führten noch das gleiche Leben, das sie als Studenten geführt hatten. In keine der beiden Welten passte sie hinein. Auch mit den Freunden, die Kinder hatten, war es schwer – sie musste sich anhören, wie wunderbar sich die Kinder entwickelten. Und wenn sie über Kyle sprach? Man hörte ihr zu, aber niemand verstand so recht, wie es für sie war.

Und dann war da natürlich das Thema Mann. Brett – ach ja, Brett – war der letzte Mann, mit dem sie eine

Beziehung hatte, aber eigentlich war es nicht einmal das gewesen. Eine Bettgeschichte, ja, aber keine Beziehung. Aber was für eine Bettgeschichte, wie? Zwanzig Minuten – und ihr Leben war völlig umgestülpt. Wie sähe ihr Leben jetzt aus, wenn es nicht passiert wäre? Sicher, Kyle wäre nicht auf der Welt ... aber ... Aber was? Vielleicht hätte sie geheiratet, vielleicht hätte sie ein, zwei Kinder, vielleicht sogar ein Haus mit einem weißen Staketenzaun um den Garten herum. Und sie würde einen Volvo oder einen Minibus fahren und die Ferien in Disney World verbringen. Es klang gut, auf jeden Fall klang es leichter, aber wäre ihr Leben dann besser?

Kyle. Süßer Kyle. Allein bei dem Gedanken an ihn breitete sich ein Lächeln auf ihrem Gesicht aus.

Nein, sagte sie sich, besser wäre es nicht. Wenn es ein helles Licht in ihrem Leben gab, dann war er es. Komisch, wie er ihr das Leben schwer machte, und sie liebte ihn trotzdem über alles.

Mit einem Seufzer ging Denise von der Veranda in ihr Schlafzimmer. Beim Ausziehen stand sie vor dem Spiegel im Badezimmer. Die Prellungen auf ihrer Wange waren noch schwach sichtbar, die Platzwunde auf der Stirn war sauber genäht worden, und obwohl eine Narbe bleiben würde, würde sie, da die Wunde fast am Haaransatz war, kaum auffallen.

Abgesehen von diesen Spuren war sie zufrieden mit ihrem Aussehen. Weil sie immer Geldsorgen hatte, gab es in ihrem Haushalt keine Kekse oder Chips. Und da Kyle kein Fleisch mochte, aß sie auch nur selten welches. Sie war jetzt schlanker als vor Kyles Geburt – sie war sogar schlanker als in ihrer Collegezeit. Ohne dass sie sich Mühe gegeben hätte, waren sieben Kilo einfach von ihr abgefallen. Wenn sie Zeit hätte, würde sie ein Buch schreiben mit dem Titel: »Stress und Armut: Die sichere Methode, schlank zu werden!« Wahrscheinlich ließen sich davon mit Leichtigkeit eine Million Exemplare verkaufen und sie könnte sich zur Ruhe setzen.

Sie kicherte wieder. *Na klar.*

Judy hatte im Krankenhaus ganz richtig bemerkt, dass Denise ihrer Mutter ähnelte. Sie hatte die gleichen dunkel gewellten Haare und hellbraunen Augen und war ungefähr so groß wie sie. Wie bei ihrer Mutter hinterließen die Jahre auch bei ihr kaum Spuren – ein paar Krähenfüße in den Augenwinkeln, aber sonst war ihre Haut glatt. Insgesamt sah sie gar nicht so schlecht aus. Eigentlich sogar ziemlich gut, wenn sie es recht bedachte.

Wenigstens etwas Positives.

Damit wollte sie den Tag beschließen; sie zog sich den Schlafanzug an, drehte den Ventilator auf die niedrigste Stufe und kroch ins Bett, bevor sie das Licht ausknipste. Bei dem rhythmischen Surren und Rattern war sie in wenigen Minuten eingeschlafen.

Im schräg durch die Fenster einfallenden frühen Morgenlicht tapste Kyle durch das Schlafzimmer und krabbelte zu Denise ins Bett. Sein Tag konnte beginnen. Er flüsterte: »Wak au, Mani, wak au«, und als sie sich mit einem Brummeln umdrehte, kletterte er auf sie und versuchte, ihr mit seinen kleinen Fingern die Augenlider zurückzuschieben. Zwar gelang es ihm nicht, aber er fand es sehr lustig und lachte ansteckend. »Aun au, Mani«, sagte er immer wieder, und obwohl es noch so früh war und er sie aus dem Schlaf riss, musste sie lachen.

Der Morgen ließ sich sehr gut an, denn kurz nach neun rief Judy an und fragte, ob ihre Verabredung noch gelte. Nachdem sie eine Weile geplaudert hatten – Judy würde am folgenden Tag vorbeikommen, hurra! –, legte Denise den Hörer auf und dachte an ihre trübe Stimmung vom vergangenen Abend. Sie staunte, was doch ein paar Stunden Schlaf bewirken konnten.

Sie schob es auf das prämenstruelle Syndrom.

Ein bisschen später, nach dem Frühstück, machte Denise die Fahrräder bereit. Kyles war startfertig, ihres musste sie erst von Spinnweben befreien. Sie würde die Reifen etwas aufpumpen müssen, aber für die Fahrt in die Stadt würde die Luft noch reichen.

Nachdem sie Kyle geholfen hatte, sich den Helm aufzusetzen, machten sie sich auf den Weg. Der Himmel über ihnen war blau und wolkenlos und Kyle fuhr vor ihr her. Im letzten Dezember hatte sie einen Tag damit verbracht, auf dem Parkplatz ihres Mietshauses mit ihm zu üben; sie war hinter ihm hergelaufen und hatte ihn am Sattel aufrecht gehalten, bis er den Trick raushatte. Er hatte einige Stunden gebraucht und war ein paar Mal hingefallen, aber insgesamt begriff er schnell, worum es ging. Kyles motorisches Geschick war immer schon überdurchschnittlich gewesen, eine Tatsache, die jeden Arzt überraschte, wenn er Kyle testete. Kyle war, so hatte sie lernen müssen, ein Kind voller Widersprüche.

Aber natürlich reichte seine Konzentration, wie bei jedem anderen Vierjährigen auch, nur dafür, das Gleichgewicht zu halten und Freude am Fahren zu haben. Für ihn war Fahrradfahren ein Abenteuer (*besonders, wenn Mom dabei war!*) und er fuhr mit vollem Risiko. Obwohl kaum andere Autos auf der Straße waren, konnte Denise nicht anders, als ihm alle paar Sekunden Anweisungen zuzubrüllen.

»Bleib bei Mommy ... «

»Stopp!«

»Nicht auf die Straße!«

»Stopp!«

»Fahr an die Seite, Schatz, es kommt ein Auto ... «

»Stopp!«

»Pass auf, da ist ein Loch ... «

»Stopp!«

»Nicht so schnell ... «

»Stopp!«

»Stopp« war der einzige Befehl, den er richtig verstand, und wenn sie »Stopp!« rief, zog er die Bremse an, stellte die Füße auf den Boden und drehte sich mit einem strahlenden Lächeln, bei dem seine kleinen Zähne blitzten, zu ihr um, als wollte er sagen: *Das macht so viel Spaß. Warum hast du solche Angst?*

Als sie bei der Post ankamen, war Denise völlig geschafft.

Ihr war jetzt schon klar, dass Fahrradfahren für sie keine Alternative war, und sie beschloss, Ray zu fragen, ob sie vorübergehend zweimal zusätzlich arbeiten könne. Sie würde die Selbstbeteiligung an den Krankenhauskosten bezahlen und jeden Penny zurücklegen und vielleicht würde sie sich in ein, zwei Monaten ein neues Auto leisten können.

In ein, zwei Monaten?

Bis dahin wäre sie bestimmt dem Wahnsinn verfallen.

Sie stellte sich am Postschalter an – bei der Post gab es immer eine Schlange –, wischte sich den Schweiß von der Stirn und hoffte, dass ihr Deodorant sie nicht im Stich ließ. Auch daran hatte sie nicht gedacht, als sie von zu Hause aufgebrochen war: Fahrradfahren war nicht nur umständlich, es war auch Arbeit, besonders für jemanden, der eine Weile lang nicht gefahren war. Ihre Beine waren schlapp, am nächsten Morgen würde ihr, das wusste sie, der Po wehtun und sie spürte, wie ihr die Schweißperlen zwischen den Brüsten und am Rücken herunterliefen. Sie versuchte, zwischen sich und den anderen in der Schlange einen kleinen Abstand zu halten, damit keiner Anstoß nahm. Zum Glück schien niemand etwas zu bemerken.

Kurz darauf stand sie am Schalter und nahm ihre Briefmarken entgegen. Sie stellte einen Scheck aus, verstaute ihr Scheckbuch und die Briefmarken in ihrer Handtasche und ging hinaus. Sie und Kyle schwangen sich auf ihre Fahrräder und machten sich auf den Weg zum Lebensmittelladen.

Das Stadtzentrum von Edenton war nur klein, aber aus historischer Sicht war es ein Juwel. Viele der Häuser, von denen die meisten in den letzten dreißig Jahren prächtig restauriert worden waren, stammten vom Anfang des 19. Jahrhunderts. Riesige Eichen säumten die Straßenränder und ihr Schatten bot einen angenehmen Schutz vor der Hitze der Sonne.

Edenton hatte zwar einen Supermarkt, aber der war auf der anderen Seite der Stadt, deswegen beschloss Denise, bei Merchants einzukaufen, einem Laden, der seit den 40er-Jahren existierte. Er war in jeder Hinsicht altmodisch und eine wunderbare Fundgrube. In dem Laden gab es alles, von Esswaren über Köder bis hin zu Autozubehör, man konnte Videos ausleihen und an einer Seite gab es einen kleinen Grill, wo man sich einen Snack zubereiten lassen konnte. Eine besondere Atmosphäre bekam das Ganze durch vier Schaukelstühle und eine Bank, die vor dem Geschäft standen. Dort stellte sich eine feste Gruppe Stammkunden jeden Morgen zum Kaffee ein.

Der Laden selbst war klein – vielleicht zweihundert Quadratmeter –, aber Denise war jedes Mal überrascht, wenn sie sah, wie viele verschiedene Produkte in den Regalen Platz fanden. Denise lud ein paar Sachen, die sie brauchte, in einen Plastikkorb – Milch, Haferflocken, Käse, Eier, Brot, Bananen, Cheerios, Makkaroni, Ritz Cracker und ein paar Süßigkeiten (für die Arbeit mit Kyle) – und ging zur Kasse. Der Betrag war niedriger, als sie erwartet hatte, was sie erfreute, aber im Gegensatz zum Supermarkt bekam man hier keine Plastiktüten, um seine Einkäufe zu verstauen. Stattdessen packte der Besitzer – ein Mann mit ordentlich gekämmten weißen Haaren und buschigen Augenbrauen – alles in zwei braune Papiertüten.

Das war ein Problem, auf das sie nicht vorbereitet war.

Ihr wären Plastiktüten lieber gewesen, weil sie die über den Lenker hängen konnte – aber Papiertüten? Wie sollte sie das alles nach Hause transportieren? Zwei Arme, zwei Tüten, zwei Griffe am Lenker – es kam nicht hin. Schon gar nicht, wenn sie auch noch auf Kyle Acht geben musste.

Sie überlegte hin und her, und als sie zu ihrem Sohn hinuntersah, bemerkte sie, dass er mit einem seltsamen Ausdruck im Gesicht durch die Glastür auf die Straße blickte.

»Was ist los, Schatz?«

Er antwortete, doch sie verstand nicht, was er sagen wollte. Es klang wie *feuaman*. Sie ließ ihre Einkäufe auf der Theke stehen und hockte sich neben ihren Sohn, damit sie ihn beobachten konnte, während er es wiederholte. Wenn sie ihm auf den Mund sah, konnte sie ihn manchmal besser verstehen.

»Was hast du gesagt? Feuermann?«

Kyle nickte und sagte es noch einmal. »Feuaman.« Diesmal zeigte er dabei auf die Straße und Denise sah in dieselbe Richtung. Als Kyle zur Tür ging, verstand Denise, was er meinte.

Nicht Feuaman, obwohl das gar nicht so weit gefehlt war. *Feuerwehrmann*.

Taylor McAden stand vor dem Geschäft und hielt die Tür halb auf, während er mit jemandem sprach, den sie nicht sehen konnte. Sie sah, wie er nickte und winkte und wieder lachte und die Tür weiter aufmachte. Als Taylor das Gespräch beendete, rannte Kyle auf ihn zu. Taylor kam in den Laden, ohne besonders aufzupassen, und hätte Kyle beinahe umgestoßen.

»Hoppla, Entschuldigung – hab dich gar nicht gesehen …«, sagte er spontan, »tut mir Leid …« Er trat einen Schritt zurück und blinzelte verwirrt. Dann, im Moment des Erkennens, breitete sich ein Lächeln über sein Gesicht und er hockte sich hin, um mit Kyle in Augenhöhe zu sein. »Na, hallo, kleiner Mann. Wie geht es dir?«

»Haoo, Taya«, sagte Kyle glücklich.

Ohne ein weiteres Wort schlang Kyle seine Arme um Taylor, wie er es in jener Nacht in dem Ansitz getan hatte. Taylor war einen Moment verunsichert, dann erwiderte er die Umarmung mit einem Ausdruck der Zufriedenheit und Überraschung.

Denise sah konsterniert zu, die Hand auf dem Mund. Nach einem langen Moment lockerte Kyle seine Umarmung, so dass Taylor sich freimachen konnte. Kyles Augen funkelten, als hätte er einen lang verlorenen Freund wieder gefunden.

»Feuaman«, sagte Kyle aufgeregt. »Hat di funden.«

Taylor legte den Kopf auf die Seite. »Was sagst du da?«

Denise löste sich aus ihrer Erstarrung und kam auf die beiden zu. Sie konnte kaum glauben, was sie da eben gesehen hatte. Selbst seine Sprachtherapeutin, zu der er ein Jahr lang gegangen war, hatte er nur dann umarmt, wenn seine Mutter ihn dazu aufgefordert hatte. Es war nie freiwillig gewesen, anders als gerade eben, und Denise war sich nicht ganz sicher, wie sie zu Kyles außergewöhnlicher neuer Zuneigungsbekundung stand. Zu sehen, wie ihr Kind einen Fremden umarmte – auch wenn es ein guter Fremder war –, weckte in ihr etwas widersprüchliche Gefühle. Es war schön, aber gefährlich. Süß, aber es sollte nicht zur Gewohnheit werden. Gleichzeitig war die unkomplizierte Art, mit der Taylor auf Kyle reagierte – und andersherum –, alles andere als bedrohlich. All diese Gedanken schossen ihr durch den Kopf, als sie dazutrat und für ihren Sohn antwortete.

»Er will sagen, dass Sie ihn gefunden haben«, sagte sie leise. Taylor blickte auf und sah Denise zum ersten Mal seit dem Unfall. Einen Moment lang konnte er seine Augen nicht abwenden. Zwar hatte er sie schon einmal gesehen, aber sie sah … na ja, sie sah attraktiver aus, als er sie in Erinnerung hatte. Zugegeben, an dem Abend war sie etwas lädiert gewesen, aber er hatte sich keine Gedanken darüber gemacht, wie sie unter normalen Umständen aussehen würde. Nicht, dass sie besonders Aufsehen erregend oder elegant aussah; es war eher eine natürliche Schönheit, die sie ausstrahlte. Sie war eine Frau, die wusste, dass sie attraktiv war, sich aber nicht den ganzen Tag damit beschäftigte.

»Ja. Hat di funden«, sagte Kyle wieder, wobei er bekräftigend mit dem Kopf nickte und Taylors Gedanken unterbrach. Taylor war froh, dass er einen Grund hatte, sich wieder Kyle zuzuwenden. Er fragte sich, ob Denise seine Gedanken erriet.

»Das ist richtig«, sagte er, während seine Hand freundlich auf Kyles Schulter lag, »aber du, kleiner Mann, du warst sehr tapfer.«

Denise betrachtete ihn, während er mit Kyle sprach. Trotz der Hitze trug er Jeans und Arbeitsstiefel. Die Stiefel waren staubig und sahen aus, als trüge er sie ständig. Das dicke Leder war zerkratzt und abgestoßen. Sein weißes, kurzärmeliges Hemd machte seine kräftigen Muskeln unter der sonnengebräunten Haut sichtbar – die Arme eines Menschen, der den ganzen Tag körperlich arbeitete. Als er sich aufrichtete, schien er ihr größer als in ihrer Erinnerung.

»Es tut mir Leid, dass ich ihn fast umgerannt hätte«, sagte er leise, »ich habe ihn nicht gesehen, als ich reinkam.« Er verstummte, als wüsste er nicht, was er weiter sagen sollte, und Denise spürte eine Schüchternheit, mit der sie nicht gerechnet hatte.

»Ich habe es gesehen. Sie haben keine Schuld. Er hat sich an Sie herangeschlichen.« Sie lächelte. »Ich bin Denise Holton. Ich weiß, dass wir uns schon kennen, aber der Abend liegt für mich in einem ziemlich dichten Nebel.«

Sie streckte ihm die Hand hin und er nahm sie.

Denise konnte die Schwielen auf seiner Handfläche fühlen.

»Taylor McAden«, sagte er. »Ich habe Ihren Brief bekommen. Vielen Dank.«

»Feuaman«, sagte Kyle wieder, diesmal lauter als zuvor. Er rieb die Hände und verschlang sie miteinander auf fast zwanghafte Art. Das machte er immer, wenn er aufgeregt war.

»Drossa Feuaman.« Er betonte das Wort *groß*.

Taylor runzelte die Stirn. Er legte eine Hand auf Kyles Fahrradhelm und schuckelte den Helm hin und her. Es war eine freundliche, fast brüderliche Geste. Kyles Kopf bewegte sich im Rhythmus mit Taylors Hand. »Findest du, hm?«

Kyle nickte. »Drossa.«

Denise lachte. »Ich glaube, das ist ein Fall von Heldenverehrung.«

»Na, das beruht auf Gegenseitigkeit, kleiner Mann. Du hast mehr gemacht als ich.«

Kyles Augen waren rund. »Drossa.«

Wenn es Taylor aufgefallen war, dass Kyle ihn nicht verstanden hatte, ließ er es sich nicht anmerken. Stattdessen zwinkerte er Kyle zu. Nett.

Denise räuperte sich. »Ich hatte noch gar keine Gelegenheit, Ihnen persönlich für das zu danken, was Sie an dem Abend getan haben.«

Taylor zuckte mit den Schultern. Bei einigen Menschen hätte das arrogant gewirkt, als wüssten sie, dass sie etwas Fantastisches geleistet hatten. Aber bei Taylor schien es eher auszudrücken, dass er seit dem Abend nicht weiter darüber nachgedacht hatte.

»Ach, das macht doch nichts«, sagte er. »Ihr Brief war doch genug.«

Einen Moment lang schwiegen sie beide. Als langweilte ihn die Unterhaltung längst, war Kyle inzwischen zu dem Süßigkeitenregal gegangen. Beide sahen ihm zu, wie er auf halbem Wege stehen blieb und die bunten Päckchen eingehend betrachtete.

»Er sieht gut aus«, sagte Taylor schließlich in das Schweigen hinein. »Kyle, meine ich. Nach dem, was passiert ist, habe ich mich gefragt, wie es ihm wohl geht.«

Denise folgte seinen Augen mit ihrem Blick. »Anscheinend hat er nichts zurückbehalten. Die Zeit wird es vermutlich zeigen, aber im Moment mache ich mir keine Sorgen um ihn. Der Arzt hat ihm beste Gesundheit bescheinigt.«

»Und Sie?«, fragte er.

Sie antwortete automatisch, ohne nachzudenken. »Ach, wie immer.«

»Nein … ich meine Ihre Verletzungen. Sie waren ganz schön zugerichtet, als ich Sie das letzte Mal sah.«

»Oh … ach, das geht schon«, sagte sie.

»Nur ›geht schon‹?«

Ihr Gesicht wurde weicher. »Besser als geht schon. Es tut immer noch ein bisschen weh, hier und da, aber sonst fühle ich mich gut. Es hätte schlimmer sein können.«

»Das freut mich. Ich hatte mir Sorgen um Sie gemacht.«

Etwas an seiner ruhigen Art zu sprechen veranlasste Denise, ihn sich genauer anzusehen. Er war zwar nicht umwerfend attraktiv, aber etwas an ihm fesselte ihre Aufmerksamkeit – eine Sanftheit, trotz seiner Größe, ein Blick, der scharfsichtig war, dabei aber nicht bedrohlich. Obwohl sie wusste, das es nicht sein konnte, kam es ihr so vor, als wüsste er, wie schwer ihr Leben in den letzten Jahren gewesen war. Mit einem Blick auf seine linke Hand sah sie, dass er keinen Ring trug.

Darauf wandte sie rasch die Augen ab. Sie wusste nicht, woher der Gedanke gekommen war, was der Grund dafür war. Wieso war das wichtig? Kyle war immer noch vertieft in den Anblick der Süßigkeiten und war im Begriff, eine Tüte Lakritzstäbchen aufzureißen, als Denise es bemerkte.

»Kyle – nein!« Mit raschen Schritten ging sie auf ihn zu und drehte sich zu Taylor um. »Entschuldigen Sie. Ich muss ihn da wegholen.«

Er trat einen Schritt zurück. »Kein Problem.«

Als sie sich entfernte, sah Taylor ihr fasziniert zu. Das hübsche, fast geheimnisvolle Gesicht mit den hohen Wangenknochen und den exotischen Augen, das dunkle Haar, in einem unordentlichen Pferdeschwanz zusammengebunden, der ihr bis zu den Schulterblättern reichte, die wohlgeformte Figur, die von den Shorts und der Bluse, die sie trug, noch betont wurde …

»Kyle – stell das wieder hin! Ich habe schon Bonbons für dich … «

Bevor Denise auffallen konnte, wie er sie anstarrte, schüttelte er den Kopf und wandte sich ab. Er verstand nicht, wieso er ihre Schönheit an dem Abend damals nicht wahrgenommen hatte. Einen Moment später stand Denise wieder vor ihm, Kyle war an ihrer Seite. Er schmollte, weil er auf frischer Tat ertappt worden war.

»Entschuldigen Sie bitte. Eigentlich weiß er, dass er das nicht darf«, sagte sie.

»Bestimmt, aber Kinder testen gern die Grenzen.«

»Das hört sich an, als ob Sie aus Erfahrung sprechen.«

Er grinste. »Nein. Nur aus meiner Erfahrung als Kind. Ich habe keine Kinder.«

Es entstand eine verlegene Pause, dann sprach Taylor weiter.

»Sie sind also hier, um ein paar Besorgungen zu machen?« Das war Konversation, leeres Geplapper, dessen war Taylor sich bewusst, aber irgendwie wollte er sie nicht gehen lassen.

Denise fuhr sich mit der Hand durch ihren Pferdeschwanz.

»Ja, wir brauchten ein paar Sachen. Der Küchenschrank war schon ziemlich leer, Sie wissen schon. Und Sie?«

»Ich bin gekommen, um für meine Leute etwas zu trinken zu holen.«

»Auf der Feuerwache?«

»Nein – ich bin nur Freiwilliger. Die Männer, die für mich arbeiten. Ich bin Bauunternehmer – ich mache Umbauten und so.«

Einen Moment lang war sie verwirrt.

»Sie sind bei der freiwilligen Feuerwehr? Ich dachte, das gäb's schon seit zwanzig Jahren nicht mehr.«

»Hier gibt es das noch. Ich glaube, eigentlich gibt es das in den meisten kleinen Städten. Im Allgemeinen ist nicht so viel los, dass sich eine feste Truppe lohnen würde, deswegen brauchen sie Leute wie mich, wenn es einen Notfall gibt.«

»Das wusste ich nicht.« Im Licht dieser Erkenntnis erschien das, was er getan hatte, noch großartiger, obwohl sie das für fast unmöglich gehalten hatte.

Kyle sah zu seiner Mutter hinauf. »Ea Hunga«, sagte er.

»Hast du Hunger, mein Süßer?«

»Ja.«

»Na, bald sind wir zu Hause. Dann mache ich dir ein getoastetes Käsebrot. Wie findest du das?«

Er nickte. »Is dut.«

Denise setzte sich jedoch nicht sofort in Bewegung – oder zumindest nicht schnell genug für Kyle. Stattdessen wandte sie sich wieder Taylor zu. Kyle packte den Saum ihrer Shorts und sie wollte ihn automatisch mit ihrer Hand stoppen. »Wil Hause«, sagte Kyle.

»Wir gehen ja, mein Schatz.«

Es kam zu einem kleinen Gerangel, bei dem Denise seine Hand von ihren Shorts abklaubte und er wieder zupacken wollte. Sie nahm seine Hand in ihre, damit er aufhörte.

Taylor unterdrückte ein Lachen und räusperte sich stattdessen. »Na, ich will Sie nicht länger aufhalten. Ein kräftiger Junge braucht was zu essen.«

»Ja, da haben Sie wohl Recht.« Sie warf Taylor den typischen Blick einer erschöpften Mutter zu und war seltsam erleichtert, dass ihm Kyles Verhalten nicht weiter auffiel.

»Es hat mich gefreut, dass wir uns getroffen haben«, sagte sie noch. Auch wenn es etwas inhaltslos klang und zu der üblichen Unterhaltung – »Hallo, wie geht's? Wie schön. Nett, Sie zu sehen.« – gehörte, hoffte sie, dass er merken würde, dass sie es aufrichtig meinte.

»Mich auch«, sagte er. Wie zuvor legte er seine Hand auf Kyles Fahrradhelm und schuckelte ihn ein wenig. »Mach's gut, kleiner Mann.«

Kyle winkte mit seiner freien Hand. »Bye, Taya«, sagte er überschwänglich.

»Bye.«

Taylor grinste, dann machte er sich auf den Weg zu den Kühlfächern hinten im Laden, um die Getränke zu holen, derentwegen er gekommen war.

Mit einem Seufzen ging Denise zur Theke. Der Besitzer war in eine Anglerzeitschrift vertieft und seine Lippen bewegten sich beim Lesen. In dem Moment sprach Kyle wieder.

»Ea Hunga.«

»Ich weiß, dass du Hunger hast. Wir sind bald zu Hause, okay?«

Der Besitzer blickte auf, um zu sehen, ob sie ihn brauchte oder ob sie nur ihre Tüten holen wollte. Dann legte er seine Zeitschrift zur Seite.

Sie zeigte auf ihre Tüten. »Können wir die vielleicht einen Moment hier lassen? Ich muss uns andere Taschen besorgen, die man über den Lenker hängen kann … «

Taylor, der schon bei den Kühlfächern stand und einen Sechserpack Coca-Cola herausnahm, spitzte die Ohren, um zu hören, worum es ging. Denise sprach weiter.

»Wir sind mit den Fahrrädern hier und ich glaube

nicht, dass ich das alles nach Hause transportieren kann. Nur einen Moment – wir sind gleich wieder hier.«

Taylor hörte den Besitzer sagen: »Aber sicher, kein Problem. Ich stelle sie hinter die Theke für Sie.«

Mit dem Sechserpack in der Hand kam Taylor wieder nach vorn. Denise hatte Kyle die Hand auf den Rücken gelegt und führte ihn sanft aus dem Laden. Taylor ging noch zwei Schritte, ließ sich das Gesagte noch einmal durch den Kopf gehen und kam dann zu einem spontanen Entschluss.

»He, Denise, warten Sie … «

Sie blieb stehen und drehte sich um, als Taylor auf sie zukam.

»Waren das Ihre Fahrräder draußen vor dem Laden?«
Sie nickte. »Ja. Warum?«

»Ich habe gerade mitgehört, was Sie zu dem Besitzer gesagt haben, und … na ja … « Er brach ab und sein Blick aus blauen Augen ließ sie reglos auf der Stelle verharren. »Kann ich Ihnen bei dem Transport behilflich sein? Ich komme sowieso an Ihrem Haus vorbei und könnte die Sachen dort abstellen.«

Beim Sprechen deutete er auf den Truck vor der Tür.

»O nein, das geht schon … «

»Sind Sie sicher? Es liegt auf meinem Weg. Kostet mich zwei Minuten, höchstens.«

Obwohl sie wusste, dass es einfach eine freundliche Geste war, das Ergebnis einer Kindheit in einer Kleinstadt, war sie nicht so sicher, ob sie das Angebot annehmen konnte.

Er hob die Hände, als könnte er ihre Unentschlossenheit spüren, und ein verschmitztes Grinsen entstand auf seinem Gesicht. »Ich stehle auch nichts, ich verspreche es.«

Kyle ging einen Schritt auf die Tür zu und sie legte ihm die Hand auf die Schulter, damit er stehen blieb. »Davor habe ich keine Angst … «

Wovor dann? War sie schon so lange allein, dass sie vergessen hatte, wie man die Freundlichkeit anderer Menschen akzeptierte? Oder hatte er ohnehin schon zu viel für sie getan?

Nun mach schon. Schließlich hält er ja nicht um deine Hand an oder so …

Sie schluckte, dachte an den Weg durch die Stadt und zurück, daran, dass sie dann alle Einkäufe verladen und nach Hause transportieren musste.

»Wenn Sie sicher sind, dass es Ihnen keine Umstände macht … «

Taylor hatte das Gefühl, einen kleinen Sieg errungen zu haben.

Er ging zur Kasse und stellte den Sechserpack auf die Theke.

»Woher wissen Sie, wo ich wohne?«, fragte sie.

Er blickte über die Schulter.

»Wir leben in einer Kleinstadt. Ich weiß, wo alle wohnen.«

Später, am Abend, waren Melissa, Mitch und Taylor im Garten, auf dem Grill brutzelten Steaks und Hot Dogs und das Abendlicht, ein erstes Anzeichen des Sommers, verweilte noch, fast wie ein Traum. Es herrschte eine träge Abendstimmung, in der Luft lagen Feuchtigkeit und Wärme. Die gelbe Sonne stand tief am Himmel, genau über dem Roten Hartriegel, dessen Blätter reglos in der Abendluft hingen.

Während Mitch am Grill stand, hielt Taylor ein Bier in der Hand, das dritte an dem Abend. Er hatte einen kleinen Rausch und trank genau in dem richtigen Maß, um ihn sich zu erhalten. Nachdem er Melissa und Mitch von den Ereignissen der letzten Tage erzählt hatte – auch von der Suche im Sumpfland –, berichtete er, dass er Denise im Laden wieder getroffen und ihr die Lebensmittel nach Hause gefahren hatte.

»Anscheinend geht es beiden gut«, sagte er und erschlug eine Stechmücke, die sich auf seinem Bein niedergelassen hatte.

Obwohl er das ganz neutral gesagt hatte, musterte Melissa ihn genau von oben bis unten und beugte sich in ihrem Stuhl nach vorn.

»Sie gefällt dir also, wie?«, sagte sie mit unverhohlener Neugier.

Bevor Taylor etwas erwidern konnte, mischte Mitch sich ein.

»Was hat er gesagt? Er mag sie?«

»Ich habe nichts dergleichen gesagt«, erwiderte Taylor rasch.

»Das war auch nicht nötig. Ich konnte es dir ansehen, außerdem hättest du ihr nicht die Lebensmittel nach Hause gefahren, wenn du sie nicht nett gefunden hättest.« Melissa drehte sich zu ihrem Mann um. »Ja, er mag sie.«

»Du legst mir Worte in den Mund.«

Melissa lächelte trocken. »Und? … Ist sie hübsch?«

»Was ist das denn für eine Frage?«

Melissa drehte sich wieder zu ihrem Mann um. »Er findet sie hübsch.«

Mitch nickte voller Überzeugung. »Ich hab mir schon so was gedacht, er war ein bisschen still, als er ankam. Und was kommt als Nächstes? Wirst du dich mit ihr verabreden?«

Taylor sah von einem zum anderen und fragte sich, wieso das Gespräch plötzlich in diese Richtung steuerte.

»Das hatte ich nicht vor.«

»Das solltest du aber. Du musst ab und zu mal rauskommen.«

»Ich bin den ganzen Tag draußen … «

»Du weißt, was ich meine.«

Mitch zwinkerte ihm zu und hatte seinen Spaß angesichts Taylors Unbehagen.

Melissa lehnte sich zurück. »Er hat Recht, weißt du. Du wirst auch nicht jünger. Die Blüte deiner Jugend ist schon vorbei.«

Taylor schüttelte den Kopf.

»Besten Dank. Das nächste Mal, wenn ich mich beleidigen lassen möchte, weiß ich ja, wohin ich kommen muss.«

Melissa kicherte. »Du weißt, dass wir nur scherzen.«

»Ist das eine Art Entschuldigung?«

»Nur, wenn du es dir noch einmal überlegst mit der Verabredung.«

Sie ließ ihre Augenbrauen tanzen und Taylor musste gegen seinen Willen lachen. Melissa war vierunddreißig, sah aber zehn Jahre jünger aus – und benahm sich auch so. Sie war blond und zierlich, hatte für jeden ein freundliches Wort, hielt zu ihren Freunden und ärgerte sich so gut wie nie. Auch wenn ihre Kinder miteinander stritten, der Hund auf den Teppich gepinkelt hatte und das Auto nicht ansprang – sie ließ sich kaum aus der Ruhe bringen und hatte sich und die Lage binnen kürzester Zeit im Griff. Mehr als einmal hatte Taylor zu Mitch gesagt, er könne sich glücklich schätzen. Und Mitch sagte darauf jedes Mal: »Ich weiß.«

Taylor nahm wieder einen Schluck von seinem Bier.

»Warum interessiert euch das überhaupt so?«, fragte er.

»Weil wir dich mögen«, sagte Melissa liebevoll, als würde das alles erklären.

Und weil ihr nicht versteht, warum ich allein bin, dachte Taylor.

»Also gut«, sagte er schließlich, »ich überleg's mir noch mal.«

»Das ist doch ein Wort«, sagte Melissa, aufrichtig erfreut.

Kapitel 12

Am Tag nach der Begegnung zwischen Denise und Taylor bei Merchants, dem Laden in der Stadt, hatte sie den Vormittag über mit Kyle gearbeitet. Der Unfall hatte dem Anschein nach weder eine negative noch eine positive Auswirkung auf seine Lernfähigkeit gehabt, doch da nun der Sommer da war, war es das Beste, wenn sie das Pensum bis zum Mittag geschafft hatten. Danach war es so warm im Haus, dass keiner von beiden sich konzentrieren konnte.

Gleich nach dem Frühstück hatte sie Ray angerufen und ihn gebeten, ihr noch zwei Abendschichten zu geben. Zum Glück war er einverstanden gewesen. Vom folgenden Tag an würde sie nicht wie bisher vier Abende, sondern sechs Abende in der Woche, außer sonntags, arbeiten. Wie üblich würde sie gegen sieben anfangen und bis Mitternacht bedienen. Indem sie spät anfing, verpasste sie zwar einen Teil der Gäste, die zum Abendessen kamen und bessere Trinkgelder gaben, aber sie konnte Kyle nicht guten Gewissens eine Stunde länger in dem hinteren Zimmer lassen, während er noch wach war. Wenn sie später kam, legte sie ihn ins Bett und er schlief innerhalb weniger Minuten ein.

Sie ertappte sich dabei, dass sie seit ihrer Begegnung in der Stadt dauernd an Taylor McAden dachte. Wie versprochen hatte er die Einkaufstüten auf der vorderen Veranda abgestellt, und zwar im Schatten der Überdachung. Da sie kaum eine Viertelstunde brauchte, um nach Hause zu kommen, waren Milch und Eier noch kalt und sie stellte sie in den Kühlschrank, bevor sie Schaden nehmen konnten.

Während Taylor die Tüten zum Wagen trug, hatte er

ihr angeboten, auch die Fahrräder aufzuladen und sie beide nach Hause zu fahren, aber Denise hatte abgelehnt. Das hatte weniger mit Taylor zu tun als mit Kyle. Der saß nämlich schon wieder auf seinem Fahrrad und sie wusste, dass er sich auf die Fahrt mit seiner Mutter freute. Sie wollte ihm den Spaß nicht verderben, und da sie jetzt öfter so in die Stadt kommen würden, wollte sie nicht, dass er jedes Mal erwartete, mit dem Auto zurückgefahren zu werden.

Dennoch hätte sie Taylors Angebot ganz gern angenommen. Sie war erfahren genug, um zu wissen, dass er sie attraktiv fand – wie er sie ansah, machte das deutlich –, aber sie fühlte sich dabei nicht unbehaglich, wie es ihr bei den Blicken anderer Männer manchmal erging. In seinen Augen war nicht das übliche hungrige Glitzern, während er sie musterte – ein Ausdruck, der besagte, dass eine kleine Bettgeschichte gut ankommen würde. Außerdem war sein Blick nicht nach unten gewandert, während sie miteinander sprachen, was auch häufig genug vorkam. Einen Mann, der ihr auf die Brüste starrte, konnte sie unmöglich ernst nehmen.

Nein, in seiner Art sie anzusehen war etwas anderes. Mehr Würdigung, weniger Bedrohung, und obwohl sie den Gedanken verscheuchte, fühlte sie sich nicht nur geschmeichelt, sondern war auch erfreut.

Natürlich, es konnte genauso gut zu Taylors Methode gehören, Frauen anzumachen, ein Verfahren, das er mit der Zeit verfeinert hatte. Manche Männer waren da sehr geschickt. Sie hatte welche von dieser Sorte kennen gelernt, hatte mit ihnen geplaudert und jede Faser ihres Wesens schien zu sagen, dass sie anders waren als andere Männer, vertrauenswürdiger. Mit diesen Typen kannte sie sich so gut aus, dass gewöhnlich ihre kleinen Alarmglocken schrillten. Aber entweder war Taylors Akt besonders gut einstudiert oder er war wirklich anders, denn diesmal schwiegen ihre Alarmglocken.

Was war es also?

Von all den Dingen, die sie von ihrer Mutter gelernt hatte, erinnerte sie sich besonders an einen Rat, als es darum ging, andere Menschen einzuschätzen. »Du wirst in deinem Leben Menschen kennen lernen, die stets das richtige Wort im richtigen Moment bereithaben. Aber am Ende musst du sie immer an ihren Taten messen. Taten allein zählen, nicht Worte.«

Vielleicht war das der Grund, dachte sie, warum sie so auf Taylor reagierte. Er hatte bereits bewiesen, dass er Heldentaten vollbringen konnte, aber es war nicht Kyles dramatische Rettung, die ihr … *Interesse*, wenn man es so nennen wollte, an ihm weckte. Auch Blender taten gelegentlich das Richtige. Nein – es waren die kleinen Dinge, die er getan hatte, als sie im Laden waren. Er hatte Hilfe angeboten, ohne eine Gegenleistung zu erwarten … es war ihm wichtig zu erfahren, wie es ihr und Kyle ging … er hatte sich rührend mit Kyle befasst …

Das ganz besonders.

Obwohl sie es nicht gern zugab, hatte sie in den letzten Jahren die Menschen danach beurteilt, wie sie ihren Sohn behandelten. In ihrem Kopf hatte sie ihre Freunde in zwei Gruppen unterteilt: solche, die sich Mühe mit Kyle gegeben hatten, und solche, die es nicht getan hatten. »Sie hat mit ihm auf dem Fußboden gesessen und mit Bauklötzen gespielt« – *sie war gut*. »Sie hat kaum Notiz von ihm genommen« – *sie war schlecht*. Die Gruppe der »Schlechten« war weit größer als die der »Guten«.

Aber hier war ein Mann, der, aus welchem Grund auch immer, ein Band zu ihrem Sohn geknüpft hatte, und das ging ihr nicht aus dem Kopf. Zudem konnte sie nicht vergessen, wie Kyle auf ihn reagiert hatte. *Haoo, Taya…*

Obwohl Taylor nicht alles verstand, was Kyle sagte – an Kyles Aussprache musste man sich erst gewöhnen –, sprach Taylor mit ihm, als hätte er ihn verstanden. Er hatte ihm zugezwinkert, er hatte spielerisch an seinem Helm geschuckelt, er hatte ihn in die Arme geschlossen, er hatte Kyle angesehen, als er mit ihm sprach. Er hatte nicht versäumt, sich zu verabschieden.

Kleine Dinge, aber für Denise waren sie unglaublich wichtig.

Taten.

Taylor hatte Kyle wie einen normalen kleinen Jungen behandelt.

Es traf sich, dass Denise immer noch über Taylor nachdachte, als Judy die lange Kiesauffahrt heraufkam und im Schatten eines ausladenden Magnolienbaums hielt. Denise, die gerade fertig abgewaschen hatte, erspähte Judy und winkte, dann ließ sie ihren Blick durch die Küche schweifen. Nicht perfekt, aber sauber genug, beschloss sie, als sie zur Haustür ging, um Judy zu begrüßen.

Nach der traditionellen Begrüßungszeremonie – wie es der einen und der anderen ging und so weiter – setzten sich Denise und Judy auf die vordere Veranda, wo sie Kyle im Auge behalten konnten. Er spielte mit seinen Lastautos in der Nähe des Zauns und schob sie über selbstgebaute Straßen. Kurz bevor Judy ankam, hatte Denise ihn rundum mit Sonnenschutzcreme eingeschmiert und mit Mückenspray besprüht. Bei seinem Spiel am Boden blieb der Staub an der Cremeschicht haften, seine Shorts und sein Hemd hatten braune Schmierstreifen und sein Gesicht sah aus, als wäre es eine Woche lang nicht gewaschen worden. Denise fühlte sich an die Pächterkinder aus Steinbecks »Früchte des Zorns« erinnert.

Auf dem kleinen Holztisch *(den sie auf einem Flohmarkt für drei Dollar erstanden hatte – ein fantastischer Kauf der Schnäppchenjägerin Denise Holton!)* standen zwei Gläser mit gesüßtem Tee. Denise hatte ihn am Morgen nach Art der Südstaaten gemacht: Sie hatte Luzianne-Tee aufgekocht und Zucker hineingegeben, damit er sich ganz auflösen konnte; dann wurde das Getränk mit Eiswürfeln gekühlt. Judy nahm einen Schluck aus ihrem Glas, ihre Augen ließen Kyle nicht los.

»Deine Mutter hat sich auch gern schmutzig gemacht«, sagte Judy.

»Meine Mutter?«

Judy sah sie belustigt an. »Warum bist du überrascht? Deine Mutter war ziemlich wild als Kind.«

Denise nahm ihr Glas.

»Bist du sicher, dass wir von derselben Frau sprechen?«, fragte Denise. »Meine Mutter hat nicht einmal die Zeitung reingeholt, ohne Make-up aufzulegen.«

»Oh, das fing in der Zeit an, als sie die Jungen entdeckte. Da haben sich ihre Angewohnheiten geändert. Sie hat sich in eine perfekte Südstaaten-Dame verwandelt, bis hin zu Handschuhen und tadellosen Tischmanieren, und das praktisch von einem Tag auf den anderen. Aber lass dich davon nicht blenden. Davor war deine Mutter ein echter Huckleberry Finn.«

»Das soll wohl ein Witz sein, oder?«

»Nein – wirklich. Deine Mutter hat Frösche gefangen, sie konnte fluchen wie ein Krebsfischer, der sein Netz verloren hat, sie hat sich sogar mit Jungen geprügelt, um zu zeigen, wie stark sie war. Und sie konnte gut kämpfen, das kann ich dir versichern. Wenn ein Junge noch überlegte, ob es sich schickte, ein Mädchen zu schlagen, boxte sie ihm auf die Nase. Einmal haben die Eltern von einem der Jungen tatsächlich den Sheriff gerufen. Der Junge hat sich so sehr geschämt, dass er eine Woche nicht in die Schule gegangen ist, aber er hat deine Mutter nie wieder gehänselt. Sie ließ sich nichts gefallen.«

Judy blinzelte, ihre Gedanken wanderten offensichtlich zwischen Gegenwart und Vergangenheit hin und her. Denise sagte nichts und wartete, dass Judy weitersprechen würde.

»Ich weiß noch, wie wir zum Fluss runtergegangen sind, um Brombeeren zu pflücken. Deine Mutter trug nicht einmal Schuhe in dem ganzen Dornengestrüpp. Sie hatte eine Haut wie Leder unter den Füßen. Sie lief den ganzen Sommer ohne Schuhe herum, nur in der Kirche hatte sie welche an. Im September waren ihre Füße so schmutzig, dass ihre Mutter den Schmutz nur mit Stahlschwamm und Ajax entfernen konnte. Und wenn die Schule begann, kam deine Mutter die ersten paar Tage humpelnd zum Unterricht. Ich habe nie rausbekommen, ob das an dem Stahlschwamm lag oder daran, dass sie es nicht mehr gewöhnt war, Schuhe zu tragen.«

Denise lachte ungläubig auf. Das war eine Seite ihrer Mutter, von der sie noch nie gehört hatte. Judy fuhr fort:

»Ich habe hier ganz in der Nähe gewohnt. Kennst du das Haus von den Boyles? Das weiße Haus mit den grünen Fensterläden – hinten dran steht eine große rote Scheune.«

Denise nickte. Sie kam auf dem Weg in die Stadt daran vorbei.

»Da habe ich als Kind gelebt. Deine Mutter und ich, wir waren die einzigen, die in dieser Ecke wohnten, und so haben wir praktisch alles zusammen gemacht. Außerdem waren wir gleich alt, so dass wir in der Schule die gleichen Fächer hatten. Es waren ja die vierziger Jahre und damals saßen alle Kinder bis zur achten Klasse in einem Klassenzimmer, aber man versuchte trotzdem immer, die Kinder nach Altersgruppen zusammenzusetzen. Deine Mutter und ich haben die ganze Schulzeit hindurch nebeneinander gesessen. Sie war wahrscheinlich die beste Freundin, die ich je hatte.«

Judy hatte den Blick auf die Bäume in der Ferne

gerichtet und schien in ihren nostalgischen Gedanken gefangen.

»Warum seid ihr nicht in Kontakt geblieben, nachdem sie weggezogen ist?«, fragte Denise. »Ich meine … «

Sie brach ab und überlegte, wie sie ihre Frage stellen konnte, und Judy sah sie von der Seite her an.

»Du meinst, warum sie dir nie davon erzählt hat, wo wir doch so gute Freundinnen waren?«

Denise nickte und Judy dachte nach.

»Ich denke, es hatte hauptsächlich damit zu tun, dass sie weggezogen ist. Ich habe lange gebraucht, bis ich verstanden habe, dass Entfernung auch die besten Absichten zunichte machen kann.«

»Das finde ich traurig … «

»Eigentlich ist es nicht traurig. Es kommt drauf an, wie man es betrachtet. Für mich … na ja, es ist eine Bereicherung, die man sonst nicht hätte. Die Menschen kommen und gehen – sie treten in dein Leben und verlassen es wieder, fast wie Gestalten in einem schönen Buch. Wenn du das Buch zuklappst, haben die Gestalten ihre Geschichte erzählt und du fängst ein neues Buch an, mit neuen Gestalten und neuen Abenteuern. Und dann konzentriert man sich auf die neuen, nicht auf die alten aus der Vergangenheit.«

Denise überlegte einen Moment, wie sie antworten sollte, und dachte an die Freunde, die sie in Atlanta zurückgelassen hatte.

»Eine ziemlich philosophische Einstellung«, sagte sie dann.

»Ich bin alt. Was hast du erwartet?«

Denise stellte das Glas auf den Tisch.

»Du hast also nie wieder mit ihr gesprochen, nachdem sie weggezogen ist?«

»Nein, so war das nicht – wir haben ein paar Jahre lang Kontakt gehabt, aber damals war deine Mutter verliebt, und wenn eine Frau verliebt ist, dann denkt sie nur daran. Deswegen hat sie Edenton ja auch verlassen. Ein junger Mann – Michael Cunningham. Hat sie dir mal von ihm erzählt?«

Denise schüttelte fasziniert den Kopf.

»Das wundert mich nicht. Michael war einer von der bösen Sorte, die man nicht unbedingt länger als nötig in Erinnerung behalten möchte. Er hatte nicht gerade einen makellosen Ruf – du weißt, was ich meine –, aber viele Mädchen fanden ihn attraktiv. Wahrscheinlich war er für sie aufregend und gefährlich. Immer dasselbe, heute auch noch. Na, deine Mutter ist ihm nach Atlanta gefolgt, kaum dass sie mit der Schule fertig war.«

»Aber sie hat mir gesagt, sie sei nach Atlanta gezogen, um aufs College zu gehen …«

»Oh, das hatte sie vielleicht auch irgendwo im Hinterkopf vor, aber der eigentliche Grund war Michael. Irgendwie stand sie unter seinem Einfluss, das war klar. Er war auch der Grund, warum sie nie zu Besuch nach Edenton kam.«

»Wieso das?«

»Na, ihre Eltern – deine Großeltern – konnten ihr nicht verzeihen, dass sie einfach so abgehauen war. Sie hatten Michael durchschaut und sagten, wenn sie nicht sofort wieder nach Hause käme, wollten sie sie nicht mehr sehen. Sie waren von der alten Schule, störrisch bis zum Letzten, und deine Mom war genauso. Es war, als würden sich ein paar Bullen gegenüberstehen, und jeder wartete darauf, dass der andere nachgab. Aber das hat keiner von ihnen getan, auch nicht, als es mit Michael vorbei war und jemand anders an seine Stelle trat.«

»War das mein Vater?«

Judy schüttelte den Kopf. »Nein … ein anderer – dein Vater trat erst in Erscheinung, als mein Kontakt zu ihr abgebrochen war.«

»Du hast ihn also nicht gekannt?«

»Nein, aber ich erinnere mich, dass deine Großeltern

zu der Hochzeit fuhren und ich ein bisschen verletzt war, weil deine Mutter mir keine Einladung geschickt hatte. Allerdings hätte ich auch nicht fahren können. Ich war verheiratet und wie viele junge Paare hatten wir nicht viel Geld und dann war da das Baby – na, ich hätte es nicht geschafft zu fahren.«

»Schade eigentlich.«

Judy stellte ihr Glas auf den Tisch. »Nicht so sehr. Es ging ja nicht um dich und in gewisser Weise ging es auch nicht mehr um deine Mutter – nicht um die Person, die ich gekannt hatte. Dein Vater kam aus einer sehr angesehenen Familie in Atlanta und zu dem Zeitpunkt war deiner Mutter ihre Herkunft etwas peinlich. Deinem Vater hat es offensichtlich nichts ausgemacht, denn er hat sie ja geheiratet. Aber ich erinnere mich, dass deine Großeltern nicht viel erzählten, als sie von der Hochzeit kamen. Ich glaube, ihnen war es auch ein wenig peinlich, obwohl das Unsinn ist. Sie waren wunderbare Menschen, aber ich glaube, sie wussten, dass sie keinen Platz in der Welt ihrer Tochter hatten, auch nachdem dein Vater gestorben war.«

»Das ist ja schrecklich … «

»Es ist traurig, aber wie schon gesagt, es ging ja von beiden Seiten aus. Deine Großeltern waren störrisch und deine Mutter war auch störrisch. Und im Laufe der Zeit haben sie sich immer mehr voneinander entfernt.«

»Ich wusste, dass Mom nicht viel mit ihren Eltern zu tun hatte, aber davon hat sie mir nie erzählt.«

»Nein, das hätte ich auch nicht erwartet. Aber denk bitte nicht schlecht von deiner Mutter. Das tue ich auch nicht. Sie war immer so lebensfroh, so leidenschaftlich – es war aufregend, in ihrer Nähe zu sein. Und sie hatte ein engelreines Herz, wirklich wahr. Sie war der liebste Mensch, den ich kannte.«

Judy wandte den Kopf. »Du bist ihr sehr ähnlich.«

Denise versuchte diese neuen Informationen über

ihre Mutter zu verdauen und Judy trank einen Schluck von ihrem Tee. Dann sagte Judy, als wüsste sie, dass sie zu viel erzählt hatte: »Aber hör dir nur an, wie ich immerfort erzähle – wie eine einfältige alte Frau. Du denkst bestimmt, es wäre an der Zeit, dass ich ins Altersheim gehe. Wir sollten lieber über dich sprechen.«

»Über mich? Da gibt es nicht viel zu erzählen.«

»Dann fangen wir mit dem Offensichtlichen an. Warum bist du nach Edenton gekommen?«

Denise sah zu Kyle hinüber, der mit seinen Lastautos spielte, und fragte sich, was er wohl dachte.

»Es gibt mehrere Gründe.«

Judy beugte sich nach vorn und flüsterte verschwörerisch: »Männerprobleme? Ein psychotischer Spanner, wie die in ›America's Most Wanted‹?«

Denise kicherte. »Nein, nichts, was so dramatisch wäre … « Sie brach ab und runzelte leicht die Stirn.

»Wenn es zu privat ist, dann erzähl es mir nicht. Es geht mich sowieso nichts an.«

Denise schüttelte den Kopf.

»Es macht mir nichts aus, darüber zu sprechen, es ist einfach nur schwer, einen Anfang zu finden.« Judy schwieg und Denise seufzte und ordnete ihre Gedanken. »Eigentlich hat es hauptsächlich mit Kyle zu tun. Ich glaube, ich habe dir schon gesagt, dass er Probleme mit dem Sprechen hat, oder?«

Judy nickte.

»Habe ich auch gesagt, warum?«

»Nein.«

Denise sah wieder zu Kyle hinüber.

»Also, im Moment heißt es, er habe ein Problem bei der Auflösung von Lauten, man könnte auch sagen, die rezeptive und expressive Sprachentwicklung ist bei ihm gestört. Einfach ausgedrückt heißt das, dass es ihm aus irgendeinem Grund – den keiner kennt – schwer fällt, Sprache zu verstehen und sprechen zu lernen. Wahrscheinlich ist Legasthenie das beste Analogbeispiel, nur dass es hier nicht um die Verarbeitung von visuellen Zeichen geht, sondern von Lauten. Anscheinend werden die Laute alle vermischt – als würde man in einem Moment Chinesisch hören, im nächsten Deutsch und dann irgendein Kauderwelsch. Ob das Problem in der Verbindung zwischen Ohr und Gehirn liegt oder im Gehirn selbst, weiß keiner. Aber am Anfang konnte niemand eine Diagnose stellen und … na ja … «

Denise fuhr sich mit der Hand durchs Haar und sah Judy an. »Willst du das wirklich alles hören? Es ist eine ziemlich lange Geschichte.«

Judy streckte die Hand aus und tätschelte Denise das Knie. »Nur, wenn du es mir erzählen willst.«

Judys ernster Ausdruck erinnerte Denise an ihre Mutter. Es tat ihr seltsamerweise gut, darüber zu sprechen, und sie zögerte nur einen Augenblick, bevor sie weitersprach.

»Also, am Anfang dachten die Ärzte, er sei taub. Wochenlang bin ich mit Kyle zu Fachärzten für Audiologie und Hals-Nasen-Ohren-Ärzten gelaufen, bis sie festgestellt haben, dass er hören kann. Dann haben sie gedacht, er sei autistisch. Bei der Diagnose blieb es dann ein Jahr lang – wahrscheinlich das anstrengendste Jahr meines Lebens. Danach kam die These, dass es eine allgemeine Entwicklungsstörung sei, was so ähnlich wie Autismus ist, nur nicht so ernst. Das ging auch ein paar Monate, bis sie mehr Tests mit ihm gemacht hatten. Dann haben sie gesagt, er sei zurückgeblieben und habe obendrein noch ein Aufmerksamkeitsdefizit. Erst vor ungefähr neun Monaten haben sie sich auf diese Diagnose festgelegt.«

»Das muss sehr schwer für dich gewesen sein … «

»Du kannst dir das nicht vorstellen. Du kriegst etwas Schreckliches über dein eigenes Kind gesagt und durchläufst alle Stadien, von Ungläubigkeit über Wut bis hin zu Trauer, bis du dich schließlich damit abfindest. Dann bringst du alles in Erfahrung, was es darüber zu wissen gibt, du machst deine Recherchen, liest und sprichst mit jedem, der etwas darüber weiß – und am Ende, wenn du so weit bist, dass du damit leben kannst, kommen sie mit einer neuen Diagnose und alles fängt von vorn an.«

»Wo war Kyles Vater während dieser Zeit?«

Denise zuckte mit den Schultern, eine Art Schuldgefühl stand ihr ins Gesicht geschrieben. »Den Vater gab es nicht. Sagen wir mal so: Ich hatte nicht damit gerechnet, schwanger zu werden. Kyle war ein Versehen, sozusagen.«

Sie sprach nicht weiter und zu zweit beobachteten sie Kyle und schwiegen. Judy schien weder überrascht noch schockiert über die Enthüllung, ihre Miene drückte auch keine Verurteilung aus. Denise räusperte sich.

»Nach Kyles Geburt habe ich mich von der Schule, an der ich Lehrerin war, beurlauben lassen. Meine Mutter war gestorben und ich wollte das erste Jahr oder so bei meinem Kind verbringen. Aber nachdem das alles angefangen hatte, konnte ich nicht wieder in den Beruf gehen. Ich war ständig unterwegs mit ihm, bei Ärzten und zu irgendwelchen Tests und Therapeuten, bis ich endlich ein Therapieprogramm gefunden habe, das ich mit ihm zu Hause machen kann. Während dieser Phase hatte ich nicht die Zeit für eine Ganztagsstelle. Die Arbeit mit Kyle nimmt den ganzen Tag in Anspruch. Ich hatte dieses Haus geerbt und konnte es nicht verkaufen und am Schluss war einfach kein Geld mehr da.«

Sie warf Judy einen resignierten Blick zu.

»Also lautet die knappe Antwort auf deine Frage, dass ich hierher kommen musste, um mit Kyle arbeiten zu können.«

Als Denise aufgehört hatte, blickte Judy einen Moment lang vor sich hin und tätschelte ihr dann wieder das Knie. »Verzeih die Ausdrucksweise, aber du bist eine verdammt bewundernswerte Mutter. Nicht viele Menschen würden diese Opfer bringen.«

Denise sah zu, wie ihr Sohn auf dem Erdboden spielte. »Ich möchte einfach nur, dass es besser wird mit ihm.«

»Nach dem, was du erzählst, klingt es, als wäre es schon besser geworden.« Sie ließ das erst mal wirken, bevor sie sich zurücklehnte und fortfuhr: »Weißt du, ich habe Kyle immer gesehen, wenn ihr in der Bibliothek im Computerraum wart, und es ist mir nie eingefallen, dass er irgendwelche Probleme haben könnte. Er kam mir vor wie jeder andere kleine Junge, nur dass er sich wahrscheinlich besser aufführte.«

»Aber er hat immer noch Schwierigkeiten beim Sprechen … «

»Die hatten Einstein und Teller auch und sie sind die größten Physiker unserer Zeit gewesen.«

»Woher weißt du, dass sie Sprechprobleme hatten?« Denise waren die Fakten bekannt (sie hatte fast alles zu dem Thema gelesen), aber sie war überrascht – und beeindruckt –, dass Judy auch im Bilde war.

»Oh, du würdest dich wundern, wenn du wüsstest, wie viele überflüssige Informationen ich im Laufe der Jahre angehäuft habe. Ich bin wie ein Staubsauger in diesen Dingen, keine Ahnung, warum.«

»Du solltest in ›Jeopardy‹ auftreten.«

»Das würde ich gern tun, aber dieser Alex Trebek ist so süß, dass ich wahrscheinlich alles vergessen würde, wenn er nur hallo sagt. Ich würde ihn die ganze Zeit anstarren und überlegen, wie ich es anstellen könnte, dass er mich küsst. Wie Richard Dawson in ›Family Feud‹!«

»Was würde dein Mann denken, wenn er dich gerade gehört hätte?«

»Ich glaube, es würde ihm nichts ausmachen.« Sie klang jetzt wieder ernster. »Er ist schon vor langer Zeit gestorben.«

»Das tut mir Leid«, sagte Denise. »Das wusste ich nicht.«

»Das macht nichts.«

In dem plötzlich eingetretenen Schweigen spielte Denise unruhig mit ihren Fingern.

»Und … du hast nie wieder geheiratet?«

Judy schüttelte den Kopf. »Nein, irgendwie hatte ich gar keine Zeit, jemanden kennen zu lernen. Taylor hat mich voll in Anspruch genommen – ich hatte alle Mühe, mit ihm Schritt zu halten.«

»O Mann, das kommt mir so bekannt vor. Manchmal habe ich das Gefühl, ich arbeite den ganzen Tag – entweder mit Kyle oder im Diner.«

»Du arbeitest im Eights? Bei Ray Toler?«

»Ja. Ich habe dort angefangen, gleich nachdem wir hierher gezogen sind.«

»Hat er dir von seinen Kindern erzählt?«

»Nur ungefähr jeden zweiten Tag«, sagte Denise.

Von da an plauderten sie unbefangen über die Arbeit im Diner und die endlosen Projekte, mit denen Judy ihre Zeit füllte. Denise hatte schon lange keine Gelegenheit mehr gehabt, sich ganz in Ruhe und entspannt mit jemandem zu unterhalten und sie fand es überraschend besänftigend. Eine halbe Stunde später hatte Kyle genug von seinen Lastautos. Er räumte sie (ohne darum gebeten zu werden, konnte Judy nicht umhin zu bemerken) unter den Vorsprung der Veranda und kam dann zu seiner Mutter. Sein Gesicht war rot von der Hitze, seine Ponyfransen klebten ihm an der Stirn. »Wil Nuln Soß, ja?«

»Nudeln mit Soße?«

»Ja.«

»Sicher, mein Süßer. Ich mach dir welche.«

Denise und Judy standen auf und gingen in die Küche, Kyle hinterließ eine Staubspur auf dem Boden. Er setzte sich an den Tisch und Denise machte die Schranktür auf.

»Möchtest du zum Mittagessen bleiben? Ich kann uns ein paar Sandwichs machen.«

Judy sah auf die Uhr. »Würde ich gern, aber es geht nicht. Ich muss zu einer Besprechung – es geht um das Sommerfest am Wochenende. Da sind noch ein paar Sachen, die geklärt werden müssen.«

Denise füllte Wasser in einen Topf und sah über die Schulter.

»Sommerfest?«

»Ja – am Wochenende. Es findet einmal im Jahr statt und eröffnet sozusagen den Sommer. Ich hoffe, du kommst auch.«

Denise stellte den Topf auf den Herd und drehte das Gas an. »Ich hatte es nicht vor.«

»Warum nicht?«

»Na ja, zum einen hatte ich noch gar nicht davon gehört.«

»Du bist wirklich nicht auf dem Laufenden.«

»Erinner mich nicht daran.«

»Du solltest unbedingt hingehen. Kyle hätte seine helle Freude. Es gibt Imbissstände und Kunsthandwerk und Wettkämpfe, außerdem kommt eine Kirmes in die Stadt. Für jeden etwas.«

Denise musste sofort daran denken, dass sie da nur Geld ausgeben würde.

»Ich weiß nicht, ob wir kommen können«, sagte sie schließlich. Ihr war eine Entschuldigung eingefallen. »Ich muss am Samstagabend arbeiten.«

»Oh, so lange brauchst du ja gar nicht zu bleiben – komm doch am Tage, wenn du magst. Es macht richtig Spaß, und wenn du willst, kann ich dich mit ein paar Leuten in deinem Alter bekannt machen.«

Denise antwortete nicht sofort und Judy spürte ihr Zögern.

»Überleg es dir, ja?«

Judy nahm ihre Handtasche vom Tisch, Denise sah in

den Topf – das Wasser kochte noch nicht – und sie gingen zusammen wieder auf die Veranda.

Denise fuhr sich mit der Hand durchs Haar und schob ein paar Strähnen zurück, die ihr ins Gesicht gefallen waren.

»Danke, dass du gekommen bist. Es war schön, sich einmal mit einem Erwachsenen zu unterhalten.«

»Mir hat es auch gefallen«, sagte Judy und umarmte Denise spontan. »Danke für die Einladung.«

Als Judy schon gehen wollte, fiel Denise noch etwas ein.

»Ach, übrigens, ich habe es dir noch gar nicht erzählt: Gestern bin ich im Lebensmittelladen Taylor begegnet.«

»Ich weiß, ich habe gestern Abend noch mit ihm gesprochen.«

Nach einem winzigen Moment der Verlegenheit rückte Judy sich den Schulterriemen ihrer Handtasche zurecht.

»Wir sollten das öfter machen, ja?«

»Das wäre schön.«

Denise sah Judy nach, wie sie die Stufen hinunter und den Kiesweg entlangging. Als Judy an ihrem Auto angekommen war, drehte sie sich zu Denise um.

»Übrigens, Talyor wird am Wochenende mit allen von der Feuerwehr auch beim Sommerfest sein«, rief Judy ihr zu. »Um drei Uhr haben sie ein Softball-Spiel.«

»Aha?« Mehr fiel Denise dazu nicht ein.

»Na, falls du doch kommen möchtest – ich werde dort sein.«

Dann schloss Judy die Autotür auf. Denise stand auf der Veranda und winkte, als Judy sich hinter das Steuerrad setzte und den Motor anließ, wobei ein kleines Lächeln ihre Lippen umspielte.

Kapitel 13

»*H*allo! Ich dachte schon, ihr kommt nicht mehr«, rief Judy ihnen erfreut zu.

Es war Samstagnachmittag, kurz nach drei, als Denise und Kyle auf die Tribüne kletterten, sich zwischen den anderen Zuschauern hindurchschlängelten und auf Judy zukamen.

Das Softball-Spiel war leicht zu finden gewesen, denn es gab nur in einem Teil des Parks eine Tribüne; das Spielfeld selbst war mit einem niedrigen Maschendraht-zaun abgetrennt. Als sie ihre Fahrräder abstellten, hatte Denise gleich gesehen, wo Judy saß, und Judy winkte ihnen zu, als sie ihrerseits die beiden erspähte, wie sie Hand in Hand zu den oberen Sitzreihen hochbalancier-ten.

»Hallo, Judy … wir haben es geschafft. Ich wusste gar nicht, dass es in Edenton so viele Menschen gibt. Wir mussten uns erst durch all die Besucher kämpfen.«

Die Straßen im Stadtzentrum waren für den Verkehr gesperrt, dort drängte sich jetzt die Menge. Über die Straße waren Spruchbänder gespannt, Buden waren auf den Gehwegen beiderseits der Straße aufgebaut und die Besucher betrachteten die kunstgewerblichen Produkte oder kamen, mit ihren Besorgungen beladen, aus den Geschäften. In der Nähe von Cook's Drugstore war ein Spielbereich für Kinder abgetrennt worden. Dort konn-ten sie ihre eigenen Kunstwerke herstellen, wozu ihnen Klebstoff, Kiefernzapfen, Schaumstoff, Ballons und viele andere Dinge zur Verfügung standen, die die Ein-wohner gestiftet hatten. Auf dem Hauptplatz war die Kirmes schon in vollem Gang. Denise sah, dass die Men-schen in langen Schlangen anstanden.

Denise und Kyle hatten gemächlich ihre Fahrräder durch die Stadt geschoben und sich an der festlichen Stimmung erfreut. Auf der anderen Seite der Stadt traf man sich zum Essen und Spielen im Park. Im schattigen Teil bei der Straße wurde ein Grillwettbewerb ausgetragen und gleich am Eingang hatten die Shriners einen Fischbratstand aufgebaut. Überall im Park bereiteten diejenigen, die ihr eigenes Essen mitgebracht hatten, Hot Dogs und Hamburger auf kleinen Grills für Familie und Freunde zu. Judy machte auf der Bank Platz für die beiden und Kyle quetschte sich zwischen die Frauen. Dabei schmiegte er sich einen Moment an Judy und lachte, als hielte er das für einen großen Spaß. Dann machte er es sich bequem und zog eins seiner kleinen Flugzeuge aus der Tasche. Denise hatte darauf bestanden, dass er sie einsteckte, bevor sie gingen. Sie erwartete nicht, ihm das Spiel erklären und seine Aufmerksamkeit fesseln zu können, und wollte, dass er etwas zu seiner Beschäftigung bei sich hatte.

»Die Leute kommen von weit her zu dem Fest«, sagte Judy zur Erklärung. »Aus dem ganzen Landkreis. Es ist eine Gelegenheit, Freunde zu treffen, die man eine Weile nicht gesehen hat, und Neuigkeiten auszutauschen.«

»So sieht es auch aus.«

Judy stieß Kyle in die Rippen.

»Hi, Kyle. Wie geht es dir?«

Mit ernstem Gesichtsausdruck presste Kyle das Kinn auf die Brust und hielt das Flugzeug in die Höhe. »Fuseu«, sagte er begeistert und versicherte sich, dass Judy es gut sehen konnte. Obwohl Denise wusste, dass er auf einer Ebene zu kommunizieren versuchte, die er gut verstand – er machte das oft –, tippte sie ihn an, damit er die richtige Antwort gab.

»Kyle, sag: ›Mir geht es gut‹.«

»Mia des dut.« Im Rhythmus der Silben nickte er mit dem Kopf, dann galt seine Aufmerksamkeit wieder dem

Spielzeug. Denise legte ihm den Arm um die Schultern und deutete mit dem Kinn auf das Spielfeld.

»Und auf wessen Seite sind wir?«

»Eigentlich auf beiden. Taylor ist jetzt auf dem Feld am dritten Base der Mannschaft in Rot – das sind die von der Freiwilligen Feuerwehr Chowan. Die blaue Mannschaft sind die Chowan Ordnungshüter. Zu ihnen gehören die Polizisten, die Sheriffs und die Trooper. Sie spielen jedes Jahr für wohltätige Zwecke. Die Verlierer zahlen fünfhundert Dollar an die Bibliothek.«

»Wessen Idee war das?«, fragte Denise ahnungsvoll.

»Meine natürlich.«

»Die Bibliothek gewinnt also in jedem Fall.«

»Das ist der Sinn«, sagte Judy rasch. »Allerdings nehmen die Männer es sehr ernst. So manches Ego steht da auf dem Spiel. Du weißt, wie die Männer sind.«

»Und wie steht's?«

»Vier zu zwei – die Feuerwehr liegt in Führung.«

Auf dem Feld sah Denise Taylor, der fangbereit in gebückter Baseball-Haltung stand und sich konzentrierte. Der Pitcher warf den Ball unglaublich hoch und der Batter schlug ihn sauber zur Feldmitte. Der Ball landete – und ein Spieler vom dritten Base erreichte das Homebase, womit der Spielstand auf einen Punkt Unterschied reduziert wurde.

»War das Carl Huddle, der gerade geschlagen hat?«

»Ja, Carl ist einer der besseren Spieler. Er und Taylor haben in der High-School zusammen gespielt.«

Die nächste Stunde über sahen sich Denise und Judy das Spiel an, plauderten über Edenton und feuerten beide Mannschaften an. Das Spiel bestand nur aus sieben Durchgängen und war spannender, als Denise es sich vorgestellt hatte – es gab viel mehr Punkte und nicht halb so viele Wurffehler, wie sie erwartet hatte. Taylor unternahm ein paar Versuche, die gegnerischen Spieler beim ersten Base auszuschalten, aber das Spiel bestimmten hauptsächlich die Batter und die Führung wechselte in jedem Durchgang. Fast jeder Spieler schaffte es, den Ball ins Außenfeld zu schlagen, so dass die Außenfeldspieler allerhand zu tun hatten. Denise konnte nicht entgehen, dass die Spieler im Außenfeld um vieles jünger waren – und viel mehr schwitzten – als die im Innenfeld.

Kyle jedoch hatte das Interesse an dem Spiel nach nur einem Durchgang verloren und spielte auf der Tribüne, er rannte und sprang umher und lief von hier nach dort. Bei so vielen Menschen wurde Denise nervös, wenn sie ihn aus dem Blick verlor, und stand immer wieder auf und sah sich nach ihm um.

Jedes Mal wenn sie aufstand, wanderte Taylors Blick unwillkürlich zu ihr hin. Zuvor hatte er gesehen, wie sie ankam und mit Kyle an der Hand auf die Tribüne geklettert war, ohne zu bemerken, dass die Männer sich nach ihr umdrehten, als sie an ihnen vorbeiging. Taylor aber hatte es registriert. Sie sah blendend aus: Das weiße Hemd, das sie zu schwarzen Shorts trug, die langen Beine, die passenden Sandalen, das dunkle, vom Wind zerzauste schulterlange Haar. Aus einem ihm unerklärlichen Grund war er neidisch, dass seine Mutter – und nicht er selbst – neben ihr sitzen würde.

Ihre Anwesenheit war verwirrend und das lag nicht nur an dem, was Melissa gesagt hatte. Die Tribüne, auf der sie saß, war zwischen dem Homebase und dem ersten Base; von dort, wo er stand – am dritten Base –, konnte er sie genau sehen. Und so spähte er immer wieder zu ihr hinüber, als wollte er sich überzeugen, dass sie nicht weggegangen war. Er schalt sich jedes Mal – warum war ihm das so wichtig? –, aber einen Moment später erwischte er sich wieder dabei. Einmal guckte er einen Augenblick zu lange hin und sie winkte ihm zu.

Er winkte zurück und wandte den Blick mit einem

verlegenen Grinsen ab. Warum nur, so fragte er sich, fühlte er sich plötzlich wie ein blöder Teenager?

»Das ist sie also, hm?«, fragte Mitch, als sie zwischen den Durchgängen auf der Spielerbank saßen.

»Wer?«

»Denise – die neben deiner Mutter sitzt.«

»Ist mir noch gar nicht richtig aufgefallen«, sagte Taylor, wirbelte sein Schlagholz herum und gab sich alle Mühe, desinteressiert zu wirken.

»Du hattest Recht«, sagte Mitch.

»Womit?«

»Dass sie hübsch ist.«

»Das habe ich nicht gesagt. Das hat Melissa gesagt.«

»Oh«, sagte Mitch, »stimmt.«

Taylor wandte sich wieder dem Spiel zu und Mitch folgte seinem Blick.

»Warum starrst du sie dann die ganze Zeit an?«, fragte er endlich.

»Ich habe sie nicht angestarrt.«

»Oh«, sagte Mitch und nickte. Er versuchte gar nicht erst, sein Grinsen zu verstecken.

Im siebten Durchgang – das Team der freiwilligen Feuerwehr lag mit vierzehn zu zwölf hinten – wartete Taylor darauf, dass er mit dem Schlagen an die Reihe kam. Kyle hatte eine kleine Pause eingelegt und stand beim Zaun, als er Taylor entdeckte, der probehalber mit dem Schlagholz ausholte.

»Haoo, Taya«, sagte Kyle glücklich, wie er es auch getan hatte, als er ihn bei Merchant's gesehen hatte.

Beim Klang seiner Stimme drehte Taylor sich um und kam an den Zaun.

»Hallo, Kyle. Schön, dich zu sehen. Wie geht es dir?«

»Ea Feuaman«, sagte Kyle und zeigte auf Taylor.

»Das bin ich, ja. Macht es dir Spaß zuzugucken?«

Statt zu antworten, hielt Kyle sein Flugzeug hoch, damit Taylor es sehen konnte.

»Was hast du denn da, kleiner Mann?«

»Fuseu.«

»Richtig. Ein schönes Flugzeug ist das.«

»Du kan haln.«

Kyle reichte es durch den Zaun und Taylor zögerte einen Moment, bevor er es nahm. Er betrachtete es genau, während Kyle mit einem gewissen Stolz zusah. Hinter sich hörte Taylor, wie er zum Homebase gerufen wurde.

»Danke, dass du mir das Flugzeug gezeigt hast. Möchtest du es wiederhaben?«

»Du kan haln«, sagte Kyle wieder.

Taylor war sich einen Moment lang unschlüssig. »In Ordnung, das bringt mir bestimmt Glück. Ich geb es dir nachher zurück.« Er versicherte sich, dass Kyle sah, wie er sich das Flugzeug in die Hosentasche steckte. Kyle verschlang die Hände ineinander.

»Ist das in Ordnung so?«, fragte Taylor.

Kyle antwortete nicht, aber er schien einverstanden.

Taylor wartete noch einen Moment, dann legte er im Laufschritt die kurze Entfernung zum Homebase zurück.

Denise nickte in Kyles Richtung. Sowohl sie als auch Judy hatten beobachtet, was geschehen war.

»Ich glaube, Kyle mag Taylor«, sagte Denise.

»Ich glaube, das beruht auf Gegenseitigkeit«, sagte Judy.

Als der zweite Wurf kam, schlug Taylor ihn ins rechte Außenfeld – er war Linkshänder – und rannte sofort los, auf das erste Base zu, während die anderen Runner seiner Mannschaft vom zweiten und dritten Base aus versuchten, einen Punkt zu machen. Der Ball sprang dreimal auf dem Boden auf, bevor der Gegner ihn fing und

– aus dem Gleichgewicht gebracht – zurückwarf. Taylor kam im vollen Lauf zum zweiten Base und überlegte, ob er einen Sprint bis zum Homebase wagen sollte. Aber er entschied sich glücklicherweise dagegen und erreichte das dritte Base, als der Ball im Innenfeld ankam. Zwei Runs hatten Punkte gebracht, das Spiel war unentschieden, und als der nächste Batter an die Reihe kam, machte auch Taylor einen Punkt. Auf seinem Weg zur Spielerbank gab er Kyle das Flugzeug zurück und grinste über das ganze Gesicht.

»Ich hab ja gesagt, dass es mir Glück bringen würde, kleiner Mann. Das ist ein richtig gutes Flugzeug.«

»Ja, Fuseus dut.«

Es wäre perfekt gewesen, wenn das Spiel da zu Ende gewesen wäre, aber es sollte anders kommen. In der zweiten Hälfte des siebten Durchgangs machten die Ordnungshüter den entscheidenden Punkt, als Charles Huddle den Ball aus dem Park schlug.

Nach dem Spiel stiegen Denise und Judy mit den anderen Zuschauern von der Tribüne und machten sich auf den Weg in den Teil des Parks, in dem etwas zu essen und zu trinken auf sie wartete. Judy erklärte, wo sie sitzen würden.

»Ich bin schon etwas spät dran«, sagte sie, »eigentlich sollte ich beim Aufbauen helfen. Können wir uns da drüben wieder treffen?«

»Geh nur – ich bin auch gleich da, ich muss nur erst Kyle holen.«

Kyle stand noch am Zaun und sah Taylor zu, der seine Sachen an der Spielerbank einsammelte. Er drehte sich nicht um, als Denise seinen Namen rief, und sie musste ihm auf die Schulter tippen, um seine Aufmerksamkeit auf sich zu lenken.

»Kyle, nun komm, lass uns gehen«, sagte Denise.

»Nei«, sagte er und schüttelte den Kopf.

»Das Spiel ist vorbei.«

Kyle sah mit einem angestrengten Ausdruck zu ihr auf.

»Nei – eas ni.«

»Kyle, möchtest du nicht spielen gehen?«

»Ea is ni«, saǵte er wieder und hatte die Stirn gerunzelt; seine Stimme sank um eine Oktave. Denise wusste genau, was das bedeutete: Es drückte seine Frustration darüber aus, dass er sich nicht mitteilen konnte. Und möglicherweise war es der Anfang eines wahrhaft gewaltigen, ausgedehnten Schreianfalls. Junge, konnte Kyle schreien!

Natürlich hatten alle Kinder ihre Anfälle von Zeit zu Zeit und Denise erwartete nicht, dass Kyle keine Macken hatte. Aber bei Kyle kam es manchmal dazu, weil er nicht klarmachen konnte, was er wollte. Er wurde wütend, weil Denise ihn nicht verstand, und Denise wurde ungeduldig, weil er nicht sagen konnte, was er wollte, und von da an schaukelte sich das Ganze hoch.

Schlimmer waren jedoch die Gefühle, die von solchen Vorfällen ausgelöst wurden. Wenn es so weit kam, wurde Denise unvermittelt klar, dass ihr Sohn immer noch ein ernstes Problem hatte, und obwohl sie wusste, dass er nichts dafür konnte und dass sie ihm Unrecht tat, schrie sie ihn manchmal, wenn der Anfall sich hinzog, in der gleichen irrationalen Weise an, wie er sie: *Ist es denn wirklich so schwer, ein paar Wörter hintereinander zu sagen? Warum kannst du das nicht? Warum bist du nicht wie die anderen Kinder? Warum kannst du nicht einfach normal sein, Himmelherrgott?*

Danach, wenn sie sich beide wieder beruhigt hatten, fühlte sie sich entsetzlich. Wie konnte sie nur diese Dinge zu ihm sagen, obwohl sie ihn doch so lieb hatte? Wie konnte sie sie auch nur *denken*? Wenn sie dann nicht schlafen konnte, starrte sie stundenlang an die Decke und war davon überzeugt, dass sie die hartherzigste Mutter auf der ganzen Welt war.

Auf keinen Fall wollte sie, dass so etwas hier passierte. Sie atmete tief durch und schwor sich, ihre Stimme nicht zu erheben.

Also gut, fang mit dem an, was du weißt … lass dir Zeit … er versucht es, so gut er kann …

»Er ist nicht«, sagte Denise und wiederholte damit, was Kyle gesagt hatte.

»Ja.«

Sie hielt sanft seinen Arm in Erwartung dessen, was kommen würde. Sie wollte, dass seine Aufmerksamkeit bei ihr blieb.

»Kyle, *was* ist er nicht?«

»Nei … « Das Wort kam mit einem Jaulen heraus, begleitet von einem kehligen Laut. Er versuchte sich freizumachen.

Eindeutig der Beginn eines Schreianfalls.

Sie probierte es wieder mit Sätzen, von denen sie wusste, dass er sie verstand.

»Möchtest du nach Hause gehen?«

»Nei.«

»Bist du müde?«

»Nei.«

»Hast du Hunger?«

»Nei.«

»Kyle … «

»Nei!«, sagte er mit einem Kopfschütteln und ließ sie nicht weiterreden. Er war zornig, seine Wangen waren gerötet.

»*Was* ist er nicht?«, fragte sie mit aller Geduld, die sie aufbringen konnte.

»Eas ni … «

»*Was* ist er nicht?«, wiederholte Denise.

Kyle schüttelte frustriert den Kopf und suchte nach Worten.

»Eas ni … Kye«, sagte er schließlich.

Denise war völlig verwirrt.

»Du bist nicht Kyle?«

»Ja.«

»Du bist nicht Kyle«, wiederholte sie, diesmal als Feststellung. Im Laufe der Zeit hatte sie gelernt, wie wichtig Wiederholungen waren. Sie benutzte sie, um herauszufinden, ob sie sich verstanden hatten.

»Ja.«

Wie bitte?

Denise dachte einen Moment lang nach und versuchte den Satz zu verstehen, bevor sie sich Kyle wieder zuwandte.

»Wie heißt du? Heißt du Kyle?«

Kyle schüttelte den Kopf. »Eas ni Kye. Eas kleina Man.«

Sie ging den Satz noch einmal durch und versicherte sich, dass sie richtig gehört hatte.

»Kleiner Mann?«

Kyle nickte triumphierend und lächelte; sein Zorn verschwand so schnell, wie er gekommen war.

»Eas kleina Man«, sagte er wieder und Denise starrte ihn einfach nur an.

Kleiner Mann.

Oh, Himmel, wie lange würde das so weitergehen?

In dem Moment kam Taylor auf sie zu, die Tasche mit seinen Sportsachen über der Schulter.

»He, Denise, wie geht es dir?« Er nahm die Mütze ab und wischte sich mit dem Handrücken über die Stirn.

Denise, immer noch verblüfft, sah ihn an. »Im Moment bin ich mir nicht so sicher«, sagte sie ehrlich.

Die drei machten sich auf den Weg durch den Park und dabei erzählte Denise von ihrem Wortwechsel mit Kyle. Als sie fertig war, klopfte Taylor Kyle auf den Rücken.

»Kleiner Mann, was?«

»Ja, eas kleina Man«, gab Kyle stolz zur Antwort.

376

»Ermunter ihn bloß nicht«, sagte Denise mit einem resignierten Kopfschütteln.

Taylor fand das Ganze anscheinend äußerst lustig und zeigte das auch. Kyle seinerseits sah zu Taylor auf, als wäre er eins der sieben Weltwunder.

»Aber er ist ein kleiner Mann«, sagte Taylor zu Kyles Verteidigung. »Stimmt's?«

Kyle nickte, erfreut, dass wenigstens einer auf seiner Seite war. Taylor zog den Reißverschluss seiner Sporttasche auf, wühlte in der Tasche herum und zog schließlich einen alten Baseball hervor. Den gab er Kyle.

»Magst du Baseball?«, fragte er.

»Is ei Ba«, antwortete Kyle.

»Das ist nicht einfach ein Ball, es ist ein Baseball«, sagte Taylor ernst.

Kyle überlegte.

»Ja«, flüsterte er. »Is ei Besba.«

Er hielt den Ball fest in seiner kleinen Hand und betrachtete ihn eingehend, als suchte er nach einem Geheimnis, das nur er verstehen könnte. Dann hob er den Blick und sah in einiger Entfernung eine Rutschbahn. Plötzlich war das wichtiger als alles andere.

»Ea wi wenn«, sagte Kyle und sah seine Mutter erwartungsvoll an. »Da.« Er zeigte in die Richtung.

»Sag: ›Ich will rennen‹.«

»I wi wenn«, sagte er leise.

»Gut, dann renn«, sagte sie. »Aber nicht zu weit.«

Kyle rannte zum Kinderspielplatz, ein Wirbelwind entfesselter Energie. Zum Glück war der Spielplatz unmittelbar neben den Tischen, an denen sie sitzen würden – Judy hatte die Stelle aus eben dem Grund ausgesucht, weil fast alle, die mitgespielt hatten, ihre Kinder dabei hatten. Denise und Taylor sahen Kyle nach.

»Ein süßer Bengel«, sagte Taylor mit einem Grinsen.

»Danke. Er ist ein gutes Kind.«

»Das mit dem ›kleinen Mann‹, das ist nicht wirklich ein Problem, oder?«

»Eigentlich nicht … vor ein paar Monaten hatte er eine Phase, da wollte er unbedingt Godzilla sein. Er hat auf nichts anderes gehört.«

»Godzilla?«

»Ja, im Grunde ziemlich lustig, im Nachhinein. Aber damals, o Gott. Einmal waren wir im Supermarkt und Kyle war plötzlich verschwunden. Ich bin also die Gänge rauf und runter gelaufen und habe nach Godzilla gerufen. Du kannst dir nicht vorstellen, wie die Leute mich angesehen haben. Als Kyle schließlich wieder auftauchte, hat mich eine Dame angestarrt und bestimmt hat sie sich gefragt, wie eine Mutter ihr Kind nur Godzilla nennen kann.«

Taylor lachte. »Gute Geschichte.«

»Ja, na ja … « Sie verdrehte die Augen mit einer Mischung aus Zufriedenheit und Genervtheit. Ihr Blick traf seinen und verweilte einen Moment zu lang, bevor beide wieder wegsahen. Sie gingen schweigend weiter und unterschieden sich nicht von den anderen jungen Paaren im Park.

Taylor betrachtete sie weiter aus dem Augenwinkel. Ihm war aufgefallen, dass ihre Augen jadefarben waren, exotisch und geheimnisvoll. Sie war etwas kleiner als er – etwa eins achtundsechzig, schätzte er – und bewegte sich mit der Anmut eines Menschen, der mit einem gewissen Selbstbewusstsein durch die Welt ging. Darüber hinaus spürte er ihre Intelligenz in der geduldigen Art und Weise, wie sie mit ihrem Sohn umging, und ihre große Liebe für ihn. Für Taylor waren das sehr wichtige Dinge.

Melissa hatte doch Recht gehabt.

»Du hast gut gespielt«, sagte Denise und unterbrach seine Gedanken.

»Aber wir haben nicht gewonnen.«

»Aber ihr habt gut gespielt, das ist auch etwas wert.«

»Na gut, aber wir haben nicht gewonnen … «

»Typisch Mann. Hoffentlich wird Kyle nicht eines Tages so.«

»Wird er bestimmt. Er kann gar nicht anders. Wir haben es in den Genen.«

Denise lachte und sie gingen ein paar Schritte schweigend nebeneinander her.

»Warum bist du zur freiwilligen Feuerwehr gegangen?«, fragte sie.

Die Frage ließ das Bild seines Vaters vor ihm erstehen. Taylor schluckte und verdrängte den Gedanken.

»Das wollte ich schon, seit ich ein kleiner Junge war«, sagte er.

Obwohl sie seinen leicht veränderten Tonfall vernahm, schien ihr sein Ausdruck unverändert und sein Blick war auf die Menschen in der Ferne gerichtet.

»Wie funktioniert das? Als freiwilliger Feuerwehrmann, meine ich. Wird man einfach angerufen, wenn es einen Notfall gibt?«

Er zuckte mit den Schultern, irgendwie war er plötzlich erleichtert. »So ungefähr.«

»Hast du mein Auto auf diese Weise gefunden an dem Abend? Hatte jemand deswegen angerufen?«

Taylor schüttelte den Kopf. »Nein – das war einfach nur Glückssache. Alle freiwilligen Feuerwehrleute waren schon vorher wegen des Unwetters zur Wache gerufen worden. Der Sturm hatte einige Stromleitungen runtergerissen und ich war draußen, um Warnleuchten aufzustellen, damit die Autos rechtzeitig abbremsen konnten. Dabei bin ich an deinem Wagen vorbeigekommen und habe angehalten, um zu sehen, was passiert war.«

»Und da war ich«, sagte sie.

Da blieb er stehen und sah ihr in die Augen und seine Augen waren von der gleichen Farbe wie der Himmel. »Da warst du.«

Auf den Tischen war so viel Essen aufgebaut, dass eine ganze Truppe davon satt geworden wäre, und die Anzahl der Menschen, die sich in dem Teil des Parks aufhielt, entsprach ungefähr dieser Größenordnung.

An der einen Seite, wo die Grills standen, auf denen Hamburger und Hot Dogs zubereitet wurden, waren auch drei große Kühlbehälter mit Bier und Eis. Als sie bei den Behältern ankamen, warf Taylor seine Sporttasche zu den anderen und nahm sich ein Bier heraus. Er war noch vornübergebeugt und hielt eine Dose Coors-Bier (light) hoch.

»Möchtest du eins?«

»Gern, wenn genug da ist.«

»Es gibt reichlich. Wenn wir alle Vorräte austrinken, kann man nur hoffen, dass heute Abend nichts passiert. Niemand wäre in der Lage, bei einem Notfall auszurücken.«

Er reichte ihr die Dose und sie machte sie auf. Sie hatte noch nie viel getrunken, auch nicht in der Zeit, als Kyle noch nicht da war, aber an so einem heißen Tag war ein Bier sehr erfrischend.

Taylor nahm einen langen Zug aus seiner Dose, als Judy ihn bemerkte. Sie stellte einen Stapel Pappteller in die Mitte des Tisches und kam zu ihnen herüber.

Sie umarmte Taylor flüchtig. »Tut mir Leid, dass dein Team verloren hat«, sagte sie schelmisch. »Du schuldest mir fünfhundert Dollar.«

»Danke für die moralische Unterstützung.«

Judy lachte. »Oh, du weißt, dass ich mir nur einen Scherz erlaube.« Sie drückte ihn noch einmal, bevor sie sich Denise zuwandte.

»Jetzt, da du hier bist, kann ich dich ja den anderen vorstellen, oder?«

»Gern, ich muss nur erst nach Kyle gucken.«

»Er ist beschäftigt, ich habe ihn gerade gesehen. Er ist bei der Rutsche.«

Wie ein Radargerät erfasste sie ihn in Sekundenschnelle. Er spielte und war offenbar ganz erhitzt. Sie sah selbst auf diese Entfernung, dass sein Gesicht gerötet war.

»Meinst du, ich könnte ihm was zu trinken bringen? Eine Limonade oder so?«

»Selbstverständlich. Was mag er denn? Wir haben Cola, Sprite, Root Beer … «

»Sprite.«

Aus dem Augenwinkel sah Taylor, dass Melissa und Kim – Carl Huddles schwangere Frau –, zu ihnen kamen, um hallo zu sagen. Melissa hatte denselben triumphierenden Gesichtsausdruck wie an dem Abend, an dem er bei ihnen zum Essen gewesen war. Mit Sicherheit hatte sie ihn mit Denise durch den Park kommen sehen.

»Ich bringe es ihm«, bot Taylor eilig an, um Melissa zu entgehen. »Da kommen ein paar Leute, die dich begrüßen wollen.«

»Bist du sicher?«, fragte Denise.

»Ganz sicher«, beteuerte er. »Soll ich es ihm in der Dose bringen, oder würde er es lieber im Becher haben?«

»Im Becher.«

Taylor trank wieder von seinem Bier und ging dann zum Tisch, um Kyles Limonade vorzubereiten; er entkam Melissa und Kim nur knapp.

Judy machte Denise mit den beiden bekannt, und nachdem sie ein paar Worte miteinander gewechselt hatten, nahm Judy Denise mit, um sie noch anderen Freunden vorzustellen.

Obwohl es Denise nie leicht gefallen war, mit Fremden Kontakt zu knüpfen (*wem ging es da anders?*), war es in dem Fall nicht so schwer, wie sie es sich vorgestellt hatte. Die zwanglose Umgebung – überall liefen Kinder umher, alle waren sommerlich gekleidet, die Menschen lachten und scherzten – machte es ihr möglich, ganz entspannt zu sein. Es war wie ein Wiedersehensfest, bei dem jeder ohne Ausnahme willkommen war.

In der nächsten halben Stunde wurde sie einem guten Dutzend Paare vorgestellt, die fast alle, wie Judy gesagt hatte, Kinder hatten. Namen wurden in rascher Folge genannt – die eigenen und die der Kinder –, so dass sie sich unmöglich alle merken konnte, obwohl sie sich Mühe gab, sich die Namen derjenigen zu merken, die etwa gleichaltrig waren.

Das Essen für die Kinder war als Nächstes dran, und als die Hot Dogs vom Grill genommen wurden, kamen die Kinder aus allen Richtungen zu den Tischen gelaufen.

Kyle kam natürlich nicht mit den anderen Kindern zum Tisch, aber seltsamerweise sah Denise auch Taylor nicht. Seit er zum Spielplatz gegangen war, hatte sie ihn aus den Augen verloren und jetzt ließ sie ihren Blick rasch über die Menge gleiten, weil sie dachte, vielleicht habe er sich, von ihr unbemerkt, wieder dazugesellt. Sie konnte ihn nirgendwo entdecken.

Neugierig blickte sie zum Spielplatz hinüber und da sah sie die beiden; sie standen sich mit ein paar Metern Abstand gegenüber. Als Denise begriff, was sie machten, stockte ihr der Atem.

Fast konnte sie es nicht glauben. Sie schloss einen Moment lang die Augen und machte sie dann wieder auf.

Fassungslos sah sie zu, wie Taylor sanft den Ball in Kyles Richtung warf. Kyle hatte die Arme ausgestreckt und die Unterarme zusammengepresst. Er rührte sich nicht vom Fleck, als der Ball durch die Luft geflogen kam, aber wie durch ein Wunder landete der Ball genau in seinen kleinen Händen.

Denise kam aus dem Staunen nicht wieder heraus.

Taylor McAden spielte mit ihrem Sohn Ball.

Kyles letzter Wurf verfehlte sein Ziel – wie viele davor auch schon – und Taylor hechtete dem Ball vergeblich hinterher. Als er sich bückte, um ihn aufzuheben, sah er Denise auf sich zukommen.

»Oh, hallo«, sagte er beiläufig, »wir spielen Ball.«

»Spielt ihr schon die ganze Zeit?«, fragte sie und konnte ihr Erstaunen nicht verbergen. Kyle hatte zuvor nie Lust gehabt, Ball zu spielen. Sie hatte immer wieder versucht, sein Interesse zu wecken, aber er war nicht dazu zu bewegen gewesen. Ihr Erstaunen bezog sich allerdings nicht nur auf Kyle, es erstreckte sich auch auf Taylor. Es war das erste Mal, dass sich jemand Zeit genommen hatte, Kyle etwas Neues beizubringen, etwas, das andere Kinder auch machten.

Er spielte mit Kyle. Mit Kyle spielte sonst niemand.

Taylor nickte. »Mehr oder weniger. Es scheint ihm Spaß zu machen.«

In dem Moment sah Kyle sie und winkte ihr zu. »Haoo, Mani«, rief er.

»Macht es dir Spaß?«, fragte sie.

»Ea wirf«, sagte er aufgeregt.

Denise musste lächeln. »Das sehe ich. Das war ein guter Wurf.«

»Ea wirf«, sagte Kyle wieder und stimmte ihr zu.

Taylor schob den Schirm seiner Mütze zurück. »Er hat ganz schön Kraft«, sagte er, als wollte er erklären, warum er Kyles Ball nicht gefangen hatte.

Denise sah ihn wortlos an.

»Wie hast du ihn dazu bewegen können?«

»Wozu? Zum Ballspielen?« Er war sich des Durchbruchs, den er geschafft hatte, offensichtlich nicht bewusst und zuckte mit den Schultern. »Eigentlich war es seine Idee. Als er seine Limonade getrunken hatte, warf er mir den Ball zu. Da habe ich ihn zurückgeworfen und ihm gezeigt, wie man fangen kann. Er hat es ziemlich schnell rausgehabt.«

»Du wirf«, rief Kyle ungeduldig. Er hielt seine Arme wieder ausgestreckt.

Taylor schaute sie an, um sich zu versichern, ob sie einverstanden war.

»Mach nur«, sagte Denise. »Ich muss mir das noch mal ansehen.«

Taylor stellte sich wieder zwei Meter vor Kyle auf.

»Bist du so weit?«, fragte Taylor.

Kyle war voll konzentriert und antwortete nicht. Denise verschränkte in nervöser Erwartung die Arme.

»Hier kommt er«, sagte er und warf den Ball. Der landete auf Kyles Handgelenken, hüpfte wie ein Pinball auf seine Brust zu und fiel dann zu Boden. Kyle hob ihn sofort auf, fixierte sein Ziel und warf den Ball. Diesmal stimmte die Richtung und Taylor konnte ihn fangen, ohne sich von der Stelle zu bewegen.

»Gut gemacht«, sagte Taylor rasch.

Der Ball ging noch ein paar Mal hin und her, bevor Denise wieder sprach.

»Möchtest du mal Pause machen?«, fragte sie.

»Wenn er eine machen möchte«, sagte Taylor.

»Oh, er könnte noch eine Weile weitermachen. Wenn er so etwas erst mal anfängt, mag er nicht mehr aufhören.«

»Das habe ich schon gemerkt.«

Denise rief Kyle zu: »Okay, mein Süßer, das letzte Mal.«

Kyle wusste, was das bedeutete, und betrachtete den Ball aufmerksam, bevor er ihn warf. Der Ball flog nach rechts, so dass Taylor nicht rankam, rollte über das Gras und blieb kurz vor Denise liegen, die ihn aufhob. Kyle kam auf sie zu.

»Das war's? Keine Widerrede?«, fragte Taylor und war offenbar beeindruckt von Kyles Gutmütigkeit.

»Nein, in der Hinsicht ist er völlig unproblematisch.«

Als Kyle bei ihr war, nahm sie ihn auf den Arm und drückte ihn. »Hat es Spaß gemacht, das Ballspielen?«

»Ja«, sagte Kyle glücklich.

»Möchtest du zur Rutsche gehen?«, fragte sie.

Kyle nickte und sie setzte ihn wieder ab. Er drehte sich um und lief zum Spielplatz hinüber.

Als sie allein waren, sah Denise Taylor an.

»Das war sehr freundlich von dir, aber du hättest nicht die ganze Zeit mit ihm spielen müssen.«

»Ich weiß, aber ich wollte es. Es macht Spaß mit ihm.«

Sie lächelte dankbar und dachte, wie selten sie doch so etwas über ihren Sohn hörte. »Das Essen ist fertig, falls du Hunger hast«, sagte sie.

»Hunger habe ich keinen besonderen, aber ich würde gern mein Bier weitertrinken.«

Taylor und Denise gingen auf den Tisch neben dem Spielplatz zu, auf dem seine Dose noch stand. Taylor nahm sie und trank in großen Schlucken. Der Winkel, in dem er die Dose hielt, zeigte ihr, dass sie noch fast voll war. Sie sah, wie ihm die Schweißtropfen über die Wangen liefen. Seine dunklen Haare lugten unter der Mütze hervor und kringelten sich leicht und sein Hemd klebte ihm an der Brust. Ihr Sohn hatte ihn auf Trab gehalten.

»Magst du dich nicht hinsetzen?«

»Gern.«

Inzwischen hatte sich Kyle von der Rutsche ab- und dem Klettergerüst zugewandt. Er kletterte hinauf, reckte seine Arme in die Höhe und fing an, sich an dem waagerechten Balken entlangzuhangeln.

»Mani, duttma!«, rief er plötzlich.

Denise drehte sich um und sah zu, wie Kyle sich von dem Balken fallen ließ, einen knappen Meter tief, und im Sand landete. Er stand schnell auf, strich sich den Sand von den Knien und grinste über das ganze Gesicht.

»Pass schön auf, ja!«, rief sie ihm zu.

»Ea sprin«, sagte Kyle darauf.

»Du bist gesprungen.«

»Ea sprun«, sagte Kyle.

Während Denise ihrem Sohn aufmerksam zusah, beobachtete Taylor, wie sich ihre Brust bei jedem Atemzug hob und senkte und sie ein Bein über das andere schlug. Irgendwie kam ihm diese Bewegung sehr sinnlich vor.

Als sie sich ihm wieder zuwandte, schnitt er ganz bewusst ein unverfängliches Thema an.

»Du hast also die anderen kennen gelernt?«, fragte er.

»Ja«, sagte sie. »Sie scheinen alle sehr nett zu sein.«

»Das sind sie auch. Die meisten kenne ich, seit ich klein bin.«

»Ich mag deine Mutter. Sie ist wie eine Freundin zu mir.«

»Sie ist sehr lieb.«

Die nächsten Minuten verbrachten sie damit, Kyle dabei zu beobachten, wie er alle Geräte auf dem Spielplatz ausprobierte: Er rutschte, kletterte, sprang und kroch und schien einen unerschöpflichen Energievorrat zu haben. Trotz der Feuchtigkeit und der Wärme ließ er nicht einen Moment nach.

»Ich könnte jetzt einen Burger vertragen«, sagte Taylor. »Ich nehme an, du hast schon gegessen.«

Denise warf einen zerstreuten Blick auf ihre Uhr.

»Nein, das nicht, aber wir können nicht bleiben. Ich arbeite heute Abend.«

»Du willst schon gehen?«

»In ein paar Minuten. Es ist fast fünf und ich muss Kyle noch etwas zu essen machen und mich für die Arbeit umziehen.«

»Er kann hier essen – es ist reichlich da.«

»Kyle isst keine Hot Dogs oder Pommes frites. Er ist ein bisschen schwierig, was das angeht.«

Taylor nickte. Eine Weile lang hing er seinen Gedanken nach. Schließlich fragte er: »Kann ich dich nach Hause fahren?«

»Wir sind mit den Fahrrädern hier.«

Taylor nickte.

»Ich weiß.«

Kaum hatte er das gesagt, wusste sie, dass dies ein bedeutender Moment für sie beide war. Sie war nicht darauf angewiesen, dass er sie nach Hause fuhr, und das wusste er. Er hatte sie gefragt, obwohl Freunde und Essen ein paar Schritte weiter auf ihn warteten. Ganz offensichtlich wünschte er sich, dass sie annehmen würde; das sah sie an seinem Gesichtsausdruck. Anders als sein Angebot, ihr die Einkäufe nach Hause zu fahren, hatte diese Frage weniger mit seiner Hilfsbereitschaft zu tun, als vielmehr mit dem, was sich zwischen ihnen anbahnte.

Es wäre ein Leichtes abzulehnen. Ihr Leben war kompliziert genug – musste sie ihm wirklich noch etwas hinzufügen? Ihr Verstand sagte ihr, dass sie nicht die Zeit dazu hatte, dass es keine gute Idee war, dass sie ihn kaum kannte. Die Gedanken spulten sich in logischer Reihenfolge ab und erschienen ihr sehr sinnvoll, doch ihnen zum Trotz hörte sie sich plötzlich sagen: »Das wäre sehr nett.«

Auch er schien überrascht von ihrer Antwort. Er trank wieder von seinem Bier und nickte dann ohne ein weiteres Wort. In dem Moment erkannte Denise dieselbe Befangenheit an ihm, die ihr schon bei Merchant's im Laden aufgefallen war, und dann gestand sie sich ein, was sie die ganze Zeit geleugnet hatte.

Sie war nicht zu dem Fest gekommen, um Judy wieder zu treffen, sie war auch nicht gekommen, um andere Leute kennen zu lernen.

Sie war gekommen, um Taylor McAden zu sehen.

Mitch und Melissa verfolgten, wie Taylor und Denise aufbrachen. Mitch beugte sich vor und flüsterte Melissa etwas ins Ohr, damit ihn niemand hörte.

»Wie findest du sie?«

»Sie ist nett«, sagte Melissa aufrichtig. »Aber es liegt nicht an ihr allein. Du weißt, wie Taylor ist. Wie sich das alles weiterentwickelt, hängt hauptsächlich von ihm ab.«

»Meinst du, sie werden ein Paar?«

»Du kennst ihn besser als ich. Was meinst du?«

Mitch zuckte die Schultern. »Ich weiß nicht recht.«

»Doch, du weißt es wohl. Du weißt, wie charmant Taylor sein kann, wenn er ein Auge auf eine Frau geworfen hat. Ich hoffe nur, dass er diesmal niemandem wehtut.«

»Er ist dein Freund, Melissa. Du kennst Denise noch gar nicht.«

»Ich weiß. Deswegen habe ich ihm immer verziehen.«

Kapitel 14

»Monta Auto!«, rief Kyle aus.

Es war ein schwarzer Dodge mit Allradantrieb und Lastwagenreifen. Zwei Scheinwerfer waren auf den Überrollbügel montiert, ein schweres Abschleppseil an einem Haken an der vorderen Stoßstange befestigt, hinter den Sitzen in der Fahrerkabine war eine Gewehrhalterung angebracht und auf der Ladefläche stand eine silberfarbene Werkzeugkiste.

Anders als andere Fahrzeuge seiner Art, die Denise gesehen hatte, war dies kein Vorzeigeobjekt. Der Lack war blind und an vielen Stellen zerkratzt, an der Seite, bei der Fahrertür, war eine Beule im Blech, einer der Rückspiegel war herausgerissen worden, geblieben war ein Loch mit rostigem Rand und das Fahrgestell des Trucks war von einer dicken Schicht trockenen Schlamms überzogen.

Kyle schlang vor Erregung die Hände umeinander.

»Monta Auto«, sagte er wieder.

»Gefällt er dir?«, fragte Taylor.

»Ja«, sagte Kyle und nickte begeistert.

Taylor lud die Fahrräder auf die Ladefläche und hielt Denise und Kyle die Tür auf. Weil das Trittbrett sehr hoch war, musste er Kyle helfen hineinzuklettern. Dann kam Denise an die Reihe und Taylor streifte sie zufällig, als er ihr zeigte, wo sie sich festhalten musste, um sich hochzuziehen.

Er ließ den Motor an und sie fuhren los. Kyle saß zwischen ihnen. Als ob Taylor spürte, dass sie mit ihren Gedanken allein sein wollte, sprach er nicht, wofür sie ihm dankbar war. Manchen Menschen war Stille unbehaglich, sie betrachteten sie als eine Leere, die man füllen musste, aber er gehörte offenbar nicht dazu. Er war zufrieden, einfach zu fahren.

Die Minuten verstrichen, ihre Gedanken wanderten. Die Kiefern zogen eine nach der anderen an ihr vorbei, und sie konnte es noch nicht richtig fassen, dass sie mit ihm in seinem Truck saß. Aus dem Augenwinkel sah sie, dass er aufmerksam auf die Fahrbahn blickte. Wie schon bei der ersten Begegnung mit Taylor stellte sie auch jetzt wieder fest, dass er nicht im üblichen Sinne attraktiv war. Wäre sie in Atlanta auf der Straße an ihm vorbeigegangen, hätte sie ihn keines zweiten Blickes gewürdigt. Er hatte kein hübsches Gesicht wie manche Männer, aber etwas an ihm war auf raue Art anziehend. Sein Gesicht war gebräunt und hager. Die Sonne hatte zarte Linien auf seinen Wangen und um seine Augen herum hinterlassen. Er hatte eine schmale Taille und muskulöse Schultern, als hätte er jahrelang schwere Lasten getragen, und seine Arme erweckten den Eindruck, dass er Tausende von Nägeln eingeschlagen hatte, was zweifellos auch der Fall war. Fast schien es, als hätte seine Arbeit als Bauunternehmer seinen Körper geformt.

Sie hätte gern gewusst, ob er einmal verheiratet gewesen war. Weder er noch Judy hatten es erwähnt, aber das musste nichts bedeuten. Die Menschen scheuten sich oft, über ihre Fehler in der Vergangenheit zu sprechen. Himmel, schließlich erwähnte sie Brett auch nur, wenn es sich nicht umgehen ließ. Trotzdem, irgendetwas an ihm gab ihr Anlass zu der Vermutung, dass er sich nie zu einem Menschen bekannt hatte. Im Park war ihr nicht entgangen, dass er anscheinend der Einzige ohne Partnerin war.

Vor ihnen lag Charity Road, Taylor bremste ab, nahm die Kurve und beschleunigte wieder. Sie waren fast da.

Eine Minute später war Taylor bei dem Kiesweg angekommen, er bog ein und trat auf die Bremse, bis der

Wagen stillstand. Dann legte er den Leerlauf ein und Denise sah ihn fragend an.

»He, kleiner Mann«, sagte er. »Möchtest du meinen Truck fahren?«

Es dauerte einen Moment, bevor Kyle zu ihm hinsah.

»Komm schon«, sagte er und deutete mit der Hand auf seinen Schoß. Kyle zögerte und Taylor machte die gleiche Bewegung noch einmal. Dann beugte Kyle sich in seine Richtung und Taylor zog ihn zu sich auf den Schoß. Er legte Kyles Hände auf den oberen Teil des Steuerrads und hielt seine eigenen Hände in der Nähe, falls er eingreifen musste.

»Bist du so weit?«

Kyle erwiderte nichts, Taylor legte den Gang ein und der Truck fing an, sich langsam vorwärts zu bewegen.

»Also gut, kleiner Mann, fahren wir.«

Kyle war ein bisschen unsicher, hielt aber das Steuerrad fest, während der Wagen langsam die Böschung hinaufkletterte. Als er merkte, dass er es war, der das Auto lenkte, wurden seine Augen groß und plötzlich zog er das Steuerrad hart nach links. Der Truck fuhr auf die Wiese und holperte auf den Zaun zu, bevor Kyle das Rad wieder nach rechts drehte. Es war eine heftige Wendung, der Wagen überquerte den Kiesweg und fuhr auf der anderen Seite auf der Wiese weiter.

Sie fuhren nur im Kriechtempo, doch plötzlich strahlte Kyle und sah seine Mutter mit einem Ausdruck an, der sagte: *Guck mal, was ich hier mache!* Er lachte voller Freude und drehte das Steuerrad wieder herum.

»Ea fää«, rief er begeistert.

Der Truck fuhr in einer großen S-Kurve auf das Haus zu und, dank Taylors kleinen, aber nötigen Korrekturen, um jeden Baum herum, und als Kyle wieder laut auflachte, blinzelte Taylor Denise zu.

»Mein Vater hat mich das machen lassen, als ich klein war. Ich dachte, vielleicht macht es Kyle auch Spaß.«

Mit Taylors Hilfe fuhr Kyle den Truck in den Schatten des Magnolienbaums, wo sie anhielten. Taylor machte die Fahrertür auf und hob Kyle aus dem Wagen. Kyle suchte einen Moment lang sein Gleichgewicht und lief dann zum Haus.

Die Erwachsenen sahen ihm schweigend nach, schließlich wandte Taylor sich ab und räusperte sich.

»Ich hole die Fahrräder«, sagte er.

Er sprang vom Sitz, ging um den Wagen herum und öffnete die Ladeklappe. Denise saß vor Staunen ganz still. Taylor hatte sie wieder überrascht. Zweimal innerhalb eines Nachmittags hatte er sich Kyle gegenüber freundlich erwiesen und etwas getan, was im Leben anderer Kinder normal ist. Das erste Mal hatte sie verwundert zugesehen, das zweite Mal jedoch fühlte sie sich in ihrem Innersten berührt, wie sie es nie erwartet hätte. Was sie als Mutter für Kyle tun konnte, war begrenzt – sie konnte ihn lieben und beschützen, aber sie konnte nicht erreichen, dass andere Menschen ihn akzeptierten. Aber offensichtlich hatte Taylor ihn schon akzeptiert und sie spürte einen kleinen Kloß in ihrer Kehle.

Nach viereinhalb Jahren hatte Kyle endlich einen Freund gefunden.

Sie hörte ein dumpfes Geräusch und merkte, wie sich der Wagen leicht neigte, als Taylor auf die Ladefläche kletterte. Sie streckte sich, machte die Tür auf und sprang heraus.

Taylor hob die Fahrräder von der Ladefläche und sprang dann mit einer geschmeidigen Bewegung herunter. Denise warf einen Blick zu Kyle hinüber, der vor der Haustür stand und noch ein bisschen wacklig auf den Beinen zu sein schien. Taylor stand mit der Sonne im Rücken, so dass sein Gesicht im Schatten lag.

»Danke, dass du uns nach Hause gefahren hast«, sagte sie.

»Es war mir eine Freude«, erwiderte er leise.

Als sie so nah beieinander standen, sah sie wieder das Bild vor sich, wie er mit ihrem Sohn Ball spielte und ihn das Auto lenken ließ, und sie wusste, dass sie mehr über Taylor McAden erfahren wollte. Sie wollte mehr Zeit mit ihm verbringen, sie wollte den Menschen, der zu ihrem Kind so freundlich gewesen war, besser kennen lernen. Und vor allem wollte sie, dass er den gleichen Wunsch verspürte.

Sie merkte, dass sie rot wurde, als sie ihre Augen mit der Hand gegen die Sonne abschirmte.

»Ich habe noch ein bisschen Zeit, bevor ich mich fertig machen muss«, sagte sie, ohne lange nachzudenken. »Würdest du gern auf ein Glas Tee hereinkommen?«

Taylor schob sich die Mütze aus dem Gesicht.

»Klingt gut, wenn ich nicht störe.«

Sie rollten die Fahrräder um das Haus herum und stellten sie auf der Veranda ab, dann gingen sie durch die Hintertür ins Haus, von der im Laufe der Jahre die Farbe abgesplittert war. Im Haus war es kaum kühler und Denise ließ die Tür offen, damit ein Durchzug entstand. Kyle kam ihnen nach.

»Ich hole uns den Tee«, sagte sie und versuchte, die Nervosität in ihrer Stimme zu kaschieren.

Sie nahm eine Kanne Tee aus dem Kühlschrank und tat ein paar Eiswürfel in zwei Gläser. Sie gab Taylor ein Glas und ließ ihr eigenes auf der Ablage stehen. Ihr war seine Nähe sehr bewusst und sie wandte sich Kyle zu, in der Hoffnung, Taylor würde ihre Gedanken nicht erraten.

»Möchtest du etwas trinken?«

Kyle nickte. »Wi Wassa.«

Dankbar für die Unterbrechung ihrer Gedanken goss sie ihm Wasser ein und reichte ihm den Becher.

»Willst du jetzt baden? Du bist ja ganz verschwitzt.«

»Ja«, sagte er. Er trank aus seinem Plastikbecher und goss sich einen Teil des Inhalts über das Hemd.

»Ist es in Ordnung, wenn ich ihm eben sein Bad ein-
lasse?«, fragte sie mit einem Blick auf Taylor.

»Klar, lass dir Zeit.«

Denise führte Kyle aus der Küche und kurz darauf
hörte er ihre Stimme und das Rauschen des Wassers. Er
lehnte sich an die Küchentheke und betrachtete die Küche mit den Augen eines Bauunternehmers. Er wusste,
dass das Haus mindestens zwei Jahre leer gestanden
hatte, bevor Denise eingezogen war, und trotz ihrer Bemühungen sah die Küche ein wenig schäbig und abgenutzt aus. Der Fußboden wellte sich, das Linoleum war
vergilbt, drei der Schranktüren hingen schief in ihren
Angeln und der Wasserhahn tropfte stetig, wodurch
über die Jahre ein Fleck auf dem Porzellan entstanden
war. Der Kühlschrank war bestimmt so alt wie das Haus
selbst – in seiner Kindheit hatten sie einen ähnlichen
gehabt, aber er hatte seit Jahren keinen dieser Art mehr
gesehen.

Dennoch war es offensichtlich, dass Denise sich Mühe
gegeben hatte, der Küche ein präsentables Aussehen zu
geben. Alles war sauber und aufgeräumt, das sah er. Das
Geschirr stand im Schrank, die Arbeitsflächen waren ge-
wischt und der Spüllappen hing ordentlich über dem
Beckenrand. Beim Telefon lag ein Stapel Briefe und es
sah so aus, als wären sie schon geordnet.

Bei der Hintertür sah er einen kleinen Tisch, auf dem
eine Reihe Bücher aufgestellt war, an beiden Enden ein
Geranientopf als Buchstütze. Aus Neugier ging er hinü-
ber und überflog die Titel. Jedes hatte mit kindlicher
Entwicklung zu tun. Daneben stand ein dicker blauer
Ordner mit Kyles Namen.

Das Wasser wurde abgedreht und Denise kam wieder
in die Küche. Ihr war sehr bewusst, dass sie schon seit
langem nicht mehr mit einem Mann allein gewesen war.
Es war ein merkwürdiges Gefühl und erinnerte sie an
ihr früheres Leben, bevor ihre Welt sich verändert hatte.

Taylor war mit den Büchern beschäftigt, als sie ihr Glas nahm und zu ihm trat.

»Interessante Lektüre«, sagte er.

»Manchmal.« In ihren Ohren klang ihre Stimme anders, doch Taylor schien keinen Unterschied zu bemerken.

»Kyle?«

Sie nickte und Taylor deutete auf die Hefte. »Und was ist das?«

»Das sind seine Tagebücher. Wenn ich mit Kyle arbeite, notiere ich mir, was er sagen kann, wie er es sagt, womit er Schwierigkeiten hat und so weiter. Auf diese Weise kann ich seine Fortschritte aufzeichnen.«

»Das klingt nach viel Arbeit.«

»Das ist es auch.« Sie unterbrach sich und sagte: »Setz dich doch.«

Taylor und Denise nahmen am Küchentisch Platz, und obwohl er nicht gefragt hatte, erklärte sie ihm, worin – so weit sie wusste – Kyles Problem bestand, so wie sie es auch Judy erklärt hatte. Taylor hörte zu, bis sie fertig war.

»Du arbeitest jeden Tag mit ihm?«, fragte er.

»Nein, nicht jeden Tag. Sonntags nehmen wir uns frei.«

Er nickte zu dem Bücherbord hinüber. »Was sagen die Bücher zu Kyles Problem?«

»Meistenteils nicht viel. Es gibt viel über verzögerte Sprachentwicklung bei Kindern, aber normalerweise wird sie als Teil eines größeren Problems behandelt – wie zum Beispiel Autismus. Im Allgemeinen wird empfohlen zu therapieren, aber eine präzise Therapieform gibt es nicht. Es werden Lernprogramme empfohlen, doch die Theorien darüber, welches das nützlichste ist, gehen ziemlich weit auseinander.«

»Und die Ärzte?«

»Sie schreiben die Bücher.«

Taylor sah in sein Glas und rief sich seine Wortwechsel mit Kyle ins Gedächtnis zurück, dann sah er sie an. »Ich glaube, so schlecht spricht er gar nicht«, sagte er aufrichtig. »Ich habe verstanden, was er gesagt hat, und ich glaube, er hat mich auch verstanden.«

Denise fuhr mit ihrem Fingernagel an einem Riss auf der Tischplatte entlang. Was er sagte, war freundlich, wenn auch nicht ganz den Tatsachen entsprechend. »Er hat im letzten Jahr große Fortschritte gemacht.«

Taylor beugte sich vor.

»Ich sage das nicht nur so«, beteuerte er. »Ich meine es wirklich. Als wir Ball gespielt haben, hat er mir gesagt, ich soll den Ball werfen, und wenn er ihn gefangen hat, hat er gesagt: ›gut gemacht‹.«

Vier Wörter, genau genommen. *Du werf. Dut mat.* Denise hätte sagen können: *Das ist nicht besonders viel, wenn man es bedenkt, oder?* Und damit hätte sie Recht. Aber Taylor war freundlich und sie wollte sich nicht auf eine Diskussion über Kyles begrenzte sprachliche Möglichkeiten einlassen. Sie war vielmehr an dem Mann interessiert, der ihr gegenübersaß. Sie nickte und dachte nach.

»Ich glaube, das hat auch mit dir zu tun, nicht nur mit Kyle. Du hast viel Geduld mit ihm und die meisten Menschen haben das nicht. Du erinnerst mich an einige der Lehrer an der Schule, an der ich war.«

»Du warst Lehrerin?«

»Ich habe drei Jahre lang als Lehrerin gearbeitet, bis zu Kyles Geburt.«

»Hat dir das Spaß gemacht?«

»Ja, sehr. Ich habe Zweitklässler unterrichtet und das ist so ein schönes Alter. Die Kinder mögen ihre Lehrer und wollen lernen. Man hat das Gefühl, in ihrem Leben etwas ausrichten zu können.«

Taylor nahm einen Schluck von seinem Tee und sah sie über den Rand des Glases genau an. Er saß in ihrer Küche, umgeben von ihren Dingen, und beobachtete sie, während sie von der Vergangenheit sprach – und dabei wirkte sie sanfter, sie schien irgendwie weniger auf der Hut zu sein. Er hatte außerdem das Gefühl, dass sie nicht allzu häufig über sich selbst sprach.

»Möchtest du wieder in die Schule?«

»Eines Tages, ja«, sagte sie, »vielleicht in ein paar Jahren. Wir müssen sehen, was die Zukunft bringt.« Sie richtete sich auf ihrem Stuhl auf. »Aber was ist mit dir? Du bist Bauunternehmer?«

Taylor nickte. »Seit zwölf Jahren.«

»Und du baust Häuser?«

»Das habe ich eine Zeit lang gemacht, aber jetzt mache ich eher Umbauten. Als ich anfing, waren das die einzigen Aufträge, die ich bekommen konnte, weil kein anderer sie übernehmen wollte. Aber mir gefällt es – für mich ist es eine größere Herausforderung, als ein neues Haus zu bauen. Man muss mit dem arbeiten, was schon da ist, und nichts ist am Ende so leicht, wie man am Anfang annimmt. Außerdem haben die meisten Menschen ein begrenztes Budget und es macht Spaß, wenn man versucht, es so hinzukriegen, dass sie möglichst viel für ihr Geld bekommen.«

»Meinst du, du könntest dieses Haus hier umbauen?«

»Ich könnte es so renovieren, dass es wie neu aussieht. Es kommt ganz drauf an, wie viel du ausgeben willst.«

»Na ja«, sagte sie gut gelaunt, »ich habe gerade zehn Dollar in der Tasche, die unbedingt ausgegeben werden wollen.«

Taylor hob die Hand ans Kinn.

»Hhmm.« Sein Gesicht nahm einen ernsten Ausdruck an. »Dann müssen wir vielleicht auf die Arbeitsfläche aus Carrara-Marmor und den Arktik-Gefrierschrank verzichten … «, sagte er und beide lachten.

»Wie gefällt dir die Arbeit im Eights?«, fragte er.

»Es ist okay. Es ist genau das, was ich im Moment brauche.«

»Und Ray?«

»Er ist wunderbar. Kyle kann in einem Nebenzimmer schlafen, während ich arbeite, und das erleichtert vieles.«

»Hat er dir von seinen Kindern erzählt?«

Denise zog die Augenbrauen nach oben. »Deine Mutter hat genau die gleiche Frage gestellt.«

»Also, wenn du lange genug hier gewohnt hast, wirst du feststellen, dass alle alles voneinander wissen und dass alle immer die gleichen Fragen stellen. Es ist eine Kleinstadt.«

»Schwer, anonym zu bleiben, wie?«

»Unmöglich.«

»Und wenn ich ganz zurückgezogen lebe?«

»Dann haben die Leute auch etwas, worüber sie reden. Aber so schlecht ist es gar nicht, wenn man sich erst mal dran gewöhnt hat. Die meisten Menschen sind nicht böswillig, sondern nur neugierig. Solange man nichts tut, was unmoralisch oder illegal ist, kümmern sie sich nicht darum und klatschen auch nicht übermäßig darüber. Aber Fragenstellen gehört zu ihrem Zeitvertreib, weil es sonst nichts zu tun gibt.«

»Und was machst du so? Ich meine, in deiner Freizeit?«

»Mit meiner Arbeit und der freiwilligen Feuerwehr habe ich meistens genug zu tun, aber wenn ich mal wegkann, dann gehe ich zur Jagd.«

»Das käme bei meinen Freunden in Atlanta nicht gut an.«

»Was soll ich sagen? Ich bin einfach ein normaler Mann aus den Südstaaten.«

Und wieder fiel Denise auf, wie sehr er sich von den Männern unterschied, mit denen sie bisher zu tun gehabt hatte. Nicht nur in den offensichtlichen Dingen – was er machte und wie er aussah –, sondern auch deswegen, weil er zufrieden schien mit der Welt, die er sich geschaffen hatte. Er sehnte sich nicht nach Ruhm und Ansehen, er war nicht darauf erpicht, Reichtümer anzuhäufen, und er bastelte nicht an seiner Karriere. In gewisser Weise wirkte er wie ein Relikt aus einer früheren Zeit, einer Zeit, als die Welt noch nicht so kompliziert war wie jetzt und die einfachen Dinge am wichtigsten waren.

Während ihr diese Gedanken durch den Kopf gingen, rief Kyle aus dem Badezimmer und Denise drehte sich beim Klang seiner Stimme um. Sie warf einen Blick auf ihre Uhr und stellte fest, dass Rhonda sie in einer halben Stunde abholen würde, und sie war noch nicht umgezogen. Taylor erriet ihre Gedanken und trank den letzten Schluck aus.

»Ich sollte mal gehen.«

Kyle rief noch einmal und diesmal antwortete Denise ihm.

»Ich komme gleich, Süßer.« Dann sagte sie zu Taylor: »Fährst du zurück zum Grillfest?«

Taylor nickte. »Die wundern sich wahrscheinlich schon, wo ich bin.«

Sie lächelte verschmitzt. »Meinst du, sie reden über uns?«

»Wahrscheinlich.«

»Daran werde ich mich vermutlich gewöhnen müssen.«

»Keine Angst. Ich werde ihnen erklären, dass es nichts bedeutet.«

Sie sah ihn an und unter seinem Blick spürte sie, wie sich etwas in ihr regte, plötzlich und unerwartet. Bevor sie es verhindern konnte, hatte sie es schon ausgesprochen: »Mir hat es etwas bedeutet.«

Taylor betrachtete sie schweigend und dachte über das nach, was sie gesagt hatte, als sich Verlegenheitsröte über ihre Wangen und ihren Hals ausbreitete. Er ließ seinen Blick durch die Küche schweifen, senkte ihn und richtete ihn wieder auf sie.

»Arbeitest du morgen Abend?«, fragte er schließlich.

»Nein«, sagte sie, ein bisschen außer Atem.

Taylor holte tief Luft. *Mein Gott, war sie hübsch!*

»Kann ich dich und Kyle morgen zur Kirmes einladen? Kyle würde es bestimmt gefallen, auf einem Karussell zu fahren.«

Obwohl sie schon geahnt hatte, dass diese Frage kommen würde, spürte sie eine Welle der Erleichterung, als er sie stellte.

»Das wäre schön«, sagte sie leise.

Später, als Taylor nicht einschlafen konnte, überlegte er, dass der Tag, der am Anfang ganz normal verlaufen war, plötzlich eine Wendung genommen hatte, auf die er nicht vorbereitet gewesen war. Er verstand eigentlich nicht so recht, wie es passiert war … die ganze Situation mit Denise hatte sich einfach verselbständigt und war seiner Kontrolle entglitten.

Sicher, sie war attraktiv und intelligent – das gab er zu. Aber er hatte schon vorher attraktive und intelligente Frauen gekannt. Irgendetwas an Denise und an ihrer Beziehung zueinander war schon jetzt so, dass seine übliche Abwehr ein wenig nachgelassen hatte. Es war fast wie eine Art Trost – ein besseres Wort fiel ihm nicht ein.

Aber er verstand das alles nicht, überhaupt nicht, dachte er, drehte das Kissen um und klopfte es zurecht. Er kannte sie doch kaum. Er hatte nur ein paar Mal mit ihr gesprochen, er hatte sie nur wenige Male gesehen. Sie war wahrscheinlich ganz anders, als er sie sich vorstellte.

Und außerdem wollte er sich auf nichts einlassen. Das kannte er alles schon.

Taylor warf in einem Anflug der Gereiztheit die Decke zurück.

Warum hatte er ihr bloß angeboten, sie nach Hause zu fahren? Warum hatte er sie wegen morgen gefragt?

Und was noch wichtiger war – warum waren ihm die Antworten auf diese Fragen so unbehaglich?

Kapitel 15

Zum Glück war es am Sonntag etwas kühler als am Vortag. Dünne Wolken waren am Morgen aufgezogen und verhinderten, dass die Sonne mit voller Kraft die Erde versengte, und als Taylor in die Auffahrt einbog, kam eine abendliche Brise auf. Es war kurz vor sechs; sein Truck holperte durch die Schlaglöcher und schleuderte die Kieselsteine in die Luft. In ausgewaschenen Jeans und einem kurzärmeligen Shirt trat Denise auf die Veranda, als er aus dem Truck kletterte.

Sie hoffte, dass die Nervosität, die sie spürte, nicht sichtbar war. Es war ihre erste Verabredung seit einer Ewigkeit – oder so kam es ihr wenigstens vor. Gut, Kyle kam ja mit, so dass es genau genommen keine *richtige* Verabredung war, aber trotzdem fühlte sie sich, als wäre es eine. Sie hatte eine Stunde damit zugebracht, etwas zum Anziehen auszusuchen, bis sie endlich zu einer Entscheidung gelangte, und selbst dann war sie noch im Zweifel. Erst als sie sah, dass er auch Jeans trug, atmete sie etwas befreiter.

»Hallo«, sagte er, »ich bin hoffentlich nicht zu spät?«

»Nein, überhaupt nicht«, sagte sie, »du kommst genau richtig.«

Unbewusst kratzte er sich die Wange. »Wo ist Kyle?«

»Er ist noch im Haus. Ich hole ihn.«

In wenigen Minuten war sie bereit zu gehen. Als sie die Tür abschloss, rannte Kyle los.

»Haoo, Taya«, rief er.

Taylor hielt die Tür auf und half ihm in den Wagen, so wie er es am Vortag auch getan hatte.

»Hallo, Kyle. Freust du dich auf die Kirmes?«

»Is Monta Auto«, sagte er überglücklich.

Er kletterte auf den Sitz und setzte sich hinter das Lenkrad, das er – allerdings ohne Erfolg – zu drehen versuchte.

Als Denise näher kam, hörte sie, wie Kyle ein Motorengeräusch nachahmte. »Er hat den ganzen Tag von deinem Truck gesprochen«, erklärte sie. »Heute Morgen hat er ein Matchbox-Auto gefunden, das wie dein Truck aussieht, und hat es nicht wieder aus der Hand gelegt.«

»Und was ist mit dem Flugzeug?«

»Das war gestern aktuell. Heute ist es der Truck.«

Er deutete zum Auto hinüber.

»Soll ich ihn wieder fahren lassen?«

»Ich glaube nicht, dass er sich das nehmen lassen wird.«

Als Taylor zur Seite trat, um sie in den Wagen klettern zu lassen, nahm sie einen Hauch von seinem Aftershave wahr. Nichts Außergewöhnliches, wahrscheinlich hatte er es in der Drogerie im Ort gekauft, aber es rührte sie, dass er es benutzt hatte. Kyle rutschte zur Seite, um ihm Platz zu machen, doch sobald Taylor saß, kletterte Kyle ihm auf den Schoß.

Denise zuckte mit den Schultern und ihr Gesichtsausdruck sagte: *Hab ich's nicht gesagt?* Taylor grinste, als er den Motor anließ.

»Also gut, kleiner Mann, auf geht's!«

Sie beschrieben wieder die große S-Kurve und holperten über die Wiese und um die Bäume herum, bevor sie zur Straße kamen. Dann schlüpfte Kyle zufrieden von Taylors Schoß und Taylor lenkte den Wagen in Richtung Stadt.

Die Fahrt zur Kirmes dauerte nur ein paar Minuten. Taylor erklärte einige der Schalter im Wagen – den Schalter für die Funkfrequenzen, das Radio, die Bedienungsschalter auf dem Armaturenbrett –, und obwohl klar war, dass Kyle ihn nicht verstand, fuhr Taylor in seinen Erklärungen fort. Dabei fiel Denise auf, dass er langsamer als am Tag zuvor sprach und leichtere Worte benutzte. Ob das an ihrem Gespräch in der Küche lag oder ob er ihre eigene Art zu sprechen aufgriff, wusste sie nicht, aber sie war dankbar für seine Aufmerksamkeit.

Sie kamen in die Stadt und bogen in eine der Seitenstraßen ein, um zu parken. Obwohl es der letzte Abend der Kirmes war, war es noch ziemlich leer, so dass sie schnell einen Parkplatz in der Nähe der Hauptstraße fanden. Auf dem Weg zum Kirmesplatz bemerkte Denise, dass die Buden entlang des Bürgersteigs fast leer gekauft waren und die Händler ziemlich erschöpft wirkten, als könnten sie es kaum erwarten, nach Hause zu gehen. Einige packten tatsächlich schon zusammen.

Auf dem Platz selbst war jedoch noch allerhand los – es waren hauptsächlich Kinder mit ihren Eltern, die sich noch ein paar Stunden zu amüsieren hofften. Am nächsten Tag würde alles verladen und in die nächste Stadt gefahren werden.

»Na, Kyle, was möchtest du machen?«, fragte Denise.

Er zeigte sofort auf das Kettenkarussell, das sich erst vorwärts und dann rückwärts drehte. Die Kinder wurden im Kreis gewirbelt und kreischten vor Schauder und Entzücken. Kyle sah gebannt zu, wie sich das Karussell drehte und drehte.

»Ei Ssaukel«, sagte er.

Tatsächlich sahen die Sitze des Kettenkarussells ein bisschen wie Schaukeln aus.

»Möchtest du auf die Schaukel gehen?«, fragte Denise.

»Ssaukel«, sagte er mit einem Nicken.

»Sag: ›Ich möchte auf die Schaukel‹.«

»I möt Ssaukel«, flüsterte er.

»Ist gut.«

Denise ging zur Kasse – sie hatte von den Trinkgeldern des Vorabends ein paar Dollar abgezweigt – und nahm ihr Portemonnaie heraus. Taylor sah es und stoppte sie, indem er die Hand hob.

»Das übernehme ich. Ich habe eingeladen, stimmt's?«

»Aber Kyle … «

»Ihn habe ich auch eingeladen.«

Nachdem Taylor die Karte gekauft hatte, warteten sie in der Schlange. Das Karussell hielt an, die Kinder stiegen aus und Taylor reichte die Karte einem Mann, der auf direktem Wege aus einem Maschinenraum gekommen zu sein schien. Seine Hände waren ölverschmiert, seine Arme voller Tätowierungen und in seinem Mund fehlte ein Schneidezahn. Er riss die Karte ab und warf den Abschnitt in eine Holzkiste.

»Ist das Kettenkarussell auch sicher?«, fragte Denise.

»Inspektion war gestern erst«, antwortete er automatisch. Zweifellos sagte er das zu allen besorgten Eltern, was Denise aber nicht im Mindesten beruhigte. Zum Teil sahen die Schaukeln aus, als würden sie mit Heftklammern zusammengehalten.

Beklommen führte sie Kyle zu einem Sitz. Sie hob ihn hinein und legte den Sicherheitsriegel vor. Taylor stand draußen und sah zu.

»Ei Ssaukel«, sagte Kyle wieder, als es losging.

»Ja, eine Schaukel.« Sie legte seine Hände auf den Sicherheitsriegel. »Halt schön fest. Nicht loslassen.«

Kyles Antwort war ein erfreutes Lachen.

»Halt fest«, sagte sie, diesmal ganz ernst, und er umfasste den Riegel.

Sie ging zu Taylor und stellte sich neben ihn. Sie konnte nur hoffen, dass Kyle auf sie hörte. Dann begann sich das Karussell zu drehen und wurde schneller. Bei der zweiten Umdrehung schwangen die Schaukeln schräg nach außen. Denise hatte ihre Augen fest auf Kyle geheftet, und als er vorbeigeflogen kam, konnte man unmöglich sein Lachen, ein hohes Freudenkreischen, überhören. Bei der nächsten Umdrehung sah sie, dass seine Hände den Riegel noch umfasst hielten, und sie atmete erleichtert auf.

»Du bist anscheinend überrascht«, sagte Taylor und beugte sich zu ihr, damit sie ihn trotz des Lärmpegels hören konnte.

»Das stimmt«, sagte sie. »Es ist das erste Mal, dass er auf so einem Karussell sitzt.«

»War er noch nie auf einer Kirmes?«

»Ich fand, dass er noch zu klein war.«

»Weil er nicht gut sprechen kann?«

»Das auch.« Sie sah ihn an und zögerte unter seinem ernsten Blick. Plötzlich wollte sie mehr als alles andere, dass Taylor Kyle verstand, dass er verstand, wie die letzten vier Jahre für sie gewesen waren. Und, mehr noch, dass er *sie* verstand.

»Ich meine«, fing sie leise an, »stell dir eine Welt vor, in der nichts erklärt wird, in der alles durch Ausprobieren gelernt werden muss. Für mich sieht Kyles Welt so aus. Manche Leute denken, Sprache ist dazu da, dass man sich unterhalten kann, aber für Kinder ist sie viel mehr als das. Sie brauchen sie, um die Welt zu begreifen. So lernen sie, dass die Herdplatte heiß ist, ohne sie anzufassen. Und sie lernen, dass es gefährlich ist, die Straße zu überqueren, ohne erst von einem Auto angefahren zu werden. Wenn Kyle Sprache nicht versteht, wie kann ich ihm diese Dinge dann beibringen? Wenn er nicht versteht, was eine Gefahr ist, wie kann ich dann dafür sorgen, dass er nicht in Gefahr gerät? Als er an dem Abend nach dem Unfall in das Sumpfland gelaufen ist … du hast selbst gesagt, dass er anscheinend keine Angst hatte, als du ihn gefunden hast.«

Sie sah Taylor ernst an. »Also, es ist völlig klar – mir wenigstens. Ich bin mit ihm nie im Sumpfland gewesen; ich habe ihm nie Schlangen gezeigt; ich habe ihm nicht beigebracht, was er machen muss, wenn er sich verläuft und den Weg nicht mehr weiß. Und weil ich es ihm nicht gezeigt habe, wusste er nicht genug, um Angst zu haben. Und wenn man das jetzt einen Schritt weiter fortführt und an all die möglichen Gefahren denkt und daran, dass ich ihm alles zeigen muss, statt es ihm zu erklären – manchmal habe ich das Gefühl, das alles gleicht dem Versuch, das Meer zu durchschwimmen. Ich kann dir gar nicht sagen, wie viele gefährliche Situationen es schon gegeben hat. Wenn er zu hoch geklettert ist und springen wollte, wenn er mit dem Fahrrad zu weit auf die Fahrbahn fährt, wenn er auf und davon spaziert, wenn er auf knurrende Hunde zugeht … mir kommt es vor, als gäbe es jeden Tag etwas Neues.«

Sie schloss einen Moment lang die Augen, als durchlebte sie die Situationen alle noch einmal, dann sprach sie weiter.

»Aber glaub mir, das sind nur ein paar meiner Ängste. Die meiste Zeit über mache ich mir über ganz andere Dinge Sorgen: Ob er jemals richtig sprechen wird, ob er auf eine normale Schule gehen wird, ob er irgendwann mal mit jemandem Freundschaft schließen wird, ob die Menschen ihn akzeptieren werden … ob ich immer weiter mit ihm arbeiten muss. Das sind die Fragen, die mir nachts den Schlaf rauben.«

Nach einer Pause sprach sie langsamer weiter und in jeder Silbe schwang der Schmerz mit.

»Du darfst nicht glauben, ich bedauerte es, dass Kyle da ist. Ich liebe ihn von ganzem Herzen und ich werde ihn immer lieben. Aber … «

Sie starrte auf die sich drehenden Schaukeln, ohne sie zu sehen.

»Ich hatte es mir nicht so vorgestellt, Kinder zu haben.«

»Das war mir nicht klar«, sagte Taylor sanft.

Sie antwortete nicht und schien in Gedanken. Dann seufzte sie und wandte sich zu ihm um.

»Entschuldigung. Ich hätte das alles nicht erzählen sollen.«

»Warum nicht? Ich bin froh, dass du darüber gesprochen hast.«

Als hätte sie den Eindruck, ihm zu viel anvertraut zu haben, lächelte sie entschuldigend. »Wahrscheinlich hat es alles ziemlich hoffnungslos geklungen, oder?«

»Nein, eigentlich nicht«, log er. In dem schwächer werdenden Sonnenlicht war sie von einem besonderen Strahlen umgeben. Sie berührte sanft seinen Arm. Ihre Hand war weich und warm.

»Im Flunkern bist du nicht besonders gut, du solltest bei der Wahrheit bleiben. Ich weiß, dass es schrecklich klang, aber das ist nur die dunkle Seite in meinem Leben. Ich habe dir nicht von den guten Seiten erzählt.«

Taylor zog die Augenbrauen ein wenig hoch.

»Es gibt auch gute Seiten?«, fragte er, was ein verlegenes Lachen von Denise hervorrief.

»Wenn ich das nächste Mal anfange, dir mein Herz auszuschütten, sag mir rechtzeitig, wann ich aufhören soll, ja?«

Sie bemühte sich um einen leichten Tonfall, aber aus ihrer Stimme klang Angst. Taylor vermutete, dass er der Erste war, den sie auf diese Weise ins Vertrauen zog, und dass Scherze fehl am Platze waren.

Das Karussell wurde plötzlich langsamer und nach drei weiteren Umdrehungen stand es ganz still. Kyles Gesicht drückte seine ganze Aufregung aus.

»Ssaukel!«, rief er und sang das Wort fast, während er vor Erregung mit den Beinen strampelte.

»Möchtest du noch einmal mit der Schaukel fahren?«, fragte Denise.

»Ja«, sagte er und nickte.

Da nicht viele Leute anstanden, nickte der Mann ihnen zu: Kyle konnte sitzen bleiben. Taylor gab ihm eine Karte und gesellte sich wieder zu Denise.

Als das Karussell sich wieder zu drehen anfing, sah Taylor, wie Denise Kyle betrachtete.

»Ich glaube, ihm gefällt das«, sagte sie fast stolz.

»Ich glaube, du hast Recht.«

Er beugte sich vor und stützte die Ellbogen auf das Geländer. Sein Scherz von vorher tat ihm Leid.

»Erzähl mir doch von den guten Seiten«, sagte er leise.

Kyle kam zweimal vorbei und sie winkte ihm zu, bevor sie wieder anfing zu sprechen.

»Möchtest du es wirklich hören?«

»Ja, wirklich.«

Denise zögerte. Was tat sie hier? Sie erzählte einem Mann, den sie kaum kannte, von ihrem Sohn und vertraute ihm Dinge an, die sie bisher noch nie in Worte gefasst hatte – sie fühlte sich wie auf unsicherem Boden, als wäre sie ein Felsbrocken, der über den Abgrund ragte. Und doch wollte sie zu Ende erzählen, was sie begonnen hatte.

Sie räusperte sich.

»Also gut, die guten Seiten … « Sie warf Taylor einen kurzen Blick zu und sah dann wieder weg. »Kyle lernt hinzu. Manchmal kommt es einem vielleicht nicht so vor und andere merken es gar nicht, aber es ist so, er lernt langsam, aber stetig. Letztes Jahr kannte er nicht mehr als fünfzehn bis zwanzig Wörter. Dieses Jahr sind es schon über hundert und manchmal reiht er drei oder vier Wörter aneinander und spricht einen einfachen Satz. Er kann die meisten seiner Wünsche ausdrücken. Er sagt mir, wenn er Hunger hat, wenn er müde ist, was er essen möchte – all das ist für ihn neu. Er macht das erst seit ein paar Monaten.«

Sie atmete tief durch und spürte, wie ihre Gefühle wieder hochkamen.

»Du musst das verstehen … Kyle arbeitet richtig hart, jeden Tag. Wenn andere Kinder draußen spielen, muss er auf seinem Stuhl sitzen und ein Bilderbuch ansehen und die Wörter herausfinden. Er braucht Stunden, um

Sachen zu lernen, die andere Kinder in Minuten lernen.«
Sie unterbrach sich und sah ihn fast trotzig an.

»Aber er macht immer weiter ... er versucht es immer wieder, Tag für Tag, Wort für Wort, Begriff für Begriff. Und er beschwert sich nicht, er jammert nicht, er macht es einfach. Wenn du wüsstest, wie sehr er sich anstrengen muss, um etwas zu verstehen ... wie sehr er versucht, die Menschen glücklich zu machen ... wie sehr er möchte, dass die Menschen ihn mögen – und er wird einfach übersehen ... «

Sie spürte, wie sich ein Kloß in ihrem Hals bildete, und tat einen tiefen Atemzug, um die Fassung zu bewahren.

»Du hast keine Ahnung, wie weit er es schon gebracht hat, Taylor. Du kennst ihn erst seit kurzem. Aber wenn du wüsstest, wo wir angefangen haben und wie viele Hürden er schon überwunden hat – du wärst so stolz auf ihn ... «

Trotz ihrer Bemühungen traten ihr die Tränen in die Augen.

»Und dann wüsstest du auch, was ich weiß. Dass Kyle ein größeres *Herz* und mehr *Geist* hat als andere Kinder, die ich kenne ... dann wüsstest du, dass Kyle der beste kleine Junge ist, den sich eine Mutter wünschen kann ... Du wüsstest, dass Kyle trotz allem das Großartigste ist, was mir je in meinem Leben widerfahren ist. Und das ist das Gute in meinem Leben.«

All die Jahre, in denen sie diese Worte in sich aufgestaut hatte; all die Jahre, in denen sie diese Worte zu jemandem hatte sagen wollen. All die Jahre und all die Gefühle – die guten wie die schlechten – es war eine solche Erleichterung, sie plötzlich rauszulassen. Sie war zutiefst dankbar, dass sie das getan hatte, und hoffte von ganzem Herzen, dass Taylor sie irgendwie verstand.

Taylor konnte nichts erwidern und schluckte den Kloß runter, der in seiner Kehle saß. Nachdem er erlebt hatte, wie sie über ihren Sohn sprach – über ihre ganze Angst und ihre ganze Liebe –, war der nächste Schritt fast intuitiv. Ohne ein Wort nahm er sanft ihre Hand. Es war ein merkwürdiges Gefühl, ein vergessenes Wohlgefühl, aber sie versuchte nicht, ihre Hand wegzuziehen.

Mit ihrer freien Hand wischte sie sich eine Träne weg, die ihr über die Wange rollte, und zog die Nase hoch. Sie sah erschöpft aus, immer noch ein wenig trotzig und sehr hübsch.

»Ich habe nie etwas Schöneres gehört«, sagte er schließlich.

Als Kyle noch ein drittes Mal mit dem Karussell fahren wollte, musste Taylor Denises Hand loslassen und zu dem Mann gehen, um ihm die Karte zu geben. Als er zurückkam, war der Moment vorüber. Denise stand am Geländer und hatte die Ellbogen aufgestützt. Taylor ließ es dabei bewenden, doch als er sich neben sie stellte, konnte er immer noch ihre Berührung auf der Haut spüren.

Sie verbrachten noch eine gute Stunde auf der Kirmes, fuhren mit dem Riesenrad – zu dritt klemmten sie sich auf die wacklige Sitzbank und Taylor machte sie auf ein paar markante Punkte aufmerksam, die man von oben sehen konnte – und dem Oktopus, einem sich drehenden, auf und ab sausenden, magenverdrehenden Gerät, von dem Kyle gar nicht genug kriegen konnte.

Zum Schluss gingen sie zu dem Bereich, wo die Glücksspiele aufgebaut waren. Wenn man drei Ballons mit drei Pfeilwürfen traf, konnte man etwas gewinnen, traf man zwei Körbe, gewann man auch. Die Budenbetreiber riefen ihre Angebote aus, doch Taylor ging an allen vorbei, bis sie zu der Schießbude gelangten. Die ersten paar Schüsse brauchte er, um das Gewehr zu testen, dann landete er fünfzehn Treffer hintereinander und tauschte jeden Gewinn gegen den nächstgrößeren ein. Als er fertig war, hatte er einen riesigen Pandabären gewonnen, der nur ein bisschen kleiner war als Kyle. Der Budenbetreiber händigte den Preis nur widerwillig aus.

Denise genoss jede Minute. Es erfüllte sie mit Dankbarkeit, dass Kyle Neues ausprobierte – und *seinen Spaß daran hatte*. Der Bummel über die Kirmes war eine schöne Abwechslung. Es gab Momente, da hatte sie das Gefühl, jemand anders zu sein, jemand, den sie nicht kannte. Als es dämmrig wurde, blinkten die Lichter an den Karussells und mit zunehmender Dunkelheit verstärkte sich die Atmosphäre der Ausgelassenheit, weil alle wussten, dass all dies am nächsten Tag vorbei sein würde.

Alles war genau richtig, so, wie sie es kaum zu hoffen gewagt hatte.

Oder sogar noch besser – wenn das überhaupt möglich war.

Als sie nach Hause kamen, holte Denise einen Becher Milch für Kyle und ging mit ihm in sein Zimmer. Sie setzte den Riesenpanda in eine Ecke, so dass Kyle ihn sehen konnte, und half ihm, seinen Schlafanzug anzuziehen. Sie betete mit ihm und gab ihm seine Milch zu trinken.

Seine Augen fielen schon zu.

Am Ende der Gutenachtgeschichte war er eingeschlafen.

Denise ging aus dem Zimmer und ließ die Tür leicht angelehnt.

Taylor wartete in der Küche auf sie, die langen Beine hatte er unter den Tisch gestreckt.

»Er schläft schon«, sagte sie.

»Das ging ja schnell.«

»Es war ein großer Tag für ihn. Normalerweise bleibt er nicht so lange auf.«

Die Küche wurde von einer einzelnen Glühbirne, die von der Decke hing, erhellt. Die zweite war ein paar

411

Tage zuvor durchgebrannt und Denise wünschte sich, sie hätte sie ausgewechselt, denn plötzlich kam es ihr etwas zu schummerig und zu intim in der kleinen Küche vor. Sie suchte Zuflucht in der Konvention.

»Möchtest du etwas trinken?«

»Ich nehme ein Bier, wenn du eins da hast.«

»So weit reicht meine Auswahl nicht.«

»Was hast du denn?«

»Eistee.«

»Und?«

Sie zuckte mit den Schultern. »Wasser?«

Er lächelte unwillkürlich. »Tee wäre schön.«

Sie goss zwei Gläser ein und reichte ihm eins. Sie wünschte, sie hätte für sie beide etwas Gehaltvolleres gehabt. Etwas, das ihr Gelassenheit geben würde.

»Es ist ziemlich warm hier drinnen«, sagte sie ruhig. »Wollen wir uns auf die Veranda setzen?«

»Gern.«

Sie gingen raus und setzten sich auf die Schaukelstühle; Denise nahm den neben der Tür, damit sie Kyle hörte, falls er aufwachte.

»Na, das gefällt mir«, sagte Taylor und machte es sich bequem.

»Wie meinst du das?«

»Das hier. Draußen zu sitzen. Ich komme mir vor wie in einer Episode der ›Waltons‹.«

Denise lachte. Sie spürte, wie ihre Befangenheit verflog. »Sitzt du nicht gern auf der Veranda?«

»Doch, aber ich tue es selten. Es gehört zu den Dingen, zu denen ich irgendwie kaum Zeit habe.«

»Und du willst ein normaler Mann aus den Südstaaten sein?«, fragte sie und wiederholte die Worte, die er am Tag davor benutzt hatte. »Ich hatte mir vorgestellt, dass ein Kerl wie du dauernd auf der Veranda sitzt und auf seinem Banjo ein Lied nach dem anderen klimpert, während ein Hund zu seinen Füßen liegt.«

»Mit meiner Sippe, einem Glas Schwarzgebrannten und einem Spucknapf da drüben?«

Sie grinste. »Na klar.«

Er schüttelte den Kopf. »Wenn ich nicht wüsste, dass du auch aus dem Süden bist, würde ich denken, du wolltest mich beleidigen.«

»Aber weil ich aus Atlanta bin … ?«

»… lasse ich es diesmal durchgehen.« Seine Mundwinkel verzogen sich zu einem Lächeln. »Was vermisst du am meisten von der Großstadt?«

»Nicht viel. Wenn ich jünger wäre und Kyle nicht da wäre, würde ich hier wahrscheinlich wahnsinnig. Aber ich brauche keine Einkaufszentren oder Restaurants oder Museen mehr. Früher waren diese Dinge wichtig, doch in den letzten Jahren konnte ich das alles sowieso nicht mehr wahrnehmen, obwohl ich in der Stadt war.«

»Vermisst du deine Freunde?«

»Manchmal. Wir versuchen, in Kontakt zu bleiben. Wir schreiben und telefonieren und so. Aber wie ist es bei dir? Hast du nie den Drang verspürt, deine Sachen zu packen und wegzuziehen?«

»Eigentlich nicht. Ich bin ganz zufrieden hier, außerdem lebt meine Mutter hier. Ich käme mir schäbig vor, wenn ich sie allein lassen würde.«

Denise nickte. »Ich weiß nicht, ob ich umgezogen wäre, wenn meine Mutter noch lebte, aber ich glaube nicht.«

Plötzlich musste Taylor an seinen Vater denken.

»Du hast allerhand durchgemacht im Leben.«

»Zu viel, denke ich manchmal.«

»Aber du machst weiter.«

»Ich muss. Es gibt jemanden, der auf mich angewiesen ist.«

Ihr Gespräch wurde von einem Rascheln im Gebüsch und einem katzenähnlichen Schrei unterbrochen. Zwei

413

Waschbären sprangen aus dem Unterholz und sausten über die Wiese. Sie wurden von dem Licht auf der Veranda erfasst und Denise stand auf, um besser sehen zu können. Taylor trat neben sie ans Geländer und spähte in die Dunkelheit. Die Waschbären blieben stehen und drehten sich um, dann bemerkten sie die beiden Menschen auf der Veranda und liefen weiter über die Wiese, bis sie in der Nacht verschwanden.

»Sie kommen fast jeden Abend. Ich glaube, sie suchen nach Essensresten.«

»Wahrscheinlich. Der Mülleimer zieht sie an.«

Denise nickte vielsagend. »Als ich neu hier war, dachte ich, es seien Hunde, die den Müll durchwühlten. Dann habe ich eines Nachts diese beiden ertappt. Erst wusste ich gar nicht, was das für Tiere sind.«

»Hattest du nie einen Waschbären gesehen?«

»Doch, schon. Aber nicht mitten in der Nacht, nicht in meinem Müll und bestimmt nicht auf meiner Veranda. In meiner Wohnung in Atlanta spielte das Leben der Wildnis keine Rolle. Spinnen – ja, aber keine Raubtiere!«

»Du hörst dich an wie die Stadtmaus aus der Kindergeschichte; die springt nämlich auf den falschen Wagen auf und ist plötzlich auf dem Lande.«

»Glaub mir, manchmal komme ich mir so vor.«

Als ein leichter Windstoß durch ihr Haar fuhr, fiel Taylor wieder auf, wie hübsch sie war.

»Und wie war das Leben so? Ich meine, wie war es, in Atlanta aufzuwachsen?«

»Wahrscheinlich ganz ähnlich wie für dich hier.«

»Wie meinst du das?«, fragte er neugierig.

Sie erwiderte seinen Blick und sprach ganz langsam, als wäre es eine Enthüllung. »Wir sind beide Einzelkinder und unsere Mütter waren Witwen, die in Edenton aufgewachsen waren.«

Bei ihren Worten zuckte Taylor innerlich unwillkürlich zurück. Denise sprach weiter.

»Du weißt, wie es ist. Man fühlt sich ein bisschen anders, weil die anderen beide Elternteile haben, auch wenn sie geschieden sind. Man wächst auf und irgendwie weiß man, dass einem etwas Wichtiges fehlt, aber man weiß nicht genau, was es ist. Ich erinnere mich, wie Freundinnen erzählt haben, dass ihre Väter ihnen nicht erlaubten, lange weg zu bleiben, oder ihre Freunde nicht leiden konnten. Das hat mich immer böse gemacht, weil sie gar nicht merkten, was sie eigentlich hatten. Verstehst du, was ich meine?«

Taylor nickte und begriff plötzlich, wie viel sie gemeinsam hatten.

»Aber abgesehen davon war mein Leben ziemlich normal. Ich habe mit meiner Mutter zusammengelebt und eine katholische Schule besucht, ich bin mit meinen Freundinnen einkaufen und zu den Schulbällen gegangen und ich habe mir Sorgen gemacht, dass mich die Leute nicht mögen würden, wenn ich einen Pickel hatte.«

»Das nennst du normal?«

»Wenn man ein Mädchen ist, ist es normal.«

»Über solche Sachen habe ich mir nie Sorgen gemacht.«

Sie sah ihn von der Seite her an. »Du hattest nicht meine Mutter.«

»Nein, aber Judy ist mit dem Alter sanfter geworden. Früher war sie strenger.«

»Sie hat gesagt, dass du immer in Schwierigkeiten warst.«

»Und du warst wahrscheinlich immer perfekt.«

»Ich hab mir Mühe gegeben«, sagte sie, nicht ganz ernst.

»Aber du hast es nicht geschafft?«

»Nein, aber offenbar konnte ich meine Mutter besser täuschen als du deine.«

Taylor lachte leise. »Das höre ich gern. Wenn es etwas

gibt, was ich nicht ertragen kann, dann, dass jemand perfekt ist.«

»Besonders, wenn es jemand anders ist, stimmt's?«

»Stimmt.«

Das Gespräch verstummte einen Moment, dann nahm Taylor es wieder auf.

»Darf ich dir mal eine Frage stellen?«, sagte er zögernd.

»Das kommt auf die Frage an«, erwiderte sie und versuchte, locker zu bleiben.

Taylor sah von ihr weg in den Garten, als wollte er die Waschbären erspähen.

»Wo ist Kyles Vater?«, fragte er schließlich.

Denise hatte gewusst, dass das kommen würde.

»Es gibt ihn nicht in meinem Leben. Ich kannte ihn kaum. Kyle war nicht geplant.«

»Weiß er von Kyle?«

»Ich habe ihm erzählt, dass ich schwanger war. Und er hat mir ohne Umschweife gesagt, dass er nichts damit zu tun haben will.«

»Hat er ihn mal gesehen?«

»Nein.«

Taylor runzelte die Stirn. »Wie kann ihm sein eigenes Kind gleichgültig sein?«

Denise zuckte mit den Schultern. »Ich weiß es nicht.«

»Wünschst du dir manchmal, dass er da wäre?«

»Lieber Himmel, nein«, sagte sie rasch. »Nicht er. Ich meine, ich hätte es schön gefunden, wenn Kyle einen Vater hätte. Aber es wäre nicht jemand wie er gewesen. Und außerdem, wenn Kyle einen Vater hätte – ich meine, einen richtigen Vater, nicht nur jemand, der sich so nennt –, dann müsste er auch mein Mann sein.«

Taylor nickte.

»Aber jetzt, Mr. McAden, sind Sie an der Reihe«, sagte Denise und sah ihn an. »Ich habe dir alles von mir er-

416

zählt und du hast mir nichts von dir verraten. Erzähl mir von dir.«

»Das meiste weißt du schon.«

»Du hast mir nichts erzählt.«

»Ich habe dir erzählt, dass ich Bauunternehmer bin.«

»Und ich bin Kellnerin.«

»Und du weißt, dass ich bei der freiwilligen Feuerwehr bin.«

»Das wusste ich schon bei unserer ersten Begegnung. Das ist nicht genug.«

»Aber es gibt weiter kaum was zu erzählen«, wehrte er sich und hielt die Hände in gespielter Frustration hoch. »Was willst du denn wissen?«

»Darf ich fragen, was ich will?«

»Bitte.«

»Also gut.« Sie schwieg einen Moment, dann sah sie ihm in die Augen. »Erzähl mir von deinem Vater«, sagte sie leise.

Die Worte verblüfften ihn. Es war nicht das, was er erwartet hatte, und er sah starr geradeaus und wollte nicht antworten. Er hätte die Frage mit ein paar unerheblichen Sätzen abtun können, aber im ersten Moment sagte er nichts.

Die Nacht um sie herum war sehr belebt. Frösche und Insekten und das Rascheln von Laub. Der Mond war aufgegangen und stand oberhalb der Bäume. In dem milchigen Licht sah man ab und zu eine Fledermaus vorbeifliegen. Denise musste sich weit zu ihm herüberbeugen, um ihn zu verstehen.

»Mein Vater starb, als ich neun war«, sagte er.

Denise sah ihn aufmerksam an, während er redete. Er sprach langsam, als müsste er seine Gedanken sammeln, doch sie konnte das Zögern in jeder Linie seines Gesichts erkennen.

»Aber er war mehr als nur mein Vater. Er war außerdem mein bester Freund.« Er zögerte. »Ich weiß, dass das seltsam klingt. Ich meine, ich war ja nur ein Kind und er ein erwachsener Mann, aber trotzdem. Er und ich, wir waren unzertrennlich. Wenn es auf fünf Uhr zuging, wartete ich an der Haustür darauf, dass sein Truck in die Einfahrt einbog. Er arbeitete im Sägewerk. Sobald er die Autotür aufmachte, rannte ich auf ihn zu und sprang in seine Arme. Er war stark – auch als ich nicht mehr ganz so klein war, hat er nicht gesagt, ich solle es nicht tun. Ich legte meine Arme um seinen Hals und atmete seinen Geruch tief ein. Er arbeitete schwer und sogar im Winter konnte ich den Schweiß und das Sägemehl an seinen Kleidern riechen. Er nannte mich kleiner Mann.«

Denise nickte.

»Meine Mom wartete immer im Haus, während er mich fragte, wie es mir ging und wie es in der Schule war. Und ich habe ganz schnell erzählt, weil ich möglichst viel sagen wollte, bevor wir drinnen waren. Obwohl er müde war und sicher auch meine Mutter sehen wollte, hat er mich nie zur Eile gedrängt. Er hat mich alles erzählen lassen, was ich auf dem Herzen hatte, und wenn ich fertig war, hat er mich abgesetzt. Dann nahm er seine Provianttasche und fasste mich an der Hand und zusammen sind wir ins Haus gegangen.«

Taylor schluckte schwer und versuchte angestrengt, an die guten Dinge zu denken.

»Und am Wochenende sind wir immer angeln gegangen. Ich kann mich nicht erinnern, wie alt ich war, als ich das erste Mal mit ihm angeln war – wahrscheinlich jünger als Kyle. Wir sind mit dem Boot rausgerudert und haben stundenlang gesessen. Manchmal erzählte er Geschichten – er kannte jede Menge – und er beantwortete alle Fragen, die ich ihm stellte, so gut er konnte. Mein Vater hatte keinen High-School-Abschluss, aber er konnte die Dinge ziemlich gut erklären. Und wenn ich ihn etwas fragte, was er nicht wusste, dann hat er das gesagt. Er war nicht einer von denen, die die ganze Zeit Recht haben müssen.«

Beinahe hätte Denise die Hand nach ihm ausgestreckt, aber er schien in die Vergangenheit versunken, das Kinn auf der Brust.

»Ich habe ihn nie zornig erlebt, ich habe nie erlebt, dass er seine Stimme gegen jemanden erhoben hätte. Wenn ich mich quer stellte, sagte er nur: ›Das reicht jetzt, mein Junge.‹ Und dann habe ich aufgehört, weil ich wusste, dass ich ihn enttäuschte. Ich weiß, das klingt wahrscheinlich komisch, aber ich wollte ihn einfach nicht enttäuschen.«

Taylor hörte auf zu sprechen und atmete tief und langsam ein.

»Er muss ein wunderbarer Mensch gewesen sein«, sagte Denise. Sie wusste, dass sie auf etwas Wichtiges in Taylors Leben gestoßen war, konnte aber seine Form und Bedeutung noch nicht erfassen.

»Das war er.«

In seiner Stimme schwang etwas Endgültiges, was eine weitere Diskussion ausschloss, obwohl Denise vermutete, dass es noch viel zu dem Thema zu sagen gab. Eine lange Zeit standen sie da, ohne zu sprechen, und hörten dem Zirpen der Grillen zu.

»Wie alt warst du, als dein Vater starb?«, fragte er schließlich und durchbrach das Schweigen.

»Vier.«

»Erinnerst du dich an ihn, so wie ich mich an meinen erinnere?«

»Eigentlich nicht, nicht so wie du. Ich erinnere mich an Bilder – wie er mir Geschichten vorgelesen hat oder wie sich sein Schnurrbart angefühlt hat, wenn er mir einen Gutenachtkuss gab. Ich war immer glücklich, wenn er da war. Und immer noch vergeht kein Tag, an dem ich mir nicht wünsche, die Uhr zurückdrehen und den Gang der Dinge ändern zu können.«

Als sie das sagte, sah Taylor sie überrascht an, weil sie den Nagel auf den Kopf getroffen hatte. In wenigen Worten hatte sie ausgedrückt, was er Valerie und Lori vergeblich zu erklären versucht hatte. Obwohl sie Mitgefühl gezeigt und ihm zugehört hatten, waren sie außerstande gewesen, ihn zu verstehen. Sie konnten es nicht. Sie waren beide nie mit dem schrecklichen Gedanken aufgewacht, dass sie die Stimme ihres Vaters vergessen hatten. Sie hatten nicht nur ein einziges Foto zur Erinnerung. Keine kannte den intensiven Wunsch, sich um einen kleinen Granitblock im Schatten einer Weide kümmern zu wollen.

Er wusste, dass endlich jemand die Dinge ansprach, die ihn bewegten, und zum zweiten Mal an dem Abend griff er nach ihrer Hand.

Sie hielten sich schweigend an den Händen, die Finger locker ineinander verschränkt, und fürchteten, dass jedes Wort den Zauber durchbrechen würde. Vereinzelte Wolken zogen träge im silbrigen Mondschein über den Himmel. Denise stand nervös neben Taylor und beobachtete, wie Schatten auf seinem Gesicht spielten. An seinem Kiefer war eine kleine Narbe, die sie vorher noch nicht bemerkt hatte, und eine andere unterhalb des Ringfingers an der Hand, die ihre hielt, vielleicht eine kleine Brandwunde, die schon lange abgeheilt war. Falls er mitbekam, wie sie ihn musterte, ließ er sich nichts anmerken. Stattdessen starrte er in die Ferne.

Die Luft hatte sich ein wenig abgekühlt. Vom Meer war schon früher eine leichte Brise gekommen und jetzt war die Luft ganz still. Denise nippte an ihrem Tee und lauschte den Insekten, die geräuschvoll um das Verandalicht surrten. Eine Eule rief aus der Dunkelheit. Zikaden zirpten in den Bäumen. Der Abend neigte sich seinem Ende zu, das spürte sie. Er war schon fast vorüber.

Taylor trank sein Glas leer – die Eiswürfel klirrten leise – und setzte es auf dem Geländer ab.

»Ich sollte gehen. Ich fange morgen früh an.«

»Das kann ich mir denken«, sagte sie.

Aber er blieb noch einen Moment stehen, ohne etwas zu sagen. Aus irgendeinem Grund musste er daran denken, wie sie ausgesehen hatte, als sie ihm von ihren Sorgen um ihren Sohn erzählt hatte: ihr trotziger Ausdruck, die Gefühlsintensität, mit der die Worte aus ihr herausgeflutet waren. Seine Mutter hatte sich auch Sorgen gemacht um ihn, aber war es vergleichbar mit dem, was Denise jeden Tag durchmachte?

Er wusste, dass es nicht das Gleiche war.

Es rührte ihn zu sehen, dass ihre Sorgen die Liebe zu ihrem Sohn nur gestärkt hatten. Und Zeuge dieser bedingungslosen Liebe zu sein, so rein angesichts der Schwierigkeiten – es war natürlich, darin Schönheit zu entdecken. Wer würde das nicht tun? Aber es war mehr zwischen ihnen, oder? Eine Tiefe, eine Gemeinsamkeit, die er mit keinem anderen Menschen gefunden hatte.

Und immer noch vergeht kein Tag, an dem ich mir nicht wünsche, die Uhr zurückdrehen und den Gang der Dinge ändern zu können.

Woher wusste sie das?

Ihr ebenholzschwarzes Haar, das bei Nacht noch dunkler wirkte, machte sie irgendwie geheimnisvoll. Schließlich stieß Taylor sich vom Geländer ab.

»Du bist eine gute Mutter, Denise.« Er wollte ihre zierliche Hand gar nicht loslassen. »Auch wenn es hart ist, auch wenn es nicht das ist, was du erwartet hattest – ich glaube trotzdem, dass alles seinen Grund hat. Kyle brauchte jemanden wie dich.«

Sie nickte.

Mit großem Widerstreben wandte er sich vom Geländer ab, von den Kiefern und Eichen, von den Gefühlen in seinem Inneren. Die Bohlen der Veranda knarrten, als Taylor zu den Stufen ging und Denise ihn begleitete.

Sie sah zu ihm auf.

Er hätte sie beinahe geküsst. In dem weichen gelben Licht der Veranda schienen ihre Augen mit einer verborgenen Intensität zu leuchten. Aber er wusste nicht, ob sie das von ihm wollte, und im letzten Moment hielt er sich zurück. Der Abend war schon so ein ganz besonderer – seit langer Zeit der erste – und er wollte ihn nicht verderben.

Stattdessen machte er einen kleinen Schritt zurück, als wollte er ihr Platz machen.

»Für mich war es ein wunderbarer Abend«, sagte er.

»Für mich auch«, erwiderte sie.

Endlich ließ er ihre Hand los und spürte sogleich eine Sehnsucht nach ihrer Berührung. Er wollte ihr sagen, dass sie etwas in sich trug, das außergewöhnlich selten war, etwas, wonach er immer gesucht und was er nie zu finden gehofft hatte. All das wollte er sagen und merkte, dass er es nicht konnte.

Er lächelte wieder schwach und schließlich wandte er sich ab und ging im fahlen Mondlicht die Stufen hinunter und in die Dunkelheit zu seinem Truck.

Denise stand auf der Veranda und winkte ein letztes Mal, als Taylor die Auffahrt hinunterfuhr und die Scheinwerfer in die Ferne leuchteten. Bei der Straße blieb er stehen, ließ ein Auto vorbei und bog dann ab. Taylor fuhr in Richtung Stadt.

Als er fort war, ging Denise in ihr Schlafzimmer. Auf ihrem Nachttisch standen eine kleine Leselampe, ein Foto von Kyle als Kleinkind und ein Wasserglas, noch halb voll, das sie am Morgen nicht in die Küche mitgenommen hatte. Seufzend zog sie die Schublade auf. Früher hätten vielleicht Zeitschriften und Bücher darin gelegen, aber jetzt war sie leer bis auf eine Flasche Parfum, die sie von ihrer Mutter bekommen hatte, ein paar Monate vor deren Tod. Denise hatte den Inhalt halb aufgebraucht, nachdem sie die Flasche geschenkt bekommen hatte, doch seit dem Tod ihrer Mutter hatte sie es nie wieder benutzt. Sie hatte die Flasche aufgehoben als Erinnerung an ihre Mutter und jetzt fiel ihr ein, wie lange sie kein Parfum mehr getragen hatte. Sogar heute Abend hatte sie vergessen, welches aufzulegen.

Sie war Mutter. Vor allem so verstand sie ihre Rolle. Aber so sehr sie es auch leugnen wollte, wusste sie doch, dass sie auch eine Frau war; nachdem sie dieses Wissen jahrelang versteckt gehalten hatte, spürte sie es jetzt. In diesem Moment, da sie in ihrem Schlafzimmer saß und auf die Parfumflasche blickte, war sie von einer großen Unruhe erfüllt. Es gab etwas in ihr, das begehrt werden wollte, umsorgt und beschützt, angehört und bedingungslos angenommen. Sie wollte geliebt werden.

Denise drehte das Licht in ihrem Schlafzimmer aus und ging über den Flur. Kyle schlief tief und fest. Es war so warm in seinem Zimmer, dass er die Decke zur Seite geschoben hatte und jetzt unbedeckt da lag. Auf seiner Kommode spielte ein kleiner leuchtender Teddybär aus Plastik mit einer Spieluhr im Leib immer wieder dieselbe Melodie. Seit Kyle ein Baby war, war der Teddy seine Nachtlampe. Denise drehte die Spieluhr ab, dann ging sie zu seinem Bett und zog die Wolldecke über dem Laken weg. Kyle drehte sich um, als sie ihn zudeckte. Sie küsste ihn auf die Wange, auf seine weiche, makellose Haut, und ging aus dem Zimmer.

In der Küche war es still. Draußen konnte sie die Grillen hören, die ihr Sommerlied zirpten. Sie sah aus dem Fenster. Im Mondlicht glänzten die Bäume silbern, die Blätter waren reglos und still. Der Himmel war von Sternen übersät, bis ins Unendliche, und sie sah zu ihnen hinauf und lächelte und dachte an Taylor McAden.

Kapitel 16

Zwei Abende später saß Taylor in seiner Küche und ordnete seine Papiere, als ein Notruf kam.

Ein Unfall auf der Brücke, an dem ein Tanklastzug und ein Personenwagen beteiligt waren.

Er schnappte sich seine Schlüssel und war in weniger als einer Minute aus dem Haus. Fünf Minuten später war er einer der ersten an der Unfallstelle. Er hörte die Sirene des Feuerwehrzuges in der Ferne heulen.

Taylor fragte sich, ob sie es rechtzeitig schaffen würden. Er hielt an, sprang heraus und ließ die Tür offen stehen. In beide Richtungen staute sich der Verkehr, die Leute waren aus ihren Autos gestiegen und begafften die entsetzliche Szene.

Der Tankwagen hatte sich mit der Fahrerkabine auf einen Honda geschoben und dessen Heck völlig zerquetscht, dann war er durch das Brückengeländer gebrochen. Bei dem Aufprall war der Fahrer des Tankwagens so scharf in die Bremsen gestiegen, dass das Lenkrad blockiert hatte und der Tankwagen quer über die Fahrbahnen geschossen war. Jetzt versperrte er die Straße in beide Richtungen. Das Auto war unter dem Fahrerhaus eingeklemmt und hing wie ein Sprungbrett von der Brücke; nur die zerfetzten Hinterreifen standen noch auf der Fahrbahn, während sich das Vorderteil gefährlich nach unten neigte. Als sich der Wagen unter dem Stahlseil der seitlichen Brückenbegrenzung durchgeschoben hatte, war das Dach aufgeschlitzt worden und sah nun aus wie der Deckel einer halb geöffneten Konservendose. Allein das Gewicht der Fahrerkabine des Tankwagens, das auf dem Honda lastete, verhinderte, dass der Wagen fünfundzwanzig Meter tief in den

Fluss stürzte, doch der Tankwagen selbst schien auch ziemlich gefährdet.

Aus dem Motor quoll Rauch und eine Flüssigkeit lief aus, tropfte auf den Honda und überzog die Motorhaube mit einer glänzenden Schicht.

In dem Moment entdeckte Mitch Taylor und kam sofort zu ihm, um ihm zu berichten, was man wusste.

»Der Fahrer des Tankwagens ist wohlauf, aber in dem Auto sitzt jemand. Ob Mann oder Frau, können wir nicht sagen – die Person liegt zusammengesackt über dem Lenkrad.«

»Was ist mit den Tanks auf dem Laster?«

»Drei viertel voll.«

Qualmender Motor … leckende Flüssigkeit …

»Wenn das Fahrerhaus in die Luft fliegt, explodieren dann auch die Tanks?«

»Der Fahrer sagt nein, sofern die Beschichtung bei dem Unfall nicht beschädigt worden ist. Ich habe keine lecke Stelle gesehen, aber man kann nicht sicher sein.«

Taylor sah sich um, Adrenalin schoss ihm durch den Körper.

»Wir müssen die anderen Menschen hier wegkriegen.«

»Ich weiß, aber sie stehen Stoßstange an Stoßstange und ich bin auch gerade erst angekommen. Ich konnte noch gar nicht … «

Zwei Feuerwehrzüge, deren Blinklichter ihren Schein im Kreis warfen, trafen ein – der Löschzug und das Drehleiterfahrzeug. Sieben Männer sprangen ab, bevor die Wagen richtig hielten. Sie hatten schon ihre feuerabweisenden Anzüge an, machten sich ein Bild von der Situation, riefen sich Anweisungen zu und rollten die Schläuche ab. Mitch und Taylor, die direkt zum Unfallort gekommen waren, ohne erst zur Wache zu fahren, erhielten ebenfalls Anzüge und streiften sie schnell und geübt über ihre Tageskleidung.

Sergeant Huddle war auch eingetroffen, ebenso zwei Polizisten der Stadt Edenton. Nach kurzer Beratung wandten sie sich den Autos auf der Brücke zu. Sie holten ein Megafon aus dem Kofferraum und forderten die Schaulustigen auf, sich wieder in ihre Autos zu begeben und die Brücke zu räumen. Die beiden Polizisten – in Edenton hatte jeder Polizist sein eigenes Auto – fuhren in entgegengesetzte Richtungen zum jeweiligen Ende des Staus. Dem letzten Fahrer gaben sie Anweisungen.

»Sie müssen entweder wenden oder zurückstoßen. Wir haben auf der Brücke eine gefährliche Situation.«

»Wie weit zurück?«

»Eine halbe Meile.«

Der erste Fahrer zögerte, als wollte er entscheiden, ob das wirklich nötig sei.

»Sofort!«, fuhr ihn der Polizist an.

Taylor vermutete, dass eine halbe Meile gerade ausreichen würde, um eine Sicherheitszone herzustellen, aber es würde eine Weile dauern, bis alle Autos aus dem Bereich entfernt waren.

Der Motor des Tankwagens qualmte immer heftiger. Normalerweise schlossen die Feuerwehrleute ihre Schläuche an die nächsten Hydranten an und entnahmen so viel Wasser, wie sie brauchten. Aber auf der Brücke gab es keine Hydranten. Also stand ihnen nur der Wasservorrat des Löschzugs zur Verfügung. Das war reichlich für die Fahrerkabine des Tankwagens, aber längst nicht genug, um ein Feuer einzudämmen, falls der Tankwagen explodierte.

Ein Feuer unter Kontrolle zu bekommen wäre kritisch; den eingeschlossenen Fahrer des Personenwagens zu retten war nun oberstes Gebot.

Aber wie sollte man an den Fahrer herankommen? Alle riefen ihre Vorschläge durcheinander, während man versuchte, einen Plan zu machen.

Sollte man den Eingeschlossenen über die Fahrerkabine des Tankwagens zu erreichen versuchen? Oder eine Leiter ausfahren und auf ihr nach vorn kriechen? Oder irgendwie ein Seil spannen und sich hinhangeln?

Welche Vorgehensweise sie sich auch ausdachten, ein Problem blieb – alle hatten Angst davor, zusätzliches Gewicht auf das Auto zu verlagern. Es war ohnehin ein Wunder, dass es noch da hing, und wenn man es anstieß oder belastete, könnte es leicht abstürzen. Als ein Strahl aus dem Löschschlauch versehentlich das Auto traf, bestätigte sich diese Befürchtung zum allgemeinen Entsetzen.

Aus dem Schlauch kamen fast zweitausend Liter pro Minute, die mit voller Wucht auf den Motor im Fahrerhaus des Tankwagens gespritzt wurden; das Wasser stürzte herab, drang durch das zerborstene Rückfenster des Honda und füllte den Innenraum des Autos. Mit der Schwerkraft flossen die Wassermassen aus dem Fahrgastraum in Richtung Motor und rauschten kurz darauf durch den Kühlergrill heraus. Dabei senkte sich das Vorderteil des Wagens und gleichzeitig wurde die Fahrerkabine des Trucks angehoben – dann kam die Schnauze des Honda wieder hoch. Als die Feuerwehrleute sahen, wie das zerstörte Auto gefährlich kippte, richteten sie die Schläuche – gerade noch rechtzeitig – in die Luft und stellten das Wasser ab.

Alle waren kreidebleich.

Das Wasser lief immer noch aus dem Kühlergrill des Autos. Der Fahrer im Innenraum hatte sich nicht geregt.

»Wir sollten die Leiter einsetzen«, drängte Taylor. »Wir schieben sie weit hinaus, über das Auto, und benutzen ein Seil, um den Eingeschlossenen rauszuholen.«

Das Auto wippte weiter, anscheinend aus eigenem Impuls.

»Möglich, dass sie zwei Personen nicht trägt«, warf Joe ein. Er war der einzige Berufsfeuerwehrmann der

Feuerwache und leitete diese Aktion. Zu seinen Aufgaben gehörte es, einen der Löschzüge zu fahren, und in Krisen wie dieser übte er einen beruhigenden Einfluss aus.

Sein Einwand war berechtigt. Der Winkel, in dem die Unglücksfahrzeuge zur Fahrbahn standen, und die schmale Brücke bedeuteten, dass die ausfahrbare Leiter keineswegs in eine ideale Position gebracht werden konnte. Von der Stelle aus, wo der Feuerwehrwagen parken würde, müsste die Leiter über das Auto zu der Seite ausgefahren werden, auf der der Fahrer saß, und das bedeutete sechs bis sieben Meter. Das war nicht viel, wenn die Leiter schräg nach oben gerichtet war, aber weil sie praktisch horizontal über dem Fluss ausgefahren werden müsste, würde es an die Grenzen dessen kommen, was man als sicher betrachten konnte.

Wäre es ein modernes und vorbildlich ausgerüstetes Drehleiterfahrzeug gewesen, hätte es möglicherweise auch kein großes Problem dargestellt. Der Wagen der freiwilligen Feuerwehr von Edenton mit der fahrbaren Leiter hingegen war einer der ältesten im Staat, der noch in Betrieb war, und ursprünglich hatte man sich für diese Leiter entschieden, weil man wusste, dass das höchste Gebäude der Stadt nur drei Stockwerke hoch war. Die Leiter war nicht dazu gedacht, in Situationen wie dieser benutzt zu werden.

»Was können wir denn sonst tun? Ich mach das und bin wieder zurück, bevor ihr wisst, was los ist«, sagte Taylor.

Joe hatte schon fast erwartet, dass Taylor sich freiwillig melden würde. Vor zwölf Jahren, als Taylor im zweiten Jahr dabei war, hatte Joe ihn gefragt, warum er immer der Erste sei, der sich für die riskantesten Aufgaben meldete. Obwohl Risiken dazugehörten, wollte man *unnötige* Risiken vermeiden und Taylor war für ihn ein Mann, der sich etwas beweisen musste. Joe wollte so jemanden nicht hinter sich haben – nicht, weil er Taylor nicht zutraute, ihn aus einer schwierigen Situation herauszuholen, sondern er wollte sein eigenes Leben nicht aufs Spiel setzen, nur weil ein anderer das Schicksal unnötig herausforderte.

Aber Taylor gab ihm eine einfache Erklärung: »Als ich neun war, starb mein Dad, und ich weiß, was es für ein Kind heißt, vaterlos aufzuwachsen. Ich möchte nicht, dass das anderen passiert.«

Natürlich setzten auch die anderen Männer ihr Leben aufs Spiel. Jeder, der bei der Feuerwehr war, trat den Risiken offenen Auges entgegen. Sie wussten, was passieren konnte, und es hatte viele Situationen gegeben, in denen Taylors Angebote abgelehnt worden waren.

Aber diesmal …

»In Ordnung«, sagte Joe schließlich. »Du bist dran, Taylor. Lass uns die Sache beginnen.«

Weil der Wagen mit der Drehleiter nach vorn gerichtet war, musste er von der Brücke zurückstoßen, wenden und rückwärts wieder auf die Brücke fahren. Wie ein Anfänger, der zum ersten Mal parallel zum Straßenverlauf einzuparken versucht, brauchte der Fahrer drei, vier Anläufe, bevor er richtig stand und zum Unglücksfahrzeug zurücksetzen konnte. Als der Wagen endlich an Ort und Stelle platziert war, waren sieben Minuten vergangen.

In diesen sieben Minuten hatte der Motor des Tankwagens heftig weitergequalmt. Jetzt sah man auch kleine Flammen unterhalb des Motors hervorzüngeln, die die Hinterachse des Honda verkohlten. Die Flammen waren gefährlich nah an den Benzintanks, aber den Schlauch darauf zu richten war ja ausgeschlossen und mit den Feuerlöschern konnten die Männer nicht nah genug herankommen, um etwas auszurichten.

Die Zeit wurde knapp, und doch konnte man nur untätig dabeistehen.

Während der Feuerwehrwagen in Position rangiert wurde, hatte Taylor sich das Seil geholt, das er zur Sicherung brauchte, und befestigte ein Ende mit einem Karabiner an seinem Hakengurt. Als der Feuerwehrwagen stand, kletterte Taylor zur Leiter rauf und befestigte das andere Ende an einer der letzten Sprossen. Parallel zur Leiter wurde ein langes Kabel gespannt, das sowohl an der Basis als auch am äußersten Ende der Leiter verankert wurde. Sobald der an dem Kabel angebrachte gepolsterte Sicherungsgurt fest um den Körper des Hondafahrers geschnallt war, würde man den Verletzten vorsichtig an dem Kabel herausziehen.

Taylor legte sich bäuchlings auf die Sprossen und die Leiter wurde langsam ausgefahren. Taylor konzentrierte sich voll auf das Vorhaben: Gleichgewicht halten … so weit hinten auf der Leiter bleiben wie möglich … sich im richtigen Moment schnell runterlassen … das Auto nicht berühren …

Aber vor allem kreisten seine Gedanken um den Fahrer. Ob er eingeklemmt war? Konnte man ihn bewegen, ohne ihm weitere Verletzungen zuzufügen? Würde er ihn aus dem Auto hieven können, ohne dass es abstürzte?

Die Leiter wurde Zentimeter für Zentimeter vorgeschoben, jetzt war sie schon fast über dem Auto. Es fehlten noch drei, vier Meter. Taylor spürte, wie die Leiter zu schwanken begann und unter ihm knarrte wie eine alte Scheune im Sturm.

Drei Meter. Er konnte jetzt mit ausgestrecktem Arm die Motorhaube des Tankwagens berühren.

Zwei Meter.

Taylor spürte die Hitze der Flammen und sah, wie sie an dem zerborstenen Autodach hochzüngelten. Die Leiter wurde weiter ausgefahren, sie schaukelte jetzt heftiger.

Anderthalb Meter noch. Er war über dem Auto ...
fast über der Windschutzscheibe.

Und dann blieb die Leiter mit einem heftigen Vibrieren stehen. Taylor, bäuchlings auf der Leiter, warf über seine Schulter einen Blick zurück, um zu sehen, was passiert war. Der Ausdruck auf den Gesichtern der Feuerwehrleute sagte ihm, dass die Leiter in voller Länge ausgefahren war und er damit zurechtkommen musste.

Die Leiter geriet heftig ins Wanken, als er das Seil löste, mit dem er selbst an der Leiter gesichert war. Er packte den Sicherungsgurt für den Fahrer und robbte Millimeter für Millimeter voran, über die letzten drei Sprossen hinweg. Die brauchte er, um sich über der Windschutzscheibe in Position zu bringen und so weit herabzulassen, dass er an den Fahrer herankam.

Trotz des Chaos um ihn herum war er, als er sich weiter nach vorn schob, von der unwahrscheinlichen Schönheit des Abends ergriffen. Wie ein Traum hatte sich der Abendhimmel vor ihm geöffnet – die Sterne, der Mond, die hauchigen Wolken ... und da drüben eine Libelle am Abendhimmel. Fünfundzwanzig Meter unter ihm hatte das Wasser die Farbe von Kohle, so schwarz wie die Zeit, und fing doch irgendwie das Licht der Sterne auf. Er konnte seinen eigenen Atem hören und das Klopfen seines Herzens in der Brust, während er sich millimeterweise nach vorn bewegte. Die Leiter wippte unter ihm und schwankte bei jeder seiner Bewegungen.

Er robbte sich vor wie ein Soldat im Gras und hielt sich an den kalten Metallsprossen fest. Hinter ihm räumten die letzten Fahrzeuge die Brücke. In der Totenstille konnte Taylor die Flammen unter sich sehen, die aus dem Truck herausflackerten – als plötzlich, ohne Warnung, das Auto unter ihm zu schaukeln anfing.

Die Schnauze des Fahrzeugs senkte sich und kam wieder hoch, senkte sich erneut und richtete sich wieder waagerecht aus. Es ging kein Wind. In dem Moment, da er den Grund für die Bewegung begriff, hörte er ein unterdrücktes Stöhnen, einen gedämpften, kaum wahrnehmbaren Laut.

»Nicht bewegen!«, rief Taylor automatisch.

Das Stöhnen wurde lauter und der Honda schaukelte heftiger.

»Nicht bewegen!«, rief Taylor erneut und seine Stimme, der einzige Klang in der Dunkelheit, war voller Verzweiflung. Eine Fledermaus schwebte an ihm vorbei durch die Abendluft.

Abermals hörte er das Stöhnen, das Auto neigte sich, die Schnauze zeigte gen Fluss, bevor sie sich wieder hob.

Taylor arbeitete schnell. Er sicherte sein Seil an der letzten Sprosse und schlang den Knoten so geschickt wie jeder Seemann. Er zog die Beine an und zwängte sie zwischen den Sprossen hindurch, wobei er sich bemühte, sich so flüssig und ruhig wie möglich zu bewegen. Die Leiter ging auf und ab wie eine Wippe; sie knarrte, quietschte und krachte, als würde sie gleich entzweibrechen. Er setzte sich fest auf die Sprosse, so als wäre er auf einer Schaukel. Eine bessere Position würde er nicht bekommen. Mit der einen Hand hielt er sich an dem Seil fest, die andere streckte er langsam zu dem eingeschlossenen Fahrer herunter, wobei er die Belastbarkeit der Leiter prüfte. Er schob seinen Arm durch die zersplitterte Windschutzscheibe zum Armaturenbrett und merkte, dass er zu hoch war, aber er konnte die Person, die zu retten war, sehen.

Es war ein Mann zwischen zwanzig und dreißig, ungefähr so groß wie er selbst. Anscheinend war er nicht richtig bei Bewusstsein; er schlug wild mit den Armen um sich und bewegte die Beine, wodurch das Auto wieder heftig ins Schaukeln geriet. Dass der Mann sich rührte, war eine doppelschneidige Sache: Einerseits hieß es, dass er wahrscheinlich aus dem Wagen geholt werden konnte, ohne dass eine Wirbelsäulenverletzung zu befürchten war, andererseits bedeutete es, dass das Auto durch die ruckartigen Bewegungen abstürzen konnte.

Taylor überlegte blitzschnell; er griff hinter sich, packte den Sicherungsgurt und zog ihn zu sich. Durch die plötzliche Erschütterung hüpfte die Leiter auf und ab wie Murmeln auf einem Bürgersteig. Das Kabel straffte sich.

»Mehr Kabel!«, schrie er – einen Moment darauf war wieder Kabel da und er ließ es herab. Als der Sicherungsgurt in Position war, rief er ihnen zu: »Stopp!« Er löste einen Haken an dem Sicherungsgurt und hoffte, ihn dem Mann anlegen zu können.

Er beugte sich vor und stellte frustriert fest, dass er immer noch nicht heranreichte. Ihm fehlte ein halber Meter.

»Können Sie mich hören?«, schrie Taylor in das Wageninnere. »Wenn Sie mich verstehen können, antworten Sie mir!«

Er hörte wieder ein Stöhnen, und obwohl der Mann sich rührte, war klar, dass er nicht voll bei Bewusstsein war.

Die Flammen unterhalb des Trucks flackerten plötzlich auf und loderten heftiger.

Taylor biss die Zähne zusammen, nahm das Seil und umfasste es am alleräußersten Ende, dann versuchte er wieder, mit ausgestrecktem Arm an den Fahrer heranzukommen. Er war näher dran, kam bis zum Armaturenbrett – aber der Fahrer war immer noch unerreichbar.

Taylor hörte die anderen von der Brücke rufen.

»Kannst du ihn rausholen?«, schrie Joe.

Taylor überblickte schnell die Lage. Der vordere Teil des Wagens schien unbeschadet, der Mann war nicht angeschnallt, war halbwegs vom Sitz auf den Boden unterhalb des Lenkrads gerutscht und dort eingekeilt, aber es sah so aus, als könnte man ihn durch das aufgeschlitzte

Dach herausziehen. Taylor legte die freie Hand an den Mund und schrie, damit man ihn hören konnte.

»Ich glaube, das geht. Die Windschutzscheibe ist komplett rausgerissen und das Dach ist weit offen. Es ist reichlich Platz, ihn hochzuziehen, und ich kann nicht sehen, dass er irgendwo feststeckt«, brüllte Taylor ihnen zu.

»Kommst du an ihn ran?«

»Noch nicht. Ich bin nah dran, aber ich kann ihm den Gurt nicht anlegen. Er hört mich nicht.«

»Beeil dich«, hörte er Joes besorgte Stimme. »Von hier sieht es so aus, als ob der Motorbrand schlimmer würde.«

Doch das wusste Taylor schon. Von dem Tankwagen ging inzwischen eine enorme Hitze aus und aus dem Motor wurden merkwürdige kleine Explosionen hörbar. Der Schweiß rann Taylor über das Gesicht.

Er nahm allen Mut zusammen, umfasste das Seil mit festem Griff, streckte sich aufs Äußerste und diesmal streiften seine Fingerspitzen, durch die zerbrochene Windschutzscheibe hindurch, den Arm des bewusstlosen Mannes. Die Leiter wippte und er streckte sich mit jedem Wippen weiter vor. Trotzdem war er noch Zentimeter entfernt.

Plötzlich – es war wie in einem Albtraum – hörte er ein lautes Rauschen, als Flammen aus dem Motor des Tankwagens hochschossen und auf ihn zu flackerten. Taylor wandte automatisch das Gesicht ab und die Flammen wurden wieder kleiner.

»Alles in Ordnung?«, schrie Joe.

»Alles bestens!«

Keine Zeit, Pläne zu machen oder lange zu debattieren ...

Taylor griff nach dem Kabel und zog es zu sich heran. Er streckte seine Fußspitze aus und manövrierte den Haken, an dem der Sicherungsgurt befestigt war, um seinen Stiefel. Dann verlagerte er das Gewicht auf diesen Fuß und löste den Haken, mit dem sein eigener Gurt an dem Kabel befestigt war.

Er hielt das Kabel fest umschlungen – nur der Haken um seinen Stiefel gab ihm jetzt noch Halt – und ließ sich daran herab, bis er fast in der Hocke war. Jetzt war er so tief, dass er zu dem Fahrer gelangen konnte. Er ließ das Kabel mit einer Hand los und packte den Sicherungsgurt. Er musste ihn dem Fahrer irgendwie um die Brust und über die Arme streifen.

Die Leiter wippte heftig auf und ab. Nur wenige Zentimeter von seinem Kopf entfernt nagten die Flammen an dem Dach des Honda. Der Schweiß strömte ihm in die Augen und behinderte seine Sicht, Adrenalin wallte durch seinen Körper.

»Wachen Sie auf!«, rief er mit einer Stimme, die vor Panik und Frustration heiser war. »Sie müssen mithelfen!«

Der Fahrer stöhnte wieder, seine Augenlider flatterten. So ging das nicht.

Während die Flammen um ihn herum loderten, packte Taylor den Mann am Arm und schüttelte ihn.

»Helfen Sie mir, verdammt!«, schrie Taylor.

In einem momentan aufflackernden Anflug von Selbsterhaltungstrieb hob der Mann leicht den Kopf.

»Legen Sie sich den Gurt an!«

Er schien ihn nicht zu verstehen, aber in der veränderten Körperhaltung sah Taylor eine Chance. Er streifte den Gurt ohne zu zögern über den Arm, der über dem Sitz lag.

Ein kleiner Sieg.

Taylor rief und klang immer verzweifelter.

»Helfen Sie mir! Wachen Sie auf! Die Zeit wird knapp!«

Die Flammen schlugen höher, die Leiter wippte gefährlich.

Wieder bewegte der Mann seinen Kopf – aber nicht

genug, längst nicht genug. Der andere Arm schien zwischen Körper und Lenkrad eingeklemmt zu sein. Ohne sich um die Folgen Gedanken zu machen, gab Taylor dem Mann einen Ruck und geriet selbst mit ins Wanken. Die Leiter senkte sich bedenklich, das Auto ebenfalls, die Schnauze zeigte wieder zum Fluss hinunter.

Doch hatte der Stoß irgendwie gereicht. Diesmal machte der Mann die Augen auf und stemmte sich aus seiner eingezwängten Lage zwischen Lenkrad und Sitz. Der Wagen wippte immer weiter. Mit Mühe befreite der Mann seinen zweiten Arm, hob ihn ein wenig und versuchte, sich auf den Sitz hochzuziehen. Taylor legte ihm den Sicherungsgurt an. Die Hand, mit der er das Kabel umklammert hielt, war schweißnass, aber er schaffte es, den Gurt ganz um den Körper zu legen und ihn festzuzurren.

»Wir werden Sie rausheben. Es ist nicht mehr viel Zeit.«

Der Mann ließ den Kopf zur Seite rollen und versank wieder in Bewusstlosigkeit, aber Taylor konnte aus seiner Position sehen, dass der Rettungsweg frei war.

»Holt ihn raus!«, brüllte Taylor. »Der Mann ist gesichert!«

Taylor zog sich an dem Kabel hoch, bis er stand. Die Feuerwehrleute fingen langsam an, das Kabel aufzurollen, bemüht, es ganz gleichmäßig zu ziehen, damit die Leiter nicht unnötig belastet wurde.

Das Kabel straffte sich und die Leiter ächzte und ruckelte. Doch wurde nicht der Fahrer aus dem Wagen gezogen, sondern die Leiter fing an, sich nach unten zu biegen …

Immer tiefer …

Oh, verdammt …

Taylor spürte, dass die Leiter im Begriff war, unter der Last nachzugeben – als sie plötzlich mit ihm wieder hochkam.

Zwei Zentimeter. Und noch mal zwei Zentimeter.

Mit albtraumartiger Langsamkeit bewegte sich das Kabel und kam dann zum Stillstand; die Leiter sackte wieder ab. In dem Augenblick wurde Taylor bewusst, dass die Leiter nicht zwei Menschen tragen konnte.

»Stopp!«, brüllte er. »Die Leiter bricht!«

Er musste von dem Kabel und von der Leiter runter. Er versicherte sich abermals, dass der Mann nirgendwo hängen bleiben konnte, und griff nach der Leitersprosse über ihm. Dann zog er seinen Fuß vorsichtig aus dem Haken und ließ beide Beine frei baumeln. Er hoffte inständig, dass die Leiter durch das plötzliche Ruckeln nicht bersten würde.

Er beschloss, sich an der Leiter entlangzuhangeln wie ein Kind an einem Klettergerüst. Eine Sprosse … zwei … drei … vier. Der Wagen war schon nicht mehr unter ihm, aber er merkte, dass sich die Leiter weiter senkte.

Während er sich von einer Sprosse zur nächsten hangelte, loderten die Flammen plötzlich wilder und zuckten gefährlich nah auf die Tanks zu. Er hatte schon viele Motorbrände gesehen – und dieser Motor würde in wenigen Sekunden in die Luft fliegen.

Er sah zur Brücke hinüber. Wie in Zeitlupe sah er die Feuerwehrleute, seine Freunde, die wie wild mit den Armen wedelten und ihm zubrüllten, er solle sich beeilen, er solle von der Leiter runterkommen und sich in Sicherheit bringen, bevor der Motor explodierte. Aber er wusste, dass er es nicht mehr rechtzeitig schaffen würde, damit noch genug Zeit bliebe, den Fahrer rauszuholen.

»Zieht ihn raus!«, schrie Taylor mit heiserer Stimme. »Sofort!«

Hoch über dem Wasser baumelnd, löste Taylor langsam seinen Griff und ließ los. Im nächsten Moment war er von der Dunkelheit verschluckt.

In fünfundzwanzig Metern Tiefe war der Fluss.

»Das war das Dümmste, das absolut Schwachsinnigste, was du je gemacht hast«, sagte Mitch sachlich. Eine Viertelstunde war vergangen und sie saßen am Ufer des Chowan. »Ich meine, ich habe schon eine Menge dummer Stunts in meinem Leben gesehen, aber das setzt allem die Krone auf.«

»Wir haben ihn rausgeholt, oder?«, sagte Taylor. Er war klitschnass und hatte, als er sich zum Ufer kämpfte, einen Stiefel verloren. Nachdem alles vorbei war und das Adrenalin verpufft, nahm eine tiefe Erschöpfung von seinem Körper Besitz. Er hatte das Gefühl, seit Tagen nicht geschlafen zu haben, seine Muskeln waren wie Wackelpudding und seine Hände zitterten unkontrolliert. Zum Glück kümmerten sich jetzt andere um den Unfall auf der Brücke, er hätte keine Kraft mehr gehabt. Zwar war der Motor explodiert, aber die Sicherheitsschicht um die Tanks hatte gehalten, so dass das Feuer relativ leicht unter Kontrolle gebracht werden konnte.

»Du hättest nicht loszulassen brauchen, du hättest es geschafft.«

Schon während Mitch sprach, war er sich nicht sicher, ob das stimmte. Nachdem Taylor losgelassen hatte, waren die Feuerwehrleute aus ihrer momentanen Erstarrung erwacht und hatten angefangen, das Kabel einzuholen. Ohne Taylors Gewicht hatte die Leiter genügend Stabilität, so dass man den Fahrer durch das Dach nach oben ziehen konnte. Und das ging gut, ohne dass er sich verhakte – so wie Taylor vorausgesagt hatte. Als er aus dem Auto raus war, wurde die Leiter herumgeschwungen, weg von dem verunglückten Tankwagen, und zur Brücke hin gedreht. In dem Moment, da die Leiter auf der Brücke ankam, explodierte der Motor, weiße und gelbe Flammen schossen hoch und zuckten in alle Richtungen. Das Auto wurde fortgeschleudert und folgte Taylor in die Fluten. Taylor hatte diese Möglichkeit vorausgesehen und sich wohlweislich unter der Brücke in Sicherheit gebracht, sobald er im Wasser gelandet war. Aber auch so war das Auto ganz in seiner Nähe aufgeschlagen, zu nah.

Als es ins Wasser schoss, wurde Taylor von dem Sog nach unten gezogen und dort ein paar Sekunden lang festgehalten und dann noch ein paar Sekunden. Er wurde wild herumgeschleudert – wie ein Kleidungsstück in der Waschmaschine –, aber schließlich konnte er sich an die Oberfläche kämpfen, wo er keuchend nach Atem rang.

Als Taylor zum ersten Mal aus dem Wasser auftauchte, hatte er gerufen, dass er gut gelandet war. Als das Auto in die Tiefe stürzte und er nur knapp davongekommen war, hatte er wieder gerufen. Aber als er ans Ufer geschwommen war, spürte er Schwindel und Übelkeit; die Ereignisse der letzten Stunde hatten ihn alle seine Kräfte gekostet.

Joe wusste nicht, ob er wegen des Sprungs zürnen oder ob er erleichtert sein sollte, weil alles gut ausgegangen war. Dem Fahrer ging es dem Anschein nach gut und Joe schickte Mitch zum Fluss runter, um nach Taylor zu sehen.

Als Mitch ihn fand, hatte Taylor die Beine angezogen und Hände und Kopf auf die Knie gelegt. Er hatte sich nicht gerührt, seit Mitch sich neben ihn gesetzt hatte.

»Du hättest nicht springen sollen«, hatte Mitch schließlich gesagt, aber Taylor hatte nicht geantwortet.

Taylor hob schwerfällig den Kopf und wischte sich das Wasser vom Gesicht. »Es sah einfach gefährlich aus«, sagte er tonlos.

»Es war ja auch gefährlich. Aber ich meine das Auto, das hinterherkam. Es hätte dich erschlagen können.«

Ich weiß ...

»Deswegen bin ich unter die Brücke geschwommen«, sagte er.

»Und wenn es eher gefallen wäre? Wenn der Motor zwanzig Sekunden eher explodiert wäre? Wenn du irgendwo aufgeschlagen wärst, Herrgott noch mal?«

Was dann?

Dann wäre ich jetzt tot.

Taylor schüttelte stumm den Kopf. Er wusste, dass er diese Fragen beantworten müsste, wenn Joe sie ihm stellte. »Ich wusste nicht, was ich sonst machen sollte«, sagte er.

Mitch sah ihn besorgt an, denn er hörte den tonlosen Klang seiner Stimme. Er kannte diesen Anblick, die Benommenheit eines Menschen, der wusste, dass er Glück hatte, noch am Leben zu sein. Er bemerkte Taylors zitternde Hände und klopfte ihm auf den Rücken. »Ich bin froh, dass es gut gegangen ist.«

Taylor nickte; er war zu müde zum Sprechen.

Kapitel 17

Später am selben Abend, als die Situation auf der Brücke vollständig unter Kontrolle war, setzte Taylor sich in sein Auto und fuhr nach Hause. Wie erwartet hatte Joe all die Fragen gestellt, die auch Mitch gestellt hatte, und darüber hinaus noch weitere, und war mit ihm jede Entscheidung und die Gründe dafür mehr als einmal durchgegangen. Obwohl Joe so aufgebracht war, wie Taylor ihn noch nie gesehen hatte, gab Taylor sich alle Mühe, ihn davon zu überzeugen, dass er nicht leichtsinnig gehandelt hatte. »Hör zu«, sagte er schließlich, »ich wollte nicht springen. Aber wenn ich nicht gesprungen wäre, hätte es keiner von uns geschafft.«

Darauf hatte Joe keine Antwort.

Taylors Hände hatten aufgehört zu zittern und seine Nerven hatten sich allmählich wieder beruhigt, aber er war völlig erschöpft und fror, als er auf den stillen ländlichen Straßen nach Hause fuhr.

Wenige Minuten später stieg Taylor die rissigen Betonstufen zu dem kleinen Haus hoch, das er sein Zuhause nannte. Bei seinem hastigen Aufbruch hatte er die Lichter angelassen, so dass es im Haus hell und freundlich war, als er eintrat. Seine Geschäftspapiere waren noch auf dem Tisch ausgebreitet, der Taschenrechner war angestellt. Die Eiswürfel in seinem Wasserglas waren geschmolzen.

Er konnte den Fernseher im Wohnzimmer hören; das Spiel, das er sich angehört hatte, war vorbei, jetzt liefen die Nachrichten.

Er legte seine Schlüssel auf die Anrichte und zog sich auf dem Weg zu dem kleinen Raum, in dem Waschmaschine und Trockner standen, das Hemd aus. Er machte die Klappe auf und steckte das Hemd in die Maschine. Er zog die Schuhe aus und stieß sie gegen die Wand. Hose, Socken und Unterwäsche folgten dem Hemd in die Maschine. Er füllte Waschmittel ein und drückte auf »Start«. Vom Trockner nahm er ein gefaltetes Handtuch, ging ins Badezimmer und stellte sich unter die heiße Dusche. Er wusch sich das brackige Wasser vom Körper. Anschließend fuhr er sich mit der Bürste durch die Haare, machte einen Gang durchs Haus und schaltete alle Geräte aus, dann legte er sich ins Bett.

Ein bisschen widerstrebend knipste er das Licht aus. Er wollte und musste schlafen, doch trotz der Erschöpfung wusste er plötzlich, dass der Schlaf nicht kommen würde. Stattdessen liefen, nachdem er die Augen zugemacht hatte, in seinem Kopf die Bilder der letzten Stunden wieder ab. Ähnlich wie in einem Film waren manche Sequenzen im Zeitraffer, andere liefen rückwärts, aber in jedem Fall waren sie anders als in der Wirklichkeit. Er sah keine Bilder mit erfolgreichem Ausgang – seine Bilder waren wie ein Albtraum.

In einer Sequenz nach der anderen sah er hilflos zu, wie die Dinge einen verhängnisvollen Verlauf nahmen.

Er sah sich selbst, wie er nach dem Verletzten griff; er hörte das Krachen und spürte ein furchtbares Rucken, als die Leiter barst und sie beide in den sicheren Tod stürzten –

Er sah machtlos und voller Entsetzen, wie der Verletzte gerade mit panikverzerrtem Gesicht nach seiner ausgestreckten Hand greifen wollte, als das Auto in den Abgrund stürzte –

Er spürte, wie seine schweißfeuchten Hände ihren Halt an dem Kabel verloren und er in die Tiefe hinab stürzte, auf die Brückenpfeiler zu, in seinen Tod –

Während er dem Verletzten den Sicherungsgurt anlegte, hörte er ein seltsames Ticken; in dem Moment explodierte der Motor des Trucks, Flammen schlugen um ihn herum hoch und verbrannten seine Haut und er hörte seine eigenen Schreie, als sein Leben zu Ende ging –

Der Albtraum, der ihn seit seiner Kindheit begleitete.

Er klappte die Augen auf. Seine Hände fingen wieder an zu zittern, seine Kehle war ausgetrocknet. Er atmete hastig und konnte spüren, wie das Adrenalin erneut durch seine Blutbahnen pulsierte, doch diesmal tat es seinem Körper weh.

Er drehte den Kopf und sah auf die Uhr. Es war ein paar Minuten vor halb zwölf.

Er wusste, er würde nicht einschlafen können; also machte er das Licht an und stieg in seine Kleider.

Er verstand seine Entscheidung nicht, nicht ganz. Er wusste nur, dass er sprechen musste. Nicht mit Mitch, nicht mit Melissa. Auch nicht mit seiner Mutter.

Er musste mit Denise sprechen.

Der Parkplatz des Eights war fast leer, als er ankam. Ein Auto stand am Rand. Taylor parkte möglichst nah bei der Tür und sah auf seine Uhr. In zehn Minuten würde Ray schließen.

Er stieß die hölzerne Tür auf und hörte eine kleine Glocke, die seinen Eintritt ankündigte. Innen sah es aus wie immer. Die ganze gegenüberliegende Wand wurde von einer Theke eingenommen; hier saßen in den frühen Morgenstunden die Trucker. Im Raum selbst standen unter einem Deckenventilator zwölf quadratische Tische. Rechts und links von der Tür waren unterhalb der Fenster drei Abteile; die Sitze waren mit rotem Plastik bespannt, das überall kleine Risse hatte. Trotz der späten Stunde hing ein Geruch von gebratenem Speck in der Luft.

Hinter der Theke war Ray beim Aufräumen. Als er die Tür hörte, drehte er sich um und erkannte Taylor. Ray winkte mit einem fettigen Tuch in der Hand.

»Hallo, Taylor«, sagte er. »Lange nicht gesehen. Willst du was essen?«

»Oh, hallo, Ray.« Taylor sah von einer Seite zur anderen. »Eigentlich nicht.«

Ray schüttelte den Kopf und lachte vor sich hin. »Das dachte ich mir schon irgendwie«, sagte er ein wenig verschmitzt. »Denise ist gleich fertig. Sie räumt noch ein paar Sachen in die Speisekammer. Bist du gekommen, um sie nach Hause zu fahren?«

Als Taylor nicht gleich antwortete, glitzerte es in Rays Augen. »Glaubst du, du bist der Erste, der mit diesem verlorenen Hundeblick hier hereinkommt? Es sind ein bis zwei die Woche, die gucken auch immer so und hoffen, dass sie sie nach Hause bringen dürfen. Trucker, Biker, sogar verheiratete Männer.« Er grinste. »Sie ist schon was Besonderes, so viel steht fest, was? Bildhübsch. Aber keine Angst, sie hat noch zu keinem ja gesagt.«

»Ich hatte nicht vor ...«, stammelte Taylor und wusste nicht, was er sagen sollte.

»Natürlich hattest du das vor.« Ray zwinkerte und machte eine bedeutungsvolle Pause, dann senkte er die Stimme. »Aber wie gesagt, keine Angst. Ich hab so ein Gefühl, dass sie bei dir ja sagen wird. Ich sag ihr, dass du hier bist.«

Taylor fiel nichts anderes ein, als Ray hinterherzustarren. Im nächsten Moment kam Denise durch die Schwingtüren aus der Küche.

»Taylor?«, sagte sie, offensichtlich überrascht.

»Hi«, sagte er verlegen.

»Was machst du hier?«, fragte sie und kam lächelnd auf ihn zu.

»Ich wollte dich sehen«, sagte er leise, weil er nicht wusste, was er sonst sagen sollte.

Als sie auf ihn zukam, ließ er ihr Bild auf sich wirken. Über ihrem ringelblumengelben Kleid trug sie eine weiße, von der Arbeit fleckige Schürze. Das Kleid hatte kurze Ärmel und einen V-Ausschnitt und war so weit es ging zugeknöpft. Der Saum reichte bis knapp unter das Knie. Sie trug weiße Turnschuhe, die auch nach stundenlangem Stehen noch bequem sein würden. Die Haare hatte sie zu einem Pferdeschwanz zurückgekämmt und ihr Gesicht glänzte, vom eigenen Schweiß und von dem Fett in der Luft.

Sie war schön.

Sie bemerkte seine prüfenden Blicke, aber als sie näher kam, sah sie etwas anderes in seinen Augen, etwas, das sie vorher noch nicht gesehen hatte.

»Ist etwas passiert?«, fragte sie plötzlich. »Du siehst aus, als wärst du einem Gespenst begegnet.«

»Ich weiß nicht«, murmelte er, fast zu sich selbst.

Sie sah ihn besorgt an und warf dann einen Blick über ihre Schulter.

»He, Ray? Kann ich einen Moment Pause machen?«

Ray tat so, als hätte er gar nicht bemerkt, dass Taylor reingekommen war. Er putzte den Grill weiter, während er antwortete.

»Lass dir ruhig Zeit, meine Hübsche. Ich bin sowieso gleich fertig.«

Sie wandte sich wieder Taylor zu. »Möchtest du dich setzen?«

Das war der Grund, warum er gekommen war, aber Rays Bemerkungen hatten ihn durcheinander gebracht. Jetzt musste er dauernd an die Männer denken, die herkamen, um sie zu sehen.

»Vielleicht hätte ich nicht kommen sollen«, sagte er.

Aber Denise tat intuitiv das Richtige und lächelte verständnisvoll.

»Ich bin froh, dass du gekommen bist«, sagte sie sanft. »Was ist passiert?«

Er stand stumm vor ihr; alle möglichen Empfindungen stürzten gleichzeitig auf ihn ein. Der schwache Duft ihres Shampoos, das Bedürfnis, den Arm um sie zu legen und ihr von dem Abend zu erzählen, der Albtraum im Wachzustand, sein inniger Wunsch, sie möge ihm zuhören ...

Die Männer, die herkamen, um sie zu sehen ...

Irgendwie löschte dieser Gedanke das Erlebnis des Abends aus. Nicht, dass er einen Grund hätte, eifersüchtig zu sein. Ray hatte gesagt, sie hätte die anderen immer abgewiesen, und er hatte noch keine Beziehung mit ihr angefangen. Trotzdem hatte ihn die Eifersucht gepackt. Was für Männer? Wer wollte sie nach Hause bringen? Er wollte sie fragen, wusste aber, dass es ihm nicht zustand.

»Ich sollte wohl gehen«, sagte er und schüttelte den Kopf. »Ich hätte nicht kommen sollen. Du arbeitest noch.«

»Nein«, sagte sie, diesmal ernst. Sie spürte, dass ihn etwas umtrieb. »Irgendwas ist heute passiert. Was?«

»Ich wollte mit dir sprechen«, sagte er schlicht.

»Worüber?«

Sie sah ihm fest in die Augen. Diese wunderbaren Augen. Mein Gott, sie war so schön. Taylor schluckte, seine Gedanken rasten. »Es hat auf der Brücke einen Unfall gegeben«, sagte er unvermittelt.

Denise nickte und wusste noch nicht recht, wohin das führen würde. »Ich weiß. Es war den ganzen Abend ganz still hier. Kaum jemand kam, weil die Brücke gesperrt war. Warst du da?«

Taylor nickte.

»Ich habe gehört, dass es schrecklich war. Stimmt das?«

Taylor nickte wieder.

Sie legte ihm leicht die Hand auf den Arm. »Warte einen Moment, okay? Ich gucke schnell, was noch zu tun ist, bevor wir schließen können.«

Sie wandte sich ab und ging wieder in die Küche. Taylor stand im Gastraum, allein mit seinen Gedanken, bis Denise wieder herauskam.

Er war überrascht, als sie an ihm vorbeiging. An der Tür drehte sie das »Geöffnet«-Schild herum. Eights war jetzt geschlossen.

»In der Küche ist soweit alles erledigt«, sagte sie. »Ich muss noch ein paar Sachen wegräumen, dann kann ich gehen. Warte doch auf mich, ja? Wir können bei mir sprechen.«

Taylor trug Kyle, der den Kopf auf seine Schulter gelegt hatte, zum Wagen. Sobald Kyle auf dem Sitz lag, schmiegte er sich, ohne aufzuwachen, an Denise.

Als sie ankamen, machten sie das Ganze in umgekehrter Reihenfolge: Denise hob Kyle sanft von ihrem Schoß und Taylor trug ihn ins Haus und in sein Schlafzimmer. Er legte Kyle ins Bett und Denise deckte ihn zu. Auf dem Weg zur Tür drückte sie auf den Knopf des Leucht-Teddybärs und hörte, wie die Musik anfing. Sie ließ die Tür angelehnt, dann gingen sie beide auf Zehenspitzen aus dem Zimmer.

Im Wohnzimmer machte Denise eine der Lampen an und Taylor setzte sich aufs Sofa. Nach kurzem Zögern setzte Denise sich auf einen Sessel übereck vom Sofa. Sie hatten beide nicht gesprochen während der Fahrt, weil sie Kyle nicht wecken wollten, aber nachdem sie sich gesetzt hatten, kam Denise sofort zum Thema.

»Was ist passiert?«, fragte sie. »Heute Abend auf der Brücke?«

Taylor erzählte ihr alles: von der Rettung, was Mitch und Joe gesagt hatten, von den Bildern, die ihn hinterher gequält hatten. Denise saß still und hörte zu, während er sprach, ihr Blick wich nicht von seinem Gesicht. Als er fertig war, beugte sie sich vor.

»Du hast ihn gerettet?«

»Ich nicht. Wir alle haben ihn gerettet«, sagte Taylor und rückte unwillkürlich die Sichtweise zurecht.

»Aber wie viele von euch waren auf der Leiter? Wie viele mussten die Leiter loslassen, weil sie nicht halten konnte?«

Taylor antwortete nicht und Denise stand auf und setzte sich neben ihn aufs Sofa.

»Du bist ein Held«, sagte sie mit einem kleinen Lächeln. »So wie damals, als Kyle verschwunden war.«

»Nein, das stimmt nicht«, sagte er, während die Bilder aus der Vergangenheit gegen seinen Willen in ihm aufstiegen.

»Und ob du das bist.« Sie nahm seine Hand. In den nächsten zwanzig Minuten sprachen sie über dies und jenes, Belanglosigkeiten. Schließlich fragte Taylor nach den Männern, die sie nach Hause bringen wollten. Sie lachte und verdrehte die Augen und erklärte, es gehöre zu ihrer Arbeit. »Je freundlicher ich bin, desto mehr Trinkgeld bekomme ich. Aber es gibt immer Männer, die das falsch verstehen.«

Das sanfte Plätschern der Unterhaltung war beruhigend. Denise gab sich Mühe, Taylors Gedanken von dem Unfall abzulenken. Wenn sie als Kind Albträume hatte, hatte ihre Mutter das auch gemacht. Indem sie über etwas anderes – gleichgültig, was es war – sprach, konnte sie sich schließlich entspannen.

Bei Taylor schien das auch zu wirken. Nach einer Weile sprach er weniger, seine Antworten kamen langsamer. Seine Augen fielen ihm zu, gingen wieder auf und fielen zu. Sein Atem wurde regelmäßig, die Anstrengungen des Tages forderten ihren Tribut. Denise hielt seine Hand und blieb bei ihm, bis er schließlich eingeschlafen war. Dann stand sie auf und holte eine Decke aus ihrem Schlafzimmer. Als sie ihn sanft anfasste, streckte Taylor sich aus und sie legte die Decke über ihn.

Er wurde noch einmal halbwegs wach und murmelte, es wäre an der Zeit zu gehen, aber Denise flüsterte, dass er einfach da bleiben solle, wo er war. »Schlaf ein«, sagte sie leise und schaltete das Licht aus.

Denise ging in ihr Schlafzimmer, zog sich die Arbeitskleidung aus und den Schlafanzug an. Sie löste das Haar, putzte sich die Zähne und wusch sich die Fettspuren vom Gesicht. Dann stieg sie ins Bett und schloss die Augen.

Dass Taylor McAden nebenan lag und schlief, war der letzte Gedanke, der ihr durch den Kopf ging, bevor auch sie einschlief.

»Haoo, Taya«, sagte Kyle glücklich.

Taylor machte die Augen auf und blinzelte in das frühe Morgenlicht, das durch die Wohnzimmerfenster strömte. Er rieb sich mit den Handrücken den Schlaf aus den Augen und erblickte Kyle, der vor ihm stand, das Gesicht ganz nah bei seinem, die Haare zerzaust und wirr vom Kopf abstehend.

Taylor brauchte einen Moment, um zu begreifen, wo er war. Als Kyle strahlend den Kopf zurücknahm, setzte Taylor sich auf. Er warf einen Blick auf die Uhr, es war kurz nach sechs Uhr morgens. Im Haus war es still.

»Guten Morgen, Kyle. Wie geht es dir?«

»Ea ssläf.«

»Wo ist deine Mom?«

»Ea aum Sofa.«

Taylor richtete sich auf; er fühlte sich steif, seine Schulter tat ihm weh, wie jeden Tag beim Aufwachen.

»Das ist wahr.«

Taylor streckte die Arme aus und gähnte.

»Guten Morgen«, hörte er hinter sich. Er drehte den Kopf und sah Denise aus ihrem Zimmer kommen. Sie trug einen rosafarbenen Schlafanzug und Socken. Er stand vom Sofa auf.

»Guten Morgen«, sagte er und sah sich um. »Sieht so aus, als wäre ich gestern Abend eingenickt.«

»Du warst müde.«

»Entschuldigung.«

»Das macht doch nichts«, sagte sie. Kyle war in die Ecke gegangen, wo seine Spielzeuge lagen, und setzte sich hin. Denise ging zu ihm und gab ihm einen Kuss auf den Kopf. »Morgen, mein Süßer.«

»Moon«, sagte er.

»Hast du Hunger?«

»Nei.«

»Möchtest du einen Joghurt?«

»Nei.«

»Möchtest du spielen?«

Kyle nickte und Denise wandte ihre Aufmerksamkeit Taylor zu. »Und was ist mit dir? Hast du Hunger?«

»Ich möchte nicht, dass du für mich Frühstück machst.«

»Ich wollte dir Cornflakes anbieten«, sagte sie rasch, worauf Taylor lächelte. Denise zog das Oberteil des Schlafanzugs zurecht. »Hast du gut geschlafen?«

»Wie ein Stein«, sagte er. »Danke für gestern Abend. Du warst sehr geduldig mit mir.«

Sie zuckte mit den Schultern, das Morgenlicht funkelte in ihren Augen, ihr langes, zerzaustes Haar fiel ihr über die Schultern. »Wozu sind Freunde denn da?«

Plötzlich war er verlegen und fing an, die Decke zusammenzulegen, dankbar, etwas zu tun zu haben. Er fühlte sich fehl am Platz in ihrem Haus so früh am Morgen.

Denise trat zu ihm.

»Möchtest du nicht doch zum Frühstück bleiben? Der Karton ist noch halb voll.«

Taylor wägte ab. »Und Milch?«, fragte er dann.

»Nein, wir nehmen immer Wasser für unsere Cornflakes«, sagte sie ernst.

Er sah sie an, als fragte er sich, ob er ihr glauben solle oder nicht, als Denise plötzlich lachte, ein melodisches Lachen.

»Natürlich haben wir Milch, du Dussel!«

»Dussel?«

»Eine zärtliche Anrede. Es bedeutet: ›Ich mag dich‹«, sagte sie mit einem Zwinkern.

Die Worte hatten eine aufmunternde Wirkung. »In dem Fall bleibe ich gern.«

»Und was hast du heute vor?«, fragte Taylor.

Sie hatten gefrühstückt und Denise brachte ihn zur Tür. Er musste nach Hause fahren und sich umziehen, bevor er zur Baustelle ging.

»Das Gleiche wie immer. Erst arbeite ich mit Kyle ein paar Stunden und danach weiß ich noch nicht. Es kommt drauf an, was er machen möchte – im Garten spielen, Fahrrad fahren, mal sehen. Und heute Abend muss ich wieder arbeiten.«

»Und diese geilen Männer bedienen?«

»Eine Frau muss ihre Rechnungen bezahlen«, sagte sie schnippisch, »außerdem sind sie so schlecht nicht. Der, der gestern Abend gekommen ist, ist ziemlich nett. Ich habe ihn bei mir übernachten lassen.«

»Ein echter Charmeur, was?«

»Das würde ich nicht sagen. Aber er hat mir so Leid getan, dass ich es nicht übers Herz gebracht habe, ihn abzuweisen.«

»Aua.«

Als sie bei der Tür standen, lehnte sie sich spielerisch an ihn und stieß ihn in die Rippen.

»Du weißt, dass das lustig gemeint war.«

»Ich hoffe es.« Der Himmel war wolkenlos und die Sonne schickte ihre ersten Strahlen über die Baumwipfel, als sie auf die Veranda traten. »Was ich noch sagen wollte, wegen gestern Abend … danke für alles.«

»Du hast dich schon bedankt, weißt du das nicht mehr?«

»Doch«, sagte Taylor ernst, »aber ich wollte mich noch einmal bedanken.«

Sie standen da, ohne zu sprechen, dann machte Denise einen Schritt nach vorn. Erst sah sie zu Boden, dann hob sie den Blick zu ihm, legte den Kopf auf die Seite und kam mit ihrem Gesicht näher an seins. Sie sah die Überraschung in seinen Augen, als sie ihn sanft auf den Mund küsste.

Es war nur ein kleiner Kuss, aber Taylor konnte den Blick nicht von ihr wenden und dachte, wie schön es sich angefühlt hatte.

»Ich finde es schön, dass du zu mir gekommen bist«, sagte sie.

Sie war immer noch im Schlafanzug, ihre Haare waren zerwühlt, und sie sah einfach vollkommen aus.

Kapitel 18

Später am selben Tag bat Taylor Denise, ihm Kyles Tagebuch zu zeigen.

Sie saß neben ihm in der Küche, blätterte die Seiten um und machte hin und wieder eine Bemerkung. Auf jeder Seite hatte Denise ihre Ziele vermerkt sowie einzelne Wörter und Ausdrücke und Kyles Aussprache und am Schluss hatte sie ihre Beobachtung notiert.

»Du siehst, es ist einfach ein Protokoll von dem, was wir machen. Mehr nicht.«

Taylor schlug das Heft noch einmal ganz vorn auf. Oben auf der Seite stand ein einziges Wort: Apfel. Darunter, bis zum Schluss der Seite und weiter auf der Rückseite, war eine Beschreibung des ersten Tages, an dem sie mit Kyle gearbeitet hatte.

»Darf ich?«, fragte er und deutete auf das Blatt. Denise nickte und er las bedächtig und nahm jedes Wort auf. Als er am Ende angekommen war, sah er hoch.

»Vier Stunden?«

»Ja.«

»Nur, um das Wort Apfel zu sagen?«

»Na ja, er hat es auch am Schluss eigentlich nicht richtig gesagt, aber es war so, dass man verstehen konnte, was er meinte.«

»Wie hast du es geschafft, dass er es gesagt hat?«

»Ich habe einfach immer weiter mit ihm geübt.«

»Aber woher wusstest du, was funktionieren würde?«

»Ich habe es nicht gewusst. Wenigstens nicht am Anfang. Ich habe viel darüber gelesen, wie man mit Kindern wie Kyle vorgehen kann. Zum Beispiel habe ich mich über verschiedene Programme, die an Universitäten ausprobiert werden, informiert und alles Mögliche über Sprechtherapie gelesen. Aber nirgendwo wurde Kyle richtig beschrieben – ich meine, teilweise stimmte es überein, aber eigentlich ging es um andere Kinder. Und dann habe ich zwei Bücher gefunden – einmal ›Kinder, die spät sprechen lernen‹ von Thomas Sowell und ›Ich würde euch so gern verstehen!‹ von Catherine Maurice –, die der Sache am nächsten kamen. Sowells Buch hat mir zum ersten Mal gezeigt, dass ich nicht allein bin mit diesem Problem und dass es viele Kinder gibt, die Schwierigkeiten mit dem Sprechen haben, obwohl sie sonst ganz normal sind. Und das Buch von Maurice hat mir ein paar Ideen für den Unterricht mit Kyle gegeben, obwohl es bei ihr in erster Linie um Autismus geht.«

»Und was machst du jetzt?«

»Ich benutze ein Programm für Verhaltensmodifikation, das ursprünglich an der University of California in Los Angeles entwickelt wurde. Sie haben im Laufe der Jahre viel Erfolg mit autistischen Kindern gehabt, indem sie gutes Verhalten belohnen und schlechtes bestrafen. Ich habe das Programm für Sprachverhalten abgewandelt, weil das Kyles einziges Problem ist. Im Grunde genommen geht das so, dass Kyle eine kleine Süßigkeit bekommt, wenn er das sagt, was er sagen soll. Wenn er es nicht sagt, kriegt er nichts. Wenn er es nicht einmal versucht oder sich sträubt, dann schimpfe ich mit ihm. Als ich ihm das Wort Apfel beigebracht habe, habe ich auf das Bild von einem Apfel gezeigt und das Wort immer wieder gesagt. Anfangs habe ich ihm eine Süßigkeit gegeben, wenn er einen Laut hervorbrachte, dann, wenn es der richtige Laut war, und am Schluss bekam er nur eine Belohnung, wenn er das ganze Wort sagte.«

»Und das hat vier Stunden gedauert?«

Denise nickte. »Vier unglaublich lange Stunden. Er hat geweint und sich aufgelehnt, dann hat er versucht, von seinem Stuhl runterzusteigen und hat geschrien, als würde ich ihn mit Nadeln foltern. Ich habe das Wort wahrscheinlich fünfhundert oder sechshundert Mal gesagt. Ich habe es so oft gesagt, bis wir es beide nicht mehr hören konnten. Es war schrecklich, wirklich schrecklich, für uns beide und ich dachte nicht, dass wir es schaffen würden, aber dann ... «

Sie lehnte sich ein wenig zu ihm hinüber.

»Als er es gesagt hat, war das ganze Schreckliche der Situation plötzlich weg – die ganze Frustration und die Wut und die Angst, die wir beide erlebt hatten. Ich weiß noch, wie aufgeregt ich war – das kannst du dir gar nicht vorstellen. Ich habe angefangen zu weinen und habe ihn das Wort bestimmt zehnmal sagen lassen, bevor ich es wirklich geglaubt habe. Damals hatte ich zum ersten Mal einen Beweis dafür, dass Kyle lernfähig ist. Ich hatte es allein erreicht und ich kann überhaupt nicht beschreiben, was das bedeutete, nach allem, was die Ärzte über ihn gesagt hatten.«

Sie schüttelte nachdenklich den Kopf bei dem Gedanken an jenen Tag, dann fuhr sie fort:

»Na ja, und danach haben wir neue Wörter probiert, immer eins nach dem anderen, bis er sie verstanden hatte. Irgendwann war er so weit, dass er jeden Baum und jede Blume, jeden Autotyp und jedes Flugzeug benennen konnte ... er hatte einen großen Wortschatz, aber er hatte immer noch nicht begriffen, dass die Sprache einen Nutzen hat. Dann haben wir mit Wortverbindungen angefangen, also ›blaues Auto‹ und ›großer Baum‹, und da hat er angefangen zu verstehen, was ich ihm beibringen wollte – dass Wörter zur Verständigung da sind. Nach ein paar Monaten konnte er fast alles nachsprechen, was ich ihm vorsprach, und dann habe ich angefangen, ihm beizubringen, was eine Frage ist.«

»War das schwer?«

»Es ist immer noch schwer. Schwerer, als ihm Wörter beizubringen, weil er jetzt versuchen muss, die Intonation zu deuten und die Frage zu verstehen, und er muss die angemessene Antwort geben. Das alles drei fällt ihm sehr schwer und daran haben wir in den letzten Monaten gearbeitet. Am Anfang bestand das Problem bei den Fragen darin, dass Kyle einfach nachsprechen wollte, was ich gesagt hatte. Ich habe zum Beispiel auf einen Apfel gezeigt und gesagt: ›Was ist das?‹ und Kyle wiederholte: ›Was ist das?‹ Also habe ich gesagt: ›Nein, du musst sagen: Es ist ein Apfel.‹ Darauf sagte er: ›Es ist ein Apfel.‹ Dann habe ich die Frage geflüstert und die Antwort laut gegeben und gehofft, er würde das verstehen. Stattdessen hat er ebenfalls die Frage geflüstert und die Antwort laut gesagt und dabei meine Wörter und meinen Tonfall genau nachgeahmt. Es hat Wochen gedauert, bis er einfach nur die Antwort gesagt hat. Natürlich habe ich ihn belohnt, wenn er das gemacht hat.«

Taylor nickte. Er verstand jetzt ansatzweise, wie schwierig all das gewesen sein musste.

»Du musst eine Engelsgeduld haben«, sagte er.

»Nicht immer.«

»Aber du arbeitest jeden Tag mit ihm … «

»Es muss sein. Und man sieht ja, welche Fortschritte er gemacht hat.«

Taylor blätterte zum Ende des Tagebuchs. Während am Anfang als Lehrstoff jeweils nur ein Wort vermerkt war, umfassten die Aufzeichnungen von den Stunden, die sie jetzt mit Kyle arbeitete, mehrere Seiten.

»Er hat tatsächlich Fortschritte gemacht.«

»Und was für welche. Aber er hat noch einen langen Weg vor sich. Er kann gut auf Fragen mit ›was‹ und ›wo‹ antworten, aber Fragen mit ›warum‹ oder ›wie‹ versteht er immer noch nicht. Er führt bisher auch keine Gespräche – es sind immer nur einzelne Aussagen. Außerdem findet er es schwierig, Fragen zu formulieren. Er versteht, was ich meine, wenn ich sage: ›Wo ist dein Spielzeug?‹, aber wenn ich sage: ›Wo hast du dein Spielzeug hingetan?‹, zeigt er keine Reaktion. Deshalb bin ich froh, dass ich ein Tagebuch geführt habe. Immer, wenn Kyle einen schlechten Tag hat – und das passiert ziemlich oft –, dann schlage ich das Tagebuch auf und rufe mir ins Gedächtnis zurück, welche Hindernisse er schon überwunden hat. Eines Tages, wenn das alles hinter ihm liegt, werde ich ihm das Buch geben. Ich will, dass er es liest, damit er weiß, wie sehr ich ihn liebe.«

»Das weiß er auch jetzt.«

»Ja schon, aber ich möchte auch, dass er irgendwann mal sagt, er liebt mich.«

»Macht er das jetzt nicht? Wenn du ihm abends gute Nacht sagst?«

»Nein«, sagte sie, »Kyle hat das noch nie zu mir gesagt.«

»Hast du versucht, es ihm beizubringen?«

»Nein.«

»Warum nicht?«

»Weil ich die Überraschung erleben möchte, dass er es eines Tages von sich aus sagt.«

In den nächsten anderthalb Wochen verbrachte Taylor immer mehr Zeit bei Denise. Er kam nachmittags vorbei, wenn er wusste, dass Kyle und sie nicht mehr arbeiteten. Manchmal blieb er eine Stunde, manchmal etwas länger. Zweimal spielte er mit Kyle Fangen, während Denise auf der Veranda saß und zusah; am dritten Tag brachte er ihm bei, einen Ball mit einem kleinen Baseballschläger, den Taylor als Kind selbst benutzt hatte, von einem Tee abzuschlagen. Nach jedem Versuch holte Taylor den Ball wieder, setzte ihn auf das Tee und ermutigte Kyle, es noch einmal zu probieren. Als Kyle genug hatte, war Taylors Hemd schweißnass. Denise küsste ihn – zum zweiten Mal –, als sie ihm ein Glas Wasser brachte.

Am Samstag, eine Woche nach der Kirmes, fuhr Taylor mit ihnen nach Kitty Hawk, wo sie den Tag am Strand verbrachten. Taylor zeigte ihnen die Stelle, von der aus Orville und Wilbur Wright 1903 zu ihrem historischen Flug gestartet waren. Sie aßen ihr mitgebrachtes Picknick und machten einen langen Spaziergang am Strand, bei dem sie durch die heranplätschernden Wellen wateten, während über ihnen die Seeschwalben durch den Himmel schossen. Gegen Ende des Nachmittags bauten Denise und Taylor Sandburgen, die Kyle mit größtem Vergnügen wieder zerstörte. Wie Godzilla brüllend, stapfte er durch die festgeklopften Formen, kaum dass sie geschaffen waren.

Auf dem Weg nach Hause hielten sie an einem Bauernstand an der Straße und kauften frische Maiskolben. Kyle bekam Makkaroni mit Käsesoße und Taylor aß seine erste Mahlzeit bei Denise. Die Sonne und der Wind hatten Kyle müde gemacht, so dass er gleich nach dem Essen einschlief. Taylor und Denise unterhielten sich in der Küche fast bis Mitternacht. Auf dem Treppenabsatz küssten sie sich wieder und Taylor legte seinen Arm um sie.

Ein paar Tage später lieh Taylor Denise seinen Truck, damit sie ein paar Besorgungen in der Stadt machen konnte. Als sie zurückkam, hatte er die schief hängenden Türen an ihren Küchenschränken begradigt. »Ich hoffe, du hast nichts dagegen«, sagte er und wusste nicht, ob er eine unsichtbare Linie überschritten hatte. »Gar nicht«, rief sie begeistert und klatschte in die Hände, »aber kannst du auch was gegen den tropfenden Wasserhahn tun?« Eine halbe Stunde später war auch das in Ordnung gebracht.

In den stillen Momenten war Taylor immer wieder von ihrer schlichten Schönheit und ihrer Anmut fasziniert. Aber es gab auch Momente, da konnte er in ihren

Zügen erkennen, welche Opfer sie für ihren Sohn gebracht hatte. Es war ein Ausdruck von Erschöpfung, wie bei einem Krieger nach einer langen Schlacht; das nötigte ihm Bewunderung ab, die er nicht in Worte fassen konnte. Sie kam ihm vor wie eine der Letzten einer langsam verschwindenden Spezies – im Gegensatz zu denjenigen, die immer hinter etwas herjagten, sich hetzten und keine Ruhe fanden bei der Suche nach persönlicher Erfüllung und Selbstachtung. Es gab so viele Menschen heutzutage, die glaubten, dass nur der Beruf ihnen Erfüllung bringen konnte und nicht das Leben mit Kindern und dass Kinder zu bekommen nichts damit zu tun hatte, sie auch aufzuziehen. Als er ihr gegenüber diese Gedanken äußerte, sah sie aus dem Fenster und sagte nur: »Früher habe ich das auch geglaubt.«

Am Mittwoch der Woche darauf lud Taylor Denise und Kyle zu sich nach Hause ein. In gewisser Weise ähnelte sein Haus dem, in dem Denise wohnte, es war aber älter und stand auf einem großen Stück Land. Es war über die Jahre umgebaut und renoviert worden, sowohl von den Vorbesitzern als auch von Taylor. Kyle fand großen Gefallen an dem Werkzeugschuppen hinter dem Haus und zeigte auf den »Trecker«, der in Wirklichkeit ein Rasenmäher war. Taylor fuhr mit ihm eine Runde durch den Garten, ohne das Schneidmesser anzustellen, und Kyle strahlte wie damals in Taylors Truck, als er den Rasenmäher im Zickzackkurs durch den Garten lenkte.

Als Denise die beiden zusammen beobachtete, wurde ihr klar, dass ihr anfänglicher Eindruck nicht ganz richtig war: Taylor war nicht regelrecht schüchtern, aber er hielt bestimmte Dinge zurück. Obwohl sie über seine Arbeit und seine Einsätze bei der freiwilligen Feuerwehr sprachen, war er merkwürdig schweigsam, was seinen Vater anging, und kam nach dem ersten Gespräch nie mehr auf ihn zu sprechen. Auch über die

Frauen, die er früher gekannt hatte, sagte er nichts, auch nicht nebenbei. Es war zwar nicht von Bedeutung, aber sie wunderte sich doch über sein ausgeprägtes Schweigen.

Trotzdem musste sie sich eingestehen, dass sie eine Anziehung spürte. Er war in ihr Leben gestolpert, als sie am wenigsten damit gerechnet hatte, und dazu auf völlig ungewöhnliche Weise. Schon jetzt war er mehr als ein Freund. Und als sie nachts unter ihrer Decke lag und der Ventilator im Hintergrund ratterte, hoffte sie und betete sie plötzlich, dass alles Wirklichkeit sein möge.

»Wie lange noch?«, fragte Denise.

Taylor hatte sie mit einer altmodischen Eismaschine überrascht, einschließlich aller Zutaten. Er drehte die Kurbel und der Schweiß lief ihm über das Gesicht, während die Sahne sich im Kreise drehte und langsam dicker wurde.

»Fünf Minuten, vielleicht zehn. Warum, hast du Hunger?«

»Ich hab noch nie selbst gemachtes Eis gegessen.«

»Möchtest du dich an der Herstellung beteiligen? Du kannst weitermachen, wenn du willst … «

Sie wehrte mit den Händen ab. »Nein, ist schon gut. Es macht mehr Spaß, dir zuzugucken.«

Taylor nickte, als wäre er enttäuscht, dann mimte er den Leidenden und tat so, als müsse er schwer kämpfen. Sie lachte leise. Taylor wischte sich mit dem Handrücken die Stirn ab.

»Hast du Sonntagabend etwas vor?«

Sie hatte gewusst, dass er fragen würde. »Nein, eigentlich nicht.«

»Hast du Lust, essen zu gehen?«

Denise zuckte mit den Schultern. »Gern. Aber du weißt, wie das mit Kyle ist. Die meisten Sachen isst er nicht.«

Taylor schluckte und drehte unermüdlich weiter. Er sah sie an.

»Ich meine, könnten wir zwei allein gehen? Ohne Kyle diesmal? Meine Mom sagt, sie würde kommen und auf ihn aufpassen.«

Denise zögerte.

»Ich weiß nicht, ob das ginge. Er kennt sie nicht so gut.«

»Wie wär's, wenn ich dich abholen würde, nachdem er eingeschlafen ist? Du kannst ihn ins Bett bringen und wir gehen erst, wenn du meinst, dass es in Ordnung ist.«

Sie gab nach und konnte ihre Freude nicht verbergen. »Du hast wirklich an alle Einzelheiten gedacht, was?«

»Ich wollte dir nicht die Möglichkeit geben, nein zu sagen.«

Sie grinste und beugte sich ganz weit zu ihm vor.

»Dann würde ich sehr gern mit dir ausgehen.«

Judy kam ein paar Minuten nachdem Denise Kyle zu Bett gebracht hatte. Sie hatte ihn den ganzen Tag draußen herumtollen lassen, in der Hoffnung, dass er gut schlafen würde, während sie weg war. Sie waren auf den Fahrrädern in die Stadt gefahren und auf den Spielplatz gegangen und sie hatten im Garten zu Hause gespielt. Nachdem Denise Kyle gebadet und ihm den Schlafanzug angezogen hatte, las sie ihm drei Bücher vor, während er seine Milch mit halb geschlossenen Augen trank. Sie zog die Vorhänge fest zu – draußen war es noch hell – und schloss die Tür. Kyle schlief schon tief und fest.

Sie duschte und rasierte sich die Beine, dann stand sie in ein Badetuch gehüllt da und überlegte, was sie anziehen sollte. Taylor hatte gesagt, sie würden ins Fontana gehen, in ein recht vornehmes Restaurant im Stadtzentrum. Als sie ihn gefragt hatte, was sie anziehen solle, hatte er geantwortet, sie brauche sich keine Sorgen zu machen. Das hatte ihr natürlich nicht weitergeholfen.

Am Schluss entschied sie sich für ein einfaches schwarzes Cocktail-Kleid, das für fast jeden Anlass richtig war. Es hing schon seit Jahren in ihrem Kleiderschrank, noch in der Plastikhülle von der Reinigung in Atlanta. Sie konnte sich nicht erinnern, wann sie es zum letzten Mal getragen hatte, aber als sie es überzog, stellte sie zufrieden fest, dass es noch passte. Schwarze Pumps kamen als Nächstes. Dann überlegte sie, ob sie schwarze Strümpfe anziehen sollte, verwarf die Idee aber: Es war zu warm und wer trug in Edenton schon schwarze Strümpfe, außer zu einer Beerdigung?

Nachdem sie sich die Haare geföhnt und gebürstet hatte, legte sie ein wenig Make-up auf und nahm die Parfumflasche aus dem Nachttisch. Sie gab einige Tropfen auf den Hals, das Haar und auf das Handgelenk. In der obersten Schublade hatte sie ein kleines Schmuckkästchen, aus dem sie ein Paar Kreolen nahm.

Sie stellte sich vor den Badezimmerspiegel und begutachtete sich: Sie war zufrieden mit dem Ergebnis. Nicht zu viel, nicht zu wenig. Genau richtig. Da hörte sie, wie Judy an die Tür klopfte. Zwei Minuten später kam auch Taylor.

Fontanas Restaurant gab es schon seit gut zehn Jahren. Die Besitzer waren ein nicht mehr ganz junges, ursprünglich aus Bern in der Schweiz stammendes Ehepaar. Die beiden waren von New Orleans nach Edenton gezogen, weil sie sich ein einfacheres Leben wünschten. Gleichzeitig brachten sie einen Hauch von Eleganz in die Stadt. Mit der gedämpften Beleuchtung und der erstklassigen Bedienung war das Restaurant sehr beliebt bei Paaren, die Jahrestage und Verlobungen zu feiern hatten. Der Ruf des Lokals war endgültig gefestigt, seitdem in *Southern Living* ein Artikel darüber erschienen war.

Taylor und Denise saßen an einem kleinen Tisch in einer Ecke, Taylor hielt einen Whiskey Soda mit beiden Händen umfasst und Denise nippte an ihrem Chardonnay.

»Hast du hier schon mal gegessen?«, fragte Denise mit einem Blick auf die Speisekarte.

»Ein paar Mal, aber das ist eine Weile her.«

Sie blätterte die Seiten um; die Vielfalt der Gerichte war für sie ungewöhnlich nach all den Jahren der Eintopfmahlzeiten. »Kannst du was empfehlen?«

»Eigentlich alles. Die Lammkoteletts sind die Spezialität des Hauses, aber es ist auch für seine Steaks und die Fischgerichte bekannt.«

»Das grenzt die Auswahl nicht gerade ein.«

»Aber es stimmt. Du wirst nicht enttäuscht sein, was du auch nimmst.«

Sie las aufmerksam die Liste der Vorspeisen und kringelte dabei eine Haarsträhne um die Finger. Taylor sah ihr sowohl fasziniert als auch erheitert zu.

»Hab ich dir schon gesagt, wie hübsch du heute Abend aussiehst?«, fragte er.

»Erst zweimal«, sagte sie und tat lässig, »aber denk nicht, dass du damit aufhören sollst. Ich habe nichts dagegen.«

»Wirklich nicht?«

»Nicht, wenn es von einem Mann kommt, der so fesch angezogen ist wie du.«

»Fesch?«

Sie zwinkerte. »Es bedeutet das Gleiche wie Dussel.«

Was folgte, war in jeder Hinsicht ein Festmahl: Das Essen war köstlich, das Ambiente überaus romantisch. Als das Dessert kam, griff Taylor über den Tisch nach ihrer Hand. Die nächste Stunde ließ er sie nicht wieder los.

Im Laufe des Abends tauchten sie immer tiefer in das Leben des jeweils anderen ein. Taylor erzählte Denise von seinen Erlebnissen bei der freiwilligen Feuerwehr und den besonders gefährlichen Einsätzen, er sprach von Mitch und Melissa, den beiden Freunden, die ihn durch alles begleitet hatten. Denise erzählte von ihrer Studienzeit und den ersten beiden Jahren als Lehrerin und schilderte ihre Hilflosigkeit, als sie völlig unvorbereitet das erste Mal vor eine Klasse getreten war. Für beide war dieser Abend der Anfang ihres Lebens als Paar. Es war auch das erste Mal, dass sie miteinander sprachen und den Namen Kyle nicht erwähnten.

Als sie nach dem Essen auf die verlassene Straße traten, fiel Denise auf, wie anders der alte Teil der Stadt bei Dunkelheit erschien, wie ein Ort aus vergangener Zeit. Abgesehen von dem Restaurant, aus dem sie gerade kamen, und einer Bar um die Ecke war alles geschlossen. Sie kamen an einem Antiquitätengeschäft und einer Kunstgalerie vorbei und schlenderten über den gepflasterten Bürgersteig, der mit der Zeit Risse bekommen hatte.

Es war ganz still um sie herum und sie verspürten kein Bedürfnis zu sprechen. In wenigen Minuten waren sie am Hafen, wo Denise die Schiffe, die dort vor Anker lagen, erkennen konnte. Es waren kleine und große, neue und alte, Segelboote aus Holz und Wochenendtrawler. Auf einigen Schiffen brannte Licht in den Kajüten, aber das einzige Geräusch war das Plätschern des Wassers an der Kaimauer.

Als sie sich an das Geländer in der Nähe der Docks lehnten, räusperte Taylor sich und nahm Denises Hand.

»Edenton war einer der ersten Häfen im Süden, in dem sich Siedler niederließen. Obwohl die Stadt nicht mehr als ein Außenposten war, machten die Handelsschiffe hier Halt, entweder um ihre Waren zu verkaufen oder um ihre Vorräte aufzustocken. Siehst du die Geländer auf den Häuserdächern da drüben?«

Er zeigte auf einige der historischen Häuser am Hafen. Denise nickte.

»In der Kolonialzeit war die Schifffahrt gefährlich und die Ehefrauen standen auf diesen Balkons und warteten darauf, dass die Schiffe ihrer Männer in den Hafen einliefen. Aber es sind so viele der Männer auf See umgekommen, dass man die Balkons ›Witwenausguck‹ nannte. Hier in Edenton sind die Schiffe nie direkt in den Hafen eingefahren. Sie gingen immer schon vorher vor Anker, und wenn die Reise noch so lang gewesen war, und die Frauen standen auf den Witwenausgucken und hielten angestrengt Ausschau, ob ihre Männer auf dem Schiff waren.«

»Warum haben sie vor dem Hafen geankert?«

»Es gab da einen Baum, eine riesige Zypresse, die ganz allein stand. Daran erkannten die Schiffe, dass sie Edenton erreicht hatten, besonders wenn sie nie zuvor hier waren. Es war der einzige Baum dieser Art an der ganzen Ostküste. Normalerweise wachsen Zypressen nah am Wasser, aber diese stand mindestens siebzig Meter vom Wasser entfernt. Sie war wie ein Monument, weil sie so fehl am Platze wirkte. Also, aus irgendeinem Grund wurde es Brauch, dass die Schiffe bei dem Baum anhielten, bevor sie in den Hafen einliefen. Jemand stieg in ein Beiboot, ruderte an Land und stellte eine Flasche Rum in den Stamm, zum Dank dafür, dass das Schiff den Hafen heil erreicht hatte. Und wenn ein Schiff auslief, hielt die Mannschaft an dem Baum an und jeder trank ein Gläschen Rum in der Hoffnung auf eine sichere und erfolgreiche Reise. Deswegen hieß der Baum der ›Rumbaum‹.«

»Ist das wirklich wahr?«

»Ja, sicher. In der Stadt gibt es jede Menge Legenden von Schiffen, die nicht für ihr Gläschen Rum angehalten haben und danach verschollen sind. Es hieß, man würde so ein Unglück heraufbeschwören, und nur die Törichten beachteten den Brauch nicht. Die Seeleute brachten sich in Gefahr, wenn sie sich über ihn hinwegsetzten.«

»Was geschah, wenn ein Schiff auslaufen wollte und beim Baum war kein Rum? Haben sie dann kehrtgemacht?«

»Der Legende nach ist das nie vorgekommen.« Er blickte über das Wasser und seine Stimme klang plötzlich anders.

»Mein Vater hat mir die Geschichte erzählt, als ich klein war. Ich erinnere mich daran. Er hat mich mitgenommen zu der Stelle, wo der Baum gestanden hatte, und hat mir die Geschichte erzählt.«

Denise lächelte.

»Weißt du noch mehr Geschichten über Edenton?«

»Noch ein paar.«

»Auch Gespenstergeschichten?«

»Natürlich. In jeder Stadt in North Carolina gibt es Gespenstergeschichten. An Halloween hat mein Vater meine Freunde und mich zu sich gerufen, nachdem wir in der Nachbarschaft rumgegangen waren und Süßigkeiten gesammelt hatten, und uns die Geschichte von Brownrigg Mill erzählt. Sie handelt von einer Hexe und hat alles, was Kindern Angst macht: abergläubische Menschen, böse Flüche, geheimnisvolle Todesfälle und sogar eine dreibeinige Katze. Wenn mein Vater zu Ende erzählt hatte, waren wir so verängstigt, dass wir nicht einschliefen. Er konnte ein Seemannsgarn spinnen, das war unglaublich.«

Sie dachte, wie sehr sich das Leben in einer Kleinstadt mit seinen Geschichten von ihren Erfahrungen in Atlanta unterschied.

»Das hat bestimmt Spaß gemacht.«

»Allerdings. Wenn du magst, kann ich Kyle auch mal eine Geschichte erzählen.«

»Ich glaube nicht, dass er verstehen würde, was du sagst.«

»Vielleicht erzähle ich ihm die von dem verzauberten Monster Truck in Chowan County.«

»Die gibt es nicht.«

»Ich weiß. Aber ich könnte sie erfinden.«

Denise drückte seine Hand.

»Wieso hast du keine Kinder?«, fragte sie.

»Ich habe das falsche Geschlecht.«

»Du weißt, was ich meine«, sagte sie und stieß ihn an. »Du wärst ein guter Vater.«

»Ich weiß nicht. Es hat sich nicht so ergeben.«

»Wolltest du welche haben?«

»Manchmal ja.«

»Dann solltest du welche bekommen.«

»Jetzt klingst du wie meine Mutter.«

»Du weißt, was man immer sagt: Zwei große Menschen, ein Gedanke.«

»Auch wenn du es selbst sagst?«

»Genau.«

Als sie dem Hafen den Rücken kehrten und wieder zur Stadt gingen, musste Denise daran denken, wie sehr sich ihre Welt in letzter Zeit verändert hatte, und ihr wurde bewusst, dass das alles auf den Mann neben ihr zurückzuführen war. Doch trotz allem, was er für sie getan hatte, hatte er sie nicht ein einziges Mal zu etwas gedrängt, wozu sie noch nicht bereit war. Sie hatte den ersten Schritt gemacht und ihn geküsst und sie war es auch gewesen, die ihn das zweite Mal geküsst hatte. Selbst als er nach dem Nachmittag am Strand den Abend bei ihr verbracht hatte, war er gegangen, als er merkte, dass es Zeit wurde.

Die meisten Männer hätten sich nicht so verhalten, das war ihr klar. Die meisten Männer ergriffen die Initiative, sobald sich die Gelegenheit ergab. Genau das war schließlich mit Kyles Vater passiert. Aber Taylor war anders. Er nahm sich die Zeit, sie erst kennen zu lernen und ihr zuzuhören, wenn sie über ihre Probleme sprach; er war es zufrieden, schief hängende Schranktüren zu richten und auf der Veranda zu sitzen und Eis zu machen. Er hatte sich in jeder Hinsicht als Gentleman erwiesen.

Aber weil er sie nie gedrängt hatte, merkte sie, dass sie ihn mit einer Intensität begehrte, die sie überraschte. Sie wollte wissen, wie es sich anfühlen würde, wenn er sie endlich doch in die Arme nahm, wenn er ihren Körper berührte und mit seinen Fingern über ihre Haut fuhr. Bei dem Gedanken daran durchfuhr sie ein wohliger Schauer, und sie drückte seine Hand.

Als sie zu seinem Truck gingen, kamen sie an einer offen stehenden Tür vorbei. Auf dem Türglas konnte man die Gravur *Trina's Bar* lesen. Nur das Fontana und diese Bar waren im Stadtzentrum noch geöffnet. Denise warf einen Blick hinein und sah drei Paare, die an kleinen runden Tischen saßen und sich leise unterhielten. In der Ecke war eine Jukebox, aus der ein Country-Song ertönte. Der nasale Bariton des Interpreten verklang mit den letzten Takten. Nach einer kurzen Pause wurde die nächste Platte auf den Teller gelegt. »Unchained Melody«. Denise blieb spontan stehen, als sie das Lied erkannte, und zog Taylor an der Hand.

»Ich liebe dieses Lied«, sagte sie.

»Möchtest du reingehen?«

Sie überlegte, während die Melodie erklang.

»Wir könnten tanzen, wenn du möchtest ... «, fügte er hinzu.

»Nein. Ich käme mir komisch vor, wenn die anderen uns zusähen«, sagte sie nach einem Augenblick. »Außerdem ist nicht genug Platz.«

Kein Auto fuhr auf der Straße, die Bürgersteige waren leer. Eine einzige Straßenlaterne hoch auf einem Mast flackerte sacht und erleuchtete die Umgebung. Mit den

Klängen der Musik drangen auch die leisen Stimmen der Gäste zu ihnen. Denise machte einen zögernden Schritt von der Tür weg. Die Musik spielte weiter und Taylor blieb stehen. Sie sah ihn fragend an.

Ohne etwas zu sagen, legte er einen Arm um ihren Rücken und zog sie an sich. Mit einem charmanten Lächeln hob er ihre Hand an seine Lippen und küsste sie, dann senkte er sie. Plötzlich verstand Denise seine Absicht und machte, noch etwas verdutzt, einen unbeholfenen Schritt, bevor sie sich seiner Führung überließ.

Einen Moment lang waren sie beide etwas verlegen. Aber die Musik aus dem Hintergrund zerstreute ihre Befangenheit und nach ein paar Schritten schloss Denise die Augen und lehnte sich in Taylors Arm zurück. Er strich ihr mit der Hand über den Rücken und sie hörte seinen Atem, während sie in kleinen Kreisen langsam tanzten und sich sanft zu der Musik wiegten. Plötzlich war es nicht mehr wichtig, ob jemand zusah. Außer seiner Berührung und dem Gefühl seines warmen Körpers an ihrem war nichts von Bedeutung und sie tanzten und tanzten und schmiegten sich eng aneinander, unter einer flackernden Straßenlaterne in der kleinen Stadt Edenton.

Kapitel 19

Als sie zurückkamen, saß Judy im Wohnzimmer und las. Kyle habe sich in ihrer Abwesenheit nicht einmal gerührt, sagte sie.

»Hattet ihr einen schönen Abend?«, fragte sie mit einem Blick auf Denises gerötete Wangen.

»Ja, danke«, sagte Denise. »Und danke, dass du auf Kyle aufgepasst hast.«

»Ich habe es gern getan«, sagte sie aufrichtig, hängte sich ihre Handtasche über die Schulter und war zum Aufbruch bereit.

Denise ging hinein und sah nach Kyle, während Taylor seine Mutter zu ihrem Auto begleitete. Er sprach nicht viel und Judy hoffte, es bedeutete, dass er von Denise ebenso angetan war wie sie offensichtlich von ihm.

Als Denise aus Kyles Zimmer kam, war Taylor im Wohnzimmer und kniete vor einer kleinen Kühltasche, die er aus seinem Truck geholt hatte. Er hörte nicht, wie sie die Tür zu Kyles Zimmer schloss, so vertieft war er in das, was er tat. Schweigend sah Denise zu, wie er den Verschluss der Kühltasche öffnete und zwei Sektgläser herausnahm. Sie stießen klirrend aneinander, als er das Wasser von ihnen abschüttelte. Er stellte sie auf den kleinen Tisch vor dem Sofa, griff erneut in die Kühltasche und brachte eine Flasche Champagner zum Vorschein.

Er knibbelte die Folie von dem Korken, drehte den Draht ab und ließ den Korken in einem Schwung aus der Flasche gleiten. Die Flasche wurde auf den Tisch neben die Sektgläser gestellt. Damit nicht genug, griff er wieder in die Kühltasche und holte einen Teller mit Erdbeeren hervor, der sorgfältig mit Plastikfolie abgedeckt war. Er zog die Folie ab, arrangierte alles auf dem Tisch und schob die Kühltasche zur Seite. Dann lehnte er sich zurück, um einen besseren Überblick zu bekommen, und war zufrieden. Er rieb sich die feuchten Hände an den Hosenbeinen ab und sah dabei aus dem Augenwinkel zum Flur hinüber. Als er Denise in der Tür stehen sah, erstarrte er in seinen Bewegungen, ein verlegener Ausdruck trat auf sein Gesicht. Dann lächelte er schüchtern und stand auf.

»Ich dachte, das wäre eine schöne Überraschung«, sagte er.

Sie sah zum Tisch und dann zu Taylor und merkte, dass sie den Atem angehalten hatte.

»Das ist es auch«, sagte sie.

»Ich wusste nicht, ob du Wein oder Champagner magst, ich musste mich also für eins entscheiden.«

Taylors Blick war wie gebannt auf sie gerichtet.

»Er ist bestimmt köstlich«, murmelte sie. »Ich habe seit Jahren keinen Champagner getrunken.«

Er nahm die Flasche. »Kann ich dir ein Glas eingießen?«

»Ja, gern.«

Taylor goss zwei Gläser ein und Denise kam, plötzlich ein bisschen unsicher auf den Beinen, zum Tisch. Wortlos reichte er ihr ein Glas; sie sah ihn einfach nur an und fragte sich, wie er das alles geplant hatte.

»Warte, ja?«, sagte Denise rasch. Ihr war klar, was fehlte. Taylor sah zu, wie sie das Glas abstellte und in die Küche eilte. Er hörte sie in der Schublade kramen, dann kam sie mit zwei Kerzen und einem Streichholzbrief wieder herein. Sie stellte die Kerzen auf den Tisch neben die Champagnerflasche und die Erdbeeren und zündete sie an. Als sie das Deckenlicht ausschaltete, war das Zimmer verwandelt. Schatten tanzten an der Wand, als sie das Glas in die Hand nahm. Im Kerzenlicht war sie schöner als je zuvor.

»Auf dich«, sagte er, als sie miteinander anstießen. Sie nahm einen Schluck. Die Bläschen kitzelten in ihrer Nase, aber es schmeckte köstlich.

Er zeigte auf das Sofa. Sie setzten sich nah nebeneinander, sie zog das Knie hoch und lehnte es an seinen Oberschenkel. Draußen war der Mond aufgegangen. Sein Licht drang durch die Wolken und verlieh ihnen einen silbrig-weißen Schimmer. Taylor nahm einen Schluck von seinem Champagner und sah Denise an.

»Woran denkst du?«, fragte sie. Taylor wandte sich einen Moment ab, bevor er sie wieder ansah.

»Ich habe gerade daran gedacht, was wohl passiert wäre, wenn du an dem Abend nicht den Unfall gehabt hättest.«

»Dann hätte ich noch mein Auto«, sagte sie und Taylor lachte, wurde dann aber wieder ernst.

»Aber meinst du, ich wäre jetzt hier, wenn das nicht geschehen wäre?«

Denise überlegte.

»Ich weiß es nicht«, sagte sie schließlich. »Aber mir gefällt der Gedanke, dass es so sein könnte. Meine Mom hat geglaubt, dass die Menschen füreinander bestimmt sind. Es ist eine romantische Vorstellung, die man als junges Mädchen hegt, aber ich glaube, ein Teil von mir hält daran fest.«

Taylor nickte. »Meine Mom hat das auch immer gesagt. Ich glaube, das ist einer der Gründe, warum sie nicht wieder geheiratet hat. Sie wusste, dass es für sie niemanden gab, der meinen Vater ersetzen konnte. Ich glaube nicht mal, dass meine Mutter sich mit einem anderen Mann verabredet hat, seit mein Vater tot ist.«

»Wirklich nicht?«

»So ist es mir jedenfalls immer vorgekommen.«

»Ich glaube, da irrst du dich, Taylor. Deine Mom ist auch nur ein Mensch und wir brauchen alle jemanden an unserer Seite.«

In dem Moment, als sie das sagte, wurde ihr bewusst, dass sie ebenso von sich sprach wie von Judy. Taylor schien das jedoch nicht zu bemerken.

Stattdessen lächelte er. »Du kennst sie nicht so gut wie ich.«

»Das mag sein, aber wie du weißt, hat meine Mutter das Gleiche durchgemacht wie deine Mutter. Sie hat immer um meinen Vater getrauert, aber ich weiß, dass sie auch den Wunsch hatte, von jemandem geliebt zu werden.«

»Hat sie sich mit anderen Männern verabredet?«

Denise nickte und trank von ihrem Champagner. Schatten huschten über ihr Gesicht.

»So zwei Jahre nach seinem Tod fing sie damit an. Ein paar Mal war es eine ernste Sache und ich dachte schon, ich würde einen Stiefvater bekommen, aber dann hat es doch mit keinem geklappt.«

»Warst du böse auf sie? Ich meine, weil sie sich mit Männern verabredet hat?«

»Nein, überhaupt nicht. Ich wollte, dass meine Mom glücklich ist.«

Taylor zog eine Augenbraue hoch und leerte sein Glas. »Ich glaube, ich wäre nicht so vernünftig gewesen wie du.«

»Mag sein. Aber deine Mom ist noch jung. Vielleicht passiert es ja noch.«

Taylor setzte das Glas auf seinen Oberschenkel. Diese Möglichkeit hatte er nie in Erwägung gezogen.

»Und du? Hast du immer gedacht, du würdest inzwischen verheiratet sein?«, fragte er.

»Na klar«, sagte sie trocken. »Ich hatte alles geplant. College-Abschluss mit zweiundzwanzig, verheiratet spätestens mit fünfundzwanzig, das erste Kind mit dreißig. Es war ein großartiger Plan, nur dass absolut gar nichts so geklappt hat, wie es vorgesehen war.«

»Du klingst enttäuscht.«

»Das war ich auch«, gab sie zu, »lange Zeit. Ich meine – meine Mom hatte eine feste Vorstellung davon, wie mein Leben verlaufen sollte, und hat mir das bei jeder Gelegenheit erzählt. Sie hat es gut gemeint, das weiß ich. Ich sollte aus ihren Fehlern lernen und ich war dazu bereit. Aber als sie starb ... ich weiß nicht. Ich glaube, eine Weile lang habe ich alles vergessen, was sie mir beigebracht hatte.«

Sie brach ab und sah nachdenklich vor sich hin.

»Weil du schwanger geworden bist?«, fragte er sacht.

Denise schüttelte den Kopf.

»Nicht, weil ich schwanger geworden bin, obwohl das ein Teil davon war. Es lag eher daran, dass ich nach ihrem Tod das Gefühl hatte, sie würde mir nicht mehr die ganze Zeit über die Schulter gucken und alles beurteilen, was ich in meinem Leben tat. Das stimmte natürlich auch und ich habe es ausgenutzt. Erst später habe ich begriffen, dass meine Mom mich mit dem, was sie immer gesagt hat, nicht zurückhalten wollte, sondern dass es zu meinem eigenen Nutzen war, damit sich alle meine Träume verwirklichen würden.«

»Wir machen alle Fehler, Denise ...«

Sie hob die Hand und unterbrach ihn. »Ich erwähne das nicht, weil ich voller Selbstmitleid bin. Ich habe ja gesagt, ich bin jetzt nicht mehr enttäuscht. Wenn ich heute an meine Mom denke, dann weiß ich, dass sie stolz auf mich wäre und auf die Entscheidungen, die ich in den letzten fünf Jahren getroffen habe.«

Denise zögerte und atmete tief ein. »Ich glaube, du würdest ihr auch gefallen.«

»Weil ich freundlich zu Kyle bin?«

»Nein«, sagte sie, »meine Mom würde dich mögen, weil du mich in den letzten zwei Wochen glücklicher gemacht hast, als ich in den fünf Jahren davor gewesen bin.«

Taylor konnte sie nur ansehen, die Gefühle, die aus ihren Worten sprachen, beschämten ihn. Sie war so ehrlich, so verletzbar, so unglaublich schön …

Im sanften Kerzenlicht saß sie ganz dicht bei ihm und sah ihn voller Empfindsamkeit und ohne Scheu an, ihre Augen leuchteten geheimnisvoll und in diesem Augenblick verliebte sich Taylor McAden in Denise Holton.

All die Jahre, in denen er sich gefragt hatte, was das bedeutete, all die Jahre der Einsamkeit hatten hierher geführt, an diese Stelle, zu diesem Punkt. Er griff nach ihrer Hand, spürte die Sanftheit ihrer Haut und eine Woge der Zärtlichkeit überkam ihn.

Er berührte ihre Wange; Denise schloss die Augen und wollte die Zeit für immer anhalten. Sie verstand intuitiv die Bedeutung von Taylors Berührung, verstand die Worte, die er ungesagt gelassen hatte. Nicht, weil sie ihn so gut kannte. Sie verstand sie, weil sie sich im selben Moment in ihn verliebt hatte.

Das Mondlicht strömte ins Schlafzimmer. Die Luft war silbrig, Taylor lag auf dem Bett und Denise hatte ihren Kopf auf seine Brust gelegt. Sie hatte das Radio angedreht, aus dem sanfte Jazz-Klänge kamen und ihr Flüstern dämpften.

Denise hob den Kopf von seiner Brust und bewunderte die nackte Schönheit seines Körpers. Sie betrachtete den Mann, den sie liebte, und die Form des Jungen, den sie nie gekannt hatte, in einem. Lustvoll sah sie noch einmal den Anblick ihrer ineinander verschlungenen Körper, hörte ihr eigenes leises Stöhnen, als sie sich vereinten, dachte daran, wie sie ihr Gesicht an seinen Hals gepresst hatte, um ihre Schreie zu ersticken. Sie hatte es in dem Wissen getan, dass sie es brauchte und wollte; sie hatte ihre Augen geschlossen und sich ohne Zurückhaltung hingegeben.

Als Taylor ihren auf ihn gerichteten Blick sah, fuhr er ihr mit dem Finger über die Wange; ein melancholisches

Lächeln umspielte seine Lippen und sein Blick war in dem sanften grauen Licht nicht zu deuten. Sie rückte ihr Gesicht näher und er öffnete seine Hand.

Schweigend lagen sie nebeneinander, während die Digitalanzeige des Radioweckers langsam weitersprang. Später stand Taylor auf, streifte sich Hosen über und ging in die Küche, um zwei Gläser Wasser zu holen. Als er zurückkam, hatte Denise die Bettdecke teilweise über sich gezogen. Sie legte sich auf den Rücken, Taylor trank von dem Wasser und stellte dann beide Gläser auf den Nachttisch. Als er sie zwischen die Brüste küsste, spürte sie die Kühle seiner Zunge auf ihrer Haut. »Du bist vollkommen«, flüsterte er.

Sie legte einen Arm um seinen Hals und fuhr mit der Hand über seinen Rücken und spürte die Fülle des Abends, das schweigende Gewicht ihrer Leidenschaft.

»Das stimmt nicht, aber danke. Für alles.« Er setzte sich aufs Bett, den Rücken an das Kopfteil gelehnt. Denise rutschte zu ihm hoch und er legte einen Arm um sie und zog sie zu sich.

So aneinander geschmiegt schliefen sie schließlich ein.

Kapitel 20

Als Denise am folgenden Morgen aufwachte, war sie allein. Auf der Seite, wo Taylor gelegen hatte, war die Decke hochgezogen, seine Kleider waren nirgends zu sehen. Sie warf einen Blick auf die Uhr – es war kurz vor sieben. Verdutzt stieg sie aus dem Bett, zog sich einen kurzen seidenen Morgenmantel an und ging rasch durchs Haus, dann sah sie aus dem Fenster.

Taylors Truck war verschwunden.

Stirnrunzelnd ging Denise wieder ins Schlafzimmer und sah auf dem Nachttisch nach: kein Zettel. Auch nicht in der Küche. Kyle hatte sie durchs Haus gehen hören und stolperte verschlafen aus seinem Zimmer, während Denise die Situation zu erfassen versuchte und sich auf das Sofa im Wohnzimmer sinken ließ.

»Haoo, Mani«, murmelte er, die Augen noch halb geschlossen. Gerade als sie antwortete, hörte sie Taylors Truck den Weg heraufkommen. Eine Minute später machte Taylor, eine Einkaufstüte im Arm, vorsichtig die Tür auf, als wollte er den schlafenden Haushalt nicht wecken.

»Oh, hallo«, flüsterte er, als er sie sah, »ich dachte, ihr würdet noch schlafen.«

»Haoo, Taya«, rief Kyle und war plötzlich hellwach.

Denise zog sich den Morgenmantel fester um den Körper. »Wo warst du?«

»Ich bin schnell zum Laden gefahren.«

»Um diese Zeit?«

Taylor schloss die Tür hinter sich und kam durchs Wohnzimmer.

»Sie machen um sechs auf.«

»Warum flüsterst du?«

»Ich weiß auch nicht«, sagte er lachend und sprach normal laut weiter. »Tut mir Leid, dass ich einfach gegangen bin – mein Magen hat geknurrt.«

Sie sah ihn fragend an.

»Und da ich sowieso schon auf war, dachte ich, ich würde euch beiden ein richtiges Frühstück machen. Eier, Speck, Pancakes, die ganze Palette.«

Endlich lächelte Denise. »Du magst meine Cornflakes nicht?«

»Ich mag deine Cornflakes sehr gern, aber heute ist ein besonderer Tag.«

»Warum ist heute ein besonderer Tag?«

Er warf einen Blick zu Kyle hinüber, der mit seinen Spielsachen in der Ecke zu tun hatte. Judy hatte sie am Abend zuvor ordentlich gestapelt und er gab sich Mühe, die übliche Unordnung wieder herzustellen. Nachdem Taylor sich versichert hatte, dass Kyle beschäftigt war, zog er die Augenbrauen hoch.

»Haben Sie unter diesem Morgenmantel noch etwas an, Miss Holton?«, murmelte er und in seiner Stimme schwang Begierde.

»Das wüsstest du wohl gern«, neckte sie ihn.

Taylor stellte die Tüte mit den Esswaren auf den Couchtisch und nahm Denise in den Arm; seine Hand glitt über ihren Rücken, dann etwas tiefer. Einen Moment lang war sie verlegen, ihr Blick sprang zu Kyle.

»Ich glaube, ich habe es soeben herausgefunden«, sagte er verschwörerisch.

»Hör auf«, sagte sie und meinte es so, aber gleichzeitig wollte sie irgendwie auch nicht, dass er aufhörte. »Kyle ist im Zimmer.«

Taylor nickte und ließ sie mit einem Zwinkern los. Kyle hatte sich nicht von seinen Spielsachen abgewandt.

»Also, heute ist aus offensichtlichen Gründen ein besonderer Tag«, sagte er im normalen Gesprächston und hob die Tüte wieder auf. »Doch damit nicht genug, nachdem ich euch mein Schlemmerfrühstück gemacht habe, würde ich mit dir und Kyle gern zum Strand gehen.«

»Aber ich muss mit Kyle arbeiten und abends bin ich im Diner.«

Als er auf dem Weg in die Küche an ihr vorbeikam, blieb er stehen und flüsterte ihr ins Ohr.

»Ich weiß. Und ich soll heute Morgen zu Mitch kommen und mit ihm das Dach ausbessern. Aber ich bin bereit zu schwänzen, wenn du auch schwänzt.«

»Ich habe mir im Geschäft für heute Morgen freigenommen«, protestierte Mitch gutmütig. »Du kannst mich doch jetzt nicht im Stich lassen – ich habe schon alles aus der Garage geholt.«

Er hatte Jeans und ein altes Hemd an und wartete auf Taylor, als er das Telefon klingeln hörte.

»Na, dann stell alles wieder rein«, sagte Taylor gut gelaunt. »Ich sage dir doch, ich kann heute nicht kommen.«

Während Taylor sprach, schob er den Speck in der heißen Pfanne herum. Das Aroma zog durchs ganze Haus. Denise stand neben ihm und häufte Kaffee in den Filter. Sie hatte immer noch den Morgenmantel an, und wann immer Taylors Blick auf sie fiel, wünschte er sich, dass Kyle eine Stunde oder so verschwinden würde. Seine Gedanken waren kaum auf das Gespräch gerichtet.

»Und was ist, wenn es regnet?«

»Du hast mir gesagt, es regnet noch nicht durch. Deswegen hast du es so lange rausgezögert.«

»Vier oder sechs Löffel?«, fragte Denise.

Taylor nahm das Kinn von der Muschel und sagte: »Nimm acht – ich liebe Kaffee.«

»Wer war das?«, fragte Mitch. Plötzlich wurde ihm alles klar. »He … bist du bei Denise?«

Taylor sah sie bewundernd an.

»Das geht dich zwar nichts an, aber ja.«

»Du warst also die ganze Nacht da?«

»Was ist das denn für eine Frage?«

Denise lächelte. Sie wusste genau, was Mitch am anderen Ende gesagt hatte.

»Du hinterlistiger Bursche … «

»Also, das mit dem Dach«, sagte Taylor laut und versuchte wieder zum Thema zu kommen.

»Ach, lass gut sein«, sagte Mitch, mit einem Mal ganz entgegenkommend. »Mach dir einfach einen schönen Tag mit ihr. Es war auch an der Zeit, dass du jemanden findest … «

»Mach's gut, Mitch«, sagte Taylor und schnitt ihm das Wort ab. Kopfschüttelnd legte er den Hörer auf, während Mitch noch weitersprach.

Denise nahm den Eierkarton aus der Einkaufstüte.

»Wie möchtest du deine Eier?«, fragte sie.

Er grinste. »Was für eine Frage!«

Sie verdrehte die Augen. »Wirklich, du bist ein Dussel.«

Zwei Stunden später saßen sie auf einer Decke am Strand von Nags Head und Taylor rieb Denise den Rücken mit Sonnencreme ein. Kyle hantierte in ihrer Nähe mit einer Plastikschaufel und schippte Sand von einer Stelle zur anderen. Weder Taylor noch Denise hatte eine Ahnung, was er dachte, während er so beschäftigt war, aber anscheinend hatte er seinen Spaß.

»Kann ich dich was fragen?«, sagte sie.

»Klar.«

»Gestern Abend … nachdem wir … na ja … « Sie sprach nicht weiter.

»Nachdem wir den horizontalen Tango getanzt haben?«, schlug Taylor vor.

Sie stieß ihn in die Rippen. »Bloß keine romantischen

Gefühle aufkommen lassen«, sagte sie und Taylor lachte. Sie schüttelte den Kopf, musste aber trotzdem grinsen.

»Jedenfalls ... «, fuhr sie fort und sammelte sich. »Danach warst du so still, als ob du irgendwie ... traurig wärst.«

Taylor nickte und blickte zum Horizont. Denise wartete, dass er sprach, aber er sagte nichts.

Denise sah auf die Wellen, die an den Strand rollten, und nahm ihren Mut zusammen.

»Hast du bedauert, was passiert ist?«

»Nein«, sagte er still, seine Hände wieder auf ihrer Haut. »Das war es überhaupt nicht.«

»Was war es dann?«

Er antwortete nicht direkt und folgte ihrem Blick über die Wellen. »Weißt du noch, wie es war, als du klein warst? In der Weihnachtszeit? Und wie die Vorfreude manchmal aufregender war, als die Geschenke aufzumachen?«

»Ja.«

»Daran erinnert es mich. Ich hatte davon geträumt, wie es sein würde ... «

Er brach ab und überlegte, wie er ihr seine Gedanken am besten vermitteln konnte.

»Dann war also die Vorfreude aufregender als gestern Nacht?«, fragte sie.

»Nein«, sagte er schnell. »Du hast es ganz falsch verstanden. Es war genau das Gegenteil. Gestern Nacht war wunderbar – du warst wunderbar. Das Ganze war so vollkommen ... Wahrscheinlich hat es mich einfach traurig gemacht, dass es mit dir kein erstes Mal mehr geben wird.«

Darauf schwieg er wieder. Denise dachte über seine Worte nach und ließ es dabei bewenden. Stattdessen lehnte sie sich an ihn und war von der Sicherheit und Wärme in seinen Armen getröstet.

Später, als die Sonne ihren Nachmittagsgang über den Himmel antrat, packten sie ihre Sachen, um nach Hause zu fahren. Taylor trug die Decke und die Handtücher und den Picknickkorb, den sie mitgebracht hatten. Kyle ging vor ihnen, er war von oben bis unten sandig und trug seinen Eimer und seine Schaufel durch die Dünen. Entlang des Fußwegs erstreckte sich ein Meer orangefarbener und gelber Blüten, ein prachtvolles Farbenspiel. Denise bückte sich, pflückte eine Blume ab und hielt sie sich unter die Nase.

»Hier bei uns heißen sie Jobellblumen«, sagte Taylor, der ihr zusah. Sie reichte ihm die Blüte, worauf er ihr spielerisch mit dem Finger drohte.

»Du weißt, es ist gegen das Gesetz, Blumen in den Dünen zu pflücken. Sie bieten uns Schutz vor Orkanen.«

»Zeigst du mich jetzt an?«

Taylor schüttelte den Kopf.

»Nein, aber dafür musst du dir jetzt die Geschichte anhören, wie sie ihren Namen bekommen haben.«

Sie strich eine Haarsträhne beiseite, die der Wind ihr ins Auge geweht hatte.

»Ist das so eine Geschichte wie die mit dem Rumbaum?«

»So ähnlich. Aber sie ist ein bisschen romantischer.«

Denise kam etwas näher an ihn heran.

»Erzähl mir von den Blumen.«

Er drehte die Blüte so schnell zwischen den Fingern, dass die Blütenblätter wie ein Kreis erschienen.

»Die Jobellblume ist nach Joe Bell benannt, der vor langer Zeit auf dieser Insel lebte. Angeblich war Joe in eine Frau verliebt gewesen, aber sie heiratete einen anderen. In seinem Liebeskummer zog er zu den Outer Banks, in der Absicht, den Rest seines Lebens dort als Einsiedler zu verbringen. Doch am ersten Morgen sah er eine Frau, die am Strand vor seinem Haus vorüberging und sehr traurig und einsam aussah. Er sah sie jeden Tag zur gleichen Zeit und irgendwann ging er hinaus, um mit ihr zu sprechen, aber als sie ihn sah, drehte sie sich um und rannte weg. Er dachte schon, er habe sie vertrieben, doch am nächsten Morgen ging sie wieder am Strand entlang. Als er diesmal hinausging, lief sie nicht weg und Joe war von ihrer Schönheit berührt. Sie sprachen den ganzen Tag miteinander und am nächsten Tag wieder und bald darauf verliebten sie sich ineinander. Erstaunlicherweise begann zu der Zeit, da er sich verliebte, hinter seinem Haus ein Büschel Blumen zu wachsen, die in dieser Gegend noch nie zuvor gesehen worden waren. In dem Maße, wie seine Liebe wuchs, breiteten sich auch die Blumen aus und am Ende des Sommers waren sie zu einem prachtvollen Farbenmeer geworden. Bei diesen Blumen kniete Joe nieder und bat sie, ihn zu heiraten. Als sie einwilligte, pflückte Joe eine Hand voll Blüten und gab sie ihr, aber seltsamerweise schrak sie zurück und wollte sie nicht nehmen. Später, an ihrem Hochzeitstag, erklärte sie ihm den Grund dafür.

›Diese Blumen sind das lebendige Symbol unserer Liebe‹, sagte sie. ›Wenn sie sterben, dann wird auch unsere Liebe sterben.‹ Dies erschreckte Joe sehr – irgendwie wusste er tief in seinem Herzen, dass nie ein wahreres Wort gesprochen worden war. Deswegen fing er an, Joe-Bell-Blumen an dem Strand, an dem sie sich getroffen hatten, zu pflanzen und auszusäen – und schließlich auf den ganzen Outer Banks, als Zeichen dafür, wie sehr er seine Frau liebte. Und jedes Jahr, während die Blumen sich immer weiter ausbreiteten, liebten sie sich tiefer und inniger.«

Als Taylor die Geschichte erzählt hatte, bückte er sich und pflückte noch ein paar Blüten, die er Denise überreichte.

»Die Geschichte gefällt mir«, sagte sie.

»Mir auch.«

»Aber hast du nicht auch gerade gegen das Gesetz verstoßen?«

»Natürlich. Aber ich dachte, so haben wir beide etwas, das uns verbindet.«

»So was wie Vertrauen?«

»Das auch«, sagte er, kam ganz nah an sie heran und küsste sie auf die Wange.

Am Abend brachte Taylor Denise zur Arbeit. Kyle kam nicht mit, denn Taylor hatte angeboten, auf ihn aufzupassen.

»Wir machen es uns gemütlich. Wir spielen Ball, gucken uns einen Film an, essen Popcorn.«

Nach langem Zögern war Denise schließlich einverstanden gewesen und Taylor brachte sie kurz vor sieben ins Eights. Als der Truck wieder abfuhr, zwinkerte Taylor Kyle zu.

»Nun gut, kleiner Mann. Erst fahren wir zu mir. Wenn wir einen Film sehen wollen, müssen wir den Videorecorder holen.«

»Ea fää«, sagte Kyle begeistert und Taylor lachte. Er hatte sich an Kyles Art der Kommunikation gewöhnt.

»Danach müssen wir noch etwas erledigen, okay?«

Kyle nickte wieder und wirkte erleichtert, weil er nicht mit in den Diner musste. Taylor nahm sein Mobiltelefon und rief eine Nummer an, in der Hoffnung, dass der Mann am anderen Ende nichts dagegen hatte, ihm einen Gefallen zu tun.

Um Mitternacht lud Taylor Kyle ins Auto und holte Denise ab. Kyle wachte kurz auf, als Denise einstieg, und rollte sich dann in ihrem Schoß zusammen, wie er es in letzter Zeit immer getan hatte. Eine Viertelstunde später waren alle im Bett: Kyle in seinem, Taylor und Denise in ihrem.

»Ich habe über das nachgedacht, was du heute Nachmittag gesagt hast«, sagte Denise und zog sich das ringelblumengelbe Arbeitskleid aus.

Taylor hatte Mühe, sich zu konzentrieren, als es auf den Boden fiel.

»Was hab ich denn gesagt?«

»Dass du traurig warst, weil es nie wieder ein erstes Mal geben wird.«

»Und?«

In Büstenhalter und Höschen kam sie zu ihm und schmiegte sich an ihn. »Na ja, ich habe gedacht, wenn wir es dieses Mal noch besser machen als letzte Nacht, kommt deine Vorfreude vielleicht zurück.«

Taylor spürte, wie sich ihr Körper an seinen presste.

»Wie das?«

»Wenn jedes Mal besser ist als das letzte Mal, wirst du dich immer auf das nächste Mal freuen.«

Taylor legte seine Arme um ihren Rücken und spürte, wie er erregt wurde.

»Meinst du, das funktioniert?«

»Ich habe keine Ahnung«, sagte sie und fing an, sein Hemd aufzuknöpfen, »aber ich habe große Lust, es herauszufinden.«

Bei Tagesanbruch schlüpfte Taylor wie am Tag zuvor aus dem Zimmer, ging aber nur ins Wohnzimmer und legte sich aufs Sofa – er wollte nicht, dass Kyle sie zusammen im Bett entdeckte – und fiel für die nächsten zwei Stunden in einen leichten Schlaf, bis Denise und Kyle aus ihren Schlafzimmern getaumelt kamen. Es war fast acht Uhr – Kyle war schon lange nicht mehr so spät aufgewacht.

Denise sah sich im Wohnzimmer um und verstand auf Anhieb den Grund. Angesichts des Bildes, das sich ihr bot, war ihr klar, dass Kyle lange aufgeblieben sein musste. Der Fernseher stand anders als sonst, auf dem

Boden daneben war ein Videorecorder, dazwischen schlängelten sich Kabel. Zwei halb leere Becher standen auf dem Couchtisch, daneben drei Sprite-Dosen. Überall auf dem Boden und auf dem Sofa lagen Popcorn-Krümel herum, ein Süßigkeitenpapier war auf dem Sessel zwischen den Polstern eingeklemmt. Auf dem Fernseher lagen zwei Filmkassetten, »The Rescuers – Geschichte der Helden« und »Der König der Löwen«; die Schachteln waren offen, die Kassetten lagen obenauf.

Denise stemmte die Hände in die Hüften und ließ ihren Blick über die Unordnung gleiten.

»Als wir gestern nach Hause gekommen sind, habe ich gar nicht gesehen, was für ein Durcheinander ihr hier gemacht habt. Sieht so aus, als hättet ihr beide euch bestens amüsiert.«

Taylor richtete sich auf dem Sofa auf und rieb sich die Augen.

»Wir hatten einen schönen Abend.«

»Das kann ich mir vorstellen«, stöhnte sie.

»Aber hast du schon gesehen, was wir noch gemacht haben?«

»Du meinst, abgesehen davon, dass ihr Popcorn über meine Möbel verteilt habt?«

Er lachte. »Ach komm! Ich zeig's dir. Das hier mache ich im Nu wieder weg.«

Er stand von der Couch auf und streckte die Arme über den Kopf. »Du auch, Kyle. Komm, wir zeigen deiner Mom, was wir gestern gemacht haben.«

Denise war überrascht zu sehen, dass Kyle offenbar verstand und folgsam mit Taylor zur hinteren Tür ging. Taylor ging voran und zeigte auf den Garten.

Als Denise sah, worin die Überraschung bestand, war sie sprachlos.

Auf der ganzen Länge des Hauses waren frische Jobellblumen gepflanzt.

»Das hast du gemacht?«, fragte sie.

»Kyle hat geholfen«, sagte er mit einem Anflug von Stolz in der Stimme, als er sah, dass sie sich freute.

»Das fühlt sich gut an«, sagte Denise leise.

Es war nach Mitternacht, lange nachdem Denise mit ihrer Schicht im Eights fertig war. In der vergangenen Woche hatten Denise und Taylor sich praktisch jeden Tag gesehen. Am Nationalfeiertag war Taylor mit ihnen auf seinem umgebauten uralten Motorboot rausgefahren, am Abend hatten sie dann ihr eigenes Feuerwerk abgebrannt und Kyle war hell entzückt gewesen. Sie hatten ein Picknick am Ufer des Chowan gemacht und am Strand nach Venusmuscheln gegraben. Für Denise waren es ganz besondere Tage, so schön, wie sie es sich nie vorzustellen gewagt hätte, süßer als alle Träume.

Auch an diesem Abend lag sie, wie so oft in letzter Zeit, nackt auf dem Bett, Taylor neben sich. Seine Hände waren ölig und glatt und weckten in ihr, als sie über ihren eingeölten Körper glitten, Gefühle fast unerträglicher Lust.

»Du fühlst dich göttlich an«, flüsterte Taylor.

»Wir können so nicht weitermachen … «, stöhnte sie.

Er knetete mit sanftem Druck ihre Rückenmuskeln und lockerte dann seine Hände.

»Womit?«

»Mit dem langen Aufbleiben. Es bringt mich um.«

»Für eine Sterbende siehst du noch erstaunlich gut aus.«

»Seit dem letzten Wochenende habe ich nicht mehr als vier Stunden pro Nacht geschlafen.«

»Das liegt daran, dass du deine Hände nicht von mir lassen kannst.«

Sie hatte die Augen fast geschlossen und spürte, wie ihre Mundwinkel sich zu einem Lächeln hoben. Taylor beugte sich über sie und küsste sie zwischen die Schulterblätter.

»Soll ich lieber gehen, damit du deinen Schlaf kriegst?«, fragte er und ließ seine Hände wieder zu ihren Schultern gleiten.

»Jetzt nicht«, murmelte sie. »Mach ruhig erst fertig.«

»Ah, du benutzt mich also nur?«

»Wenn's dir nichts ausmacht.«

»Macht mir nichts aus.«

»Was hat es also mit Denise auf sich?«, fragte Mitch. »Melissa hat mir aufgetragen, dich erst gehen zu lassen, wenn du mir alle Einzelheiten erzählt hast.«

Es war Montag und sie waren bei Mitch und besserten das Dach aus, nachdem Taylor sich am Samstag davor erfolgreich gedrückt hatte. Die Sonne war sengend heiß und beide hatten die Hemden ausgezogen, während sie auf den Dachbalken balancierten und die zerbrochenen Dachschindeln entfernten. Taylor nahm sein Taschentuch und wischte sich den Schweiß vom Gesicht.

»Nicht viel.«

Mitch wartete, aber Taylor sprach nicht weiter.

»Das war's?«, schnaubte er. »Nicht viel?«

»Was soll ich denn erzählen?«

»Alles. Fang einfach an – ich unterbreche dich schon, wenn ich eine Frage habe.«

Taylor warf Blicke in alle Richtungen, als wollte er sich vergewissern, dass keiner in der Nähe war. »Kannst du ein Geheimnis bewahren?«

»Natürlich.«

Taylor kam näher an Mitch heran.

»Ich auch«, sagte Taylor mit einem Zwinkern und Mitch fing an zu lachen.

»Du willst also alles für dich behalten?«

»Ich wusste gar nicht, dass ich dir haarklein berichten

muss«, erwiderte Taylor mit gespielter Entrüstung. »Ich dachte, es wäre meine Angelegenheit.«

Mitch schüttelte den Kopf. »Mit der Masche musst du es bei den anderen versuchen. So wie ich es sehe, erzählst du es mir doch früher oder später. Da kann es ebenso gut auch früher sein.«

Taylor sah seinen Freund mit einem Grinsen an. »Das denkst du also, wie?«

Mitch machte sich daran, einen Nagel aus dem Holz zu ziehen. »Das denke ich nicht, das weiß ich. Außerdem – das habe ich ja schon gesagt – lässt Melissa dich so nicht gehen. Glaub mir, das Mädel wirft eine Bratpfanne mit tödlicher Präzision.«

Taylor lachte. »Na, dann kannst du Melissa erzählen, es geht uns gut.«

Mitch packte eine Dachschindel mit seinen behandschuhten Händen und zerrte daran, bis er eine Hälfte in der Hand hatte. Er warf sie vom Dach und machte sich an die andere Hälfte.

»Und?«

»Was und?«

»Macht sie dich glücklich?«

Taylor brauchte einen Moment, bis er antwortete. Dann sagte er: »Doch, sie macht mich glücklich.« Er suchte nach den richtigen Worten, während er weiter mit dem Brecheisen hantierte. »Ich habe noch nie einen Menschen wie sie gekannt.«

Mitch nahm sein Glas mit Eiswasser, trank einen Schluck und wartete darauf, dass Taylor weitersprach.

»Ich meine, sie hat alles. Sie ist hübsch, sie ist intelligent, sie ist charmant, sie bringt mich zum Lachen … und du solltest sehen, wie sie mit ihrem Sohn ist – er ist ein prächtiger Junge, aber er hat irgendwelche Probleme mit dem Sprechen – und wie sie mit ihm lernt. Sie ist so geduldig, so hingebungsvoll, so liebevoll … es ist erstaunlich, wirklich wahr.«

Taylor zog und zerrte an einem Nagel und warf ihn dann zur Seite.

»Sie scheint fantastisch zu sein«, sagte Mitch beeindruckt.

»Das ist sie auch.«

Plötzlich packte Mitch Taylor bei der Schulter und schüttelte ihn kräftig.

»Was macht sie dann mit einem Schlappschwanz wie dir?«, fragte er scherzhaft.

Doch statt zu lachen, zuckte Taylor mit den Schultern. »Ich hab keine Ahnung.«

Mitch rückte die Wasserkanne zur Seite. »Kann ich dir einen Ratschlag geben?«

»Könnte ich dich daran hindern?«

»Nein, wohl kaum. So schnell lass ich mich nicht abweisen.«

Taylor rückte weiter und nahm sich die nächste zerbrochene Dachpfanne vor.

»Dann schieß los!«

Mitch war ein wenig nervös, weil er Taylors Reaktion voraussah.

»Wenn sie so ist, wie du sagst, und wenn sie dich glücklich macht, dann mach es diesmal nicht kaputt.«

Taylor hielt mitten in der Bewegung inne.

»Was soll das heißen?«

»Du weißt, wie du in diesen Dingen bist. Du erinnerst dich an Valerie? An Lori? Wenn nicht, ich schon. Du triffst dich mit ihnen, du überschüttest sie mit deinem Charme, du verbringst deine ganze Zeit mit ihnen, du schaffst es, dass sie sich in dich verlieben … und dann, Knall auf Fall – machst du es kaputt.«

»Du hast keine Ahnung, wovon du sprichst.« Mitch sah, wie Taylors Mund sich zu einer grimmigen Linie verschloss.

»Nein? Dann sag mir, wo ich mich irre.«

Widerstrebend dachte Taylor über das nach, was Mitch gesagt hatte.

»Sie waren anders als Denise«, sagte er langsam. »Ich war anders. Ich habe mich seitdem verändert.«

Mitch hob die Hände, damit er nicht weitersprach.

»Mich brauchst du nicht zu überzeugen, Taylor. Man sagt ja immer: Erschießt ihn nicht, er ist nur der Bote. Ich sage das nur, damit du dich hinterher nicht schwarz ärgerst.«

Taylor schüttelte den Kopf. Ein paar Minuten lang arbeiteten sie schweigend. Dann sagte Taylor: »Du bist eine echte Nervensäge, weißt du das?«

Mitch schob ein paar Nägel zur Seite. »Ja, das weiß ich. Melissa sagt mir das auch, nimm es also nicht persönlich. So bin ich nun mal.«

»Seid ihr fertig mit dem Dach?«

Taylor nickte. Er hielt ein Bier im Schoß und trank in aller Ruhe davon. In zwei Stunden fing Denise mit ihrer Schicht an. Sie saßen auf den Stufen vor der Haustür, Kyle spielte mit seinen Lastautos im Garten. Obwohl Taylor sich alle Mühe gab, nicht mehr darüber nachzudenken, kehrten seine Gedanken immer wieder zu dem zurück, was Mitch gesagt hatte. Es war ein Fünkchen Wahrheit in seinen Worten und Taylor wünschte, Mitch hätte nicht davon angefangen. Es nagte an ihm wie eine schlechte Erinnerung.

»Ja«, sagte er, »es ist fertig.«

»War es schwieriger, als du dir vorgestellt hattest?«, fragte Denise.

»Nein, eigentlich nicht. Wieso?«

»Weil du so geistesabwesend bist.«

»Entschuldigung. Ich bin nur ein bisschen erschöpft.«

Denise musterte ihn eingehend. »Ist das wirklich alles?«

Taylor hob die Dose an die Lippen und trank einen Schluck Bier. »Ich glaube schon.«

»Du glaubst?«

Er stellte die Dose auf die Stufen.

»Also, Mitch hat heute so ein paar Sachen gesagt ... «

»Zum Beispiel?«

»Einfach Sachen«, sagte Taylor und wollte nicht ausführlicher darüber sprechen. Denise sah den beklommenen Ausdruck in seinen Augen.

»Zum Beispiel?«

Taylor atmete tief ein und überlegte, ob er antworten solle, dann entschied er sich dafür. »Er hat gesagt, wenn ich es ernst mit dir meine, soll ich es diesmal nicht kaputtmachen.«

Denise stockte der Atem, weil es eine so krasse Bemerkung war. Warum musste Mitch ihn auf diese Weise warnen?

»Was hast du darauf geantwortet?«

Taylor schüttelte den Kopf.

»Ich habe ihm gesagt, dass er keine Ahnung hat, wovon er spricht.«

»Und ... «, sagte sie zögernd, »stimmt das?«

»Natürlich.«

»Warum beschäftigt es dich dann so?«

»Weil«, sagte er, »weil es mich aufregt, dass er denkt, ich könnte es kaputtmachen. Er weiß nichts von dir oder von uns. Und er hat keine Ahnung von meinen Gefühlen, das ist ja wohl klar.«

Geblendet von den schrägen Strahlen der Sonne, sah sie blinzelnd zu ihm auf. »Was sind das für Gefühle?«

Er griff nach ihrer Hand.

»Weißt du das nicht?«, sagte er. »Zeige ich es dir nicht deutlich?«

Kapitel 21

$B$is Mitte Juli entwickelte der Sommer seine volle Glut, die Temperaturen stiegen auf über vierzig Grad Celsius, bevor sie allmählich wieder zurückgingen. Gegen Ende des Monats bedrohte der Orkan Belle die Küste von North Carolina bei Kap Hatteras, bevor er aufs offene Meer zog, das Gleiche wiederholte sich im August mit dem Orkan Delila. Mitte August sprach man von einer Dürre, Ende August verdorrte das Getreide in der sengenden Hitze auf den Feldern.

Der September begann mit einer ungewöhnlichen Kältefront, was seit zwanzig Jahren nicht mehr vorgekommen war. Jeans wurden aus den unteren Schubladen hervorgeholt, dünne Jacken wurden am frühen Abend übergezogen. Eine Woche später kam eine neue Hitzewelle und die Jeans wurden wieder weggelegt – hoffentlich für die nächsten zwei Monate.

Die Beziehung zwischen Taylor und Denise jedoch blieb den Sommer hindurch beständig. Sie hatten eine feste Routine entwickelt: Sie verbrachten meistens die Nachmittage zusammen – um der Hitze zu entgehen, fing Taylor mit seinen Leuten sehr früh am Morgen an und war um zwei Uhr nachmittags fertig – und Taylor fuhr Denise zu ihrer Arbeit und holte sie wieder ab, wann immer er konnte. Hin und wieder aßen sie bei Judy, hin und wieder kam Judy und passte auf Kyle auf, so dass sie einen Abend für sich hatten.

Während dieser drei Monate gefiel es Denise in Edenton immer besser. Taylor sorgte natürlich als ihr Fremdenführer dafür, dass sie die Gegend um die Stadt herum kennen lernte, er fuhr mit ihr im Boot hinaus und sie verbrachten Tage am Strand. Mit der Zeit verstand Denise, was Edenton wirklich ausmachte; es war nämlich eine Stadt, die nach ihrem eigenen langsamen Zeitplan funktionierte, mit einer Kultur, die um die Erziehung von Kindern und den sonntäglichen Gottesdienst kreiste, um die Bewässerung und die Bestellung des fruchtbaren Bodens; es war ein Ort, wo die Familie noch eine Bedeutung hatte. Denise ertappte sich dabei, wie sie Taylor betrachtete, der mit einer Kaffeetasse in der Hand in der Küche stand, und fragte sich, ob er für sie auch in der fernen Zukunft, wenn sein Haar ergraut war, noch so aussehen würde.

Sie hatte Freude an allem, was sie zusammen machten. An einem warmen Abend Ende Juli fuhren sie nach Elizabeth City und gingen tanzen – auch das das erste Mal in viel zu vielen Jahren. Er führte sie mit erstaunlicher Anmut über die Tanzfläche zu den Walzer- und Foxtrottklängen einer einheimischen Country-Band. Frauen, so konnte sie nicht umhin zu bemerken, fanden ihn attraktiv. Ab und zu lächelte eine ihm über die Tanzfläche hinweg zu, was bei Denise ein kurzes Aufflackern heißer Eifersucht hervorrief, obgleich Taylor nichts davon zu bemerken schien. Im Gegenteil, er nahm den ganzen Abend seinen Arm nicht weg, den er ihr um den Rücken gelegt hatte, und sah sie an, als wäre sie der einzige Mensch auf der Welt. Als sie mitten in der Nacht noch Käsebrote im Bett aßen, nahm Taylor sie fest in den Arm, während draußen ein Gewitter tobte. »Besser kann es nicht werden«, sagte er zu ihr.

Auch Kyle blühte auf angesichts der Aufmerksamkeit, die Taylor ihm schenkte. Sein Vertrauen in sein Sprechvermögen wuchs und er sprach häufiger, obwohl vieles, was er sagte, keinen Sinn ergab. Er hörte auch auf zu flüstern, wenn er ein paar Wörter hintereinander sagte. Bis zum Spätsommer hatte er gelernt, einen Ball vom Tee abzuschlagen, und seine Fähigkeit zu fangen hatte sich enorm verbessert. Taylor richtete improvisierte Bases im Garten ein und gab sich große Mühe, Kyle die Regeln des Spiels beizubringen, aber Kyle war nicht daran interessiert. Er wollte nur seinen Spaß haben.

Doch obwohl alles so idyllisch schien, gab es Momente, in denen Denise in Taylor eine unterschwellige Rastlosigkeit spürte, die sie nicht richtig einordnen konnte. Wie nach ihrer ersten gemeinsamen Nacht trat in seine Augen, nachdem sie miteinander geschlafen hatten, manchmal der gleiche unerklärliche abwesende Blick. Er hielt sie zwar im Arm und war zärtlich wie immer, aber sie konnte etwas an ihm spüren, was sie bedrückte, etwas Dunkles und Unergründliches, was ihn älter und erschöpfter machte, als Denise sich je gefühlt hatte. Dann beschlich sie manchmal ein ängstliches Gefühl, doch wenn der Tag anbrach, schalt sie sich, weil sie ihrer Fantasie erlaubt hatte, sich diesen verstörenden Vorstellungen hinzugeben.

Ende August half Taylor drei Tage lang bei der Bekämpfung eines Waldbrandes im Croatan Forest – eine gefährliche Situation, die durch die glühende Augusthitze noch bedrohlicher wurde. Denise konnte kaum schlafen, während er fort war. Aus Sorge um ihn rief sie Judy an und sprach mit ihr eine Stunde lang am Telefon. Sie verfolgte die Nachrichten von dem Waldbrand in den Zeitungen und im Fernsehen und hoffte vergebens, Taylor auf den Bildern zu entdecken. Als Taylor nach Edenton zurückkam, fuhr er sofort zu ihr. Sie bat Ray, ihr freizugeben, aber Taylor war so erschöpft, dass er kurz nach Sonnenuntergang auf dem Sofa einschlief. Sie deckte ihn zu und dachte, er würde bis zum Morgen auf dem Sofa schlafen, aber mitten in der Nacht kam er zu ihr ins Bett. Auch diesmal zitterte er am ganzen Körper und das Zittern hörte viele Stunden lang nicht auf. Taylor wollte über das, was er erlebt hatte, nicht sprechen und Denise hielt ihn voller Sorge in den Armen, bis er endlich einschlief. Aber auch im Schlaf gaben die Dämonen ihm keine Ruhe. Er wälzte sich umher, sprach im Schlaf und rief unverständliche Worte, aber die Angst, die in ihnen schwang, war deutlich hörbar.

Am nächsten Morgen entschuldigte er sich verlegen. Aber er versuchte keine Erklärung zu geben. Das brauchte er auch nicht. Irgendwie wusste sie, dass ihn nicht nur das Erlebnis des Brandes verzehrte, sondern auch noch etwas anderes, das an die Oberfläche geschleudert worden war.

Ihre Mutter hatte immer gesagt, dass manche Männer ihre Geheimnisse in sich verschlossen hielten und dass dies der Frau, die einen solchen Mann liebte, nur Kummer bereiten würde. Denise begriff intuitiv, wie wahr die Worte ihrer Mutter waren, aber sie sah keine Verbindung zwischen ihnen und der Liebe, die sie für Taylor McAden empfand. Sie liebte seinen Geruch, sie liebte die Rauheit seiner Hände auf ihrer Haut und die Fältchen um seine Augen, wenn er lachte. Sie liebte es, wie er – an den Truck auf dem Parkplatz gelehnt, ein Bein über das andere geschlagen – hinter ihr herguckte, wenn sie zur Arbeit ging. Sie liebte alles an ihm.

Manchmal ertappte sie sich auch bei der Vorstellung, mit ihm vor den Altar zu treten. Sie verwarf die Idee, schob sie beiseite und sagte sich, sie seien beide noch nicht so weit. Und vielleicht stimmte das sogar. Sie waren noch nicht sehr lange zusammen, und wenn er sie morgen fragte, würde sie – so hoffte sie – weise genug sein, genau das zu sagen. Und dennoch ... in Momenten schonungsloser Aufrichtigkeit gestand sie sich ein, dass sie es nicht sagen würde. Sie würde sagen: *Ja ... ja ... ja ...*

In ihren Tagträumen hoffte sie inständig, dass Taylor auch so empfand.

»Bist du nervös?«, fragte Taylor und betrachtete Denise

im Spiegel. Er stand im Badezimmer hinter ihr, als sie sich schminkte.

»Und ob.«

»Es sind doch nur Mitch und Melissa, da brauchst du doch nicht nervös zu sein.«

Sie hielt zwei verschiedene Ohrringe hoch, jeden an ein Ohr, und versuchte sich zwischen goldenen Kreolen und einfachen Steckern zu entscheiden.

»Für dich vielleicht. Du kennst sie schon. Ich habe sie erst einmal getroffen, vor drei Monaten, und da haben wir uns nicht viel unterhalten. Wenn ich nun einen schlechten Eindruck mache?«

»Keine Sorge.« Taylor drückte ihren Arm. »Das passiert schon nicht.«

»Und wenn doch?«

»Es kümmert sie nicht. Du wirst schon sehen.«

Sie legte die Kreolen zugunsten der Stecker zur Seite und befestigte einen an jedem Ohr.

»Na ja, es wäre ja auch nicht so nervenaufreibend, wenn du mich ihnen schon eher vorgestellt hättest. Du hast ziemlich lange damit gewartet, mich zu deinen Freunden mitzunehmen.«

Taylor hob abwehrend die Hände.

»He, mir brauchst du nicht die Schuld zu geben! Du bist diejenige, die sechs Abende in der Woche arbeitet, und es tut mir Leid, aber an deinem freien Abend möchte ich dich für mich allein haben.«

»Ja schon, aber ... «

»Was aber?«

»Na ja, ich habe mich schon gefragt, ob es dir peinlich ist, mit mir gesehen zu werden.«

»Sag nicht so was. Ich meine es ganz ehrlich – meine Beweggründe sind rein egoistisch. Ich bin gierig, wenn es darum geht, Zeit mit dir zu verbringen.«

Sie blickte über ihre Schulter und fragte: »Muss ich mir darüber in Zukunft Sorgen machen?«

Mit einem verschmitzten Grinsen zuckte Taylor die Schultern.

»Das kommt ganz drauf an, ob du weiterhin sechs Abende in der Woche arbeitest.«

Sie seufzte.

»Tja, das müsste bald vorbei sein. Ich habe fast genug für ein Auto und dann – darauf kannst du dich verlassen – werde ich Ray sofort bitten, meine Schicht zu reduzieren.«

Taylor legte beide Arme um sie und sah sie im Spiegel an.

»He, habe ich dir schon gesagt, wie wunderschön du aussiehst?«

»Du wechselst das Thema.«

»Ich weiß. Aber verdammt noch mal, sieh dich doch an. Du bist schön.«

Sie sahen sich im Spiegel in die Augen, dann drehte Denise sich zu ihm um.

»Gut genug für einen Grillabend bei deinen Freunden?«

»Du siehst fantastisch aus«, sagte er aufrichtig, »aber sie würden dich sowieso mögen.«

Eine halbe Stunde später näherten Taylor, Denise und Kyle sich der Haustür, als Mitch mit einem Bier in der Hand ums Haus herumkam.

»Hallo, ihr da«, sagte er, »schön, dass ihr gekommen seid. Die ganze Bande ist hinten im Garten.«

Die drei folgten ihm durch das Tor, an den Schaukeln und dem Azaleenbusch vorbei, zur Terrasse.

Melissa saß am Tisch und blickte zu ihren vier Jungen hinüber, die im Schwimmbecken planschten. Ihr Kreischen und Schreien bildete eine laute Geräuschkulisse, aus der hin und wieder ein besonders gellender Schrei herausklang. Das Schwimmbecken hatten sie im Sommer davor bauen lassen, nachdem immer wieder Mokassinschlangen beim Kai am Fluss gefunden worden waren. Eine einzelne Giftschlange reicht aus, um einem Menschen die Schönheit der Natur zu vergällen, sagte Mitch gern.

»Hallo!«, rief Melissa ihnen zu und stand auf. »Schön, dass ihr da seid.«

Taylor umarmte Melissa und küsste sie auf die Wange.

»Ihr zwei kennt euch ja, oder?«

»Wir haben uns beim Sommerfest kennen gelernt«, sagte Melissa freundlich. »Aber das ist lange her, außerdem waren damals auch noch viele andere Leute da. Wie geht es dir, Denise?«

»Gut, danke«, sagte sie, immer noch ein wenig nervös.

Mitch zeigte auf den Kühlbehälter. »Wollt ihr ein Bier?«

»Klingt großartig«, sagte Taylor. »Du auch eins, Denise?«

»Bitte.«

Während Taylor das Bier holte, setzte Mitch sich an den Tisch und richtete den Sonnenschirm neu aus. Melissa ließ sich wieder auf ihrem Stuhl nieder und Denise setzte sich neben sie. Kyle war in Badehose und T-Shirt und stand mit einem Handtuch über der Schulter schüchtern neben seiner Mutter. Melissa beugte sich zu ihm vor.

»Hi, Kyle, wie geht es dir?«

Kyle antwortete nicht.

»Kyle, sag: ›Mir geht es gut‹«, sagte Denise.

»Mia des dut.«

Melissa lächelte.

»Na, fein. Möchtest du mit den anderen Jungen im Schwimmbecken spielen? Sie warten schon den ganzen Tag darauf, dass du kommst.«

Kyle sah von Melissa zu seiner Mutter.

»Möchtest du schwimmen?«, fragte Denise, indem sie die Frage umformulierte.

Kyle nickte begeistert. »Ja.«

»Gut, dann geh ruhig. Und sei schön vorsichtig.«

Denise nahm ihm das Handtuch ab und Kyle ging zum Schwimmbecken.

»Braucht er Schwimmflügel?«, fragte Melissa.

»Nein, er kann schwimmen. Aber natürlich muss ich ein Auge auf ihn haben.«

Kyle ging zum Schwimmbecken und stieg hinein, bis das Wasser ihm an die Knie reichte. Er beugte sich vor und platschte mit der Hand ins Wasser, als wollte er die Temperatur testen, dann breitete sich ein Lächeln über sein Gesicht. Denise und Melissa sahen ihm zu, wie er ganz eintauchte.

»Wie alt ist er?«

»In ein paar Monaten wird er fünf.«

»Oh, genau wie Jud.« Melissa zeigte auf das andere Ende des Beckens. »Das ist er, da hinten, er hält sich gerade am Rand fest, beim Sprungbrett.«

Denise blickte zu ihm hinüber. Er war so groß wie Kyle und hatte einen Mecki-Schnitt. Melissas vier Jungen sprangen, planschten, kreischten und vergnügten sich ganz prächtig.

»Das sind alle deine?«, fragte Denise erstaunt.

»Im Moment schon. Aber sag mir, ob du einen mit nach Hause nehmen möchtest, dann darfst du dir einen aussuchen.«

Denise entspannte sich ein bisschen. »Sind sie sehr lebhaft?«

»Es sind Jungen. Denen kommt die Energie zu den Ohren raus.«

»Wie alt sind sie?«

»Zehn, acht, sechs und vier.«

»Meine Frau hatte einen Plan«, mischte Mitch sich in das Gespräch ein, während er den Aufkleber von seiner

Flasche kratzte. »Alle zwei Jahre an unserem Hochzeits-tag hat sie mir erlaubt, mit ihr zu schlafen, ob ihr danach zumute war oder nicht.«

Melissa verdrehte die Augen. »Hör ihm gar nicht zu. Sein Gesprächsstil ist nicht für zivilisierte Leute ge-eignet.«

Taylor kam mit zwei Bierflaschen, machte eine für De-nise auf und stellte sie vor sie auf den Tisch. Seine war schon geöffnet. »Worüber sprecht ihr?«

»Über unser Sexleben«, sagte Mitch ernst und Melissa boxte ihn auf den Arm.

»Pass nur auf, Buster! Wir haben heute einen Gast. Da willst du doch keinen schlechten Eindruck machen, oder?«

Mitch beugte sich zu Denise.

»Ich mache doch keinen schlechten Eindruck, oder?«

Denise lächelte und fand die beiden auf Anhieb sym-pathisch.

»Nein.«

»Siehst du, hab ich doch gesagt, Schatz.«

»Sie sagt das nur, weil du sie in die Ecke gedrängt hast. Jetzt lass die Arme mal in Ruhe. Wir haben uns hier unterhalten und alles war ganz nett, bis du dazwischen-gefunkt hast.«

»Na ja … «

Mehr brachte Mitch nicht zustande, da unterbrach Melissa ihn schon.

»Pass auf!«

»Aber … «

»Willst du heute Nacht auf dem Sofa schlafen?«

Mitch ließ die Augenbrauen tanzen.

»Versprochen?«

Sie musterte ihn von oben bis unten. »Versprochen.«

Sie lachten alle. Mitch legte seiner Frau den Kopf auf die Schulter.

»Es tut mir Leid«, sagte er und sah sie an wie ein junger Hund, der auf den Teppich gepinkelt hatte.

»Das reicht nicht«, sagte sie und gab sich unnahbar.

»Und wenn ich nachher abwasche?«

»Wir essen heute von Papptellern.«

»Ich weiß. Deswegen habe ich es angeboten.«

»Warum lässt du uns nicht einfach in Ruhe, damit wir uns unterhalten können? Geht und macht den Grill sauber!«

»Ich bin gerade erst gekommen«, beschwerte Taylor sich, »warum muss ich schon wieder gehen?«

»Weil der Grill schmutzig ist, wirklich.«

»Wirklich?«, fragte Mitch.

»Nun macht schon«, sagte Melissa und tat, als würde sie eine Fliege von ihrem Teller verscheuchen. »Lasst uns in Frieden, damit wir uns von Frau zu Frau unterhalten können.«

Mitch sah seinen Freund an.

»Ich glaube, wir sind hier unerwünscht, Taylor.«

»Ich glaube, du hast Recht, Mitch.«

Melissa flüsterte Denise zu: »Die beiden hätten Raketenforscher werden sollen – sie merken alles.«

Mitch ließ in gespieltem Entsetzen den Mund offen stehen.

»Ich glaube, sie hat uns beleidigt, Taylor«, sagte er.

»Ich glaube, du hast Recht.«

»Siehst du?«, sagte Melissa nickend, als wäre das der Beweis. »Raketenforscher.«

»Komm, Taylor«, sagte Mitch und tat, als wäre er beleidigt. »Das brauchen wir uns nicht gefallen zu lassen. Da fällt uns was Besseres ein.«

»Gut. Lasst es euch einfallen, während ihr den Grill sauber macht.«

Mitch und Taylor standen auf und gingen zum Grill, Denise und Melissa blieben am Tisch zurück. Denise lachte immer noch, als die Männer schon weg waren.

»Wie lange seid ihr verheiratet?«

»Seit zwölf Jahren. Es kommt mir vor wie zwanzig.«

Melissa zwinkerte und Denise hatte plötzlich das Gefühl, als würde sie Melissa schon ihr ganzes Leben lang kennen.

»Und wie habt ihr euch kennen gelernt?«, fragte Denise.

»Auf einer Party am College. Als ich Mitch das erste Mal sah, versuchte er durch das Zimmer zu gehen und dabei eine volle Flasche Bier auf der Stirn zu balancieren. Er hatte fünfzig Dollar gewettet, dass er es schaffen würde.«

»Hat er es geschafft?«

»Nein, die Flasche kippte um und er war pitschnass. Aber ich merkte, dass er sich selbst nicht so ernst nahm. Und genau das hatte ich an den anderen Männern, mit denen ich davor zusammen gewesen war, vermisst. Wir gingen dann miteinander und zwei Jahre später haben wir geheiratet.«

Sie sah voller Zuneigung zu ihrem Mann hinüber.

»Er ist ein guter Kerl – ich glaube, ich behalte ihn.«

»Und wie war es im Croatan Forest?«

Als Joe ein paar Wochen zuvor nach Freiwilligen gefragt hatte, die bei der Bekämpfung der Waldbrände helfen würden, hatte nur Taylor sich gemeldet. Mitch hatte schlicht den Kopf geschüttelt, als Taylor ihn gebeten hatte mitzukommen.

Taylor wusste nicht, dass Mitch schon erfahren hatte, was geschehen war. Joe hatte Mitch streng im Vertrauen angerufen und ihm erzählt, dass Taylor beinahe umgekommen sei, als er plötzlich vom Feuer eingeschlossen war. Hätte der Wind nicht leicht gedreht, so dass der Rauch weggetragen wurde und Taylor einen Weg aus den Flammen finden konnte, wäre er tot gewesen. Diese neuerliche Berührung mit dem Tod überraschte Mitch überhaupt nicht.

Taylor trank von seinem Bier, sein Blick verdüsterte sich bei der Erinnerung.

»Ganz schön eng manchmal – du weißt, wie das bei Waldbränden ist. Aber zum Glück ist niemand verletzt worden.«

Ja, zum Glück. Mal wieder.

»Weiter nichts?«

»Eigentlich nicht«, sagte Taylor und spielte die Gefahr herunter. »Aber du hättest mitkommen sollen. Wir hätten mehr Leute gebrauchen können.«

Mitch schüttelte den Kopf, nahm das Gitter vom Grill und fing an, es zu reinigen.

»Nein, das ist was für euch Jüngere. Ich bin schon zu alt für diese Dinge.«

»Ich bin älter als du.«

»Klar, wenn du nur in Zahlen denkst. Aber ich bin wie ein alter Mann im Vergleich zu dir. Ich habe eine Sippe gegründet.«

»Eine Sippe?«

»Kommt in Kreuzworträtseln vor. Es bedeutet Nachkommen.«

»Ich weiß, was es heißt.«

»Na gut, dann weißt du ja auch, dass ich nicht einfach weggehen kann. Die Jungen werden größer und es ist Melissa gegenüber nicht fair, wenn ich wegen solcher Sachen fort bin. Ich meine, wenn es hier eine Notsituation gibt, das ist was anderes, aber ich werde ihnen nicht nachreisen. Dafür ist das Leben zu kurz.«

Taylor reichte Mitch ein Wischtuch.

»Du bist immer noch entschlossen aufzuhören?«

»Allerdings. Noch ein paar Monate, dann hör ich auf.«

»Ohne Bedauern?«

»Ohne Bedauern.« Mitch machte eine kleine Pause und sprach dann weiter. »Weißt du, vielleicht solltest du dir auch überlegen, ob du damit aufhörst«, sagte er beiläufig.

»Ich hör nicht auf, Mitch«, sagte Taylor und verwarf die Idee auf der Stelle. »Ich bin nicht wie du, ich habe keine Angst vor dem, was passieren könnte.«

»Das solltest du aber.«

»So siehst du das.«

»Vielleicht«, sagte Mitch besonnen, »aber es stimmt. Wenn dir Denise und Kyle wirklich wichtig sind, dann müssen sie für dich an erster Stelle kommen, so wie für mich meine Familie an erster Stelle kommt. Was wir tun, ist gefährlich, und wenn wir noch so sehr aufpassen, und es ist ein Risiko, das wir nicht eingehen müssen. Wir hatten mehr als einmal Glück.« Er schwieg und legte das Putzzeug weg. Dann sah er Taylor an.

»Du weißt, wie es ist, wenn man ohne Vater aufwächst. Möchtest du, dass es Kyle auch so geht?«

Taylor wurde starr.

»Hör auf, Mitch … «

Mitch hob die Hand, damit Taylor nicht weitersprach. »Bevor du mich beschimpfst – ich musste das einfach sagen. Erst die Sache auf der Brücke … und dann im Croatan Forest. Ja, ich weiß darüber Bescheid und es wärmt mir nicht das Herz. Ein toter Held ist trotzdem tot, Taylor.« Er räusperte sich. »Ich weiß nicht. Es kommt mir so vor, als hättest du über die Jahre immer öfter das Schicksal herausgefordert, als würdest du einer Sache hinterherjagen. Manchmal macht es mir Angst.«

»Mach dir keine Sorgen um mich.«

Mitch stand auf und legte Taylor die Hand auf die Schulter.

»Ich mache mir immer Sorgen um dich, Taylor. Du bist für mich wie ein Bruder.«

»Was meinst du, worüber sie reden?«, fragte Denise und sah vom Tisch zu Taylor hinüber. Sie bemerkte die Veränderung in seiner Haltung, die plötzliche Verkrampfung, als hätte jemand sie per Knopfdruck ausgelöst.

Melissa hatte es auch bemerkt.

»Mitch und Taylor? Wahrscheinlich über die Feuerwehr. Mitch hört Ende des Jahres damit auf. Wahrscheinlich hat er Taylor gesagt, er soll es sich auch überlegen.«

»Aber Taylor ist gern bei der Feuerwehr, oder?«

»Ich weiß nicht, ob er gern dabei ist. Er macht es, weil er muss.«

»Wieso das?«

Melissa sah Denise mit einem verblüfften Ausdruck an.

»Na … wegen seines Vaters«, sagte sie.

»Wegen seines Vaters?«, wiederholte Denise.

»Hat er dir das nicht erzählt?«, fragte Melissa vorsichtig.

»Nein.« Denise schüttelte den Kopf. Plötzlich hatte sie Angst vor dem, was Melissa ihr mitteilen würde. »Er hat mir nur gesagt, dass sein Vater starb, als er selbst noch klein war.«

Melissa nickte, die Lippen zusammengepresst.

»Was ist?«, fragte Denise verstört.

Melissa seufzte und wusste nicht recht, ob sie weitersprechen sollte.

»Bitte«, sagte Denise sanft, als Melissa seufzend den Blick abwandte.

»Taylors Vater ist bei einem Brand umgekommen«, sagte sie.

Bei den Worten hatte Denise das Gefühl, als würde sich eine kalte Hand auf ihren Rücken legen.

Taylor hatte das Gitter genommen und spritzte es mit dem Schlauch ab, und als er zurückkam, sah er, wie Mitch die Kühltasche öffnete und zwei frische Bier herausnahm. Taylor ging wortlos an ihm vorbei.

»Sie ist wirklich hübsch, Taylor.«

Taylor legte das Gitter über die Holzkohle auf den Grill. »Ich weiß.«

»Ihr Junge ist auch süß. Netter kleiner Kerl.«

»Ich weiß.«

»Er sieht dir ähnlich.«

»Wie?«

»Wollte nur mal sehen, ob du mir zuhörst«, sagte Mitch grinsend. »Du sahst gerade ein bisschen verwirrt aus.« Mitch trat näher an ihn heran. »He, hör zu, es tut mir Leid, dass ich das vorhin gesagt habe. Ich wollte dich nicht beunruhigen.«

»Hast du auch gar nicht«, log Taylor.

Mitch gab Taylor das Bier.

»Doch, das habe ich wohl. Aber einer muss dich ja auf dem rechten Weg halten.«

»Und du bist derjenige, der diese Aufgabe übernimmt?«

»Natürlich. Ich bin der Einzige, der das kann.«

»Nein, Mitch, wie bescheiden du bist«, sagte Taylor sarkastisch.

Mitch zog die Augenbrauen hoch. »Du meinst, ich mache Witze? Wie lange kennen wir uns jetzt? Dreißig Jahre? Ich glaube, das gibt mir das Recht, hin und wieder meine Meinung zu sagen, ohne Rücksicht darauf, was du davon hältst. Und ich habe das ganz ernst gemeint. Nicht so sehr, dass du aufhören sollst – ich weiß, dass du das nicht tun wirst. Aber du solltest in Zukunft etwas vorsichtiger sein. Guck mal hier.«

Mitch zeigte auf sein dünner werdendes Haar. »Ich hatte mal volles Haupthaar. Und ich hätte es immer noch, wenn du nicht so verdammt waghalsig wärst. Jedes Mal, wenn du was Verrücktes machst, merke ich regelrecht, wie meine Haare Selbstmord begehen, indem sie mir vom Kopf springen. Wenn du genau hinhörst, kannst du sie manchmal schreien hören, wenn sie fallen.

Weißt du, was es heißt, eine Glatze zu bekommen? Sich den Schädel mit Sonnencreme einreiben zu müssen? Leberflecken zu kriegen, wo früher der Scheitel war? Es hebt nicht gerade das Selbstbewusstsein. Du stehst also in meiner Schuld.«

Taylor lachte gegen seinen Willen. »Sieh an, und ich dachte, das wäre eine Erbanlage.«

»O nein. Du bist schuld, mein Freund.«

»Das geht mir nahe.«

»Das sollte es auch. Schließlich habe ich keine Lust, meine Haare wegen irgendeines Dahergelaufenen zu verlieren.«

»Also gut«, seufzte Taylor. »Ich versuche in Zukunft vorsichtiger zu sein.«

»Gut, denn über kurz oder lang werde ich nicht mehr dabei sein, um dich aus der Klemme zu holen.«

»Wie sieht's aus mit der Holzkohle?«, rief Melissa.

Mitch und Taylor standen beim Grill, die Kinder waren schon beim Essen. Mitch hatte zuerst die Hot Dogs gegrillt und die fünf Jungen saßen am Tisch. Denise hatte Essen für Kyle mitgebracht und stellte den Teller mit Makkaroni in Käsesoße, Ritz-Crackern und Weintrauben vor ihn auf den Tisch. Nach zwei Stunden im Wasser hatte er einen Mordshunger.

»Noch zehn Minuten«, rief Mitch über seine Schulter.

»Ich will auch Makkaroni«, jaulte Melissas Jüngster, als er sah, dass Kyle etwas anderes bekam.

»Iss deinen Hot Dog«, sagte Melissa.

»Aber Mom … «

»Iss deinen Hot Dog«, wiederholte sie. »Wenn du dann noch Hunger hast, mache ich dir Makkaroni, okay?«

Sie wusste, dass er satt sein würde, aber der Kleine war es zufrieden.

Nachdem Melissa und Denise die Kinder versorgt hatten, nahmen sie die Stühle und setzten sich näher ans

Schwimmbecken. Seit Denise gehört hatte, dass Taylors Vater bei einem Brand ums Leben gekommen war, versuchte sie, die restlichen Stücke in ihrem Kopf zusammenzusetzen. Melissa erspürte offenbar die Richtung ihrer Gedanken.

»Taylor?«, fragte sie und Denise lächelte verlegen, weil es so deutlich war.

»Ja.«

»Wie kommt ihr beide zurecht?«

»Ich dachte, ganz gut, aber jetzt bin ich mir nicht mehr so sicher.«

»Weil er dir nicht von seinem Vater erzählt hat? Dann verrate ich dir jetzt ein Geheimnis: Taylor spricht mit niemandem darüber, mit keiner Menschenseele. Nicht mit mir, nicht mit seinen Kollegen. Auch mit Mitch hat er nie darüber gesprochen.«

Denise ließ das auf sich wirken und wusste nicht, was sie darauf sagen sollte.

»Dann fühle ich mich etwas besser.« Sie runzelte die Stirn. »Glaube ich wenigstens.«

Melissa stellte ihren Eistee ab. So wie Denise war sie nach dem zweiten Bier auf Tee umgestiegen.

»Er ist sehr charmant, wenn er es darauf anlegt. Und sehr rührend.«

Denise lehnte sich zurück. »Das stimmt.«

»Wie kommt er mit Kyle zurecht?«

»Kyle himmelt ihn an – in letzter Zeit mag er Taylor lieber als mich. Taylor ist wie ein kleiner Junge, wenn die beiden zusammen sind.«

»Taylor konnte schon immer gut mit Kindern umgehen. Meine Kinder mögen ihn auch sehr. Manchmal rufen sie ihn an und fragen, ob er zum Spielen herkommt.«

»Macht er das dann?«

»Manchmal, ja. In letzter Zeit seltener. Du hast seine ganze Zeit in Anspruch genommen.«

»Das tut mir Leid.«

Melissa winkte ab.

»Keine Ursache. Ich freue mich für ihn. Und für dich. Ich hatte schon befürchtet, er würde nie jemanden kennen lernen. Du bist die Erste seit Jahren, die er mitgebracht hat.«

»Es hat also andere gegeben?«

Melissa lächelte trocken. »Darüber hat er mit dir auch nicht gesprochen?«

»Nein.«

»Na, dann ist es ja gut, dass du mal hergekommen bist, Mädchen«, sagte Melissa verschwörerisch, worauf Denise lachte.

»Was möchtest du wissen?«

»Wie waren sie?«

»Nicht wie du, das steht fest.«

»Nicht?«

»Nein. Du bist viel hübscher, als sie es waren. Und du hast einen Sohn.«

»Wo sind sie geblieben?«

»Also, darüber kann ich dir leider keine Auskunft geben. Taylor spricht darüber auch nicht. Ich weiß nur, gerade war alles noch in bester Ordnung und im nächsten Moment war es vorbei. Ich habe das nie verstanden.«

»Das ist ja nicht sehr tröstlich.«

»Oh, ich will nicht sagen, dass es dir auch so ergehen wird. Er mag dich lieber als die anderen, viel lieber. Das merke ich daran, wie er dich ansieht.«

Denise hoffte, dass Melissa die Wahrheit sagte.

»Manchmal … «, fing Denise an und brach ab, weil sie nicht wusste, wie sie fortfahren sollte.

»Manchmal macht dir das Angst, was er denkt?«

Denise sah Melissa an, überrascht von deren Beobachtungsgabe. Melissa sprach weiter: »Obwohl Mitch und ich schon lange zusammen sind, verstehe ich immer noch nicht alles, was in ihm vorgeht. In der Beziehung ist er manchmal wie Taylor. Bisher hat es immer geklappt, weil wir beide es wollen. Solange ihr beide das habt, übersteht ihr alles.«

Ein Wasserball flog von dem Tisch, an dem die Kinder saßen, zu ihnen herüber und traf Melissa am Kopf. Lautes Gekicher brach aus.

Melissa verdrehte die Augen, zeigte aber keine andere Reaktion, und der Ball rollte weiter. »Vielleicht könntest du es sogar ertragen, vier Jungen zu haben, so wie wir.«

»Ich weiß nicht, ob ich das könnte.«

»Klar kannst du das. Es ist ganz leicht. Du brauchst nur früh aufzustehen, die Zeitung reinzuholen, dich gemütlich mit ihr an den Tisch zu setzen und dabei einen Tequila-Shooter zu trinken.«

Denise lachte leise.

»Mal ernsthaft, denkst du manchmal daran, weitere Kinder zu bekommen?«, fragte Melissa.

»Nicht sehr oft, nein.«

»Wegen Kyle?« Sie hatten über sein Problem schon gesprochen.

»Nein, nicht nur deswegen. Aber solange ich allein bin, geht es nicht, oder?«

»Aber wenn du verheiratet wärst?«

Nach einem Moment lächelte Denise. »Wahrscheinlich.«

Melissa nickte. »Meinst du, Taylor wäre ein guter Vater?«

»Da bin ich mir sicher.«

»Ich mir auch«, sagte Melissa. »Habt ihr schon mal darüber gesprochen?«

»Über das Heiraten? Nein. Er hat es noch nie erwähnt.«

»Hmm«, sagte Melissa, »ich versuche mal herauszufinden, was er denkt, ja?«

»Das brauchst du nicht zu tun«, protestierte Denise und wurde rot.

»Oh, aber ich möchte es gern. Ich bin genauso neugierig wie du auch. Keine Angst, ich mache es ganz vorsichtig. Er wird gar nicht merken, wovon ich rede.«

»Sag mal, Taylor, hast du eigentlich vor, diese wunderbare Frau zu heiraten oder was?«

Denise hätte beinahe ihre Gabel auf den Teller fallen lassen. Taylor hatte gerade das Glas angesetzt, um einen Schluck zu nehmen, und musste husten, weil er das Bier in den falschen Hals bekam. Er hielt sich eine Serviette vor den Mund und seine Augen tränten.

»Wie bitte?«

Die vier saßen beim Essen, es gab Steaks, grünen Salat, Backkartoffeln mit Cheddar-Käse und Knoblauchbrot. Sie hatten gelacht und gescherzt und sich bestens vergnügt und waren mit dem Essen halb fertig, als Melissa ihre Bombe platzen ließ. Denise spürte, wie ihr das Blut in die Wangen schoss, doch Melissa fuhr ganz sachlich fort:

»Ich meine, sie ist ein Schatz, Taylor. Außerdem intelligent. Eine wie sie findest du nicht jeden Tag.«

Obwohl das alles scherzhaft gesagt war, wurde Taylor ganz starr.

»Ich habe noch nicht darüber nachgedacht«, sagte er fast defensiv, worauf Melissa sich vorbeugte, seinen Arm tätschelte und laut lachte.

»Ich erwarte keine Antwort, Taylor – es war nur ein Scherz. Ich wollte deinen Gesichtsausdruck sehen. Deine Augen waren groß wie Untertassen.«

»Das lag daran, dass ich mich verschluckt habe.«

Sie sah ihn an.

»Entschuldigung. Ich konnte es mir einfach nicht verkneifen. Du machst es einem aber auch leicht. Genau wie Bozo hier.«

»Sprichst du von mir, Liebling?« Mitch mischte sich

ein, um Taylor aus seiner offensichtlichen Verlegenheit zu helfen.

»Wer nennt dich denn noch Bozo?«

»Außer dir – und meinen drei anderen Frauen natürlich – eigentlich keiner.«

»Hmm«, sagte sie, »zum Glück. Sonst würde ich vielleicht eifersüchtig.«

Melissa gab ihrem Mann einen kleinen Kuss auf die Wange.

»Sind sie immer so miteinander?«, flüsterte Denise Taylor zu und hoffte inständig, er würde nicht denken, dass sie Melissa zu der Frage aufgestachelt hatte.

»Seit ich sie kenne«, sagte Taylor, aber es war deutlich, dass seine Gedanken woanders waren.

»He, keine Gespräche hinter unserem Rücken«, sagte Melissa. Sie wandte sich Denise zu und brachte die Unterhaltung auf sicheres Terrain. »Erzähl mir von Atlanta – ich war da noch nie … «

Denise atmete tief ein, während Melissa ihr mit einem kaum wahrnehmbaren Lächeln in die Augen sah und so unauffällig zwinkerte, dass weder Mitch noch Taylor es bemerkten.

Während Melissa und Denise sich die nächste Stunde unterhielten und Mitch gelegentlich eine Bemerkung einfließen ließ, sagte Taylor – wie Denise feststellte – kaum ein Wort.

»Ich fange dich!«, rief Mitch und rannte durch den Garten hinter Jud her, dessen schrille Schreie eine Mischung aus Begeisterung und Angst verrieten.

»Du bist gleich da! Renn!«, brüllte Taylor. Jud senkte den Kopf und sauste weiter, während Mitch hinter ihm langsamer wurde und aufgab. Jud erreichte das Mal und war bei den anderen.

Es war eine Stunde nach dem Essen, die Sonne war untergegangen und Mitch und Taylor spielten mit den

Jungen vor dem Haus Fangen. Mitch hatte die Hände in die Hüften gestützt und betrachtete die fünf Jungen, während er schwer nach Atem rang. Sie standen alle nah beieinander.

»Du kriegst mich nicht, Daddy!«, rief Cameron herausfordernd. Er hatte die Daumen in die Ohren gesteckt und wackelte mit den Fingern.

»Fang mich doch, Daddy ... «, stimmte sein jüngerer Bruder Will ein.

»Dann müsst ihr vom Mal weg«, sagte Mitch. Er beugte sich vornüber und stützte die Hände auf die Knie. Cameron und Will erkannten den Moment der Schwäche und stürzten plötzlich in entgegengesetzte Richtungen davon.

»Komm doch, Daddy!«, rief Will ausgelassen.

»Also gut, ihr wollt es ja so!«, sagte Mitch und zeigte sich bereit, die Herausforderung anzunehmen. Mitch trottete auf Will zu, an Taylor und Kyle vorbei, die auf dem Mal in Sicherheit blieben.

»Renn, Daddy, renn!«, lockte Will, denn er wusste, dass er flink genug war, um seinem Vater zu entkommen.

Mitch jagte beide Söhne und änderte die Laufrichtung je nachdem, wo sie waren. Kyle hatte eine Weile gebraucht, um das Spiel zu verstehen, doch dann rannte er auch mit den anderen Kindern und schrie mit ihnen um die Wette, während Mitch hinter ihnen herjagte. Nachdem Mitch ohne Erfolg versucht hatte, eins der Kinder zu fangen, rannte er auf Taylor zu.

»Ich brauch mal 'ne kleine Pause«, keuchte Mitch ganz außer Atem.

Taylor rannte zur anderen Seite und war außer Reichweite.

»Dann musst du mich erst fangen, mein Freund.«

Taylor ließ ihn noch ein paar Minuten leiden, bis Mitch fast grün im Gesicht war. Dann wurde er so langsam, dass Mitch ihn fangen konnte. Mitch beugte sich wieder vornüber und versuchte, zu Atem zu kommen.

»Sie sind schneller, als sie aussehen«, sagte Mitch aufrichtig, »und sie wechseln die Richtung wie kleine Kaninchen.«

»Das sieht nur so aus, wenn man so alt ist wie du«, erwiderte Taylor, »aber wenn du Recht hast, dann fange ich eben dich.«

»Wenn du glaubst, dass ich noch einmal vom Mal weggehe, dann irrst du dich. Ich werde mich ein bisschen ausruhen.«

»Komm doch!«, rief Cameron Taylor zu, weil er wollte, dass das Spiel wieder anfing. »Du fängst mich nicht!«

Taylor rieb sich die Hände.

»Aufgepasst, jetzt komme ich!«

Taylor näherte sich mit Riesenschritten und die Jungen stoben kreischend auseinander. Plötzlich drang Kyles Stimme deutlich durch die Dunkelheit, man konnte sich nicht vertun, und Taylor blieb wie angewurzelt stehen.

»Fan mi, Dadi!«

Daddy.

Taylor rührte sich nicht vom Fleck und sah in Kyles Richtung. Mitch hatte Taylors Reaktion beobachtet und neckte ihn: »Hast du mir etwas verschwiegen, Taylor?«

Taylor antwortete nicht.

»Er hat dich Daddy gerufen«, sagte Mitch, als hätte Taylor es nicht selbst gehört.

Aber Taylor achtete gar nicht auf Mitch. Er war tief in Gedanken und wiederholte die Worte für sich.

Daddy.

Obwohl er wusste, dass Kyle einfach die anderen Kinder nachmachte – als gehörte es zum Spiel, Daddy zu rufen –, musste er an das denken, was Melissa gesagt hatte.

Hast du eigentlich vor, diese wunderbare Frau zu heiraten oder was?

»Erde an Taylor … *Big Daddy*, bitte kommen«, sagte Mitch und konnte sich ein Grinsen nicht verkneifen.

Taylor sah zu ihm hin.

»Hör auf, Mitch.«

»Klar doch … Daddy.«

Taylor ging wieder auf die Kinder zu.

»Ich bin nicht sein Daddy«, sagte Taylor, fast als spräche er mit sich selbst.

Obwohl Mitch flüsterte, hörte Taylor die folgenden Worte so deutlich wie Kyles Rufen ein paar Minuten zuvor.

»Noch nicht.«

»Hat es Spaß gemacht?«, fragte Melissa, als die Kinder ins Haus gestürmt kamen, bereit, das Spiel zu beenden.

»War nicht schlecht. Aber Dad wird immer langsamer«, sagte Cameron.

»Stimmt gar nicht«, verteidigte sich Mitch, der hinter ihnen herkam. »Ich habe dich laufen lassen.«

»Klar, Dad.«

»Ich habe euch Saft ins Wohnzimmer gestellt. Passt auf, dass ihr nichts verschüttet, ja?«, sagte Melissa, als die Kinder an ihr vorbeikamen. Mitch beugte sich über Melissa und wollte ihr einen Kuss geben, aber sie entzog sich ihm. »Erst wenn du geduscht hast. Du bist ja ganz verschwitzt.«

»Ist das mein Lohn dafür, dass ich die Kinder bei Laune halte?«

»Nein, das ist die Antwort, die du bekommst, wenn du schlecht riechst.«

Mitch lachte und ging auf die Terrasse, um sich ein Bier zu holen.

Taylor kam als Letzter herein, gleich hinter Kyle, der zu den anderen Kindern ins Wohnzimmer ging.

»Wie hat es ihm gefallen?«, fragte Denise.

»Gut«, sagte Taylor einsilbig. »Es hat ihm Spaß gemacht.«

Denise sah Taylor genau an. Etwas beunruhigte ihn offensichtlich.

»Geht's dir gut?«

Taylor wandte den Blick ab.

»Ja, alles in Ordnung«, sagte er.

Ohne ein weiteres Wort folgte er Mitch auf die Terrasse.

Als der Abend langsam zu Ende ging, bot Denise an, Melissa in der Küche beim Aufräumen zu helfen. Die Kinder waren im Wohnzimmer auf dem Boden ausgestreckt und sahen sich einen Film an, während Mitch und Taylor auf der Terrasse Ordnung machten.

Denise spülte das Besteck vor, bevor sie es in die Spülmaschine steckte. Vom Spülbecken aus konnte sie die beiden Männer draußen sehen, und während sie sie beobachtete, hielt sie ihre Hände reglos unter das fließende Wasser.

»Woran denkst du?«, fragte Melissa. Denise schreckte auf.

Sie schüttelte den Kopf und konzentrierte sich wieder auf das, was sie tat.

»So leicht kann ich das nicht sagen.«

Melissa sammelte ein paar leere Becher ein und brachte sie zum Spülbecken.

»Es tut mir Leid, dass ich dich beim Essen in Verlegenheit gebracht habe.«

»Ich bin dir nicht böse. Es war doch nur ein Scherz. Es war für uns alle lustig.«

»Aber du machst dir trotzdem Sorgen?«

»Ich weiß nicht … ja, schon …« Sie sah Melissa an. »Ein bisschen vielleicht. Er war den ganzen Abend so still.«

»Ich würde nicht zu viel hineinlesen. Ich weiß, dass er dich sehr mag. Er sieht so glücklich aus, wenn er dich ansieht – auch nachdem ich ihn in die Enge getrieben hatte.«

Sie sah zu, wie Taylor die Stühle um den Tisch zurechtschob.

Denise nickte. »Ich weiß.«

Trotz dieser Antwort konnte sie nicht umhin, sich zu fragen, warum das plötzlich nicht mehr genug war. Sie drückte den Deckel auf einem Tupperware-Behälter fest.

»Hat Mitch dir gesagt, dass irgendwas passiert ist, als sie mit den Kindern draußen gespielt haben?«

Melissa sah sie neugierig an.

»Nein. Warum?«

Denise stellte den Salat in den Kühlschrank.

»Einfach nur so.«

Daddy.
Hast du eigentlich vor, diese wunderbare Frau zu heiraten oder was?

Während Taylor sein Bier trank, gingen ihm diese Worte im Kopf herum.

»He, warum so trübsinnig?«, fragte Mitch und kippte die Reste vom Tisch in einen Müllsack.

Taylor zuckte die Schultern.

»Ich denke nach. Mehr nicht.«

»Worüber?«

»Arbeit. Ich überlege gerade, was ich morgen alles tun muss«, sagte Taylor, was aber nur die halbe Wahrheit war. »Seit ich so viel Zeit mit Denise verbringe, habe ich mein Geschäft vernachlässigt. Ich muss mich wieder mehr drum kümmern.«

»Bist du nicht jeden Tag zur Arbeit gegangen?«

»Doch, aber ich bin nicht immer den ganzen Tag geblieben. Du weißt, wie es ist. Wenn man das lange genug so macht, treten plötzlich kleine Probleme auf.«

»Kann ich irgendwie helfen? Nachsehen, ob deine Bestellungen laufen, oder so?«

Taylor bestellte meistens über den Eisenwarenhandel, der dem Vater von Mitch gehörte.

»Nein, das bringt es nicht, ich muss einfach für Ordnung sorgen. Eine Sache habe ich inzwischen gelernt: Wenn was schief geht, dann gründlich.«

Mitch hielt inne, als er einen Pappbecher in den Beutel tun wollte; es kam ihm vor wie ein Déjà-vu-Erlebnis.

Das letzte Mal, als Taylor das gesagt hatte, war er mit Lori zusammen.

Eine halbe Stunde später fuhren Taylor und Denise nach Hause, Kyle saß zwischen ihnen – so hatten sie es schon unzählige Male gemacht. Aber zum ersten Mal war eine Spannung zu spüren, für die es keinen Grund gab, den sie leicht hätten erklären können. Aber sie bestand und schuf ein Schweigen zwischen ihnen, so dass Kyle in der Stille schon eingeschlafen war.

Für Denise war das Gefühl befremdlich. Sie dachte an all die Dinge, die Melissa erzählt hatte. Die Sätze sausten ihr durch den Kopf, als würden die Bälle in einer Pinball-Maschine verrückt spielen. Sie hatte kein Bedürfnis zu sprechen und Taylor ging es ebenso. Er war seltsam distanziert gewesen und das verstärkte ihre Gefühle noch. Was als fröhlicher Abend mit Freunden begann, hatte plötzlich eine besondere Bedeutung bekommen.

Gut, Taylor hätte sich beinahe verschluckt, als Melissa fragte, ob Heirat im Gespräch sei. Das hätte jeden überrascht, besonders so, wie Melissa es rausposaunt hatte, oder etwa nicht? Auf der Fahrt versuchte sie sich davon zu überzeugen und je mehr sie darüber nachdachte, desto unsicherer wurde sie. Drei Monate ist keine lange

Zeit, wenn man jung ist. Aber sie waren keine Teenager. Sie war fast dreißig und Taylor war sechs Jahre älter als sie. Sie hatten schon genug Gelegenheit gehabt, erwachsen zu werden und herauszufinden, wer sie waren und was sie vom Leben wollten. Wenn ihm eine gemeinsame Zukunft weniger wichtig war, als sein Verhalten vermuten ließ, warum hatte er sie dann so heftig umworben?

Gerade war alles noch in bester Ordnung und im nächsten Moment war alles vorbei. Verstanden habe ich das nie.

Das war auch etwas, das sie beunruhigte. Wenn Melissa nicht verstand, warum Taylors frühere Beziehungen in die Brüche gegangen waren, verstand Mitch es wahrscheinlich ebenfalls nicht. Hieß das, Taylor verstand es auch nicht?

Und wenn das so war, würde es ihr dann wie den anderen Frauen gehen?

Denise spürte, wie sich in ihrem Magen ein Knoten bildete, und sie sah Taylor verunsichert an. Aus dem Augenwinkel bemerkte Taylor ihren Blick und wandte ihr das Gesicht zu; anscheinend hatte er keine Ahnung, was ihr durch den Kopf ging. Draußen glitten die Bäume wie zu einem schwarzen Klumpen zusammengepresst vorbei.

»Hat dir der Abend gefallen?«

»Ja«, sagte Denise leise. »Ich mochte deine Freunde.«

»Und wie hast du dich mit Melissa verstanden?«

»Sehr gut.«

»Du hast wahrscheinlich gemerkt, dass sie immer sagt, was ihr gerade durch den Kopf geht, und wenn es noch so lächerlich ist. Manchmal darf man sie einfach nicht so ernst nehmen.«

Diese Erläuterung beruhigte sie keineswegs. Kyle murmelte etwas vor sich hin, als er sich bewegte und auf seinem Sitz tiefer rutschte. Denise fragte sich, warum plötzlich die Dinge, die Taylor nicht gesagt hatte, wichtiger schienen als die, die er gesagt hatte.

Wer bist du, Taylor McAden?
Wie gut kenne ich dich wirklich?
Und, was am wichtigsten ist – wie geht es jetzt weiter?

Sie wusste, dass er keine dieser Fragen beantworten würde. Stattdessen atmete sie tief ein und bemühte sich, ihre Stimme ruhig klingen zu lassen.

»Taylor – warum hast du mir nie von deinem Vater erzählt?«, fragte sie.

Taylors Augen wurden groß. »Von meinem Vater?«

»Melissa hat mir erzählt, dass er bei einem Brand umgekommen ist.«

Sie sah, wie seine Hände das Lenkrad fester umklammerten.

»Wie seid ihr darauf gekommen?«, fragte er in etwas verändertem Ton.

»Ich weiß nicht. Irgendwie.«

»War es ihre Idee, darüber zu sprechen, oder deine?«

»Wieso ist das wichtig, Taylor? Ich weiß nicht mehr, wie wir darauf kamen.«

Taylor schwieg. Seine Augen waren auf die Straße gerichtet. Denise wartete, bevor ihr bewusst wurde, dass er ihre ursprüngliche Frage nicht beantworten würde.

»Bist du wegen deines Vaters zur Feuerwehr gegangen?«

Taylor atmete scharf aus und schüttelte den Kopf.

»Ich will darüber nicht sprechen.«

»Vielleicht kann ich helfen … «

»Du kannst nicht helfen«, unterbrach er sie, »außerdem geht es dich nichts an.«

»Es geht mich nichts an?«, fragte sie entgeistert. »Wovon redest du? Du bist mir wichtig, Taylor, und es tut mir weh zu denken, dass du mir nicht genügend vertraust, um mir zu erzählen, was los ist.«

»Es ist nichts los«, sagte er. »Ich rede einfach nicht gern über meinen Vater.«

Sie hätte weiter darauf beharren können, wusste aber, dass es sie nicht weiterbringen würde.

Und wieder herrschte Schweigen im Wagen. Diesmal jedoch lag auch Angst darin und die blieb für den Rest des Weges.

Nachdem Taylor Kyle ins Haus getragen hatte, wartete er im Wohnzimmer, bis Denise Kyle seinen Schlafanzug angezogen hatte. Als sie ins Wohnzimmer kam, sah sie, dass Taylor sich nicht gesetzt hatte. Er stand an der Tür und schien darauf zu warten, sich zu verabschieden.

»Bleibst du nicht?«, fragte sie überrascht.

Er schüttelte den Kopf. »Nein, es geht nicht, wirklich nicht. Ich muss morgen ganz früh zur Arbeit.«

Obwohl er es ohne eine Spur von Bitterkeit oder Ver-ärgerung sagte, wurde ihre Beklommenheit nicht zer-streut. Er klimperte mit den Schlüsseln und Denise ging quer durchs Zimmer, um näher bei ihm zu sein.

»Ganz sicher?«

»Ja, ganz sicher.«

Sie griff nach seiner Hand.

»Bedrückt dich etwas?«

Taylor schüttelte den Kopf. »Nein, nichts.«

Sie wartete, ob er noch etwas sagen würde, aber er schwieg.

»Also. Sehen wir uns morgen?«

Taylor räusperte sich, bevor er antwortete.

»Ich versuche es, aber ich habe einen ziemlich vollen Plan für morgen. Ich weiß nicht, ob ich es schaffe vor-beizukommen.«

Denise sah ihn fragend an.

»Auch nicht zum Mittagessen?«

»Ich werde sehen, was sich machen lässt«, sagte er, »aber ich kann nichts versprechen.«

Ihre Blicke begegneten sich nur kurz, dann wandte Taylor sich ab.

»Kannst du mich morgen Abend zur Arbeit fahren?«

Einen kurzen, winzigen Moment lang hatte Denise das Gefühl, es wäre ihm lieber gewesen, sie hätte nicht gefragt.

Bildete sie sich das ein?

»Ja, klar«, sagte er dann, »ich bring dich hin.«

Er küsste sie flüchtig und ging. Auf dem Weg zu seinem Wagen sah er sich nicht mehr um.

Kapitel 22

Früh am nächsten Morgen, als Denise gerade eine Tasse Kaffee trank, klingelte das Telefon. Kyle lag ausgestreckt auf dem Fußboden im Wohnzimmer und malte so gut er konnte Figuren in seinem Malbuch aus, wobei er immer wieder mit dem Buntstift über die Ränder fuhr. Denise nahm den Hörer ab und erkannte sofort Taylors Stimme.

»Oh, hallo, da bin ich aber froh, dass du schon auf bist«, sagte er.

»Ich bin immer so früh auf«, sagte sie und eine seltsame Erleichterung durchströmte sie. »Ich habe dich gestern vermisst.«

»Ich dich auch«, sagte Taylor. »Ich hätte besser bleiben sollen. Ich habe nicht besonders gut geschlafen.«

»Ich auch nicht«, bekannte sie. »Ich bin immer wieder aufgewacht, weil ich die Decke ganz für mich allein hatte.«

»Ich ziehe dir nicht die Decke weg. Da musst du an einen anderen denken.«

»An wen denn?«

»Vielleicht an einen von den Typen im Diner.«

»Das glaube ich nicht«, sagte sie leise lachend. »He – rufst du an, weil du es dir mit dem Mittagessen anders überlegt hast?«

»Nein. Ich kann nicht kommen. Heute nicht. Aber nach der Arbeit hole ich dich ab und bringe dich zum Diner.«

»Wie wär's mit einem frühen Abendessen?«

»Nein, ich glaube, das schaffe ich nicht, aber danke für das Angebot. Heute Nachmittag kommt noch eine Lieferung Steine und ich glaube, ich würde es nicht rechtzeitig schaffen.«

Sie drehte sich um die eigene Achse und die Telefonschnur spannte sich.

Nach fünf werden noch Steine geliefert?

Das sagte sie jedoch nicht. Stattdessen sagte sie fröhlich: »Ach so, na gut. Dann bis heute Abend also.«

Die Pause darauf war länger, als sie erwartet hatte.

»Bis heute Abend.«

»Kyle hat heute Nachmittag nach dir gefragt«, sagte Denise leichthin.

Taylor hatte Wort gehalten und wartete in ihrer Küche, während sie ihre Sachen zusammensuchte. Allerdings war er so knapp gekommen, dass sie keine Zeit miteinander hatten, bevor sie aufbrechen mussten. Sie hatten sich nur flüchtig geküsst und er kam ihr etwas distanzierter vor als sonst, wofür er sich aber mit dem Hinweis auf irgendwelchen Ärger auf der Baustelle entschuldigte.

»Aha. Wo ist der kleine Kerl denn?«

»Hinterm Haus. Ich glaube, er hat dich nicht kommen hören. Ich hol ihn.«

Als Denise die hintere Tür aufmachte und nach Kyle rief, kam er ins Haus gerannt.

»Haoo, Taya«, sagte er mit einem breiten Grinsen. Ohne Denise zu beachten, sprang er auf Taylor zu. Taylor fing ihn mit Leichtigkeit auf.

»He, kleiner Mann. Wie war dein Tag?«

Denise konnte nicht umhin, den Unterschied in Taylors Verhalten zu bemerken, als er Kyle hochhob.

»Eas hia«, rief Kyle beglückt.

»Tut mir Leid, dass ich heute keine Zeit hatte«, sagte Taylor und meinte es aufrichtig. »Hast du micht vermisst, kleiner Mann?«

»Ja«, sagte Kyle, »hab di miet.«

Es war das erste Mal, dass er eine Frage richtig beantwortete, ohne gesagt zu bekommen, wie man es machte, und beide waren vor Staunen stumm.

Und einen Augenblick lang vergaß Denise ihre Ängste vom Vorabend.

Doch wenn Denise gedacht hatte, sie hätte nach Kyles Ausspruch keinen Grund mehr, sich Sorgen wegen Taylor zu machen, dann hatte sie sich getäuscht.

Nicht, dass es gleich Anzeichen für eine Verschlechterung gab. Im Gegenteil, in vielerlei Hinsicht schien alles beim Alten, wenigstens im Laufe der folgenden Woche. Obwohl Taylor – wegen der Arbeit, wie er behauptete – nachmittags nicht mehr kam, brachte er Denise noch zur Arbeit und holte sie wieder ab. An dem Abend nach Kyles bemerkenswertem Satz schliefen sie auch miteinander. Doch die Dinge veränderten sich, das war offensichtlich. Nichts Dramatisches, es war mehr wie das Lockern eines im Laufe des Sommers geflochtenen Bandes, ein allmähliches Lösen des eben erst Gefügten. Weniger Zeit zusammen bedeutete auch weniger Zeit, um sich im Arm zu halten oder miteinander zu sprechen, und deswegen fiel es Denise schwer, die Warnglocken, die sie an dem Abend bei Mitch und Melissa vernommen hatte, zu ignorieren.

Noch anderthalb Wochen später plagten sie die Dinge, die an jenem Abend gesagt worden waren, doch zugleich fragte sie sich, ob ihre Sorge nicht übertrieben sei. Taylor hatte eigentlich nichts falsch gemacht und deswegen war sein verändertes Verhalten so schwer einzuordnen. Er leugnete, dass ihn etwas bedrückte, er war niemals laut geworden, sie hatten sich nicht einmal gestritten. Am Sonntag verbrachten sie den Nachmittag am Fluss, wie sie es viele Male davor auch getan hatten. Wie er mit Kyle umging, war immer noch wunderbar, und als er sie zur Arbeit fuhr, hatte er immer wieder nach ihrer Hand gegriffen. Oberflächlich betrachtet war alles so wie vorher. Allein seine plötzliche Gewissenhaftigkeit, was seine Arbeit anging, war neu und die hatte er bereits erklärt. Dennoch …

Was, dennoch?

Sie saß auf der Veranda, während Kyle im Garten mit seinen Lastautos spielte, und versuchte, dem Problem näher zu kommen. Sie war alt genug, um etwas über Verhaltensmuster in Beziehungen zu wissen. Sie wusste, dass die Gefühle am Anfang einer neuen Liebe fast wie eine Ozeanwelle waren in ihrer Heftigkeit, dass sie wie eine magnetische Kraft wirkten, die zwei Menschen zueinander hinzog. Man konnte von den Gefühlen fortgerissen werden, aber die Welle würde nicht ewig dauern. Sie konnte und sollte auch nicht ewig dauern, aber wenn zwei Menschen richtig füreinander waren, dann würde daraus eine wahrhaftigere Liebe entstehen, die dauerhaft sein würde. Zumindest glaubte sie das.

Bei Taylor kam es ihr jedoch so vor, als wäre er von der Welle mitgerissen worden, ohne zu begreifen, worauf er sich einließ, und jetzt, da er sich dessen bewusst wurde, wollte er gegen den Sog ankämpfen. Nicht ständig … aber *manchmal*, und das war es, was sie in letzter Zeit bemerkte. Fast schien es ihr, als würde er seine Arbeit vorschieben, um den neuen Tatsachen ihrer Beziehung nicht ins Auge sehen zu müssen.

Natürlich, wenn man einen Haken an einer Sache suchte, war die Wahrscheinlichkeit groß, dass man einen fand, und sie hoffte, dies war hier der Fall. Es konnte auch sein, dass es tatsächlich die Arbeit war, die ihn so sehr beschäftigte, und seine Gründe schienen durchaus plausibel. Wenn er sie abends abholte, sah er immer sehr müde aus, so dass Denise wusste, er machte ihr nichts vor, was seine Arbeitsbelastung anging.

Sie packte sich also den Tag so voll wie möglich und versuchte, nicht zu viel darüber nachzudenken, was zwischen ihnen passierte. Während Taylor von seiner

Arbeit in Anspruch genommen wurde, stürzte Denise sich mit frischer Energie in ihre Beschäftigung mit Kyle. Da er inzwischen mehr sprach, fing sie an, ihn an komplexere Sätze und Konstruktionen heranzuführen und ihm Dinge beizubringen, die er in der Schule brauchen würde. Schritt für Schritt ging sie mit ihm einfache Anweisungen durch und brachte ihm auch neue Fertigkeiten beim Malen bei. Außerdem führte sie ihn in die Welt der Zahlen ein, die für ihn scheinbar keinerlei Sinn ergaben. Sie hielt ihr Haus in Ordnung, sie arbeitete im Diner, sie bezahlte ihre Rechnungen – kurz, sie lebte ihr Leben mehr oder weniger so weiter wie in der Zeit, bevor sie Taylor McAden kennen gelernt hatte. Doch obwohl sie an dieses Leben gewöhnt war, ging sie des Nachmittags immer wieder ans Küchenfenster, in der Hoffnung, ihn die Einfahrt heraufkommen zu sehen.

Meistens kam er jedoch nicht.

Gegen ihren Willen hörte sie wieder Melissas Worte.

Ich weiß nur, gerade war alles noch in bester Ordnung und im nächsten Moment war es vorbei.

Denise schüttelte den Kopf und verscheuchte den Gedanken. Obwohl sie das nicht von ihm – oder von ihnen beiden – glauben wollte, fiel es ihr zunehmend schwerer, es nicht zu tun. Vorfälle wie der vom Vortag nährten ihre Zweifel.

Sie und Kyle waren mit den Fahrrädern zu dem Haus gefahren, wo Taylor arbeitete, und hatten seinen Truck auf der Straße davor gesehen. Die Besitzer ließen im Haus alle Räume umbauen – die Küche, das Wohnzimmer, die Bäder – und ein riesiger Stapel Altholz, alles herausgerissene Einbauten, war jetzt sichtbarer Beweis dafür, dass es sich um ein großes Projekt handelte. Denise trat ins Haus, um hallo zu sagen, und erfuhr von einem der Arbeiter, dass Taylor hinter dem Haus unter einem Baum seinen Lunch aß. Als sie zu ihm ging, sah er sie fast schuldbewusst an, als fühlte er sich ertappt. Kyle bemerkte seinen Ausdruck nicht und rannte auf ihn zu und Taylor stand auf, um sie zu begrüßen.

»Denise?«

»Hallo, Taylor. Wie geht's?«

»Gut.« Er wischte sich die Hände an den Jeans ab. »Ich habe nur gerade etwas gegessen«, sagte er.

Seinen Lunch hatte er bei Hardees gekauft, folglich war er an ihrem Haus *vorbei* und zur anderen Seite der Stadt gefahren, um es zu kaufen.

»Das sehe ich«, sagte sie und bemühte sich, ihre Beklommenheit nicht zu zeigen.

»Und was macht ihr hier?«

Nicht unbedingt, was ich hören wollte.

Sie riss sich zusammen und lächelte. »Ich wollte nur guten Tag sagen.«

Nach ein paar Minuten führte Taylor sie durch das Haus und beschrieb die Umbaupläne, als würde er mit einer Fremden sprechen. Sie vermutete, dass er so der offensichtlichen Frage, warum er hier gegessen hatte statt bei ihr, wie er es den ganzen Sommer gemacht hatte, oder warum er nicht bei ihr vorbeigeschaut hatte, aus dem Weg gehen wollte.

Auch später, als er sie abholte, um sie zur Arbeit zu fahren, sagte er nicht viel.

Die Tatsache, dass das inzwischen nicht mehr ungewöhnlich war, ging Denise den ganzen Abend während der Arbeit nicht mehr aus dem Kopf.

»Es ist nur für ein paar Tage«, sagte Taylor mit einem Achselzucken.

Sie saßen im Wohnzimmer auf dem Sofa und Kyle sah sich einen Zeichentrickfilm im Fernsehen an.

Wieder war eine Woche vergangen und nichts hatte sich geändert. Oder vielmehr: Alles war verändert. Es kam ganz auf den Blickwinkel an und im Moment neigte Denise ganz stark zu der zweiten Sichtweise. Es war Dienstag und Taylor war gekommen, um sie zur Arbeit zu fahren. Ihre Freude darüber, dass er früh gekommen war, verflog fast auf der Stelle, als er ihr sagte, dass er für ein paar Tage fortfahren wollte.

»Wann hast du das beschlossen?«, fragte Denise.

»Heute Morgen. Ein paar meiner Freunde fahren und haben mich gefragt, ob ich mitkommen möchte. In South Carolina wird die Jagdsaison ein, zwei Wochen früher als hier eröffnet und da habe ich mir gedacht, ich fahre mit ihnen hin. Ich habe das Gefühl, ich könnte ein bisschen Erholung gebrauchen.«

Sprichst du von mir oder von deiner Arbeit?

»Du fährst also morgen?«

Taylor rutschte ein bisschen hin und her.

»Eher mitten in der Nacht. Wir fahren so gegen drei Uhr los.«

»Da bist du todmüde.«

»Das kriegt man mit einer Thermoskanne Kaffee in den Griff.«

»Dann solltest du mich heute Abend nicht abholen«, kam Denise ihm entgegen. »Du solltest ein bisschen schlafen.«

»Mach dir keine Gedanken. Ich hole dich ab.«

Denise schüttelte den Kopf.

»Nein, lass mal – ich frage Rhonda. Sie fährt mich bestimmt nach Hause.«

»Bist du sicher, es macht ihr nichts aus?«

»Sie wohnt ganz in der Nähe und in der letzten Zeit habe ich sie selten darum gebeten.«

Taylor legte den Arm um Denise und zog sie zu sich. Sie war überrascht. »Ich werde dich vermissen.«

»Ach wirklich?«, sagte sie und hasste den wehleidigen Ton in ihrer Stimme.

»Natürlich. Besonders gegen Mitternacht. Wahrscheinlich setze ich mich aus schierer Gewohnheit in meinen Truck.«

Denise lächelte und dachte, er würde sie küssen. Stattdessen wandte er sich ab und sagte in Kyles Richtung: »Und dich werde ich auch vermissen, kleiner Mann.«

»Ja«, sagte Kyle, die Augen wie festgeklebt an der Mattscheibe.

»He, Kyle«, sagte Denise, »Taylor fährt für ein paar Tage weg.«

»Ja«, sagte Kyle wieder und hörte offenbar nicht zu.

Taylor ließ sich vom Sofa herab und kroch auf allen vieren zu Kyle.

»Hörst du mir auch zu, Kyle?«, knurrte Taylor.

Als Taylor neben ihm war, durchschaute Kyle seine Absicht, kreischte auf und versuchte zu entkommen. Doch Taylor hatte ihn schon gepackt und fing an, mit ihm zu ringen.

»Hörst du mir auch zu?«, fragte Taylor.

»Ea tämt«, kreischte Kyle und ruderte wild mit Armen und Beinen.

»Dich kriege ich«, brüllte Taylor und in den nächsten fünf Minuten war auf dem Fußboden im Wohnzimmer die Hölle los. Als Kyle sich ausgetobt hatte, gab Taylor ihn frei.

»He, wenn ich wieder da bin, gehen wir zwei zu einem Baseball-Spiel. Wenn deine Mom einverstanden ist, versteht sich.«

»Besbapiel?«, wiederholte Kyle fragend.

»Ich habe nichts dagegen.«

Taylor zwinkerte erst Denise, dann Kyle zu.

»Hast du gehört? Deine Mom sagt, wir dürfen.«

»Besbapiel!«, schrie Kyle ganz laut.

Wenigstens mit Kyle ist er so wie immer.

Denise warf einen Blick auf die Uhr.

»Es ist Zeit zu gehen«, seufzte sie.

»Schon?«

Denise nickte und erhob sich vom Sofa, um ihre Sachen einzupacken. Wenige Minuten später waren sie auf dem Weg zum Diner. Als sie dort ankamen, ging Taylor mit ihr zur Tür.

»Rufst du mich an?«

»Ich versuche es«, versprach Taylor.

Sie sahen sich einen Moment an, bevor Taylor sie zum Abschied küsste. Denise ging hinein. Sie hoffte, die Fahrt würde Klarheit in seine Gedanken bringen.

Falls dem so war, erfuhr Denise davon nichts.

Denn in den nächsten vier Tagen hörte sie nichts von ihm.

Sie hasste es, auf das Klingeln des Telefons zu warten. Im College hatte sie ein Zimmer mit einer Freundin geteilt, die manchmal abends nicht ausgehen wollte, weil sie dachte, ihr Freund könne anrufen. Denise hatte immer versucht, ihre Mitbewohnerin zu überreden, doch mitzukommen, meistens vergeblich, und war dann mit anderen Freunden ausgegangen. Wenn sie denen erzählte, warum ihre Freundin nicht dabei war, schworen sie alle Stein und Bein, dass sie so etwas nie tun würden.

Aber nun saß Denise da und fand es auf einmal ziemlich schwer, ihre eigenen Ratschläge zu befolgen.

Natürlich legte sie nicht ihr normales Leben auf Eis, wie ihre Mitbewohnerin das getan hatte. Dazu hatte sie zu viele Verpflichtungen. Trotzdem hechtete sie jedes Mal zum Telefon, wenn es klingelte, und war enttäuscht, wenn es nicht Taylor war.

Und dabei fühlte sie sich völlig machtlos – ein Gefühl, das sie verabscheute. Sie war nicht der hilflose Typ und weigerte sich, es jetzt zu werden. Er hatte also nicht angerufen … Na und? Weil sie arbeitete, konnte er sie abends nicht erreichen und den Tag verbrachte er wahrscheinlich in den Wäldern. Wann sollte er sie also anrufen? Mitten in der Nacht? Oder beim Morgengrauen? Sicher, er konnte anrufen, wenn sie nicht da war, und ihr eine Nachricht hinterlassen, aber warum sollte sie das erwarten?

Und warum erschien es ihr so wichtig?

Ich weigere mich, so zu sein, sagte sie sich. Nachdem sie immer wieder die Erklärungen durchgegangen war und sich überzeugt hatte, dass sie einen Sinn ergaben, machte sie mit ihrem Leben normal weiter. Am Freitag ging sie mit Kyle in den Park, am Samstag machten sie einen Spaziergang im Wald. Am Sonntag nahm sie Kyle mit in die Kirche und machte am frühen Nachmittag ein paar Besorgungen.

Da sie inzwischen genug Geld gespart hatte, um sich nach einem Auto umzusehen (einem alten, gebrauchten, billigen, aber hoffentlich dienstbaren), kaufte sie zwei Zeitungen, um die Kleinanzeigen zu studieren. Dann betrat sie den Lebensmittelladen. Sie ging durch die Gänge und wählte sorgfältig aus, weil sie sich für den Rückweg nicht zu sehr beladen wollte. Kyle studierte das Krokodil, das auf einer Packung Frosties abgebildet war, als Denise ihren Namen hörte.

»Ich war mir nicht ganz sicher, aber ich dachte, ich hätte dich erkannt«, sagte Judy fröhlich. »Wie geht es dir?«

»Hi, Judy, gut, danke.«

»Hallo, Kyle«, sagte Judy.

»Haoo, Miss Jui«, wisperte er und konnte kaum den Blick von dem Karton abwenden.

Judy schob ihren Wagen ein bisschen zur Seite. »Und was habt ihr in letzter Zeit so gemacht? Du warst länger nicht mit Taylor zum Essen.«

Denise zuckte die Schultern, ihr war nicht ganz wohl. »Das Gleiche wie immer. Kyle hält mich ganz schön auf Trab.«

»So sind sie. Wie kommt er voran?«

»Der Sommer war für ihn sehr schön, so viel steht fest. Stimmt's, Kyle?«

»Ja«, sagte er leise.

Judy wandte sich mit einem strahlenden Lächeln an ihn. »Du wirst immer hübscher. Und ich habe gehört, dass du auch im Baseball Fortschritte machst.«

»Besba«, sagte Kyle und wandte endlich den Blick von dem Karton ab.

»Taylor hat mit ihm geübt«, erklärte Denise. »Es macht Kyle viel Spaß.«

»Da bin ich froh. Für eine Mutter ist es leichter, ihren Kindern beim Baseball zuzugucken als beim Football. Ich musste mir meistens die Augen zuhalten, wenn Taylor gespielt hat. Er wurde immer zerquetscht – und ich habe das auf der Tribüne gehört und mich zu Tode geängstigt.«

Denise lachte nervös, während Kyle sie verständnislos ansah. Judy fuhr fort:

»Ich hatte nicht damit gerechnet, dich hier zu treffen, weil ich dachte, du wärst mit Taylor zusammen. Er hat mir erzählt, er würde den Tag mit dir verbringen.«

Denise fuhr sich mit der Hand durchs Haar.

»Ach, wirklich? Wann denn?«

Judy nickte. »Gestern. Er kam nach seiner Rückkehr kurz vorbei.«

»Ach … er ist wieder da?«

Judy sah sie verwundert an. Dann fragte sie behutsam: »Hat er dich nicht angerufen?«

»Nein.«

Denise verschränkte die Arme und wandte sich ab, damit ihr Unbehagen nicht sichtbar würde.

»Vielleicht warst du schon bei der Arbeit«, sagte Judy leise.

Aber beide wussten, dass das nicht stimmte.

Zwei Stunden nachdem sie wieder zu Hause war, sah sie Taylor die Auffahrt raufkommen. Kyle war vor dem Haus, und als er den Truck sah, rannte er sofort quer über die Wiese. Kaum hatte Taylor die Tür aufgemacht, sprang Kyle ihm in die Arme.

Denise trat auf die Veranda; in ihr rangen widerstreitende Gefühle miteinander. Sie fragte sich, ob er gekommen war, weil Judy ihn angerufen hatte, nachdem sie Denise im Geschäft getroffen hatte; ob er sonst auch gekommen wäre; warum er sie in den Tagen, als er weg war, nicht angerufen hatte. Und warum ihr Herz trotz alledem bei seinem Anblick einen Sprung machte.

Nachdem Taylor ihn abgesetzt hatte, griff Kyle nach seiner Hand; gemeinsam kamen sie zur Veranda.

»Hallo, Denise«, sagte Taylor, auf der Hut, als erriete er ihre Gedanken.

»Hi, Taylor.«

Als sie keine Anstalten machte, auf ihn zuzukommen, zögerte Taylor einen Moment, bevor er zu ihr ging. Er sprang die Stufen hinauf; Denise wich einen Schritt zurück und sah ihm nicht in die Augen. Als er sie küssen wollte, entzog sie sich ihm.

»Bist du böse auf mich?«, fragte er.

Sie sah über den Garten hinweg, bevor sie den Blick auf ihn richtete. »Ich weiß nicht, Taylor. Habe ich Grund dazu?«

»Taya!«, sagte Kyle wieder. »Tayas hia!«

Denise nahm seine Hand. »Könntest du einen Moment reingehen, mein Süßer?«

»Taya is hia!«

»Ich weiß. Aber sei bitte so lieb und lass uns einen Moment allein, ja?«

Sie drehte sich um und machte die Fliegentür auf, dann führte sie Kyle hinein, brachte ihn zu seinen Spielsachen und kam wieder zu Taylor auf die Veranda.

»Was ist denn los?«, fragte Taylor.

»Warum hast du nicht angerufen, während du weg warst?«

Taylor zuckte die Schultern.

»Ich weiß nicht … es war einfach keine Zeit. Wir waren den ganzen Tag draußen, und wenn wir ins Motel zurückkamen, war ich ziemlich geschafft. Bist du deswegen böse?«

Ohne zu antworten, fuhr Denise fort:

»Warum hast du deiner Mutter gesagt, du würdest den Tag hier verbringen, wenn du das gar nicht vorhattest?«

»Warum fragst du mich so aus? Ich bin doch gekommen – was meinst du, was das hier ist?«

Denise atmete scharf aus. »Taylor, was ist mit dir los?«

»Wie meinst du das?«

»Du weißt, was ich meine.«

»Nein, das weiß ich nicht. Hör zu – ich bin gestern zurückgekommen und war ziemlich erledigt und heute Morgen musste ich mich um verschiedene Dinge kümmern. Warum machst du so viel Wind darum?«

»Ich mache keinen Wind darum … «

»Und ob. Wenn du mich hier nicht mehr willst, dann sag es nur, dann setze ich mich in meinen Truck und bin weg.«

»Es ist nicht so, dass ich dich nicht hier haben will, Taylor. Ich weiß nur nicht, warum du dich so verhältst.«

»Wie verhalte ich mich denn?«

Denise seufzte und versuchte, die richtigen Worte zu finden.

»Ich weiß auch nicht, Taylor … es ist nicht so leicht zu erklären. Es fühlt sich so an, als wärst du nicht mehr sicher, was du willst. Was uns angeht, meine ich.«

Taylors Gesichtsausdruck veränderte sich nicht.

»Wie kommst du nur darauf? Was – hast du wieder mit Melissa gesprochen?«

»Nein. Melissa hat hiermit gar nichts zu tun«, sagte

sie. Sie war frustriert und ein bisschen verärgert. »Es ist nur so – du hast dich verändert und ich weiß nicht mehr, was in dir vorgeht.«

»Nur, weil ich nicht angerufen habe? Das habe ich schon erklärt.« Er trat näher an sie heran, sein Ausdruck wurde zärtlicher. »Es war einfach keine Zeit, mehr kann ich dazu nicht sagen.«

Sie wusste nicht, ob sie ihm glauben sollte, und zögerte. In dem Moment kam Kyle – als spürte er die Spannungen – durch die Fliegentür.

»Kom rein«, sagte er.

Einen Moment lang standen sie beide da und rührten sich nicht.

»Kom jess«, beharrte Kyle und zupfte Denise am Hemd.

Denise sah zu ihm hinab und zwang sich zu einem Lächeln, dann sah sie wieder auf. Taylor grinste und gab sich Mühe, das Eis zu brechen.

»Wenn du mich reinlässt, habe ich eine Überraschung für dich.«

Sie dachte darüber nach und verschränkte die Arme. Hinter Taylor saß ein Blauhäher auf einem Zaunpfahl und rief. Kyle sah sie erwartungsvoll an.

»Was ist das für eine Überraschung?«, fragte sie schließlich und ließ sich erweichen.

»Sie ist im Truck. Ich hole sie eben.« Taylor trat zurück. Er sah sie genau an und verstand, dass ihre Frage bedeutete, er könne bleiben. Bevor sie es sich anders überlegen konnte, winkte er Kyle zu sich. »Komm, du kannst mir helfen.«

Als sie sich auf den Weg zum Truck machten, sah Denise ihnen hinterher und die Gefühle in ihr lagen im Widerstreit. Auch diesmal schienen seine Erklärungen plausibel, wie schon in den zwei Wochen davor. Und auch diesmal war er so gut zu Kyle.

Warum glaubte sie ihm also nicht?

Nachdem Kyle an dem Abend ins Bett gegangen war, saßen Denise und Taylor zusammen auf dem Sofa im Wohnzimmer.

»Wie hat dir meine Überraschung gefallen?«

»Sie war köstlich. Aber du musstest nicht noch meine Gefriertruhe auffüllen.«

»Na ja, meine war schon voll.«

»Deine Mutter hätte vielleicht auch gern was gehabt.«

Taylor zuckte mit den Schultern. »Ihre ist auch voll.«

»Wie oft gehst du denn zur Jagd?«

»So oft ich kann.«

Vor dem Essen hatten Taylor und Kyle im Garten Fangen gespielt, dann hatte Taylor das Essen gekocht, oder vielmehr einen Teil davon. Zusätzlich zu dem Wild hatte er Kartoffelsalat und weiße Bohnen in Tomatensoße aus dem Supermarkt mitgebracht. Jetzt entspannten sie sich und Denise fühlte sich zum ersten Mal seit zwei Wochen wieder wohler. Die einzige Lichtquelle im Zimmer war eine kleine Lampe in der Ecke und im Hintergrund spielte leise das Radio.

»Wann gehst du mit Kyle zu dem Baseball-Spiel?«

»Ich dachte, am Samstag, wenn dir das recht ist. In Norfolk ist am Samstag ein Spiel.«

»Oh, das ist sein Geburtstag«, sagte sie enttäuscht. »Ich wollte eigentlich eine kleine Party für ihn ausrichten.«

»Wann soll denn die Party stattfinden?«

»So gegen Mittag wahrscheinlich. Ich muss ja trotzdem abends arbeiten.«

»Das Spiel fängt um sieben an. Wie wäre es, wenn ich mit Kyle zum Spiel gehe, während du bei der Arbeit bist?«

»Aber ich würde auch gern zu dem Spiel gehen.«

»Ach, gönn uns doch einen Männerabend. Das gefällt ihm bestimmt.«

538

»Da bin ich mir ganz sicher. Du hast ihn schon für das Spiel gewonnen.«

»Bist du also einverstanden, wenn ich ihn mitnehme? Wir wären wieder rechtzeitig zurück, um dich abzuholen.«

Sie legte die Hände in den Schoß.

»Also gut, aber behalt ihn nicht zu lange dort, wenn er müde wird.«

Taylor hob die Hand. »Großes Ehrenwort. Ich hol ihn gegen fünf ab, und bevor der Abend zu Ende ist, isst er Hot Dogs und Erdnüsse und singt mit den anderen Fans.«

Sie stieß ihn in die Rippen. »Na klar.«

»Na, vielleicht auch nicht. Aber er wird es bestimmt versuchen.«

Denise legte ihren Kopf an seine Schulter. Er hatte den Geruch von Salz und Wind an sich.

»Du bist ein guter Kerl, Taylor.«

»Ich gebe mir Mühe.«

»Nein, ich meine es ernst. Du hast mir in den letzten Monaten das Gefühl gegeben, dass ich besonders geschätzt werde.«

»Und du mir.«

Eine Weile füllte das Schweigen das Zimmer, als wäre es ein lebendiges Wesen. Sie fühlte, wie sich Taylors Brust mit jedem Atemzug hob und senkte. Aber so wunderbar er an dem Abend auch gewesen war, sie konnte ihre Sorgen der letzten zwei Wochen doch nicht vergessen.

»Denkst du manchmal an die Zukunft, Taylor?«

Er räusperte sich, bevor er antwortete.

»Sicher, manchmal. Aber meistens komme ich nicht weiter als bis zur nächsten Mahlzeit.«

Sie nahm seine Hand in ihre und verschlang ihre Finger ineinander.

»Denkst du manchmal über uns nach? Darüber, wie es weitergehen soll, meine ich?«

Taylor antwortete nicht, so dass Denise weitersprach.

»Ich denke manchmal, dass wir uns jetzt seit ein paar Monaten kennen, aber dennoch weiß ich einfach nicht, wie du zu alldem stehst. Ich meine, die letzten zwei Wochen ... ich weiß auch nicht ... manchmal habe ich das Gefühl, du entziehst dich mir. Du hast so viel gearbeitet, dass wir kaum Zeit miteinander verbringen konnten, und als du nicht angerufen hast ...«

Sie brach ab und ließ den Rest ungesagt, weil er schon zuvor gesagt worden war. Sie spürte, wie sein Körper starr wurde, als er seine Erwiderung in einem heiseren Flüstern vorbrachte: »Du bist mir sehr wichtig, Denise, wenn du das meinst.«

Sie schloss die Augen und hielt sie einen Moment geschlossen, dann machte sie sie wieder auf.

»Nein, das meine ich nicht ... oder – nicht nur. Ich glaube, ich möchte einfach wissen, ob du es ernst meinst mit uns.«

Er zog sie näher zu sich heran und fuhr ihr mit der Hand durch das Haar.

»Natürlich meine ich es ernst. Aber ich habe ja schon gesagt, meine Vision von der Zukunft reicht nicht so besonders weit. Ich bin nicht gerade der hellste Typ, den du in deinem Leben kennen gelernt hast.«

Er lächelte über seinen Witz. Offenbar reichten Andeutungen nicht aus. Denise atmete tief ein.

»Wenn du an die Zukunft denkst, kommen wir, Kyle und ich, dann darin vor?«, fragte sie ohne Umschweife.

Es war still im Wohnzimmer, als sie auf die Antwort wartete. Sie fuhr sich mit der Zunge über die Lippen, ihr Mund war plötzlich trocken. Dann hörte sie ihn seufzen.

»Ich kann die Zukunft nicht voraussagen, Denise. Das kann keiner. Aber ich habe doch schon gesagt, du bist mir wichtig und Kyle auch. Reicht dir das nicht?«

Natürlich war es nicht die Antwort, die sie erhofft hatte, aber sie nahm den Kopf von seiner Schulter und sah ihn an.

»Ja«, log sie, »für jetzt reicht es.«

Später in der Nacht, nachdem sie miteinander geschlafen hatten und zusammen eingeschlafen waren, wachte Denise auf und sah Taylor am Fenster stehen. Er blickte zu den Bäumen hinüber und war anscheinend tief in Gedanken versunken. Sie sah ihn lange an, bis er schließlich wieder ins Bett kam. Als er die Bettdecke über sich zog, drehte Denise sich zu ihm um.

»Ist alles in Ordnung?«, flüsterte sie.

Taylor schien überrascht beim Klang ihrer Stimme. »Entschuldigung. Habe ich dich geweckt?«

»Nein, ich bin schon seit einer Weile wach. Was ist los?«

»Nichts. Ich konnte nicht schlafen.«

»Machst du dir Sorgen?«

»Nein.«

»Warum kannst du dann nicht schlafen?«

»Ich weiß nicht.«

»Habe ich irgendwas gemacht?«

Er atmete tief ein.

»Nein. Es hat nichts mit dir zu tun.«

Damit rückte er dicht an sie heran und legte die Arme um sie.

Am Morgen, als Denise aufwachte, war sie allein.

Diesmal schlief Taylor nicht auf dem Sofa. Diesmal überraschte er sie nicht mit dem Frühstück. Er hatte sich unbemerkt davongeschlichen und ging in seinem Haus nicht ans Telefon. Eine Weile lang überlegte Denise, ob sie bei seiner Baustelle vorbeigehen sollte, aber die Erinnerung an ihren letzten Besuch hielt sie davon ab.

Stattdessen ließ sie den Abend noch einmal Revue

passieren und versuchte, die Sache zu verstehen. Jedem positiven Aspekt stand ein negativer gegenüber. Ja, er war vorbeigekommen …, aber möglicherweise hatte seine Mutter etwas zu ihm gesagt. Ja, er war wunderbar mit Kyle …, aber vielleicht wollte er so von dem ablenken, was ihn eigentlich quälte. Ja, er hatte gesagt, sie sei ihm wichtig …, aber nicht so wichtig, dass er sie in eine Zukunft mit einschloss. Sie hatten miteinander geschlafen …, aber morgens war er ohne ein Wort verschwunden.

Sie analysierte, räsonierte, sezierte … sie hasste es, die Beziehung zu einem Untersuchungsobjekt zu machen. Das hatte man in den achtziger Jahren gemacht, da hatte man psychologisiert und Wörter und Taten zu interpretieren versucht, die etwas bedeuteten oder auch nicht. Nein, Unsinn. Sie bedeuteten etwas und das war genau der Punkt.

Doch im Innersten wusste sie, dass Taylor nicht log, wenn er sagte, sie sei ihm wichtig. Nur weil sie diese Überzeugung hatte, gab sie nicht auf. Aber …

So viele Aber in letzter Zeit.

Sie schüttelte den Kopf und versuchte, diese Gedanken zu verdrängen, wenigstens so lange, bis sie ihn wiedersah. Er würde am Abend vorbeikommen, um sie zur Arbeit zu fahren. Zwar wäre die Zeit zu kurz, um das Thema wieder aufzugreifen, aber sie war sich sicher, dass sie mehr Klarheit haben würde, sobald sie ihn wiedersah. Vielleicht kam er sogar ein bisschen früher.

Die Zeit bis zum Abend verging langsam. Kyle war in einer seiner schwierigen Stimmungen – er sprach nicht, war mürrisch und dickköpfig –, was ihre Laune nicht verbesserte, aber es hielt sie davon ab, den ganzen Tag über Taylor nachzudenken.

Kurz nach fünf dachte sie, sie hätte seinen Truck auf der Straße gehört, aber als sie aus dem Haus trat, war er nirgends zu sehen. Enttäuscht wie sie war, zog sie sich für die Arbeit um, machte für Kyle einen Käse-Toast und sah sich die Nachrichten an.

Die Zeit verging. Es war sechs Uhr. Wo war er?

Sie stellte den Fernseher aus und versuchte, Kyle für ein Buch zu interessieren – ohne Erfolg. Dann setzte sie sich auf den Boden und fing an, mit seinen Legosteinen zu bauen, aber Kyle beachtete sie gar nicht und malte in seinem Malbuch. Sie wollte ihm helfen, doch er wies sie ab. Sie seufzte und gab auf.

Stattdessen ging sie in die Küche und räumte auf, damit die Zeit verging. Viel zu tun gab es nicht, aber sie fand einen Korb mit Wäsche, die sie zusammenfaltete.

Halb sieben – und er war immer noch nicht da. Ihre Unruhe wich einem dumpfen Gefühl im Magen.

Er kommt noch, sagte sie sich. Oder?

Wider besseres Wissen wählte sie seine Nummer, aber niemand nahm ab. Sie ging in die Küche, holte sich ein Glas Wasser und stellte sich ans Wohnzimmerfenster. Sie sah hinaus und wartete.

Und wartete.

Noch eine Viertelstunde, bis ihre Arbeit anfing.

Noch zehn Minuten.

Um fünf vor sieben hielt sie das Glas so fest umklammert, dass ihre Knöchel weiß hervortraten. Sie löste den Griff und spürte, wie das Blut wieder in die Finger strömte. Es wurde sieben Uhr. Sie hatte die Lippen fest zusammengepresst und rief Ray an. Sie entschuldigte sich und sagte, sie käme etwas später.

»Wir müssen los, Kyle«, sagte sie, nachdem sie aufgelegt hatte. »Wir nehmen die Fahrräder.«

»Nei«, sagte er.

»Das ist keine Frage, Kyle, wir müssen los. Steh auf!«

Beim Klang ihrer Stimme legte Kyle seine Buntstifte weg und kam zu ihr.

Fluchend ging sie zur hinteren Veranda und holte ihr

Fahrrad. Sie schob es nach vorn, merkte, dass es nicht gleichmäßig rollte, und rüttelte es, bevor sie sah, was los war.

Sie hatte einen Platten.

»O nein … nicht heute Abend«, sagte sie ungläubig. Als könnte sie ihren Augen nicht trauen, befühlte sie den Reifen mit den Fingern: Er war weich und gab bei geringem Druck nach.

»Verdammt«, sagte sie und trat gegen das Rad. Sie ließ das Fahrrad auf ein paar Kartons fallen und ging wieder in die Küche, als Kyle gerade herauskam.

»Wir nehmen nicht die Fahrräder«, sagte sie mit zusammengebissenen Zähnen. »Komm rein.«

Kyle wusste, dass er sie jetzt nicht bedrängen durfte, und folgte ihr. Denise ging zum Telefon und versuchte wieder, Taylor zu erreichen. Keiner da. Verärgert warf sie den Hörer auf die Gabel, dann überlegte sie, wen sie anrufen könnte. Rhonda nicht – die war schon im Diner. Aber … Judy? Sie wählte ihre Nummer und ließ es ein Dutzend Mal klingeln, bevor sie wieder auflegte. Wen sonst? Wen kannte sie denn noch? Eigentlich nur einen anderen Menschen. Sie machte den Schrank auf, fand das Telefonbuch und suchte nach der Seite. Nachdem sie die Nummer gewählt hatte, atmete sie erleichtert auf, als jemand abnahm.

»Melissa? Hallo, hier ist Denise.«

»Oh, hallo, wie geht es dir?«

»Um ehrlich zu sein, mir geht es im Moment nicht besonders gut. Ich tue dies äußerst ungern, aber ich möchte dich um einen Gefallen bitten.«

»Was kann ich für dich tun?«

»Ich weiß, es ist völlig unpassend, aber kannst du mich zur Arbeit fahren?«

»Na klar. Wann?«

»Jetzt? Ich weiß, ich rufe in letzter Minute an, aber mein Fahrrad hat einen Platten … «

»Mach dir keine Sorgen«, unterbrach Melissa sie. »Ich bin in zehn Minuten da.«

»Du hast was gut bei mir.«

»Unsinn. Es ist doch keine große Sache. Ich muss nur meine Tasche und die Schlüssel finden.«

Denise legte auf und rief Ray noch einmal an. Sie entschuldigte sich abermals, erklärte ihre Verspätung und sagte, sie wäre um halb acht da. Diesmal lachte Ray.

»Mach dir keine Sorgen. Wenn du da bist, bist du da. Keine Eile – es ist sowieso eher ruhig im Moment … «

Sie seufzte erleichtert. Dann wurde sie Kyles gewahr, der sie stumm ansah.

»Mommy ist nicht böse auf dich, mein Süßer. Es tut mir Leid, dass ich dich angeschrien habe.«

Allerdings war sie böse auf Taylor. Alle Erleichterung wurde von ihrem Ärger überschattet. Wie konnte er nur?

Sie suchte ihre Sachen zusammen und wartete auf Melissa. Als sie Melissas Wagen hörte, ging sie mit Kyle nach draußen. Melissa rollte das Fenster runter und hielt an.

»Hallo. Steigt ein, aber ihr müsst die Unordnung entschuldigen. Die Jungen sind zurzeit begeisterte Football-Spieler.«

Denise schnallte Kyle auf dem Rücksitz an und setzte sich kopfschüttelnd auf den Beifahrersitz. Dann fuhren sie auch schon los und bogen in die Straße ein.

»Was ist denn passiert?«, fragte Melissa. »Du hattest einen Platten, hast du gesagt?«

»Ja, und ich hatte nicht damit gerechnet, mit dem Fahrrad fahren zu müssen. Taylor ist nicht gekommen.«

»Obwohl er gesagt hat, er würde kommen?«

Die Frage ließ Denise einen Moment lang zögern. Hatte sie ihn gefragt? Musste sie ihn noch jedes Mal fragen?

»Wir haben nicht ausdrücklich darüber gesprochen«, gab Denise zu, »aber er hat mich den ganzen Sommer über zur Arbeit gefahren und ich hatte angenommen, dass er es weiterhin tun würde.«

»Hat er angerufen?«

»Nein.«

Melissa warf Denise einen Blick zu. »Mir kommt es so vor, als hätten sich die Dinge zwischen euch verändert.«

Denise nickte nur. Melissa sah auf die Straße und schwieg und überließ Denise ihren Gedanken.

»Du wusstest, dass es so kommen würde, oder?«

»Ich kenne Taylor schon lange«, sagte Melissa vorsichtig.

»Was ist mit ihm los?«

Melissa seufzte. »Ehrlich gesagt, das weiß ich nicht. Ich habe es nie gewusst. Aber anscheinend kneift Taylor jedes Mal, wenn es mit einer Frau ernst wird.«

»Aber … warum? Ich meine, wir verstehen uns gut, er ist wunderbar mit Kyle … «

»Ich kann nicht für ihn sprechen, wirklich nicht. Wie ich schon gesagt habe, eigentlich verstehe ich ihn nicht.«

»Und wenn du eine Vermutung äußern solltest?«

Melissa zögerte. »An dir liegt es nicht, das kannst du mir glauben. An dem Abend damals habe ich es ernst gemeint, als ich sagte, du bist ihm wichtig. Das stimmt – du bist ihm wichtiger als je eine zuvor – und Mitch sagt das Gleiche. Aber manchmal denke ich, Taylor glaubt, kein Recht darauf zu haben, glücklich zu sein, deswegen verhindert er es, wenn irgend möglich. Ich glaube nicht, dass er es absichtlich tut – vielmehr ist es so, dass er nicht anders kann.«

»Das ergibt für mich keinen Sinn.«

»Das mag wohl sein. Aber so ist er.«

Denise dachte darüber nach. Vor ihnen lag schon das Eights. Wie Ray gesagt hatte, schien es ruhig zu sein, wenn man der Anzahl der geparkten Autos nach urteilte. Sie machte die Augen zu und ballte frustriert die Hände zu Fäusten.

»Aber warum?«

Melissa antwortete nicht gleich. Sie setzte den Blinker und bremste ab.

»Wenn du mich fragst … es hat mit etwas zu tun, was vor langer Zeit passiert ist.«

Melissas Ton machte deutlich, worauf sie hinauswollte.

»Mit seinem Vater?«

Melissa nickte, dann sagte sie betont: »Er gibt sich die Schuld am Tod seines Vaters.«

Denise spürte, wie sich ihr Magen zusammenkrampfte. »Was ist denn passiert damals?«

Der Wagen hielt an. »Darüber solltest du mit ihm sprechen.«

»Das habe ich schon versucht … «

Melissa schüttelte den Kopf. »Ich weiß, Denise. Wir haben es alle versucht.«

Denise versah ihre Arbeit, war aber nicht richtig konzentriert, doch da nicht viele Gäste im Lokal waren, ging es auch so. Rhonda, die Denise normalerweise nach Hause gefahren hätte, ging früher, so dass sie Ray bitten musste. Sie war zwar dankbar, aber weil Ray immer noch aufräumte und putzte, nachdem das Lokal geschlossen war, würde sie noch später als sonst nach Hause kommen. Sie fand sich damit ab und erledigte ihre Arbeiten, als die Tür aufging.

Taylor.

Er trat ein, winkte Ray zu, ging jedoch nicht zu Denise.

»Melissa hat angerufen«, sagte er, »sie hat gesagt, du brauchst vielleicht jemanden, der dich nach Hause bringt.«

Sie konnte nichts sagen. Sie war wütend, verletzt, verwirrt … und eindeutig immer noch verliebt. Obwohl dieser letzte Teil mit jedem Tag weniger zu werden schien.

»Wo warst du heute Abend?«

Taylor bewegte sich unschlüssig auf der Stelle. »Ich habe gearbeitet«, sagte er schließlich. »Ich wusste nicht, dass du heute jemanden brauchtest, der dich fährt.«

»Du hast mich in den letzten drei Monaten gefahren«, sagte sie und versuchte, die Fassung zu bewahren.

»Aber letzte Woche war ich nicht da und gestern hast du mich nicht gefragt, deshalb habe ich gedacht, Rhonda würde dich fahren. Ich wusste nicht, dass ich dein persönlicher Chauffeur bin.«

Ihre Augen wurden schmal. »Das ist nicht fair, Taylor, und das weißt du auch.«

Taylor verschränkte die Arme.

»He, ich bin nicht gekommen, um mich beschimpfen zu lassen, sondern für den Fall, dass du nach Hause gebracht werden möchtest. Was ist nun?«

Denise verzog den Mund.

»Nein«, sagte sie.

Falls Taylor überrascht war, zeigte er es nicht.

»Gut«, sagte er. Er betrachtete die Wände, senkte den Blick zu Boden und sah sie wieder an. »Es tut mir Leid wegen gerade, wenn es noch was ändert.«

Ja und nein, dachte Denise. Aber sie sagte nichts. Als Taylor merkte, dass sie stumm blieb, drehte er sich um und machte die Tür auf.

»Soll ich dich morgen abholen?«

Sie dachte darüber nach.

»Kommst du auch?«

Er zuckte zusammen. »Ja«, sagte er leise. »Ich komme.«

»Dann ja, gern«, sagte sie schließlich.

Er nickte und ging zur Tür. Denise drehte sich um

und sah, wie Ray die Theke schrubbte, als hinge sein Leben davon ab.

»Ray?«

»Ja, Schatz?«, sagte er und tat, als hätte er das Gespräch nicht mitgehört.

»Kann ich morgen Abend frei haben?«

Er hob den Blick von der Theke und sah sie an, wie er auch sein eigenes Kind angesehen hätte.

»Ich glaube, das wäre das Beste.«

Taylor kam eine halbe Stunde bevor ihre Schicht normalerweise anfing, und war überrascht, als sie in Jeans und einer kurzärmeligen Bluse die Tür aufmachte. Es hatte fast den ganzen Tag geregnet und war zu kühl für Shorts. Taylor seinerseits war sauber und trocken – ein klares Zeichen, dass er sich umgezogen hatte, bevor er zu ihr gefahren war.

»Komm rein«, sagte sie.

»Müsstest du dich nicht langsam für die Arbeit umziehen?«

»Ich arbeite heute Abend nicht«, sagte sie ruhig.

»Nein?«

»Nein«, sagte sie. Taylor kam hinter ihr ins Haus.

»Wo ist Kyle?«

Denise setzte sich. »Melissa hat gesagt, sie passt eine Weile auf ihn auf.«

Taylor stand da und sah sich unschlüssig um, aber Denise klopfte neben sich auf das Sofa.

»Setz dich.«

Taylor setzte sich. »Was ist los?«

»Wir müssen reden«, begann sie.

»Worüber?«

Über die Frage konnte sie nur den Kopf schütteln.

»Was ist mit dir los?«

»Warum? Gibt es etwas, was ich nicht weiß?«, sagte er und grinste nervös.

»Dies ist nicht der richtige Zeitpunkt für Witze, Taylor. Ich habe mir heute Abend frei genommen, weil ich hoffe, dass du mir helfen kannst, das Problem zu verstehen.«

»Sprichst du von gestern? Ich habe gesagt, es tut mir Leid, und ich meine es ehrlich.«

»Darum geht es nicht, Taylor. Ich rede von dir und mir.«

»Haben wir nicht neulich schon darüber gesprochen?«

Denise seufzte genervt. »Ja, wir haben gesprochen. Oder vielmehr, ich habe gesprochen. Aber du hast kaum was gesagt.«

»Und ob ich was gesagt habe.«

»Nein, das hast du nicht. Aber du hast noch nie viel gesagt. Du sprichst nur von den Dingen an der Oberfläche, nie von denen, die dich wirklich umtreiben.«

»Das stimmt nicht …«

»Warum verhältst du dich dann mir gegenüber – uns gegenüber – anders als sonst?«

»Das tue ich gar nicht … «

Denise unterbrach ihn, indem sie die Hand hob.

»Du kommst kaum noch her, du hast nicht angerufen, als du weg warst, du hast dich gestern Morgen fortgeschlichen und bist abends nicht gekommen … «

»Das habe ich schon erklärt … «

»Ja, das stimmt – du hast jede einzelne Situation erklärt. Aber erkennst du nicht das Muster?«

Er sah zur Uhr an der Wand hinüber und weigerte sich, auf ihre Frage einzugehen.

Denise fuhr sich mit der Hand durchs Haar. »Abgesehen von alledem sprichst du auch nicht mehr mit mir. Und ich fange an mich zu fragen, ob du es überhaupt je getan hast.«

Taylor warf Denise einen Blick zu, den sie auffing. Sie

550

wusste, was kommen würde – die Weigerung, das Problem zu erkennen –, und wollte das nicht schon wieder erleben. Sie hörte Melissas Stimme und beschloss, zum Kern der Sache zu kommen. Sie atmete tief ein und langsam wieder aus.

»Was ist mit deinem Vater passiert?«

Sie sah, wie er sich sofort verkrampfte.

»Warum ist das wichtig?«, fragte er, plötzlich auf der Hut.

»Weil ich glaube, dass es etwas mit der Art und Weise zu tun hat, wie du dich mir gegenüber in letzter Zeit verhältst.«

Statt zu antworten, schüttelte Taylor den Kopf, seine Stimmung schwang um und er wurde böse.

»Wie kommst du darauf?«

Sie versuchte es wieder.

»Das ist doch egal. Ich will nur wissen, was passiert ist.«

»Darüber haben wir schon gesprochen«, sagte er knapp.

»Nein, das stimmt nicht. Ich habe dich gefragt und du hast mir ein paar Dinge erzählt, aber du hast mir nicht alles erzählt.«

Taylor biss die Zähne zusammen. Er machte die Hand auf und zu, ohne es zu merken. »Er ist gestorben, okay? Das habe ich dir schon erzählt.«

»Und?«

»Und was?«, platzte er heraus. »Was soll ich noch sagen?«

Sie nahm seine Hand.

»Melissa sagt, du gibst dir die Schuld daran.«

Taylor zog seine Hand weg.

»Sie weiß nicht, wovon sie spricht.«

Denise versuchte ihre Stimme ruhig zu halten.

»Es hat gebrannt, stimmt das?«

Taylor schloss die Augen. Als er sie wieder aufmachte, sah sie einen Zorn in ihnen, wie sie ihn noch nie zuvor gesehen hatte.

»Er ist gestorben, das ist alles. Mehr gibt es nicht zu sagen.«

»Warum antwortest du mir nicht?«, fragte sie. »Warum kannst du es mir nicht erzählen?«

»Himmel!«, schleuderte er hervor, so dass seine Stimme von den Wänden widerhallte. »Kannst du es nicht dabei belassen?«

Sein Ausbruch überraschte sie und sie sah ihn mit großen Augen an.

»Nein, das kann ich nicht«, sagte sie und ihr Herz fing an zu rasen. »Nicht, wenn es uns betrifft.«

Er stand vom Sofa auf.

»Es betrifft nicht uns! Was soll das eigentlich? Ich bin es gründlich leid, von dir ständig ausgequetscht zu werden!«

Sie beugte sich mit erhobenen Händen nach vorn. »Ich quetsche dich nicht aus, Taylor, ich will nur mit dir reden ... «, stammelte sie.

»Was willst du denn von mir?«, fragte er mit erhitztem Gesicht.

»Ich will nur wissen, was los ist, damit wir weiterkommen können ... «

»Weiterkommen? Wir sind nicht verheiratet, Denise«, sagte er tonlos. »Wann hörst du endlich auf, in mir rumzubohren?«

Die Worte taten ihr weh. »Ich bohre nicht in dir rum«, sagte sie defensiv.

»Und ob du das machst. Du versuchst, in meinen Kopf zu gucken, damit du ihn zurechtbiegen kannst. Aber da ist nichts zum Zurechtbiegen, Denise, wenigstens nicht bei mir. Ich bin, wie ich bin, und wenn du damit nicht zurechtkommst, dann solltest du es vielleicht lassen.«

Er starrte sie böse an und bevor sie noch etwas sagen

konnte, schüttelte er den Kopf und trat einen Schritt zurück.

»Hör zu – du brauchst mich jetzt nicht und ich habe keine Lust, hier zu sein. Denk drüber nach, okay? Ich gehe.«

Damit drehte Taylor sich um und ging zur Tür; Denise blieb benommen auf dem Sofa sitzen.

Denk drüber nach?

»Das würde ich tun«, sagte sie leise, »wenn ich verstanden hätte, was du gesagt hast.«

Die nächsten Tage verliefen ereignislos, abgesehen natürlich von den Blumen, die am Tag nach ihrem Streit ankamen.

Die beiliegende Karte war schlicht:

Es tut mir Leid, dass ich mich so aufgeführt habe. Ich brauche ein paar Tage zum Nachdenken. Gibst du mir die Zeit?

Ein Teil von ihr wollte die Blumen wegwerfen, ein anderer wollte sie behalten. Ein Teil von ihr wollte die Beziehung auf der Stelle beenden, ein anderer wollte ihr noch eine Chance geben. *Was gibt's also Neues?* fragte sie sich.

Draußen hatte der Regen wieder eingesetzt. Der Himmel war grau und kalt, der Regen fiel schräg gegen die Scheiben, ein kräftiger Wind bog die Bäume um.

Sie ging zum Telefon und rief Rhonda an, dann nahm sie sich wieder die Kleinanzeigen vor. Am Wochenende würde sie sich ein Auto kaufen.

Vielleicht würde sie sich dann nicht mehr so fühlen, als säße sie in einer Falle.

Am Samstag feierte Kyle seinen Geburtstag. Melissa, Mitch und ihre vier Jungen sowie Judy waren die Gäste. Als man Denise nach Taylor fragte, erklärte sie, dass er später kommen und mit Kyle zu einem Baseball-Spiel gehen würde und deswegen sei er nicht schon am Nachmittag da.

»Kyle freut sich schon die ganze Woche darauf«, sagte sie und spielte mögliche Probleme herunter.

Weil es um Kyle ging, machte sie sich keine Sorgen, denn was ihren Sohn betraf, hatte Taylor sein Verhalten nicht verändert. Er würde bestimmt kommen, sie wusste es. Es war ganz und gar ausgeschlossen, dass er nicht kam.

Er würde gegen fünf kommen, er würde mit Kyle zum Spiel gehen.

Die Stunden vergingen langsamer als sonst.

Um zwanzig nach fünf spielte Denise mit Kyle im Garten Fangen, ihr Magen war ein einziger Knoten und sie war den Tränen nahe.

Kyle sah besonders süß aus in seinen Jeans und seiner Baseball-Mütze. Mit seinem Baseball-Handschuh – dem Geburtstagsgeschenk von Melissa – fing er den Ball, den Denise geworfen hatte. Er hielt den Ball vor sich und sah Denise an.

»Taya komm«, sagte er.

Denise sah zum hundertsten Mal auf ihre Uhr und schluckte. Sie spürte ein Gefühl der Übelkeit. Sie hatte dreimal angerufen: Er war nicht zu Hause. Anscheinend war er auch nicht auf dem Weg zu ihnen.

»Ich glaube nicht, Süßer.«

»Taya komm«, sagte er wieder.

Jetzt traten ihr die Tränen in die Augen. Denise ging vor ihm in die Hocke, um auf Augenhöhe mit ihm zu sein.

»Taylor muss arbeiten. Ich glaube nicht, dass er mit dir zu dem Spiel geht. Du kannst mit Mommy zur Arbeit kommen.«

Kyle sah sie an, langsam begriff er die Worte.

»Tayas wek«, sagte er schließlich.

Denise streckte die Hand nach ihm aus.

»Ja«, sagte sie traurig, »er ist weg.«

Kyle ließ den Ball fallen und ging an ihr vorbei ins Haus. Er sah unglücklicher aus, als sie ihn je gesehen hatte.

Denise ließ das Gesicht in die Hände sinken.

Taylor kam am Morgen danach, ein eingewickeltes Geschenk unter dem Arm. Bevor Denise zur Tür kam, war Kyle schon draußen, griff nach dem Paket und hatte fast vergessen, dass Taylor an seinem Geburtstag nicht gekommen war. Wenn es eine Sache gab, die Kindern das Leben leichter machte, dann war es ihre Fähigkeit, schnell zu verzeihen.

Aber sie war kein Kind. Sie trat vor die Tür, die Arme verschränkt, offensichtlich unglücklich. Kyle hatte das Geschenk in der Hand und fing an, es hastig auszupacken. Denise beschloss, nichts zu sagen, bis er fertig war, und sah zu, wie Kyles Augen immer größer wurden.

»Wegoo!«, rief er erfreut und hielt den Karton hoch, damit Denise ihn sehen konnte.

»Ja, Lego«, stimmte sie ihm zu. Ohne Taylor anzusehen, strich sie sich das Haar aus dem Gesicht. »Kyle – sag danke schön.«

»Dan ssön«, sagte er und sah auf den Karton.

»Warte«, sagte Taylor und ging in die Hocke, »ich mach ihn dir auf.«

Er nahm ein kleines Taschenmesser aus der Hosentasche, schnitt das Klebeband auf und nahm den Deckel ab.

Denise räusperte sich. »Kyle? Kannst du mit den Legos reingehen? Mommy muss mit Taylor sprechen.«

Sie hielt die Fliegentür auf und Kyle ging gehorsam ins Haus. Dort stellte er den Karton auf den Couchtisch und war sofort mit den Legosteinen beschäftigt.

Taylor stand vor ihr, ohne sich zu rühren.

»Es tut mir Leid«, sagte er aufrichtig. »Ich habe keine Entschuldigung. Ich habe es einfach vergessen. War er traurig?«

»Das könnte man so sagen.«

Taylor sah zerknirscht aus. »Vielleicht kann ich es wieder gutmachen. Am nächsten Wochenende ist wieder ein Spiel.«

»Ich glaube nicht«, sagte sie leise. Sie deutete auf die Stühle auf der Veranda. Taylor zögerte, ehe er sich niederließ. Denise setzte sich auch, sah ihn aber nicht an. Stattdessen beobachtete sie die Eichhörnchen, die im Garten Eicheln sammelten.

»Ich hab's kaputtgemacht, stimmt's?«, sagte Taylor ehrlich.

Denise lächelte gequält. »Ja.«

»Du hast jedes Recht, böse auf mich zu sein.«

Da wandte Denise sich zu ihm hin. »Ich war böse. Wenn du gestern Abend ins Eights gekommen wärst, hätte ich eine Bratpfanne nach dir geworfen.«

Taylor musste unwillkürlich lächeln, doch er wusste, dass sie noch nicht alles gesagt hatte.

»Aber das ist vorbei. Inzwischen bin ich nicht mehr böse, sondern resigniert.«

Taylor sah sie neugierig an, während sie langsam ausatmete. Als sie weitersprach, war ihre Stimme weich und leise.

»In den letzten vier Jahren habe ich mein Leben mit Kyle geteilt«, fing sie an. »Es ist nicht immer leicht, aber es hat eine gewisse Regelmäßigkeit und das hat etwas für sich. Ich weiß, wie ich heute und morgen und übermorgen verbringen werde, und das hilft mir, die Zügel in der Hand zu behalten. Kyle braucht das von mir und ich mache es seinetwegen, denn er ist alles, was ich auf der Welt habe. Und dann kamst du.«

Sie lächelte, aber das konnte nicht über die Traurigkeit in ihren Augen hinwegtäuschen.

Taylor schwieg.

»Du warst so gut zu ihm, von Anfang an. Du hast ihn anders behandelt als die anderen Menschen und das war sehr wichtig für mich. Und mehr noch, du warst auch gut zu mir.«

Denise machte eine Pause und knibbelte an einem Astloch im Holz des alten Schaukelstuhls, ihr Blick war nach innen gerichtet. »Als wir uns kennen lernten, wollte ich mich mit keinem einlassen. Ich hatte weder die Zeit noch die Energie und sogar nach dem Sommerfest war ich mir nicht sicher, dass ich dazu bereit war. Aber du warst so lieb zu Kyle. Du hast Dinge mit ihm gemacht, für die sich noch nie einer die Zeit genommen hatte, und ich war sehr angetan. Und nach und nach habe ich mich in dich verliebt.«

Taylor legte beide Hände in den Schoß und sah zu Boden. Denise schüttelte bedauernd den Kopf.

»Ich weiß nicht … es war fast wie in einem der Märchen, die ich als Kind gelesen habe.«

Denise lehnte sich auf dem Schaukelstuhl zurück und sah ihn unter gesenkten Lidern an.

»Erinnerst du dich an den Abend, an dem wir uns begegnet sind? Als du meinen Sohn gerettet hast? Danach hast du mir die Lebensmittel nach Hause gefahren und Kyle das Fangen beigebracht. Es war, als wärst du der schöne Prinz aus meinen Märchenbüchern, und je besser ich dich kennen lernte, desto mehr war ich davon überzeugt. Und ein Teil von mir glaubt es immer noch. Du verkörperst all das, was ich mir von einem Mann wünsche. Aber sosehr ich dich auch liebe – ich glaube, du bist weder für mich noch für meinen Sohn bereit.«

Taylor rieb sich nachdenklich das Gesicht und sah sie mit bekümmertem Gesichtsausdruck an.

»Ich bin nicht blind, ich sehe, was in den letzten Wochen mit uns geschehen ist. Du ziehst dich von mir zurück – von uns beiden –, auch wenn du es noch so sehr leugnest. Es ist eindeutig, Taylor. Allerdings verstehe ich nicht, warum du es tust.«

»Ich hatte viel zu tun«, sagte Taylor ohne rechte Überzeugung.

Denise atmete tief ein und bemühte sich, ihre Stimme unter Kontrolle zu halten.

»Ich weiß, dass du etwas in dir verschließt, und wenn du darüber nicht sprechen kannst oder willst, dann kann ich das nicht ändern. Aber was immer es ist, es entfernt dich von uns.« Sie brach ab, Tränen standen ihr in den Augen. »Gestern hast du mich verletzt. Aber schlimmer noch, du hast Kyle verletzt. Er hat auf dich gewartet, Taylor. Zwei Stunden lang. Jedes Mal, wenn ein Auto vorbeifuhr, ist er aufgesprungen und hat gedacht, du bist es. Aber du kamst nicht und am Ende hat auch er begriffen, dass alles anders ist. Er hat den ganzen Abend nicht mehr gesprochen, nicht ein einziges Wort.«

Taylor war blass und betroffen, offenbar verschlug es ihm die Sprache. Denise sah zum Horizont, eine einzelne Träne rann ihr die Wange hinunter.

»Ich kann viel ertragen. Ich habe es weiß Gott schon bewiesen. Du hast dich mir geöffnet und mich dann abwechselnd weggestoßen und wieder zu dir geholt. Aber ich bin erwachsen und kann selbst entscheiden, ob ich das zulassen will. Doch wenn das Gleiche mit Kyle passiert … « Sie sprach nicht weiter und wischte sich über die Wange.

»Du bist ein wunderbarer Mensch, Taylor. Du hast so viel, was du anderen Menschen geben kannst, und ich hoffe, du findest eines Tages einen Menschen, der dir mit dem Schmerz, den du mit dir herumträgst, helfen kann. Das hast du verdient. Tief in meinem Herzen weiß ich, dass du Kyle nicht wehtun wolltest. Aber ich kann es nicht darauf ankommen lassen, dass es wieder geschieht, besonders wenn du es mit einer gemeinsamen Zukunft nicht ernst meinst.«

»Es tut mir Leid«, sagte er mit belegter Stimme.

»Mir auch.«

Er streckte seine Hand nach ihr aus.

»Ich möchte dich nicht verlieren.« Seine Stimme war fast ein Flüstern.

Als sie sein angespanntes Gesicht sah, nahm sie seine Hand und drückte sie, dann ließ sie sie zögernd los. Wieder kamen ihr die Tränen und sie drängte sie zurück.

»Aber du willst mich auch nicht behalten, oder?«

Darauf hatte er keine Antwort.

Als er gefahren war, ging Denise wie in Trance durch das Haus und schaffte es nur mit großer Anstrengung, nicht in Tränen auszubrechen. Sie hatte schon die halbe Nacht geweint, weil sie wusste, was kommen würde. Aber sie war stark gewesen, sagte sie sich, als sie auf dem Sofa saß; sie hatte richtig gehandelt. Sie konnte nicht zulassen, dass er Kyle wehtat. Sie würde nicht weinen.

Verdammt, sie würde nicht mehr weinen.

Aber als sie Kyle mit den Legosteinen spielen sah und ihr klar wurde, dass Taylor nicht mehr zu ihr kommen würde, schnürte sich ihre Kehle zu.

»Ich werde nicht weinen.« Sie sagte die Worte laut und immer wieder wie ein Mantra. »Ich werde nicht weinen.«

Und dann brach sie zusammen und weinte zwei Stunden lang.

»Du hast also Schluss gemacht, wie?«, fragte Mitch empört.

Sie waren in einer Bar, einem düsteren Schuppen, der schon zur Frühstückszeit von Stammgästen belagert wurde. Jetzt war es allerdings spät am Abend. Taylor hatte erst nach acht angerufen und Mitch war eine Stunde später gekommen. Taylor hatte ohne ihn angefangen zu trinken.

»Ich war es nicht, Mitch«, sagte er abwehrend. »Sie hat Schluss gemacht. Diesmal kannst du es mir nicht anhängen.«

»Und wahrscheinlich kam es aus heiterem Himmel, ja? Du hattest nichts damit zu tun.«

»Es ist vorbei, Mitch, was soll ich dazu noch sagen?« Mitch schüttelte den Kopf.

»Weißt du, Taylor, du bist ein ziemlich schwieriger Kandidat. Du sitzt hier und denkst, du hast alles durchschaut, aber du begreifst nichts.«

»Danke für deine Anteilnahme, Mitch.« Mitch sah ihn wütend an.

»Hör auf mit dem Scheiß! Du brauchst meine Anteilnahme nicht. Du brauchst jemanden, der dir sagt, dass du dich auf die Socken machen und zu ihr fahren sollst und wieder in Ordnung bringen, was du kaputtgemacht hast.«

»Du verstehst das alles nicht … «

»Na klar, ich verstehe das nicht!«, sagte Mitch und setzte das Glas klirrend auf die Theke. »Für wen hältst du dich eigentlich? Du meinst, ich verstehe nichts? Mann, Taylor, ich kenne dich wahrscheinlich besser als du dich selbst. Meinst du, du bist der Einzige mit einer Scheißvergangenheit? Meinst du, du bist der Einzige, der immer versucht, sie zu verändern? Da weiß ich Neuigkeiten für dich. Jeder hat Scheiße hinter sich, jeder hat mal Sachen gemacht, von denen er wünscht, er könne sie ungeschehen machen. Aber die meisten Leute machen sich deswegen nicht ihr Leben kaputt.«

»Ich habe es nicht kaputtgemacht«, sagte Taylor wütend. »Hast du nicht gehört, was ich gesagt habe? Sie hat das Ganze beendet. Nicht ich. Diesmal nicht.«

»Ich sag dir mal was, Taylor. Meinetwegen kannst du das bis an dein Lebensende denken, aber wir beide wissen, dass das so nicht stimmt. Also, geh zu ihr und versuch zu retten, was zu retten ist. Sie ist der beste Mensch, der dir je begegnet ist.«

»Ich habe nicht gefragt, ob du kommen kannst, damit du mir deine Ratschläge erteilst, Mitch ... «

»Ja, aber du kriegst den besten Rat, den ich dir je gegeben habe. Tu mir den Gefallen und hör ihn dir an, ja? Schieß ihn nicht in den Wind. Dein Vater hätte es auch so gewollt.«

Taylor sah Mitch aus zusammengekniffenen Augen an und erstarrte.

»Lass meinen Vater da raus!«

»Warum, Taylor? Wovor hast du Angst? Dass sein Geist plötzlich über uns schwebt und das Bier vom Tisch fegt?«

»Das reicht ... «, knurrte Taylor.

»Du darfst nicht vergessen, Taylor: Ich habe deinen Vater auch gekannt. Ich weiß, was für ein toller Mann er war. Er hat seine Familie geliebt, seine Frau, seinen Sohn. Er wäre enttäuscht von dem, was du da machst, das garantiere ich dir.«

Aus Taylors Gesicht wich das Blut, er umklammerte das Glas.

»Willst du mich fertig machen, Mitch?«

»Nein, Taylor. Du machst dich selbst fertig. Das brauche ich nicht mehr zu tun. Wenn ich es täte, wäre es nur noch mal das Gleiche.«

»Ich muss mir diesen Scheiß nicht anhören«, brauste Taylor auf und stand auf. Er drehte sich um und ging zur Tür. »Du kennst mich nicht mal.«

Mitch schob den Tisch so heftig von sich, dass die Biergläser umfielen und sich einige Gäste zu ihnen umdrehten. Auch der Barmann sah auf, als Mitch Taylor von hinten am Kragen packte und herumwirbelte.

»Ich kenne dich also nicht? Und wie ich dich kenne! Du bist ein gottverdammter Feigling, das bist du nämlich! Du hast Angst vor dem Leben, weil du meinst, dann müsstest du dieses Kreuz ablegen, das du mit dir herumschleppst. Aber diesmal bist du zu weit gegangen. Du glaubst, du bist der Einzige auf der Welt, der Gefühle hat? Du glaubst, du kannst Denise einfach im Stich lassen und alles ist so wie vorher? Du glaubst, du bist dann glücklicher? Niemals, Taylor. Das wirst du nicht tun. Und diesmal tust du nicht nur einem Menschen weh, ist dir dieser Gedanke mal gekommen? Es geht nicht nur um Denise – du tust auch dem Kleinen weh! Herr im Himmel, bedeutet dir das nichts? Was würde wohl dein Vater sagen, wenn er das wüsste? ›Gut gemacht, mein Sohn. Ich bin stolz auf dich.‹ Von wegen. Dein Vater wäre entrüstet, so wie ich jetzt.«

Taylor war kreidebleich, er packte Mitch und hob ihn hoch, dann schob er ihn rückwärts in die Jukebox. Zwei Männer glitten von ihren Hockern und entfernten sich von dem Gerangel und der Barmann ging zum anderen Ende der Bar, wo er sich einen Baseballschläger holte, ehe er wieder nach vorn kam. Taylor hob seine Faust.

»Was hast du vor? Willst du mich schlagen?«, provozierte Mitch ihn.

»Jetzt ist Schluss!«, brüllte der Barmann. »Regelt eure Sachen draußen!«

»Mach schon«, sagte Mitch. »Schlag mich, wenn du willst.«

Taylor biss sich so heftig auf die Lippe, dass sie zu bluten anfing, und holte mit dem Arm zum Schlag aus, wobei seine Hand zitterte.

»Ich werde dir immer verzeihen, Taylor«, sagte Mitch ruhig. »Aber du musst dir selbst auch verzeihen.«

Taylor zögerte, rang mit sich, ließ Mitch endlich los und drehte sich zu den anderen um, die ihn anstarrten. Der Barmann stand vor ihm, den Schläger in der Hand, und wartete ab, was Taylor vorhatte.

Taylor unterdrückte die Flüche, die er schon auf der Zunge hatte, und ging zur Tür.

Kapitel 23

Als Taylor kurz vor Mitternacht nach Hause kam, sah er gleich das blinkende Licht an seinem Anrufbeantworter. Seit er Mitch in der Bar stehen gelassen hatte, war er bemüht gewesen, Ordnung in seine Gedanken zu bringen, und hatte eine Weile unter der Brücke am Fluss gesessen, an der Stelle, wo er sich nur wenige Monate zuvor durch einen Sprung ins Wasser gerettet hatte. An dem Abend – das wurde ihm jetzt bewusst – hatte er Denise zum ersten Mal wirklich gebraucht. Es kam ihm vor, als wäre es eine Ewigkeit her.

Er nahm an, dass Mitch ihm eine Nachricht auf das Band gesprochen hatte. Ihm tat sein Ausbruch Leid, doch als er die Wiedergabetaste drückte, stellte er überrascht fest, dass es nicht Mitch war.

Es war Joe von der Feuerwehr, der sich sehr bemühte, mit ruhiger Stimme zu sprechen.

»Am Stadtrand ist in einem Warenlager ein Feuer ausgebrochen. Bei Arvil Henderson. Ein Großbrand – in Edenton sind alle zur Unfallstelle gerufen worden, zusätzliche Löschzüge sind aus den umliegenden Bezirken angefordert worden. Es besteht Lebensgefahr. Wenn du die Nachricht rechtzeitig hörst, komm sofort, wir brauchen deine Hilfe … «

Es war vierundzwanzig Minuten her, dass Joe diese Nachricht auf das Band gesprochen hatte.

Ohne sich den Rest anzuhören, rannte Taylor raus zu seinem Truck. Er verfluchte sich, weil er sein Mobiltelefon ausgeschaltet hatte, als er aus der Bar gekommen war. Henderson war ein Großhandelsbetrieb für Farben und Lacke und eins der größeren Unternehmen in Chowan County. Tag und Nacht wurden Lastwagen beladen und zu jeder Tageszeit waren mindestens zwölf Arbeiter in dem Lager.

Er würde zehn Minuten für den Weg brauchen.

Wahrscheinlich waren alle anderen schon an der Unfallstelle und er käme eine halbe Stunde zu spät. Diese halbe Stunde konnte den Unterschied zwischen Leben und Tod für die Menschen bedeuten, die im Gebäude eingeschlossen waren.

Während andere Menschen um ihr Leben kämpften, hatte er draußen gesessen und sich in Selbstmitleid ergangen.

Kieselsteinchen wurden hochgeschleudert, als er den Truck in der Einfahrt wendete und fast ohne abzubremsen in die Straße einbog. Die Reifen quietschten und der Motor jaulte auf, als Taylor aufs Gaspedal trat. Er nahm jede Abkürzung, die er kannte, und jagte seinen Truck um eine Ecke nach der anderen auf dem Weg zu Hendersons Lager. Als es eine Weile geradeaus ging, beschleunigte er auf fast neunzig Meilen pro Stunde. Das Werkzeug schepperte auf der Ladefläche. Taylor hörte, wie etwas Schweres mit dumpfem Poltern von einer Seite zur anderen rutschte, als er wieder um eine Ecke bog.

Die Minuten vergingen, lange Minuten, sie dauerten ewig. Mit einem Mal sah er den glühenden Schein am Himmel in der Ferne, ein unheimliches Rot in der Dunkelheit. Er umklammerte das Lenkrad fester, als er das Ausmaß des Brandes vor sich sah. Über dem Motorengeräusch konnte er das ferne Heulen der Sirenen hören.

Beim Abbiegen trat er so heftig auf die Bremse, dass er mit schlingernden Hinterrädern in die Straße einfuhr, die auf das Lagergebäude zuführte. In der Luft lagen dicke, schwarze Rauchschwaden, da das Öl in den Farben verbrannte. Es war ein windstiller Abend und der Rauch hing schwer über der Brandstätte. Taylor sah die

Flammen, sie schlugen heftig lodernd aus dem Lagergebäude empor. Er fuhr an den Rand und kam mit krei-
schenden Bremsen zum Stehen.

Es war die reinste Hölle.

Drei Löschzüge waren schon zur Stelle ... die Schläuche waren an den Hydranten angeschlossen und spritzten Wasser auf einen Teil des Gebäudes ... die andere
Seite war anscheinend noch unbeschädigt, aber es sah so
aus, als würde das Feuer bald auf sie übergreifen ...
zwei Krankenwagen mit rotierendem Blaulicht ... fünf
Menschen am Boden, andere, die sich um sie kümmerten ... zwei Männer kamen aus dem Lager gestolpert,
rechts und links gestützt von anderen, die sich auch
kaum aufrecht halten konnten ...

Als Taylor dieses Inferno in sich aufnahm, sah er
Mitchs Auto ganz in der Nähe, aber es war unmöglich,
Mitch in dem Chaos von Menschen und Fahrzeugen
auszumachen.

Taylor sprang aus dem Wagen und rannte auf Joe zu,
der den anderen Anweisungen zubrüllte und erfolglos
versuchte, die Situation unter Kontrolle zu bekommen.
Wieder traf ein Löschzug ein, diesmal aus Elizabeth
City; sechs Männer sprangen heraus und rollten den
Schlauch ab, einer lief zu einem der Hydranten.

Als Joe sich umdrehte, sah er Taylor auf sich zuren-
nen. Joes Gesicht war rußgeschwärzt, er zeigte auf den
Drehleiterwagen.

»Hol deine Sachen!«, schrie er.

Taylor befolgte den Befehl, kletterte auf den Wagen,
riss einen Schutzanzug heraus und zog sich die Stiefel
aus. Zwei Minuten später war er in voller Montur und
rannte wieder zu Joe.

Noch im Laufen hörte er, wie Explosionen krachend
den Abend zerrissen, eine ganze Reihe von Explosionen,
rasch hintereinander. Ein schwarzer Pilz stieg aus der
Mitte des Gebäudes auf, eine Rauchwolke bildete sich,

als wäre eine Bombe hochgegangen. Wer sich in der Nähe des Lagergebäudes befand, warf sich zu Boden, als brennende Teile mit tödlicher Wucht vom Dach stürzten.

Auch Taylor suchte Deckung und legte die Hände schützend über den Kopf.

Überall schlugen Flammen aus dem Gebäude, das vom Feuer verzehrt wurde. Und wieder donnerten Explosionen durch die Nacht, wurden Trümmer durch die Luft geschleudert, setzten Feuerwehrleute hastig zurück, weg von der Hitze. Zwei Männer taumelten brennend aus dem Inferno, Schläuche wurden auf sie gerichtet und sie fielen zu Boden und wälzten sich.

Taylor stemmte sich hoch und rannte auf die Glut, die Flammen und die am Boden liegenden Männer zu ... sechzig Meter. Er rannte, so schnell er konnte. Die Welt glich plötzlich einem Kriegsschauplatz. Wieder Explosionen, als ein Farbfass nach dem anderen hochging, die Flammen griffen wild um sich ... man konnte wegen der Dämpfe kaum atmen ... eine Außenwand brach plötzlich weg und verpasste nur knapp die am Boden liegenden Männer.

Taylor kniff die Augen zusammen, sie tränten und brannten, als er endlich bei den Männern ankam. Beide waren bewusstlos, knapp hinter ihnen schlug die Flammenwand hoch. Er packte sie bei den Handgelenken und zerrte sie von der Feuersbrunst weg. Durch die Hitze hatte ihre Schutzkleidung angefangen zu schmelzen, Taylor sah die schwelende Beschichtung, als er sie in Sicherheit schleifte. Ein anderer Feuerwehrmann – Taylor kannte ihn nicht – kam hinzu und übernahm einen der Verwundeten. Im Laufschritt zogen sie ihre Last hinter sich her zu den Krankenwagen, während ein Sanitäter auf sie zueilte.

Ein einziger Gebäudeteil war bisher von dem Feuer verschont worden, doch das Glas in den kleinen viereckigen Fenstern war geborsten, Rauch strömte aus den Öffnungen und es sah so aus, als würde auch dieser Teil jeden Moment von den Flammen erfasst werden.

Mit panischen Gebärden versuchte Joe allen klarzumachen, dass sie aus der Gefahrenzone herauskommen sollten. Hören konnte ihn bei dem tosenden Lärm des Feuers niemand.

Ein Sanitäter war zur Stelle und kniete sich vor die Verwundeten. Ihre Gesichter waren versengt und ihre Kleidung glimmte noch; der enormen Hitze der vom Öl genährten Flammen hatte das feuerfeste Material ihrer Anzüge nicht standgehalten. Mit einer Schere aus dem Verbandskasten fing der Sanitäter an, den einen Anzug aufzuschneiden und vom Körper des Mannes abzupellen. Plötzlich war ein zweiter Sanitäter da und machte das Gleiche bei dem anderen Mann.

Beide Männer waren zu Bewusstsein gekommen und stöhnten vor Schmerzen. Als die Anzüge aufgeschnitten waren, half Taylor, sie den Männern abzuziehen: Erst das eine Bein, dann das andere, dann die Arme und der Rumpf. Anschließend wurden die Männer aufrecht hingesetzt und die Anzüge endgültig von ihren Körpern entfernt. Der eine Mann, der unter dem Anzug Jeans und sowohl Unterhemd als auch Oberhemd anhatte, war, abgesehen von Brandwunden an den Armen, ohne große Verbrennungen davongekommen. Der zweite jedoch trug nur ein T-Shirt, und auch das musste ihm vom Körper weggeschnitten werden. Auf seinem Rücken hatte er Verbrennungen zweiten Grades erlitten, große Blasen hatten sich auf seiner Haut gebildet.

Als Taylor von den Verletzten aufblickte, sah er, wie Joe wild mit den Armen gestikulierte; drei Männer waren bei ihm, drei weitere stürzten auf ihn zu. Da drehte Taylor sich zu dem Gebäude um und wusste, dass etwas Verhängnisvolles passiert war.

Als er aufstand und losrannte, war ihm plötzlich schlecht. Beim Näherkommen hörte er die Worte, die ihn erstarren ließen.

»Es sind noch welche drin! Zwei Männer! Da drüben!«

Taylor machte die Augen rasch auf und zu, eine Erinnerung erstand aus der Asche.

Ein Junge, neun Jahre alt, auf dem Dachboden, er ruft vom Fenster aus …

Einen Moment lang war er wie gelähmt. Taylor sah zu den brennenden Mauerresten des Lagers hinüber, dann fing er wie im Traum an zu laufen, auf den noch unversehrten Gebäudetrakt zu, in dem die Büros waren. Er wurde schneller und rannte an den Männern vorbei, die die Schläuche auf die Flammen hielten; als sie ihn mit Rufen zurückhalten wollten, beachtete er sie nicht.

Der Brand hatte nahezu alles erfasst, die Flammen waren auch auf die umstehenden Bäume übergesprungen, die jetzt hell loderten. Vor ihm war die Tür – die Feuerwehrleute hatten sie bereits aufgerissen – und schwarzer Rauch quoll daraus hervor.

Er war schon beim Eingang, als Joe ihn sah und ihm zubrüllte, er solle zurückkommen.

Taylor konnte ihn über den Lärm des Feuers nicht hören und rannte, als würde er wie eine Kanonenkugel nach vorn katapultiert, ins Haus. Die Hand mit dem feuerfesten Handschuh hatte er über das Gesicht gelegt, während die Flammen an ihm hochleckten. Fast blind drehte er sich nach links und hoffte, dass der Weg frei war. Seine Augen tränten, als er die ätzende Luft einatmete.

Um ihn herum brannte alles lichterloh, Balken stürzten herab, beißender Qualm umgab ihn.

Er wusste, er konnte eine Minute lang die Luft anhalten, nicht länger.

Er hastete durch den fast undurchdringlichen Rauch, die einzige Helligkeit kam von den Flammen.

Alles loderte mit höllischer Wut. Die Wände, die Decken ... über ihm das Geräusch eines berstenden Balkens, der herunterkrachte. Automatisch sprang Taylor zur Seite, als neben ihm ein Teil der Decke einstürzte.

Seine Lungen brannten. Er hastete zum Südende des Gebäudes hinüber, dem einzigen Teil, der noch stand. Er merkte, wie seine Kräfte schwanden und seine Lungen aufgaben, als er weiterstolperte. Links von sich erkannte er ein Fenster, dessen Glas noch heil war, und stürzte darauf zu. Von seinem Hakengürtel nahm er das Beil und zerschmetterte das Glas in einem Schwung; sofort lehnte er sich hinaus und füllte seine Lungen.

Wie ein Lebewesen erspürte das Feuer das Einströmen frischen Sauerstoffs und im Nu tobten die Flammen hinter ihm mit neuer Wut.

Die frisch entfachte Feuersbrunst trieb ihn vom Fenster weg und jagte ihn weiter.

Nach dem ersten Auflodern wichen die Flammen – wenn auch nur für wenige Sekunden – ein wenig zurück. Das reichte Taylor jedoch, um sich zu orientieren – und die Form eines Menschen am Boden zu erkennen. An der Ausrüstung sah Taylor, dass es ein Feuerwehrmann war.

Taylor kämpfte sich zu ihm durch und rettete sich mit einem Satz vor einem weiteren fallenden Balken. Er war in der einzigen Ecke des Gebäudetrakts angekommen, in der die Mauern noch standen, und sah, dass die Feuerwand ihm und dem am Boden Liegenden in Kürze den Weg abschneiden würde.

Als Taylor bei dem Mann war, hatte er kaum noch Luft in den Lungen. Er bückte sich, packte den Mann beim Handgelenk und lud ihn sich auf die Schulter.

Nur seinem Instinkt gehorchend, drängte er zum nächsten Fenster. Ein Schwindelgefühl überkam ihn und er machte die Augen zu, um sie vor dem Rauch und der Hitze zu schützen. Er stolperte zum Fenster, warf den Mann mit einer einzigen Kraftanstrengung durch die zerborstene Scheibe und hörte, wie er auf der anderen Seite landete. Durch den dichten Rauch sah er nicht, wie die anderen Feuerwehrmänner zu dem Verletzten stürzten.

Taylor konnte nur hoffen.

Er atmete zweimal hastig ein, hustete und keuchte. Dann atmete er wieder ein und rannte zurück in die Flammen.

Um ihn herum eine brüllende Hölle aus ätzenden Flammen und beißendem Rauch.

Taylor kämpfte sich weiter vor, er bewegte sich, als würde er von einer unsichtbaren Hand geführt.

Einer war noch drinnen.

Ein Junge, neun Jahre alt, auf dem Dachboden, er ruft vom Fenster aus, weil er Angst hat zu springen …

Als sein eines Auge schmerzhaft zu zucken begann, kniff er es zu. Er drängte vorwärts; in dem Moment brach die Wand des Büros wie ein Kartenhaus in sich zusammen. Das Dach über ihm sackte ein; die Flammen, die neue Nahrung suchten, griffen nach oben um sich, wo ein Loch in der Decke klaffte.

Einer war noch drinnen.

Taylor hatte das Gefühl zu sterben. Seine Lungen drohten zu zerspringen, wenn er nicht sofort von der brennenden, giftigen Luft um sich herum einatmete. Aber er gab dem dringenden Bedürfnis nicht nach und kämpfte gegen das wachsende Schwindelgefühl an.

Überall um ihn herum war Rauch. Als auch das andere Auge anfing zu zucken, ließ Taylor sich auf die Knie fallen. In drei Richtungen war er von Flammen umgeben, doch er hastete weiter, in den einzigen Bereich, in dem noch jemand überlebt haben könnte.

Er kroch, die Hitze verschlang ihn …

In dem Moment wusste Taylor, dass er sterben würde.

Kaum noch bei Bewusstsein, kroch er weiter.

Er merkte, wie ihm die Sinne langsam schwanden, spürte, wie die Welt ihm entglitt.

Hol doch Luft, schrie sein Körper.

Er kroch weiter, Zentimeter um Zentimeter, und betete automatisch vor sich hin. Vor ihm noch mehr Flammen, eine endlose Wand wabernder Hitze.

Da sah er die Gestalt.

Überall war Rauch, so dass er nicht erkennen konnte, wer es war. Und die Beine des Mannes waren von einer eingestürzten Wand verschüttet.

Taylor spürte, wie seine Eingeweide nachgaben, wie sein Blick schwarz wurde, und er umklammerte den Mann wie ein Blinder, der mit seinem inneren Auge sieht.

Der Mann lag auf dem Bauch, die Arme waren seitlich ausgestreckt. Sein Helm saß fest auf seinem Kopf. Ein Haufen Geröll bedeckte die Beine von den Oberschenkeln an.

Taylor packte die Arme und zog daran, aber der Körper rührte sich nicht vom Fleck.

Mit allerletzter Kraft stand Taylor auf und befreite den Mann mühsam von dem Schutt – Leisten, Mörtel, Sperrholzteile –, von einem verkohlten Brocken nach dem anderen.

Seine Lungen würden gleich platzen.

Die Flammen drängten näher, flackerten an ihm hoch.

Ein Stück und noch ein Stück, er räumte alles beiseite. Nichts war so schwer, dass er es nicht heben konnte, aber die Anstrengung hatte ihn an die Grenze seiner Kräfte gebracht. Er nahm den Kopf des Mannes und zog.

Diesmal bewegte sich der Körper. Taylor nahm alle Kraft zusammen und zerrte erneut, aber er hatte keine Luft mehr in den Lungen und sein Körper reagierte instinktiv.

Taylor atmete aus und atmete scharf wieder ein – er *musste* einfach Luft holen.

Und dann funktionierte sein Körper nicht mehr.

Schwindel übermannte ihn, ein Husten und Keuchen schüttelte ihn. Taylor ließ den Mann fallen und stand auf. Voller Panik stolperte er weiter, in dem von Sauerstoff entleerten Raum konnte er keine Luft schöpfen und all sein Training und jeder bewusste Gedanke waren anscheinend verpufft in dem Moment, da der pure Überlebensinstinkt sich durchgesetzt hatte.

Er tastete sich auf dem Weg zurück, den er gekommen war, seine Beine bewegten sich wie von selbst. Nach einigen Metern hielt er inne, als wäre er plötzlich aus seiner Benommenheit gerissen worden, und kehrte um, zu dem Mann zurück. In dem Moment explodierte die Welt um ihn herum in ein Flammenmeer und er wäre beinahe gestürzt.

Die Feuersbrunst schloss sich um ihn, als er zu der Fensteröffnung wankte. Blind stürzte er sich hindurch, sein Schutzanzug stand in Flammen. Dann spürte er nur noch, wie sein Körper auf dem Boden aufprallte, ein Schrei der Verzweiflung erstarb auf seinen Lippen.

Kapitel 24

Nur einer starb in jener Nacht zum Montag.

Sechs Menschen waren verletzt, darunter Taylor, und alle wurden ins Krankenhaus gebracht und dort behandelt. Drei konnten noch in derselben Nacht entlassen werden. Zwei der Männer, die noch bleiben mussten, hatte Taylor mit in Sicherheit gezerrt – sobald der Hubschrauber eintraf, würden sie in die Spezialabteilung für Verbrennungen der Duke University in Durham überführt werden.

Taylor lag allein in der Dunkelheit seines Krankenhauszimmers, seine Gedanken waren bei dem Mann, den er liegen lassen musste, der umgekommen war. Er lag auf dem Rücken, hatte ein Auge dick verbunden und starrte mit dem anderen an die Decke, als seine Mutter kam.

Sie saß eine Stunde lange neben ihm, dann ließ sie ihn mit seinen Gedanken allein.

Taylor McAden hatte nicht gesprochen.

Denise kam am Dienstag zu Beginn der Besuchsstunde. Als sie eintraf, sah Judy auf; ihre Augen waren rot vor Erschöpfung. Da Judy sie angerufen hatte, war Denise sofort gekommen, Kyle war auch dabei. Judy nahm Kyle bei der Hand und ging mit ihm aus dem Zimmer.

Denise trat ein und setzte sich auf den Stuhl, auf dem Judy gesessen hatte. Taylor wandte den Kopf ab.

»Es tut mir Leid wegen Mitch«, sagte sie leise.

Die Beerdigung sollte drei Tage später, am Freitag, stattfinden.

Taylor war am Donnerstag aus dem Krankenhaus

entlassen worden und ging auf direktem Weg zu Melissa.

Melissa war nicht in Edenton aufgewachsen; ihre Familie lebte in Rocky Mount und war jetzt nach Edenton gekommen. Deshalb war das Haus voller Menschen, die Taylor nur wenige Male gesehen hatte: bei der Hochzeit, bei den Kindstaufen und bei verschiedenen Besuchen. Die Angehörigen von Mitch, die in Edenton lebten, kamen auch, aber sie gingen abends wieder nach Hause.

Die Tür stand offen, als Taylor hereinkam und sich nach Melissa umsah.

Sobald er sie auf der anderen Seite des Wohnzimmers entdeckte, brannten ihm die Augen und er ging auf sie zu. Sie stand bei dem gerahmten Familienfoto und redete mit ihrer Schwester und ihrem Schwager. Sobald sie ihn erblickte, brach sie das Gespräch ab und kam auf ihn zu. Als sie voreinander standen, schlang er die Arme um sie, legte den Kopf an ihre Schulter und fing an zu weinen.

»Es tut mir so Leid«, sagte er, »es tut mir so unendlich Leid.«

Er konnte immer nur das Gleiche sagen. Auch Melissa fing an zu weinen. Die anderen Familienmitglieder überließen sie ihrem Kummer.

»Ich habe es versucht, Melissa ... ich habe es versucht. Ich wusste nicht, dass es Mitch war ... «

Melissa konnte nicht sprechen, sie hatte von Joe gehört, wie es geschehen war.

»Es ging nicht ... «, würgte er heraus, bevor ein Weinkrampf ihn schüttelte.

So hielten sie sich eine lange Zeit.

Eine Stunde später ging er wieder; er hatte mit niemandem sonst gesprochen.

Die Beerdigungsfeier wurde auf dem Cypress Park Cemetery gehalten und viele Menschen kamen. Alle Feuerwehrleute der umliegenden drei Bezirke sowie alle Polizisten und State Trooper waren erschienen, ebenso wie die Familienangehörigen und Freunde. So viele Trauergäste hatte es in Edenton noch nie gegeben. Mitch war in Edenton aufgewachsen und durch die Eisenwarenhandlung war er eine stadtbekannte Persönlichkeit, deshalb kamen fast alle Einwohner und gaben ihm das letzte Geleit.

Melissa und ihre vier Kinder saßen in der ersten Reihe und weinten.

Der Pfarrer hielt eine kurze Ansprache, dann las er den dreiundzwanzigsten Psalm. Anschließend trat er vom Pult weg und gab Freunden und Familienmitgliedern die Gelegenheit. ein paar Worte zu sagen.

Joe, der Erste Feuerwehrmann, trat vor und sprach von der Hingabe, mit der Mitch Feuerwehrmann gewesen war, von der Tapferkeit, die er gezeigt hatte, und von der Achtung, die er immer für Mitch bewahren würde. Als er fertig war, kam Taylor nach vorn.

»Mitch war wie ein Bruder für mich«, sagte er mit bebender Stimme und gesenkten Augen. »Wir sind zusammen aufgewachsen und alle guten Erinnerungen aus dieser Zeit schließen ihn mit ein. Ich erinnere mich, einmal, mit zwölf, sind wir zum Angeln rausgefahren und ich stand zu schnell in unserem Boot auf. Ich rutschte aus, schlug mit dem Kopf auf und fiel ins Wasser. Mitch sprang hinein und zog mich wieder raus. An dem Tag hat er mir das Leben gerettet, aber als ich wieder zu mir kam, lachte er nur. ›Jetzt ist mir der Fisch abgehauen, du Tollpatsch‹, sagte er, mehr nicht.«

Obwohl es ein trauriger Tag war, konnte man ein kleines Lachen hören, das schnell verstummte.

»Mitch – was soll ich sagen? Er war einer von denen, die allen, mit denen sie in Kontakt kommen, etwas von sich schenken. Ich mochte seine Sicht auf das Leben. Er nahm es als ein großes Spiel, in dem man nur gewinnen konnte, wenn man zu anderen Menschen gut war und wenn man in den Spiegel blickte und mit dem zufrieden war, was man sah. Mitch ... «

Er drückte die Augen fest zu und drängte die Tränen zurück.

»Mitch war so, wie ich immer sein wollte ... «

Taylor trat vom Mikrofon zurück und stellte sich wieder zu den anderen. Der Pfarrer beendete die Trauerfeier und die Gäste defilierten an dem Sarg vorbei, auf den ein Bild von Mitch gelegt worden war. Darauf sah man ihn über den Grill in seinem Garten gebeugt, mit einem breiten Lächeln auf dem Gesicht. Wie das Bild von Taylors Vater, so fing auch dieses Foto das Wesen des Abgebildeten ein.

Anschließend fuhr Taylor allein zu Melissas Haus.

Viele Menschen gingen nach der Beerdigung zu Melissa, um ihr Beileidsbekundungen zu überbringen. Anders als am Tag zuvor, als sich nur die engsten Freunde und Verwandten eingefunden hatten, kam nun jeder, der bei der Trauerfeier war, auch Menschen, die Melissa kaum kannte.

Judy und Melissas Mutter nahmen sich der Aufgabe an, die Gäste zu bewirten. Weil es im Haus so voll war, ging Denise in den Garten und beobachtete Kyle und die anderen Kinder, die bei der Beerdigung gewesen waren. Es waren hauptsächlich Nichten und Neffen, die, wie Kyle, zu jung waren, um das ganze Ausmaß dessen zu verstehen, was sich zugetragen hatte. In ihrer Sonntagskleidung tollten sie umher und spielten, als wäre dies ein normales Familientreffen.

Die Trauer hatte etwas Beklemmendes. Nachdem Denise Melissa umarmt und ihr ein paar Worte des Beileids gesagt hatte, überließ sie sie der Obhut ihrer Familie und Schwiegerfamilie. Melissa würde im Moment alle Unterstützung bekommen, die sie brauchte, das wusste Denise, denn Melissas Eltern wollten eine Woche bleiben. Ihre Mutter wäre da, um ihr zuzuhören und sie in den Arm zu nehmen, während Melissas Vater sich mit den ermüdenden bürokratischen Angelegenheiten befassen würde, die immer auf ein solches Ereignis folgten.

Denise stand auf und trat mit verschränkten Armen an den Rand des Schwimmbeckens, als Judy sie vom Küchenfenster aus sah. Judy legte das Geschirrtuch weg, schob die Glastür auf und kam in den Garten.

Denise hörte sie kommen und sah ihr mit einem verhaltenen Lächeln über die Schulter entgegen.

Judy legte eine Hand sanft auf ihren Rücken.

»Wie geht es dir?«, fragte Judy.

Denise schüttelte den Kopf. »Das sollte ich dich fragen. Du kanntest Mitch viel länger als ich.«

»Ich weiß. Aber du siehst so aus, als könntest du ein bisschen Zuspruch gebrauchen.«

Denise ließ die Arme sinken und sah zum Haus hinüber. In allen Zimmern waren Menschen.

»Es geht schon. Ich muss an Mitch denken. Und an Melissa.«

»Und an Taylor?«

Obwohl es zwischen ihnen vorbei war, konnte Denise es nicht leugnen.

»Ja, auch an ihn.«

Zwei Stunden später wurde es leerer. Die meisten flüchtigen Bekannten waren gegangen und einige der Verwandten mussten zum Flughafen.

Melissa saß mit ihren Eltern und anderen Verwandten im Wohnzimmer. Ihre Jungen hatten sich umgezogen und waren im Garten vor dem Haus. Taylor stand allein in dem kleinen Zimmer, das Mitch gehört hatte, als Denise zu ihm trat.

Taylor sah sie und wandte seine Aufmerksamkeit wieder dem Regal an der Wand zu. Es war mit Büchern gefüllt, mit Trophäen, die die Jungen im Football und in der Jugend-Baseball-Liga gewonnen hatten, und mit Familienbildern.

»Was du bei der Trauerfeier gesagt hast, war sehr schön«, sagte Denise. »Melissa haben deine Worte gut getan, das weiß ich.«

Taylor nickte nur und sagte nichts.

»Es tut mir sehr Leid, Taylor. Ich wollte dir nur sagen, wenn du mit jemandem sprechen möchtest – du weißt, wo ich bin.«

»Ich brauche niemanden«, flüsterte er mit heiserer Stimme. Damit drehte er sich um und ging hinaus.

Sie hatten beide nicht bemerkt, dass sie von Judy beobachtet wurden.

Kapitel 25

Taylor fuhr im Bett hoch, sein Herz klopfte wild, sein Mund war trocken. Einen Moment lang war er wieder in dem brennenden Lagergebäude, Adrenalin strömte durch seine Blutbahnen. Er konnte nicht atmen, seine Augen brannten. Überall waren Flammen, und obwohl er zu schreien versuchte, brachte er keinen Laut hervor. Er erstickte im Rauch.

Dann wurde ihm ganz plötzlich bewusst, dass er sich alles nur einbildete. Er sah sich im Zimmer um und blinzelte. Doch auch die Rückkehr in die Realität war schmerzhaft und lastete schwer auf seiner Brust und seinen Gliedern.

Mitch Johnson war tot.

Es war Dienstag. Seit der Beerdigung hatte er das Haus nicht verlassen und war auch nicht ans Telefon gegangen. Er nahm sich fest vor, das ab heute zu ändern. Er hatte zu tun, ein Bauprojekt war noch nicht abgeschlossen, es gab kleine Probleme auf der Baustelle, um die er sich kümmern musste. Ein Blick auf die Uhr sagte ihm, dass es schon nach neun Uhr war. Er hätte vor einer Stunde dort sein sollen.

Doch statt sich zu erheben, sank er einfach wieder ins Bett zurück. Er hatte nicht die Energie aufzustehen.

Am Mittwochmorgen saß Taylor, nur mit einer Jeans bekleidet, in der Küche. Er hatte sich Rührei mit Speck gemacht und das Essen auf dem Teller angestarrt, bis er es unangetastet in den Mülleimer kippte. Er hatte seit zwei Tagen nichts gegessen. Er konnte nicht schlafen und hatte auch kein Bedürfnis nach Schlaf. Er wollte mit niemandem sprechen und ließ die Anrufe von dem Anrufbeantworter aufnehmen. Er hatte diese Dinge nicht verdient. Sie könnten ihn erfreuen, sie könnten ihn ablenken – es waren Dinge für Menschen, die es wert waren, nicht für ihn. Er war erschöpft. Seinem Verstand und seinem Körper wurden die Dinge verwehrt, die sie zum Überleben brauchten, und er wusste, er könnte ewig so weitermachen. Es wäre leicht, es wäre eine andere Art von Flucht. Taylor schüttelte den Kopf. Nein, so weit konnte er nicht gehen. Er hatte auch das nicht verdient.

Stattdessen zwang er sich, ein Stück Toast zu essen. Sein Magen verlangte nach mehr, aber er weigerte sich, mehr zu essen als nötig. Es war seine Art, der Wahrheit, so wie er sie sah, ins Auge zu blicken. Jeder Hungerschmerz würde ihm seine Schuld und seinen Selbsthass bewusst machen. Er war schuld daran, dass sein Freund gestorben war.

Wie bei seinem Vater.

Am Abend zuvor hatte er, auf der Veranda sitzend, versucht, Mitch vor seinem inneren Auge lebendig werden zu lassen, aber merkwürdigerweise waren die Züge seines Freundes schon erstarrt. Taylor konnte sich an das Foto erinnern, er konnte sein Gesicht sehen, aber es gelang ihm nicht, sich vorzustellen, wie Mitch lachte oder einen Witz machte oder ihm auf den Rücken schlug. Schritt für Schritt verließ ihn sein Freund. Bald wäre sein Bild für immer ausgelöscht.

Wie bei seinem Vater.

Taylor hatte im Haus kein Licht gemacht. Es war dunkel auf der Veranda. Er saß in der Finsternis und spürte, wie sein Innerstes zu Stein wurde.

Am Donnerstag schaffte er es, zur Arbeit zu gehen. Er sprach mit den Hausbesitzern und traf eine Reihe von Entscheidungen. Zum Glück waren seine Mitarbeiter da und wussten, worum es ging, so dass sie allein weiterarbeiten konnten. Denn schon eine Stunde später hatte Taylor keinerlei Erinnerung mehr an das Gespräch.

Früh am Samstagmorgen, als Taylor erneut aus Albträumen erwachte, zwang er sich aufzustehen. Er koppelte seinen Anhänger an den Truck und lud seinen fahrbaren Rasenmäher zusammen mit dem Unkrautstecher und dem Kantenschneider ein. Zehn Minuten später parkte er vor Melissas Haus. Sie kam heraus, als er gerade alles abgeladen hatte.

»Ich habe gesehen, dass der Rasen gemäht werden muss«, sagte er, ohne ihr in die Augen zu blicken. Nach einem Moment befangenen Schweigens fragte er: »Wie kommst du zurecht?«

»Einigermaßen«, sagte sie und gab keine Gefühle zu erkennen. Ihre Augen waren rot gerändert. »Und du?«

Taylor zuckte mit den Schultern und schluckte den Kloß in seinem Hals herunter.

In den nächsten acht Stunden arbeitete er ohne Unterbrechung und ließ ihrem Garten eine Pflege angedeihen, als hätte sich ein professioneller Landschaftsgärtner darin betätigt. Am frühen Nachmittag wurde eine Ladung Mulch geliefert, die er sorgfältig um die Bäume, auf den Blumenbeeten und am Haus entlang verteilte. Während er so beschäftigt war, bemerkte er auch andere Dinge, die noch zu tun waren. Sobald er seine Maschinen wieder auf den Anhänger geladen hatte, schnallte er sich den Werkzeuggürtel um. Er befestigte ein paar lose Planken im Zaun, erneuerte den Kitt an drei Fenstern, flickte ein Fliegengitter, das ausgerissen war, und tauschte bei der Außenbeleuchtung eine durchgebrannte Glühbirne aus. Dann wandte er sich dem Schwimmbecken zu, füllte frisches Chlor nach, leerte die Siebe, fischte Blätter und anderen Unrat aus dem Wasser und reinigte die Filter.

Er ging erst ins Haus und sprach mit Melissa, als er mit den Arbeiten fertig war, und auch dann blieb er nur wenige Minuten.

»Es sind noch ein paar Dinge zu tun«, sagte er auf dem Weg zur Tür. »Ich komme morgen wieder und kümmere mich darum.«

Am nächsten Tag arbeitete er wie besessen bis zum Einbruch der Nacht.

Melissas Eltern fuhren in der Woche darauf wieder fort und Taylor füllte die Leere, die sie hinterließen. Wie im Sommer bei Denise kam er nun fast jeden Tag bei Melissa vorbei. Zweimal brachte er Abendessen mit – erst Pizza, dann gegrilltes Hühnchen – und obwohl er sich in Melissas Nähe ein wenig unbehaglich fühlte, glaubte er, eine gewisse Verantwortung für die Jungen zu haben.

Sie brauchten eine Vaterfigur.

Zu dieser Entscheidung war er ein paar Tage zuvor, nach einer weiteren schlaflosen Nacht, gekommen. Die Idee selbst jedoch hatte er schon während seiner Tage im Krankenhaus gehabt. Er wusste, er würde Mitch nicht ersetzen können, und das hatte er auch nicht vor. Auch würde er sich in keiner Weise in Melissas Leben einmischen. Wenn die Zeit kam, dass sie einen anderen Mann kennen lernte, würde er sich still aus dem Staube machen, und bis dahin würde er da sein und die Dinge in die Hand nehmen, die vorher Mitch gemacht hatte: Rasenmähen. Ballspiele und Angelausflüge mit den Jungen. Kleinere Arbeiten im Haus. Was immer.

Er wusste, was es hieß, ohne Vater aufzuwachsen. Er erinnerte sich, wie er sich nach jemandem außer seiner Mutter gesehnt hatte, mit dem er sprechen konnte. Er erinnerte sich, wie er im Bett gelegen und das Weinen seiner Mutter im Nebenzimmer gehört hatte und wie schwer es im Jahr nach dem Tod seines Vaters gewesen war, mit seiner Mutter zu sprechen. Wenn er zurückdachte, sah er deutlich, wie seine Kindheit plötzlich vorbei gewesen war.

Mitch zuliebe würde er es nicht zulassen, dass es seinen Jungen ebenso erging.

Er war überzeugt, dass Mitch sich das von ihm gewünscht hätte. Sie waren wie Brüder gewesen und Brüder sorgten füreinander. Außerdem war er der Patenonkel. Es war seine Pflicht.

Melissa schien nichts dagegen zu haben, dass er angefangen hatte vorbeizukommen. Sie hatte ihn nicht gefragt, warum er es tat; vermutlich bedeutete das, dass sie seine Gründe verstand. Die Jungen waren immer ihre Hauptsorge gewesen und jetzt, da Mitch tot war, hatte sich dieses Gefühl sicherlich verstärkt.

Die Jungen. Sie brauchten ihn jetzt, daran zweifelte er nicht.

In seinen Überlegungen hatte er gar keine Wahl. Als er die Entscheidung getroffen hatte, konnte er wieder essen und seine Albträume hörten unvermittelt auf. Er wusste, was zu tun war.

Am folgenden Wochenende, als Taylor kam, um sich um den Rasen zu kümmern, atmete er scharf ein, als er in die Einfahrt zu Melissas Haus einbog. Er blinzelte, um sich zu vergewissern, dass seine Augen ihn nicht trogen, aber als er wieder guckte, hatte es sich nicht bewegt.

Ein Schild von einem Immobilienhändler.

Zu verkaufen.

Das Haus war zu verkaufen.

Er saß bei laufendem Motor in seinem Truck, als Melissa aus dem Haus kam. Sie winkte ihm zu, woraufhin Taylor endlich den Schlüssel drehte und den Motor abstellte. Er drückte die Tür auf und ging zu ihr. Er konnte die Jungen im Garten hinter dem Haus hören, sie aber nicht sehen.

Melissa umarmte ihn.

»Wie geht es dir, Taylor?«, fragte sie und sah ihn aufmerksam an. Taylor trat einen Schritt zurück und vermied es, sie anzusehen.

»So ganz gut, denke ich«, sagte er verstört. Er nickte zur Straße hinüber.

»Was hat das mit dem Schild auf sich?«

»Ist das nicht offensichtlich?«

»Du willst das Haus verkaufen?«

»Hoffentlich.«

»Warum?«

Melissa schien in sich zusammenzusinken, als sie sich zum Haus umdrehte.

»Ich kann hier einfach nicht mehr leben ... «, sagte sie endlich. »Zu viele Erinnerungen.«

Sie drängte mit einem Blinzeln die Tränen zurück und starrte wortlos auf das Haus. Plötzlich sah sie so müde, so niedergeschlagen aus, als ob die Bürde, ohne Mitch weiterzumachen, sie ihrer ganzen Lebenskraft beraubte. Er spürte, wie Angst in ihm hochstieg.

»Aber du ziehst nicht weg, oder?«, fragte er ungläubig. »Du bleibst doch in Edenton, ja?«

Nach einem langen Zögern schüttelte Melissa den Kopf.

»Wohin gehst du?«

»Nach Rocky Mount«, sagte sie.

»Aber warum?«, fragte er und bemühte sich um Fassung. »Du lebst seit zwölf Jahren hier ... du hast Freunde hier ... ich bin hier ... Liegt es am Haus?«, fragte er rasch und wartete nicht auf eine Antwort. »Wenn es dir mit dem Haus zu viel wird, könnte ich vielleicht etwas für dich tun. Ich könnte dir ein neues bauen, du bekommst es zum Selbstkostenpreis, du musst nur sagen, wo ... «

Endlich sah Melissa ihn an.

»Es liegt nicht am Haus – es hat nichts damit zu tun. Meine Familie ist in Rocky Mount und ich brauche sie jetzt. Und die Jungen brauchen sie auch. Alle ihre Cousins sind da, das Schuljahr hat gerade angefangen. Es wird ihnen nicht schwer fallen, sich einzuleben.«

»Willst du denn sofort wegziehen?«, fragte er und gab sich große Mühe, die Neuigkeit zu verkraften.

Melissa nickte.

»Nächste Woche«, sagte sie. »Meine Eltern haben ein älteres Mietshaus, in dem kann ich wohnen, bis ich das hier verkaufe. Es ist ganz in ihrer Nähe. Und wenn ich arbeiten muss, können sie sich um die Kinder kümmern.«

»Das könnte ich auch«, sagte Taylor hastig. »Ich könnte dich einstellen, du könntest die Bestellungen machen und die Rechnungen schreiben, von zu Hause aus. Du könntest dir deine Zeit selbst einteilen … «

Sie lächelte ihn traurig an.

»Warum? Warum willst du mich auch retten, Taylor?«

Bei den Worten zuckte er zusammen. Melissa musterte ihn genau, bevor sie fortfuhr:

»Das versuchst du doch, oder? Letztes Wochenende, als du hier warst und den Garten gemacht hast. Du spielst mit den Kindern, du bietest mir ein Haus und einen Job an … Ich bin dir dankbar für das, was du tust, aber es ist nicht das, was ich im Moment brauche. Ich muss auf meine Weise damit zurechtkommen.«

»Ich wollte dich nicht retten«, widersprach er und versuchte sich nicht anmerken zu lassen, wie sehr es ihm wehtat. »Ich weiß einfach, wie schwer es ist, wenn man einen Menschen verliert, und ich wollte nicht, dass du dich allein fühlst.«

Langsam schüttelte sie den Kopf.

»Ach, Taylor«, sagte sie fast mütterlich, »das ist das Gleiche.« Sie zögerte und sah ihn verständnisvoll und traurig an. »Das machst du jetzt schon dein ganzes Leben lang. Du merkst, wenn jemand Hilfe braucht, und dann versuchst du, genau diese Hilfe zu geben. Und jetzt richtest du deine Aufmerksamkeit auf mich.«

»Ich richte meine Aufmerksamkeit nicht auf dich«, widersprach er.

Melissa ließ sich nicht von dem Gedanken abbringen und griff nach seiner Hand.

»O doch«, sagte sie ruhig. »Du hast es bei Valerie getan, als ihr Freund sich von ihr getrennt hat, du hast es bei Lori getan, als sie sich einsam fühlte. Du hast es bei Denise gemacht, als du gemerkt hast, wie schwierig ihr Leben ist. Überleg doch, was du alles für sie getan hast, von Anfang an.« Sie hielt inne, damit er sie richtig verstand, und fuhr dann fort: »Du hast das Bedürfnis, die Dinge besser zu machen, Taylor. Das war schon immer so. Du willst es zwar nicht glauben, aber alles in deinem Leben beweist das immer wieder. Sogar deine Arbeit. Als Bauunternehmer machst du die Dinge heil, die kaputtgegangen sind. Als Feuerwehrmann rettest du Menschen. Mitch hat das an dir nie verstanden, aber ich sehe das ganz deutlich. So bist du einfach.«

Darauf hatte Taylor keine Antwort. Er wandte sich ab, innerlich wehrte er sich gegen ihre Worte. Melissa drückte ihm die Hand.

»Das ist nichts Schlechtes, Taylor. Aber es ist nicht das, was ich brauche. Und auf lange Sicht ist es auch nicht das, was du brauchst. Wenn du nach einer Weile das Gefühl hast, ich bin gerettet, dann gehst du weiter und suchst nach einem anderen Menschen, den du retten kannst. Und ich wäre sicherlich dankbar für alles, was du getan hast, nur dass ich die Wahrheit wüsste, warum du es getan hast.«

Sie brach ab und wartete auf Taylors Erwiderung.

»Was ist das für eine Wahrheit?«, fragte er mit rauer Stimme.

»Dass du zwar mich gerettet hast, aber eigentlich versuchst, dich selbst zu retten, wegen deines Vaters. Und wie sehr ich mich auch bemühen würde, ich könnte dich niemals retten. Diesen Konflikt musst du selbst lösen.«

Die Worte trafen ihn mit einer Wucht, die er körperlich spürte: Sein Atem ging unregelmäßig, er sah auf seine Füße, sein Körper war gefühllos. In seinem Kopf führten die Gedanken miteinander Krieg. Erinnerungsfetzen jagten sich in Schwindel erregender Folge: Mitch, der ihn in der Bar wütend anstarrte; Denise, mit Tränen in den Augen; die Flammen in dem Lager, die an seinen Armen und Beinen hochzüngelten; sein Vater, der sich, von der Sonne beschienen, umdrehte, als seine Mutter auf den Auslöser drückte …

Melissa sah, wie die verschiedenen Gefühle über Taylors Gesicht zogen, und nahm ihn in den Arm. Sie zog ihn an sich und hielt ihn lange fest.

»Du bist wie ein Bruder für mich, und der Gedanke, dass du hier wärst für meine Jungen, macht mich froh. Und wenn du eine ähnliche Verbindung zu mir spürst, dann weißt du, dass ich nichts von alledem gesagt habe, um dir wehzutun. Ich weiß, du willst mich retten, aber das brauche ich nicht. Viel wichtiger ist es mir, dass du einen Weg findest, dich selbst zu retten, so wie du auch Mitch retten wolltest.«

Er war so benommen, dass er nicht antworten konnte. Sie standen zusammen in der Morgensonne und hielten sich umschlungen.

»Wie?«, fragte er mit rauer Stimme.

»Du weißt, wie«, flüsterte sie, die Hände auf seinem Rücken. »Du weißt schon, wie.«

Als er von Melissa wegging, war er wie in Trance. Es kostete ihn große Mühe, sich auf die Straße zu konzentrieren. Er wusste nicht, wohin er wollte, alle seine Gedanken waren abgerissen. Er hatte ein Gefühl, als wäre ihm seine letzte Kraft genommen worden und er wäre nackt und leer zurückgeblieben.

Das Leben, das er bisher geführt hatte, war vorbei und er wusste nicht, was er tun sollte. Wie gerne hätte er die

Dinge, die Melissa gesagt hatte, geleugnet, aber das war ihm nicht möglich. Und gleichzeitig konnte er sie nicht richtig glauben. Wenigstens nicht ganz. Oder doch?

All diese Gedanken strengten ihn ungeheuer an. Sein Leben lang hatte er versucht, die Dinge konkret und klar zu sehen, nicht kompliziert und voller versteckter Bedeutungen. Er suchte nicht nach hintergründigen Motiven, weder bei sich selbst noch bei anderen, weil er eigentlich nie geglaubt hatte, dass sie von Bedeutung seien.

Der Tod seines Vaters war ein konkretes Ereignis gewesen, schrecklich, aber real. Er verstand nicht, warum sein Vater hatte sterben müssen. Eine Zeit lang hatte er mit Gott über alles gesprochen, was er durchmachte, in der Hoffnung, es zu begreifen. Nach einer Weile hatte er den Versuch jedoch aufgegeben. Darüber sprechen, die Dinge verstehen … selbst wenn er irgendwann Antworten bekommen hätte, an der Sache hätte das nichts geändert – es würde seinen Vater nicht zurückbringen.

Aber jetzt, in dieser schweren Zeit, bewirkten Melissas Worte, dass er die Bedeutung all dessen, was er für klar und eindeutig gehalten hatte, in Frage stellte.

Hatte der Tod seines Vaters wirklich sein ganzes Leben geprägt? Hatten Melissa und Denise Recht mit ihrem Bild von ihm? Nein, dachte er entschieden. Sie hatten nicht Recht. Sie wussten beide nicht, was in der Nacht, als sein Vater starb, geschehen war. Niemand außer seiner Mutter wusste die Wahrheit.

Taylor fuhr automatisch weiter und passte nicht auf, wohin er den Wagen steuerte. Hin und wieder bog er um eine Ecke, bremste vor einer Kreuzung ab und hielt an, wenn es erforderlich war; er beachtete die Verkehrsregeln, ohne sich dessen bewusst zu sein. Seine Gedanken gingen vor und zurück, so wie sein Wagen von einem Gang in den nächsten schaltete. Melissas abschließende Worte ließen ihn nicht los.

Du weißt schon, wie …

Wie denn? wollte er fragen. *Im Moment weiß ich gar nichts. Ich weiß nicht, wovon du sprichst. Ich möchte einfach den Kindern helfen, als wäre ich eins der Kinder. Ich weiß, was sie brauchen. Ich kann ihnen helfen. Ich kann auch dir helfen, Melissa. Ich habe einen Plan dafür …*

Willst du mich auch retten?

Nein, ich will nur helfen.

Das ist dasselbe.

Wirklich?

Taylor weigerte sich, den Gedanken bis zu seinem logischen Schluss zu denken. In dem Moment sah er zum ersten Mal die Straße wirklich und wurde sich bewusst, wo er war. Er hielt an und ging das letzte Stück zu seinem eigentlichen Ziel zu Fuß.

Judy erwartete ihn am Grab seines Vaters.

»Was machst du hier, Mom?«, fragte er.

Judy drehte sich beim Klang seiner Stimme nicht um. Stattdessen fuhr sie fort, auf den Knien rutschend, die Grashalme um den Stein abzureißen, wie Taylor es jedes Mal machte, wenn er hierher kam.

»Melissa hat mich angerufen und mir gesagt, du würdest kommen«, sagte sie, als sie seine Schritte unmittelbar hinter sich hörte. An ihrer Stimme hörte er, dass sie geweint hatte. »Sie meinte, es wäre gut, wenn ich hier wäre.«

Taylor hockte sich neben sie. »Was ist los, Mom?«

Ihr Gesicht war gerötet. Sie trocknete sich die Wangen und dabei blieb ein Grashalm in ihrem Gesicht kleben.

»Es tut mir Leid«, hob sie an. »Ich war keine gute Mutter … «

Ihre Stimme erstarb in ihrer Kehle und Taylor war zu überrascht, um etwas zu sagen. Mit zärtlichen Fingern entfernte er den Halm von ihrer Wange.

»Du warst eine wunderbare Mutter«, sagte er fest.

»Nein«, flüsterte sie, »das stimmt nicht. Wenn ich das gewesen wäre, würdest du nicht so oft hierher kommen.«

»Was meinst du damit, Mom?«

»Das weißt du genau«, sagte sie und atmete tief ein, bevor sie fortfuhr: »Wenn du Kummer hast, kommst du nicht zu mir, du gehst nicht zu deinen Freunden, sondern du kommst hierher. Was immer der Kummer oder das Problem ist, du kommst stets zu dem Schluss, dass es besser ist, allein zu sein, wie jetzt auch.«

Sie sah ihn an, als wäre er ein Fremder.

»Verstehst du nicht, warum mir das wehtut? Ich muss immer denken, wie traurig es für dich ist, dein Leben ohne andere Menschen zu leben – Menschen, die dir helfen könnten oder die einfach mal zuhören würden, wenn du das brauchst. Und das liegt an mir.«

»Nein ... «

Sie ließ ihn nicht ausreden, wollte seine Einwände nicht hören. Ihr Blick wanderte zum Horizont, ihre Gedanken weilten in der Vergangenheit.

»Als dein Vater starb, war ich so gefangen in meiner eigenen Traurigkeit, dass ich nicht darauf geachtet habe, wie schwer es für dich war. Ich wollte alles für dich sein und hatte keine Zeit für mich selbst. Ich habe dir nicht beigebracht, wie wunderbar es ist, wenn man jemanden liebt und die Liebe erwidert wird.«

»Aber das hast du doch.«

Sie sah ihn mit einem Ausdruck unaussprechlicher Trauer an.

»Warum bist du dann allein?«

»Du brauchst dir keine Sorgen um mich zu machen, ja?«, murmelte er, fast zu sich selbst.

»Natürlich muss ich das«, sagte sie leise, »ich bin deine Mutter.«

Judy setzte sich auf den Boden. Auch Taylor setzte sich und streckte die Hand aus. Sie nahm sie bereitwillig und so saßen sie schweigend da, während ein leichter Wind die Äste der Bäume über ihnen bewegte.

»Dein Vater und ich waren sehr glücklich zusammen«, flüsterte sie.

»Ich weiß …«

»Nein, lass mich ausreden, ja? Ich war vielleicht nicht die Mutter, die du damals gebraucht hättest, aber ich versuche es jetzt zu sein.« Sie drückte seine Hand. »Dein Vater hat mich glücklich gemacht, Taylor. Er war der beste Mensch, den ich je kannte. Ich weiß noch, wie er das erste Mal mit mir sprach. Ich war auf dem Weg von der Schule in ein Geschäft gegangen, um mir ein Eis zu kaufen. Er kam direkt hinter mir in den Laden. Natürlich wusste er, wer ich war – Edenton war damals noch kleiner als jetzt. Ich war im dritten Schuljahr. Als ich mit dem Eis in der Hand rauskam, bin ich mit jemandem zusammengestoßen und das Eis fiel runter. Ich hatte kein Geld mehr und war so traurig, dass dein Vater mir ein neues Eis gekauft hat. Ich glaube, ich habe mich auf der Stelle in ihn verliebt. Nun ja … die Zeit verging und ich habe ihn nie vergessen. In der Highschool sind wir miteinander ausgegangen, dann haben wir geheiratet und ich habe es nicht eine Minute bereut.«

Sie brach ab. Taylor ließ ihre Hand los und legte den Arm um sie.

»Ich weiß, dass du Dad geliebt hast«, brachte er mühevoll hervor.

»Das meinte ich nicht. Ich meine, ich bereue es auch jetzt nicht.«

Er sah sie verständnislos an. Judy erwiderte seinen Blick und war plötzlich ganz leidenschaftlich.

»Auch wenn ich gewusst hätte, was mit deinem Vater passieren würde, hätte ich ihn geheiratet. Auch wenn ich von Anfang an gewusst hätte, dass wir nur elf Jahre miteinander verbringen würden, hätte ich nicht darauf verzichtet. Verstehst du das? Natürlich wäre es wunderbar gewesen, wenn wir zusammen alt geworden wären, aber das heißt nicht, dass ich unsere Zeit zusammen bedaure. Zu lieben und geliebt zu werden ist das Kostbarste auf der Welt. Weil ich das erlebt habe, konnte ich weitermachen, aber du scheinst das nicht zu verstehen. Selbst wenn die Liebe zum Greifen nah ist, wendest du dich ab. Du bist allein, weil du es so willst.«

Taylor rieb die Finger aneinander, seine Gedanken wurden wieder dumpf.

»Ich weiß«, nahm Judy mit müder Stimme den Faden wieder auf, »du glaubst, du bist verantwortlich für den Tod deines Vaters. In all den Jahren habe ich versucht dir klarzumachen, dass es ein schrecklicher Unfall war. Du warst noch ein Kind. Du wusstest nicht, was passieren würde, genauso wenig wie ich. Aber sosehr ich mich auch bemüht habe, dir das zu erklären, für dich stand immer fest, dass du schuld warst. Deswegen hast du dich von der Welt abgesondert. Ich weiß nicht, warum ... vielleicht glaubst du, dass du es nicht verdienst, glücklich zu sein; vielleicht hast du Angst, du würdest zugeben, dass du nicht schuld warst, wenn du dir gestattest, jemanden zu lieben ... vielleicht hast du Angst, deine eigene Familie im Stich zu lassen. Ich weiß nicht, was es ist, aber all diese Dinge stimmen nicht. Und ich weiß nicht, wie ich es dir sagen soll.«

Taylor antwortete nicht und Judy seufzte, als sie erkannte, dass er schweigen würde.

»Als ich dich diesen Sommer mit Kyle sah, weißt du, was ich da gedacht habe? Ich habe gedacht, wie sehr du deinem Vater gleichst. Er konnte immer gut mit Kindern umgehen, so wie du auch. Ich weiß noch, wie du ihm auf Schritt und Tritt gefolgt bist. Und wenn du zu ihm aufgesehen hast, musste ich jedes Mal lächeln. In deinem Blick lagen Ehrfurcht und Heldenverehrung. Ich hatte das vergessen, bis ich dich mit Kyle sah. Er hat dich mit dem gleichen Blick angesehen. Bestimmt vermisst du ihn.«

Taylor nickte zögernd.

»Liegt das daran, dass du ihm geben wolltest, was du in deiner Kindheit nicht haben konntest, oder liegt es daran, dass du ihn magst?«

Taylor dachte über die Frage nach und antwortete dann. »Ich mag ihn. Er ist ein lieber Kerl.«

Judy sah ihm in die Augen. »Vermisst du Denise auch?«

Ja, ich vermisse sie sehr.

Taylor rutschte verlegen hin und her.

»Das ist vorbei, Mom«, sagte er.

Sie zögerte. »Bist du sicher?«

Taylor nickte und Judy beugte sich vor und legte ihren Kopf an seine Schulter.

»Das ist sehr schade, Taylor«, flüsterte sie nach einer Weile. »Sie war die Richtige für dich.«

Ein paar Minuten saßen sie schweigend nebeneinander, bis ein leichter Herbstschauer sie zum Gehen zwang. Taylor hielt Judys Autotür auf und sie setzte sich auf den Fahrersitz. Er drückte die Tür zu und legte die Hände gegen die Fensterscheibe, so dass er die kühlen Tropfen an seinen Fingerspitzen fühlte. Judy lächelte ihrem Sohn traurig zu, als sie losfuhr und ihn allein im Regen stehen ließ.

Er hatte alles verloren.

Das wurde ihm bewusst, als er den kurzen Weg vom Friedhof nach Hause zurücklegte. Er fuhr an alten Häusern im viktorianischen Stil vorbei, die in dem milden grauen Licht etwas traurig aussahen, auf der Straße standen knöcheltief die Pfützen und seine Scheibenwischer bewegten sich im regelmäßigen Rhythmus über die Scheiben. Er fuhr durch das Stadtzentrum, und als er an den Geschäften vorbeikam, die er seit seiner Kindheit kannte, wanderten seine Gedanken unwillkürlich zu Denise.

Sie war die Richtige für dich.

Er musste sich eingestehen, dass er auch nach Mitchs Tod nicht aufgehört hatte, an sie zu denken. Wie eine Erscheinung war ihr Bild immer wieder durch seinen Kopf gehuscht, aber er hatte es hartnäckig und entschlossen vertrieben. Doch das gelang ihm jetzt nicht mehr. Mit verblüffender Klarheit sah er wieder ihren Gesichtsausdruck, als er ihre Küchenschränke repariert hatte, er hörte ihr Lachen über die Veranda schallen, er konnte den schwachen Geruch des Shampoos in ihrem Haar riechen. Sie war bei ihm … und doch auch wieder nicht. Und sie würde nie wieder bei ihm sein. Diese Erkenntnis rief ein großes Gefühl der Leere in ihm hervor, schlimmer als je zuvor.

Denise …

Während er weiterfuhr, klangen die Erklärungen, die er sich – und auch ihr – gegeben hatte, hohl. Was war über ihn gekommen? Ja, er hatte sich zurückgezogen. Er hatte es geleugnet, aber Denise hatte Recht damit gehabt. Warum, fragte er sich, hatte er sich so verhalten? Aus den Gründen, die seine Mutter genannt hatte?

Ich habe dir nicht beigebracht, wie wunderbar es ist, wenn man jemanden liebt und die Liebe erwidert wird …

Taylor schüttelte den Kopf. Plötzlich zweifelte er jede Entscheidung an, die er je getroffen hatte. Hatte seine Mutter Recht? Wenn sein Vater nicht gestorben wäre, hätte er sich dann in all den Jahren auch so verhalten? Er dachte an Valerie und Lori: Hätte er eine von ihnen geheiratet? Vielleicht, dachte er, möglicherweise, aber wahrscheinlich nicht. Es gab andere Aspekte in den Beziehungen, die nicht stimmten, und er konnte nicht ehrlich behaupten, sie wirklich geliebt zu haben.

Aber Denise?

Er musste schlucken, als er an die erste gemeinsame

Nacht dachte. Sosehr er es auch leugnen wollte, er wusste mit Gewissheit, dass er in sie verliebt war, in alles, was zu ihr gehörte. Warum hatte er ihr das nicht gesagt? Und wichtiger noch – warum hatte er mit aller Macht seine eigenen Gefühle geleugnet und sich von ihr entfernt?

Du bist allein, weil du es so willst …

Stimmte das? Wollte er die Zukunft wirklich allein angehen? Ohne Mitch – bald auch ohne Melissa – und wen hatte er sonst noch? Seine Mutter und … und … es fiel ihm niemand mehr ein. Außer ihr gab es niemanden mehr. Wollte er das wirklich? Ein leeres Haus, eine Welt ohne Freunde, eine Welt, in der er keinem wichtig war? Eine Welt, in der er alles getan hatte, um die Liebe zu vertreiben?

Er saß in seinem Truck, während der Regen gegen die Scheibe prasselte, als wollte er ihm diesen Gedanken einhämmern, und zum ersten Mal im Leben kam er zu der Erkenntnis, dass er sich etwas vormachte.

Plötzlich gingen ihm auch andere Gesprächsfetzen wieder durch den Kopf.

Mitch, der ihn warnte: »*Mach es diesmal nicht kaputt …*«

Melissa, die ihn neckte: »*Hast du eigentlich vor, diese wunderbare Frau zu heiraten oder was?*«

Denise, in ihrer leuchtenden Schönheit: »*Wir brauchen alle jemanden an unserer Seite …*«

Seine Antwort?

Ich brauche niemanden …

Das war eine Lüge. Sein ganzes Leben war eine Lüge gewesen und diese Lüge hatte ihn in eine Wirklichkeit geführt, die plötzlich unerträglich war. Mitch war nicht mehr da, Melissa ging fort, Denise war nicht mehr da, Kyle auch nicht mehr … er hatte sie alle verloren. Seine Lügen waren die Wirklichkeit geworden.

Sie sind alle fort.

Taylor hielt sich am Lenkrad fest und musste sich Mühe geben, nicht die Fassung zu verlieren. Er fuhr an den Straßenrand und legte den Leerlauf ein. Seine Sicht wurde trübe.

Ich bin allein …

Er umklammerte das Lenkrad, während der Regen aufs Auto prasselte, und konnte nicht verstehen, wie er es so weit hatte kommen lassen können.

Kapitel 26

Denise bog in die Einfahrt ein. Sie war müde nach der Arbeit. Wegen des anhaltenden Regens war es den Abend über recht ruhig im Eights gewesen. Zwar war sie dauernd auf den Beinen gewesen, aber für ein ordentliches Trinkgeld hatte es nicht gereicht. Ein mehr oder weniger verschwendeter Abend, doch immerhin konnte sie ein wenig früher gehen und Kyle hatte sich auf der Fahrt nach Hause nicht geregt. In den letzten Monaten hatte er sich angewöhnt, auf der Heimfahrt an sie gekuschelt zu schlafen, aber jetzt, da sie wieder ihr eigenes Auto hatte (zum Glück!), musste sie ihn auf dem Rücksitz anschnallen. Am Abend zuvor hatte ihn das so aufgebracht, dass er zwei Stunden lang nicht wieder einschlafen konnte.

Denise unterdrückte ein Gähnen, als sie die Einfahrt rauffuhr, und freute sich darauf, ins Bett zu kommen. Die vom Regen nassen Kieselsteine wurden von den Rädern hochgeschleudert und schlugen mit einem scharfen Ping gegen die Karosserie. Noch ein paar Minuten, eine Tasse heiße Schokolade und dann ins Bett. Der Gedanke hatte eine nahezu berauschende Wirkung.

Die Nacht war schwarz und mondlos, die Sterne waren hinter dunklen Wolken verborgen. Ein dünner Nebel hatte sich auf das Land gesenkt und Denise fuhr langsam und orientierte sich am Verandalicht. Als sie sich dem Haus näherte und die Umrisse klarer zu erkennen waren, hätte sie beinahe eine Vollbremsung gemacht, denn Taylors Truck stand vor dem Haus.

Sie blickte zur Tür und sah, dass Taylor auf den Stufen auf sie wartete.

Trotz der Müdigkeit war ihr Verstand mit einem Mal

hellwach. Die verschiedensten Möglichkeiten rasten ihr durch den Kopf, als sie parkte und den Motor abstellte.

Taylor kam auf sie zu, als sie ausstieg und sorgfältig vermied, die Tür hinter sich zuzuschlagen. Sie wollte ihn fragen, was der Grund seines Besuchs sei, aber sie bekam kein Wort über die Lippen.

Er sah schrecklich aus.

Seine Augen waren rot gerändert und wirkten entzündet, sein Gesicht war blass und abgespannt. Er hatte die Hände tief in die Taschen gesteckt und sah ihr nicht in die Augen. Sie war wie erstarrt und suchte nach Worten.

»Wie ich sehe, hast du dir ein Auto gekauft«, begann Taylor.

Der Klang seiner Stimme entfesselte eine Flut von Gefühlen in ihr: Liebe und Freude, Schmerz und Wut; die Einsamkeit und die stille Verzweiflung der letzten Wochen.

Sie konnte das alles nicht noch einmal durchmachen.

»Was machst du hier, Taylor?«

In ihrer Stimme schwang mehr Bitterkeit, als Taylor erwartet hatte. Er atmete tief ein.

»Ich bin gekommen, um zu sagen, wie Leid es mir tut«, begann er stockend. »Ich wollte dir nicht wehtun.«

Es hatte eine Zeit gegeben, da wollte sie diese Worte hören, aber seltsamerweise bedeuteten sie ihr jetzt nichts. Sie warf einen Blick zurück zum Auto, auf Kyle, der auf dem Rücksitz schlief.

»Dafür ist es zu spät«, sagte sie.

Er hob ein wenig den Kopf. Im Schein der Verandalampe sah er älter aus, als sie ihn in Erinnerung hatte, fast so, als wären Jahre verstrichen, seit sie ihn zuletzt gesehen hatte. Er entrang sich ein schmallippiges Lächeln, senkte den Blick wieder und zog die Hände aus den Taschen. Zögernd machte er einen Schritt auf den Truck zu.

Früher wäre er weitergegangen und hätte sich gesagt, er habe es ja versucht. Aber diesmal zwang er sich stehen zu bleiben.

»Melissa zieht nach Rocky Mount«, sagte er in die Dunkelheit hinein, den Rücken ihr zugekehrt.

Denise fuhr sich gedankenverloren mit der Hand durchs Haar.

»Ich weiß. Sie hat es mir vor zwei Tagen erzählt. Bist du deswegen hier?«

Taylor schüttelte den Kopf.

»Nein. Ich bin hier, weil ich über Mitch sprechen wollte.« Er murmelte die Worte, so dass Denise ihn kaum verstehen konnte. »Ich dachte, vielleicht hörst du mir zu. Ich weiß nicht, zu wem ich sonst gehen soll.«

Seine Verletzlichkeit rührte und überraschte sie und einen kurzen Moment lang wäre sie fast zu ihm gegangen. Aber sie konnte nicht vergessen, was er Kyle – beziehungsweise auch ihr – angetan hatte.

Ich kann das alles nicht noch einmal durchmachen.

Aber ich habe auch gesagt, ich wäre für dich da, wenn du mit jemandem sprechen möchtest.

»Taylor .... es ist sehr spät .... vielleicht morgen?«, fragte sie sanft. Taylor nickte, als hätte er erwartet, dass sie das sagen würde. Sie dachte, er würde nun gehen, aber merkwürdigerweise rührte er sich nicht vom Fleck.

In der Ferne hörte Denise schwaches Donnergrollen. Die Temperaturen gingen zurück und wegen der Feuchtigkeit schien es noch kälter, als es tatsächlich war. Ein dunstiger Ring umgab das Verandalicht und glitzerte wie ein Kranz winziger Diamanten. Taylor drehte sich wieder zu ihr um.

»Ich wollte dir auch von meinem Vater erzählen«, sagte er langsam. »Es ist an der Zeit, dass du die Wahrheit erfährst.«

An seinem angespannten Gesichtsausdruck erkannte sie, wie schwer es ihm gefallen war, die Worte zu sagen.

Fast schien er den Tränen nahe, als er so vor ihr stand. Diesmal musste sie sich abwenden.

Ihre Gedanken schweiften zurück zu dem Tag des Sommerfests, als er sie gefragt hatte, ob er sie nach Hause fahren dürfe. Sie hatte sich gegen ihre Intuition entschieden und nach einer Zeit eine schmerzliche Lektion erteilt bekommen. Jetzt stand sie wieder vor einer Weggabelung und zögerte abermals. Sie seufzte.

Dies ist nicht der richtige Zeitpunkt, Taylor. Es ist spät, Kyle schläft schon. Ich bin müde und glaube nicht, dass ich das jetzt aufnehmen kann.

Sie dachte, das würde sie sagen.

Was sie jedoch tatsächlich hervorbrachte, war etwas anderes.

»Also gut.«

Er sah sie nicht an von seinem Platz auf dem Sofa aus. Das Zimmer wurde nur von einer einzigen Lampe erleuchtet, so dass tiefe Schatten sein Gesicht verbargen.

»Ich war neun«, fing er an, »und zwei Wochen lang konnten wir uns praktisch nicht rühren wegen der Hitze. Die Temperaturen waren auf vierzig Grad gestiegen, obwohl es erst der Anfang des Sommers war. Der Frühling war so trocken wie noch nie gewesen – nicht ein Tropfen Regen in zwei Monaten – und alles war wie ausgedörrt. Ich erinnere mich noch, wie meine Eltern mit mir über die Trockenheit sprachen und mir erzählten, dass die Farmer schon anfingen, sich Sorgen zu machen wegen der Ernte, weil der Sommer ja erst begonnen hatte. Es war so heiß, dass die Zeit langsamer zu vergehen schien. Ich habe den ganzen Tag gewartet, bis die Sonne unterging und man wieder atmen konnte, aber der Abend brachte kaum Erleichterung. Wir wohnten in einem alten Haus ohne Klimaanlage oder Isolierung und allein wenn ich im Bett lag, fing ich schon an zu schwitzen. Ich weiß noch, wie durchgeschwitzt die

Betttücher waren. An Schlaf war nicht zu denken. Ich habe endlos versucht, eine bequeme Stellung zu finden, aber es war nicht möglich. Und so habe ich mich hin und her gewälzt und wie verrückt geschwitzt.«

Ohne etwas zu sehen, starrte er beim Sprechen auf den Couchtisch, seine Stimme war gedämpft. Denise sah, wie er seine Hand zur Faust ballte und sie wieder öffnete. Er machte sie auf und zu wie die Tür zu seiner Erinnerung und die Bilder gelangten wie zufällig durch den Spalt.

»Damals gab es einen Spielkasten mit Plastiksoldaten im Sears-Katalog. Es waren Panzer, Jeeps, Zelte und Barrikaden drin – alles, was ein Junge braucht, um einen kleinen Krieg zu veranstalten, und ich wollte ihn für mein Leben gern haben. Ich habe den Katalog immer auf der Seite aufgeschlagen liegen gelassen, damit meine Mom sehen konnte, was ich mir wünschte, und als ich den Kasten zu meinem Geburtstag bekam, war ich außer mir vor Freude über das Geschenk. Aber mein Zimmer war winzig – bevor ich zur Welt kam, war es die Nähstube gewesen – und es war nicht genug Platz da, um alles so aufzustellen, wie ich mir das vorstellte, und deshalb habe ich die ganze Sammlung auf dem Dachboden aufgebaut. Und dahin bin ich damals, als ich nicht schlafen konnte, gegangen: auf den Dachboden.«

Endlich hob er den Blick und stieß einen tiefen Seufzer aus, in dem eine Bitterkeit lag, die lange unterdrückt worden war. Er schüttelte den Kopf, als könnte er es immer noch nicht glauben. Denise war weise genug, ihn nicht zu unterbrechen.

»Es war schon spät, nach Mitternacht, als ich mich an der Tür meiner Eltern vorbeitastete und zu der Treppe am Ende des Flurs schlich. Ich war ganz leise – ich kannte jede knarrende Diele und trat vorsichtig auf, damit meine Eltern nicht merkten, dass ich auf den Dachboden ging. Sie haben nichts gehört.«

Er beugte sich vor und legte einen Moment die Hände vors Gesicht, dann ließ er sie wieder fallen. Als er fortfuhr, klang seine Stimme erregter.

»Ich weiß nicht, wie lange ich damals da oben war. Ich konnte mit den Soldaten stundenlang spielen, ohne zu merken, wie die Zeit verging. Ich habe sie aufgestellt und in ausgedachten Schlachten kämpfen lassen. Ich war immer Sergeant Mason – auf der Unterseite ihrer Standflächen waren Namen eingeprägt und als ich sah, dass eine der Figuren den Namen meines Vaters trug, musste er natürlich mein Held sein. Er war immer siegreich, da konnten die Schwierigkeiten noch so groß sein. Ich stellte ihn gegen zehn Männer und einen Panzer auf und er machte immer genau das Richtige. In meiner Vorstellung war er unbesiegbar. Ich konnte mich in der Welt des Sergeant Mason verlieren, was immer um mich herum passierte. Ich dachte nicht ans Essen, nicht an meine Aufgaben … ich merkte nichts. Selbst in der Nacht damals vergaß ich alles um mich herum und dachte nur an meine Soldaten. Wahrscheinlich habe ich deswegen den Rauch nicht gerochen.«

Er machte eine Pause und ballte die Hand endgültig zur Faust. Denise spürte, wie sich ihre Härchen im Nacken aufstellten, als er weitersprach.

»Ich habe es einfach nicht gerochen. Bis heute weiß ich nicht, warum nicht – es kommt mir so unvorstellbar vor, dass ich nichts gemerkt habe –, aber so war es. Ich merkte erst etwas, als meine Eltern aus ihrem Schlafzimmer kamen und ein riesiges Getöse machten. Sie schrien und riefen nach mir und ich weiß, dass ich dachte, sie hätten in mein Zimmer geguckt und gemerkt, dass ich nicht da war. Sie haben immer wieder meinen Namen gerufen, doch ich hatte Angst, ihnen zu antworten.«

Seine Augen flehten um Verständnis.

»Ich wollte nicht auf dem Dachboden entdeckt werden. Sie hatten mir schon hundert Mal eingeschärft, dass ich in meinem Bett zu bleiben hätte, wenn ich einmal zu Bett gegangen war. Ich hatte Angst, ich würde riesigen Ärger bekommen, wenn sie mich fanden. Für das Wochenende war ein Baseball-Spiel angesetzt und ich war überzeugt, sie würden mir verbieten mitzuspielen. Statt also rauszukommen, als sie mich riefen, wollte ich warten, bis sie nach unten gingen, und mich dann ins Badezimmer schleichen und so tun, als wäre ich die ganze Zeit dort gewesen. Es klingt dumm, ich weiß, aber in dem Moment fand ich, dass es eine gute Idee war. Ich drehte das Licht aus und versteckte mich hinter ein paar Kartons und wartete ab. Ich hörte, wie mein Vater die Tür zum Dachboden aufmachte und nach mir rief, aber ich verhielt mich still, bis er wieder gegangen war.

Schließlich hörte ich meine Eltern nicht mehr im Haus und ging zur Tür. Ich hatte immer noch nicht begriffen, was los war, und als ich die Tür aufmachte, wurde ich von dem Rauch und der Hitze zurückgeworfen. Die Wände und die Decke brannten lichterloh, aber es kam mir so unwirklich vor, dass ich nicht verstand, wie ernst die Lage war. Wäre ich in dem Moment da durchgerannt, hätte ich es wahrscheinlich geschafft, aber auf die Idee kam ich nicht. Ich starrte auf die Flammen und dachte, wie seltsam alles aussah. Ich hatte nicht einmal Angst.«

Taylor krümmte sich, als suchte er Schutz, und fuhr mit heiserer Stimme fort:

»Schon im nächsten Moment war alles ganz anders. Bevor ich wusste, was geschah, stand alles in Flammen und der Weg nach unten war versperrt. Erst in dem Moment begriff ich, dass etwas Schreckliches passierte. Es war die ganze Zeit so trocken gewesen, dass das Haus wie Zunder brannte. Ich weiß noch, wie ich dachte, das Feuer sei so … lebendig. Das Feuer schien genau zu wissen, wo ich war, und eine Stichflamme schoss auf mich zu und warf mich um. Ich schrie nach meinem Vater. Aber er war schon weg und ich wusste, dass er nicht mehr da war. Ich war voller Panik und hastete zum Fenster. Als ich es aufmachte, sah ich meine Eltern auf dem Rasen vor dem Haus. Meine Mom hatte ein langes Hemd an und mein Vater war in Boxer-Shorts und sie rannten umher und riefen nach mir. Einen Moment lang brachte ich keinen Ton heraus, aber meine Mom schien zu spüren, wo ich war, und sah zu mir rauf. Ich weiß noch, wie sie guckte, als sie merkte, dass ich noch im Haus war. Ihre Augen wurden riesengroß und sie legte die Hand vor den Mund und fing an zu schreien. Mein Vater – er war am Zaun – drehte sich um und sah mich. In dem Moment fing ich an zu weinen.«

Taylor rollte eine Träne aus dem Auge, ohne dass er es zu merken schien. Denise krampfte sich der Magen zusammen.

»Mein Dad … mein großer, starker Dad kam wie der Blitz über die Wiese gerannt. Inzwischen stand das ganze Haus in Flammen und ich hörte, wie unten Sachen einstürzten und zusammenbrachen. Der Rauch drang bis zum Dachboden hinauf und war furchtbar dicht. Meine Mom schrie meinem Vater zu, er solle etwas tun, und er kam und stellte sich direkt unter das Dachbodenfenster. Ich erinnere mich, wie er rief: ›Spring, Taylor! Ich fang dich auf! Ich fang dich auf, ich verspreche es dir!‹ Aber statt zu springen, weinte ich nur noch lauter. Das Fenster war bestimmt sechs, sieben Meter hoch und es kam mir so hoch vor, dass ich Angst hatte, ich würde sterben, wenn ich sprang. ›Spring, Taylor! Ich fang dich auf!‹ Er rief es immer wieder: ›Spring! Komm, spring!‹ Meine Mom schrie immer lauter und ich weinte und dann rief ich nach unten: ›Ich hab Angst.‹«

Taylor schluckte.

»Je dringlicher mein Vater rief, ich solle springen, desto mehr erstarrte ich. Ich hörte das Entsetzen in seiner Stimme, meine Mom war außer sich vor Panik, und ich schrie: ›Ich kann nicht springen, ich habe Angst!‹ Und ich hatte wirklich Angst, obwohl ich mir heute sicher bin, dass er mich aufgefangen hätte.«

Ein Muskel in seiner Wange zuckte und seine Augen waren umschattet. Er schlug sich mit der Faust auf den Oberschenkel.

»Ich sehe meinen Vater noch vor mir, als ihm bewusst wurde, dass ich nicht springen würde – es wurde uns im selben Moment klar. Er hatte Angst, aber nicht um sich. Er hörte auf zu rufen, ließ die Arme sinken und sah mir direkt in die Augen. Es war, als würde die Zeit stehen bleiben – es gab nur noch uns beide. Meine Mom hörte ich nicht mehr, ich spürte die Hitze nicht mehr, ich bemerkte auch den Rauch nicht mehr. Ich konnte nur noch an meinen Vater denken. Dann nickte er fast unmerklich und wir wussten beide, was er tun würde. Er drehte sich um und rannte zur Tür.

Er rannte so schnell, dass meine Mom ihn nicht aufhalten konnte. Das Feuer war jetzt überall, es kam immer näher an mich ran und ich war so verängstigt, dass ich nicht mal mehr schreien konnte.«

Taylor presste die Handballen auf die Augen, ließ die Hände wieder in den Schoß fallen und zog sich in die Sofaecke zurück, als scheute er sich, seine Geschichte zu Ende zu erzählen. Mit großer Anstrengung fuhr er fort:

»Es verging wahrscheinlich nicht mehr als eine Minute, bis er bei mir war, aber es kam mir wie eine Ewigkeit vor. Obwohl ich den Kopf aus dem Fenster gestreckt hatte, konnte ich kaum atmen. Überall war Rauch. Das Brüllen des Feuers war ohrenbetäubend. Die Menschen denken immer, ein Feuer wäre leise, aber das stimmt nicht. Es klingt, als würden Teufel in Todesangst schreien, wenn das Feuer wütet. Dennoch konnte ich die Stimme meines Vaters hören, als er rief, dass er auf dem Weg sei.«

Taylors Stimme versagte, er wandte sich ab, um die heißen Tränen, die ihm über die Wangen rannen, nicht zu zeigen.

»Ich weiß noch, wie ich mich umdrehte und er auf mich zurannte. Er stand in Flammen. Seine Haut, seine Arme, sein Gesicht, seine Haare – alles. Wie ein menschlicher Feuerball stürzte er auf mich zu, das Feuer verzehrte ihn und er kämpfte sich durch die Flammen. Aber er schrie nicht. Er prallte auf mich, hob mich aus dem Fenster und sagte: ›Nur zu, Sohn.‹ Als mein Körper vollständig aus dem Fenster hing, ließ er mich los. Ich schlug so hart auf, dass ich mir den Fußknöchel brach – ich hörte das Krachen, als ich auf dem Rücken landete, den Blick nach oben gerichtet. Es war, als wollte Gott mir zeigen, was ich getan hatte. Ich sah, wie mein Vater seinen brennenden Arm zurückzog …«

Taylor hörte auf zu sprechen, er konnte nicht weitererzählen. Denise saß wie erstarrt in ihrem Sessel, Tränen standen ihr in den Augen, und ihre Kehle war zugeschnürt. Als er fortfuhr, war seine Stimme kaum zu hören und er zitterte bei der Anstrengung, das Weinen zurückzuhalten, als würde es ihn entzwei reißen.

»Er kam nicht mehr raus. Ich erinnere mich, dass meine Mom mich vom Haus wegzog und ununterbrochen schrie – und dann schrie ich auch.«

Er schloss die Augen und legte den Kopf in den Nacken.

»Daddy … nein …«, rief er mit rauer Stimme.

Seine Stimme hallte wie ein Schuss von den Wänden zurück.

»Komm raus, Daddy!«

Als Taylor in sich zusammensackte, setzte Denise sich spontan neben ihn und nahm ihn in die Arme. Sie wiegte ihn, während seine abgehackten Sätze unverständlich wurden.

»Bitte, lieber Gott … lass mich noch einmal … bitte …

ich springe auch …. bitte, lieber Gott … diesmal schaffe ich es …. bitte, lass ihn rauskommen … «

Denise hielt ihn so fest sie konnte und ihre Tränen fielen unbeachtet auf seinen Nacken und Rücken, als sie ihr Gesicht an ihn drückte. Nach einer Weile hörte sie nur noch seinen Herzschlag und das leise Quietschen der Sofafedern, während er sich unablässig hin und her wiegte, und immer wieder die Worte vor sich hin flüsterte: »Ich wollte das nicht … ich wollte das nicht … «

Kapitel 27

Denise hielt Taylor, bis er still war, verausgabt, erschöpft. Dann ließ sie ihn los und stand auf. Aus der Küche holte sie eine Dose Bier – beim Autokauf hatte sie sich ein paar Dosen zum Feiern genehmigt.

Sie wusste nicht, was sie sonst tun oder sagen sollte. Sie hatte schon schreckliche Dinge in ihrem Leben gehört, aber nie so etwas. Taylor sah auf, als sie ihm das Bier gab. Mit fast erloschenem Gesichtsausdruck machte er die Dose auf und nahm einen Schluck, dann hielt er sie mit beiden Händen fest.

Als Denise ihm die Hand aufs Bein legte, ergriff er sie schweigend.

»Geht's einigermaßen?«, fragte sie.

»Nein«, sagte er ernst, »aber vielleicht war das schon immer so.«

Sie drückte seine Hand.

»Das ist möglich«, stimmte sie zu. Er lächelte schwach. Sie saßen ein paar Minuten schweigend beisammen, bevor sie wieder sprach.

»Warum heute Abend, Taylor?« Zwar hätte sie versuchen können, ihm klarzumachen, dass er keine Schuldgefühle zu haben brauchte, aber sie wusste intuitiv, dass dies nicht der richtige Zeitpunkt dafür war. Sie waren beide nicht darauf vorbereitet, sich den Dämonen zu stellen.

Tief in Gedanken drehte er jetzt die Bierdose zwischen den Händen.

»Seit Mitch tot ist, muss ich die ganze Zeit an ihn denken, und jetzt zieht Melissa weg … ich weiß auch nicht … ich hatte das Gefühl, es frisst mich auf.«

Das hat es die ganze Zeit schon getan.

»Warum kommst du zu mir? Warum gehst du nicht zu jemand anders?«

Er antwortete nicht sofort, aber als er sie ansah, lag in seinen blauen Augen ein tiefes Bedauern.

Mit einer Aufrichtigkeit, die keinen Zweifel ließ, sagte er: »Weil du mir wichtiger bist als alle anderen Menschen.«

Bei diesen Worten stockte ihr der Atem. Da sie nichts sagte, zog Taylor widerwillig seine Hand weg, so wie damals, als sie auf der Kirmes waren.

»Ich würde es verstehen, wenn du mir nicht glaubst«, gab er zu. »Ich würde mir wahrscheinlich auch nicht glauben, wenn man bedenkt, wie ich gehandelt habe. Es tut mir so Leid – alles. Ich habe alles falsch gemacht.« Er machte eine Pause. Mit dem Daumennagel schnippste er gegen den Ring an der Dose. »Ich wünschte, ich könnte erklären, warum ich das alles getan habe, aber ich weiß es selbst nicht. Ich habe mich selbst so lange belogen, dass ich nicht sicher bin, ob ich die Wahrheit erkennen würde, wenn sie mir plötzlich gegenüberstünde. Aber ich weiß mit Sicherheit, dass ich das Beste, was mir je im Leben widerfahren ist, kaputtgemacht habe.«

»Das ist allerdings wahr«, stimmte sie ihm zu, worauf Taylor nervös lachte.

»Wahrscheinlich ist eine zweite Chance nicht drin, wie?«

Denise schwieg; ihr wurde plötzlich bewusst, dass irgendwann im Laufe des Abends ihr Zorn auf Taylor verflogen war. Doch der Schmerz war noch da und auch die Angst vor dem, was kommen könnte … In gewisser Weise hatte sie die gleichen Befürchtungen wie damals, als sie ihn kennen lernte. Und eigentlich war es wie beim ersten Mal.

»Die hast du vor ungefähr einem Monat vertan«, sagte sie ruhig. »Jetzt bist du wahrscheinlich schon bei der zwanzigsten.«

In seinen Ohren klang ihr Tonfall unerwartet ermutigend und er sah sie mit kaum verhohlener Hoffnung an.

»So schlimm ist es?«

»Noch viel schlimmer«, sagte sie lächelnd. »Wenn ich die Königin wäre, würde ich dich wahrscheinlich enthaupten lassen.«

»Keine Hoffnung, wie?«

Gab es eine?

Denise zögerte. Sie spürte, wie sie weich wurde, während seine Augen mit beredterem Ausdruck als alle Worte ihren Blick festhielten. Mit einem Mal strömten die Erinnerungen an all die freundlichen Dinge, die er für sie und Kyle getan hatte, zurück und entfachten die Gefühle wieder, die sie in den letzten Wochen mit großer Mühe unterdrückt hatte.

»Das habe ich so nicht gesagt«, gab sie schließlich zurück. »Aber wir können nicht einfach da weitermachen, wo wir aufgehört haben. Wir müssen eine ganze Menge Dinge klären und das wird nicht leicht sein.«

Es dauerte einen Moment, bis ihre Worte bei ihm angekommen waren, und als Taylor erkannte, dass tatsächlich eine Chance – und wäre sie auch noch so gering – bestand, spürte er eine Welle der Erleichterung über sich hinweggehen. Er lächelte und stellte die Bierdose auf den Couchtisch.

»Es tut mir Leid, Denise«, sagte er noch einmal ganz ernst. »Und es tut mir auch Leid, was ich Kyle angetan habe.«

Sie nickte nur und nahm seine Hand.

Danach sprachen sie mit einer neuen Offenheit. Taylor erzählte ihr von den letzten Wochen; von seinen Gesprächen mit Melissa und von dem mit seiner Mutter; von dem Streit, den er mit Mitch an dem Abend hatte, bevor Mitch starb. Er sprach davon, wie Mitchs Tod Erinnerungen an den Tod seines Vaters geweckt hatte und wie er – trotz allem – von Schuldgefühlen gegenüber beiden heimgesucht wurde.

Er redete und redete und Denise hörte zu, zeigte Anteilnahme und stellte gelegentlich eine Frage. Es war fast vier Uhr morgens, als er sich erhob, um zu gehen. Denise ging mit ihm zur Tür und sah ihm nach, als er davonfuhr.

Als sie in den Schlafanzug schlüpfte, dachte sie, dass sie immer noch nicht wusste, wie ihre Beziehung nun weitergehen würde – denn dass man über Dinge sprach, führte ja nicht unbedingt zu einem anderen Verhalten. Vielleicht bedeutete es nichts, vielleicht bedeutete es alles. Aber es lag auch nicht an ihr, ob er noch eine Chance hatte. Von Anfang an – dachte sie, als ihr die Augen zufielen – hatte es an ihm selbst gelegen.

Am nächsten Nachmittag rief er an und fragte, ob er vorbeikommen könne.

»Ich möchte mich bei Kyle entschuldigen«, sagte er, »und außerdem möchte ich ihm etwas zeigen.«

Sie war noch erschöpft von der langen Nacht und wollte über die Dinge nachdenken. Sie brauchte Zeit. Und er auch. Doch dann erklärte sie sich mit seinem Besuch einverstanden, mehr Kyle zuliebe als ihretwegen. Sie wusste, Kyle wäre überglücklich, Taylor zu sehen.

Als sie aufgelegt hatte, überlegte sie jedoch, ob das die richtige Entscheidung gewesen war. Draußen wehte ein böiger Wind, kühleres Herbstwetter hatte mit aller Macht eingesetzt. Die Blätter waren berückend in ihrer Farbenpracht: Verschiedene Rot-, Orange- und Gelbtöne färbten das Laub, das schon bald von den Ästen abfallen und den Rasen bedecken würde.

Eine Stunde später traf Taylor ein. Obwohl Kyle im Garten vor dem Haus war und sie selbst in der Küche das Wasser laufen hatte, konnte Denise seine aufgeregten Schreie hören.

»Mani! Tayas hia!«

Sie legte den Schwamm weg – sie hatte gerade das Frühstücksgeschirr abgewaschen – und ging zur Haustür. Ihr war noch nicht ganz wohl bei der Sache. Als sie die Tür aufmachte, sah sie Kyle, der hinter Taylors Truck herlief. Kaum stieg Taylor aus dem Wagen, sprang Kyle ihm in die Arme, als wäre Taylor nie weg gewesen, und strahlte über das ganze Gesicht. Taylor drückte ihn lange an sich und setzte ihn in dem Moment ab, als Denise auf die beiden zukam.

»Hallo«, sagte er still.

Sie verschränkte die Arme. »Hallo, Taylor.«

»Tayas hia!«, sagte Kyle freudestrahlend und hängte sich an Taylors Bein. »Tayas hia!«

Denise lächelte dünn. »Das ist richtig, mein Süßer.«

»Ich hab auf dem Weg noch schnell ein paar Sachen eingekauft. Falls es in Ordnung ist, wenn ich ein bisschen bleibe.«

Kyle lachte und freute sich und war von Taylors Anwesenheit ganz entzückt. »Tayas hia«, sagte er noch einmal.

Daraufhin fuhr Denise sich nervös durchs Haar. »Ich glaube, ich kann nicht nein sagen«, antwortete sie ehrlich.

Taylor nahm eine Tüte mit Lebensmitteleinkäufen aus der Fahrerkabine und trug sie ins Haus. In der Tüte befanden sich die Zutaten für einen Eintopf: Rindfleisch, Kartoffeln, Mohrrüben, Sellerie und Zwiebeln. Denise und Taylor sprachen kurz miteinander, aber er spürte ihre Zurückhaltung und ging dann mit Kyle hinaus, der nicht von seiner Seite wich. Denise war froh, allein zu sein, und fing mit den Essensvorbereitungen an. Sie briet das Fleisch an, schälte die Kartoffeln, schnitt Mohrrüben, Sellerie und Zwiebeln klein und warf alles zusammen mit ein paar Gewürzen in einen Topf. Die

Gleichförmigkeit der Arbeit tat ihr gut und beruhigte ihre turbulenten Gefühle.

Als sie am Spülbecken stand, wanderte ihr Blick hin und wieder hinaus, wo sie Taylor und Kyle am Boden liegend spielen sah: Sie fuhren mit Spielzeuglastern hin und her und bauten Straßen für ihre Fahrzeuge. Doch obwohl die beiden sich blendend verstanden, durchzuckte sie wieder ein lähmendes Gefühl der Unsicherheit, was Taylor anging; die Erinnerung an den Schmerz, den er ihr und Kyle zugefügt hatte, war immer noch sehr lebhaft. Konnte sie ihm vertrauen? Würde er sich verändern? Konnte er das überhaupt?

Sie sah hinaus und beobachtete, wie Kyle auf Taylor kletterte, der am Boden hockte, und ihn mit Sand bestreute. Sie hörte Kyle lachen; sie hörte auch Taylor lachen.

Es tut gut, diese Laute wieder zu hören …

Aber …

Denise schüttelte den Kopf. Auch wenn Kyle ihm verziehen hat, ich kann es nicht vergessen. Er hat uns einmal wehgetan, er kann uns wieder wehtun. Sie würde es nicht zulassen, dass sie sich wieder so schrankenlos hingab. Diesmal würde sie viel vorsichtiger sein.

Aber sie sehen zusammen so rührend aus …

Sei bloß vorsichtig, ermahnte sie sich.

Sie seufzte und weigerte sich, diesen Gedanken zu viel Beachtung zu schenken. Sie stellte den Eintopf auf den Herd, wo er auf niedriger Flamme köchelte, deckte den Tisch und räumte im Wohnzimmer auf, dann hatte sie nichts mehr zu tun.

Sie beschloss, nach draußen zu gehen, an die frische, kühle Luft, und setzte sich auf die Verandastufen. Sie sah Taylor und Kyle zu, die in ihr Spiel vertieft waren.

Obwohl sie einen dicken Rollkragenpullover trug, war es ihr kühl und sie verschränkte die Arme. Ein Schwarm Gänse flog in einer Dreiecksformation über sie hinweg in Richtung Süden, wo sie überwintern würden. Ihnen folgte ein zweiter Schwarm, der sich scheinbar anstrengte, den ersten einzuholen. Sie beobachtete sie und sah, wie ihr eigener Atem in kleinen weißen Wölkchen aufstieg. Die Temperatur war seit dem Morgen zurückgegangen, ein Tiefausläufer kam aus dem Mittleren Westen durch das Flachland von North Carolina zu ihnen.

Nach einer Weile blickte Taylor zum Haus hinüber, sah sie und lächelte ihr zu. Sie hob die Hand zum Winken und steckte sie dann wieder in den warmen Pulloverärmel. Taylor beugte sich zu Kyle hinüber und deutete mit dem Kinn zu Denise, so dass Kyle auch zu ihr aufsah. Kyle winkte beglückt und beide standen auf. Taylor klopfte sich die Hosen ab, dann kamen sie auf sie zu.

»Ihr zwei scheint euch gut zu amüsieren«, sagte sie.

Taylor grinste und blieb ein paar Meter vor ihr stehen. »Ich glaube, ich lasse das Baugewerbe und baue einfach nur Sandhäuser. Das macht viel mehr Spaß und mit den Menschen hat man es auch leichter.«

Sie beugte sich zu Kyle vor.

»Macht es dir Spaß, Süßer?«

»Ja«, sagte er und nickte begeistert, »mat Paas.«

Denise sah zu Taylor auf. »Das Essen braucht noch eine Weile. Ich habe es gerade erst auf den Herd gestellt – ihr habt also noch viel Zeit, wenn ihr weiterspielen wollt.«

»Das habe ich mir schon gedacht, aber ich brauche ein Glas Wasser, um den Sand runterzuspülen.«

Denise lächelte.

»Möchtest du auch was trinken, Kyle?«

Statt zu antworten, kam Kyle mit ausgestreckten Armen zu ihr. Er schmiegte sich ganz eng an sie und schlang die Arme um ihren Hals.

»Was hast du, mein Schatz?«, fragte Denise, plötzlich besorgt. Kyle schloss die Augen und drückte Denise noch fester und sie legte intuitiv die Arme um ihn.

»Dande, Mani. Dande … «

Wofür?

»Was hast du denn, Schatz?«, fragte sie wieder.

»Dande«, sagte Kyle wieder und antwortete ihr nicht. »Dande, Mani.«

Er sagte es immer wieder, die Augen geschlossen. Taylors Lächeln verschwand.

»Schatz … «, versuchte Denise es wieder und war schon fast außer sich und verängstigt.

Kyle war ganz versunken und hielt sie fest umschlungen. Denise warf Taylor einen Blick zu, der besagte: *Jetzt siehst du, was du angerichtet hast*, als Kyle in dem gleichen dankbaren Ton sagte: »Hab di lib, Mani.«

Es dauerte einen Augenblick, bis sie die Worte verstand, doch dann richteten sich die Härchen in ihrem Nacken auf.

Ich hab dich lieb, Mommy.

Denise machte die Augen zu, so ergriffen war sie. Als ob er merkte, dass sie ihm noch nicht glaubte, drückte Kyle sie noch einmal ganz fest und intensiv und wiederholte: »Hab di lib, Mani.«

Du lieber Gott …

Unerwartet rollten Denise die Tränen aus den Augen. Fünf Jahre lang hatte sie auf diese Worte gewartet. Fünf lange Jahre war ihr verwehrt gewesen, was für andere Eltern selbstverständlich war: eine schlichte Erklärung der Zuneigung.

»Ich hab dich auch lieb, mein Süßer … ich hab dich sehr, sehr lieb.«

Nur dieser Moment zählte – sie drückte Kyle so fest wie er sie.

Das werde ich nie vergessen, dachte sie und prägte sich alles genau ein: das Gefühl seines kleinen Körpers in ihren Armen, seinen Kindergeruch, seine wunderbaren stockenden Worte. *Nie!*

Taylor stand daneben und war ebenso verzaubert von dem Augenblick wie sie. Auch Kyle merkte irgendwie, welche Wirkung seine Worte hatten, und als sie ihn losließ, sah er Taylor mit einem großen Lächeln an. Denise lachte über seinen Ausdruck, ihre Wangen waren gerötet. Mit einem Staunen in den Augen wandte sie sich an Taylor.

»Hast du ihm das beigebracht?«

Taylor schüttelte den Kopf. »Nein, nein. Wir haben nur gespielt.«

Kyle sah von Taylor wieder zu seiner Mutter, auf seinem Gesicht stand immer noch der gleiche freudig erregte Ausdruck.

»Dande, Mani«, sagte er schlicht, »Tayas wia Hause.«

Taylor ist wieder zu Hause ...

Denise wischte sich mit leicht zitternder Hand die Tränen von der Wange und es herrschte kurze Stille. Weder Denise noch Taylor wussten, was sie sagen sollten. Obwohl Denise offensichtlich völlig aufgelöst war, sah sie in Taylors Augen wunderschön aus, so schön wie nie jemand zuvor. Taylor senkte den Blick, hob einen Zweig vom Boden auf und fing an, ihn zwischen den Fingern zu drehen. Er sah auf, sah wieder den Zweig an, dann Kyle und schließlich war sein Blick mit fester Entschlossenheit auf sie gerichtet.

»Ich hoffe, er hat Recht«, sagte Taylor mit brüchiger Stimme. »Denn ich habe dich auch lieb.«

Es war das erste Mal, dass er die Worte zu ihr und überhaupt zu einem Menschen gesagt hatte. Obwohl er sich vorgestellt hatte, dass es schwer sein würde, sie über die Lippen zu bringen, ging es ganz leicht. Nie war er sich einer Sache so sicher gewesen.

Für Denise waren Taylors Gefühle fast greifbar, als er ihre Hand nahm. Ganz benommen ließ sie sich von ihm hoch- und an seine Brust ziehen. Er legte den Kopf schräg, kam näher, und im nächsten Moment lagen seine Lippen auf ihren und sie spürte die Wärme seines Körpers. Er küsste sie lange und mit großer Zärtlichkeit, dann vergrub er sein Gesicht an ihrem Hals.

»Ich liebe dich, Denise«, flüsterte er. »Ich liebe dich so sehr. Ich werde alles tun, um noch eine Chance zu bekommen, und wenn du sie mir gibst, werde ich dich nie wieder verlassen.«

Denise schloss die Augen und überließ sich seiner Umarmung. Nach einer Weile machte sie sich zögernd frei und wandte sich ab. Einen Moment lang wusste Taylor nicht, was er denken sollte. Er drückte ihre Hand und lauschte, als sie tief einatmete. Immer noch sprach sie nicht.

Die Herbstsonne schien auf sie herab. Kumuluswolken, weiß, grau und bauchig, bewegten sich gemächlich mit dem Wind. Am Horizont lauerten dunkle Wolken, schwarz und dick. In einer Stunde würde der Regen über sie hinwegziehen, ein heftiger, schwerer Regen. Doch dann würden sie in der Küche sitzen. Sie würden den Regentropfen zuhören, wie sie auf das Dach trommelten, und zusehen, wie der Dampf von dem Essen auf ihren Tellern in Kringeln zur Decke aufstieg.

Denise seufzte und sah Taylor wieder an. Er liebte sie. So einfach war das. Und sie liebte ihn. Sie ließ sich wieder in seine Arme fallen, in der Gewissheit, dass das nahende Unwetter nichts mit ihnen zu tun hatte.

Epilog

Am Morgen war Taylor mit Kyle zum Angeln gegangen. Denise war im Haus geblieben. Sie hatte ein paar Dinge zu tun, bevor Judy zum Lunch kam, außerdem brauchte sie eine kleine Verschnaufpause. Kyle ging inzwischen in die Vorschule, und obwohl er im vergangenen Jahr gute Fortschritte gemacht hatte, war es nicht so leicht für ihn, sich an die Schule zu gewöhnen. Sie arbeitete immer noch täglich mit ihm, machte Sprachübungen und bemühte sich nach Kräften, ihm auch andere Fähigkeiten beizubringen, die er im Zusammenleben mit Gleichaltrigen brauchte. Zum Glück hatte der Umzug in ihr neues Haus ihn nicht aus der Bahn geworfen. Sein neues Zimmer, das viel größer war als das in ihrem ersten Haus in Edenton, gefiel ihm gut, und er liebte den Blick aufs Wasser. Sie musste zugeben, dass sie auch angetan davon war. Von ihrem Platz auf der Veranda aus konnte sie Taylor und Kyle mit den Angeln in der Hand auf der Kaimauer sitzen sehen. Sie lächelte vor sich hin und fand, dass sie sehr natürlich zusammen aussahen. Wie Vater und Sohn – und das waren sie ja auch.

Nach der Hochzeit hatte Taylor Kyle adoptiert. Kyle war bei der kleinen Trauung in der Episcopal Church der Ringträger gewesen. Aus Atlanta waren ein paar Freunde gekommen und Taylor hatte seine Freunde aus der Stadt eingeladen. Melissa war die Brautjungfer und Judy tupfte sich in der ersten Reihe die Tränen ab, als die Ringe getauscht wurden. Nach der Hochzeitsfeier fuhren Taylor und Denise nach Ocracoke und verbrachten ihre Flitterwochen in einer kleinen Frühstückspension mit Blick über das Meer. An ihrem ersten Ehemorgen standen sie vor Sonnenaufgang auf und gingen am

Strand entlang. Während die Tümmler auf den Wellen ritten, sahen Taylor und Denise zu, wie die Sonne aufging. Taylor stand hinter ihr und hatte die Arme um ihre Taille gelegt und Denise lehnte ihren Kopf zurück und fühlte sich warm und sicher, während der neue Tag sich vor ihnen entfaltete.

Als sie von der Hochzeitsreise zurückkamen, überraschte Taylor Denise mit Plänen für ein Haus, die er gezeichnet hatte. Es war ein anmutiges einstöckiges Landhaus am Wasser mit einer breiten Veranda und Fenstersitzen, einer modernen Küche und Holzböden. Sie kauften außerhalb der Stadt ein Grundstück und begannen binnen eines Monats mit dem Bau. Kurz vor dem Beginn des Schuljahres zogen sie ein.

Denise hörte auf, im Eights zu arbeiten. Hin und wieder gingen sie und Taylor zum Essen dorthin und plauderten mit Ray. Er war so wie immer und schien nicht älter zu werden, beim Abschied scherzte er, dass Denise jederzeit wieder bei ihm anfangen könnte. Doch trotz Rays Gutmütigkeit hatte sie keine Sehnsucht danach.

Obwohl Taylor immer noch gelegentlich aus Albträumen hochschreckte, erwies er sich Denise gegenüber als hingebungsvoller Ehemann. Trotz seiner Aufgaben im Zusammenhang mit dem Hausbau kam er jeden Mittag nach Hause und arbeitete nie nach sechs. Im Frühling übte er mit Kyles T-Ball-Team, in dem Kyle weder der beste noch der schlechteste Spieler war, und die Wochenenden verbrachten sie als Familie. Im Sommer hatten sie einen Ausflug nach Disney World gemacht und zu Weihnachten hatten sie sich einen gebrauchten Jeep Cherokee gekauft.

Jetzt fehlte nur noch der weiße Staketenzaun und der würde in der kommenden Woche gezogen werden.

Als der Küchenwecker klingelte, stand Denise auf und ging in die Küche. Sie nahm die gedeckte Apfeltorte aus dem Ofen und stellte sie auf die Arbeitsfläche. Auf dem Herd brutzelte eine Hühnerkasserolle vor sich hin und sandte einen Geruch von würziger Brühe durch das Haus.

Durch ihr Haus. Das Haus der McAdens. Obwohl sie jetzt schon über ein Jahr verheiratet war, hatte der Klang des Namens immer noch einen Zauber für sie. *Denise und Taylor McAden*. Es klang schön, wenn sie es vor sich hin sagte.

Sie rührte in dem Topf, der seit über einer Stunde auf dem Herd stand, und das Fleisch löste sich langsam vom Knochen. Zwar weigerte Kyle sich nach wie vor, Fleisch zu essen, aber vor einigen Monaten hatte sie ihm Hühnchen zu probieren gegeben. Er hatte sich eine Stunde lang gesperrt, bevor er schließlich einen Bissen versuchte. Im Laufe der darauf folgenden Wochen hatte er allmählich etwas mehr Huhn gegessen. Und nun aßen sie als Familie und alle bekamen das Gleiche. Wie es sich für eine Familie gehörte.

Eine Familie. Das klang in ihren Ohren auch gut.

Als sie aus dem Fenster blickte, sah sie Taylor und Kyle über den Rasen kommen. Sie gingen zum Schuppen, wo die Angelausrüstung untergestellt wurde. Denise beobachtete, wie Taylor seine Rute aufhängte und dann die von Kyle nahm. Kyle stellte den Behälter mit den Angelhaken auf den Boden und Taylor schubste ihn mit der Fußspitze in die Ecke. Im nächsten Moment kamen sie die Stufen zur Veranda herauf.

»Hallo, Mom«, sagte Kyle.

»Habt ihr was gefangen?«, fragte sie.

»Nein. Kein Fisch.«

Wie alles andere in ihrem Leben hatte sich auch Kyles Sprachfähigkeit enorm verbessert. Er sprach immer noch nicht perfekt, aber allmählich schloss sich der Abstand zwischen ihm und den anderen Kindern in der Vorschule. Und was noch wichtiger war: Sie machte sich nicht mehr so viele Sorgen darum.

Taylor gab Denise einen Kuss, während Kyle schon ins Haus ging.

»Und was macht der kleine Wicht?«, fragte Taylor.

Sie nickte zur Ecke der Veranda hinüber. »Der schläft noch.«

»Müsste er nicht langsam aufwachen?«

»Es wird nicht mehr lange dauern. Er hat bestimmt bald Hunger.«

Zusammen näherten sie sich dem Korb und Taylor beugte sich darüber und betrachtete das kleine Wesen genau. Das tat er ziemlich oft, als könnte er immer noch nicht glauben, dass er dazu beigetragen hatte, ein neues Leben in die Welt zu setzen. Zärtlich fuhr er seinem Sohn über das Haar, das, mit sieben Wochen, noch recht spärlich war.

»Er ist so friedlich«, flüsterte er fast ehrfürchtig. Denise legte Taylor eine Hand auf die Schulter. Sie hoffte, ihr Sohn würde ihm eines Tages ähneln.

»Er ist schön«, sagte sie.

Taylor blickte über die Schulter auf die Frau, die er liebte, dann sah er wieder seinen Sohn an. Er beugte sich weiter vor und küsste ihn auf die Stirn.

»Hast du das gehört, Mitch? Deine Mom findet dich schön.«

Danksagung

Auch diesmal danke ich meiner Frau Cathy, die bei diesem Buch noch größere Geduld als sonst mit mir haben musste. Ganz schön wild, unsere elf gemeinsamen Jahre, wie?

Auch meinen drei Söhnen – Miles, Ryan und Landon – gebührt Dank. Sie helfen mir, alles in den richtigen Relationen zu sehen. Es ist eine Freude, zu sehen, wie ihr heranwachst.

Meine Agentin Theresa Park von Sanford Greenburger Associates hat mich bei jedem Schritt begleitet, und das ist ein großes Glück für mich. Ich kann es nicht oft genug sagen: Danke, vielen Dank für alles, du bist unübertroffen!

Die Zusammenarbeit mit meinem Lektor Jamie Raab von Warner Books ist auch diesmal fantastisch gewesen! Was soll ich sagen? Zum Glück stehst du mir mit gutem Rat zur Seite – glaub nicht, dass es für mich eine Selbstverständlichkeit ist. Ich hoffe, dass wir noch lange, lange zusammenarbeiten werden.

Ich danke Larry Kirshbaum, dem Verleger von Warner Books, der zudem ein sehr freundlicher Mann ist, und Maureen Egen, die nicht nur ein Juwel, sondern ein strahlender Brillant ist. Ihr beide habt meinem Leben eine entscheidende Wendung gegeben, und das werde ich nie vergessen.

Und schließlich erhebe ich mein Weinglas und sage Dank all denen, die mir auf dem Weg hierher geholfen haben: Jennifer Romanello und allen anderen in der Werbeabteilung bei Warner; Flag, der die wunderbaren Umschläge für meine Bücher entworfen hat; meinem Anwalt Scott Schwimer; Howie Sanders und Richard

Green von der United Talent Agency, zwei der Besten auf ihrem Gebiet; Denise diNovi, der fabelhaften Produzentin von »Message in a Bottle« (die Hauptgestalt in diesem Roman ist übrigens nach ihr benannt); Courtenay Valenti und Lorenzo Di Bonaventura von Warner Brothers; Lynn Harris vom New Line Cinema; dem Produzenten Mark Johnson ...

QUELLENNACHWEIS:

ZEIT IM WIND/ *A Walk To Remember*
Copyright © 1999 by Nicholas Sparks
Copyright © der deutschsprachigen Ausgabe 1999
by Wilhelm Heyne Verlag GmbH & Co. KG, München
Aus dem Amerikanischen von Susanne Höbel
(Der Titel erschien bereits in der Allgemeinen Reihe
mit der Band-Nr. 01/13221.)

DAS SCHWEIGEN DES GLÜCKS/ *The Rescue*
Copyright © 2000 by Nicholas Sparks Enterprises Inc.
Copyright © der deutschsprachigen Ausgabe 2000
by Wilhelm Heyne Verlag GmbH & Co. KG, München
Aus dem Amerikanischen von Susanne Höbel
(Der Titel erschien bereits in der Allgemeinen Reihe
mit der Band-Nr. 01/13473.)